JUDE DEVERAUX

Jene Nacht im Frühling

Aus dem Englischen von
Bodo Baumann

BASTEI
LÜBBE

BASTEI-LÜBBE-TASCHENBUCH
Band 11952

Deutsche Erstveröffentlichung
Titel der amerikanischen Originalausgabe:
Sweet Liar

Printed in Germany Mai 1993
Einbandgestaltung: Adolf Bachmann
Titelzeichnung: Pino Daeni/T. Schlück
Satz, Druck und Bindung: Ebner Ulm
ISBN 3-404-11952-5

Der Preis dieses Bandes versteht sich einschließlich
der gesetzlichen Mehrwertsteuer

Prolog

Louisville, Kentucky
Januar 1991

»Warum würde mein Vater mir so etas antun? Ich dachte, er liebte mich«, sagte Samantha Elliot zu dem Mann, der, soweit sie zurückdenken konnte, der Anwalt und Freund ihres Vaters gewesen war. Daß dieser so sympathische Mann sich insgeheim mit ihrem Vater gegen sie verbündet hatte, verstärkte noch ihren Schmerz und das Gefühl der Verlassenheit, das sie empfand.

Und dabei hatte sie doch schon Leid genug erfahren. Vor drei Stunden hatte sie am Grab ihres Vaters gestanden und mit heißen, trockenen Augen zugesehen, wie man seinen Sarg in die Grube hinabsenkte. Obwohl sie erst achtundzwanzig war, hatte sie schon mehr Menschen sterben sehen, als andere in ihrem ganzen Leben. Sie war die Letzte ihrer Familie. Ihre Eltern und ihr Großvater lebten nicht mehr, und Richard, ihr Ehemann, war für sie so gut wie tot, denn am Tag, als ihr Vater starb, hatte sie ihr inzwischen rechtskräftiges Scheidungsurteil erhalten.

»Samantha«, sagte der Anwalt mit leiser, fast flehender Stimme. »Dein Vater hat dich geliebt. Er liebte dich sehr, und weil er dich so sehr liebte, hat er dir ja auch diese Aufgabe übertragen.« Er beobachtete sie genau: Seine Frau hatte gesagt, es mache ihr Sorgen, daß Samantha nicht eine Träne vergossen habe, seit ihr Vater verschieden war. »Gut«, hatte der Anwalt entgegnet. »Sie besitzt die Willensstärke ihres Vaters.«

»Aber ihr Vater ist doch gar nicht so willensstark gewesen«, hatte seine Frau heftig erwidert. »Samantha war es, die immer stark sein mußte. Und nun hat sie dabeigestanden und zugesehen, wie ihr Vater vor ihren Augen dahinsiechte und starb, doch sie hat das alles auf sich genommen, ohne auch nur eine Träne zu vergießen.«

»Samantha wäre sein Fels, pflegte Dave stets zu sagen.« Mit diesen Worten hatte der Anwalt seine Aktentasche genommen und das Haus verlassen, ehe seine Frau noch ein weiteres Wort sagen konnte; denn er fürchtete, daß sie sich noch viel mehr ereifern würde, wenn sie den Inhalt von Dave Elliots Testament erfuhr.

Während er Samantha beobachtete, die ihm in der Bibliothek ihres Vaters gegenüberstand, spürte er, wie sich Schweißperlen in seinem Nacken bildeten, als er sich daran erinnerte, wie er Dave dieses Testament hatte ausreden wollen. Aber es war ihm nicht gelungen. Als Dave seinen Letzten Willen aufsetzte, hatte er nur noch zweiundneunzig Pfund gewogen und kaum mehr sprechen können. »Ich schulde ihr diese Chance«, hatte Dave geflüstert. »Ich habe sie um ihr Leben betrogen, und nun will ich es ihr zurückgeben. Das bin ich ihr schuldig.«

»Samantha ist eine junge Frau, eine erwachsene Frau, die ihre eigenen Entscheidungen treffen muß«, hatte ihm der Anwalt geantwortet, aber er hätte ebensogut in den Wind reden können. Dave war von seinem Vorhaben nicht abzubringen gewesen.

»Es ist doch nur für ein Jahr. Das ist alles, was ich von ihr verlange. Ein Jahr. Es wird ihr in New York gefallen.«

Sie wird New York hassen, hatte der Anwalt bei sich gedacht, seine Meinung jedoch nicht laut geäußert. Er kannte Samantha von Geburt an. Er hatte sie als Kind huckepack getragen, sie lachen und mit anderen Kindern spielen sehen. Er hatte miterlebt, wie sie Wettrennen veranstaltete und ihren Eltern Streiche spielte, wie sie sich über ein gutes Zeugnis freute und wegen einer schlechten Note weinte. Er war Zeuge gewesen, wie sie sich mit ihrer Mutter wegen der Farbe eines Kleides stritt und darüber, ob sie sich die Lippen schminken dürfe oder nicht. Bis zu ihrem zwölften Lebensjahr war sie in jeder Beziehung ein normales Kind gewesen.

Aber wenn er sie jetzt, nur ein paar Stunden nach dem Begräbnis ihres Vaters, betrachtete, konnte er sehen, was inzwischen aus ihr geworden war – eine alte Frau im Körper einer jungen, die ihre Schönheit in einem dem Anlaß angemessenen schwarzen Kostüm versteckte, das einer Frau, die dreimal so alt gewesen wäre wie sie, gut zu Gesicht gestanden hätte. Tatsächlich schien sie alles ihr nur Mögliche zu unternehmen, um ihre Weiblichkeit zu verbergen: Sie kämmte ihr hübsches Haar streng nach hinten; sie benützte weder Rouge noch Puder, und ihre Kleider waren formlos, viel zu lang und unbeschreiblich langweilig. Aber noch schlimmer als ihre äußere Erscheinung war ihre innere Verfassung: Seit Jahren hatte Samantha kaum noch gelächelt, und er konnte sich nicht erninnern, wann er sie zuletzt hatte lachen sehen.

Aber wenn sie einmal lächelte, dachte er, war sie sehr, sehr hübsch. Seine Gedanken wanderten in eine Zeit vor ein paar Jahren zurück, als Samantha noch nicht verheiratet gewesen war und Louisville noch nicht verlassen hatte. Sie war damals gerade vom Fitneß-Training heimgekommen. Dave hatte sich im Arbeitszimmer am Telefon befunden, und sie hatte nicht gewußt, daß noch jemand im Hause war. Er, der Anwalt, hatte, eine Tasse mit eisgekühltem Tee in der Hand, an der gläsernen Schiebetür auf der Terrasse gestanden und Samantha gerade begrüßen wollen, als sie ihren Umhang ablegte und anfing, im Salon Stretchübungen zu machen und eines ihrer wohlgeformten, schlanken Beine auf die Rückenlehne der Couch stützte. Er hatte in diesem Moment vollkommen vergessen, daß sie die Tochter eines Freundes war, und mit offenem Mund eine junge Frau bewundert, die er jahrelang für ein ziemlich hausbackenes Wesen gehalten hatte. Ihr Haar hatte sich aus dem Band in ihrem Nacken gelöst und ringelte sich in zarten Strähnen, die wie gesponnenes Kupfer glänzten, um ihr Gesicht. Ihre Haut war rosig von der Anstrengung, und lange, geschwungene Wimpern senkten sich über strahlend blaue Augen. Ihm war bisher noch nie diese schwellende Fülle ihrer Lippen aufgefallen, und auch nicht diese kleine kecke, leicht nach oben gebogene Nasenspitze. Auch war ihm bisher entgangen, daß sie einen Körper besaß, den man in einem Magazin hätte verewigen müssen, mit Kurven, wo sie hingehörten, straff und makellos gerundet.

»Sie werden erwachsen, nicht wahr?« hatte Dave hinter ihm, dem Anwalt, gesagt, der sich erschrocken mit schamrotem Gesicht zu ihm umgedreht hatte, weil er dabei ertappt worden war, wie er ein Mädchen angaffte, daß dem Alter nach seine Tochter hätte sein können. Offensichtlich hatte man ihm ansehen können, was er gerade dachte. Und so hatte er sich verlegen wieder abgewendet und war mit Dave in den Garten gegangen.

Es war etliche Jahre später, daß Dave, als er sein Testament aufsetzte, zu ihm sagte, er habe Samantha all ihren »Saft« genommen. »Ich habe ihr Dinge zugemutet, die ein Vater seinem Kind nie zumuten dürfte«, hatte er gesagt, und er, der Anwalt, hatte sich in diesem Moment nur zu lebhaft an Samanthas kleinen wohlgeformten Körper im roten Trikot erinnert, rasch seine Papiere zusammengesammelt und das Haus verlassen. Nur zu gut war ihm jener Nachmittag im Gedächtnis geblieben, als er eine Regung verbotener Lust in sich gespürt hatte, die er für die

Tochter eines Freundes niemals hätte empfinden dürfen. Obwohl Dave auf seinem Totenbett lag, mochte er, der Anwalt, sich nicht Geständnisse von solcher Art anhören, wie Dave sie ihm offenbar machen wollte. Er war nicht gewillt gewesen, sich in Dinge einweihen zulassen, die nie geschehen durften, aber nur allzu häufig passierten.

Nun fragte sich der Anwalt, was Dave Samantha eigentlich angetan hatte – *wenn* er ihr etwas angetan hatte –. Aber er würde sie nicht danach fragen, weil er nicht genügend Courage besaß, eine Welt zu betreten, von deren Existenz er lieber nichts wissen wollte.

»Ich möchte das nicht machen«, sagte Samantha, auf ihre Hände hinuntersehend. »Ich habe andere Pläne.«

»Es ist doch nur für ein Jahr«, antwortete der Anwalt, Daves Worte wiederholend. »Und du wirst am Ende dieses Jahres eine große Summe Geldes bekommen.«

Als Samantha zum Fenster ging, strich sie mit einer Hand über die Brokatvorhänge. Eines der letzten Dinge, die sie mit ihrer Mutter gemeinsam gemacht hatte, war die Auswahl dieser Vorhänge gewesen. Samantha entsann sich, wie sie unzählige Stoffmuster begutachtet hatten, ehe sie sich für einen Vorhang in der richtigen Farbe und der richtigen Webart entschieden hatten. Im Garten hinter dem Haus befand sich ein Baum, den ihr Großvater und sie gepflanzt hatten, als sie noch ein Gummihöschen mit Windeln trug. Später, an ihrem zehnten Geburtstag, hatte Großpapa Cal ein großes »C + S« in den Stamm geschnitzt und gesagt, auf diese Weise würden sie immer zusammenbleiben, solange der Baum lebte. Sich vom Fenster wegdrehend, schaute sie sich im Raum um – dem Zimmer ihres Vaters, dem Ort, wo ihr Vater sie auf seinen Knien geschaukelt und sie mit ihm und ihrer Mutter gespielt hatte, und wo sie alle zusammen gelacht hatten. Richard hatte ihr in diesem Zimmer den Heiratsantrag gemacht.

Mit feierlich ernstem Gesicht ging sie zum großen Schreibtisch ihres Vaters und nahm den Stein auf, den er als Briefbeschwerer benützt hatte und auf dessen glatter Oberfläche von ungelenker Kinderhand in blauer Farbe die Worte geschrieben standen: *Ich liebe Dich, Daddy.* Sie hatte ihm diesen Briefbeschwerer geschenkt, als sie die dritte Volksschulklasse besuchte.

Zwei Wochen, bevor ihr Vater starb – in einer Zeit, wo sie ihn pflegte und glaubte, sie wären sich so nahegekommen wie nie zuvor in ihrem Leben –, hatte er heimlich das Haus und die meisten der darin befindlichen Einrichtungsgegenstände verkauft. Sie hatte in diesen Wochen vor seinem Tod kaum an sich selbst gedacht, aber er hatte sie immer wieder danach gefragt, was sie denn nach seinem Ableben unternehmen wolle. Widerstrebend hatte ihm Samantha zur Antwort gegeben, daß sie vermutlich in diesem Haus wohnen, ein paar College-Kurse belegen, nebenbei ein paar Unterrichtsstunden auf dem Gebiet der Datenverarbeitung geben und alles das tun würde, was auch andere Leute machten, die nicht sechs Tage in der Woche arbeiteten, wie Samantha das in den letzten beiden Jahren getan hatte. Ihr Vater hatte sich mit keinem Wort dazu geäußert, obwohl es ihm offenbar nicht recht gefallen wollte.

Samantha legte den Stein auf den Schreibtisch zurück und sah den Anwalt an. »Hat er denn keinen Grund für den Verkauf des Hauses genannt?«

»Er sagte lediglich, es wäre sein Wunsch, daß du ein Jahr lang in New York verbringen und in dieser Zeit nach deiner Großmutter suchen solltest. Ich hatte nicht den Eindruck, daß er glaubte, sie wäre noch am Leben. Ich denke, er wollte, daß du herauszufinden versuchst, wo sie hinging, nachdem sie ihre Familie verlassen hatte. Dein Vater hatte die Absicht, selbst Nachforschungen anzustellen, aber er . . .«

»Er hatte für viele Dinge, die er machen wollte, nicht die Zeit gefunden«, unterbrach Samantha den Anwalt, der die Stirn runzelte, denn ihre Stimme hatte verbittert geklungen. »Demnach soll also ich an seiner Stelle nach ihr suchen?«

Der Anwalt räusperte sich nervös und überlegte, wie er sich am schnellsten höflich verabschieden konnte. »Ich glaube nicht, daß er Nachforschungen im buchstäblichen Sinn meinte. Ich hatte eher den Eindruck, daß er befürchtete, du würdest dich in diesem Haus verkriechen und niemanden sehen wollen. Ich meine, er dachte daran, daß du, weil von der Verwandtschaft deiner Mutter niemand mehr existiert, nach seinem Tod keine Familienangehörigen mehr hast – außer seiner Mutter. Falls sie noch lebt, heißt das natürlich . . .« Seine Stimme verebbte.

Samantha wandte sich ab, so daß der Anwalt ihr Gesicht nicht sehen konnte: Sie wollte von dem, was sie in diesem Moment empfand, nichts preisgeben. Schmerz, Verrat – wie tief sie verwundet worden war, mochte sie niemandem zeigen. Ihr größter Wunsch in diesem Moment war, allein zu sein. Sie wollte, daß dieser Mann jetzt aus dem Haus ging, die Tür hinter sich zumachte und sie nie mehr öffnete. Sobald das Haus leer war, wollte sie sich in eine warme, dunkle Ecke verkriechen, die Augen schließen und sie nie mehr öffnen. Wie viele schreckliche Dinge konnte ein Mensch durchmachen und dennoch überleben?

Der Anwalt zog einen Schlüsselbund aus der Tasche und legte ihn auf den Schreibtisch. »Das sind die Schlüssel zu der Wohnung deines Vaters. Dave hatte alles schon arrangiert. Er hatte vor, sich frühzeitig pensionieren zu lassen und nach New York zu ziehen, damit er nach seiner Mutter suchen konnte. Er mietete sich in New York eine Wohnung und richtete sie sogar ein. Alles war für ihn bereit, aber dann beschloß er, sich einer Vorsorgeuntersuchung zu unterziehen, und . . . und da entdeckte man seinen Krebs.«

Als Samantha sich nicht umdrehte, ging der Anwalt rückwärts bis an die Tür zurück. »Samantha, ich kann nur nochmals versichern, daß mir das mit deinem Vater leid tut. Ich liebte diesen Mann, und ich weiß, daß du ihn auch geliebt hast. Und wenn es dir vielleicht im Augenblick auch anders scheinen mag: Er liebte dich ebenfalls. Er liebte dich sehr und wollte nur das Beste für dich. Und deshalb bin ich sicher, daß er das, was er machte, nur aus Liebe zu dir tat.«

Er redete zu schnell und wußte das auch. Vielleicht sollte er ihr etwas anbieten. Und wenn es nur eine Schulter war, an der sie sich ausweinen konnte – aber wenn er ehrlich war, wollte er nicht Zeuge eines solchen Schmerzes werden, wie Samantha ihn empfinden mußte. Er empfand Mitleid – so viele Todesfälle in so einem kurzen Leben –, aber er bot ihr keine Schulter an. Er wollte jetzt heimgehen, heim zu seiner gesunden, lächelnden Frau, und dieses Haus für immer verlassen. Vielleicht hatte Dave recht daran getan, es zu verkaufen, vielleicht barg es so viele schlimme Erinnerungen, daß man diese nur überwinden konnte, wenn man das Haus aufgab.

»Ich lege noch den Mietvertrag zu den Schlüsseln auf den Schreibtisch«, sagte er rasch, um seinen Auftrag zu Ende zu bringen. »Der Hausbesitzer wird dir die Schlüssel zu den Außentüren aushändigen, sobald du nach New York kommst und dich bei ihm meldest. Den Karton mit den Sachen deiner Großmutter habe ich dort auf dem Boden abgestellt.«

Als der Anwalt dann in der Halle die Hand auf die Klinke der Eingangstür legte, fühlte er sich fast so wie ein Läufer, der ungeduldig auf den Startschuß wartet, damit er endlich von hier wegkam. »Wenn du sonst noch etwas brauchen solltest, laß es mich bitte wissen – ja, Samantha?«

Sie nickte, aber sie drehte sich nicht um, als sie ihn weggehen hörte. Statt dessen fuhr sie fort, in den winterkahlen Garten hinter dem Haus ihres Vaters hinauszustarren. Aber es war nicht mehr sein Haus. Noch war es das ihre. Als heranwachsendes Mädchen hatte sie gedacht, daß sie eines Tages ihre Kinder in diesem Haus großziehen würde, aber . . . Sie blinzelte ein paarmal, bis sie den Garten wieder deutlich sehen konnte, und da fiel ihr ein, daß sie neunzig Tage Zeit hatte, um die Heimstatt ihrer Kindheit zu räumen.

Sich umdrehend, betrachtete sie den Packen Papiere auf dem Schreibtisch ihres Vaters – dem Schreibtisch, der nun jemand anderem gehörte. Sie spielte mit dem Gedanken, sich der Aufgabe zu entziehen, die ihr das Testament ihres Vaters auferlegte. Sie konnte sich selbst ernähren. Ja, wenn es darauf ankam, konnte sie, wie sie sehr wohl wußte, sogar noch eine zweite Person ernähren. Aber wenn sie nicht tat, was ihr Vater von ihr verlangte, würde sie das ganze Geld verlieren, das er ihr hinterlassen hatte – das Geld aus dem Verkauf des Hauses, seine Ersparnisse aus vielen Jahren und das Geld, das sein Vater ihm vermacht hatte. Wenn sie das Geld, das sie erben würde, richtig anlegte, konnte sie ein finanziell unabhängiges Dasein führen – konnte wohnen, wo sie wollte, und machen, was sie wollte.

Aber aus irgendeinem Grund hatte ihr Vater beschlossen, daß sie, ehe sie in den Besitz dieses Geldes kommen konnte, ein Jahr in einer großen, schmutzigen Stadt verbringen und muffige alte Dokumente durchwühlen mußte in der Hoffnung, eine Spur von einer Frau zu finden, die ihre Familie verlassen hatte, als Samantha, ihre

Enkelin, gerade acht Monate alt gewesen war. Diese Frau hatte einen Ehemann sitzenlassen, der sie anbetete; einen Sohn, der sie liebte; eine Schwiegertochter, die sie vermißte, und eine Enkelin, die sie eines Tages dringend brauchen würde.

Samantha drehte sich zum Schreibtisch um und nahm den Stein auf, den sie ihrem Vater als Briefbeschwerer geschenkt hatte. Einen Moment lang war sie versucht, ihn durch das Fenster zu schleudern. Aber dieser Impuls war nur von kurzer Dauer, und sie legte den Stein langsam, behutsam, auf den Schreibtisch zurück. Wenn ihr Vater wünschte, daß sie versuchen sollte, seine Mutter wiederzufinden, dann würde sie, Samantha, das auch tun. Hatte sie nicht jahrelang genau das gemacht, was er von ihr verlangt hatte?

Sie war schon im Begriff, das Zimmer zu verlassen, als sie an der Tür noch einmal anhielt, sich umdrehte und die altmodische Hutschachtel vom Boden aufhob, die ihr Vater ihr hinterlassen hatte – diesen Karton, der, wie er ihr erzählt hatte, alle Erinnerungsstücke an seine Muter enthielt. Sie trug ihn die Treppe hinauf in ihr Zimmer. Sie verspürte keine Neugierde, den Inhalt dieses Kartons zu erforschen. Tatsächlich war Samantha überzeugt, daß es, alles in allem, besser sei, jetzt nicht daran zu denken. Daß es besser sei, an gar nichts zu denken und sich an nichts zu erinnern. Daß es besser sei, etwas zu tun, als irgendwelchen Gedanken nachzuhängen. Und im Augenblick hatte sie ja auch eine Menge zu packen.

1

New York
April 1991

Keine Viertelstunde, nach dem Samantha Elliot in New York gelandet war, wurde ihr die Brieftasche gestohlen. Sie wußte, es war ihre eigene Schuld, denn sie hatte in ihre Handtasche gegriffen, um ein Papiertaschentuch herauszuholen, und dann vergessen, den Reißverschluß wieder zuzumachen, so daß der Dieb nur die Hand hineinzustekken und die Brieftasche herauszuziehen brauchte. Damit war sie ihre Mastercard, ihre American-Express-Kreditkarte und den größten Teil ihres Bargeldes los. Wenigstens war sie so vernünftig gewesen, hundertfünfzig Dollar in ihrer Reisetasche zu verstauen, so daß sie nicht ohne einen Cent dastand.

Nachdem Samantha den Diebstahl entdeckt hatte, fiel ihr ein, daß sie – für sie eine brandneue Erfahrung – ihre Kreditkarten sperren lassen mußte. Alles, was sie bisher erlebt hatte, war für sie traumatisch: ihr erster Aufenthalt in der großen bösen Stadt New York, ihre Begrüßung durch einen Taschendieb und die Notwendigkeit, ihre Kreditkarten sperren zu lassen. Für die gelangweilte junge Frau hinter dem Schalter waren das alles Dinge, die sie fünfzigmal am Tag erlebte. Sie händigte Samantha ein paar Formulare aus, die sie ausfüllen sollte, deutete auf eine Liste mit den Telefonnummern der Kreditkarten-Gesellschaft an der Wand und erklärte, daß sie diese anrufen müsse. Während Samantha telefonierte, lackierte sich die junge Frau die Nägel, führte mit ihrem Freund ein Ferngespräch und sagte ihrer Kollegin, was sie zum Lunch haben wolle – alles zur gleichen Zeit. Samantha versuchte der jungen Frau mitzuteilen, daß ihr soeben eine Brieftasche abhanden gekommen sei, die früher ihrer Mutter gehört habe und die ein Innenfutter aus Leder aufwiese mit einem Prägemuster, das ihr Vater psychedelisch genannt hatte. Die junge Frau sah Samantha jedoch nur mit leeren Augen an und sagte »Ja, gewiß«. Wenn diese Frau nicht soeben bewiesen hätte, daß sie intelligent genug war, mehrere Dinge gleichzeitig zu erledigen, würde Samantha aus ihrem Augenausdruck geschlossen haben, daß sie unrettbar verblödet sei.

Als Samantha dann die Abteilung für Fundsachen verließ, hatte man ihren Koffer in einen Raum mit einer dikken Glastür eingesperrt, und sie mußte erst einen Wachmann finden, der ihr diese Tür öffnete – keine geringe Tat, denn niemand, den sie ansprach, wußte, wer den Schlüssel zu diesem Raum besaß. Überhaupt schien niemand zu wissen, daß dieser verschlossene Raum überhaupt existierte.

Als sie dann endlich wieder im Besitz ihres Koffers war und, die Bordtasche über die Schulter gehängt, diesen hinter sich herzerrte, zitterte sie am ganzen Körper vor Erschöpfung und Frustration.

Nun mußte sie sich nur noch ein Taxi besorgen – es würde die erste Taxifahrt ihres Lebens sein –, um vom Flugplatz in die Innenstadt zu gelangen.

Eine halbe Stunde später befand sie sich in dem schmutzigsten Automobil, das sie bisher gesehen hatte. Es stank so furchtbar nach Zigarettenrauch, daß sie glaubte, ihr müsse übel werden. Als sie das Fenster herunterdrehen wollte, mußte sie feststellen, daß die entsprechenden Kurbeln an beiden Türen fehlten. Sie hätte den Chauffeur gern darauf angesprochen, aber sein Name, der auf dem Papier unter dem Taxometer stand, setzte sich vorwiegend aus den Buchstaben »X« und »K« zusammen, und er verstand offenbar nicht sehr viel Englisch.

Als sie aus den schmutzigen Seitenfenstern des Taxis blickte und sich dabei bemühte, so wenig wie möglich zu atmen, machte sie den untauglichen Versuch, an nichts zu denken – nicht daran, wo sie jetzt war, warum sie dort war und wie lange sie wohl an diesem Ort bleiben mußte.

Das Taxi fuhr unter einer Brücke hindurch, die aussah, als müßte sie wegen Einbruchsgefahr gesperrt werden, dann durch Straßen mit unzähligen winzigen Läden mit schmutzigen Fenstern. Als der Chauffeur Samantha zum drittenmal nach der Adresse fragte, wiederholte sie diese freundlich, da sie ihre Frustration nicht auf ihn übertragen wollte. Aus dem Mietvertrag hatte sie ersehen, daß die Wohnung sich in einem Backsteinhaus in den East Sixties zwischen Park und Lexington Avenue befand.

Als der Chauffeur die Fahrt verlangsamte und nach der Hausnummer suchte, befanden sie sich in einer Straße, die ruhiger und nicht so verlottert zu sein schien wie die Straßen in den Bezirken, durch die sie bisher gefahren waren. Nachdem das Taxi angehalten hatte, bezahlte sie den Chauffeur, wobei sie rasch das erforderliche Trinkgeld im Kopf auszurechnen versuchte, und hob dann ihre beiden Gepäckstücke aus dem Wagen, ohne seine Hilfe in Anspruch zu nehmen.

Sie betrachtete das Gebäude, vor dem sie nun stand. Es hatte fünf Stockwerke und in jeder Etage nur zwei Fenster. Aber es war ein sehr hübsches Haus mit einer hohen Vortreppe, die zu einer von einem fächerförmigen Oberlicht gekrönten Tür hinaufführte. Eine Glyzine mit purpurroten Blütenknospen, die jeden Moment aufbrechen konnten, rankte sich an der linken Seite des Hauses bis zum Dach hinauf.

Samantha drückte auf den Klingelknopf. Niemand kam an die Haustür. Auch nicht, als sie bereits dreimal geklingelt und eine Viertelstunde gewartet hatte.

»Natürlich«, sagte sie laut zu sich selbst und setzte sich dann auf ihren Koffer. Hatte sie etwa erwartet, daß der Hausbesitzer daheim sein würde, um ihr den Schlüssel zu übergeben? Nur weil sie ihm in einem Brief ihre Ankunftszeit in New York mitgeteilt hatte, bedeutete das noch lange nicht, daß er sich auch verpflichtet fühlte, daheim zu bleiben, um ihr die Haustür öffnen zu können. Was kümmerte es ihn schon, daß es sie nach einem Duschbad verlangte und nach einer Sitzgelegenheit, die sich nicht von der Stelle bewegte?

Als sie so auf ihrem Koffer saß und auf den Mann wartete, der ihr die Schlüssel übergeben sollte – wobei sie sich fragen mußte, ob er überhaupt kommen würde –, überlegte sie, was sie in einer so großen Stadt wie New York ohne eine Bleibe anfangen sollte. Sollte sie sich ein Taxi zu einem Hotel nehmen und dort die Nacht verbringen? Sollte sie den Anwalt ihres Vaters veranlassen, ihr telegrafisch noch etwas Geld anzuweisen, bis sie Gelegenheit fand, in New York ein Bankkonto zu eröffnen?

So verstrichen wieder einige Minuten, ohne daß jemand kam, um ihr die Haustür zu öffnen, oder sie von den Passanten jemand beachtete. Zwar lächelten zwei vorbeikommende Männer zu ihr hinauf, aber sie blickte betont in eine andere Richtung.

Während Samantha auf der Vortreppe saß, entdeckte sie nach einer Weile, daß sich da noch eine Tür an der Vorderseite, und zwar auf der Höhe des Bürgersteiges, befand. Vielleicht war ja das der richtige Eingang und sie mußte nur dort anklopfen, damit ihr geöffnet wurde.

Sie wußte nicht, ob es gefährlich war, ihr Gepäck unbewacht auf der Vortreppe stehenzulassen, beschloß jedoch, dieses Wagnis einzugehen. Zu Gott betend, daß man es ihr nicht stehlen möge, ging sie die Vortreppe hinunter um einen hübschen, mit Spitzen versehenen schmiedeeisernen Zaun herum, um mehrmals an die Tür zu klopfen. Doch nichts regte sich im Haus.

Sie holte tief Luft und blickte, die Hände zu Fäusten ballend, zurück auf ihr Gepäck, das unberührt oben auf der Treppe stand. Sie sah sich um und entdeckte neben der Tür im Erdgeschoß einen Kasten mit roten Geranien. Der Anblick der Blumen brachte sie zum Lächeln. Zumindest diese Blumen schienen glücklich zu sein. Sie waren gepflegt, wiesen nicht ein welkes Blatt auf, und die Erde darunter war feucht, aber nicht naß, und die Stämmchen waren voller Blüten.

Immer noch lächelnd machte sie sich auf den Rückweg zur Vortreppe. Als sie um den Zaun herumging, flog ein Fußball so knapp an ihrem Kopf vorbei, daß sie ihn unwillkürlich einzog. Und als dieser Fußball von einem männlichen Wesen verfolgt wurde, das offenbar ein paar hundert Pfund wog und mit kurzen Baumwollshorts und einem Sweatshirt bekleidet war, dessen Armlöcher bis zur Taille hinunter aufgerissen zu sein schienen, preßte sich Samantha flach gegen die Seitenwand der Vortreppe und versuchte, diesem Mann auszuweichen. Aber sie war nicht schnell genug. Er fing den Fußball in dem Bruchteil einer Sekunde, als er über ihren Kopf hinwegsegelte, und nahm sie erst erschrocken in dem Moment wahr, als er im Begriff war, auf sie zu fallen. Sofort ließ er den Fußball los und griff mit beiden Händen nach ihr, ehe sie mit ihrem ganzen Gewicht auf die Spitzen des Zaunes fallen konnte.

Sie schnappte erschrocken nach Luft, als sie das Gleichgewicht verlor, aber dann spürte sie, wie er sie an sich zog, um sie zu schützen.

Einen Moment lang stand sie, von seinen Armen umfangen, da. Er war um einiges größer als sie mit ihren einszweiundsechzig, mochte vielleicht einsachtzig sein, aber da er sich, um ihren Sturz zu verhindern, nach vorn beugte, befanden sich ihre Köpfe fast auf gleicher Höhe. Die Vortreppe hinter sich, die gemauerte Freitreppe des Nachbarhauses nur wenige Meter entfernt vor sich, den Zaun und den Blumenkasten unmittelbar neben sich, waren sie hier so gut wie von der Außenwelt abgeschnitten. Samantha wollte sich gerade bei dem Mann für seine Hilfe bedanken, doch als sie ihn ansah, vergaß sie, was sie hatte sagen wollen.

Er war ein ungewöhnlich gutaussehender Mann mit schwarzem gelocktem Haar, dichten schwarzen Brauen, dunklen Augen mit Wimpern, auf die jede Frau neidisch gewesen wäre – und dies alles über einem Mund mit vollen Lippen, die aussahen, als gehörten sie zu einer Skulptur von Michelangelo. Man hätte seinem Gesicht sogar etwas Feminines bescheinigen können, wenn seine Nase nicht ein paarmal gebrochen, sein Kinn nicht von einem drei Tage alten Stoppelbart bedeckt gewesen wäre und der feingemeißelte Kopf nicht auf einem Körper gesessen hätte, der vor Muskeln nur so strotzte. Nein, er hatte nichts Weibliches an sich. Alle langen Wimpern dieser Welt könnten nichts daran ändern, dachte sie bei sich, daß dieser Mann eine hundertprozentig männliche Erscheinung war. Tatsächlich strahlte er eine Männlichkeit aus, daß sich Samantha in seinen Armen so klein und hilflos vorkam, als trüge sie meterlange lavendelfarbene Spitzen. Er roch sogar männlich, aber nicht auf diese künstliche Weise, die man in jeder Drogerie kaufen konnte, sondern nach reinem Männerschweiß, ein bißchen Bier und nach bronzefarbener, von Sonne und körperlicher Tätigkeit erhitzter Haut.

Aber es war der Mund dieses Mannes, der sie besonders faszinierte. Er hatte den schönsten Mund, den sie jemals an einem menschlichen Wesen gesehen hatte. Er war voll, wie gemeißelt, wirkte hart und weich zugleich, und sie vermochte den Blick nicht von ihm abzuwenden. Als sie sah, daß diese Lippen sich auf ihre zubewegten, wich sie ihnen nicht aus. Er legte seinen Mund auf ihren, sachte zuerst, als würde er sie um Erlaubnis fragen, und Samantha, ihrem Instinkt, einem Verlangen und noch etwas, das weitaus ursprünglicher war, gehorchend, öffnete leicht ihre Lippen, und er drückte seinen Mund jetzt noch fester auf den ihren. Und wenn ihr Leben davon abgehangen hätte: Es war ihr unmöglich, ihre Lippen von diesem warmen, frischen Mund zu lösen. Doch als sie nun eine Hand zu einem halbherzigen Protest hob, berührte sie mit den Fingern seine Schulter. Noch nie hatte sie so eine Schulter wie diese unter ihrer Hand gespürt. Harte, feste, runde Muskeln wölbten sich auf seinem Oberarm, und ihre Finger gruben sich dort in das elastische Fleisch.

Als sich ihre Finger über seinen Arm schlossen, rückte er dichter an sie heran, preßte seinen großen, harten, schweren Körper gegen den ihren und hielt sie damit an der Mauer fest. Samanthas Hand glitt auf seinen Rücken, schob sich unter den Saum seines kurzen Shirts und kam dort mit den Konturen seiner Muskeln in Berührung.

Ein Stöhnen entrang sich ihren Lippen, und ihr Körper sank langsam gegen den seinen.

Er legte die eine seiner beiden großen Hände hinter ihren Kopf, drehte sie zur Seite und begann sie mit all der Leidenschaft zu küssen, die sie bisher in ihrem Leben vermißt hatte. Er küßte sie auf eine Weise, von der sie stets geträumt hatte - so, wie sie schon immer hatte geküßt werden wollen, wie man es von einem Märchen erwartet und sollte man den Büchern glauben, wie ein Kuß zu sein hatte – so, wie noch keiner bisher sie geküßt hatte.

Als er einen seiner großen muskulösen Schenkel zwischen ihre kleineren schob, legte Samantha ihm beide Hände um den Nacken und zog ihn näher an sich – so nah, wie es überhaupt nur möglich war.

Da löste er ihren Mund von dem ihrem und küßte ihren Hals und ihre Ohrläppchen, während seine Hände sich auf ihrem Rücken nach unten bewegten. Er wölbte seine Hände um ihr Gesäß und drehte sie so, daß die Hauptlast ihres Gewichts auf seinem Schenkel ruhte. Dann tastete er mit einer Hand an ihrem Bein entlang und zog es nach oben, bis es an seiner Taille landete.

»He, Mike, du lockst eine Menge Zuschauer an.«

Samantha hörte diese Stimme zunächst nicht, sie hörte gar nichts, sie fühlte nur.

Es war der Mann, der sich nun von ihr löste. Er nahm den Mund von ihrer Haut, legte eine Hand auf ihre Wange und liebkoste diese mit dem Daumen, während er ihr lächelnd in die Augen blickte.

»He, Mike, ist das deine schon seit langem verschollene Kusine oder jemand, den du von der Straße aufgelesen hast?«

Sich vorbeugend, gab der Mann Samantha noch einen leichten Kuß auf den Mund, schob ihr Bein von seiner Taille herunter und hielt ihre Hand fest.

Es geschah in dem Augenblick, als der Mann sich von ihr wegbewegte, daß Samanthas Denkvermögen wieder einsetzte. Und das erste, was sie nun empfand, war Entsetzen – blankes, absolutes Entsetzen über das, was sie soeben getan hatte. Sie versuchte, dem Mann ihre Hand zu entreißen, doch der hielt sie eisern fest.

Drei verschwitzte Männer standen vor ihnen, die aussahen, als würden sie Zigaretten in den aufgerollten Ärmeln ihrer T-Shirts bei sich tragen und Bier zum Frühstück trinken. Und alle drei hatten ein freches, lüsternes Grinsen im Gesicht, als wüßten sie etwas, das sie eigentlich nicht wissen durften. »Willst du sie uns denn nicht vorstellen, Mike?«

»Klar doch«, erwiderte der Mann, der Samanthas Hand noch immer festhielt, obwohl sie sich immer wieder heftig bemühte, ihm diese zu entziehen. »Es freut mich, euch . . .«, begann der Mann, drehte sich dann um und blickte Samantha fragend an.

Samantha sah von ihm weg. Sie wollte ihm nicht noch einmal ins Gesicht schauen. Sie brauchte keinen Spiegel, der ihr sagte, daß ihr eigenes Gesicht vor Scham glühte.

»Samantha Elliot«, gelang es ihr zu flüstern.

»Oh, tatsächlich?« sagte der Mann, der ihre Hand festhielt, sah dann auf die drei Männer, die sich nun gegenseitig mit den Ellenbogen anstießen in der Gewißheit, daß Mike die Frau gar nicht kannte, die er noch vor Sekunden so heftig geküßt hatte, als habe er sich vorgenommen, sie zu verschlingen.

»Es freut mich, euch meine Mieterin vorstellen zu können«, sagte der Mann neben Samantha mit einem Grinsen. »Sie wird von jetzt ab bei mir in meinem Haus wohnen.« Stolz und Entzücken waren deutlich aus seiner Stimme herauszuhören.

Mit einem letzten, heftigen Ruck gelang es Samantha nun endlich, ihre Hand aus seinem Griff zu befreien. Sie hätte nicht geglaubt, daß ihre Verlegenheit noch hätte zunehmen können, aber als ihr nun bewußt wurde, wer dieser Mann war, schien diese Verlegenheit ins Unermeßliche zu wachsen. Gefühle des Entsetzens, der Panik, des Ekels vor sich selbst stürmten auf sie ein, und sie wäre am liebsten geflohen. Oder gestorben. Oder noch lieber beides.

»Was für eine Zimmergenossin!« meinte einer der drei Männer mit einem vulgären Lachen und musterte sie von Kopf bis Fuß.

Wenn du bei mir wohnen möchtest, brauchst du es mir nur zu sagen, Baby«, meinte ein anderer.

»Bei dir *und* deiner Frau, wie?« fragte der dritte und stieß ihm einen Ellbogen in die Rippen. »Honey, ich bin nicht verheiratet. Ich werde gut auf dich aufpassen. Besser, als Mike es würde – oder könnte.«

»Verschwindet von hier!« rief Mike laut, aber ohne jede Spur von Feindseligkeit, sondern eher launig, als er nun den Fußball aufhob und den dreien zurückwarf.

Einer von ihnen fing den Ball auf, und dann gingen die drei die Straße hinunter, sich immer wieder gegenseitig in die Rippen boxend und laut dabei lachend.

Der Mann neben Samantha drehte sich nun zu ihr um. »Ich bin Mike«, sagte er, ihr seine Rechte hinstreckend. Er schien nicht zu verstehen, warum Samantha sie nicht nahm, sondern ihn nur anstarrte. »Michael Taggert.« Als sie noch immer nicht reagierte, begann er zu erklären: »Ihr Hauswirt. Sie haben mir einen Brief geschrieben, erinnern Sie sich?«

Ohne ein Wort zu sagen, ging Samantha an ihm vorbei zur Vortreppe, wobei sie aufpaßte, ihn nicht zu berühren. Sie stieg die Stufen hinauf und hatte bereits ihr Gepäck aufgenommen, als er neben ihr anlangte.

»Warten Sie noch einen Moment, bis ich die Tür aufgesperrt habe«, sagte Mike. »Ich hoffe, die Wohnung wird Ihnen zusagen. Ich habe ein paar Leute von einer Reinigungsfirma kommen lassen, die dort saubermachen und Ihr Bett frisch beziehen sollten. Es tut mir leid, daß ich nicht daheim war, als Sie hier eintrafen, aber ich habe vergessen, mir die Zweitschlüssel geben zu lassen und ... He, wo wollen Sie denn hin?«

Ein Gepäckstück in jeder Hand, war Samantha die Vortreppe wieder hinabgestiegen und bereits ein paar Häuser weit die Straße hinuntergegangen, ehe er den Schlüssel zweimal im Schloß der Haustür umgedreht hatte.

Immer zwei Stufen auf einmal nehmend, stürmte Mike hinter ihr her. Ein paar Sekunden später baute er sich vor ihr auf und streckte die Hände nach ihren Gepäckstücken aus. Doch sie wich vor ihm zurück und versuchte, um ihn herumzugehen, was ihr jedoch nicht gelang, weil er ihr jedesmal den Weg verstellte.

»Sie sind wütend, weil ich mich verspätet habe, nicht wahr?«

Sie sah ihn nur kurz mit funkelnden Augen an und versuchte abermals, um ihn herumzugehen. Nach drei derartigen Manövern, die er aber jedesmal zu vereiteln wußte, machte sie auf dem Absatz kehrt und begann, in die entgegengesetzte Richtung zu gehen, worauf er ihr dort ebenfalls den Weg verstellte. Endlich blieb sie stehen. »Würden Sie mich bitte vorbeilassen?« fragte sie wütend.

»Ich verstehe das nicht«, erwiderte er. »Wo wollen Sie denn hin?«

Intelligente, aber stupide Leute, dachte sie bei sich. War diese Stadt denn voll von ihnen? Ihn immer noch wütend anfunkelnd, antwortete sie: »Ich werde mir ein Hotel suchen, Mr. Taggert.

»Ein Hotel? Aber ich habe Ihre Wohnung doch für Sie vorbereitet! Sie haben sie ja noch nicht einmal gesehen, also kann sie Ihnen wohl kaum mißfallen haben. Oder bin ich es, an dem Sie Anstoß nehmen? Ich sagte Ihnen doch bereits, daß ich es bedaure, mich verspätet zu haben. Es ist nicht meine Angewohnheit, mich zu verspäten, aber meine Armbanduhr ist in der vergangenen Woche naß geworden und befindet sich zur Zeit in Reparatur. Deshalb wußte ich nicht, wie spät es war. Und diese drei Burschen, mit denen ich zusammen war, hätten mir vermutlich nicht einmal die Zeit sagen können, selbst wenn sie eine Uhr bei sich gehabt und gewußt hätten, wie man sie um das Handgelenk bindet.«

Ihn mit einem Blick musternd, der ihn in eine Salzsäule verwandeln sollte, ging sie um ihn herum.

Doch er war nicht so leicht abzuschütteln. Er gab ihr zwar den Weg frei, ging jedoch, rückwärts laufend, neben ihr her. »Es sind diese Burschen, nicht wahr? Ziemlich ungehobelt, wie? Ich entschuldige mich für sie. Aber ich sehe sie nur, wenn ich mal mit jemandem Ball spielen möchte, und in der Sporthalle. Ich meine, ich habe sonst keinen Kontakt mit ihnen, wenn Sie das bedrücken sollte. Sie brauchen sie nicht in unserem Haus zu empfangen, das verspreche ich Ihnen.«

Wieder einen Moment anhaltend, mußte Samantha sich über diesen Mann nur wundern. Wie konnte er nur so gut aussehen und so wenig verstehen? Sie zwang sich dazu, ihn nicht anzusehen, es war ja schließlich seine Schönheit, die sie in diesen Schlamassel gebracht hatte.

Als sie sich abermals in Bewegung setzte, lief er erneut neben ihr her. »Wenn es nicht meine Verspätung war und es auch nicht diese Jungs sind, wo liegt dann das Problem?« fragte er.

An der nächsten Straßenecke hielt sie an und überlegte, was sie machen sollte. Sie hatte keine Ahnung, wo sie sich befand oder wo sie hingehen konnte, sah aber eine Menge gelber Taxis an sich vorbeirollen. In den Filmen, die sie gesehen hatte, stellten sich die Leute auf den Randstein und hoben beide Arme, um ein Taxi anzuhalten, und so hängte sie sich ihre Reisetasche über die Schulter und hob einen Arm in die Höhe. Binnen Sekunden hielt ein Taxi neben ihr an. Sich so benehmend, als hätte sie das schon Tausendemale getan, legte sie die Hand auf den Türgriff.

»Moment mal!« sagte Mike, als sie die Tür auf der Beifahrerseite öffnen wollte, »Sie können das nicht machen. Sie sind noch nie in dieser Stadt gewesen und wissen nicht, wo sie hinfahren sollen.«

»Ich werde so weit von Ihnen wegfahren, wie das überhaupt möglich ist«, erwiderte sie, ohne ihn dabei anzusehen.

Auf Mikes Gesicht spiegelte sich grenzenlose Überraschung. »Aber ich dachte, Sie mögen mich!«

Mit einem ärgerlichen Schnauben schickte sich Samantha an, in das Taxi zu steigen.

Doch Mike hinderte sie an diesen Vorhaben, indem er erst ihren Koffer und dann ihren Arm nahm und beides festhielt. »Sie fahren nicht weg«, sagte er, und dann, in das Taxi hinein: »Troll dich!«

Der Taxifahrer warf nur einen Blick auf Mike und dessen Muskelpakete, die ihm bei der spärlichen Bekleidung ja kaum verborgen bleiben konnten. Er stellte keine Fragen und wartete nicht einmal ab, bis Mike die Beifahrertür zugeworfen hatte, um sich nun eilends zu entfernen.

»Schön«, sagte Mike darauf mit leiser Stimme, als spräche er zu einem nervösen Gaul. »Ich habe zwar keine Ahnung, was plötzlich in Sie gefahren ist, aber wir werden darüber reden.«

»Wo? In Ihrem Haus? In dem Haus, wo ich angeblich mit Ihnen leben soll?« erwiderte Samantha zornig.

»Ist es das, was Sie stört? Sie sind wütend auf mich, weil ich Sie geküßt habe?« Und dann, während sich langsam ein Lächeln auf seinem Gesicht ausbreitete, trat er näher an sie heran und meinte vielsagend: »Dabei hatte ich den Eindruck, als wäre es Ihnen gar nicht so unangenehm gewesen, daß ich Sie küßte.«

»Bleiben Sie mir vom Leib!« Sie machte einen Schritt zurück. »Ich weiß zwar, daß dies eine Stadt sein soll, in der man sich herzlich wenig um seine Nachbarn kümmert, aber ich denke doch, daß jemand auf uns aufmerksam werden wird, wenn ich jetzt anfange zu schreien.

Ihre Worte veranlaßten ihn, sich auf Armeslänge von ihr zu entfernen und sie aus dieser Distanz zu betrachten. Sie trug etwas Strenges von der Stange – das war das einzige Wort, das ihm einfallen wollte, um den »Schick« ihrer Kleidung zu beschreiben – von marineblauer Farbe. Es war ein sehr hausbackenes Konfektionsstück mit einem Rock, der ihr bis weit über die Knie fiel, und einer Jacke mit weißem Krägelchen und weißen Manschetten. Irgendwie brachte es dieses unendlich langweilige und unscheinbare Kostüm fertig, jede Rundung ihres Körpers so vollkommen zu verbergen, daß Mike hätte glauben können, sie sei gerade wie ein Ladestock, wenn er sie nicht noch vor wenigen Minuten mit seinen Händen überall berührt und sich persönlich davon überzeugt hätte, was für einen phantastischen Körper sie besaß. Als er sie geküßt hatte, hatte seine Hand in ihrem Kreuz über einem köstlich gerundeten Hinterteil gelegen und war dann darüber hinweggefahren, an einem festen, perfekt geformten Schenkel entlang bis hinunter zu ihrem Knöchel und einem schlanken kleinen Fuß. Er hätte jede Wette angenommen, daß es unmöglich sei, einen so großartigen Körper unter noch so dicken Stoffbahnen zu verstecken, aber irgendwie hatte sie das dennoch fertiggebracht.

Als er nun ihr Gesicht betrachtete, stellte er fest, daß es eine Mischung von hübsch und niedlich war. Sie trug so gut wie kein Make-up, als wollte sie lieber von der

Hübschheit ablenken, statt diese zu betonen. Es fiel ihm schwer, zu glauben, daß die Frau die er jetzt betrachtete, dieselbe war, die er noch vor wenigen Minuten geküßt hatte. Weder ihr Gesicht noch ihr Körper hatten nun etwas sexuell Anziehendes. In diesem formlosen Kostüm und mit dem straff zurückgekämmten Haar, das sie zu einem strengen und unglaublich braven Knoten aufgesteckt hatte, hätte er sie für die Mutter von einem halben Dutzend Kinder gehalten, die in einer Sonntagsschule unterrichtete. Aber er erinnerte sich sehr lebhaft daran, daß sie vor wenigen Minuten noch ganz anders ausgesehen hatte. Diese lustvolle, begehrenswerte, hungrige Schönheit, die seine Küsse erwidert hatte, war irgendwo in dieser Gestalt vor ihm verborgen.

Als er um die Vortreppe herumgerannt war, um den Fußball aufzufangen, hätte er sie fast niedergetrampelt, und aus einem Reflex heraus hatte er sie aufgefangen, ehe sie auf die Spitzen des Eisenzaunes fallen konnte. Er hatte den Mund geöffnet, um sie zu fragen, ob sie sich verletzt habe, aber als er ihr in die Augen geschaut hatte, waren ihm die Worte im Hals steckengeblieben; denn sie hatte ihn angesehen, als würde sie ihn für den schönsten, reizvollsten und begehrenswertesten Mann der Welt halten. Er hatte schon als Kind gewußt, wie anziehend er auf Mädchen wirkte, und sein gutes Aussehen, wo immer das möglich war, zu seinem Vorteil eingesetzt, doch keine Frau hatte ihn bisher so angesehen wie diese da.

Allerdings mußte er einräumen, daß er sie möglicherweise nicht viel anders angeschaut hatte, als sie ihn. Ihre großen hellblauen Augen hatten ihn voller Überraschung und Verlangen über einer zierlichen, kecken Nase hinweg angesehen, über einem Mund, der so süß und reizvoll war, daß er meinte, er müsse sterben, wenn er ihn nicht küßte.

Und er hatte diesen Mund geküßt, zaghaft zunächst, weil er sich nicht sicher war, ob er das auch durfte, denn er wollte nichts tun, was sie vertreiben konnte. Doch in dem Moment, als seine Lippen die ihren berührten, wußte er, daß er sich nicht mehr bremsen, sich nicht mehr zurückhalten konnte, denn keine Frau hatte ihn jemals so geküßt. Es war nicht nur Verlangen, das er in ihrem Kuß spürte, das war Hunger. Sie küßte ihn, als wäre sie jahrelang eingesperrt gewesen und nun, da sie wieder in die Freiheit entlassen war, er der Mann sei, den sie auf der Welt am meisten begehrte.

Jetzt, in diesem Augenblick, konnte Mike jedoch nicht verstehen, was in ihr vorging. Wie konnte sie ihn auf diese Weise küssen und ihn zehn Minuten später so wütend anfunkeln, als würde sie ihn verabscheuen? Oder, anders ausgedrückt: Wie konnte diese züchtige kleine Lady zugleich dieses berückende Wesen sein, das ein Bein über seine Taille gewickelt hatte?

Mike wußte darauf keine Antwort, doch in einem Punkt war er sich sicher: Er *konnte* sie nicht gehen lassen. Er *mußte* herausfinden, weshalb sie plötzlich den Wunsch hatte, von ihm wegzugehen, denn er für seinen Teil hätte sie jetzt am liebsten auf seine Arme gehoben, in sein Haus getragen und dort behalten – vielleicht für immer. Aber wenn sie ihm zuerst Bedingungen stellen wollte, zum Beispiel, daß er in den Himmel hinaufklettern, dort ein Dutzend oder mehr Sterne einsammeln, zusammenbinden und in ihrem Schlafzimmer aufhängen sollte, hätte er das schon gern jetzt gewußt, damit er anfangen konnte, sich um die Leitern, die er dafür brauchte, zu kümmern.

»Ich entschuldige mich für alles, was Sie beleidigt haben könnte«, sagte er, obwohl er nicht ein Wort von dem, was er sagte, auch so meinte. Er bereute nichts, und er konnte auch an nichts anderes denken als an ihren Knöchel in seiner Taille.

Samantha blickte ihn aus schmalen Augen an. »Wollen Sie damit erreichen, daß ich Ihnen glaube?« Sie holte tief Luft und versuchte, sich zu beruhigen, denn sie merkte, daß inzwischen eine Reihe von Passanten auf sie aufmerksam geworden waren.

»Könnten wir nicht irgendwo hingehen und darüber reden?« sagte er.

»Etwa in ihr Haus?«

Mike, dem der sarkastische Unterton in ihrer Stimme entgangen war, fand, daß das eine großartige Idee sei, hütete sich aber, das laut zu sagen.

»Es gibt nichts zu bereden!«

Diesmal konnte er nicht mehr überhören, daß sie sein Haus offenbar als einen Sündenpfuhl betrachtete. Er holte tief Luft. »Wir gehen jetzt zum Haus zurück, setzen uns auf die Vortreppe, wo uns ganz New York sehen kann, und sprechen über das, was Sie offenbar für ein Problem halten. Und wenn Sie danach immer noch weggehen wollen, werde ich Ihnen helfen, ein Hotel zu finden.«

Samantha wußte, daß sie nicht auf ihn hören sollte. Sie sollte vielmehr eines der vielen Taxis anhalten und sich irgendwo eine Bleibe für die kommende Nacht suchen.

»Sie wissen doch gar nicht, wohin Sie gehen sollen, nicht wahr? Sie können nicht einfach in ein Taxi steigen und sagen: ›Bringen Sie mich zu einem Hotel.‹ Diese Zeiten sind vorbei. Heutzutage wissen Sie nicht, wo Sie dann landen werden, und deshalb lassen Sie mich wenigstens für Sie ein Hotel anrufen und dort ein Zimmer für Sie bestellen.«

Als Mike merkte, wie sie unschlüssig wurde, nahm er diese günstige Gelegenheit wahr, um sich in Richtung

Haus zu entfernen – in der Hoffnung, daß sie mit ihrem Koffer und ihrer Reisetasche folgen würde. Da er sein Glück nicht überstrapazieren und den kleinen Vorteil, den er herausgeholt hatte, nicht wieder verspielen wollte, sagte er unterwegs kein Wort mehr, sondern ging langsam die Straße hinunter und blieb nur hin und wieder stehen, um sich zu vergewissern, daß sie ihm auch nachkam.

Als er sein Haus erreichte, trug er ihr Gepäck die Vortreppe hinauf, setzte es dort ab und drehte sich zu ihr um. »Wollen Sie mir jetzt verraten, was Sie gegen mich haben?«

Samantha blickte auf ihre Hände hinunter. Sie spürte, wie müde und erschöpft sie war von den Strapazen dieses langen, anstrengenden Tages. Oder vielmehr von den Strapazen eines langen, anstrengenden Jahres. »Ich denke, das Problem ist offensichtlich«, erwiderte sie und bemühte sich, ihn dabei nicht anzuschauen, denn er war wirklich nur sehr spärlich bekleidet. An das Geländer der Vortreppe gelehnt, schob er eine Hand unter das alte ärmellose Sweatshirt, das er trug, und begann sich an der Brust zu kratzen. Dabei konnte Samantha die waschbrettartigen Muskeln, die seinen Oberkörper bedeckten, nicht übersehen.

Als er schwieg, ergriff Samantha abermals das Wort, diesmal in der Absicht, sich sehr klar auszudrücken: »Ich habe nicht vor, mit einem Mann unter einem Dach zu leben, der seine Zeit damit verbringt, mich durch das ganze Haus zu verfolgen. Ich trauere um meinen Vater, habe gerade meine Ehe beendet und möchte mir nicht noch mehr Schwierigkeiten aufhalsen.«

Vielleicht hätte Mike keinen Anstoß nehmen sollen an ihren Worten, aber sie stellte ihn so hin, als wäre er ein alter, lüsterner Bock, der seine Hände nicht von einem attraktiven jungen Mädchen lassen konnte. Er widerstand der Versuchung, sie darauf hinzuweisen, daß er sich ihr keineswegs aufgedrängt hatte. Er spielte auch mit dem Gedanken, ihr zu sagen, daß alles, was sie bisher geteilt hatten, ein Kuß gewesen war – nicht mehr –, und daß sie keinen Anlaß dazu hatte, sich so zu benehmen, als wäre er ein überführter Sexualtäter, der soeben versucht hatte, sie zu vergewaltigen.

»Also gut«, sagte er, »was sind die Bedingungen?«

»Ich habe keine Ahnung, wovon Sie reden.«

»Oh, doch. Jeder, der sich so anzieht wie Sie, muß ja nach irgendwelchen Vorschriften leben. Nach Bergen von Vorschriften. Also sagen Sie mir jetzt, welche Bedingungen Sie mir stellen.«

Samanthas Antwort bestand darin, daß sie ihre Reisetasche aufhob und nach ihrem Koffer griff. Aber er legte seine Hand darauf und wollte ihn nicht freigeben.

»Also gut«, wiederholte sie. »Das ist unmöglich. Würden Sie bitte die Hand von meinem Koffer nehmen, damit ich gehen kann?«

Mike hatte keineswegs die Absicht, sie fortgehen zu lassen. Abgesehen von der Tatsache, daß er sie so heftig begehrte, daß ihm der Schweiß über die Brust rann, obwohl es ein empfindlich kühler Tag war, gab es da noch das Versprechen, das er ihrem Vater gegeben hatte. Mike war sich bewußt, daß sie keine Ahnung hatte, wie nahe er und ihr Vater sich gestanden hatten – daß sie nicht wußte, wieviel Zeit er und Dave miteinander verbracht hatten, ehe Dave ihm sagte, daß Samantha wieder nach Hause käme. Nach dieser Ankündigung beschränkte sich ihre freundschaftliche Beziehung auf Briefe, die er, Mike, an Daves Anwalt geschickt hatte, denn aus irgendeinem Grund hatte Dave ihn nicht mit Samantha bekannt machen wollen, jedenfalls nicht, solange er noch lebte. Dann, zwei Tage vor seinem Tod, hatte Dave ihn angerufen, obgleich Dave da schon so schwach gewesen war, daß er nicht alles verstanden hatte, was Dave zu ihm sagte, wenngleich er zumindest dem Sinn nach Daves Anliegen begriff. Dave hatte ihm zunächst mitgeteilt, daß er Samantha zu ihm nach New Vork schicken würde, und ihn dann gebeten, auf sie aufzupassen. Damals hatte er das Empfinden gehabt, daß er gar keine andere Wahl hatte, und Dave deshalb sein Wort gegeben, daß er Samantha beschützen und auf sie aufpassen würde. Aber er hatte nicht den Eindruck, daß Dave mit seiner Bitte das gemeint hatte, was sich bisher zwischen ihm und Samantha abgespielt hatte.

Mike blickte jetzt auf Samanthas Gepäckstücke hinunter. »Wo haben Sie die Sachen eingepackt, die Sie zum Übernachten brauchen?«

Samantha dachte, daß das doch eine sehr seltsame Frage sei, aber waren nicht die letzten paar Minuten die seltsamsten ihres Lebens gewesen?

Mike wartete ihre Antwort gar nicht erst ab, sondern nahm ihre Reisetasche hoch und schloß die Haustür auf.

»Fünf Minuten, das ist alles, worum ich Sie bitte. Geben Sie mir fünf Minuten Zeit und drücken Sie dann auf den Klingelknopf.«

»Würden Sie mir bitte meine Reisetasche zurückgeben?«

»Wieviel Uhr ist es jetzt?«

»Viertel nach vier«, erwiderte sie automatisch nach einem Blick auf ihre Armbanduhr.

»Okay, um zwanzig nach vier drücken Sie auf die Klingel.«

Er schloß die Haustür hinter sich, und Samantha blieb mit der Hälfte ihres Gepäcks allein auf der Vortreppe zurück. Als sie auf den Klingelknopf drückte, erfolgte keine Reaktion. Sie war versucht, ihren Koffer aufzunehmen und das Weite zu suchen, aber die Tatsache, daß ihr letztes Bargeld in ihrer Reisetasche war, zwang sie dazu, sich auf ihren Koffer zu setzen und zu warten.

Sie versuchte, nicht an ihren Vater zu denken, sich nicht zu fragen, warum er ihr das angetan hatte. Und vor allem bemühte sie sich, nicht an ihren Ehemann zu denken – pardon, ihren Ex-Ehemann –, sondern sie zwang sich dazu, die Bürgersteige zu betrachten und die Straße unterhalb der Treppe. Sie zwang sich dazu, die Leute dort zu beobachten, die Männer, die in Jeans steckten, und die Frauen, die empörend kurze Röcke trugen. Selbst in New York schien es mitten in der Woche eine beschauliche Sonntagnachmittag-Atmosphäre zu geben.

Dieser Mann – dieser Michael Taggert – hatte gesagt, daß er einen neuen Anfang machen wolle. Wenn sie könnte, würde sie gern mit ihrem Leben noch einmal von vorn beginnen, neu beginnen an jenem Tag, an dem ihre Mutter starb; denn nach diesem Tag war in ihrem Leben nichts mehr so gewesen wie vorher. Daß sie heute hier vor diesem Haus sitzen mußte, gehörte zu all den Schmerzen und dem Leid, die an jenem Tag angefangen hatten.

Als sie wieder auf ihre Uhr schaute, war ihr erster Gedanke, daß sie diese vielleicht versetzen konnte. Aber die Uhr hatte neu nur dreißig Dollar gekostet, und sie bezweifelte, daß sie heute viel dafür bekommen würde. Dann bemerkte sie, daß es fünfundzwanzig Minuten nach vier war, und dachte, wenn sie jetzt an der Haustüre läutete, würde Michael Taggert ihr vielleicht öffnen und ihr möglicherweise ihre Reisetasche zurückgeben, so daß sie sich eine Bleibe suchen konnte. Je früher sie diese einjährige Strafe antrat, desto rascher konnte sie diese schreckliche Stadt wieder verlassen.

Sie holte tief Luft, zog ihren Rock glatt, vergewisserte sich, daß ihr Haar straff nach hinten gekämmt war, und legte den Zeigefinger auf den Klingelknopf.

2

Als der Mann auf ihr erstes Klingelzeichen hin die Tür öffnete, sah Samantha ihn einen Moment lang verdutzt an, weil sie ihn kaum wiedererkannte. Er trug jetzt ein sauberes blaues langärmeliges Hemd, das zwar nur teilweise zugeknöpft war, aber dennoch einen adretten Eindruck machte, eine locker gebundene Seidenkrawatte, eine dunkelblaue Kammgarnhose und makellos polierte Halbschuhe. Die Stoppeln seines Drei-Tage-Bartes waren veschwunden, und sein widerspenstiges, gewelltes schwarzes Haar war in einer konservativen Frisur mit sauber gezogenem Scheitel gebändigt. Binnen weniger Minuten hatte er sich aus einem sexuell aufreizenden und ziemlich gefährlichen Anführer einer Bande von jungen Rowdies in das Ebenbild eines erfolgreichen Bankers an seinem freien Tag verwandelt.

»Hallo! Sie müssen Miss Elliot sein«, sagte er, ihr seine Rechte hinstreckend. »Ich bin Michael Taggert. Willkommen in New York.«

»Bitte, geben Sie mir meine Reisetasche zurück.« Sie übersah seine ausgestreckte Hand. »Ich möchte jetzt gehen.«

Lächelnd und sich so benehmend, als hätte sie keinen Ton von sich gegeben, machte Mike einen Schritt zur Seite. »Bitte, treten Sie doch ein. Ihre Wohnung ist schon für Sie vorbereitet.«

Samantha wollte das Haus dieses Mannes nicht betreten. Sie fand es außerordentlich beunruhigend, daß er seine Erscheinung so rasch und so vollkommen verändern und binnen weniger Minuten aus der Rolle eines Muskelprotzes, der den Eindruck machte, als habe er in seinem Leben nichts Intelligenteres getan, als ein paar Fußballregeln auswendig zu lernen, in die eines jungen Professors schlüpfen konnte. Wenn sie zuerst *diesem* Mann begegnet wäre, hätte sie niemals etwas anderes hinter ihm vermutet als das, was er zu sein schien. Jetzt aber war sie sich nicht sicher, wer nun der wirkliche Mr. Taggert war.

Da sah Samantha ihre Reisetasche am Fuß der Treppe stehen und ging rasch ins Haus, um sie zu holen. Als ihre Hand die Henkel der Tasche berührte, hörte sie, wie hinter ihr die Haustür ins Schloß fiel. Sie drehte sich wütend, die Lippen zu einem Strich zusammenpressend, zu Mike um, aber der wich ihrem Blick aus.

»Möchten Sie erst das Haus oder Ihre Wohnung besichtigen?«

Sie wollte weder das eine noch das andere, aber er stand vor der Tür – so breit und so groß wie ein Felsblock vor einem Höhleneingang – und versperrte ihr den Weg nach draußen. »Ich möchte weg von hier. Ich möchte . . .«

»Also dann zuerst das Haus«, sagte er mit munterer Stimme. »Es wurde in den zwanziger Jahren erbaut. Das genaue Datum kenne ich nicht, aber wie Sie sehen können, weisen alle Räume noch ihre ursprüngliche Stuckornamentik auf.«

Da sie sich nicht mehr von ihrer Reisetasche trennen wollte, blieb sie am Fuß der Treppe stehen.

Doch Mike zwang sie nun, obwohl sie sich sträubte, an der Besichtigungstour teilzunehmen, indem er ihr die Hand auf den Ellenbogen legte und sie teils ziehend, teils schiebend aus der Vorhalle in das Wohnzimmer bugsierte. Sie fand sich in einem großen Raum wieder mit breiten, bequem aussehenden schwarzen Ledersesseln und einer Couch. Ein grober handgewebter Teppich bedeckte den Boden, Kunstgegenstände aus aller Welt waren stilsicher über den Raum verteilt, und zwei mächtige Palmen flankierten links und rechts die Fensterfront. An den Wänden hingen zahlreiche Masken neben chinesischen Rollbildern und balinesischen Malereien. Es war ein Herrenzimmer mit dunklen Farben, Leder und Gegenständen aus Holz – das Zimmer eines Mannes von Geschmack und Urteilsvermögen.

In der Tat hatte der Raum wenig Ähnlichkeit mit einem Bordell, wie sie das, nach dem ersten Eindruck von ihm, zunächst vermutet hatte. Und tatsächlich paßte auch der Mann, der nun neben ihr stand – der Mann, der wie ein Banker angezogen war – viel besser in dieses Zimmer als der Muskelprotz in der Turnhose, dem sie zuerst begegnet war.

Sich bewußt werdend, daß Mike ihr Gesicht betrachtete, spürte sie, daß er sich zu freuen schien über das, was er darin sah, denn der Druck seiner Hand auf ihrem Arm ließ nach. Immer noch widerstrebend, aber nicht mehr so wütend wie bisher, folgte sie ihm nun von Raum zu Raum, besichtigte ein Eßzimmer mit einem riesigen Tisch und einem prächtig verzierten Wandschirm und dann den Vorraum einer Gästetoilette mit Karikaturen aus der Epoche Eduards VII. an den Wänden.

Sich von Minute zu Minute mehr entspannend, begleitete sie Mike nun in eine mit Eichenholz getäfelte Bibliothek und war tief beeindruckt von der gewaltigen Menge an Büchern, die dort die Regale vom Boden bis zur Decke füllten, bis sie entdeckte, daß diese Bücher, soweit sie das zu sehen vermochte, durchwegs amerikanische Gangster zum Thema hatten – ihren Ursprung, Werdegang, ihre Lebensgeschichte und so weiter. Ja, sie entdeckte sogar

Titel, die sich mit den wirtschaftlichen Grundlagen des Ganovendaseins befaßten. Doch als sie sich leicht angewidert von diesen Büchern abwandte, entdeckte sie in einer Ecke des Raumes, in der Nähe eines großen Schreibtisches, der mit Papieren überhäuft war, einen Stapel großer weißer Kartons mit den Firmenetiketten von Compaq und Hewlett Packard, und drehte sich überrascht zum Hausherrn um.

»Ihre Miete«, lautete seine Antwort auf ihre stumme Frage. »Die Miete eines ganzen Jahres steckt in diesen Schachteln, und ich habe keine Ahnung, was ich mit diesen verdammten Dingern anfangen soll.«

»Ich könnte . . .« Samantha bremste sich mitten im Satz ab, wohl wissend, daß sie die Begeisterung eines Computerfans zu übermannen drohte, der eine hochwertige Datenverarbeitungsanlage ungenützt, in Kartons verstaut, erblickt. So wie sie mußte sich ein Sammler von Puppen fühlen, der in einem Speicher Schachteln mit der Aufschrift: ›Urgroßmutters Puppen‹ entdeckt und diese nicht öffnen darf.

»Sie wissen doch wohl nicht zufällig, wie man mit solchen Apparaten umgeht, oder?« fragte er scheinheilig, obwohl ihm sehr wohl bekannt war, daß sie ein As auf diesem Gebiet war. Er hatte die Computeranlage gekauft, die Samantha ihrem Vater empfohlen hatte, wie ihm Dave Elliot in einem seiner Briefe mitgeteilt hatte.

»Ich kenne mich ein bißchen mit ihnen aus«, erwiderte sie vage und drehte sich dabei langsam von den Kartons weg.

Nun führte er sie hinauf in den ersten Stock und zeigte ihr dort zwei Schlafzimmer, die mit Pflanzen und Kunstgegenständen aus allen Teilen der Welt geschmückt waren. Eines von ihnen war mit Korbstühlen möbliert, dessen Kissenbezüge Efeuranken als Muster aufwiesen.

»Gefällt es Ihnen?« fragte er und versuchte diesmal nicht zu verbergen, wie gespannt er auf ihre Antwort war.

Samantha lächelte, ehe sie sich wieder fing und sagte: »Es gefällt mir.«

Ihr stockte fast der Atem, als sie sein Grinsen sah. Wenn er so lächelte wie jetzt, aus purer, von anderen Emotionen ungetrüber Freude, sah er sogar noch besser aus. Sie hatte das Gefühl, daß es plötzlich sehr, sehr heiß im Zimmer war, und drängte zur Tür hin.

»Möchten Sie jetzt Ihre Wohnung sehen?«

Sie blickte von ihm fort – schaute noch einmal in alle Ecken des Zimmers, nur nicht auf ihn – und nickte.

Sie folgte ihm die Treppe hinauf in den zweiten Stock. Als Michael dort die Tür des ersten Zimmers öffnete, vergaß Samantha New York und diesen Mann, der sie so sehr beunruhigte; denn sie konnte ihren Vater in diesem Raum spüren. Wenn er sein Haus noch einmal bauen müßte, würde er es in Grün und Burgunderrot einrichten, hatte ihr Vater stets gesagt – und dieses Wohnzimmer entsprach genau seinen Vorstellungen. Eine dunkelgrüne Couch war im rechten Winkel zu einem grünen Marmorkamin angeordnet, und zwei große, grüngestreifte Klubsessel vervollständigten die Sitzgruppe auf einem in grünen und beigen Farbtönen gehaltenen handgeknüpften orientalischen Teppich. Die Möbelstücke an den Wänden waren aus dunklem Mahagoni, und nicht eines davon stand auf so spindeldünnen Beinen, daß ein Mann, wenn er dagegenstieß, es leicht umwerfen konnte.

Samantha ging zum Kamin und sah auf dessen Sims eine Reihe von Fotos ihrer Familie stehen – von ihrer Mutter, ihren Eltern zusammen, ihrem Großvater väterlicherseits und eine ganze Galerie von sich selbst, angefangen bei einer Porträtaufnahme als einjähriges Baby und mit einem Bild endend, das erst vor einem Jahr angefertigt worden war.

Samantha nahm vorsichtig eines der in Silber gerahmten Fotos ihrer Mutter vom Sims, und während sie es festhielt, sah sie sich im Zimmer um und schloß einen Moment lang die Augen. Die Gegenwart ihres Vaters war so stark in diesem Raum, daß sie meinte, er müsse vor ihr stehen, wenn sie sich umdrehte.

Statt dessen erblickte sie einen Fremden im Türrahmen, der sie stirnrunzelnd beobachtete, als sie dem Kamin den Rücken zukehrte.

»Es gefällt Ihnen nicht«, sagte Mike. »Dieses Zimmer paßt nicht zu Ihnen.«

»Es ist absolut richtig für mich«, erwiderte Samantha leise. »Ich kann meinen Vater hier spüren.«

Die Falten auf Mikes Stirn vertieften sich noch. »So, das können Sie?« Während er das sagte, wußte er, daß es nicht der richtige Rahmen für eine hübsche junge Frau mit blauen Augen war. Dies war das Zimmer für einen Mann. Genauer gesagt: Es war David Elliots Zimmer.

»Das Schlafzimmer befindet sich hier drüben.« Während Mike Samantha folgte, betrachtete er nun das Apartment mit ganz anderen Augen. Seine Schwester hatte sowohl die Räume dieser Wohnung wie auch sein Domizil im Erdgeschoß ausgestattet. Damals hatte Michael vor Dave geprahlt, daß man seiner Schwester nur sagen müsse, wie denn eine Wohnung in etwa aussehen sollte, und sie könne sie nach dieser Maßgabe perfekt gestalten. Dave hatte geantwortet, ihm schwebe bei seiner Wohnung so etwas wie ein Klub für englische Gentlemen vor, und genauso sah sie jetzt auch aus. Doch Samantha wirkte inmitten dieser dunklen Vorhänge und

Möbel genauso fehl am Platz wie in jedem Klub, der nur Männern vorbehalten blieb.

Im Schlafzimmer waren auch die Wände dunkelgrün gestrichen, und die Vorhänge an den Fenstern, die auf einen Balkon hinausblickten, bestanden aus schwerem, grün und rotbraun gestreiftem Baumwollsamt. An der Wand gegenüber befand sich ein Vier-Pfosten-Bett ohne Betthimmel, dessen Bezüge mit Jagdmotiven bedruckt waren. Während sie liebevoll mit der Hand über die Decke strich, fragte sie Mike, der unter der Tür stand und sie beobachtete: »Hat mein Vater jemals hier gewohnt?«

»Nein«, erwiderte er. »Er gab nur schriftliche und fernmündliche Anordnungen, was diese Wohnung betraf. Er hatte zwar vor, hierher zu ziehen, aber . . .«

»Ich weiß«, unterbrach sie ihn und betrachtete die Bilder von Rassehunden an der Wand. Wenn sie in diesem Raum stand, war ihr fast so, als wäre ihr Vater gar nicht gestorben, sondern würde noch immer unter den Lebenden weilen.

Mike zeigte ihr nun einen Weinsafe neben dem Schlafzimmer, dann zwei mit grünem Marmor geflieste Badezimmer und ein Wohnzimmer mit rotgrünkartierten Polsterstühlen und einem Bücherregal, das mit Biographien gefüllt war, die ihr Vater so geliebt hatte.

Im dritten Stock besichtigten sie das Gästezimmer und ein Arbeitszimmer mit einem Schreibtisch aus solidem Eichenholz. Sie öffnete die doppelte Glastür, die auf einen Balkon führte, trat hinaus und sah über das Balkongeländer in einen Garten hinunter.

Sie hatte in New York keinen Garten erwartet – und ganz gewiß nicht so einen Garten wie diesen, der sich unter ihr ausbreitete. Hier konnte sie, wenn sie den saftig grünen Rasen, die zwei hohen schlanken Bäume, die Sträucher, die kurz vor der Blüte standen, und die Beete mit den frisch eingepflanzten einjährigen Stauden und Blumen betrachtete, vergessen, daß sie sich in einer Großstadt befand.

Als sie sich wieder mit einem Gesicht, das vor Freude strahlte, zu Mike umdrehte, fragte sie, offenbar gar nicht bemerkend, daß er noch immer die Stirn runzelte: »Wer pflegt denn diesen Garten dort unten?«

»Ich.«

»Darf ich Ihnen dabei helfen? Ich meine«, korrigierte sie sich rasch, »wenn ich hier wohnen würde, hätte ich Ihnen gern im Garten geholfen.«

Sein Stirnrunzeln wich einem kleinen Lächeln.

»Ich würde mich geehrt fühlen«, erwiderte er. Mike hätte sich eigentlich über ihre Bitte freuen sollen, doch irgend etwas, das er sich partout nicht erklären konnte, störte ihn. Es war doch sein Wunsch gewesen, daß sie hierblieb, aber nun war es ihm fast lieber, wenn sie wieder ging. Diese Widersprüchlichkeit seiner Gefühle hatte etwas mit der Art zu tun, wie sie sich in diesen Räumen bewegte – in Daves Zimmern. Etwas an der Weise, wie sie noch immer das Foto ihrer Mutter gegen ihre Brust drückte, weckte in ihm den Wunsch, ihr zu sagen, daß sie nicht hier wohnen sollte.

»Würden Sie jetzt gern die Küche sehen?«

Als Samantha nickte, ging er zur Westseite des Arbeitszimmers und öffnete dort eine Tür, hinter der eine schmale, dunkle Treppe zum Vorschein kam, die nach unten führte. »Das ist die Personaltreppe«, erklärte er ihr. »Das Haus wurde nicht umgebaut, um darin zwei getrennte Wohnungen einzurichten, deshalb müßten wir uns die Küche teilen.«

Sie sah ihn scharf an.

»Sie brauchen sich meinetwegen keine Sorgen zu machen«, sagte er ärgerlich, weil er sich wieder verteidigen mußte. Vielleicht sollte er sich ein Leumundszeugnis von der Polizei ausstellen lassen, das ihr bescheinigte, daß er nicht vorbestraft – weder als Sexualverbrecher noch als Mörder – und nicht einmal wegen Geschwindigkeitsüberschreitung verwarnt worden war.

»Ich kenne mich mit Küchen noch weniger aus als mit Computern, also werden Sie mich dort nur sehr selten antreffen. Ich kann zwar einen Kühlschrank bedienen, aber ein Toaster bereitet mir schon Schwierigkeiten.«

Sie fuhr fort, ihn schweigend anzusehen, und ließ ihn spüren, daß sie keineswegs von seinen guten Absichten überzeugt war.

»Hören Sie, Sam, vielleicht haben wir beide auf dem falschen Fuß angefangen, aber ich kann Ihnen versichern, daß ich keineswegs das bin, wofür Sie mich zu halten scheinen. Sie sind in meinem Haus absolut sicher. Sicher vor mir, um es präziser auszudrücken. Alle Türen Ihrer Wohnung sind mit guten, diebstahlsicheren Schlössern versehen, und ich habe keine Schlüssel dazu. Ihr Vater hatte den einzigen Satz Schlüssel, der zu diesen Schlössern paßt. Was die Küche betrifft, können wir, wenn Sie das wünschen, einen Plan für deren Benützung aufstellen. Wir können, wenn Sie das möchten, unser ganzes Leben nach einem Plan einrichten, so daß wir uns überhaupt nicht im Haus begegnen müssen. Ihr Vater hat mir eine Jahresmiete im voraus bezahlt, und deshalb denke ich, daß Sie hier wohnen sollten. Dazu kommt, daß ich bereits die ganze Jahresmiete für diesen Blechhaufen ausgegeben habe, der unten in der Bibliothek steht, und es wäre mir deshalb auch nicht möglich, Ihnen das Geld zurückzuerstatten.«

Sie wußte nicht, was sie darauf antworten sollte, ob sie ihm eine Zusage geben sollte oder nicht. Natürlich sollte sie nicht hierbleiben – nicht nach der Art und Weise ihres

Kennenlernens, aber in diesem Augenblick war das Gefühl der Gegenwart ihres Vaters mächtiger als die Erinnerung an die Berührung dieses Mannes. Vielleicht sollte sie nicht mit ihm zusammen unter einem Dach wohnen, aber konnte sie denn das zweite Heim verlassen, das ihr Vater geschaffen hatte? Sie hatte ihr Zuhause in Louisville mit all jenen Erinnerungen und Gespenstern verloren, die zu ihm gehörten, doch hier konnte sie spüren, daß sich neue Erinnerungen einstellen würden.

Nach einigem Zögern stellte sie das Foto ihrer Mutter auf den Schreibtisch und begann dann die Treppe hinunterzusteigen, die zur Küche im Erdgeschoß führte. Wenn dieser Mann auch behauptete, er habe keine Ahnung vom Kochen, dann mußte es jemanden geben, der etwas davon verstand, denn die hübsche, geräumige, in Blau und Weiß gehaltene Küche machte auf sie einen gut ausgestatteten und voll funktionsfähigen Eindruck.

Sie wollte ihm dazu gerade ein paar Fragen stellen, als sie am Ende der Küche, neben einem kleinen bezaubernden Frühstückszimmer, eine Verandatür erblickte, die in den Garten hinausführte. Sofort ging sie darauf zu, öffnete die Tür und trat ins Freie. Wie das bei Hinterhöfen zu sein pflegte, verfügte auch dieser nur über eine beschränkte Fläche, war jedoch von einem soliden, zwei Meter fünfzig hohen Holzzaun umgeben, so daß man sich hier, von den Nachbarn unbeobachtet, frei bewegen konnte. Als sie den Garten nun eingehender betrachtete, stellte sie fest, daß er sogar noch hübscher war, als er vom Balkon im dritten Stock aus gewirkt hatte. Vor allem gefielen ihr die knospenden pinkfarbenen Kletterrosen, die über den Zaun hinaus wucherten. Sie waren von jener altmodischen gefüllten, stark duftenden Sorte, die sie schon immer geliebt hatte – nicht diese modernen, engen Kelchrosen, die nach gar nichts rochen.

Sich umdrehend, lächelte sie Mike an. »Sie haben hier wirklich gute Arbeit geleistet.«

»Danke«, erwiderte er, offenbar ehrlich erfreut über ihr Lob.

Als sie den Duft der Rosen einsog und dabei an die Räume im Oberstock – die Räume ihres Vaters – dachte, flüsterte sie: »Ich bleibe.«

»Gut. Vielleicht kann ich Ihnen morgen ein paar Geschäfte zeigen, wo Sie Möbel kaufen können. Ich bin sicher, daß Sie einige Veränderungen vornehmen möchten, da die Zimmer nicht so eingerichtet sind, wie eine Frau es sich wünschen würde. Meine Schwester ist Innenarchitektin, und ich kann über sie alle Einrichtungsgegenstände zu Großhandelspreisen beziehen. Daher . . .«

»Mr. Taggert«, fiel sie ihm frostig ins Wort, »ich bedanke mich vielmals für Ihr Angebot, aber ich möchte eines von Anfang an klarstellen: Ich bin nicht auf der Suche nach einem Freund, Liebhaber oder Fremdenführer. Ich habe einen Job in dieser Stadt zu erledigen, und wenn ich ihn erfüllt habe, werde ich wieder weggehen. Ich habe kein Verlangen danach, zwischen dem Jetzt und Dann etwas . . . etwas anzufangen. Haben Sie mich verstanden?«

Sie mit einer hochgezogenen Braue ansehend, ließ er sie wissen, daß er sie in der Tat verstanden hatte. »Ich begreife vollkommen. Sie wollen nichts mit mir zu tun haben. Schön. Ihre Schlüssel liegen auf der Anrichte in der Küche – einer für die Vordertür und einer für den Sperrriegel in Ihrer Wohnung. Ihr Vater wünschte, daß in seiner Wohnung alle Türen mit den gleichen Schlössern versehen werden, also paßt der zweite Schlüssel auch zu allen Türen.«

»Danke«, erwiderte sie und ging an ihm vorbei auf den Kücheneingang zu.

»Samantha«, sagte er, als sie an ihm vorbeiging. »Ich habe eine Bitte.«

Sie drehte sich nicht um. »Ja, welche?« fragte sie, sich innerlich versteifend.

»Wir werden uns ja hin und wieder begegnen, wenn wir uns durchs Haus bewegen, besonders in der Küche, und ich hätte sie gern darum gebeten . . .« Seine Stimme senkte sich. »Wenn Sie spät abends oder am frühen Morgen herunterkommen sollten, dann tragen Sie bitte nicht eines von diesen Dingern mit weißen Spitzen und Rüschen. Ich meine, eines von diesen Sachen, die um Sie herumfließen. Rot oder Schwarz ist okay. Mit Rot oder Schwarz käme ich schon zurecht, und Blau wäre für mich auch kein Problem, aber mit diesen Spitzen wäre ich absolut überfordert.«

Ohne sich noch einmal umzuschauen, rannte Samantha ins Haus, raffte die Schlüssel von der Anrichte und rannte weiter die Treppen hinauf.

3

In ihrer ersten Nacht in New York schlief Samantha in einem Bett, das ihr Vater ausgesucht hatte, und das Trauma dieses Tages wurde dadurch etwas gemildert. Doch als sie aufwachte, wurde ihr mit einem Schlag die volle Realität ihrer Lage bewußt, und sie fühlte sich noch schlimmer als beim Zubettgehen. In Louisville, im Haus ihres Vaters, hatte sie sich beschützt gefühlt, aber nun befand sie sich an einem fremden Ort, umgeben von Fremden. Noch nie war sie in ihrem Leben so allein gewesen, nicht wirklich, wahrhaftig allein; denn sie hatte ihre Eltern gehabt, ihren Großvater und dann ihren Ehemann.

Als sie draußen ein Geräusch hörte, stieg sie aus dem Bett und ging ans Fenster, um in den kleinen Garten hinunterzublicken. Der Mann, ihr Hausherr, goß gerade die Pflanzen in den Beeten, und gerade als Samantha den Vorhang zur Seite schob, drehte er sich um und winkte ihr zu, als hätte er sie gehört. Erschrocken sprang Samantha förmlich vom Fenster weg und schloß rasch die Vorhänge.

Sie war nicht nur allein, sondern noch dazu von räuberischen Wesen umgeben. Sie sah sich als Schiffbrüchige mit einem Rettungsgürtel um die Taille im Ozean schwimmen, und ein großer Dampfer mit vergnügt lachenden Leuten, die ein Bordfest feierten, zog an ihr vorbei, während sie laut um Hilfe schrie. Aber niemand hörte sie, und die Haie, die sie umkreisten, kamen immer näher. In diesem Moment schienen sie die Gestalt eines gewissen Michael Taggert anzunehmen.

Nachdem sie geduscht und sich angekleidet hatte, kämmte sie sich das Haar streng aus dem Gesicht und wartete, bis sie die Haustür klappen hörte. Dann erst wagte sie sich ins Erdgeschoß hinunter. Vor der Eingangstür blieb sie eine Weile unschlüssig stehen, weil sie eigentlich nicht auf die Straße hinausgehen wollte. Tatsächlich wünschte sie sich, daß sie das Haus überhaupt nicht verlassen bräuchte, aber sie mußte sich etwas zu essen besorgen und ein Bankkonto eröffnen, damit man ihr Geld aus Kentucky überweisen konnte.

Wenn sie ehrlich war, hatte sie einen Horror vor New York. Als sie nun durch einen Spalt zwischen den Vorhängen im Türfenster auf die Straße hinaus lugte, gingen ihr alle Geschichten, die sie jemals über diese Stadt gelesen oder gehört hatte, durch den Kopf. New York war sozusagen der Schwarze Mann der Erwachsenen. Wenn in einer anderen amerikanischen Stadt etwas Furchtbares passierte, sagen die Leute dort: »Hier geht es fast schon so schlimm zu wie in New York« oder »Gott sein Dank sind wir hier nicht in New York.« Nun, dies *war* New York, und sie mußte sich ganz allein auf den Weg durch diese Stadt machen.

Was passierte, wenn man allein durch die Straßen ging? Durch das Türfenster konnte sie Frauen am Haus vorbeigehen sehen. Einige führten Hunde an der Leine spazieren und trugen Jeans, andere hatte lange, engsitzende schwarze Kostümjacken an mit winzigen Röcken darunter. Keine von ihnen machte auf sie einen sonderlich verschreckten Eindruck.

Tief Luft holend, öffnete sie schließlich die Haustür, schloß und versperrte sie hinter sich, stieg die Vortreppe hinunter, ging bis zur nächsten Straßenecke und bog dort nach links ab. Als sie das grüne Straßenschild über sich las, stellte sie fest, daß sie sich nun auf der Lexington Avenue befand. Während sie die Straße eine Häuserzeile weit in nördlicher Richtung hinunterging, sah sie einen Lebensmittelladen mit einem Obst- und Gemüsestand, ein Schuhgeschäft, eine chemische Reinigung, eine Zweigstelle der Bank von New York, eine kleine Videothek, ein Feinkostgeschäft mit frischgebackenen Brötchen und Pasteten im Schaufenster und eine Buchhandlung.

Innerhalb von zwei Stunden hatte sie ihr Konto in der Zweigstelle eröffnet, frisches Obst, Gemüse, frische Schnittblumen und die Taschenbuchausgabe eines Romans gekauft – und das alles, ohne auch nur eine Straße überqueren zu müssen. Dann ging sie bis zur Ecke des Häuserblocks zurück, bog nach rechts ab und ging ohne auch nur einmal anzuhalten, zu dem Haus zurück, in dem sie zur Miete wohnte. Sie steckte den Schlüssel in das Schloß der Eingangstür, sperrte sie auf, machte sie hinter sich wieder zu und lehnte sich von innen mit einem Seufzer der Erleichterung dagegen. Sie hatte soeben ganz allein einen Ausfall in die Stadt New York gewagt und war davon unversehrt zurückgekommen. Niemand hatte ihr ein Messer an die Kehle gesetzt, ihr die Handtasche geraubt oder versucht, ihr Drogen zu verkaufen. In diesem Moment hatte sie das Gefühl, als hätte sie einen Berg erstiegen, eine Fahne auf dessen Gipfel gepflanzt und wäre nun nach Hause gekommen, um die Geschichte ihrer Expedition zu erzählen.

Nachdem sie die Lebensmittel in der Küche verstaut hatte, füllte sie eine Schale mit Milch und Weizenflocken, kochte sich einen Kräutertee, nahm ein mit Preiselbeeren gefülltes Milchbrötchen aus der Tüte mit den Backwaren, tat das alles auf ein Tablett und begab sich damit in den Garten.

Nachdem sie sich dort in einen der Gartenstühle gesetzt hatte, streckte sie die Beine aus und wackelte mit den Zehen. Vielleicht hätte sie sich einsam fühlen sollen, aber statt dessen fand sie es herrlich, keine Verpflichtungen zu haben. Zuweilen kam es ihr so vor, als habe sie ihr ganzes Leben lang nur für andere gesorgt. In den Jahren ihrer Ehe hatte sie nicht eine Minute für sich Zeit gehabt, *immer* hatte ihr Mann dieses oder jenes gebraucht. Wenn es nicht der Hunger war, der ihn gerade plagte, dann war es irgendein Zettel oder Gegenstand, den er nicht finden konnte und bei dessen Suche sie ihm helfen mußte. Oder er brauchte ein frisches Hemd oder jemanden, der ihm zuhörte, wenn er sich über das erbärmliche Leben beklagte, das er führen mußte.

Bei diesem Gedanken preßte Samantha die Lippen zusammen. Alles in allem war es doch besser, wenn sie nicht an ihren Ex-Gatten und dessen »Schriftstellerei« dachte.

»Wie ich sehe, haben Sie es bis zu einem Supermarkt geschafft.«

Bei dem Klang von Mikes Stimme wäre Samantha vor Schreck fast vom Stuhl gekippt. Sofort setzte sie sich kerzengerade hin, stellte die Füße auf den Boden und legte die Hände in den Schoß, ohne ihn anzusehen.

»Hatten Sie Schwierigkeiten beim Einkaufen?« fragte Mike und sah auf sie hinunter und ärgerte sich darüber, daß sie überzeugt zu sein schien, er wäre ein Axtmörder mit einem unbezähmbaren Sexualtrieb.

»Nein, keine«, sagte sie, stand auf und bewegte sich auf das Haus zu.

»Sie brauchen nicht zu gehen, nur weil ich hier im Garten bin.« Sein Verdruß war ihm deutlich anzumerken.

Sie sah ihn nicht an. »Nein, natürlich brauche ich das nicht. Ich habe nur einiges zu erledigen. Das ist alles.«

Stirnrunzelnd sah Mike ihr nach, bis sie im Haus verschwunden war. Er wußte, daß sie den Garten nur verlassen hatte, um seine Nähe zu meiden.

Samantha ging hinauf in die Zimmer, die ihr Vater für sich ausgesucht hatte – die Räume, die sie an ihn erinnerten und die ihr ein Gefühl der Sicherheit gaben –, machte es sich dort in einem dunkelgrünen Polstersessel bequem und begann, den Roman zu lesen, den sie in der Taschenbuchausgabe gekauft hatte. Sie hatte den ganzen Tag für sich, und sie konnte genau das tun, was sie tun wollte. Tatsächlich hatte sie nun ein ganzes Leben vor sich, in dem sie tun konnte, was sie tun wollte. Das einzige, was sie tun *mußte*, war, ihr Jahr in New York abzusitzen. Dann würde sie frei sein.

*

In den nächsten Wochen genoß Samantha ihre Freiheit mit dem Entzücken eines Menschen, der noch nie in seinem Leben gewußt hatte, was Freiheit ist. Seit ihre Mutter gestorben war, hatte sie niemals Zeit gehabt, sich in einen Sessel zu setzen und zu lesen oder einfach still dazusitzen und zu träumen. Als Kind liebte sie es, lange Schaumbäder zu nehmen, aber seit dem Tod ihrer Mutter hatte es nur noch zu kurzen Duschbädern gereicht. Wenn sie nun die Straße ihres zukünftigen Lebens vor sich sah, erkannte sie, daß sie zumindest die Zeit hatte, all die Bücher zu lesen, die sie schon immer hatte lesen wollen, und auch die Zeit, um ein Hobby zu betreiben, sobald sie ein ihr gemäßes gefunden hatte. Sie hatte Zeit, um alles und jedes zu tun.

Nach dem Aufwachen sah sie sich jeden Morgen lächelnd im Zimmer ihres Vaters um, nicht nur das Gefühl genießend, ihm nahe zu sein, sondern auch die Aussicht auf einen langen, von Pflichten freien Tag. Sie stellte eine Liste von Büchern zusammen, die sie lesen wollte. Da standen eine Menge Biographien im Arbeitszimmer ihres Vaters, und sie begann mit einem Buch über Königin Victoria, das mindestens vier Pfund wiegen mußte.

Sie verließ das Haus nur, um Lebensmittel einzukaufen; denn alles, was sie sonst noch brauchte, befand sich ja innerhalb ihrer vier Wände. Eine Waschmaschine und ein Wäschetrockner standen in einem kleinen Raum neben der Küche; dann war da der Garten hinter dem Haus, und in ihrer Wohnung hatte sie ein Videogerät und Videobänder mit Fitneßübungen. Sie hatte Bücher und ein Fernsehgerät mit Kabelanschluß. Und sie hatte Zeit. Es bestand kein Grund, das Haus zu verlassen, wenn dies nicht unbedingt nötig war.

Das einzige störende Element in ihrem sonst so herrlichen, geruhsamen Leben war der Hausherr. Zwar hielt er sein Versprechen ein und belästigte sie nicht. Tatsächlich hätte man in den ersten zwei Wochen nach ihrem Einzug meinen können, sie bewohne das Haus ganz allein, aber sie gab sich ja auch große Mühe, ihm aus dem Weg zu gehen. Sie hätte gern besser über seine Gewohnheiten Bescheid gewußt, um jeglichen Kontakt mit ihm vermeiden zu können, doch soweit sie es zu beurteilen vermochte, führte er kein geregeltes Leben. Manchmal verließ er das Haus schon frühmorgens, manchmal erst am Nachmittag und zuweilen überhaupt nicht. An den Tagen, an denen er daheimblieb, hatte Samantha Schwierigkeiten, ihm nicht zu begegnen; denn er schien sich immer dann zu entschließen, in die Küche zu gehen, wenn sie selbst auf dem Weg dorthin war, um sich etwas zuzubereiten. Dann mußte sie rasch wieder die Treppe hinaufeilen, um nicht von ihm gesehen zu werden.

An den Tagen, an denen er ausgegangen war, wanderte sie manchmal durch seine Zimmer; denn es gab keine Tür, die sie vom übrigen Haus trennte. Sie faßte natürlich in seiner Wohnung nichts an, sondern schaute sich dort nur um und las die Titel der Bücher über Gangster. Aber nichts davon interessierte sie.

Er war kein ordnungsliebender Mensch, sondern schien seine Kleider dort am Boden liegenzulassen, wo er sie ausgezogen hatte, doch jeden Mittwoch kam eine recht hübsche junge Frau ins Haus, um bei ihm sauberzumachen. Sie hob all seine Sachen vom Boden auf, wusch sie und räumte sie dann, wenn sie getrocknet und gebügelt waren, in seine Schränke ein. An einem Mittwoch hörte Samantha unten das Telefon klingeln und dann die Haustür zufallen und wußte, daß die junge Frau vorzeitig gegangen war.

Als Samantha daraufhin ins Erdgeschoß hinunterging, sah sie, daß der Wäschetrockner vollgestopft war mit Wäsche und auf dem Tisch im Eßzimmer schmutziges Geschirr herumstand. Ohne sich dessen recht bewußt zu werden, was sie tat, begann sie das Zimmer aufzuräumen. Als der Trockner summte, nahm sie die nun trockene Wäsche heraus, faltete sie zusammen, trug sie in Mikes Schlafzimmer und räumte sie dort in den Schrank ein, wobei sie sich die ganze Zeit über sagte, daß sie ja die Freiheit habe, zu tun und zu lassen, was sie wollte. Und wenn sie das tun wollte, tat sie es eben. Zudem würde er niemals wissen, wer diesmal bei ihm saubergemacht hatte.

Am Anfang ihrer dritten Woche in New York entdeckte sie den Zustelldienst. Als sie drei große Tüten mit Einkäufen aus dem Lebensmittelladen schleppte, empfahl ihr einer der Angestellten, sich die Sachen doch zustellen zu lassen – schließlich koste sie der Service nichts. Sie müsse dem Jungen, der die Sachen zustelle, lediglich ein paar Dollar Trinkgeld geben. Überdies könne sie, wenn sie sehr beschäftigt sei, den Laden anrufen und telefonisch bestellen, was sie haben wollte, und man würde ihr die bestellten Sachen ins Haus bringen.

Samantha hielt das für eine glänzende Idee, weil sie nun ihre Wohnung überhaupt nicht mehr verlassen brauchte. Gleich am nächsten Morgen ging sie zur Bank und hob fünfhundert Dollar von ihrem Konto ab. Mit dieser Summe würde sie ziemlich lange auskommen, und damit war gewährleistet, daß sie in absehbarer Zeit auch keine Bankbesuche mehr machen mußte.

Als sie von dieser Besorgung heimkam und sich, wie stets, darüber freute, daß das Haus leer war, überlegte sie, was sie nun machen sollte. Sich immer wieder sagend, daß sie tun konnte, was sie wollte, entschied sie sich, Popcorn herzustellen, das sie anschließend in ihre Wohnung hinauftrug, wo sie sich wieder ins Bett legte und das Videogerät einschaltete. Aber die Videobänder, die ihr Vater sich zugelegt hatte, waren durchwegs Lehrfilme, die das Leben und Treiben zahlloser Käfer und Vögel wissenschaftlich beleuchtete, und deshalb wurde sie nach einer Weile müde. Wie herrlich, am Nachmittag schlafen zu können, dachte sie bei sich, denn ein Mittagsschläfchen gehörte sicherlich zu den großen Luxusgütern des Lebens.

Als sie im Dämmerlicht von dem Geräusch eines Lachens geweckt wurde, stieg sie aus dem Bett, ging ans Fenster und blickte in den Garten hinunter, wo ihr Hausherr offenbar eine Party veranstaltete. Er briet Steaks auf einem Gartengrill – Samantha sah, daß er das nicht vorschriftsmäßig machte, weil er das Fleisch beim Wenden aufspießte – und trank Bier mit einem halben Dutzend adrett gekleideter Leute.

Wie stets schien er zu spüren, wenn sie ihn beobachtete, denn er drehte sich abrupt um und winkte mit einem Arm, ihr bedeutend, daß sie herunterkommen und sich den Partygästen anschließen solle. Aber Samantha wich ins Zimmer zurück und zog die Vorhänge zu. Sie legte eine CD in den CD-Plattenspieler ein, setzte sich in den Lehnstuhl ihres Vaters und nahm ein Buch zur Hand – sie las jetzt eine fünf Pfund schwere Biographie über Katharina die Große. Als das Gelächter im Garten lauter wurde, stellte sie auch die Stereoanlage lauter. Es waren ausschließlich CDs mit altem Blues – Lieder, die ihr Vater da hatte, Musik aus den zwanziger und dreißiger Jahren, melancholische Lieder, die von solchen Leuten wie Bessie Smith und Robert Johnson gesungen wurden. Es war keine Musik, die Samantha sich ausgesucht hätte, aber sie fing an ihr zu gefallen, da es Lieder waren, die ihr Vater gemocht hatte.

Als die dritte in die vierte Woche überging, stellte Samantha fest, daß es das Schlafen war, was sie tatsächlich am meisten tun wollte. Seit ihre Mutter gestorben war – sie war damals zwölf gewesen –, hatte sie stets das Empfinden gehabt, daß sie nie mehr genügend Zeit gehabt hatte zum Schlafen. Da mußten erst die Schulaufgaben gemacht, die Hausarbeiten erledigt und die Wünsche und Bedürfnisse anderer Leute, um die sie sich kümmern mußte, befriedigt werden. Dann, nachdem sie geheiratet hatte, mußte sie täglich drei Mahlzeiten zubereiten und an sechs Wochentagen acht bis zwölf Stunden arbeiten. Nun schien es ihr völlig normal zu sein, daß der versäumte Schlaf vieler Jahre sie eingeholt hatte, und sie war froh, daß sie nun die Zeit fand, ihn nachzuholen.

Als sie in Louisville den Hausstand auflöste, hatte sie es nicht übers Herz bringen können, alle Kleidungsstücke ihres Vaters zu verschenken, und so hatte sie einige davon in Kartons verpackt und diese mit der Post nach New York geschickt. Sie fühlte sich ihm näher, wenn sie seine Hemden über ihren Jeans trug, sie liebte es, in seinen Pyjamas zu schlafen, und am allerliebsten trug sie seinen schweren Flanell-Bademantel.

Als sie die vierte Woche in New York wohnte, fühlte sich Samantha außerordentlich entspannt. Es war erstaunlich, wieviel Stunden sie täglich schlafen konnte. Manchmal wachte sie nicht vor zehn Uhr morgens auf. Dann stieg sie ins Erdgeschoß hinunter, um sich dort eine Schüssel Weizenflocken zu holen. Doch ab und zu aß sie überhaupt nichts. Wenn sie es jedoch tat, mußte sie nicht, wie sie zufällig herausfand, anschließend ihr Geschirr reinigen, sondern konnte es schmutzig in der Spüle stehenlassen, und die junge Frau, die mittwochs ins Haus kam, wusch es dann ab. Smantha war froh darüber, weil sie sich, ehrlich gestanden, zu müde fühlte, um allzu viel sauberzumachen.

Und da sie bereits mittags wieder schläfrig wurde, machte sie sich gar nicht erst die Mühe, den Pyjama ihres Vaters auszuziehen. Tatsächlich schien es ihr mit der Zeit ein überflüssiger Kraftaufwand zu sein, zu baden und frische Kleider anzuziehen. Sie konnte ja gar nicht wirklich schmutzig werden, da sie ja nicht viel anderes tat, als schlafen. Als sie versuchte, eine Biographie von Königin Elizabeth I. zu lesen, konnte sie kaum die Augen offenhalten.

Im Verlauf der Wochen hörte sie gelegentlich Gelächter, das aus dem Garten zu ihr heraufdrang, aber sie stand nicht mehr auf, um nachzusehen, was da unten vor sich ging. Und ihr Hausherr störte sie auch nicht mehr. Ein paarmal hatte sie ihn in der Küche getroffen, doch sie hatte ihn nur schläfrig angelächelt und war dann wieder nach oben gegangen. Sie rannte nicht mehr weg, um ein Zusammentreffen mit ihm zu vermeiden.

Sie legte die Biographie auf den Nachttisch und schaltete das Licht aus. Es war erst sieben Uhr abends, und draußen war es noch taghell, aber sie war zu müde, um noch länger wach zu bleiben. Während sie einschlief, dachte sie nach, daß sie die Biographie von Elizabeth I. zu Ende und auch alle anderen Bücher im Regal lesen würde, sobald sie ausgeruht sei. Aber im Augenblick wollte sie nur schlafen.

*

Daphne Lammourche saß mit Mike im Garten hinter dem Haus und beobachtete ihn über den Picknicktisch hinweg. Man mußte kein Psychologe sein, um zu erkennen, daß ihn etwas bekümmerte. Sie kannte ihn eigentlich nur als gutgelaunten, immer zu Späßen aufgelegten Mann, der zumeist Unmengen von gegrilltem Fleisch verzehrte, aber an diesem Abend schob er sein Steak lustlos auf dem Teller hin und her, als hätte er überhaupt keinen Hunger.

Daphne wußte nicht, weshalb er sie heute abend eingeladen hatte. Vielleicht hatte er geahnt, daß sie sich fast selbst eingeladen hätte, weil sie momentan die Zeit »zwischen zwei Jobs« überbrücken mußte – wie die Leute diesen Zustand höflich zu umschreiben pflegten. Der Klub, in dem sie zuletzt gearbeitet hatte, hatte einen neuen Geschäftsführer eingestellt – einen schmierigen Schleimer, der meinte, es müsse für Daphne eine Ehre sein, wenn er ihr erlaube, gewisse Dinge mit seinem Körper zu machen.

Als Daphne dieses Ehrenamt ausschlug, hatte er sie gefeuert. Sie hatte ein bißchen Geld gespart und wußte, daß sie damit über die Runden kommen würde, bis sie einen neuen Job gefunden hatte. Aber bis dahin war Mike, wie sie ebenfalls wußte, immer gut für eine Mahlzeit.

»Bist du okay?« fragte sie.

»Ich? Klar«, erwiderte er, aber es war eher ein Gemurmel.

Daphne hatte Mike noch nie in einem solchen Zustand erlebt wie heute. Normalerweise war er der Mittelpunkt jeder Party – die treibende Kraft, die alle in Schwung brachte. Und bei seinem Aussehen war es auch nicht verwunderlich, daß die Frauen sich stets um ihn rissen, wenngleich Mike ihre Bemühungen meistens unbeeindruckt ließen. Daphne fragte sich, ob vielleicht dort, wo er zu Hause war, ein Mädchen auf ihn wartete, oder ob er möglicherweise sogar hier in New York eine feste Freundin hatte. Wenn sie bemerkte, daß die Mädchen, mit denen sie im Klub arbeitete, sich ihm geradezu an den Hals warfen, fühlte sie sich jedesmal versucht, ihnen zu sagen, daß sie aufhören sollten, ihre Zeit zu verschwenden, weil sie einen Kerl wie Mike niemals herumkriegen würden.

Daphne war sich durchaus bewußt, daß alle diese Mädchen glaubten, sie würde mit Mike schlafen, und sie machte sich auch nicht die Mühe, ihnen zu erklären, daß sie und Mike nur Freunde waren.

Daphne hatte ein Problem, das sie unglücklicherweise mit viel zu vielen Frauen teilte: Sie verlangte von einem Mann, daß er sie liebte, schien aber die Gefühle eines jeden Mannes, der sie liebte, nicht erwidern zu können. Und so verwandte sie ihre ganze Zeit und zumeist auch ihr ganzes Geld darauf, Typen, denen sie gleichgültig war – zumeist schräge Vögel oder gescheiterte Existenzen – dazu zu bringen, sie zu lieben. Wenn diese dann nichts anderes taten, als sie auszunehmen und zu mißbrauchen, weinte sie sich an den Schultern jener Leute – zumeist Männer – aus, die sie liebten, und beklagte sich bei ihnen, daß alle Männer Schufte seien, solche Schufte, wie ihr Vater einer gewesen war.

Was Mike betraf, so fand sie, daß er nicht nur sehr schön anzuschauen war, sondern sich auch stets sehr nett um sie kümmerte, wenn einer von ihren Liebhabern ihr wieder einmal den Laufpaß gegeben hatte, aber sie betrachtete ihn nicht als Mann – nicht als einen wirklichen Mann –, weil er sie niemals mit dieser Geringschätzung behandelte wie jene Männer, zu denen sie sich hingezogen fühlte.

Wenn Daphne nüchtern war, lachte sie über die lange Liste von verkrachten Typen in ihrem Leben, und wenn sie betrunken war, weinte sie darüber. Aber sowohl betrunken wie nüchtern war sie sich im wesentlichen darüber im klaren, daß sie nur deshalb als einziges von allen Mädchen ihres Klubs in dieses reiche Haus eingeladen wurde, weil sie Mike niemals Avancen machte.

»Wie kommst du mit deinem Buch voran?« fragte sie.

Mike zuckte mit den Achseln. »Ich habe in letzter Zeit nicht viel daran gearbeitet.«

Daphne wußte darauf keine Antwort. Für sie hatte die Fähigkeit, Wörter so zu Papier zu bringen, daß sie etwas bedeuteten, etwas Magisches, und deshalb versuchte sie an etwas anderes zu denken. Über das sie reden konnten. Daß sie das Bedürfnis verspürte, den Versuch zu machen, Mike aufzumuntern, war für sie eine ganz neue Erfahrung – in der Regel war es Daphne, die sich an seiner Schulter ausweinte, während Mike ihr lachend erklärte, sie könne nur froh sein, daß sie diesen Herrn Soundso los wäre.

»Und wie geht es deiner Mieterin?« fragte sie.

»Gut, denke ich. Ich sehe sie ja nie.« Er stocherte in seinem Steak herum. »Ich glaube nicht, daß sie mich mag.«

Daphne lachte. »Was höre ich da, Mike? Sollte es auf diesem Planeten ein Mädchen geben, daß *dich* nicht mag?« Als Mike ihr keine Antwort gab, fuhr Daphne lachend fort: »Und was hältst du von ihr?«

Mike sah sie mit so heißen Augen an – mit Augen, in denen sich ein so mächtiges Verlangen spiegelte –, daß Daphne, die glaubte, sie habe alles gesehen, was ein Mann an Gefühlen für eine Frau aufzubringen vermag, vor diesem Blick zurückzuckte und einen kräftigen Schluck von ihrem kühlen Bier nehmen mußte, ehe sie die Sprache wiederfand. »Ich weiß nicht, ob ich sie beneiden oder bedauern soll«, flüsterte sie, die eiskalte Bierflasche an ihre Wange haltend.

Mike sah wieder auf seinen Teller hinunter.

»Hast du sie schon mal eingeladen?«

»Ich habe es versucht, aber sie läuft jedesmal weg, wenn ich mich ihr bis auf zehn Schritte nähere. Sobald sie mich kommen hört, rennt sie die Treppe zu ihrer Wohnung hinauf. Sie geht nie aus und verläßt ihr Apartment nur, wenn sie sich etwas zu essen kochen will.«

»Was tut sie denn den ganzen Tag?«

»Soweit ich das beurteilen kann, schläft sie«, erwiderte Mike verdrießlich.

Daphne nahm einen Bissen von ihrem Steak. »Die Arme. Hast du mir nicht erzählt, sie habe sich vor kurzem scheiden lassen und auch noch ihren Vater verloren?«

»Ja. Aber nach allem, was ich hörte, war ihr Mann kein großer Verlust.«

»Mag sein, aber wenn man seinen Kerl verliert, fühlt man sich trotzdem lausig. Ich erinnere mich noch gut daran, wie mich ein Kerl zum erstenmal hat sitzen lassen. Himmel, ich liebte diesen Mann! Er war mein erster, und ich hatte mein ganzes Leben auf ihn abgestellt. Ich gab ihm alles, was er von mir haben wollte.« Sie schnaubte. »Das war damals, als ich zum erstenmal strippte. Als ich es für ihn machte, sagte er, ich könnte das so gut, daß ich uns damit etwas Geld verdienen sollte. Und obgleich ich tat, was er von mir verlangte, kam ich eines Tages nach Hause, und er war weg. Nicht mal einen Zettel hat er mir hinterlassen. Wenn ich heute daran zurückdenke, bezweifle ich allerdings, daß der Typ lesen oder schreiben konnte. Himmel, war ich danach vielleicht deprimiert! Ich dachte, ich hätte nichts mehr, für das sich zu leben lohnte. Es gelang mir zwar, mich noch ein paar Tage lang zur Arbeit zu schleppen, aber nach einer Weile hörte ich sogar damit auf, blieb in meiner Wohnung und schlief. Himmel, ich würde vielleicht heute noch schlafen, wenn mir dieser Mann nicht die Augen geöffnet und mich davon überzeugt hätte, was für ein Dreckskerl dieser Typ gewesen ist – daß er es nicht wert war, daß ich mit ihm schlief.«

Mike hörte ihr nur mit halbem Ohr zu, da Daphnes Geschichten die Tendenz hatten, ihn melancholisch zu stimmen. Er hatte einmal zu ihr gesagt, man könne sie in einen Saal schicken, in dem hundert nette Typen und ein seine Frau verprügelndes Charakterschwein versammelt wären, und sie würde den Schuft binnen einer halben Minute aus der Menge herausfischen. Daphne hatte gelacht und geantwortet, wenn der Kerl tatsächlich ein so böser Finger sei, wie Mike ihn ihr geschildert habe, würde sie ihn binnen dreier Minuten mit in ihre Wohnung nehmen und für seinen Unterhalt sorgen.

Während Daphne ihre Geschichte erzählte, dachte Mike an Samantha. Vielleicht hatten ihn die Frauen seit Jahren in dem Punkt verwöhnt, daß sie ihn alle gemocht hatten. Vielleicht hatten es ihm die Mädchen zu leicht gemacht, wenn er sie haben wollte. Samantha war eine Herausforderung für ihn. Seit sie nach New York gekommen war, hatte er alles versucht, um ihre Aufmerksamkeit zu erregen. Er war ihr »zufällig« ein paar hundertmal in der Küche begegnet. Er war sich nicht zu schade dafür gewesen, ihr Einladungen unter der Tür durchzuschieben. Er hatte ihr gegenüber sogar mehrmals angedeutet, daß er gern den Umgang mit einem Computer lernen würde, aber sie hatte ihn dabei angesehen, als hörte sie das Wort Computer zum erstenmal.

Er konnte einfach nicht klug aus ihr werden. Da war diese kleine prüde Miss, die um keinen Preis allein mit einem Mann unter dem gleichen Dach wohnen wollte: Und da war dieses heiße Cayenne–Pfeffer-Wesen, das ihn küßte, wie ihn noch keine Frau bisher geküßt hatte. Und in letzter Zeit war da dieser schmuddelige kleine Zombie, der angetan mit den Pyjamas und dem Bademantel seines Vaters in der Küche umherschlich. Er hörte nur noch selten ihre Schritte über sich, und wenn er sie zu Gesicht bekam, dann immer nur gähnend, obwohl sie so aussah, als wäre sie eben erst aufgewacht.

Mikes Kopf ruckte plötzlich hoch: »Was hast du da eben gesagt?«

»Ich sagte, ich vermißte ihn so sehr, daß ich nur noch seine Kleider trug. Ich konnte zwar seine Hemden oben nicht zuknöpfen, aber das störte mich nicht. Wichtig war nur, daß ich es überhaupt tragen konnte, weil ich mich ihm dann näher fühlte. Wenn dieser Mann nicht . . .«

Mike schoß aus seinem Gartenstuhl hoch. »Was für ein Mann?«

Daphne sah ihn erschrocken an. »Der Mann im Krankenhaus natürlich. Hast du denn nicht zugehört, als ich sagte, daß ich nur noch schlafen wollte? Ich beschloß, genau das zu tun, nahm eine ganze Flasche voll Pillen ein und wachte dann im Krankenhaus wieder auf. Und dort redete dann dieser Mann mit mir und sagte, ich dürfe meinem Leben kein Ende machen.«

Mike stand am Tisch und blickte einen Moment auf sie hinunter, aber er sah sie gar nicht, weil er anfing, zu begreifen, was Daphne ihm soeben erzählt hatte. »Samantha hat eine harte Zeit hinter sich, Mike«, hörte er wieder die schwache, bereits vom Tod gezeichnete Stimme Dave am Telefon. »Sie hatte ein schweres Leben, und wenn ich nicht mehr bin, weiß ich nicht, was sie anfangen wird. Ich wünschte, ich würde meine Tochter besser kennen, doch das ist nicht der Fall. Ich weiß nicht, was in ihrem Kopf vorgeht, aber ich möchte diese Welt mit der Gewißheit verlassen, daß sich jemand um sie kümmert. Ich möchte, daß du diese Aufgabe übernimmst, Mike, und ich will wenigstens etwas von dem, was ich ihr angetan habe, wiedergutmachen. Paß du für mich auf sie auf. Ich habe niemanden sonst, den ich darum bitten kann.«

Mike hatte den Tod seines Onkels Michael miterlebt, aber das war auch schon alles – und es war genug. Er konnte sich wirklich nicht vorstellen, daß ihm noch mehr Todesfälle ins Haus standen oder daß er so viele Anverwandte verlieren würde, wie Samantha sie verloren hatte. Er konnte sich tatsächlich nicht vorstellen, was das für ein Gefühl sein würde, wenn jetzt sein Vater stürbe – oder wenn ihm, wie Samantha, sein letzter und einziger Freund und Verwandter wegstarb.

Als er zu Samanthas Fenstern hinaufblickte, sah er, daß sie, wie üblich, die Vorhänge zugezogen hatte. Zweifellos schlief sie schon wieder. Oder sie wollte nur noch schlafen, wie Daphne sich ausgedrückt hatte.

»Du bist ein schlechter Vormund, Taggert«, sagte er leise zu sich und blickte dann wieder auf Daphne hinunter.

»Möchtest du, daß ich jetzt gehe, Mike?« fragte sie und

nahm, ohne erst seine Antwort abzuwarten, ihre Handtasche auf. Als sie an der Haustür angelangt war, drehte sie sich noch einmal um. »Wenn du etwas brauchst, Mikey, Honey, laß es mich wissen. Ich schulde dir noch ein paar Gefallen.«

Mike nickte geistesabwesend, doch er sah dabei wieder zu Samanthas Fenstern hinauf und war mit seinen Gedanken ganz bei seiner Mieterin. Zwei Minuten später stand er in der Bibliothek am Telefon und bestellte ein Essen beim ›La Côte Basque‹, das ihm ins Haus geliefert werden sollte.

4

Als Mike dann später vor Samanthas Wohnungstür stand, holte er tief Luft, ehe er anklopfte. Er hatte keine Ahnung, ob das, was er jetzt tat, auch richtig war, aber er suchte das Beste daraus zu machen.

Sie reagierte nicht auf sein Klopfen, und eigentlich hatte er das auch nicht erwartet. Also holte er, das Tablett auf einer Hand balancierend, seinen Schlüssel aus der Tasche, steckte ihn ins Schloß, öffnete die Tür einen Spalt breit und sah, daß kein Licht brannte. Die Augen zum Himmel hebend, murmelte er, als er sich durch die Tür ins Zimmer schob: »Gib, daß sie nichts Weißes anhat!«

*

Samantha kam langsam zu sich, öffnete widerwillig die Augen und blinzelte ein paarmal in dem grellen Licht, das sie blendete. Es dauerte einige Sekunden, ehe sie wach genug war, um zu erkennen, daß es ihr Hausherr war, der über ihr stand, ein Tablett in den Händen.

»Was machen Sie denn in meiner Wohnung?« fragte sie stirnrunzelnd und richtete sich in eine sitzende Stellung auf. Aber da war nicht wirkliche Angst in ihrer Stimme, nicht einmal Neugierde. Vielmehr war sie so müde, daß ihr die Knochen wehtaten, und nichts konnte sie dazu bringen, noch groß Anteil zu nehmen an dem, was um sie herum vorging.

»Ich habe Ihnen etwas zu essen gebracht«, erwiderte er und stellte das Tablett auf den Tisch am Fenster. »Ein Menü aus einem der besten Restaurants von New York.«

Samantha rieb sich die Augen. »Ich möchte nichts essen.« Als sie nun richtig wach geworden war, sah sie durch das angrenzende Wohnzimmer zu der geschlossenen Tür ihres Apartments hin. »Wie sind Sie denn hier hereingekommen?«

Lächelnd, als wäre das alles nur ein großer Spaß, hielt Mike seinen Schlüssel in die Höhe.

Samantha zog die Bettdecke bis zum Hals herauf. Nun, da sie wieder voll bei Bewußtsein war, erwachte auch ihr Ärger. »Sie haben mich belogen! Sie sagten, sie besäßen keinen Schlüssel zu meiner Wohnung. Sie sagten . . .« Ihre Augen weiteten sich, und sie preßte sich gegen das Kopfteil des Bettes. »Wenn Sie einen Schritt näher kommen, schreie ich.«

In diesem Moment brauste ein Rettungswagen die Lexington Avenue hinunter, und der Klang seiner Sirene, der durch das halboffene Fenster hereinkam, war so laut, daß die Schallwellen die Vorhänge bewegten. »Glauben Sie, daß jemand Sie hören würde?« fragte Mike, sie immer noch anlächelnd.

Nun hatte auch Samanthas Wahrnehmungsempfinden wieder voll eingesetzt. Panik stieg in ihr auf, die sich in ihrem Gesicht widerspiegelte. Sie bemühte sich jedoch, die Ruhe zu bewahren, schlug die Decke zurück und schickte sich an, das Bett zu verlassen. Mike faßte sie am Arm und sagte im beschwörenden Ton:

»Hören Sie, Sam – es tut mir ja leid, daß ich irgendwie den Eindruck bei Ihnen erweckte, ich sei ein Sexualmonster. Ich bin es nicht. Ich habe Sie geküßt, weil ...« Mit einem jungenhaften Grinsen brach er mitten im Satz ab. »Vielleicht sollten wir das jetzt lieber auf sich beruhen lassen. Was ich von Ihnen verlange, ist wichtiger als Sex. Vielleicht nicht annähernd so erfreulich, aber letztendlich weitaus wichtiger. Ich kam zu Ihnen in die Wohnung, weil ich mit Ihnen über Tony Barrett reden will. Ich möchte, daß Sie mich so weit informieren, daß ich ihn aufsuchen kann.«

Samantha hielt abrupt in ihren Bemühungen inne, sich seinem Griff zu entziehen, und blickte ihn an, als habe er den Verstand verloren. »Würden Sie gefälligst Ihre Hand von meinem Arm nehmen?«

»Oh, natürlich«, erwiderte er. Er hatte sie nur am Ellenbogen festhalten wollen, damit sie nicht aus dem Zimmer rannte, weil alles darauf hindeutete, daß sie genau das tun wollte, aber statt sie nur festzuhalten, hatte er die Finger gespreizt, und seine Hand bewegte sich nun an ihrem Arm hinauf. Sie sah keineswegs wie die begehrenswerteste Frau aus, die ihm jemals in seinem Leben begegnet war. Offensichtlich hatte sie seit Tagen kein Bad mehr genommen, hatte fettiges, strähniges Haar und dunkle Ringe um die Augen. Doch trotz ihres zur Zeit nicht gerade vorteilhaften Aussehens hatte es Mike in seinem Leben noch nie so sehr danach verlangt, zu einer Frau ins Bett zu steigen, wie das jetzt bei Samantha der Fall war. Vielleicht waren bei ihm die Frühlingsgefühle erwacht. Vielleicht brauchte er ein langes Wochenende im Bett mit einer von Daphnes Freundinnen. Oder vielleicht brauchte er Samantha.

Sie loslassend, trat er von ihrem Bett zurück. »Ich glaube, wir müssen miteinander reden.«

Als Samantha auf den Wecker auf ihrem Nachttisch blickte und feststellte, daß es zehn Minuten nach elf Uhr abends war, holte sie tief Luft.

»Als wir uns zum erstenmal begegneten, haben Sie mich attackiert. Heute benutzen Sie einen Schlüssel, den Sie angeblich gar nicht besaßen, um sich auf gesetzwidrige, um nicht zu sagen sittenwidrige Weise mitten in der Nacht Zutritt zu meiner Wohnung zu verschaffen. Und nun fragen Sie mich nach einem Mann, von dem ich noch nie etwas gehört habe. Und Sie wundern sich, daß ich mich aufrege. Mr. Taggert, haben Sie schon jemals das Wort *Privatsphäre* gehört?«

»Ich habe schon viele Worte gehört«, erwiderte er, ihren Kommentar ignorierend, als ob seine Anwesenheit in ihrer Wohnung nichts zu bedeuten hätte. Statt auf ihre Rechte Rücksicht zu nehmen, setzte er sich auf den Bettrand und sah sie an.

Samantha versuchte erneut, das Bett zu verlassen. »Ihr Verhalten ist unerträglich.«

»Ich bin froh, daß Sie wütend sind. Zumindest ist das besser, als wenn Sie Ihr Leben verschlafen.«

»Was ich mit meinem Leben anfange, geht Sie nichts an«, fauchte sie, während sie aus dem Bett stieg und nach dem Bademantel ihres Vaters griff.

Sich zu dem Tablett umdrehend, das hinter ihm auf dem Tisch stand, nahm Mike die Serviette von dem Brotkorb und holte ein Hörnchen heraus. Er biß in das köstliche Backwerk und sagte dann mit vollem Mund: »Ziehen Sie diesen Bademantel nicht an, er ist viel zu groß für Sie. Haben Sie denn nichts – nichts Mädchenhaftes, das Sie anziehen können?«

Sie blickte ihn ungläubig an und schob trotzig die

Arme durch die Ärmellöcher des Bademantels. Dieser Mann war wirklich eine Zumutung! »Ich würde Ihnen empfehlen, wenn Sie etwas – Mädchenhaftes – was für ein altmodisches Wort! – suchen, sich woanders umzuschauen.«

Ihr schneidender Tonfall, ihre feindselige Haltung, ihre direkte Aufforderung, ihre Wohnung zu verlassen, schienen ihn nicht im mindesten zu beeindrucken. Er verzehrte seelenruhig sein Hörnchen und sagte: »Altmodisch oder nicht – es stünde Ihnen besser. Und das würde ich an Ihrer Stelle unterlassen.«

Samantha hatte die Hand auf den Türgriff gelegt, und als er sie jetzt warnte, hatte sie zum erstenmal Angst vor ihm. Ihm den Rücken zukehrend, merkte sie, daß ihre Hand zu zittern begann.

»Ach, Sam«, rief er mit einer Mischung aus Gekränktheit und Ärger, »Sie brauchen sich doch nicht vor mir zu fürchten! Ich würde Ihnen niemals etwas antun.«

»Und das soll ich Ihnen glauben?« flüsterte sie, bemüht, Ruhe zu bewahren und ihre Angst zu verbergen, was ihr nicht gelingen wollte. »Sie haben mich belogen. Sie besitzen einen Schlüssel zu meiner Wohnung.«

Mike konnte ihrer Stimme anhören, daß sie sich vor ihm fürchtete, und das war das letzte, was er sich wünschte. Sich langsam vom Bett erhebend – nur keine unbeherrschte Bewegung! – ging er zu ihr, aber sie wollte sich noch immer nicht umdrehen. Ganz sacht legte er ihr die Hände auf die Schultern und runzelte die Stirn, weil sie unter seiner Berührung zusammenzuckte, als erwartete sie, von ihm gewürgt oder geschlagen zu werden. So vorsichtig, als wäre sie ein verletztes Tier, führte er sie zum Bett zurück und schlug die Decke auf, damit sie sich wieder hinlegen konnte. Dabei lächelte er sie auf eine Weise an, die sie, wie er hoffte, beruhigen sollte.

»Nein«, flüsterte sie, und ihre Stimme war fast heiser vor Angst.

Es war offenkundig, daß sie glaubte, er wollte sie nur im Bett haben, damit er sich leichter über sie hermachen konnte. Noch nie zuvor hatte ein weibliches Wesen ihn für einen Frauenschänder gehalten. Bisher hatte auch noch kein weibliches Wesen vor ihm Angst gehabt, und das gefiel ihm ganz und gar nicht. Wichtiger noch: Er hatte es keineswegs verdient, daß sie sich vor ihm fürchtete.

»Oh, zum Teufel!« sagte Mike, während er sie nun mit einem unsanften Schubs ins Bett beföderte. Er hatte es satt, von ihr als abartiger Triebtäter betrachtet zu werden, der regelmäßig über seine Mieterinnen herfiel, um sich an ihnen zu vergehen. Er rückte zwei Schritte vom Bett ab, drehte sich um und funkelte sie an. »Okay, Sam, lassen Sie uns ein paar Dinge klarstellen. Ich habe Sie geküßt. Vielleicht sollte ich Ihrer Meinung nach dafür gehenkt werden, oder zumindest kastriert. Aber wir leben in einer Gesellschaft, die in dieser Beziehung sehr freizügig ist. Was kann ich dazu noch sagen? Daß es Leute gibt, die Drogen an Kinder verkaufen, Serienmörder, Kinderschänder? Und solche Leute wie mich, die hübsche Mädchen küssen, die mich so anschauen, als wollten sie von mir geküßt werden? Bedauerlicheweise sind solche Triebtäter wie ich vor dem Gesetz nicht schuldfähig.«

Die Arme schützend vor ihrer Brust kreuzend, preßte Samantha ihre Lippen zu einem Strich zusammen. »Und worauf läuft das Ganze hinaus?«

»Darauf, daß Sie und ich einen Auftrag durchführen müssen, und ich es leid bin, damit so lange zu warten, bis Sie an die Oberfläche kommen, um Luft zu holen.«

»Auftrag? Ich weiß nicht, wovon Sie reden.«

Er brauchte eine Minute, ehe er begriff, daß sie ihm die Wahrheit sagte.

»Haben Sie denn das Testament Ihres Vaters nicht gelesen?«

Ärger und Schmerz wallten in ihr auf, doch es gelang ihr, den Schmerz niederzukämpfen. »Natürlich habe ich es gelesen. Ich wußte auch so schon, was drinsteht.«

»Also haben Sie es *nicht* gelesen.« Seine Frustration wuchs von Sekunde zu Sekunde.

»Ich wünsche jetzt wirklich, daß Sie gehen.«

»Aber das werde ich nicht, also können Sie sich die Worte sparen. Ich bin es leid, mir noch länger mit anzusehen, wie Sie durchs Haus schleichen, nichts essen wollen, kein Interesse mehr für irgend etwas haben. Wie lange ist es her, seit Sie zuletzt dieses Haus verlassen haben?«

»Was ich tue oder nicht tue, geht Sie gar nichts an. Ich kenne Sie ja nicht einmal.«

»Möglicherweise nicht, aber ich bin Ihr Vormund.«

Samantha sah ihn an, öffnete den Mund, um zu sprechen, schloß ihn wieder und öffnete ihn erneut. Dieser Mann war verrückt! Vormünder gab es doch nur noch in Schauerromanen. Im wirklichen Leben kamen sie nicht mehr vor. Und selbst in diesen Romanen wurden sie nicht für achtundzwanzigjährige geschiedene Frauen bestellt. Wenn es ihr endlich gelang, ihn aus ihrer Wohnung hinauszubefördern, würde sie sofort ihre Sachen packen und dieses Haus für immer verlassen.

Es war nicht schwer für Mike, ihr von den Augen abzulesen, was sie dachte, und das machte ihn wütend. Sie würde ihn anhören, und wenn er sie an ihrem Bett festbinden mußte! Statt sie jedoch zu fesseln – wofür sie ihn zweifellos vor Gericht gebracht hätte –, nahm er das Tablett mit dem Essen, das er für sie bestellt hatte, und setzte es auf ihrem Schoß ab. »Essen«, befahl er.

Samantha wollte sich weigern, hatte aber zu große Angst vor ihm, so daß sie es nicht wagte, sich seinem Befehl zu widersetzen. Als sie jedoch noch immer zögerte, strich er etwas auf eine kleine Scheibe Toast, hielt ihr diese vor den Mund und machte dabei ein Gesicht, als müsse sie damit rechnen, daß er ihr die Nase zuhielt und sie zwangsernährte, wenn sie nicht ihren Mund öffnete. Was sie dann, wenn auch widerstrebend tat. Es war ein Toast mit Gänseleberpastete, eine der köstlichsten Dinge, die sie jemals in ihrem Leben gekostet hatte. Während sie ihren ersten Bissen kaute, entspannte sie sich ein wenig und nahm ihm den Toast, den er ihr nun reichte, aus der Hand.

»Und jetzt«, verkündete Mike, »werde ich reden, und Sie werden zuhören.«

»Habe ich denn eine andere Wahl?« Sie war bereits bei ihrem zweiten Toast. Vielleicht war sie tatsächlich ein bißchen hungrig.

»Nein. Keine. Sie sind keine sehr gute Zuhörerin, nicht wahr? Sie haben offensichtlich nicht zugehört, als Ihr Anwalt Ihnen sagte, daß Sie das Testament Ihres Vaters lesen sollen.«

»Ich bin eine ausgezeichnete Zuhörerin und hatte mir vorgenommen, es zu lesen.« Er bestrich jetzt die Toaststückchen fast so schnell mit der Pastete, wie sie diese verzehrte.

»So, wie Sie ein Bad nehmen wollten, oder?« Er versuchte sie nun zu beleidigen und sich in den Glauben zu versetzen, daß sie keineswegs die sexuell anziehendste Frau war, die er je gesehen hatte. Aber selbst wenn sie nicht gar so attraktiv sein würde – wie eben jetzt –, hatte er dennoch einige Vorstellungen davon, was er mit ihrem köstlichen Körper gern anstellen wollte. Wenn sie seine Gedanken lesen könnte, würde sie nun wirklich Angst haben vor ihm.

»Wenn Sie nicht in meiner Nähe sein wollen, können

Sie mich gern verlassen. Sie haben meine Erlaubnis dazu«, sagte sie. Jetzt, wo sie hellwach war, jetzt, als sie keine Angst mehr vor ihm hatte, sah sie ihn an.

Er trug ein weiches, dunkelbraunes Baumwollhemd und Jeans, und er hätte sehr solide gewirkt, wären da nicht die Konturen seiner Brustmuskeln unter dem Hemd zu sehen gewesen. Während er weiter Pastete auf Toast strich und ihr die Stückchen reichte, aß er hin und wieder auch eine Scheibe, und wenn er kaute, bewegte er seine Unterlippe – diese wundervolle Unterlippe. Sie mußte wegschauen.

»Ich werde nicht weggehen, bevor Sie alles gehört haben. Wann wollten Sie denn anfangen, nach Ihrer Großmutter zu suchen?«

Diese Frage irritierte Samantha und veranlaßte sie, ihn wieder anzusehen. Wieso wußte er davon? »Ich bin erwachsen, und ich –«

Mike unterbrach sie. »Es ist genauso, wie ich dachte. Sie haben gar nicht die Absicht, sie zu suchen. Habe ich recht?«

»Das geht Sie überhaupt nichts an.«

»Und ob es mich etwas angeht. Haben Sie denn nie darüber nachgedacht, wer Ihre Nachforschungen überprüfen könnte? Wer Ihre Bemühungen bestätigen und entscheiden würde, daß Sie genug getan haben, um die Bedingungen des Testaments erfüllt und damit auch das Recht erworben zu haben, das Geld, das Ihr Vater Ihnen hinterlassen hat, zu erhalten?«

Samanthas Hand, die gerade wieder ein Stückchen Toast zum Munde führen wollte, schien in der Luft hängen zu bleiben. Sie starrte ihn an. Nein, ihr waren solche Fragen nicht in den Sinn gekommen.

Als Mike merkte, daß er zumindest ihr Interesse geweckt hatte, stand er auf, ging zum Weinsafe und entnahm ihm eine kühle Flasche Weißwein. Er wußte, daß der Safe mehrere Flaschen Wein enthielt, da er sie selbst dort hingelegt hatte, um mit ihr ihren Einzug zu feiern. Und wie er zutreffend vermutet hatte, befanden sie sich alle noch dort. Sie mochte zwar Probleme haben, aber eine Alkoholikerin war sie nicht. Er wußte, wo sich der Korkenzieher befand, öffnete damit die Flasche, trug sie hinüber in ihr Schlafzimmer und schenkte dort zwei Gläser ein. Als er das Gesicht sah, das sie dabei machte, meinte er stirnrunzelnd: »Das ist kein Vorspiel zu einer Verführung. Also brauchen Sie mich nicht so anzusehen. Trinken Sie den Wein oder lassen Sie es sein – das steht in Ihrem Belieben. Allerdings bin ich sicher, daß jemand, der so verklemmt ist wie Sie, gar nicht daran denkt, sich etwas so Ausschweifendes wie ein Glas Wein zu leisten.«

Mit einem Schnauben und einer, wie sie hoffte, verächtlich gekräuselten Oberlippe nahm sie ihm ein Glas aus der Hand, leerte es auf einen Zug und gab es ihm dann zum Nachfüllen wieder zurück.

Mike lachte. »Ein echter Matrose, wie? Haben Sie auch Tätowierungen?«

Samantha sah keine Veranlassung, ihm darauf eine Antwort zu geben, wünschte jedoch, sie hätte den Wein nicht getrunken. Sie hatte bisher nicht allzuviel gegessen, und der Wein machte sie bereits beschwipst, während sie doch gerade jetzt, in dieser kritischen Situation, einen klaren Kopf haben mußte. »Ich werde Ihnen doch meine Tätowierungen nicht zeigen«, hörte sie sich sagen und schnitt eine Grimasse, denn sie war schon immer diejenige in der Familie gewesen, die am wenigsten vertragen konnte. Ein halbes Glas Wein genügte, und sie tanzte auf den Tischen – oder war zumindest versucht, auf ihnen zu tanzen. Das war ein Zug an ihr gewesen, der Richard immer auf die Palme gebracht hatte, aber es war ihm gelungen, mit diesem Problem fertig zu werden. Er hatte ja immer eine Lösung für alle ihre »Probleme« gefunden. Weil sie kein »Talent« hatte fürs Trinken, verbot er ihr das eben.

Sie blickte auf das Tablett hinunter, das auf ihren Schenkeln ruhte, als Mike den Deckel von einer Platte nahm, und sah ein großes saftiges Steak, das in einer köstlich duftenden Soße lag. »Ich esse kein Fleisch«, sagte sie, zur Seite blickend.

»Warum nicht? Mögen Sie denn kein Fleisch?«

»Wo haben Sie denn in den letzten hundert Jahren gelebt? Auf dem Mond? Sind Ihnen denn nicht die Berichte über die Schädlichkeit von Fleisch bekannt? Über seinen Fettgehalt? Daß es keine Faserstoffe enthält, die für die Verdauung so wichtig sind? Dafür aber jede Menge Cholesterin, das die Arterien verstopft?«

»Ist das alles? Die Luft, die Sie atmen, ist weitaus gefährlicher für Sie als jedes Steak. Also essen Sie es, Sam.«

»Mein Name ist Samantha, nicht . . .« Weiter kam sie nicht, denn Mike schob ihr ein Stück Fleisch in den Mund. Als sie es kaute, fand sie den Geschmack göttlich – absolut himmlisch. Während sie genüßlich weiterkaute, fiel ihr wieder ein, daß sie vor allem deswegen auf Fleisch verzichtet hatte, weil sie ihr Haushaltsbudget schonen mußte.

»Sie hassen Fleisch, wie ich sehe«, meinte er grinsend.

Sie ignorierte seine Bemerkung. »Ich dachte, Sie wollten, daß ich Ihnen zuhöre. Würden Sie bitte jetzt sagen, was Sie zu sagen haben, und dann von hier verschwinden?« Er schnitt wieder ein Stück vom Steak ab und schickte sich an, es ihr in den Mund zu schieben, als wäre sie ein kleines Kind oder als wäre die Beziehung, in der sie zueinander standen, weitaus intimer, als es der Fall war, und deshalb nahm sie ihm rasch die Gabel aus der Hand.

Er schien den Blick zu bemerken, mit dem sie ihn bedachte, als er nun die Salatgabel nahm und anfing, sich ebenfalls von dem Steak zu bedienen. Samantha versuchte, nicht an das Bild zu denken, das sie boten: Sie am oberen Ende im Bett sitzend, er in dessen Mitte fast auf dem Bauch liegend, den Kopf nahe bei ihren Knien, während sie beide vom gleichen Teller aßen.

»Haben Sie schon von Larry Leonard gehört?«

»Noch so ein Name, der nicht zu unserem gemeinsamen Bekanntenkreis gehört«, erwiderte sie schnippisch, mit der Gabel auf ihn deutend. Sie hätte dieses Glas Wein wirklich nicht trinken sollen.

»Larry Leonard ist – war ein Verfasser von Mordgeschichten. Er schrieb nicht viele davon, und sie verkauften sich auch nicht sonderlich gut. Die Kritiker jedoch loben sie, weil sie so gut recherchiert waren. Alle seine Geschichten handeln von Gangstern.«

Ihr Mund war vollgestopft mit Steakfleisch und sie fuhr fort, an ihrem zweiten Glas Wein zu nippen. »Ihr beiden müßt euch ja blendend verstanden haben, weil Sie ja nichts anderes lesen.« Kaum waren ihr diese Worte über die Lippen gekommen, als sie spürte, wie ihr das Blut in die Wangen schoß.

Mike grinste vielsagend. »Sie haben ein bißchen herumgeschnüffelt, wie? Übrigens vielen Dank auch, daß Sie an so einem Tag, wo Tammy früher gehen mußte, meine Sachen aufgeräumt haben.«

Samantha blickte auf ihren Teller hinunter, um ihr rotes Gesicht vor ihm zu verstecken.

»Um wieder auf das Thema zurückzukommen«, fuhr Mike fort, »Larry Leonard hieß in Wirklichkeit Michael Ransome, und er war mein Nennonkel, ein Freund meines Großvaters und ich wurde nach ihm benannt.

Onkel Mike wohnte in einem Gästehaus auf dem Land

meines Vaters in Colorado, und ich verbrachte als Kind viel Zeit mit ihm. Wir waren . . . Kumpel«, schloß er leise.

Samantha hörte einen Moment zu essen auf, als sie den kaum verhüllten Schmerz in seiner Stimme hörte, denn sie wußte nur zu gut, was es bedeutete, einen geliebten Menschen zu verlieren. Sie streckte die Hand aus, um ihm ihre Anteilnahme zu bekunden, zog sie dann aber wieder zurück, ohne ihn zu berühren.

Mike hatte offenbar nichts davon bemerkt, während er sich noch ein Stück vom Steak abschnitt und dann seinen Bericht fortsetzte: »Als Onkel Mike vor drei Jahren starb, vermachte er mir seinen ganzen Besitz. Er hatte kein Geld, das er mir hinterlassen konnte, dafür aber eine umfangreiche Bibliothek über Gangster.« Er lächelte spitzbübisch. »Die Bücher, die Sie in meiner Wohnung gesehen haben.«

»Ich bin sicher, daß diese Ihrem literarischen Geschmack entsprechen.« Sie spießte eine von diesen kleinen aromatischen Tomaten auf ihre Gabel, ehe er sie ihr wegschnappen konnte.

»Er hinterließ mir auch die Notizen und Aufzeichnungen zu einer geplanten Biographie über eine ehemalige Größe in der Gangsterbranche namens Dr. Anthony Barrett.«

»Der Mann, den ich angeblich kennen soll!«

Mike wölbte eine Braue, um ihr seine Anerkennung für ihr gutes Gedächtnis zu zollen, ging jedoch nicht weiter auf ihre Frage ein, sondern nahm das letzte Stück Steak auf die Gabel. Doch als er es zum Mund führen wollte, überlegte er es sich anders und bot es ihr an.

Samantha wollte schon den Mund öffnen, um es zu nehmen, schüttelte dann aber den Kopf. »Ich wünschte wirklich, Sie würden mit Ihrem Bericht zu Ende kommen und gehen.« Sie hatte nicht den Wunsch, die Intimität einer geteilten Mahlzeit noch länger fortzusetzen.

Da nahm Mike den Deckel von der letzten Schüssel, die das Dessert enthielt. Samantha war schon im Begriff, es abzulehnen, doch die Mousse au chocolat sah so köstlich cremig und lecker aus, daß sie, ehe sie recht wußte, was sie tat, den Löffel darin versenkte, just in dem Moment, als sich Mike ebenfalls davon bediente.

»Wo war ich stehengeblieben?« fragte er, sich zurücklehnend und seinen Löffel ableckend, daß Samantha ihn beobachtete, sich fragte, ob er sich denn immer so ungeniert benahm. »Ach, ja. Bei dieser geplanten Biographie. Ich las alles, was Onkel Mike bislang recherchiert und aufgezeichnet hatte, und dabei erwachte mein Interesse für diesen Tony Barrett. Ich hatte gerade meinen Kurs an der Schule beendet und deshalb Zeit für andere Dinge. Und da dachte ich mir, ich könnte doch die Arbeit, die Onkel Mike angefangen hatte, zu Ende bringen. Ich beschloß also, nach New York zu ziehen und dort seine Nachforschungen fortzusetzen. Als ich Onkel Mikes Bücher in Kisten verpackte, fand ich den Aktenordner.«

Als er nichts mehr sagte, blickte Samantha ihn an. »Sollte mich das vielleicht faszinieren? Erwarten Sie von mir, daß ich frage: ›Was für einen Aktenordner?‹«

»Ich könnte mir, zugegebenermaßen, ein bißchen Interesse Ihrerseits durchaus vorstellen. Aber wie ich sehe, wird mir dieses nicht zuteil werden.« Er nahm sich wieder einen Löffel voll von der Mousse. »Der Ordner trug die simple Aufschrift ›Maxie‹ und enthielt ein Pressefoto von Ihnen, Ihrer Großmutter und ihrem Hund.«

Samantha legte den Löffel so heftig aus der Hand, daß es schepperte. »Meine Großmutter rannte ihrem Mann weg, als ich acht Monate alt war. Es existiert kein Foto von uns beiden.

Sich auf einen Ellenbogen stützend, blickte er sie eindringlich an, als versuchte er, ihr eine stumme Botschaft zu übermitteln.

»Oh«, sagte Samantha, »*dieses* Foto.« Sie hatte eine Weile dazu gebraucht, sich daran zu erinnern – nicht an den Anlaß als solchen, aber ihr Großvater hatte ihr später erzählt, was passiert war. »Brownie«, sagte sie. »Ich hielt mich bei meiner Großmutter auf und kroch in ein Abflußrohr in einem Graben hinter dem Haus.«

»Und Sie blieben darin stecken, so daß Ihre Großmutter die Feuerwehr zu Hilfe rief.«

»Ein Reporter, der sich auf der Suche nach einer Story zufällig in der Station befand, begleitete die Feuerwehrmänner. Aber es war Brownie, der mich rettete.«

»Ihr Hund kroch in das Rohr hinein, packte mit den Zähnen Ihr bereits nasses Windelpaket und zog sie an dem Windelhöschen aus dem Rohr heraus. Der Reporter machte eine Aufnahme von Ihnen, Ihrer Großmutter und dem Hund Brownie. Dann griffen die Nachrichtenagenturen die Story auf und schickten sie samt Foto an alle Zeitungsredaktionen des Landes, so daß mein Onkel Michael Ransome beides eines Tages, wie auch die Zeitungsleser der restlichen Welt, mit der Morgenausgabe auf den Tisch bekam. Onkel Mike schnitt das Foto aus und schrieb ›Maxie‹ an dessen Rand. In seinen Aufzeichnungen kommt dieser Name fast auf jeder Seite vor.« Mike sah auf und blickte Samantha prüfend an. »Maxie war Barretts Mätresse.«

Als Samantha bei dieser Neuigkeit nicht sofort aus der Haut fuhr, wie er sich das erhofft hatte, lehnte er sich gegen den Fußteil des Bettes zurück und verschränkte die Hände im Nacken. »Ich glaube, Maxie und Ihre Großmutter sind ein und dieselbe Person.«

Als Samantha nichts darauf sagte, sondern fortfuhr, ihr Dessert zu verzehren, als habe es nie eine Maxie gegeben, blickte er sie prüfend an. Sie sah schon wieder schläfrig aus. »Nun?« fragte er ungeduldig.

Sie stellte die leere Dessertschüssel auf das Tablett. »Sind Sie fertig?« fragte sie. »Haben Sie alles gesagt, was Sie mir sagen wollten? Sie denken, meine Großmutter sei die Mätresse dieses Gangsters gewesen? Okay, sie haben es gesagt, und nun gehen Sie.«

Er war einen Moment lang sprachlos. »Sie haben keine Meinung dazu?«

»Ich habe eine Meinung von Ihnen«, erwiderte sie leise. »Sie haben zu viele von diesen Gangsterbüchern gelesen. Ich kannte meine Großmutter kaum, aber sie war eine ganz normale Großmutter, die kochte, Kuchen backte und was sonst noch alles dazugehört. Und ihr Name war Gertrude. Sie war kein Gangsterliebchen – so nennt man solche Mätressen wohl, wie?« Sie hob die Hand, als er sie unterbrechen wollte. »Und falls doch – was spielt das jetzt noch für eine Rolle? Und würden Sie *jetzt* bitte gehen?«

Er rollte sich auf eine Seite und meinte stirnrunzelnd: »Es spielt eine Rolle, weil ich glaube, daß Ihre Großmutter in Barrett verliebt war und ihm ein Kind schenkte. Tony Barrett könnte Ihr wahrer Großvater sein.«

Darauf stellte Samantha sehr langsam, sehr behutsam das Tablett auf den Fußboden, stieg aus dem Bett und ging zur Tür. »Hinaus«, sagte sie, als spräche sie zu jemanden, der kein Wort Englisch verstand. »Hinaus. Morgen früh werde ich mir eine andere Wohnung suchen.«

Als hätte sie keinen Ton gesagt, rollte sich Mike nun auf den Rücken und starrte zur Decke. »Ihr Vater glaubte, Barrett wäre sein wahrer Vater.«

»Ich will nichts mehr davon hören«, sagte sie, eine Idee lauter als zuvor. »Ich möchte, daß Sie jetzt gehen.«

»Ich werde aber nicht gehen«, erwiderte er, ohne sie anzusehen.

Samantha erwiderte nichts darauf, aber wenn er sich weigerte, ihre Wohnung zu verlassen, würde sie das eben tun. Sie ging aus dem Apartment und stieg die Treppe hinunter.

Mike faßte sie am Arm, ehe sie das Erdgeschoß erreicht hatte, Sie wehrte sich gegen seinen Griff, doch er hielt sie mühelos fest – seine Arme um ihren Körper geschlungen, ihren Rücken an seine Brust gepreßt. Und als sie sich in seinem Griff wand, spürte Mike, wie sein Verlangen nach ihr wuchs. »Halten Sie still, Sam«, flüsterte er. Es klang so verzweifelt, wie er es tatsächlich auch war. »Bitte, bitte, halten Sie still.«

Da war etwas Seltsames in seinem Ton, das Samantha veranlaßte, ihren Widerstand aufzugeben und sich ganz still zu verhalten.

»Ich werde ihnen nichts tun«, sagte er, seine Lippen dicht an ihrem Ohr, mit seltsam gepreßter Stimme. »Sie haben von mir nichts zu befürchten. Es war alles die Idee Ihres Vaters, nicht meine. Ich sagte ihm, er sollte Sie bitten, mir bei der Suche nach Maxie zu helfen – nicht Sie dazu zu zwingen.« Sie immer noch an seinem Körper festhaltend, bewegte er den Kopf, um mit dem Gesicht ihren Hals zu berühren – nicht, um ihn zu küssen, sondern um dessen Weichheit zu fühlen, an ihrer Haut zu riechen.

Mit einem scharfen Ruck befreite sich Samantha aus seinen Armen und lehnte sich gegen das Treppengeländer. Sie spürte, wie ihr Herz pochte, und wußte, daß sie viel zu laut und unregelmäßig atmete. Als sie ihn ansah, bemerkte sie, daß auch sein Herz heftig klopfte und sein Gesicht blutübergossen war.

»Wollen Sie sich nicht irgendwo hinsetzen und darüber reden?«

»Nein«, erwiderte sie. »Ich werde mich weder irgendwo hinsetzen, noch werde ich über irgend etwas reden. Und ich werde mir auch nicht länger anhören, was Sie mir zu sagen haben. Ich möchte weder Ihre erfundenen Geschichten über meinen Vater oder meinen Großvater oder sonstwas hören. Ich will nur dieses Haus verlassen und Sie nie wiedersehen.«

»Nein, das ist nicht möglich. Ich kann nicht zulassen, daß Sie gehen. Ihr Vater hat mir die Sorgepflicht für Sie übertragen, und ich habe die Absicht, mich seines Vertrauens würdig zu erweisen.«

Samantha starrte ihn einen Moment lang verdutzt an, ehe sie ihre Sprache wiederfand. »Er hat Ihnen die ›Sorgepflicht für mich‹ übertragen? Sie wollen sich ›seines Vertrauens würdig‹ erweisen?« Sie wußte nicht, ob sie nun lachen oder wegrennen sollte. »Sie hören sich wie eine Romanfigur an – wie eine Gestalt aus dem Mittelalter. Ich bin eine erwachsene Frau, und ich . . .«

Plötzlich veränderte sich Mikes Gesichtsausdruck. »Ach, zum Teufel damit. Sie haben ja recht. Wer bin ich denn, daß ich das alles so ernst nehme? Ich sagte zu Dave, es wäre eine blödsinnige Idee. Ich sagte ihm, er sollte Ihnen Ihr Erbe überlassen, ohne irgendwelche Bedingungen daran zu knüpfen, aber er bestand darauf, weil dies die einzige Möglichkeit wäre. Er wollte, daß Sie die Wahrheit herausfinden. Aber ich passe. Ich bin kein guter Gefängniswärter. Zuerst lasse ich Sie allein in Ihrem Zimmer, bis Sie, soweit ich das beurteilen kann, an der Schwelle zum Selbstmord stehen; dann spiele ich den schweren Jungen und versuche, sie zu etwas zu zwingen, was Sie nicht tun wollen. Sie *sind* eine erwachsene Frau und können Ihre eigenen Entscheidungen treffen. Sie sind an dem allen nicht interessiert, also gehen Sie zurück in Ihr Bett. Stellen Sie einen Stuhl unter die Türklinke, wenn Sie wollen – daß sollte sogar einen so hartnäckig Perversen wie mich von Ihrer Wohnung fernhalten. Morgen früh werde ich ein Immobilienbüro anrufen und Ihnen dabei helfen, eine andere Wohnung zu finden. Und ich werde Ihnen Ihre Miete zurückgeben. Warum nehmen Sie nicht diese Computerausrüstung mit? Ich weiß, zum Henker, sowieso nicht, was ich damit anfangen soll. Gute Nacht, Miss Elliot.« Er drehte sich um, ging den Rest der Stufen ins Erdgeschoß hinunter und verschwand in seinem Wohnzimmer.

Zitternd von dem Gerangel mit ihm, zitternd von dem allen, was sie gehört hatte, stieg Samantha langsam die Treppe wieder hinauf.

5

Als Samantha das Apartment ihres Vaters betrat, war ihr erster Impuls, einen Koffer zu packen, aber sie tat es nicht. Sie fühlte sich so schrecklich müde. Sie schloß die Tür hinter sich, klemmte einen Stuhl unter deren Klinke, nahm ihn wieder fort und ging zu Bett.

Doch sie konnte nicht schlafen, obwohl sie sich nach Kräften bemühte, nicht an ihren Vater und dessen Testament zu denken. Es nützte alles nichts.

Um drei Uhr morgens stand sie auf und begann nach dem Testament ihres Vaters zu suchen. Sie hatte es absichtlich nicht gelesen, weil sie nicht die Einzelheiten seiner post-mortem-Bedingungen erfahren und nicht wissen wollte, wie sie seiner Meinung nach ihr Leben nach seinem Tod einrichten sollte.

Sie fand das Testament unter anderen Papieren und setzte sich an den Schreibtisch, um es zu lesen. Der Anwalt ihres Vaters hatte ihr alles gesagt, was in dem Testament stand, und ihr lediglich die Klausel unterschlagen, daß sie ihre Ermittlungsergebnisse einem gewissen Michael Taggert vorlegen müsse, und wenn dieser besagte Taggert bestätigte, daß sie die ihr aufgetragene Aufgabe, Nachforschungen anzustellen, gewissenhaft erfüllt habe, ihr Erbe in Besitz nehmen könne – das Geld, das sie eigentlich ohne einschränkende Bedingungen hätte bekommen müssen.

Samantha war zunächst versucht, das Dokument in tausend Stücke zu zerreißen, doch sie wußte sich zu beherrschen, strich das Papier glatt und legte es zu den anderen Dokumenten. Ihr Vater war tot. Sie war zu seinen Lebzeiten nie wütend auf ihn gewesen, und sie hatte nicht die Absicht, ihm jetzt, wo er verstorben war, zu zürnen. Sein Wunsch, daß sich jemand nach seinem Tod um sie kümmern sollte, war doch ein Beweis dafür, daß er sie geliebt hatte. Was spielte es da für eine Rolle, daß Samantha den Mann, dem diese Aufgabe übertragen wurde, gar nicht kannte: Es genügte doch, daß ihr Vater diesen Michael Taggert gekannt und für gut befunden hatte. Genauso wie er damals Richard Sims begutachtet hatte und ihn als ihren Mann gebilligt hatte.

Samantha ging ins Badezimmer hinüber, nahm ein langes, heißes Duschbad und wusch sich das Haar. Als sie ins Schlafzimmer zurückkam, fühlte sie sich schon besser. Sie zog eine graue Baumwollhose und einen langen, weiten pinkfarbenen Pullover an, kämmte das Haar straff nach hinten, band es im Nacken zusammen und legte sogar ein bißchen Make-up auf. Draußen war es noch dunkel, aber die Morgendämmerung mußte jeden Augenblick hereinbrechen, und in der Erwartung des ersten Tageslichts trat Samantha hinaus auf den Balkon und atmete den Duft der Rosen ein, der vom Garten heraufkam.

Als sie ein Geräusch hörte, das sie nicht zu identifizieren vermochte, blieb sie einen Moment regungslos stehen und lauschte. Es war das Klappern einer Schreibmaschine, auf der jemand mit zwei Fingern tippte. Als sie das Geräusch erkannte, mußte sie lächeln. Sie hatte schon seit Jahren keine mechanische Schreibmaschine mehr klappern hören.

Sie wußte, daß sie eigentlich in ihren vier Wänden bleiben und ihre Koffer packen sollte, tat es aber nicht. Stattdessen ging sie zur Wohnzimmertür, öffnete sie und stieg die Treppe hinunter.

Es war nicht schwer, das Geräusch der Schreibmaschine zu seiner Quelle zurückzuverfolgen. Michael saß in der Bibliothek, in der es bis auf eine Lampe auf dem Schreibtisch dunkel war, und er hämmerte auf eine alte Schreibmaschine ein – ein Modell, auf dem schon die Frontberichterstatter im Zweiten Weltkrieg geschrieben haben mußten. Er benutzte seine beiden Zeigefinger zum Tippen und bearbeitete die Tasten mit einem Kraftaufwand, der vermuten ließ, daß er sich über irgend etwas ärgerte.

Da verließ Samantha der Mut, und sie schickte sich an, den Raum wieder zu verlassen.

»Wenn Sie etwas zu sagen haben, dann sagen Sie es«, erklärte Mike, ohne sich umzudrehen.

»Mein Großvater Cal war der Vater meines Vaters«, sprudelte Samantha heraus. »Er war ein wunderbarer Mann, und ich kann nicht glauben, daß er es nicht war.«

Als Mike sich nun nach ihr umdrehte, nahm sie betroffen zur Kenntnis, wie müde er aussah. Offenbar hatte er in dieser Nacht genauso wenig geschlafen wie sie.

»Glauben Sie, was Sie wollen«, sagte er, kehrte ihr wieder den Rücken zu und spannte ein neues Blatt in die Maschine ein.

»Warum tippen Sie eigentlich?« fragte sie und rückte dabei einen Schritt näher an den Schreibtisch heran.

Er warf ihr über die Schulter einen Blick zu, der Zweifel daran anzumelden schien, daß sie mit einem Gehirn auf die Welt gekommen war.

»Weil ich etwas tippen möchte«, antwortete er.

Sie fragte, auf die Schreibmaschine deutend: »Warum benutzen Sie denn nicht eine Steintafel und einen Meißel? Das ist billiger und liefe auf das gleiche hinaus.«

Mike erwiderte nichts, sondern hämmerte wieder auf die Tasten ein. Sie sollte in ihr Apartment zurückgehen und packen, überlegte Samantha. Oder versäumten Schlaf nachholen. Nur war sie im Augenblick ausnahmsweise einmal nicht müde. Sie hätte ihn gern gefragt, *was* er da tippte, aber sie sagte sich, daß sie sich das nicht erlauben dürfe.

»Ich denke, ich werde mich wieder hinlegen«, sagte sie, sich auf die Treppe zubewegend, doch nach zwei Schritten hielt sie wieder an und fragte: »Werden Sie mir mein Erbe freigeben, wenn ich nicht nach meiner Großmutter suche?«

»Nein«, antwortete er mit fester Stimme.

Samantha öffnete den Mund, um zu protestieren, tat es aber nicht. Schließlich besaß sie ja die Freiheit, zu entscheiden, was sie tun wollte und was nicht, und das Geld war ihr nicht allzu wichtig. Sie war ja nicht unbedingt darauf angewiesen, sondern konnte sich, wie sie wußte, durchaus selbst ernähren. Wenn sie sich weigerte, die Bedingungen zu erfüllen, die das Testament ihres Vaters ihr auferlegte, konnte sie noch heute New York verlassen und nach . . . nach . . .

Es war ihr nicht möglich, diesen Gedanken erfolgreich zu Ende zu bringen, weil sie wußte, daß sie keinen Menschen auf der Welt hatte, zu dem sie gehen konnte. Und so setzte sie langsam ihren Weg zur Treppe fort, um in ihr Apartment zurückzugehen.

»Ihr Großvater Cal war unfruchtbar«, sagte Mike laut in die Stille hinein. »Er hatte Mumps, als er beim Militär diente – zwei Jahre, bevor er Ihre Großmutter kennenlernte –, und diese Krankheit hatte ihn steril gemacht. Er konnte keine Kinder zeugen.«

Samantha setzte sich hart auf einen Stuhl, der im Flur neben der Tür zur Bibliothek stand. Der Kreis schließt sich, dachte sie bei sich. Sie hatte ihn ganz durchmessen: Sie hatte ihre Großmutter, ihre Mutter, ihren Vater und ihren Mann verloren, und nun erzählte man ihr, daß ihr Großvater von Anbeginn an gar nicht ihr Großvater gewesen sei.

Sie hörte nicht, wie Mike sich durch den Raum bewegte, aber plötzlich stand er vor ihr. »Wollen Sie nicht mit mir irgendwo hingehen, wo wir etwas essen und darüber reden können?« fragte er besorgt.

»Nein«, erwiderte sie leise. Sie hatte jetzt nur noch einen Wunsch, in ihre vier Wände zurückzukehren – in Räume, wo sie sich sicher fühlte.

Sie bei den Schultern packend, zog Mike sie vom Stuhl hoch, so daß sie vor ihm stehen mußte. Er war wütend, weil er annahm, sie weigerte sich, mit ihm das Haus zu verlassen, weil sie ihn noch immer für einen Frauenschänder oder ähnliches hielt.

»Solange Sie in diesem Haus wohnen«, schnaubte er, »bin ich für Sie verantwortlich. Und was Sie auch immer von mir denken mögen – es kommt sehr selten vor, daß ich mich in der Öffentlichkeit an einer Frau vergreife. Also können Sie ganz beruhigt mit mir zusammen zum Essen gehen.«

Samantha blickte ihn verdutzt an. »Ich hatte gar nicht an so etwas gedacht. Ich . . .« Sie sah von ihm weg, weil sie gegen die Versuchung ankämpfen mußte, ihm in die Arme zu sinken, weil sie wußte, daß es ihr guttun würde, von einem anderen menschlichen Wesen festgehalten zu werden. Die Person, die sie zuletzt in ihren Armen gehalten hatte – abgesehen von diesem Mann, der sie am Tag ihres Kennenlernens überrumpelt hatte –, war ihr Vater gewesen. Doch da hatte sie ihn trösten und stützen müssen, weil er schon so schwach und gebrechlich gewesen war. Sie sehnte sich danach, von starken, gesunden Armen umfangen zu werden. Aber es gehörte nicht zu ihren Gewohnheiten, andere Menschen um eine Gefälligkeit zu bitten. Sie hatte ihren Mann niemals gebeten, sie in die Arme zu nehmen, und dachte nicht daran, bei einem wildfremden Mann wie Mr. Taggert Trost zu suchen. Doch als sie vor ihm zurückwich, schien er das falsch zu verstehen.

»Okay«, sagte er, den Mund ärgerlich verziehend, »ich werde Sie nicht anfassen. Aber Sie werden jetzt mitkommen und etwas essen.«

Samantha wollte ihre Weigerung von vorhin wiederholen, doch statt nein zu sagen, erklärte sie, daß sie erst ihre Geldbörse holen müsse.

»Wozu?« fragte er.

»Um mein Essen zu beza . . .«

Er ließ sie nicht ausreden, schien zu vergessen, was er ihr eben versprochen hatte, packte sie am Ellenbogen und schob sie auf die Haustür zu. »Ich sagte Ihnen bereits, daß ich ein altmodischer Typ bin. Ich bezahle. Wenn ich mit einer weiblichen Person ausgehe, bezahle ich. Egal, ob es sich dabei um meine Schwester, meine Mutter oder meine Freundin handelt – ich bezahle. Keine geteilte Zeche, keine getrennten Rechnungen, verstanden?«

Samantha erwiderte nichts darauf. Sie hatte so vieles zu bedenken, daß die Frage, wer ihr Frühstück bezahlte, ihre geringste Sorge war.

Als sie auf die vom ersten Licht der Dämmerung erhellte Straße hinaustrat, sah sie, daß bereits einige, wenn auch nicht viele, Leute auf der Lexington Avenue unterwegs waren. Jedoch lag eine unheimliche Stille über der Stadt, als wohnten sie ganz allein darin. Schweigend ging sie neben ihm her, folgte ihm in eine Cafeteria, die rund um die Uhr geöffnet hatte.

Lächelnd, als wären sie alte Bekannte, brachte die Bedienung Mike eine Tasse Kaffee und sagte: »Ist wohl wieder eine anstrengende Nacht für dich gewesen, wie, Mike?«

»Erraten«, gab Mike ihr lächelnd zur Antwort und sagte dann, an Samantha gewendet: »Rühreier, Hörnchen und Tee, richtig?«

Sie nickte und fragte nicht lange, woher er wußte, daß sie keinen Kaffee mochte. Tatsächlich war es ihr im Augenblick gleichgültig, was sie aß und trank.

Sich in der Nische, die er für sie ausgesucht hatte, zurücklehnend, nahm Mike einen Schluck von seinem Kaffee und sagte: »Ich wünschte, Ihr Vater hätte Ihnen mehr erzählt und es nicht mir überlassen, Ihnen alles zu erklären.«

»Mein Vater organisierte gern«, sagte sie leise.

»Ihr Vater beherrschte gern das Leben anderer Menschen.«

Das rüttelte sie aus ihrer Lethargie auf. »Haben Sie mir nicht erzählt, daß Sie meinen Vater mochten?«

»Ich mochte ihn. Wir haben ein paar wunderbare Gespräche miteinander geführt und wurden Freunde, aber ich bin nicht blind. Er liebte es, anderen Menschen seinen Willen aufzuzwingen und ihnen ihre Verhaltensweise vorzuschreiben.«

Samantha funkelt ihn wütend an.

»Okay«, sagte er. »Ich verstehe. Keine Bemerkungen mehr über Ihren heiligen Vater. Wollen Sie seine Theorie hören – wohlgemerkt seine, nicht meine –, was mit Ihren Großeltern passierte?«

Sie wollte sie hören und auch wieder nicht. Es war so, als würde man für einen Horrorfilm bezahlen, den man sehen und auch wieder nicht sehen wollte.

»Ihr Vater glaubte, daß Maxie 1928 von Barrett schwanger wurde, dann aber etwas geschah, was die beiden daran hinderte, zu heiraten. Vielleicht sagte sie ihm, daß sie ein Kind erwartete, und er weigerte sich, sie zu heiraten. Ich weiß es nicht. Ich weiß nur, daß sie New York verließ, nach Louisville zog, dort Cal kennenlernte und heiratete. Sie blieb sechsunddreißig Jahre bei ihm, und dann erschien dieses Foto von ihr in der Zeitung. Ihr Vater vermutete, daß Barrett dieses Foto in der Zeitung gesehen und so erfahren hatte, wo sie sich aufhielt.«

Während Mike sie mit der Konzentration einer Schlange beobachtete, nahm er immer wieder einen Schluck von seinem Kaffee. Sie war schwer zu durchschauen, und er wußte nicht, was sie in diesem Moment dachte.

»Zwei Wochen, bevor Maxie ihre Familie verließ, war sie, wie Dave mir erzählte, auffallend oft am Telefon und schien sehr aufgeregt gewesen zu sein. Noch im vergangenen Jahr machte Dave sich Vorwürfe, daß er sie damals nicht gefragt hatte, was ihr denn fehlt. Aber er hatte es unterlassen, weil er so fasziniert gewesen war von seiner erst ein paar Monate alten Tochter und nur an diese gedacht hatte. Dann konfrontierte Maxie die Familie plötzlich mit der Neuigkeit, daß ihre Tante krank geworden sei und sie brauche. Sie reiste aus Louisville ab, und keiner von Ihrer Familie hat sie seither wiedergesehen. Damals wollte Dave schon nach ihr suchen, aber Ihr Großvater Cal sagte nein – sehr kategorisch nein. Dave meinte, Cal habe möglicherweise gewußt, daß Maxie zu Barrett zurückgekehrt war. Ihr Vater meinte, Barrett habe sich wahrscheinlich, nachdem er Maxies Foto in der Zeitung gesehen hatte, mit ihr in Verbindung gesetzt und sie gebeten, zu ihm zurückzukehren, was sie dann auch tat.«

Samantha brauchte einige Sekunden, um zu verdauen, was Mike ihr soeben erzählt hatte. »Wenn das alles zutrifft, warum, in aller Welt, wollte mein Vater dann nach einer Ehebrecherin suchen? Eine Ehebrecherin! Dieser Abschaum der Menschheit!«

Mike blickte sie prüfend an. »Interessant. Was für eine eindrucksvolle Ansicht über Ehebruch. Sind es etwa persönliche Gründe, die für Ihre leidenschaftliche Verdauung maßgebend sind?«

Sie gab ihm keine Antwort, sondern sah schweigend zu, wie die Bedienung ihnen das Frühstück servierte.

»Ihr Vater war sich natürlich nicht sicher, was wirklich mit seiner Mutter passiert ist«, fuhr Mike nach einer kurzen Pause fort. »Eine Zeitlang befürchtete er, sie sei das Opfer übler Machenschaften geworden. Daß jemand ihr die Handtasche geraubt und sie dann umgebracht habe oder so etwas Ähnliches. Aber ein Jahr nach ihrem Verschwinden schickte sie Cal eine Postkarte aus New York und teilte ihm mit, daß sie in Sicherheit sei.«

»Wie rücksichtsvoll von ihr«, meinte Samantha sarkastisch.

Mike wartete einen Moment, ob sie noch etwas sagen wollte, aber als das nicht der Fall war, fuhr er fort: »Maxie schrieb, daß sie in *Sicherheit* sei – nicht, daß es ihr gut ginge oder sie glücklich wäre und man ihr die Kleider an diese oder jene Adresse nachschicken sollte. Sie schrieb lediglich, sie wäre in Sicherheit.«

»Sicher in den Armen ihres Liebhabers?«

»Ist es Verbitterung, die ich aus Ihrer Stimme heraushöre?«

»Was ich denke oder fühle, geht Sie nichts an. Alles, was ich von Ihnen wissen will, was ich zu tun habe, um die Bedingungen des Testaments zu erfüllen.«

»Vermitteln Sie mir einen Besuch bei Barrett, und Sie haben das Notwendige getan. Ich möchte diesen Mann kennenlernen. Seit zwanzig Jahren hat ihn niemand mehr gesehen. Er führt ein Einsiedlerdasein auf einem Landsitz in Connecticut und hat sich mit Zäunen, scharfen Hunden und Wachleuten umgeben.«

»Ist Ihnen schon mal der Gedanke gekommen, daß meine Großmutter – falls sie noch am Leben ist – bei ihm wohnen könnte?«

Mike grinste. »Der Gedanke ist mir allerdings gekommen.«

Samantha dachte über die Möglichkeit nach, ihre Großmutter wiederzusehen. Ihre Großmutter hatte ihre Familie verlassen, die Menschen, die sie liebten, eines anderen Mannes wegen aufgegeben, und Samantha wußte nicht, ob sie das dieser Frau verzeihen konnte. Sie mußte aber auch bedenken, daß dieser Barrett – ein Mann, den sie gar nicht kannte – ihr wahrer Großvater sein konnte.

»Vielleicht möchte ich ihn sehen«, sagte sie, fügte jedoch rasch hinzu, »aber nicht sie.«

Mike konnte seinen Schock nicht verbergen. »Sie können einem Mann verzeihen, der ein Gangster gewesen ist, aber nicht einer Frau, die einen Ehebruch begangen hat? Ist ein Mord für Sie weniger schlimm als ein Seitensprung?«

»Was wollen Sie, daß ich jetzt tue?« fragte sie, seine Bemerkung ignorierend.

»Nicht viel. Ich werde Barrett einen Brief schreiben und ihm mitteilen, daß Maxies Enkelin ihn kennenlernen möchte. Ich vermute, daß er prompt antworten wird, und dann werden wir ihn besuchen. Ganz einfach.«

»Und wenn er nur mich sehen möchte?«

»Diese Möglichkeit habe ich allerdings auch schon bedacht, und deshalb brauchen wir einen guten, soliden Grund, damit ich als Ihr Begleiter auftreten kann. Sie würden wohl nicht gern noch heute nachmittag heiraten wollen, oder?«

»Ich würde mich lieber bei lebendigem Leib rösten lassen«, erwiderte sie aufrichtig.

Mike lachte. »Sie waren gern verheiratet, wie?«

Sie sah ihn aus schmalen Augen an. »Sie wissen, daß es für alle Scheidungen in diesem Lande einen *Grund* gibt.«

Dave hatte ihm kaum etwas von Samanthas Ehe erzählt und nur erwähnt, er habe sie zur Scheidung ermutigt und ihr dabei geholfen. Trotz dieser Tatsache mußte er sich über ihre Feindseligkeit wundern. Als er auf ihre Hand hinunterblickte, die vor ihm auf dem Tisch lag, wußte er, daß er sie nicht berühren sollte, weil sie offenbar eine Aversion dagegen hatte, angefaßt zu werden – zumindest von ihm –, aber er konnte sich einfach nicht beherrschen.

Er nahm ihre Hand – wie klein sie doch war im Vergleich zu seiner! – und küßte sie auf die Innenfläche. »Ich könnte Ihnen eine großartige Hochzeitsnacht versprechen.«

Sie entriß ihm wütend ihre Hand.

Er seufzte. »Hassen Sie alle Männer oder nur mich?« Er staunte, wie sehr er sich wünschte, daß sie ihm versicherte, sie habe nichts gegen ihn persönlich.

Doch Samantha beantwortete seine Frage nicht, sondern sagte, auf ihren Teller mit den Rühreiern hinunterschauend: »Warum sagen Sie ihm nicht die Wahrheit?«

Mike brauchte einen Moment, um sich darauf zu besinnen, über wen sie vorhin gesprochen hatten. »Sie meinen, ich soll Barrett verraten, daß ich ein Buch über ihn schreiben möchte?«

»Ich kann seine Antipathie gegen Schriftsteller vollauf verstehen.« Sie betonte das Wort *Schriftsteller* auf eine verächtliche Weise.

»Wie ich sehe, spricht auch das Schreiben gegen mich«, seufzte er. »Möchten Sie mir nicht verraten, warum?«

Er erwartete diesmal gar nicht, daß sie ihm die Frage beantwortete, sondern sagte: »Schön. Behalten Sie Ihre Geheimnisse für sich. Haben Sie schon mal etwas von Al Capone gehört? Natürlich haben Sie das. Der Grund, warum Sie von ihm gehört haben, ist nicht die Tatsache, daß er der größte oder sogar der gewalttätigste aller Gangster war, sondern Sie haben von ihm gehört, weil Capone den Presserummel liebte. Er pflegte ganze Scharen von Reportern mitzunehmen, wenn er zum Angeln ging. Der Mann glaubte, daß alles, was er tat, Beachtung durch die Öffentlichkeit verdiente. Tatsächlich war Barrett in seiner Glanzzeit in New York mächtiger als Capone, aber Barrett haßte Publicity jeder Art. Er wollte nicht einmal zulassen, daß man ein Foto von ihm machte, und gab niemals Interviews.«

»Und Sie denken, wenn Sie ihm jetzt schreiben und die Wahrheit sagen –, daß nämlich eine Eventuell-Enkelin und ein neugieriger Schriftsteller ihn zu sehen wünschen – er nein sagen würde?«

»Dessen bin ich sicher. Das ist der Grund, warum ich etwas Ihnen Nahestehendes oder persönlich Verbundenes sein muß. Ehemann ist gestrichen, nicht wahr? Wie wäre es mit einem Verlobten?«

»Wie wäre es mit einem Halbbruder?«

»Wenn Barrett Maxie wiedergesehen hat, weiß er, daß das eine Lüge ist.«

Sie versuchte sich etwas anderes auszudenken, was er angeblich sein konnte; denn sie wollte nicht einmal einen

Nachmittag lang eine irgendwie geartete Intimität zwischen ihnen zulassen.

Er wußte, was sie dachte – so genau, als könnte er ihre Gedanken lesen. »Was haben Sie denn nun wirklich gegen mich?«

Sie sah ihn wieder mit schmalen Augen an. »Wollen Sie mich *tatsächlich* heiraten? Seßhaft werden und ein paar Kinder zeugen?«

»Ich habe nicht vorgehabt, noch in dieser Woche zu heiraten«, erwiderte er.

»Dann lieben Sie mich also nicht? Sie bringen mir kein aufrichtiges, tiefes Gefühl entgegen?«

»Wir haben bisher noch kein Gespräch führen können, das frei von Feindseligkeit gewesen wäre.«

»Ah . . . dann ist das, was Sie wirklich von mir wollen, die Bereitschaft, mit Ihnen ins Bett zu gehen – mehr nicht.« Sie lehnte sich über den Tisch. »Lassen Sie sich von mir etwas sagen, Mr. Taggert. So wie Sie ein altmodischer Mann sind, bin ich eine altmodische Frau. Ich gehöre nicht zu diesen modernen weiblichen Typen, die sich überlegen, ob sie gleich beim ersten Rendezvous mit dem Mann ins Bett steigen sollen. Ich gehöre zu jenem Typ, der sich überlegt, ob er bei seinem *dritten* Stelldichein den Mann *küssen* soll. Ich möchte nicht mit Ihnen ins Bett gehen und möchte – der Himmel bewahre mich davor! – unter keinen Umständen mehr heiraten. *Ein* großer Fehler im Leben ist genug, lautet mein Motto, und ich habe meinen gemacht und daraus gelernt. Habe ich mich klar und verständlich ausgedrückt?«

Sich in der Nische wieder zurücklehnend, starrte Mike sie an und vesuchte zu ergründen, woher ihre Feindseligkeit wohl rühren mochte. Nichts von allem, was Dave ihm erzählt hatte, hatte ihn auf eine derartige Antipathie vorbereitet.

»Ich denke, ich habe das getan. Es sollte also keine Mißverständnisse mehr zwischen uns geben. Ich möchte die Bedingungen erfüllen, die mein Vater mir in seinem Testament gestellt hat, und dann aus dieser Stadt wieder verschwinden. Ich werde tun, was notwendig ist, und nicht mehr. Haben Sie mich verstanden?«

»Ein bißchen besser als vorher«, erwiderte er leise.

»Gut. Vielleicht können wir jetzt beim eigentlichen Thema bleiben. Ich erlaube Ihnen, Barrett in einem Brief mitzuteilen, daß ich mit meinem Verlobten zu ihm käme. Nach diesem Treffen mit Barrett werde ich aus Ihrem Haus ausziehen, und Sie geben mir eine schriftliche Bestätigung, daß ich die Voraussetzungen, die mich zum Antritt meines Erbes berechtigen, erfüllt habe. Einverstanden?«

»Fast. Ich habe da noch etwas, das zu diesen Voraussetzungen gehört: In der Zeit zwischen der Absendung des Briefes und dem Erhalt einer Antwort, wobei es sich eigentlich nur um Tage handeln kann, möchte ich Sie nicht aus den Augen lassen.«

»Wie bitte?«

»Ich möchte nicht, daß Sie sich allein in dem Apartment Ihres Vaters aufhalten. Bis das Testament Ihres Vaters vollstreckt werden kann, bin ich für Sie verantwortlich.«

»Bei allen . . . Oh, ich verstehe. Sie erwähnten doch gestern, daß Sie glaubten, ich wäre dem Selbstmord nahe, nicht wahr? Ich kann Ihnen versichern, Mr. Taggert, daß ich nicht daran denke, mich . . .«

»Und ich kann Ihnen versichern, Miss Elliot, daß ich nicht daran denke, von dieser Voraussetzung abzugehen. Wir können machen, was Ihnen gefällt – einkaufen gehen, die Freiheitsstatue ansehen . . . was immer Sie möchten. Aber wir machen es zusammen.«

»Ich werde nicht . . .«

Er schickte sich an, die Nische zu verlassen. »Dieses Gespräch ist beendet. Lassen Sie uns zum Haus zurückgehen, und ich helfe Ihnen dann beim Packen.«

»Beim Packen?«

»Damit Sie ausziehen können, oder etwa nicht?«

»Aber . . .« Sie wußte jetzt, was er meinte. Entweder tat sie, was er von ihr verlangte – und zwar auf die Art, wie er es verlangte –, oder sie mußte sein Haus verlassen. Er hielt alle Trümpfe in der Hand. Wenn sie das Geld, das ihr Vater ihr hinterlassen hatte, haben wollte, mußte sie tun, was er ihr soeben angeschafft hatte.

»Schön«, sagte sie, während sie sich erhob. »Aber behalten Sie Ihre Hände bei sich.«

Er musterte sie mit einem seltsamen Blick. »Ihr Ex-Ehemann muß ein verdammter Bastard gewesen sein.«

»Nicht übergebührlich. Zeigen Sie mir eine Frau, die länger als zwei Jahre mit dem gleichen Mann verheiratet war, und ich werde Ihnen eine Frau mit einer sehr hohen Schmerztoleranz zeigen.«

»Ihre Schmerzgrenze kann nicht sehr hoch gewesen sein, sonst wären Sie heute noch mit ihm verheiratet.«

Sie blickte zur Seite. »In diesem Punkt irren Sie sich gewaltig«, sagte sie leise. »Meine Fähigkeit, Schmerzen zu ertragen, scheint grenzenlos zu sein.«

6

Der Wandspiegel bebte, als Samantha die Wohnungstür hinter sich zuschmetterte. Was bildete er sich eigentlich ein? Was für ein Recht hatte er dazu, ihr ein Ultimatum zu stellen? In dem Augenblick, als sie sich diese Frage stellte, wußte sie auch schon die Antwort. Ihr Vater hatte ihm das

Recht dazu gegeben, zu entscheiden, wann und ob sie die Bedingungen seines Testaments erfüllt hatte, doch er hatte ihm nicht die Befugnis erteilt, sie täglich vierundzwanzig Stunden lang zu überwachen, dachte sie wütend.

Sie öffnete ihre Schranktüren. Die Freiheitsstatue, dachte sie angewidert, wo sie doch ganz genau wußte, daß ihr alles verhaßt war, was man auch nur im entferntesten als Touristenattraktion bezeichnen konnte. In den vier Jahren, die sie in Santa Fe verbracht hatte, war sie kein einziges Mal in die Nähe jener Sehenswürdigkeiten gekommen, die täglich von Busladungen voller Leute angesteuert wurden, für die irgend jemand Besichtigungspläne ausgearbeitet hatte.

Als sie den Inhalt ihres Kleiderschrankes musterte, lächelte sie. Vielleicht konnte er sie zwar dazu zwingen, das zu tun, was sie seiner Meinung nach tun sollte, aber er konnte von ihr nicht verlangen, daß sie auch Spaß daran fand. Vielleicht würde er sie in Ruhe lassen, wenn sie ihm sein Aufsichtsamt verleidete. Sie kramte lange in zwei Pappkartons voller Kleider, bis sie fand, was sie suchte.

*

Mike schrieb in der Bibliothek den Brief an Barrett, bestellte einen Eilboten vom Express-Dienst der Post und atmete auf, als er ihm den Brief zur Zustellung übergeben hatte. Nun war Barrett am Zug, und Mike hoffte, er würde ihm und Samantha die Erlaubnis geben, ihn zu besuchen. Mike rechnete damit, daß sich der alte Mann danach sehnen würde, seine Enkelin kennenzulernen. Jedenfalls hoffte Mike, daß das der Fall war. Aber wer konnte schon wissen, was ein einundneunzigjähriger Mann tun würde?

Während Mike dem Wagen vom Express-Dienst nachsah, der sich stadteinwärts entfernte, wandten sich seine

Gedanken wieder Samantha zu, und er lächelte. Trotz all ihren gesträubten Stacheln und ihrer Feindseligkeit, freute er sich darauf, den Tag mit ihr zu verbringen. Es war nicht so, daß sie die sexuell aufregendste Frau war, die er je in seinem Leben gesehen hatte, oder daß er nur mit ihr ins Bett gehen wollte, sondern sie hatte etwas an sich, was ihn fesselte. Er fragte sich, wie sie wohl sein würde, wenn sie nicht wütend auf ihn war. Hin und wieder erhaschte er einen Blick auf ihr wahres Wesen – auf das, was seiner Vorstellung nach die wirkliche Samantha sein mußte. Er hatte die echte Samantha am Tag ihres Kennenlernens erlebt, und in der vergangenen Nacht, als sie das Glas Wein getrunken und ihre Scherze gemacht hatte, war es ihm möglich gewesen, einen Blick in ihr Inneres zu werfen. Diese seltenen Einblicke gaben ihm die Gewißheit, daß da eine andere Samantha hinter der Fassade steckte, die sie der Welt zeigte, oder vielleicht zeigte sie nur ihm ihre stachelbewehrte Seite.

Nun, fragte er sich, was machte man mit einer jungen Dame, die aussah, als würde sie einen Hut und Handschuhe tragen, wenn sie sonntags zur Kirche ging? Er konnte sie wohl schwerlich zu seinen bevorzugten New Yorker Anlaufpunkten mitnehmen, zu denen auch einige Nachtbars gehörten, noch glaubte er, daß es für sie eine Bereicherung sein könnte, Daphne und deren Freundinnen zu besuchen.

Er nahm den Hörer ab, und rief seine Schwester Jeanne an, denn sie würde wissen, wie man jemanden wie Samantha unterhielt, überlegte er, während er die Nummer seiner Eltern in Colorado wählte. Seine Mutter meldete sich am anderen Ende der Leitung.

»Mom, ist Jeanne zu Hause?«

»Nein, Michael, mein Herz, sie ist nicht daheim.«

Patricia Taggert kannte ihre Kinder genau, und sie

merkte es an ihren Stimmen, wann sie etwas brauchten. »Kann ich dir nicht helfen?«

Sich ein wenig sonderbar fühlend, daß er seiner Mutter eine sehr persönliche Frage stellen mußte, betete Mike innerlich, daß sie ihm keine verfänglichen Fragen stellen würde, aber er brauchte unbedingt weiblichen Rat. »Ich habe eine Frau kennengelernt – Moment mal, ehe du dir irgendwelche romantische Vorstellungen davon machst . . .«

»Ich habe nichts von romantischen Vorstellungen gesagt, Michael, mein Herz, sondern *du* hast davon angefangen«, erwiderte Pat.

Mike räusperte sich. »Nun, egal. – Ich habe also diese Frau kennengelernt. Tatsächlich ist sie die Tochter eines meiner Freunde, und . . .«

»Ist das die junge Dame, die bei dir im Haus wohnt?«

Mike schnitt eine Grimasse. Seine Mutter befand sich in Chandler, Colorado, mehr als zweitausend Meilen von seinem Haus entfernt, aber sie wußte trotzdem, was er in New York trieb. »Ich möchte einmal wissen, woher du weißt, wer das Apartment gemietet hat«, erwiderte er.

Pat lachte. »Tammy macht auch für deinen Vetter Rain sauber. Erinnerst du dich?«

Mike verdrehte die Augen. Das große Maul einer seiner Montgomery-Vettern. Das hätte er wissen müssen. »Mom, willst du mir meine Frage beantworten oder möchtest du die kleinsten Details meines Lebens von anderen Leuten aus zweiter Hand erfahren?«

»Ich würde sie nur zu gern von dir selbst hören.«

»Sie ist noch nie zuvor in New York gewesen, und die Stadt jagt ihr nur Schrecken ein. Wo kann ich sie hinbringen, damit sie Gefallen an der Stadt findet?«

Pat überlegte fieberhaft. Warum wohnte die junge Frau in New York, wenn sie die Stadt haßte? So nahe bei ihrem

Sohn? Und wenn sie und Mike sich liebten, was war sie für ein Mensch?

»Ich meine, Mom, soll ich sie auf die Spitze des Empire State Building bringen? Oder ins Rockefeller Center? Oder wie wär es mit der Freiheitsstatue? Oder Ellis Island?«

Pat holte geräuschvoll Luft, denn sie wußte, daß Mike Touristenattraktionen haßte. Bedauerlicherweise fühlte sich ihr Sohn in einer verräucherten Kneipe viel heimischer als in einer Gruppe von glotzenden und fotografierenden Touristen auf einer Besichtigungstour, aber es mußte ihm ernst sein mit ihr, wenn er bereit war, ihretwegen die Freiheitsstatue über sich ergehen zu lassen. »Ist sie ein normales Mädchen?«

»Nein«, erwiderte Mike. »Sie hat drei Arme, praktiziert die seltsamsten Religionen und redet mit ihrem schwarzen Kater. Was verstehst du unter einem normalen Mädchen?«

»Du weißt genau, was ich damit meine«, gab Pat gereizt zurück. »Ist sie wie diese Stripperin, die dich regelmäßig zu besuchen pflegt, oder eines von diesen Muskelmädchen aus dem Sportzentrum? So wie ich dich kenne, Mike, könnte sie eine Prostituierte sein, die gerade eine Pechsträhne hat.«

Mike lächelte in den Hörer hinein. »Und was würdest du dazu sagen, wenn ich dir jetzt mitteilte, daß sie genau das wäre, und ich sie zu heiraten gedenke?«

Pat zögerte keine Sekunde. »Ich würde dich fragen, was du dir als Hochzeitsgeschenk wünschst.«

Mike lachte. »Okay, sie ist normal. Sehr normal, wenn du darunter ein ordentliches, züchtiges, weibliches Wesen mit moralischen Prinzipien verstehst. Sam könnte einen Pfarrer heiraten.«

Pat legte die Hand über die Muschel, richtete die

Augen gegen die Decke und flüsterte: »Vielen Dank«, und dann mit munterer Stimme in den Hörer: »Nimm sie mit zum Einkaufen. Zeig ihr die Geschäfte auf der Fifth. Nimm sie mit zu Saks. Deine Kusine Vicky ist Einkäuferin bei Saks.«

»Ja?« Mike war nicht sehr begeistert. Er hatte zu viele Verwandte, um auch nur die Hälfte davon im Kopf zu behalten. »Und wer ist meine Kusine Vicky?«

»Du weißt sehr wohl, daß sie die jüngste Tochter von Jeanne Taggert und Aria ist. Wenn deine junge Dame New York noch immer nicht mag, nachdem sie Saks besucht hat, nimmst du sie mit auf einen Bummel auf der Madison Avenue. Beginne bei der Einundsechzigsten Straße und gehe hinauf bis zu den Achtzigsten und laß sie alle Schaufenster dazwischen ansehen.«

Mike lachte. »Besonders die Schaufenster der Juweliergeschäfte? Um ihr vielleicht ein oder zwei Brillantringe zu kaufen? Verrate mir mal, Mom, mit wieviel Frauen hast du mich in meinem kurzen Leben bereits verheiratet?«

»Mindestens mit sechs«, erwiderte Pat ebenfalls lachend.

Mikes Stimme wurde nun ernst: »Mom, du und Dad seid glücklich verheiratet, nicht wahr?«

Bei dem ernsten Ton seiner Stimme setzte Pats Herz einen Schlag lang aus, denn etwas bekümmerte ihr Kind. »Natürlich sind wir das, mein Darling.«

»Samantha – so heißt sie nämlich – sagt, daß jede Frau, die länger als zwei Jahre mit dem gleichen Mann verheiratet sei, eine sehr hohe Schmerztoleranz besäße. *Du* glaubst doch nicht, daß das zutrifft, nicht wahr?«

Nach einem vergeblichen Versuch, ihr Lachen zu unterdrücken, mußte Pat es freigeben. Selbst als Mike immer wieder »Mom, Mom!« rief, konnte sie nicht damit aufhören. Selbst als sie merkte, wie Mike frustriert den

Hörer auf die Gabel warf, konnte sie mit ihrem Gelächter nicht aufhören.

Mike legte tatsächlich auf, mehr als ein bißchen ärgerlich auf seine Mutter, ja, auf alle Frauen. Wenn sie glaubten, daß die Ehe mit einem Mann so schrecklich wäre, warum versuchten sie dann alle, unter die Haube zu kommen? Alle bis auf Samantha allerdings, dachte er. Aber vielleicht war ihr Sträuben auch nur Theater.

Lächelnd ging er in sein Schlafzimmer, um sich umzuziehen. Für Samantha würde er einen Anzug mit Krawatte wählen. Vielleicht würde er sogar diese italienischen Schuhe anziehen, die seine Schwester für ihn ausgesucht hatte.

Fünfundvierzig Minuten später kam er geduscht, rasiert und angekleidet aus dem Schlafzimmer, blickte sich prüfend im Flurspiegel an und zog seine Krawatte glatt. Nicht übel, dachte er bei sich, gar nicht so übel.

»Sam!« rief er die Treppe hinauf. »Sind Sie soweit?« Er mußte noch zwei Minuten warten, ehe sie die Treppe herunterkam, aber als er sie sah, lächelte er und bot ihr seinen Arm an.

*

Als Samantha sah, wie Mike angezogen war, wollte sie am liebsten sterben. Sich einfach hinsetzen und sterben. Sie hatte davon geträumt, ihn in Verlegenheit zu setzen, ihn dazu zu bringen, daß er sich weigerte, sich in diesem Aufzug mit ihr in der Öffentlichkeit sehen zu lassen – das würde ihr Ex-Gatte ihr erklärt haben, wenn sie in ihren Gymnastik-Klamotten vor ihm erschienen wäre –, und deshalb hatte sie einen alten rosafarbenen Jogginganzug aus ihren Kartons herausgesucht, der an einigen Stellen bereits durchgescheuert war und an anderen weitgehend seine ursprüngliche Farbe verloren hatte. Das Oberteil war vorn mit einem Slogan versehen, der folgendermaßen lautete: »Erst stellt er mich auf ein Podest, und nun verlangt er, daß ich es abstaube.«

Als Samantha in ihrem Anzug auf dem oberen Treppenabsatz stand und auf Mike in seinem wunderschönen dunklen Anzug hinunterblickte, wußte sie, daß sie in ihrem Leben noch keinen besser aussehenden Mann getroffen hatte. Zumindest hatte ihr Vater diesmal bei der Wahl der Männer, die er für sie aussuchte, eine glücklichere Hand bewiesen als bei Richard.

Mit einem Blick in Mikes Augen erkannte sie, daß es ihm nicht einmal peinlich sein würde, mit ihr zusammen gesehen zu werden. Tatsächlich war sie sich nicht sicher, ob er sich überhaupt bewußt war, daß das, was sie trug, eine ganz und gar unmögliche Garderobe war. Sie anlächelnd, als würde er sich sogar darauf freuen, mit ihr zusammen ausgehen zu können, bot er ihr seinen Arm an.

»Ich kann nicht . . .«, begann Samantha. »Ich muß noch . . .« »Samantha es ist jetzt elf Uhr. Wenn Sie noch länger zum Anziehen brauchen, werden die Läden bereits wieder geschlossen haben.«

»Läden«, wiederholte sie in entsetztem Ton und versuchte sich von ihm loszureißen, aber er hielt sie fest.

»Ich kann in diesem Aufzug unmöglich einen Laden betreten«, sagte sie.

Mike blickte sie von oben bis unten an und las die Aufschrift auf ihrem Jogginganzug. »Für mich sehen Sie angezogen aus. Mir gefällt diese Farbe an Ihnen. Und wir könnten Ihnen ja auch neue Kleider kaufen, wenn Sie das möchten.«

Und wenn sie jetzt noch heftig an seinem Arm zog: Es brachte ihr keine Befreiung.

»Ich muß mich umziehen«, erklärte sie.

Sie mit einem dieser frustrierten Blicke musternd, die

stumm bis zehn zählten, sagte er mit übertriebener Nachsicht: »Wenn Sie das, was Sie anhaben, nicht mögen, warum haben Sie es dann überhaupt angezogen?«

Samantha wollte ihm diese Frage nicht beantworten, weil sie ihm wohl schlecht sagen konnte, daß dies mit der Absicht geschehen war, daß er sich weigern sollte, so mit ihr zusammen gesehen zu werden. Und jetzt schon gar nicht, wo es ihm offenbar egal war was sie trug.

Sich wie ein Kind fühlend, das bestraft werden sollte, folgte sie ihm mit gesenktem Kopf aus dem Haus auf die Straße hinaus. Bisher war ihre Erfahrung von New York ausschließlich auf die Lexington Avenue beschränkt gewesen. Nun wanderte sie mit Mike auf die Madison Avenue zu, dann weiter zur Fifth, und je näher sie der Fifth Avenue kam, um so mehr wurde sich Samantha ihres scheußlichen Aufzuges bewußt. In den Magazinen sah man nur Mannequins, die wunderschöne Modellkleider anhatten, und da fragte man sich, in der wirklichen Welt des Mittleren Westens, wer denn, zum Kuckuck, diese Sachen auch *trug*. Die meisten Amerikaner liefen doch in grellfarbenen Sportanzügen umher und sahen so aus, als würden sie ihr Leben mit Bergsteigen und Marathonläufen verbringen. Aber in New York sahen die Männer und Frauen – besonders die Frauen – für Samantha so aus, als wären sie soeben dem Schaufenster eines Modesalons entstiegen.

Als sie neben Mike herging, ihre linke Hand unter seinen rechten Arm geklemmt, wurde sich Samantha schmerzlich der Frauen bewußt, von denen sie umgeben war. Die sahen so ungeheuer gepflegt aus. Ihr Haar schien von Feen mit Nektar schamponiert worden zu sein, ihre Nägel waren perfekt manikürt und lackiert, als würden sie ihre Hände niemals gebrauchen, und ihre Kleider konnte man nur mit dem Wort himmlisch beschreiben.

Natürlich war niemand auf dieser Welt vollkommen, und was ihr noch an den New Yorker Frauen auffiel, war deren Snobismus. Viele von ihnen musterten Samantha mit einem mitleidigen Blick, wenn sie deren Aufzug sahen, und einige von ihnen lächelten sogar, sobald sie bemerkten, wie Samantha dichter an Mike heranrückte, als suche sie beim ihm Schutz. Ihr das Gesicht zuwendend, sah Mike auf sie hinunter, tätschelte ihre Hand und lächelte, wenn sie sich noch näher an ihn heranschob. Offenbar bemerkte er gar nicht, was sich da zwischen der Frau, die sich an ihn klammerte, und den Frauen, die ihnen auf der Straße begegneten, abspielte. Samantha dachte, es müsse herrlich sein, sich seiner Umgebung so wenig bewußt zu werden wie er.

Als sie dann die Fifth Avenue erreichten, wollte sich Samantha in einem Gully verkriechen. Mike schien einen ganz bestimmten Laden im Kopf zu haben, denn sie eilten nun, ohne anzuhalten, an einer ununterbrochenen Kette von Läden mit den herrlichsten Sachen in den Schaufenstern vorbei. Sie passierten die Auslagen von Tiffany, Gucci, Christian Dior und Mark Cross, und nach einer Weile hörte Samantha auf, die Kleider in den Schaufenstern zu betrachten, denn je mehr sie davon sah, desto schlechter fühlte sie sich.

An der Fünfzigsten Straße kamen sie zu einem Kaufhaus mit dunkelblauen Markisen, und zu ihrem Entsetzen steuerte Mike auf eine der Drehtüren dort zu. Diesmal gelang es ihr, sich von ihm loszureißen. Zum einen hatte sie schon immer ihre Schwierigkeiten mit Drehtüren gehabt, weil sie einfach nicht den Dreh herausbekam, wann man sich in diese Dinger einfädeln und wann man sich wieder ausfädeln mußte. Einmal war sie darin dreimal im Kreis herumgelaufen, ehe sie wieder herausfand. Und zum anderen bemerkte sie, daß die Drehtür zum Kaufhaus Saks in der Fifth Avenue gehörte. Sie konnte unter keinen Umständen in einem abgewetzten Jogginganzug ein weltberühmtes Kaufhaus betreten.

Mike entdeckte erst nach einer halben Umdrehung der Tür, daß sich Samantha nicht in seiner Nähe befand, machte eine ganze Drehung, streckte dort, wo er eingestiegen war, die Hand aus und faßte Samantha am Arm. Nachdem er sie in das keilförmige Segment hineingezogen hatte, in dem er sich befand, gelang es ihm auch, sie im richtigen Zeitpunkt wieder aus diesem Ding hinauszubefördern.

Als Samantha sich nun im Inneren des Kaufhauses befand, stand sie einen Moment regungslos da, wie betäubt von dem, was sie hier sah. Für jemand, der vier Jahre in Santa Fe gelebt hatte, mußte Saks wie das Paradies auf Erden erscheinen. Hier gab es Waren, auf denen keine heulenden Coyoten abgebildet waren. Hier gab es Kleider, die nicht aus Pendleton-Decken angefertigt waren. Sie sah Verkäuferinnen, die nicht nur mexikanische Baumwollröcke und -blusen trugen und pfundweise Türkis- und Silberschmuck mit sich herumschleppten. Sie sah auch Leute, die sich schneller bewegten als Eidechsen in der heißen Mittagssonne, und Leute, die Schuhe trugen, die in keinerlei Hinsicht der Fußbekleidung von Cowboys ähnelten. Und was ihr besonders angenehm auffiel: Nicht eine einzige Lederfranse befand sich in ihrem Blickfeld.

»Gefällt es Ihnen?« fragte Mike, ihr Gesicht beobachtend, auf dem sich ein tiefes Staunen widerspiegelte, während ihre Augen wie die Judith-Leiber-Handtaschen in der Glasvitrine vor ihnen glänzten. Samantha vermochte ihn nur stumm anzusehen, weil sie viel zu betäubt war, um ein Wort sagen zu können.

»Möchten Sie nicht ein bißchen was einkaufen?« Er mußte sich sehr beherrschen, um bei dieser rhetorischen

Frage nicht in lautes Gelächter auszubrechen. »Ich glaube, der Aufzug befindet sich irgendwo dort hinten.«

Als Samantha aus ihrer Trance erwachte, wurde sie sich wieder der Frauen in ihrer Umgebung bewußt, die sie von Kopf bis Fuß musterten. Sie war sich natürlich darüber im klaren, daß sie in dieser Umgebung in ihren Augen eine höchst blamable Erscheinung darstellte, aber vielleicht konnte sie in Mr. Taggerts Haus zurückgehen, sich umziehen und wieder hierherkommen. Mit dem Geld, daß sie sich erspart hatte, konnte sie sich ein neues Kleid leisten. Aber die Wahrheit war, daß sie kein Stück Garderobe besaß, das in modischer Hinsicht auch nur annähernd den Standard erreichte, den die Frauen in diesem schönen Laden bei einer weiblichen Person erwarteten.

»Ich kann in diesem Aufzug unmöglich hier einkaufen«, flüsterte sie Mike zu.

Dem Ausdruck seines Gesichtes nach zu urteilen, hatte er nicht verstanden, was sie zu ihm gesagt hatte. Zuweilen schien der Sprachunterschied zwischen Männern und Frauen so groß zu sein wie zwischen Chinesisch und Englisch. Wie konnte sie einem Mann begreiflich machen, daß eine Verkäuferin nichts mit einer Kundin zu schaffen haben wollte, der man ansehen konnte, daß sie die Waren, die ihr angeboten wurden, auch benötigte?

»Sie sehen großartig aus«, sagte Mike und schob sie dann in die Tiefe des Ladens hinein.

Da waren schöne, großgewachsene junge Frauen, die den angehenden Kundinnen Parfümproben anboten, aber sie brauchten nur einen Blick auf Samanthas streng nach hinten gekämmtes Haar und ihren scheußlichen alten Jogginganzug zu werfen, um von dem Angebot einer Parfümprobe abzusehen. Statt dessen wanderten ihre Augen von Mike zu Samantha und wieder zu Mike zurück, als wäre es ihnen unbegreiflich, daß sich ein so großartiger Typ wie er mit einer so grauenhaft angezogenen Vogelscheuche wie sie in der Öffentlichkeit sehen ließ.

Mike mußte sie buchstäblich in den Aufzug am anderen Ende der Etage hineinschubsen, und Samantha versteckte sich hinter seinem Rücken, um möglichst nicht von den anderen Passagieren des Fahrstuhls gesehen zu werden.

Sie hinter sich herziehend, stieg Mike dann im neunten Stock wieder aus und führte sie durch die Abteilung für Kinderbekleidung.

»Wohin verschleppen Sie mich eigentlich?« fragte sie, sich vergeblich gegen seinen Griff stemmend. Ebensogut hätte sie versuchen können, einen Lastwagen mit einem Lasso zum Stehen zu bringen.

»Ich bringe sie zu einer Freundin von mir. Nicht so sehr eine Freundin, sondern mehr eine Kusine.«

Er schleppte sie nun durch ein Großraumbüro, bis er zu einem von gläsernen Wänden umschlossenen Raum kam, in dem eine junge Frau hinter einem Schreibtisch saß, die man zwar nicht als ausgesprochen schön, aber als auffallend hübsch bezeichnen konnte. Ihr Haar machte den Eindruck, als wäre es gar nicht in der Lage, einmal unfrisiert auszusehen, und ihr Kleid war offenkundig ausschließlich für ihren Körper angefertigt worden. Ihr Anblick veranlaßte Samantha, sich in dem Raum nach einem Versteck umzuschauen, wo diese elegante junge Dame sie nicht entdecken konnte.

Sobald die Frau Mike sah, lächelte sie und stand auf, doch Mike lächelte nicht, sondern nahm eine stramme Haltung ein, schlug die Hacken zusammen, nahm ihre Fingerspitzen und führte diese an die Lippen. »Königliche Hoheit!« sagte er im Ton eines Höflings und küßte ihr die Hand.

Die Frau blickte nervös durch die gläsernen Wände auf ihre Mitarbeiterinnen und sagte: »Mike, unterlaß das bitte.«

Da umfaßte er sie grinsend mit beiden Armen, brachte sie, als würde er einen Tango mit ihr tanzen, in eine fast horizontale Rückenlage und küßte sie auf den Hals.

»Besser?« erkundigte er sich, als er sie wieder auf die Beine stellte.

»Viel besser«, erwiderte sie errötend, während sie versuchte, ihn strafend anzusehen, obwohl sie offensichtlich von ihm verzaubert war.

»Was macht der königliche Palast und wie geht's der hochherrschaftlichen Familie?« fragte Mike und lächelte, als wäre er sehr zufrieden mit sich.

»Es geht allen gut – was du wissen würdest, wenn du dir die Mühe machtest, uns einmal zu besuchen. Und so sehr ich mich geehrt fühle durch deine Anwesenheit, Mike – ich habe zu arbeiten. Was kann ich für dich tun?«

»Uns beim Einkaufen helfen.« Samantha aus der Nische hinter dem Aktenschrank hervorziehend, wo sie sich versteckt hatte, stellte Mike sie der jungen Dame vor wie eine kaputte Uhr, die er repariert haben wollte, oder wie ein wildes Urwaldwesen, das bisher nur von Schlangen und Affenfleisch gelebt hatte.

Als Samantha bemerkte, wie die junge Frau Mike fragend ansah, der Sams Arm nicht loslassen wollte, als wäre sie sein Eigentum, meinte sie, eine Erklärung abgeben zu müssen: »Es ist nicht so, wie es zu sein scheint. Er ist mein Vormund.« Kaum waren ihr die Worte über die Lippen gekommen, als ihr schon bewußt wurde, wie albern sie klangen und eine ihr peinliche Situation eher verschlimmerten, statt sie zu bereinigen.

»So etwas wie ein Tinkerbell«, sagte Mike, immer noch grinsend.

»Eher so etwas wie ein Captain Hook«, gab Samantha schlagfertig zurück.

Da begann die junge Frau zu lachen und ging mit ausgestreckten Händen auf Samantha zu. »Ich habe den Eindruck, daß Sie ihn durchschaut haben. Mein Name ist Victoria Montgomery, und Mike und ich sind entfernte Verwandte – Vetter und Kusine zweiten oder dritten Grades.« Sie betrachtete Samantha nun mit fachkundigem Blick von Kopf bis Fuß, ihr Gesicht, ihre Figur und diesen grauenhaften Jogginganzug studierend, und fragte dann: »Was kann ich für Sie tun?«

Mit einem schiefen Lächeln und dem Bemühen, sich in den Augen dieser jungen eleganten Dame einigermaßen zu rehabilitieren, antwortete Samantha. »Ich möchte so aussehen, wie all die anderen Frauen in dieser Stadt.«

Mit einem verständnisinnigen Lächeln erwiderte Vicky: »Ich denke, das läßt sich machen.« Und dann, an Mike gewandt: »Wie wäre es, wenn du uns jetzt drei Stunden allein ließest, Mike?«

»Kommt überhaupt nicht in Frage. Ich bin von Anfang bis Ende dabei. Ich könnte sonst Gefahr laufen, daß sie sich in eine Rebecca von Sunnybrook Farm verwandelt. Meinst du, du kriegst sie hin?«

Das hörte sich so an, als sei Samantha eine defekte Kurbelwelle, von der man nicht wisse, ob sie überhaupt noch reparabel sei! Nach einem mitfühlenden Blick auf Samanthas Gesicht, das die gleiche Farbe angenommen hatte wie ihr beklagenswerter Jogginganzug, wandte sich Vicky wieder an ihren Vetter: »Mike, du benützt deine Muskeln zu oft und deinen Verstand zu wenig. Und manchmal, scheint mir, vergißt du deine gute Kinderstube.« Aus ihrer Stimme sprach nicht nur Autorität, sondern auch eine große Zuneigung zu ihrem hübschen Vetter.

Sich mit einem Lächeln bei Vicky bedankend und sich schon viel besser fühlend, ging Samantha den beiden voran zu den Aufzügen.

»Wieviel?« erkundigte sich Vicky leise bei Mike, nachdem sie Samantha ein paar Schritte hatte vorausgehen lassen. »Was es eben kostet«, erwiderte Mike mit einem Achselzucken.

Vicky wölbte eine perfekt gezupfte Braue. »Reden wir jetzt von Christian Dior oder von Liz Clairbone?«

»Ich schätze, damit ist teuer oder billig gemeint. Ich möchte, daß sie beides bekommt. Alles. Aber sorge dafür, daß sie die Preisschilder nicht sieht, und schick mir die Rechnung.« Er überlegte einen Moment. »Und ich möchte eine komplette Ausstattung – Schuhe und was Frauen eben noch so alles tragen.«

»Und wie steht es mit den Haaren?« fragte Vicky, ihren Vetter studierend. Sie wußte sehr genau, daß er sich alles leisten konnte, was er sich kaufen wollte, aber sie wußte auch, daß er mit seinem Geld nicht leichtfertig umging.

Mit einem Blick, der förmlich um Hilfe flehte, weil er es leid war, Samanthas wunderschönes Haar zu einem häßlichen Knoten gedreht zu sehen, antwortete er: »Ich denke, wenn sie das Haar offen tragen würde, müßte es gelockt sein.«

»Aber sicher, bist du dir da nicht, wie?« meinte sie schelmisch. Sie hätte doch zu gern gewußt, was diese Frau ihm bedeutete.

»Noch nicht«, erwiderte Mike, seiner hübschen Kusine zublinzelnd. »Noch nicht«, wiederholte er in einem , wie sie fand, recht zuversichtlichen Ton.

*

Samantha fand, daß sie noch nie einen so himmlischen Tag in ihrem Leben verbracht hatte, wie diesen mit Vicky und Mike bei Saks. Als Kind hatte ihre Mutter sie oft zu einem Einkaufsbummel mitgenommen, und sie hatten beide eine Menge Spaß dabei gehabt, aber nach dem Tod ihrer Mutter schien sie weder die Zeit, ja nicht einmal das Bedürfnis gehabt zu haben, sich schön zu machen. Als sie dann heiratete und nach Santa Fe gezogen war, hatte sie weder das Geld noch die Zeit oder den Wunsch gehabt, groß einzukaufen.

Doch selbst damals, als sie noch mit ihrer Mutter Streifzüge durch die Läden unternahm, hatte sie nicht eine so herrliche Zeit verlebt wie heute. Vickys Geschmack in Kleidern und Accessoires war untadelig, und ihr diplomatisches Geschick, Samantha auf die korrekte Garderobe hinzulenken, mußte man selbst erlebt haben, weil man es sonst nicht glaubte. Anfangs suchte Samantha zögerlich, und die Wahl mehr dem Zufall als ihrem Urteil überlassend, irgendwelche Kleider aus, die an den Ständern hingen, und probierte sie an, aber wenn sie sich dann in dem dreiteiligen Spiegel betrachtete, fand sie, daß sie so aussah wie immer: langweilig. Dann erkundigte sich Vicky beiläufig, liebenswürdig und taktvoll, ob sie ein paar Sachen für Sam aussuchen dürfe, und Samantha war natürlich damit einverstanden. Welche Frau hätte sich nicht gern von einer so eleganten, königlich aussehenden jungen Dame wie Victoria beim Ankleiden helfen lassen?

Zwanzig Minuten später, sah sich Samantha einer ganz neuen Version von sich selbst gegenüber. Als sie in dem großen, luxuriös ausgestatteten Anprobezimmer in der dritten Etage von Saks vor dem Spiegel einige Schritte zurückwich und sich in dem perfekt sitzenden Kostüm von St. John betrachtete, erblickte sie eine Person, die sie nicht wiedererkannte: elegant, aber vielleicht auch ein bißchen sexy; leger, jedoch auf eine raffinierte Art; modern, aber auf eine klassische Weise.

»Darf ich?« fragte Vicky, das Gummiband aus Samanthas Haaren entfernend, so daß diese locker und weich über die Schultern fielen.

Als Samantha sich jetzt im Spiegel musterte, erinnerte sie sich wieder daran, daß sie ihr Haar nach hinten gekämmt und aufgesteckt hatte, damit es ihr nicht jedesmal im Weg war, wenn sie am Computer arbeitete. Zudem hatte sie festgestellt, daß man eher geneigt war, sie ernstzunehmen, wenn ihr nicht dauernd meterlange Strähnen ins Gesicht fielen.

Ein paar Schritte zurücktretend, betrachtete Vicky Samantha prüfend, studierte sie wie ein Künstler ein Gemälde bald aus dieser, bald aus jener Perspektive. »Könnten wir vielleicht Ihr Haar kürzen und es in eine Fasson bringen, daß es richtig fällt? Oder wäre Ihnen das nicht recht?«

Warum sollte ihr das nicht recht sein?, dachte Samantha bei sich. Ebensogut hätte man sie fragen können, ob sie etwas dagegen habe, in den Himmel zu kommen. »Ich denke, das geht in Ordnung«, erwiderte sie, sehr darum bemüht, sich nicht anmerken zu lassen, wie sie innerlich förmlich vor Begeisterung auf- und niederhüpfte und jauchzte wie ein kleines Kind.

Vicky lächelte höflich und tat so, als sähe sie nicht, was Samantha empfand. Aber Samanthas Begeisterung wirkte ansteckend. Vicky hatte nur selten das Glück, mit einer solchen Kundin wie Samantha zu arbeiten, die sich so ungemein freuen konnte über etwas so Alltägliches wie eine neue Frisur und ein neues Kleid.

»Und nun müssen Sie Mike das Kostüm vorführen.«

Da runzelte Samantha unwillkürlich die Stirn, weil sie Mike nichts von ihren Einkäufen zeigen wollte. Sie hatte inzwischen fast vergessen, daß er überhaupt existierte. Vicky hatte ihr erklärt, daß für sie ein Kreditkonto im

Hause eingerichtet und sie Vicky, dafür sorgen würde, daß Samantha die Kosten für die Kleider in bequemen Monatsraten abzahlen könne. Und um es Samantha zu ermöglichen, sich mit einer kompletten neuen Garderobe auszustatten, würde sie, Vicky, ihr Konto so lange mit den Kosten von Samanthas Anschaffungen belasten, bis man Samantha eine Kreditkarte ausgestellt habe. Warum mußte sie also diesem Mann ihre neuen Kleider vorführen, fragte sich Samantha, wenn sie diese selbst bezahlte?

Vicky konnte nicht verstehen, warum Samantha sich offensichtlich dagegen sträubte, sich vor Mike in ihren neuen Sachen zu zeigen. Denn als sie die beiden zum erstenmal zusammen sah, hatte Samantha sich an Mike geklammert wie an einen Rettungsring.

»Ich glaube, er möchte Sie zu gern in Ihren neuen Kleidern sehen«, versuchte Vicky auf eine behutsamere Art zu überreden, sich Mike in dem neuen Kostüm zu zeigen, und bereute jetzt ein bißchen, daß sie eine so umständliche Lüge erfunden hatte, damit Samantha nicht erfuhr, wer in Wahrheit die Rechnung bezahlte.

Zögernd und mit erheblichen inneren Vorbehalten fand sich Samantha nun bereit, das Ankleidezimmer zu verlassen. Mike hatte es sich inzwischen auf einem hübschen pinkfarbenem Sofa bequem gemacht und las bei einer Tasse Tee, mit der ihn offenbar eine Verkäuferin versorgt hatte, die Zeitung. Er sah so zufrieden aus, als gehörte ihm das Kaufhaus, und schien sich unter den vielen Frauen und den sehr weiblichen Wäschestücken genauso heimisch zu fühlen wie damals in seiner Turnhose und dem zerrissenen T-Shirt unter seinen rüpelhaften Bolzbrüdern vom Fußballplatz.

Samantha erinnerte sich nur zu lebhaft daran, wie gleichgültig ihrem Vater und ihrem Ehemann ihre Garderobe gewesen war. Ihr Ehemann hatte lediglich darauf

Wert gelegt, daß sie etwas Sauberes, Ordentliches, möglichst Hochgeschlossenes trug. Alles was darüber hinausging, hatte ihn nicht interessiert. Ihr Vater hatte keinen Unterschied zwischen seiner Tochter in hochhackigen Schuhen und Hosenanzug und seiner Tochter in Jeans und Pullover entdecken können. Und deshalb wollte sie sich auch vor Mike nicht in diesem neuen Kostüm zeigen.

Aber Mike war es offenbar keineswegs gleichgültig, was sie anhatte. Sie war noch keine zwei Schritte weit gekommen, als er von seiner Zeitung aufsah, diese weglegte, sich von seinem Platz erhob, auf sie zuging, sie bei der Hand nahm und im Kreis herumdrehte. Dann betrachtete er sie von allen Seiten, studierte die Paßform, den Schnitt und die Farbe des Kostüms und meinte schließlich, zu Vicky gewandt: »Ja, das steht ihr.«

Samantha hatte nun Mühe, ein Grinsen zu unterdrükken. Es waren nicht so sehr die Worte, sondern die Art, wie er ihr ein Kompliment machte, als wäre sie eine Schönheit und er ein Richter, der darüber zu befinden hatte, ob die Kleider, die sie kaufen wollte, es auch verdienten, von ihr getragen zu werden. Aber als sie sich umdrehte und Vicky wieder in das Ankleidezimmer folgen wollte, faßte Mike sie an der Schulter.

»Wenn Sie noch einmal Ihr Haar verstecken, werde ich böse«, sagte er und küßte sie, sein Gesicht an ihren Hals legend, aufs Ohr.

Blutrot vor Verlegenheit, suchte sie das Weite. Doch das Kribbeln, das sie im Nacken spürte, war keineswegs unangenehm. Und nach einer Stunde fand sie gar nichts mehr dabei, sich in jedem Kleid, das sie anprobierte, auch Mike zu präsentieren.

Entgegen ihrem ersten Eindruck, daß er die Eigenschaft habe, seine Umgebung total vergessen zu können, war er ein sehr genauer und aufmerksamer Beobachter weiblicher Garderobe, und sie lernte rasch, ihm zu vertrauen. »Nein, dieses Jackett ist zu lang für Sie«, erklärte er einmal im vollen Ernst, »das verdeckt Ihr Hinterteil.«

»Das ist doch kein Grund, ein Kleidungsstück abzulehnen«, erwiderte Samantha gereizt, doch er schüttelte nur den Kopf und brummelte etwas, das sie nicht verstehen konnte. Samantha beschloß, das Jackett zu kaufen und es so oft wie möglich zu tragen, aber als Vicky sie dann im Ankleidezimmer fragte, ob sie es nehmen wolle, zögerte Samantha und sagte schließlich nein.

Und schließlich ging ihr Vertrauen zu seinem Geschmack sogar soweit, daß sie ja sagte zu allem, was Mike gefiel, und nein zu den Sachen, die ihm nicht gefielen.

Um Samantha auch mit Garderobe versorgen zu können, die nicht in der dritten Etage für Modellkleider geführt wurde, holte sich Vicky zwei Verkäuferinnen zur Unterstützung herbei, denen sie sagte, was sie benötigte und wo es zu finden war. Die beiden Frauen schleppten nun ganze Berge von Spitzenunterwäsche, Nachthemden und sogar Schuhe aus der zweiten Etage herbei, und anschließend noch Handtaschen, Handschuhe, Strümpfe und Modeschmuck aus der ersten.

Als Samantha ein herrliches Modellkleid von Carolyn Roehme anprobierte, wurde ihr zum erstenmal bewußt, daß Mike auch die Unterwäsche begutachtete, ehe man ihr diese vorlegte. »Diese Farbe paßt nicht zu ihr«, hörte sie ihn sagen. »Nein, nichts Schwarzes. Aber dieses weiße Nachthemd dort gefällt mir.« Das sagte er sogar zweimal, während Samantha blutrot anlief, weil sie sich wieder an seine Bemerkung an dem Tag, als sie sich kennengelernt hatten, erinnerte: daß er sich nicht beherrschen könne, wenn sie etwas Weißes mit Spitzen trüge.

»Haben Sie denn keine *blauen* Nachthemden?« erkundigte sich Samantha bei Vicky.

Vicky lächelte, und binnen zweier Minuten schafften ihre Gehilfinnen ein blaues, sehr dezentes Nachtgewand herbei.

»Mike gefällt es nicht«, sagte Vicky.

»Gut«, erwiderte Samantha. »Dann nehme ich zwei von diesen.«

Samantha kaufte eine Menge Sachen. Spätestens um vier Uhr nachmittags hatte sie die Übersicht verloren über all die Kostüme, Kleider, Schuhe, Dessous und die anderen Dinge, zu denen sie ja gesagt hatte und von denen ihr nur wenige Stücke sofort in Rechnung gestellt werden sollten. Das wird allmählich teuer«, sagte sie kurz nach vier zu Vicky. »Da müssen ja schon Hunderte von Dollar zusammengekommen sein.«

Vicky hatte ihr in diesem Moment den Rücken zugekehrt, so daß Samantha nicht sehen konnte, wie sie beide Brauen in die Höhe zog. Hunderte von Dollar? Wie recht hatte Mike doch gehabt, dachte Vicky, als er sagte, er bezweifelte, ob Samantha sich überhaupt vorzustellen vermochte, daß ein einziges Kleid bis zu siebentausend Dollar kosten könne, und deshalb alle Preisschilder entfernt werden müßten, bevor Samantha es anprobierte. Diese Auflage war für Vicky und deren Gehilfinnen natürlich eine zusätzliche Belastung, die sie jedoch in Anbetracht der Summe, die Mike ausgab, gerne in Kauf nahmen. Und da Samantha einen offenbar angeborenen Instinkt für Qualität besaß, hatte Mike um diese Zeit bereits zigtausend Dollar ausgegeben. Wenn Samantha zwei Paar Schuhe zur Auswahl vorgelegt wurden, von denen das eine sechshundert und das andere zweihundertfünfzig Dollar kostete, entschied sie sich unweigerlich für das teurere Paar.

Vicky drehte sich zu Samantha um und sagte: »Dann würde ich vorschlagen, daß wir jetzt hinuntergehen in den Frisiersalon.«

Während Samantha zustimmend nickte, fragte sie sich, was Mike wohl sagen würde, wenn sie sich ihm mit einer neuen Frisur präsentierte. Sie hoffte, er gehörte nicht zu den Männern, die sich schon beschwerten, wenn ihre Frauen es wagten, mit einer um zwei Zentimeter gekürzten Haartracht nach Hause zu kommen. Ihr Vater und ihr Ex-Gatte hatten die Meinung vertreten, für Frauen käme nur eines in Frage: sie müßten auf ihren Haaren sitzen können.

Sich für eine bevorstehende Meinungsverschiedenheit wappnend, überlegte Samantha, ob sie sich nicht auf das Naturrecht berufen sollte, daß nämlich jede Frau selbst entscheiden könne, was sie mit ihrem Haar anfangen wolle, aber sie mußte schon nach wenigen Minuten einsehen, daß sie mit diesem Argument nicht durchdringen würde. Noch ehe die Friseuse mit der Arbeit begonnen hatte, sah Samantha Mike in den Salon kommen, den die exklusiv weibliche Atmosphäre, die in diesem Etablissement herrschte, offenbar nicht störte. Tatsächlich blinzelte er sogar einer Frau zu, deren Haar in Aluminiumfolie eingedreht war, ehe er der Friseuse, die Samantha bediente, erklärte, wie diese ihr die Haare zu schneiden habe: »Ich möchte sie so kurz haben, daß man ihre Naturlocken sehen kann. Und keine Frisur, zu der man Haarspray braucht. Ich hasse das Zeug. Es zerkratzt einem nur das Gesicht.«

»Ich werde mein Haar so tragen, wie es mir gefällt«, protestierte Samantha, worauf Mike und die Friseuse sich umdrehten und sie erstaunt ansahen, als wäre ihre Meinung, was ihre Frisur anlangte, absolut unmaßgebend. Und als sie sich dann über ihrem Kopf hinweg über einige noch ungeklärte Details verständigten, betrachtete sich Samantha im Spiegel und seufzte. Was Mike der Friseuse soeben angeschafft hatte, hatte sie dieser selbst sagen wollen, aber das spielte keine Rolle. Hier ging es ums Prinzip.

Während nun eine Maniküre hinzukam, die sich mit ihren Nägeln beschäftigte, machte sich die Friseuse über ihr Haar her, kürzte es um ein beträchtliches Stück und begann es dann, in Stufen von unterschiedlicher Länge zu schneiden. Mit jedem Zoll Haar, um das sie erleichtert wurde, fühlte Samantha sich jünger und unbeschwerter. Und sie konnte bereits erkennen, wie die Locken sich um ihr Gesicht ringelten, ehe die Friseuse ihr die Trockenhaube überschob. Als ihre Frisur dann fertig war, schüttelte Samantha den Kopf und lachte.

Mike trat neben ihren Stuhl und betrachtete mit ihr zusammen ihr Spiegelbild. »Ich hätte nicht geglaubt, daß Sie noch hübscher aussehen könnten«, sagte er leise, Samantha abermals in Verlegenheit bringend. »Aber nun weiß ich es besser.«

Dann nahm er sie bei der Hand und führte sie zu einem anderen Stuhl, wo ihr eine Lektion in der Kunst des Make-up erteilt und am Schluß eine kleine Einkaufstüte mit Kosmetik- und Hautpflegeartikeln ausgehändigt wurde. Sie wäre gewiß vor Schreck vom Stuhl gefallen, wenn sie erfahren hätte, daß allein der Inhalt dieser kleinen Tüte mehr als dreihundert Dollar kostete.

Es war bereits später Nachmittag, als Samantha in einem roten Christian-LaCroix-Kostüm, mit lockigem kurzen Haar und perfekt zurechtgemachtem Gesicht an Mikes muskulösem Arm das Kaufhaus Saks wieder verließ. Sie trugen keine Einkaufstaschen, da Vicky ihnen versprochen hatte, Samanthas Einkäufe zustellen zu lassen. Als sie diesmal die Parfümabteilung im Erdgeschoß passierten, rissen sich die großgewachsenen, gertenschlanken jungen Damen förmlich darum, Samantha eine Kostprobe ihrer Dufterzeugnisse anzubieten, aber Samantha winkte jedesmal ab. Mike blieb jedoch am Lancôme-Tisch stehen und wählte dort, trotz Samanthas nicht ganz aufrichtiger Proteste, »Tresor« für sie aus, für das er bar bezahlte.

Die kleine Parfümflasche fest in ihren Händen haltend, als wäre sie aus purem Gold, blickte Samantha zu Mike auf. »Danke«, flüsterte sie, »vielen Dank für diesen schönen Tag.«

Er lächelte – ein Lächeln des Stolzes und der Freude – und fragte: »Möchten Sie nicht etwas essen?«

»Ja«, erwiderte sie leise, »ich sterbe fast vor Hunger.«

Da nahm er wieder ihren Arm und führte sie hinaus auf die Straße. Als sie aus der Drehtür kamen, bemerkte Samantha daß Mike nach wie vor stolz war, mit ihr gesehen zu werden. Es spielte offenbar wirklich keine Rolle für ihn, ob sie wie jetzt ein Modellkostüm trug oder wie vor Stunden noch ihren alten schäbigen Jogginganzug.

7

Während sie zum Haus zurückschlenderten, konnte sich Samantha nicht oft genug ans Haar fassen und mit den Fingern die Locken nachspüren, die sich um ihr Gesicht ringelten.

»Gefällt Ihnen Ihre neue Frisur?« fragte Mike, und sie nickte.

Sie bemerkte gar nicht, daß sie nun viel aufrechter ging und viel längere Schritte machte als auf dem Hinweg. Und obgleich Mike bedauerte, daß sie sich nun nicht mehr an ihn klammerte, wurde er dafür doch durch den Anblick ihres strahlenden Lächelns entschädigt und freute sich, daß sie sich so gut fühlte, wie sie aussah.

Als sie sich seinem Haus näherten, war es Samantha, die zuerst die Frauen entdeckte, die auf seiner Vortreppe warteten. Es waren vier Personen, und schon aus dieser Entfernung konnte man unschwer erkennen, daß sie nicht das waren, was ihre Mutter als »brave« Mädchen zu bezeichnen pflegte. Dafür saßen ihnen die Kleider zu stramm auf dem Leib, waren zu grell in der Farbe, und ihre gepuderten Gesichter hatten einen zu starken Kontrast zwischen Lippen, Augen und Wangen. Drei von ihnen rauchten, zwei von ihnen hockten auf dem eisernen Geländer und machten keine Anstalten, ihre überaus knappen Röcke über jene Körperteile zu ziehen, die sie beim Sitzen entblößten.

»Ich glaube, Sie haben Besuch.« Samantha merkte, wie sich ihre Stirn bewölkte, denn sie hatte sich schon darauf gefreut, sich mit einer Salatplatte, die sie in einem der Delikatessengeschäfte bestellen wollte, im Garten niederzulassen, wo es jetzt angenehm kühl sein mußte. Doch nun schien sie gezwungen zu sein, sich in die Räume ihres Vaters zurückzuziehen.

Als Mike bemerkte, wie sich ihr Gesicht verdüsterte, drückte er ihre Hand, die sie unter seinem Arm durchgeschoben hatte, und sagte: »Sie werden meine Gastgeberin sein.«

»Ich kann doch unmöglich . . .«, begann sie, weil sie sich nicht noch mehr mit diesem Mann einlassen wollte, als das bereits der Fall war.

»Es sind doch nur Daphne und ihre drei Kolleginnen, die sich bei mir eine kostenlose Mahlzeit verschaffen wollen. Sie werden wieder gehen, bevor es richtig dunkel ist.«

»Oh«, erwiderte sie leise mit geweiteten Augen. »Sie arbeiten nachts?« Sie versuchte, das in einem welterfahrenen Ton zu sagen – so, als wäre sie keineswegs schockiert von der Kleidung und dem Benehmen dieser jungen Damen.

»Sie strippen.«

»Oh«, wiederholte Samantha, diesmal erleichtert, denn das Ausziehen auf der Bühne war weniger ungesund als das, was sie zuerst angenommen hatte. Als sie näherkamen, spürte Samantha, daß eine dieser jungen Damen sie neugieriger betrachtete wie die übrigen drei, und da wußte sie, daß diese Frau Daphne sein mußte. Als diese Frau vom Geländer herunterrutschte, erkannte Samantha, daß sie mindestens einsachtzig groß sein mußte, und ein offenbar recht hübsches Gesicht hatte, das sich unter einer dicken Schminkschicht verbarg. Es war schwierig, zu beurteilen, ob sie schön war, weil der Blick sogleich von ihren breiten Schultern auf einem mächtig ausladenden Torso abgelenkt wurde. »Ist das Daphne?« erkundigte sich Samantha im Flüsterton.

»Jeder Zoll an ihr«, erwiderte Mike, Samanthas Gesicht beobachtend. Er hoffte, darauf ein Quentchen Eifersucht zu erkennen.

Sich näher zu Mike hinbeugend, flüsterte Samantha: »Sind diese Partien von ihr . . . alle echt?«

»Soweit ich das beurteilen kann, ist das meiste an Daphne unecht«, erwiderte Mike munter. »Sie ist von Kopf bis Fuß ergänzt, erweitert, abstrahiert, an einigen Stellen reduziert, an anderen wieder addiert. Wenn Sie sie anfassen, flutschen Ihnen die Ballons, die sie sich unter der Haut hat einpflanzen lassen unter den Fingern in alle Richtungen davon.« Obwohl er Samantha mit Röntgenaugen beobachtete, konnte er nicht das geringste Anzeichen von Eifersucht an ihr entdecken.

»Und Daphne ist eine . . . eine exotische Tänzerin?«

»Nein. Sie ist ein durch und durch heimisches Gewächs. An Daphne ist absolut nichts Exotisches.«

Mike hielt ein paar Schritte von der Vortreppe entfernt an und drehte sich, die Hände auf Samanthas Schultern legend ihr zu: »Sam, meine Liebe, Sie brauchen die Mädchen nicht kennenzulernen, und ich verstehe vollkommen, wenn Sie das nicht möchten. Ich kann sie wieder wegschicken, und dann können Sie und ich irgendwo hingehen und gemütlich zu Abend essen. Ich würde Sie ins ›La Cirque‹ ausführen.«

»Das ist doch lächerlich«, erwiderte sie scharf, als sie erkannte, daß er sie mißverstanden hatte. Sie hatte ihn aus purer Neugierde gefragt, aber er schien zu glauben, sie sei ein puritanischer Snob, der sich mit einer Stripperin nicht an einen Tisch setzen wollte. »Natürlich möchte ich sie kennenlernen. Und würden Sie *bitte* aufhören, mich ständig zu begrapschen?«

Damit entfernte sie sich von ihm, stieg die Vortreppe hinauf und stellte sich den Mädchen vor, die sie mit gelangweilten Augen betrachteten.

Nur Daphne machte da eine Ausnahme, baute sich vor ihr auf und fragte: »Sie sind Mikes ... Mieterin?«

Als Samantha begriff, was die Frau sie fragte, erkannte sie auch, warum die anderen drei sie aus halb gesenkten Lidern beobachteten. »Seine Mieterin und nichts anderes«, erklärte sie mit Nachdruck. Als Samantha nun sah, daß ein kleines, erleichtertes Lächeln die Gesichter der Damen aufhellte, begriff sie, daß diese vier Mike als ihr Eigentum und sie, Samantha, als unerwünschten Eindringling betrachteten.

Mike, der inzwischen die Vortreppe heraufgekommen war, sperrte die Haustür auf, und im nächsten Moment schwärmten die Damen im Erdgeschoß aus und nahmen es in Besitz. Sie stellten Mikes Stereoanlage an, gingen dann in die Küche, wo sie Teller aus den Schränken holten, während eine der vier ans Telefon ging und ein Essen bestellte, das für ein Dutzend Leute gereicht hätte. Eines der Mädchen erzählte, sie habe eine neue Nummer für den Klub kreiert und wollte Mikes Meinung darüber hören, aber er lehnte ihr Angebot zu einer Privatvorführung ihres Striptease-Tanzes ab. Samantha hätte schon gern wissen mögen, was eine Stripperin nun wirklich auf der Bühne machte, konnte jedoch die Frau wohl schlecht darum bitten, ihr das in einer Privataudienz vorzuführen.

Das Essen wurde angeliefert, und ehe Samantha wußte, wie ihr geschah, fungierte sie sowohl als Gastgeberin wie auch als Dienstmädchen. Den Rest des Abends schien sie fast ausschließlich in der Küche zu verbringen, wo sie Platten und Teller nachfüllte, Bier in hohe Kelchgläser goß und dann die mit Speisen und Getränken beladenen Tabletts in den Garten schleppte. Einmal, als sie gerade in den Garten hinausgehen wollte, fing Mike sie in der Nähe der Tür ein, schlang von hinten seine kräftigen Arme um sie und drückte sie an sich. Dann biß er sie sacht ins Ohrläppchen.

»Lassen Sie mich los!« fauchte sie. Da sie auf den Händen ein schweres Tablett balancierte, konnte sie ihm nicht mit dem Ellenbogen in die Rippen boxen, wie sie sich das gewünscht hätte.

»Ich würde Sie gern immer so festhalten«, flüsterte er ihr ins Ohr, an ihrem Ohrläppchen knabbernd.

»Sie sind betrunken!« Mit einer schnellen Körperdrehung befreite sie sich aus seinem Griff, stellte das Tablett ab, drehte sich um und blickte Mike böse an, was ihn aber nicht hinderte, sie anzulachen. Als Samantha wieder in die Küche zurückkehrte, sah sie Daphne an der Verandatür stehen. Offenbar hatte sie beobachtet, was sich vorhin dort zwischen Samantha und Mike abgespielt hatte.

»Sie sind nicht in ihn verliebt«, stellte Daphne lakonisch fest.

Samantha blickte sie überrascht an. »Nein, das bin ich nicht. Ist das etwas Ungewöhnliches?« Sie sah über die Schulter in den Garten zurück, wo die drei anderen

Frauen sich darin ablösten, mit Mike zu tanzen. »Er scheint ja eine Menge Frauen zu haben, die in ihn verliebt sind.«

Daphne lächelte. »Das stimmt. Mike ist ein Mann, in den man sich leicht verlieben kann. Immer zuvorkommend und großzügig. Und er sorgt für seine verwundeten Vögel.«

Samantha trug das leere Tablett in die Küche und füllte eine Schüssel mit Kartoffelsalat.

»Verwundete Vögel?«

»Ja, wie ein Pfadfinder, würde ich sagen, obwohl ich nicht sonderlich viele Vertreter dieser Gattung kennengelernt habe«, erwiderte Daphne, die ihr in die Küche gefolgt war. »Mike liebt es, Menschen zu retten.«

»Und was macht er mit ihnen, wenn er sie gerettet hat?« erkundigte sich Samantha leise.

Daphne lächelte. »Er befreit sich rasch wieder von ihnen, soweit ich das beurteilen kann.« Sie deutete mit dem Kopf auf die Mädchen draußen im Garten, die Mike mit verklärten Augen ansahen. »Schauen Sie sich die drei an. Jede von ihnen glaubt, sie wäre diejenige, die Mike einfangen wird. Aber wissen Sie, was? Nächstes Jahr um diese Zeit wird keine von ihnen mehr in dieses Haus eingeladen werden. Aber nun nehmen Sie mich. Ich kenne Mike schon zwei Jahre und habe Frauen kommen und gehen sehen, die ihn alle so verliebt angeschaut haben wie die drei dort draußen, aber mit keiner von ihnen, soweit ich weiß, ist er auch nur einmal ins Bett gegangen.«

»Doch Sie sind immer noch hier«, sagte Samantha. Daphne nahm die Schüssel hoch, die Samantha gefüllt hatte. »Aber ich habe mich auch nie in ihn vergafft, verstehen Sie?« Sie warf Samantha einen Blick zu, den man nur als Warnung verstehen konnte. »Seien Sie vorsichtig, Schätzchen. Mike ist ein Herzensbrecher – ein wahrer Herzensbrecher.«

Nach dieser Unterhaltung mit Daphne blieb Samantha eine Weile allein in der Küche. Ein Herzensbrecher, überlegte sie. Was sie in ihrem Leben nicht gebrauchen konnte, war, daß ihr das Herz ein zweitesmal gebrochen wurde. Genauer gesagt: Sie würde es wohl nicht überstehen, wenn man ihr ein zweitesmal das Herz aus der Brust riß.

»Sind Sie okay?« fragte Mike hinter ihr.

Sie drehte sich um und blickte ihn an. Er sah so gut aus, daß es ihr zuweilen schwerfiel, einen klaren Gedanken zu fassen, wenn er in ihrer Nähe war. Den ganzen Tag hindurch war sie sich bei jedem Wort, das er sagte, nur zu deutlich der Bewegung seiner Lippen bewußt geworden.

Mike kam einen Schritt näher. »Sie schauen mich so seltsam an. Möchten Sie, daß ich den vieren sage, sie sollen jetzt gehen?«

Mit einem kühlen Lächeln erwiderte sie: »Nein, bitte nicht.« Sie drehte sich von ihm weg. »Ich bin ziemlich müde und denke, daß ich jetzt zu Bett gehen sollte.«

Da trat er neben sie und neigte, sie forschend anblikkend, den Kopf etwas zur Seite. Dann legte er ihr die Hand unter das Kinn und zwang sie dazu, ihn anzusehen. »Etwas stört Sie. Hat Daphne Ihnen vielleicht eine von Ihren Männergeschichten erzählt? Ich kann Ihnen versichern, daß Daphne sehr eigenartige Ansichten vom Leben hat.«

»Nein«, erwiderte Samantha, sich mit einer Kopfbewegung von seiner Hand befreiend. »Es ist ein langer, anstrengender Tag gewesen, und ich möchte ins Bett gehen. Das ist alles.«

Mike sah sie an. Ohne sich zu bewegen, ohne sie zu berühren, nahm sein Gesicht den Ausdruck eines so großen Verlangens an, daß Samantha spürte, wie ihre Haut ganz heiß wurde. »Auch ich würde jetzt gern ins Bett gehen«, sagte er leise.

Samantha wich einen Schritt von ihm zurück.

Da verwandelte sich Mikes Gesicht, wurde aus dem Begehren plötzlich Zorn: »Was hat Ihnen den Sex so gründlich verleidet, Samantha?« fragte er und sprach ihren Namen so aus, als wäre sie das Synonym für Prüderie.

Das brachte sie zum Lachen, und damit war auch die Versuchung, die soeben an sie herangetreten war, überwunden. »Männer sind so leicht durchschaubar«, sagte sie. »Ob Generaldirektor oder Tankwart – sie sind alle gleich. Weil ich nicht mit *Ihnen* ins Bett gehen will, glauben Sie, ich wäre frigide oder ein Opfer von Notzucht oder Blutschande. Zu Ihrer Information, Mr. Taggert: Niemand hat mir den Sex verleidet. Aber Sie mit Ihrem ständigen Begrapschen und Ihren kleinen vulgären Anspielungen sind auf dem besten Wege dazu. Warum fragen Sie nicht eine von *diesen* Frauen dort draußen, ob sie mit Ihnen ins Bett gehen möchte?« Sie deutete mit dem Kopf auf die weiblichen Gäste jenseits der Terrassentür. »Oder begehren Sie nur Frauen, die *nicht* mit Ihnen schlafen wollen? Ist das eine Herausforderung, die Sie reizt? Und wenn Sie eine Kerbe mehr in Ihren Bettpfosten schnitzen, bekommen dann die Frauen, die zum wiederholten Male ›nein‹ zu Ihnen gesagt haben, noch einen Stern zu ihrer Kerbe?«

Mike blickte sie bestürzt an. »Was, in aller Welt, habe ich Ihnen getan, daß Sie eine so schlechte Meinung von mir haben?«

Sie wußte, daß sie ihn unfair behandelte; denn er war den ganzen Tag über sehr nett zu ihr gewesen. Er hatte ihr an einem einzigen Tag mehr Zeit gewidmet als jeder andere Mensch seit dem Tod ihrer Mutter, doch sie hatte ihm Grobheiten an den Kopf geworfen, weil er es gewagt hatte, ihr Avancen zu machen. Aber mußte man das nicht von jedem Mann erwarten? Daß er zumindest *versuchte*, eine Frau herumzukriegen?

Vielleicht waren seine Güte und seine ständige Aufmerksamkeit das Problem. Vielleicht wollte sie nicht, daß jemand ihr soviel Beachtung schenkte.

»Ich entschuldige mich«, sagte sie, »und ich möchte mich für den heutigen Tag bedanken. Daß Sie mich in dieses Kaufhaus geführt, mich ihrer Kusine vorgestellt und . . .«

»Ich verzichte auf Ihr Dankeschön«, unterbrach Mike sie wütend, ehe er sich umdrehte und aus der Küche stampfte.

Samantha verharrte einen Moment regungslos auf der Stelle und ging dann die Treppe hinauf in ihre Wohnung. Sie zog sich langsam aus, hängte ihr schönes neues Kostüm sorgsam auf einen Bügel und lehnte sich einen Moment gegen die geschlossene Tür. Manchmal wünschte sie sich, daß sie weinen könnte. Daß sie sich hinsetzen und losheulen könnte, wie das anderen Frauen offenbar vergönnt war. Aber so sehr sie sich auch danach sehnte: Samantha wußte, ihr würden keine Tränen kommen.

Nachdem sie sich gewaschen und das Gesicht eingekremt hatte, zog sie ihr Nachthemd an und ging zu Bett. Im Lichtschein, der aus dem Garten heraufdrang, konnte sie die Umrisse der Möbel ihres Vaters sehen. Tief Luft holend, lächelte sie ein bißchen, denn es war gut, seine Sachen um sich zu haben – sehr gut sogar.

Dann schlief sie ein und wachte irgendwann in der Nacht von dem grellen Licht eines Blitzes auf, der ihr Zimmer erhellte. Im Rollen des Donners konnte sie noch ein Geräusch ausmachen, das ihr allmählich vertraut wurde: Mike tippte auf der Schreibmaschine. Sich ruhiger fühlend, schlief sie wieder ein.

8

Samantha wachte um sieben Uhr morgens auf, aber der Regen, der vor den Fenstern sacht vom Himmel rieselte, weckte in ihr den Wunsch, noch im Bett zu bleiben. Sich in die Decken einmummelnd, schlief sie wieder ein. Schließlich war es Samstag. Warum sollte sie da so zeitig aufstehen?

Als sie um halb zehn zum zweitenmal erwachte, war ihr erster Gedanke Daphnes Warnung, daß Mike ein Herzensbrecher sei. Samantha wollte sich nicht noch einmal das Herz brechen lassen. Nach einem beruhigenden Blick auf die Möbel ihres Vaters lächelte sie und schlief erneut ein.

Um elf Uhr wurde sie von einem kurzen Klopfen an ihre Schlafzimmertür geweckt, ehe diese aufging. Schlaftrunken blickte sie hoch und sah Mike mit einem Tablett, auf dem einige Tüten lagen, ins Zimmer kommen. »Gehen Sie weg«, murmelte sie und verkroch sich unter der Decke.

Natürlich weigerte er sich, ihrer Aufforderung nachzukommen, was sie nicht verwunderte; denn ihrer bisherigen Erfahrung nach war Michael Taggert eine Kombination aus Wachhund, Wärter und Lüstling.

Das Tablett abstellend, setzte er sich auf den Bettrand. »Ich habe Ihnen etwas zu essen gebracht, Ihre Kleider von Saks wurden vor einer Stunde angeliefert, und Barrett hat uns übermorgen zum Tee eingeladen. Er schickt uns einen Wagen.«

»Oh«, sagte sie, sich im Bett umdrehend. Es war schon fast ein vertrauter Anblick für sie, ihn auf dem Bettrand sitzen zu sehen.

»Was interessiert Sie nun von diesen dreien – das Frühstück, Barrett oder die Kleider?«

»Glauben Sie, daß das kleine blaue Jackett auch bei den gelieferten Sachen ist? Das mit den großen Knöpfen?«

Er nahm ein Brötchen aus einer Tüte. »Also die Kleider. Ich kann Ihnen keinen Vorwurf machen, daß Sie sich nicht für einen Mann interessieren, der vielleicht mit Ihnen verwandt ist oder auch nicht. Verwandte sind mir ebenfalls ein Greuel.«

Gähnend setzte sich Samantha langsam im Bett auf und lehnte sich gegen das Kopfteil. »Sie wissen wohl nicht, wovon Sie sprechen. Sie haben ja keine Ahnung, wie froh Sie sein können, daß Sie noch Verwandte haben. Ihre Kusine Vicky war zu mir sehr liebenswürdig – und sehr nachsichtig mit Ihnen.«

Er reichte ihr ein Brötchen und einen großen Pappbecher mit frischgepreßtem Orangensaft. »Sie gehört zu den wenigen Montgomerys, die halbwegs erträglich sind, aber sie ist ja keine Montgomery aus Maine.«

Mike hatte bereits den Mund voll, und da waren auch schon Krümel auf ihrem Bett, aber er sah so gut aus, wenn er sich so bequem zurücklehnte. Sein volles dunkles Haar war noch feucht vom Duschen, er war frisch rasiert, und er trug ein altes Drillichhemd, unter dem sich alle Muskeln seines Körpers abzeichneten. Es war besser, ihn reden zu lassen, überlegte sie; denn solange er redete, würde er sie nicht anfassen. Sie holte tief Luft: »Wer sind die Montgomerys?«

»Es sind meine Vettern und Kusinen, eine größere Bande von Langweilern haben Sie Ihr Lebtag noch nicht gesehen.«

»Eine Bande von Langweilern?«

»Lackaffen, aufgeblasene Wichtigtuer«, schnaubte Mike. »Und Teetrinker. Da ist nicht einer darunter, der nicht in Ohnmacht fallen würde, wenn Sie ihm zumuten würden, Bier aus der Flasche zu trinken.«

»Und diese Kusinen und Vettern leben in Maine?« fragte sie, während sie ein Stück von einem Rosinenbrötchen abbiß.

»Ja.« Da sprach Feindseligkeit aus seiner Stimme, und sie fragte sich, womit seine Vettern sich wohl seine Abneigung verdient haben mochten. Ihren Gedanken erratend, begann er ihr den Grund zu erklären: »Es ist in meiner Familie Tradition, daß die Montgomery-Kinder den halben Sommer in Colorado verbringen und die Taggerts den halben in Maine. Ich weiß nicht, wer mit dieser Unsitte angefangen hat, aber ich bin sicher, er schmort jetzt in der Hölle.«

»Oh? Was passierte denn, als Sie ihre großen Ferien in Maine verbrachten?«

»Meine Vettern, diese Schufte, versuchten uns umzubringen!«

»Das soll wohl ein Scherz sein.«

»Keineswegs. Sie taten alles nur Menschenmögliche, um zu erreichen, daß wir den Sommer nicht überlebten. Die meisten von ihnen wohnen am Meer, fahren zur See und sind schon mehr Fisch als Mensch. Mein Bruder sagt, sie hätten statt einer Haut Schuppen. Sie pflegten zum Beispiel mit uns auf den Ozean hinauszurudern, dann ins Wasser zu springen und ans Ufer zu schwimmen. Sie wußten, daß nicht einer von uns schwimmen konnte.

»Wie kamen Sie dann ans Ufer zurück?«

Michael lächelte auf eine selbstgefällig Weise. »Wir ruderten. Wir konnten zwar nicht alle schwimmen, aber wir hatten zumindest ein paar Muskeln.«

Samantha kicherte leise in sich hinein, als er seinen Bizeps anspannte, um den Beweis für seine Behauptung anzutreten. »Und was passierte, als Ihre Vettern dann nach Colorado kamen?«

»Nun, wir waren natürlich ein bißchen verschnupft darüber, wie sie uns in Maine behandelt hatten.«

»Verständlich.«

»Und Sie müssen auch verstehen, was für eine Sorte von Menschen diese Montgomerys sind. Die unausstehlichste Bande von der Welt. Sie bedankten sich ständig bei meiner Mutter und vergaßen nie, sich bei Tisch eine Serviette umzubinden. Und sie legten abends ihre Kleider zusammen.«

»So schlimm waren sie?« erwiderte Samantha, in ihren Pappbecher hineinlächelnd, doch Mike schien den Sarkasmus in ihrer Stimme zu überhören.

»Wir waren alle der Meinung, daß das, was wir mit ihnen machten, moralisch gerechtfertigt sei. Wir setzten sie auf die wildesten Pferde, die wir finden konnten, ritten mit ihnen in die Rocky Mountains und ließen sie dort eine ganze Nacht ohne Nahrung, Wasser und Decken zurück.«

»War das nicht gefährlich?«

»Teufel, nein – nicht für einen Montgomery. Soweit wir das beurteilen können, sind diese Leute nicht umzubringen. Einer von meinen Brüdern suchte sich jemand aus dieser Horde heraus, band ihn an ein Seil und ließ ihn an einer Felswand über einem Abgrund baumeln.« Mike lächelte in der Erinnerung daran. »Er hatte sechzig Meter Luft unter den Füßen.«

»Und was passierte dann?«

»Keine Ahnung. Irgendwie muß es ihr gelungen sein, an dem Seil hinaufzuklettern. Sie kam nicht einmal zu spät zum Abendessen.«

Es war das ›sie‹, das Samantha nun zum Lachen reizte. Sie stellte den Becher mit dem Orangensaft auf den Nachttisch, hielt sich den Bauch und lachte, bis sie keine Luft mehr bekam. »Mike, Sie sind unmöglich«, sagte sie dann, als ihr bewußt wurde, daß er die ganze Geschichte von A bis Z erfunden (oder sie zumindest stark übertrieben) haben mußte, um sie zu unterhalten und zum Lachen zu bringen.

Als sich Michael nun grinsend gegen den Fußteil des Bettes lehnte, als sei er sehr mit sich zufrieden, war sie überzeugt, daß er sich diese Geschichte ausgedacht hatte, um sie aufzumuntern, und sich freute, weil ihm das gelungen war.

»Ich bin froh, daß Sie auch mal lachen können«, sagte er, während er in eine der Tüten griff und ein appetitlich duftendes Hörnchen herausholte. »Das habe ich eigens für Sie bestellt.«

Als sie ihm das Hörnchen abnahm, dachte sie bei sich: Er bringt mich nicht nur zum Lachen, sondern füttert mich auch. »Was ist das für ein Hörnchen?« fragte sie.

»Ein mit Schokoladenkrem gefülltes Hörnchen.«

Mit einem Gefühl des Bedauerns reichte sie es ihm zurück. »Das kann ich nicht essen. Zu viele Kalorien.«

Sich wieder bequem zurücklehnend, weigerte er sich, ihr das Gebäck wieder abzunehmen. »Ich hatte es mir gedacht.«

»Was hatten Sie sich gedacht?«

»Oh, nichts. Ich habe nur soeben eine Wette gegen mich selbst gewonnen. Sie trinken keinen Alkohol, wenigstens nicht in nennenswerten Mengen – und wenn Sie sich selbst überlassen bleiben, kleiden Sie sich wie eine alte Frau. Haben Sie schon mal etwas gegessen, das nicht gesund ist, aber schmeckt? Ich bin sicher, daß Sie noch nie versucht haben, eine Zigarette oder gar etwas Stärkeres zu rauchen.«

Sie funkelte ihn an. »Reichen Sie mir mal dieses kleine Stück Butter dort herüber. Oder besser gleich zwei davon.«

Lächelnd gab er ihr die in Stanniol eingewickelten kleinen Butterportionen und ein Messer aus Plastik. »Wenn Sie sich Sorgen machen, wie Sie Ihr Übergewicht loswerden sollen, wüßte ich eine großartige Übung dafür.«

Samantha war zu sehr mit ihrem Hörnchen beschäftigt, um auf seine Worte zu achten. Hörnchen mit Schokoladenkremfüllung. Herrliches, noch warmes weißes Brot mit zerschmelzender Butter darauf.

»Verdammt nochmal, Samantha, hören Sie auf, Ihr Essen mit so verklärten Augen anzusehen«, sagte er nun im gereizten Ton. Er faßte nach ihrer Hand, führte sie an seine Lippen und biß ein Stück von dem Hörnchen ab, wobei er einen ihrer Finger in seinen warmen weichen Mund steckte und die Butter davon ableckte. Während er das tat, blickte er sie mit heißen Augen an.

Sie entriß ihm ihre Hand. »Kann Sie denn gar nichts – aber auch gar nichts – entmutigen?«

»Nein«, erwiderte er unbekümmert, sich die Finger ableckend. Dann erhob er sich gähnend vom Bett und streckte sich.

Als Samantha ihn dabei beobachtete, vergaß sie, von dem Hörnchen abzubeißen, das sie gerade zum Munde führte. Seine breiten Schultern, seine schmale Taille und seine kräftigen Schenkel präsentierten sich ihr jetzt auf eine Weise, daß sie darüber sogar den köstlichen Geschmack der Schokoladenkremfüllung vergaß.

Als er dann aufhörte, sich zu strecken, blickte sie rasch zur Seite, damit er sie nicht dabei ertappte, wie sie ihn mit offenem Mund angaffte. Dann ging er mit einer eleganten, federnden Bewegung in die Hocke und schob die Überreste des Frühstücks in die Tüten zurück.

»Wie kommt es . . .« Sie räusperte sich: »Wie kommt es, daß Sie so aussehen, wie Sie aussehen?«

»Was meinen Sie damit?« fragte er scheinheilig und sah sie dabei mit großen unschuldigen Augen an.

Samantha wußte, daß er versuchte, ihr ein Kompliment zu entlocken. Zweifellos wollte er nun von ihr hören: ›Woher haben Sie diese herrlichen Muskeln? Woher diesen Körper, den Michelangelo sich sofort als Modell für seine Skulpturen ausgesucht hätte? Warum sind Sie so schön wie ein griechischer Gott?‹ Aber statt ihm zu schmeicheln, wie er das offenbar von ihr erwartete, bedachte sie ihn nur mit einem Blick, der besagte: ›Sie wissen ganz genau, was ich meine!‹

»Gewichtstemmen«, sagte er, das Tablett aufhebend und es auf den Schreibtisch ihres Vaters stellend.

»Wie bei den olympischen Spielen?«

Mike schnaubte verächtlich. »Gewichtheben? Das ist was für Jungs, die so was nicht länger als eine Sekunde aushalten können. Und was Schwarzenegger macht, ist Bodybuilding. Ich habe mich auf dem College an Wettkämpfen im Stemmen beteiligt. Schwergewicht. Nun stemme ich nur noch, um in Form zu bleiben.«

Samantha war nicht sehr geschickt darin, ein Lächeln zu verbergen. »Wenn man Sie so hört, scheint Krafttraining ein Sport zu sein, den nur echte Männer betreiben.«

Er lächelte sie an, als merke er nicht, daß sie ihn nur auf den Arm nehmen wollte, doch dann hob er sie mit einer blitzschnellen Bewegung samt ihrer Decke vom Bett hoch, und während sie von ihm verlangte, daß er sie sofort wieder loslassen sollte, trug er sie mit einer Hand zur Balkontür und dann, nachdem er diese mit der anderen Hand geöffnet hatte, hinaus ins Freie.

Samantha preßte die Arme an den Körper, damit sie ja nicht mit ihm in Berührung kam und befahl: »Sie setzen mich jetzt sofort ab! Haben Sie gehört? Auf der Stelle!«

Mit einer Leichtigkeit, als wöge sie so gut wie gar

nichts, hielt er sie nun über das Balkongeländer und tat so, als würde er sie in den Garten hinunterfallen lassen.

Mit einem entsetzten Kreischen schlang Samantha ihm daraufhin die Arme um den Nacken und hielt sich krampfhaft an ihm fest.

»Das gefällt mir«, schnurrte er und legte seine Lippen auf ihren Hals. Als Samantha daraufhin sofort ihren Griff um seine Schultern lockerte, schienen seine Arme wieder zu erschlaffen, so daß sie abermals befürchten mußte, in die Tiefe zu stürzen, und sich erneut an ihn klammerte.

Trotz der Angst, die sie ausstehen mußte, war es ein angenehmes Gefühl, in seinen Armen zu hängen. Das gefiel ihr sogar sehr. Er war groß und warm und so unglaublich stark. Als er den Mund an ihren Hals legte, schloß sie sogar einen Moment lang die Augen.

»Samantha«. flüsterte er.

Sie besaß zu viel Selbstdisziplin, um seinem Drängen oder ihrem eigenen Verlangen nachzugeben. »Lassen Sie mich los«, sagte sie mit ernster Stimme.

Widerstrebend setzte er sie nun auf dem Balkon ab und legte dann einen Moment lang die Hand an ihre Wange. »Wollen Sie mir nicht verraten, was mit Ihnen nicht stimmt?« fragte er leise.

Eine Sekunde lang öffnete Samantha den Mund, um etwas zu sagen, schloß ihn dann jedoch wieder und bewegte sich von ihm fort. »Ich habe keine Ahnung, wovon sie reden. Wenn ich auf Sie einen anormalen Eindruck machen sollte, liegt das vermutlich daran, daß ich vor kurzem meinen Vater begraben und eine Scheidung hinter mich gebracht habe. Ich glaube nicht, daß man von einem Menschen nach zwei derartigen traumatischen Erlebnissen sofort ein normales Verhalten erwarten kann.«

»Haben Sie diese kleine Ansprache erst aufgeschrieben und geprobt?« fragte er, und als sie etwas darauf erwidern wollte, hob er die Hand. »Ich möchte mir nicht noch mehr Lügen und Gemeinplätze anhören. Warum ziehen Sie sich jetzt nicht an und kommen dann hinunter, um diesen Computer in Gang zu setzen? Oder besser noch – Sie ziehen sich *nicht* vorher an.«

Obwohl Samantha seufzte, als sei das alles für sie eine ungeheure Zumutung, war sie doch froh, daß er zu seinem scherzhaften Ton zurückgefunden hatte. Dieser so unbeschwert in den Tag hineinlebende Mann konnte zuweilen auf eine bestürzende Weise scharfsichtig sein – ein Grund mehr, daß sie möglichst rasch wieder aus New York und seiner Nähe verschwinden sollte.

Sich seinem Ton anpassend, meinte sie neckisch: »Ich denke, ich werde etwas Weißes mit Spitzen anziehen . . .«

»Machen Sie das ja nicht!« warnte sie Mike, und sah sie dabei ernst an.

»Ich habe doch nur Spaß gemacht.«

Sich von ihr wegdrehend, ging er zur Tür. »Ich gebe Ihnen fünfzehn Minuten und erwarte, Sie dann unten im Erdgeschoß zu sehen. Sie können nicht hier oben in diesem Mausoleum bleiben.« Er musterte stirnrunzelnd die dunklen Möbel und Vorhänge. »Es bekommt Ihnen nicht, auf die Dauer in diesem Schrein Ihres Vaters zu wohnen.« Und dann verließ er das Zimmer, ehe Samantha sich auf eine passende Antwort besinnen konnte.

*

Samantha verbrachte auch diesen Tag mit Mike. Eines mußte man ihm lassen, überlegte sie: Der Umgang mit ihm war erfrischend unkompliziert. Er war ihrem Vater und ihrem Ex-Gatten so unähnlich, wie man das überhaupt nur sein konnte. Ihr Vater und Richard waren beide vereidigte Bücherrevisoren und Wirtschaftsprüfer gewesen, und vielleicht war das der Grund, weshalb sie einen übertriebenen Ordnungssinn entwickelt hatten. Beide Männer hatten stets verlangt, daß alles an seinem Platz zu sein habe – einen Platz, den sie selbst bestimmt hatten.

Samantha hätte zuweilen schreien können, wenn sie sah, wie Richard ihren Kühlschrank organisiert hatte. Ihrer – oder vielmehr seiner – Vorstellung nach war es bereits ein Akt der Zügellosigkeit, wenn sie das Brot dort ablegte, wo eigentlich die Milchtüten hingehörten. Als er einmal über Nacht verreisen mußte, hatte sie alles aus dem Kühlschrank herausgenommen und dann an ganz andere Stellen wieder eingeräumt. Sie hatte sogar das Brot auf drei verschiedene Fächer verteilt – etwas, das bei Richard einen Wutanfall ausgelöst hätte. Natürlich hatte sie, bevor er von seiner Reise zurückkehrte, alles wieder so angeordnet, wie er es für richtig befand.

Mike war nicht so wie Richard oder ihr Vater. Mike schien keine festen oder unabdingbaren Regeln für irgend etwas zu haben. Er aß nicht nach der Uhr, sondern wenn er Hunger hatte.

Und er konnte sich selbst verpflegen! Für Samantha war das ein Wunder. Nachdem ihre Mutter gestorben war, hatte sie die Plichten einer Hausfrau übernommen, und dazu gehörte auch die Verpflegung ihres Vaters. Sie hatte um acht Uhr morgens, um zwölf und halb sieben Uhr abends Mahlzeiten zuzubereiten, und als sie heiratete, änderte sich an diesem Zeitplan nichts. Nachdem sie einmal bei einer Dinner-Party in Santa Fe zwei Glas Wein getrunken und jemand die philosophische Frage aufgeworfen hatte, was es bedeutete reich zu sein, hatte Samantha, ehe sonst jemand etwas sagen konnte, verkündet: »Eine reiche Frau ist eine Frau, die, wenn sie in der unmittelbaren Nachbarschaft eines Mannes lebt und dieser Mann sagt, er sei hungrig, nicht die Pflicht hat, ihn zu verpflegen. Diese Frau ist *wahrhaft* reich.« Jeder am Tisch hatte daraufhin unbändig gelacht, ausgenommen Richard, der wütend gewesen war und nach der Party mit ihr über ihre »Neigung zum Alkoholismus« gesprochen und ihr »empfohlen« hatte in Zukunft alle alkoholischen Getränke zu meiden.

Mike war nicht so wie die beiden Männer, die sie gekannt hatte, denn er schien überhaupt keine Regeln zu kennen, höchstens solche, die man vielleicht auf den Nenner bringen konnte: ›Wenn es dir bekommt, tue es.‹ Als er sah, wie Samantha zwei von seinen Hemden, die er über einen Stuhl geworfen hatte, aufnahm und sie, ohne zu überlegen, was sie tat, auf einen Bügel hängte, riß er ihr das dritte aus der Hand und warf es auf die Couch. »Ich habe eine Zugehfrau«, sagte er.

Peinlich davon berührt, daß sie etwas getan hatte, was eigentlich zu den Pflichten einer Ehefrau gehörte, ging Samantha zu dem Kartonstapel in der Ecke des Zimmers. Als sie das Klebeband des obersten Kartons durchschnitten hatte und die Faltdeckel zurückschlug, atmete sie tief ein, was für moderne Menschen inzwischen zu einem himmlischen Geruch geworden war – den Duft von neuem Vinyl. Mike lachte, als er ihr verklärtes Gesicht sah, was Samantha abermals in Verlegenheit versetzte. Doch sie hatte bereits entdeckt, daß Mike sich nicht nur gern über andere, sondern auch über sich selbst amüsierte – ganz im Gegensatz zu ihrem Ex-Gatten, der sich für sakrosankt gehalten hatte.

»Ein neues elektronisches Gerät riecht bestimmt besser als das billige Parfüm, das Sie zu bevorzugen scheinen«, zischte sie ihn an und brachte ihn abermals zum Lachen.

Sie hatte so eine Ahnung, daß er sich bequem zurücklehnen und zusehen wollte, wie sie den Computer mit den entsprechenden Peripherie-Geräten verband, und sie verlangte, daß er ihr dabei helfen sollte. Natürlich wußte er nicht, daß sie damit mit allen bisher für sie geltenden Regeln brach. Ihr Vater und Richard hatten die Ansicht vertreten, daß es Arbeiten für Frauen und Arbeiten für Männer gab und beide nicht miteinander vermengt werden durften. In dem Haus, das sie zusammen mit ihrem Mann in Santa Fe bewohnt hatte, war sie für die Computer zuständig gewesen, und es war nicht selten vorgekommen, daß sie nachts, wenn sie von ihrem zweiten Job nach Feierabend heimkam, Richard schlafend in seinem Bett vorfand, der Computer aber noch eingeschaltet war und darauf wartete, daß sie alles, was er tagsüber dem Rechner eingegeben hatte, abspeicherte und dann die Maschine abstellte.

Nun, da er sie bei der groben Arbeit unterstützte, brauchte sie nicht lange dazu, den Rechner mit dem Monitor, der Tastatur und dem Laser-Drucker zu verbinden. Es dauerte ein bißchen länger, das Programm zu installieren, ein Autoexecutive-batch anzufertigen und noch ein paar andere Stapel-Dateien.

Sobald der Computer betriebsfertig war, sagte sie Mike, daß sie nun bereit wäre, ihn in die Grundlagen der Computeranwendung einzuführen. In den letzten vier Jahren hatte sie viele Leute in der Benützung eines Computers unterwiesen und war dabei mit einer Vielzahl bizarrer Probleme konfrontiert worden.

Doch nicht einmal in diesen vier Jahren hatte sie einen so schwierigen Schüler wie Mike gehabt, der offenbar nichts von dem behalten konnte, was sie ihm sagte. Aus ihrer Erfahrung als Lehrerin wußte sie, daß Geduld die wichtigste Voraussetzung für dieses Geschäft war, aber nach zwei Stunden platzte ihr allmählich doch der Kragen.

Sie ertappte sich dabei, wie sie ihn anzuschreien begann: »*F* sieben und nicht die Zahl sieben!« Doch Mike hämmerte abermals auf die Taste mit der Zahl sieben und sah sie dann mit großen Unschuldsaugen an.

Zehn Minuten später war sie mit ihrer Geduld am Ende. Sie packte ihn mit beiden Händen am Hals und begann ihn zu würgen. »Die F-sieben-Taste! Haben Sie gehört? Die F-sieben-Taste!«

Lachend zog Mike sie in seine Arme, und sie purzelten zusammen auf den Fußboden. Da begriff sie, daß er sich nur dumm gestellt hatte, weil er wissen wollte, wie weit er gehen konnte, bis sie die Beherrschung verlor.

Als sie sich von ihm wegrollte, war sie außerordentlich ungehalten. Warum versuchte er stets, sie dazu zu bringen, daß sie sich über ihn ärgerte?

»Ich bitte Sie, Sam«, sagte er. »Warum sind Sie denn immer gleich eingeschnappt? Sie werden doch wohl nicht wieder in die Haut der kleinen, prüden Miss mit der strengen Frisur schlüpfen, oder?«

Sie hätte jetzt eigentlich in ihr Apartment hinaufgehen und ein Buch lesen sollen. Statt dessen drehte sie sich um, sah ihn auf dem Wohnzimmerteppich sitzen und mußte gegen ihren Willen lächeln. »Sie können einem wirklich auf die Nerven gehen, wissen Sie das?«

Ehe sie auch nur eine Bewegung machen konnte, küßte er sie auf den Hals. »Wenn ich Ihnen die Zettel mit meinen Notizen gebe und Sie diese in den Computer eingeben würden, bräuchten Sie sich nicht zu ärgern, oder?«

»Ich verstehe. Ich soll für Sie die Arbeit machen, und Sie ernten dann die Früchte.«

»Ich teile alles mit Ihnen«, sagte er leise, jedes Wort betonend.

Samantha schob ihn von sich weg. »Lassen Sie mich zuerst eine Datenbank einrichten, und dann kann ich damit anfangen, dem Computer Ihre Informationen einzugeben.«

Als er sich nun mit einem selbstgefälligen Lächeln vom Teppich erhob, wußte sie, daß er bekommen hatte, was er wollte: eine Sekretärin.

Eine Stunde später war sie ihm deswegen nicht mehr böse; denn was Mike ihr zum Eintippen gab, war interessant. Er hatte auf ungefähr hundert Seiten Informationen über zahlreiche Gangster zusammengetragen, die etwas mit Tony Barrett zu tun hatten. Sie las solche Namen wie Nails, Hop Toad, Mad Dog, the Waiter, Half Hand Joe und Gyp the Blood mit großem Interesse.

Je mehr sie las, desto neugieriger wurde sie auf Tony Barrett, der vielleicht oder vielleicht auch nicht als ihr biologischer Großvater in Frage kam. Doch über ihn selbst gaben ihr Mikes Notizen nur spärliche Auskünfte. Als sie ihn fragte, warum denn so wenig über Barrett in seinen Notizen stand, wo er doch der Gegenstand dieser Biographie sein sollte, gab ihr Mike keine direkte Antwort, sondern seine Aufzeichnungen über das Massaker vom 12. Mai des Jahres 1928.

Die Fakten dieses Tages im Jahr 1928 einzugeben, machte ihr keine Freude. Die führenden Gangster von New York waren besorgt über Barretts Machtzuwachs und hatten daher beschlossen, ihn und alle seine Männer zu töten. Es schien sie offenbar nicht zu stören, daß bei diesem – vergeblichen – Versuch, Barrett in einem Lokal, in dem verbotenerweise Alkohol ausgeschenkt wurde, zu beseitigen, neben seinen Anhängern auch viele unschuldige Leute im Kugelhagel der Maschinenpistolen sterben mußten.

Mit wachsendem Unbehagen las Samantha die Einzelheiten dieses Massakers. »Mir gefällt das nicht«, sagte sie, die Notizen von sich wegschiebend.

Mike zog eine Braue in die Höhe. »Maxie verschwand in jener Nacht. Wollen Sie wissen, warum?«

»Der Grund scheint doch auf der Hand zu liegen: Selbst wenn sie Barrett geliebt haben sollte, wollte sie nichts mit einem so grauenhaften Blutbad zu tun haben.«

Mike blickte sie einen Moment an und fragte sie dann, ob sie etwas essen wollte. Als sie das bejahte, rief er in einem Delikatessenladen an und bestellte Thunfisch-Sandwiches. Als diese eintrafen, gingen sie damit hinaus in den Garten.

»Wie starb Ihre Mutter?« fragte Mike unvermittelt, als sie sich am Picknicktisch niedergelassen hatten.

»Ich tötete sie«, erwiderte Samantha, ohne lange nachzudenken, errötete dann und blickte zur Seite. Sie ärgerte sich über ihn, weil er sie dazu brachte, Dinge zu sagen, über die sie nicht sprechen wollte, und über sich selbst, weil sie ihm solche Dinge anvertraute. »Natürlich entspricht das nicht den Tatsachen, nur empfand ich es damals als Kind so.«

Sie versuchte zu bagatellisieren, was sie fast ihr ganzes Leben lang bedrückt hatte.

Mike sah sie schweigend an und wartete geduldig, daß sie in ihrem Bericht fortfuhr.

»Ich war zwölf damals und hatte eine Einladung zu Janie Miles Geburtstagsparty erhalten. Das war eine sehr wichtige Party, weil Janie das populärste Mädchen in meiner Schule war und auch *Jungen* zu dieser Party kommen sollten. Aber meine Mutter wollte nicht, daß ich hinging. Als sie sagte, ich wäre noch zu jung, um schon an Jungs zu denken, wurde ich furchtbar wütend und sagte, sie wollte nur nicht, daß ich erwachsen werde. Mutter sagte, da hätte ich recht, denn wenn es nach ihr ginge, würde ich nie älter werden als zwölf.« Samantha bemühte sich sehr, die Geschichte auf eine ironische, ja unterhaltsame Weise zu erzählen, um nicht erkennen zu lassen, wie schwer der Tod ihrer Mutter damals – und noch heute – auf ihrem

Gewissen lastete. Sie wollte nicht, daß Mike und sonst jemand erfuhr, wie sehr die Ereignisse jenes Tages ihr Leben und ihr Weltbild verändert hatten.

Samantha holte tief Luft. »Egal – als meine Mutter, die mich von der Schule abholen und anschließend zu Janies Party bringen sollte, sich verspätete, war ich außer mir vor Wut, lief auf dem Schulhof auf und ab und schwor, ich würde nie mehr ein Wort mit meiner Mutter reden. Dann kam der Rektor zu mir und sagte, daß er mich nach Hause bringen würde.«

Mike blickte auf Samanthas rechte Hand, die das Sandwich so fest zusammendrückte, daß der Thunfischsalat herausquoll und ihr über die Finger lief. Als Samantha seinem Blick folgte, ließ sie das arg mitgenommene Sandwich auf den Teller fallen und griff nach einer Papierserviette, um sich die Hand zu säubern.

»Mutter hatte sich so sehr beeilt, mich zu dieser Party zu bringen, daß sie vor einen Wagen lief. Sie war auf der Stelle tot.«

»Sam«, sagte Mike, und versuchte über den Tisch langend, ihre Hand zu nehmen. Aber sie ließ es nicht zu.

»Mutter hatte es so eilig gehabt, daß sie unterwegs gegen irgendeinen Heizkörper rannte und sich daran Arme und Beine verbrannte. Aber so eine Bagatelle wie eine Verbrennung dritten Grades konnte sie nicht aufhalten. Sie ging nicht zum Arzt, sondern dachte nur daran, daß sie ihre Tochter rechtzeitig zu einer Party bringen müsse.«

Samantha hielt kurz inne, ehe sie mit einem Mund, der ihre Verbitterung verriet, hinzusetzte: »Zu einer sehr wichtigen Party.«

»War es ein Fall von Fahrerflucht?« fragte Mike rasch. Er wollte nicht, daß sie bei solchen sie belastenden Erinnerungen länger als nötig verweilte, aber die Umstände jenes tragischen Vorfalls waren für ihn wichtig.

»Himmel, nein.« Sie sah ihn über den Tisch hinweg an und versuchte zu lächeln. »Der Mann, der sie überfuhr, wohnte in Ohio. Der Unfall ist ihm sehr nahegegangen, und er blieb noch zwei Wochen, nach ... nachdem meine Mutter gestorben war, in Louisville, besuchte meinen Vater und mich und zeigte uns sogar Fotos von seinen Kindern.«

»Samantha«, flüsterte Mike, »es tut mir so leid.«

»Ja, danke«, murmelte sie. »Das liegt schon so lange zurück. Ich bin darüber hinweggekommen. Die Menschen können vieles überstehen, ohne daran zu zerbrechen.«

»Auch Ehemänner?« fragte er in dem Versuch, zu scherzen.

Sie lächelte nicht. »Sie können Ehemänner überleben, die sie verraten; und Mütter, die sterben; und Väter, die sterben; und Großmütter, die sie im Stich lassen. Man kann sogar einen Vater überleben, der so wenig Vertrauen zu seiner Tochter hat, daß sie erst Bedingungen erfüllen muß, um an ihr Erbe zu kommen. Ich finde, daß man fast alles überstehen kann.« Sie erhob sich, aber ehe sie ins Haus zurückgehen konnte, hatte Mike sie am Arm gefaßt.

»Sam«, sagte er, legte ihr von hinten die Hände auf die Schultern und drehte sie herum, damit er ihr Gesicht sehen konnte. »Wenn Sie das Bedürfnis haben, mit jemandem zu reden – ich bin immer für Sie da.«

Sie zwang sich zu einem Lächeln. »Ich wüßte wirklich nicht, worüber ich mit Ihnen reden sollte. Ich meine, ich wüßte Ihnen nicht mehr zu sagen, als jeder andere Mensch auch. Nichts Außergewöhnliches. Es gab vielleicht eine außergewöhnliche Zahl von Todesfällen in meinem Leben, und es mag eine Weile dauern, bis ich mich davon und von meiner Scheidung erholt habe. Aber da bin ich ganz zuversichtlich.« Sie bewegte sich von ihm weg. »Aber nun sollten wir uns besser wieder mit Ihren Notizen beschäftigen.«

Er blickte ihr stirnrunzelnd nach, als sie in die Bibliothek zurückging. Was er auch machte, – es gelang ihm anscheinend nicht, diese Schale aufzubrechen, mit der sie sich von der Außenwelt abkapselte. Aber ein paarmal war es ihm vergönnt gewesen, einen Blick auf eine Samantha zu werfen, die sich hinter dieser so kühlen, gelassenen, sich offenbar stets in der Gewalt habenden Person versteckte, als die sie sich allen präsentierte. Als er sie küßte, hatte er die leidenschaftliche Frau in ihr gesehen. Wenn sie lachte, kam eine Frau mit viel Sinn für Humor zum Vorschein. Und wenn sie einmal ein Glas Wein trank, kam ein ganz und gar nicht prüdes, lebenslustiges Wesen an die Oberfläche.

Aber diese Momente, in denen sie aus sich herauskam, waren nur von kurzer Dauer. Sie war wie eine Schildkröte, die angegriffen wurde, sich in ihrem Panzer verkroch und nur hin und wieder ihren verwundbaren Kopf herauszustrecken wagte, um einen kurzen Blick auf ihre Umgebung zu werfen, ehe sie ihn rasch wieder einzog.

Ihr Vater hatte ihm erzählt, daß Samantha als Kind ganz anders gewesen sei. Lächelnd hatte Dave ihm berichtet, daß sie damals zwar nur eine halbe Portion gewesen wäre, aber ständig für Aufregung gesorgt und ihre Mutter fast zur Verzweiflung getrieben hätte. Sam – wie sie von allen genannt wurde – sei ein so kecker, kleiner, auf jeden Baum kletternder, an allen Streichen der Nachbarskinder beteiligter und furchtloser Wildfang gewesen, daß ihre Mutter sagte, man müsse schon ein großes Durchsetzungsvermögen besitzen, damit einem das Kind nicht über den Kopf wachse.

Manchmal erhaschte Mike einen Blick auf dieses kleine

Mädchen von damals, doch meistens war das so gut wie ausgeschlossen. Nur zu gern hätte er den kleinen Wildfang erlebt, als den ihr Vater sie beschrieben hatte, und er bemühte sich nach Kräften, diesen hinter ihrer kühlen Fassade hervorzulocken. Lächelnd erinnerte sich Mike daran, wie Sam ihn zu würgen versuchte, weil er sich als ihr Schüler so dumm angestellt hatte. Er hatte auch gar nicht die Absicht, dem Umgang mit einem Computer zu erlernen, weil er sonst keinen Vorwand mehr gehabt hätte, sich in ihrer Nähe aufzuhalten. Im Augenblick betrachtete er es als seine wichtigste Aufgabe im Leben, sie kennenzulernen. Es war so, als würde er zusehen, wie eine Rosenknospe aufging. Täglich schien sie ein bißchen mehr aufzublühen, und er mußte nun alles tun, um zu verhindern, daß sie nach dem Zusammentreffen mit Barrett sein Haus verließ. Dieses Treffen sollte in zwei Tagen stattfinden, und wenn sie noch am gleichen Tag auszog, wußte er, daß er sie nie wiedersehen würde. Und daß er sie nie wiedersehen würde, war ein Gedanke, den er nicht einmal in Betracht ziehen wollte.

»Sam«, rief er laut, als er ihr in die Bibliothek folgte, »wußten Sie, daß Maxie Sängerin gewesen ist? Eine Jazz-Sängerin?«

9

»Ich habe heute abend eine Verabredung«, erklärte er und sah Samantha dabei so erwartungsvoll an, daß sie meinte, ihm eine Antwort schuldig zu sein. Aber was sollte sie darauf sagen?

»Wie nett. Eine von den jungen Damen, die Daphne mir gestern vorgestellt hat?«

»Nein. Niemand, den Sie kennen.« Seine dunklen Augen blickten sie unverwandt an. »Keine Striptease-Tänzerin, sondern ein Ballettmädchen. Eine, die es in den Beinen hat.«

»Ich bin froh zu hören, daß sie Beine hat. Zumal sie als Ballettänzerin schwerlich darauf verzichten könnte.«

Mikes Gesichtsausdruck nach zu schließen, mußte ihre Antwort ihn enttäuscht haben. »Was werden Sie anfangen, während ich fort bin? Schlafen?«

»Sie mögen zwar auf dem Standpunkt verharren, daß ich am Rande eines Nervenzusammenbruchs stünde, wenn Sie nicht ständig in meiner Nähe blieben, aber das trifft zufälligerweise nicht zu. Ich werde mir vermutlich die Haare waschen oder fernsehen. Falls mir das mein Vormund erlaubt«, setzte sie spöttisch hinzu. Sie amüsierte sich im stillen über ihn, weil sie erkannte, daß er sie nur eifersüchtig machen wollte. Tatsächlich war Samantha ein kleines bißchen neugierig, wer denn dieses sich offenbar durch ansehnliche Beine auszeichnende Geschöpf sein mochte, mit dem er sich treffen wollte. Nur neugierig, wohlgemerkt, nicht eifersüchtig. Sie wußte, daß die jungen Damen die Daphne mitgebracht hatte, nicht nach seinem Geschmack waren, aber wer war denn nun *wirklich* sein Typ? Wahrscheinlich mochte er langbeinige Schätzchen mit großen Titten, überlegte sie. Große Titten, lange Beine und viel Stroh im Kopf.

»Ja, in Ordnung«, murmelte er. »Ich fände es allerdings nicht gut, wenn Sie nachts ausgehen würden.«

»Natürlich nicht. Und ich werde keine Fremden ins Haus lassen, und wenn sie mir noch so viel Bonbons anbieten würden – solange es nicht wirklich gute Karamelbonbons mit Schokoladenüberzug sind. Ich gehöre dem Mann, der mir eine Schachtel mit Karamelbonbons bringt.«

Es war ihm anzusehen, daß er an ihren Ausführungen nichts Lächerliches finden konnte – und er wollte sie doch eifersüchtig machen.

»Mike«, sagte sie lächelnd und ein bißchen geschmeichelt, daß er so um ihre Sicherheit besorgt war und sich offensichtlich wünschte, daß sie ihn genauso ungern aus ihrer Nähe lassen wollte wie er sie, »gehen Sie nur zu Ihrer Verabredung. Mir wird schon nichts passieren, und ich werde auch nichts Verrücktes anstellen: Sie brauchen sich also meinetwegen keine Sorgen zu machen. Gehen Sie und verleben Sie einen angenehmen Abend.«

Er zögerte, denn er traute ihr kein bißchen. Wenn diese Verabredung nicht so wichtig gewesen wäre, hätte er den Fuß nicht vors Haus gesetzt. »Also gut, ich gehe, aber Sie sperren die Tür hinter mir ab.«

Sie schüttelte zwar den Kopf, aber als er gegangen war, schob sie doch den Riegel vor, und als sie sich umdrehte kam ihr das Haus riesig und ein bißchen unheimlich vor, jetzt, wo Mike nicht anwesend war. Nachdem sie die Vorhänge zugezogen hatte, schrak sie ordentlich zusammen, als ein Wagen mit heulender Sirene die Lexington Avenue herunterkam. Als dann die Türglocke läutete, wäre sie vor Schreck fast umgefallen, mußte dann aber über sich selbst lachen. Sie wartete einen Moment, bis sich ihr Herz ein wenig beruhigt hatte, ging dann zur Haustür und entfernte den Schieber vom Spion.

Draußen stand ein Mann – ein großer, breitschultriger, dunkelhaariger, außerordentlich gutaussehender Mann.

»Ja?« sagte sie durch das Gitter in der Tür.

»Ist Mike zu Hause?« fragte der Mann.

»Ja, aber er ist im Augenblick beschäftigt«, erwiderte sie vorsichtig. Wenn dieser Mann ein Krimineller war, konnte sie verstehen, warum die Verbrechensrate in New York so hoch war.

»Würden Sie ihm freundlicherweise ausrichten, daß Raine ihn sehen möchte?« Als Samantha ihn verständnislos anblickte, setzte er hinzu: »Sein Vetter Raine Montgomery.«

»Oh. Können Sie sich ausweisen?« Sie sah zu, wie er eine Brieftasche aus seinem Jackett holte und seinen Führerschein vor das Türgitter hielt. Raine Montgomery. Dreißig Jahre. Einsdreiundachtzig groß. Dunkles Haar. Blaue Augen. Er sah echt aus – authentisch blendend. Sie schob den Riegel zurück.

»In Wirklichkeit ist Mike nicht zu Hause«, sagte sie, ihm die Tür öffnend. »Er hat eine Verabredung und verließ vor wenigen Minuten das Haus.«

Der Mann lächelte sie an und Samantha lächelte zurück. Er unterschied sich sehr von Mike, und alles, was die beiden Vettern gemeinsam zu haben schienen, war das dunkle Haar. Mike war ein quirliger, unruhiger Geist, während dieser Mann still und geheimnisvoll wirkte.

»In Wirklichkeit bin ich Ihretwegen gekommen. Falls Sie Samantha sind, heißt das.«

»Die bin ich. Aber wieso . . .?«

Er lächelte abermals, und das Lächeln, das sie ihm zurückgab, war noch breiter als vorher.

»Mikes Mutter rief mich aus Colorado an und bat mich, sie mir einmal anzuschauen. Mike hatte Sie in einem Telefonat erwähnt, und Tante Pat wollte, daß ich mich davon überzeugen sollte, daß Sie keine Mitgiftjägerin sind.«

Sie fand seine Ehrlichkeit entwaffnend. »Wollen Sie nicht näher treten?« fragte sie mit einer Armbewegung zum Wohnzimmer hin.

»Besser nicht. Es wäre nicht . . .«

». . . schicklich?« ergänzte sie. Mike hatte ihr erzählt, daß seine Montgomery-Vettern so gute Manieren hätten, und hier hatte sie den Beweis dafür. Hier stand ein Mann des zwanzigsten Jahrhunderts, der Skrupel hatte, ob sein Verhalten auch moralisch zu vertreten war. Anständigkeit gehörte offenbar nicht zu den Dingen, um die sich Michael sorgte; denn die Hälfte des Tages schien er damit zu verbringen, auf Sams Bett herumzulümmeln – ungebeten und unerwünscht.

»Ich denke, ich komme besser ein andermal wieder, wenn Mike zu Hause ist, aber ich werde Tante Pat noch heute abend anrufen und ihr sagen, daß sie unbesorgt sein kann. Ich werde ihr mitteilen, daß Sie eine außerordentlich respektable und eine außergewöhnlich hübsche junge Frau sind.«

Errötend über sein Kompliment, begleitete sie ihn zur Haustür. »Ich bin überzeugt, Mike wird es sehr bedauern, daß er nicht die Gelegenheit, Sie zu sehen, wahrnehmen konnte.«

Während der Mann an ihr vorbei auf die Vortreppe trat, lachte er auf eine Weise, die Samantha verriet, daß er sich durchaus im klaren war, wie wenig sich Mike aus seinem Vetter machte. Er drehte sich noch einmal zu ihr um. »Sie sagten eben, Mike habe eine Verabredung. Ich dachte ... ich meine, man gab mir zu verstehen, daß Sie und Mike zusammengezogen wären.«

Um gar nicht erst irgendwelche Mißverständnisse aufkommen zu lassen, erwiderte sie: »Ich kann mir denken, daß Mike bei seiner Mutter diesen Eindruck erweckt haben könnte, aber ich bin nur seine Mieterin. Ich bewohne die beiden oberen Stockwerke des Hauses.«

Nach dieser Auskunft begannen Raines Augen zu strahlen: »Wenn das so ist – wäre es Ihnen dann recht, wenn ich Sie bäte, morgen mit mir auszugehen? Morgen Nachmittag vielleicht? Wir könnten in den Park gehen, Eiskrem essen, und den Kindern beim Spielen zusehen.«

Samantha war sicher, in ihrem Leben noch keine romantischere Einladung bekommen zu haben. So gänzlich anders als diese, ›Komm-laß-uns-ins-Bett-gehen-und-vögeln-mein-Schatz‹-Aufforderungen, mit der Mike sie beglücken wollte.

»Ich würde nur zu gern mit Ihnen ausgehen«, antwortete Samantha aufrichtig.

Sie anschauend, als habe er sich in seinem Leben noch nie über etwas so gefreut wie über ihre Zusage, sagte er: »Also dann bis morgen um zwei.«

Während Samantha unter der Tür stehenblieb und ihm nachschaute, drehte er sich am Fuß der Vortreppe noch einmal um und fragte: »Welche Farbe gefällt Ihnen bei Luftballons am besten?«

»Rosa«, erwiderte sie lächelnd.

Noch immer über das ganze Gesicht strahlend, winkte er ihr zu und ging dann die Lexington Avenue hinunter.

Was für ein reizender Mann, dachte Samantha, während sie die Tür wieder hinter sich zuriegelte. Was für ein überaus reizender, liebenswürdiger Mann! Lächelnd und laut vor sich hin summend, ging sie nach oben in ihr Apartment, um sich das Haar zu waschen.

*

»Ein Montgomery!« schrie Mike, als sie ihm von ihrem bevorstehenden Stelldichein berichtete. »Einer von diesen verdammten hochnäsigen Montgomerys! Sie wollen mit einem gottverfluchten . . .«

»Hören Sie auf!« schrie sie zurück. »Ich habe Ihnen schon tausendmal gesagt, daß das, was ich mache, Sie nichts angeht! Ich bin Ihre Mieterin, und das ist alles. Ihre *Mieterin* und nicht *mehr*! Sie haben weder das Recht, über mich zu verfügen, noch das Recht, mir zu sagen, was ich zu tun und zu lassen habe.

»Aber ein Montgomery! Sie können doch nicht mit einem . . .«

»Soweit ich das beurteilen kann, ist Raine Montgomery ein sehr netter Mann. Er . . .«

»Sie wissen gar nichts von ihm«, schnaubte Mike, als seien ihm grauenhafte Sachen über seinen Vetter zu Ohren gekommen.

»Ich weiß, daß er Manieren besitzt, was mehr ist, als ich von Ihnen behaupten kann.« Sie hörte auf zu schreien und holte tief Luft. »Können Sie mir auf Ehre und Gewissen etwas Schlechtes über diesen Mann berichten? Ist er vielleicht vorbestraft? Oder ein notorischer Verbrecher? Oder verheiratet? Oder hat er, falls man ihm sonst nichts vorwerfen kann, vielleicht irgendwelche schlechte Gewohnheiten?«

»Er ist perfekt«, sagte Mike, verächtlich die Oberlippe kräuselnd. Er war so wütend, daß er am ganzen Körper zitterte. Noch nie in seinem Leben hatte er sich so hintergangen gefühlt wie jetzt. In den letzten paar Tagen hatte er fünfmal mehr Mühe auf Samantha verwendet als auf irgendein anderes weibliches Wesen in seinem Leben, und hatte weniger von Samantha dafür bekommen als von jeder anderen Frau, die er bisher gekannt hatte. Das Mädchen, das im Kiosk an der Ecke Zeitungen verkaufte, war entgegenkommender als sie!

Als sie seinen Ärger, dem es an jeglicher Berechtigung mangelte, bemerkte, warf sie die Arme frustriert in die Höhe. »Das ist die eigenartigste Situation, in die ich je in meinem Leben geraten bin! Sie sind gestern abend ausgegangen, weil Sie eine Verabredung hatten. Warum wollen Sie mir verwehren, was Sie für sich selbst in Anspruch nehmen?«

Sich so nah zu ihr beugend, daß seine Nase fast ihr Gesicht berührte, erwiderte er: »Weil ich mit einer *sechs-*

undachtzigjährigen Frau in einem Pflegeheim verabredet war, die in einem Nachtclub gearbeitet haben will, in dem Maxie als Sängerin aufgetreten ist. Maxie – Sie erinnern sich? – war *Ihre* Großmutter. Ich bin am Samstagabend ausgegangen, um irgendeine alte Dame zu befragen, die sich nicht mehr daran erinnern kann, wer sie ist, geschweige denn, was im Jahr 1928 passierte, während *Sie* in *meinem* Hause mit einem von diesen gottverdammten Montgomerys flirteten und, was weiß ich, noch alles trieben!«

Sie funkelte ihn wütend an. »Sie sind krank, wissen Sie das? Sie sollten einen Psychiater aufsuchen!« Sie wandte sich von ihm ab und ging auf die Treppe zu. »Ich habe so ein Gefühl, daß Raine pünktlich sein wird. Ich werde Punkt zwei Uhr wieder hier unten sein.«

Obwohl sie zu Mike gesagt hatte, daß ihn ihre Verabredung nichts anginge, hatte sein Zorn sie keineswegs kalt gelassen. Kam ein Mann denn niemals auf die Idee, sich zu fragen, ob er auch das Recht darauf hatte, wütend zu sein? Sie hatte sich als Erwachsene nie über etwas empört, ohne sich vorher zu fragen, ob sie sich auch empören durfte. Logischerweise hätte Mike sich doch niemals darüber aufregen dürfen, daß sie mit einem anderen Mann ausgehen wollte. Sie war erwachsen, ungebunden und hatte keine Affäre mit ihm. Was hatte er also für einen Grund, wütend zu sein?

Sie knirschte mit den Zähnen. Nur einmal in ihrem Leben, ein einziges Mal nur, hätte sie wissen mögen – liebend gern wissen mögen –, was denn im Kopfe eines Mannes eigentlich vorging!

Plötzlich hörte sie auf, sich über Mike zu ärgern. Wie seltsam, dachte sie bei sich, daß sie auf einen Mann wütend war, der ihr so wenig bedeutete! Sie war nicht so wütend auf ihren Ex-Gatten gewesen, als sie entdeckte, was er ihr angetan hatte, und auch nicht so empört über ihren Vater, als sie den Inhalt seines Testaments erfuhr. Sie erinnerte sich zwar, daß sie etwas durch das geschlossene Fenster hatte werfen wollen, als der Anwalt ihr seine Bedingungen vorlas, aber sie hatte sich noch rechtzeitig beherrschen können.

Mike jedoch konnte sie tatsächlich dazu bringen, daß sie mit Tellern nach ihm warf. Michael Taggert konnte sie so wütend machen, daß sie mit bloßen Händen ein Telefonbuch in zwei Hälften zerreißen wollte.

Ihren Kleiderschrank aufreißend, betrachtete sie all die herrlichen Sachen, die auf Bügeln darin hingen, und erinnerte sich daran, wie nett Mike zu ihr gewesen war, als sie zusammen einkauften. Er war einerseits der angenehmste, wohltuendste Mensch, dem sie jemals im Leben begegnet war, und andrerseits die widerlichste, sie bis aufs Blut reizende Person, die sie jemals in ihrem Leben gekannt hatte. Manchmal wollte sie sich in seinen Schoß kuscheln und ihm Dinge sagen, die sie noch keinem anderen Menschen erzählt hatte, und manchmal hätte sie ihm am liebsten eine Axt über den Schädel gehauen – mit der scharfen Seite nach unten.

Alles in allem, dachte sie bei sich, während sie eine Hose aus naturfarbenem Leinen heraussuchte, würde es das beste für sie beide sein, wenn sie gleich nach dem Treffen mit Barrett sein Haus verließ. Es hatte schon zu viel Aufregungen in ihrem Leben gegeben, als daß sie jetzt auch noch mit einem Hausherrn unter einem Dach leben wollte, mit dem sie sich ständig zankte.

10

Als Raine an der Haustür läutete und Mike ihm öffnete, blieb dieser einen Moment, die Hand auf die Klinke gelegt, unter der Tür stehen und verwehrte ihm den Zutritt. »Wenn du sie anfaßt, Montgomery«, warnte er ihn, »wirst du in deinem Leben nie mehr Kinder zeugen können.«

Raine lächelte nicht, sondern nahm nur mit einem Nikken zur Kenntnis, was ihm Mike damit eigentlich hatte sagen wollen: Sein Vetter erhob Anspruch auf Samantha.

Mike zog sich dann in die Küche zurück, weil er meinte, nicht mit ansehen zu können, wie Sam einen anderen Mann anlächelte. Doch trotz seiner noblen Vorsätze fand er sich später am Flurfenster wieder, als er die Haustür hinter den beiden zufallen hörte, und beobachtete, wie sie in Richtung Central Park davongingen. In körperlicher Hinsicht, dachte er, waren die zwei als Paar ungeeignet: Samanthas kleine, aber wohlgerundete Figur paßte nicht zu dieser langen, dürren, ja knochigen Gestalt seines Vetters.

Mike blickte wütend weg – wütend auf sich selbst. Vielleicht hatte Sam recht und *er* war verrückt. Noch nie hatte ihn die Eifersucht so geplagt wie jetzt, und das war keineswegs ein angenehmes Gefühl. Auch verstand er den Grund seiner Eifersucht nicht; denn Samantha hatte ihm wahrlich keinen Anlaß gegeben, sich einzubilden, daß sie ihm gehörte.

Ihr Vater hatte das getan, dachte er, um sich zu rechtfertigen. Ihr Vater hatte ihn gebeten, sich nach seinem Tod seiner kostbaren Tochter anzunehmen. Im ersten Monat hatte er dieses Mandat, auf sie aufzupassen, nur mangelhaft wahrgenommen, aber seither hatte er versucht, verlorene Zeit wiedergutzumachen.

Seufzend dachte Mike an den einsamen Nachmittag,

der jetzt vor ihm lag. Wer würde da sein, der sich an so harmlosen Dingen wie an der Bestellung belegter Brötchen in einem Delikatessenladen erfreute? Wer würde ihm Fragen stellen und sich für seine Recherchen interessieren? Wer würde an seinen Rosen im Garten schnuppern? Wer würde ihn verstohlen von Kopf bis Fuß betrachten, wenn sie meinte, er merkte es nicht?

Als Mike sich von dem Fenster abwenden wollte, sah er einen Mann aus dem Schatten eines Hauses auf der gegenüberliegenden Straßenseite treten. In New York sah man natürlich überall irgendwelche Leute aus irgend etwas herauskommen, doch etwas an diesem Mann machte Mike auf ihn aufmerksam. Zum einen die Tatsache, daß er schon gestern an dieser Stelle gestanden hatte. Mike erkannte ihn wieder, weil allen Männern, die sich körperlich fit halten, andere Männer auffallen, bei denen sich das Hemd im Rücken über dem Trizeps bauscht. Zwar war dieser Typ nicht so muskulös, daß er mit dem Arm nicht mehr an den Brustkorb kam, aber daß er wußte, wie man einen Expander benützte, ohne erst die Gebrauchsanweisung lesen zu müssen, sah man ihm an. Mike entriegelte das Fenster, schob es in die Höhe und steckte den Kopf hindurch. Nachdem er den Mann ein paar Sekunden lang aus ihm unerfindlichen Gründen beobachtet hatte, war er sich zu neunundneunzig Prozent sicher: Dieser Typ verfolgte Sam und seinen Vetter.

Mike verlor nun keine Zeit mehr, war binnen Sekunden ausgehfertig und verfolgte den Mann durch die Park Avenue, die Madison, dann die Fifth in den Central Park hinein. Im Park war Mike dann restlos davon überzeugt, daß dieser Typ Samantha beschattete, als er sich hinter der Statue von General Sherman versteckte, damit Raine, der gerade ein Eis und zwei Luftballons für Sam kaufte, ihn nicht sah.

Einen Moment lang verlagerte sich Mikes Aufmerksamkeit von diesem Typ auf Sam, weil sie mit einer solchen Gerührtheit zu dieser Bohnenstange von einem Vetter aufsah, daß Mike fast übel wurde. Wenn man ihr Gesicht betrachtete, mochte man fast glauben, daß ihr noch nie jemand etwas Herrliches geschenkt hatte wie diese aufgeweichte Eiskremtüte und diese beiden schäbigen Luftballons. Und sein idiotischer Vetter grinste sie an, als habe er ihr den abgeschlagenen Kopf eines Drachens auf einem goldenen Teller überreicht. »Mir kommen gleich die Tränen«, murmelte Mike angewidert. Dann setzten sich die beiden in Bewegung und schlenderten durch den Park, wobei sie sich offenbar nicht bewußt waren, daß außer ihnen noch andere Menschen auf der Welt existierten. Mike verharrte so lange in seinem Versteck, bis er sah, daß auch der Typ, der Sam und seinen Vetter beschattete, wieder lostrottete. Der Mann versuchte nicht, sich unbemerkt zu machen, sondern überholte sogar die beiden einmal, setzte sich auf eine Bank und ließ sie wieder an sich vorbeiziehen, während Mike sich bemühte, für den Typ unsichtbar zu bleiben, denn wenn der sein Haus beobachtet hatte, würde er ihn sofort erkennen.

In den nächsten fünfundvierzig Minuten war Mike damit beschäftigt, den Mann zu beschatten, der seinerseits wieder Samantha und seinen Vetter beschattete. Eines mußte Mike seinem Vetter ja zugestehen: Raine versuchte nie, die Hand an Samantha zu legen, aber jedesmal, wenn Samantha diese Bohnenstange auch nur anlächelte, war Mike versucht, seinem Vetter die Zähne einzuschlagen. Dann, als die beiden am Kinderspielplatz anhielten, glaubte Mike, ihm müsse jetzt wirklich übel werden, denn geschickt mit einer Hand eine Schaukel festhaltend, half Raine Samantha auf das Brett hinauf, als wäre sie eine Schwerversehrte, und gab ihr dann einen kleinen Schubs, während Samantha juchzte, als habe er eine Heldentat begangen.

»Ich hätte ihn damals in dem Sommer umbringen sollen, als wir beide zwölf Jahre alt waren«, murmelte Mike grimmig.

Dann kam aber auch für Mike ein Moment, in dem er sich freuen durfte, als nämlich Samantha die Schaukel anhielt und sich anschickte, vom Brett herunterzusteigen, Raine beide Hände nach ihr ausstreckte, um ihr dabei zu helfen, und Samantha sich nicht vom ihm helfen lassen wollte.

Es trifft nicht nur mich, dachte er schadenfroh.

Nach dieser Schaukeleinlage setzten die beiden ihren Marsch durch den Park fort, wobei sich jedesmal bei Mike, sobald er sie auf dem sich durch Büsche schlängelnden Weg aus dem Blickfeld verlor, die Nackenhaare sträubten. Als Raine dann anhielt und Sam auf dem Pfad stehenließ, um einen Baseball aufzuheben und den Kindern zuzuwerfen, denen er offenbar gehörte, bemerkte Mike zu seinem Schrecken, daß er den Typen, der die beiden verfolgte, aus den Augen verloren hatte. Weil er in den letzten Minuten nur noch darauf geachtet hatte, ob sein Vetter sich an das Verbot hielt, Samantha nicht anzufassen, hatte er den eigentlichen Grund für seine Betätigung als Privatdetektiv glatt vergessen.

Und so blickte er nun aufgeregt in alle Richtungen, weil ihm schwante, daß das plötzliche Verschwinden seines Zielobjektes nichts Gutes bedeuten konnte. Wo steckte dieser Typ? *Wer* war dieser Kerl?

Mike sah wieder zu Samantha, die im Schatten einer Baumgruppe verharrte und mit honigsüßem Lächeln zusah, wie Raine den Kindern erklärte, wie man einen Baseballschläger in der Hand halten müsse – und hinter ihr, ganz langsam einen Abhang herunterkommend, damit er ja kein Geräusch machte, war dieser Typ.

Mike begann zu rennen. Er rannte quer über eine Decke mit Tellern und Schüsseln darauf, so daß die Leute, die dort gerade ein Picknick veranstalteten, ihn wütend ankeiften. Er hüpfte über eine Bank, daß die Leute, die darauf saßen, die Köpfe einzogen und aufschrien. Er rannte immer noch, als er bereits die Baumgruppe erreicht hatte, und als er mit seiner zweihundert Pfund schweren beschleunigten Masse an Muskelfleisch gegen diesen Typ prallte, riß er diesen glatt um. Ein paar Sekunden lang rangen die beiden im Schatten der Bäume miteinander, aber das war eine höchst einseitige Angelegenheit. Mike war viel stärker als dieser Typ und hatte ihn bald im Schwitzkasten

»Wer sind Sie?« fragte Mike, den Kerl auf dem Boden festhaltend. »Was suchen Sie hier?«

Der Mann machte ein Gesicht, als wollte er lieber sterben, als ihm das verraten, und plötzlich wußte es Mike: »Barrett hat Sie beauftragt, nicht wahr?«

Die Augenlider des Typs flackerten den Bruchteil einer Sekunde lang. Das genügte Mike als Antwort. Er hatte offensichtlich die Wahrheit erraten.

»Aber warum?« fragte Mike nun verdutzt. »Will er denn schon vor dem Besuch seiner Enkelin Genaueres über sie wissen?«

Er bekam nie eine Antwort darauf, weil der Typ Mikes Verwirrung ausnützte, einen Stein aufhob und Mike gegen den Kopf schlug. Der Schlag und der Schmerz kamen für Mike so unerwartet, daß er vorübergehend außer Gefecht gesetzt war, und das nützte dieser Typ aus, um zu flüchten. Einen Moment saß Mike, sich den Kopf haltend, auf dem Boden, während die Bäume vor seinen Augen verschwammen.

»Michael Taggert! Wie konnten Sie nur so etwas tun? Wie konnten Sie mir nur nachspionieren?«

Aufblickend, sah Mike Samantha, die sich, die Hände in die Hüften stemmend, vor ihm aufgebaut hatte. Er glaubte, daß ihr Gesicht sich vor Zorn rot verfärbt hatte, konnte das aber nicht beschwören, weil ihm noch immer alles vor den Augen verschwamm.

»Das ist wirklich der Gipfel«, sagte sie, machte kehrt und marschierte wieder den Abhang hinunter.

Während Mike ein paarmal blinzelte, um wieder klar sehen zu können, tauchte ein Taschentuch vor seinen Augen auf. Er nahm es und drückte es an seinen Kopf an die Stelle, die vermutlich jetzt zu bluten anfing.

»Bist du okay?«

Mike erkannte die Stimme seines Vetters und versuchte aufzustehen. Und da war plötzlich ein starker Arm, der ihm dabei half.

»Mike?«

»Ich bin okay«, brachte Mike schließlich über die Lippen, als er schwankend dastand, das Taschentuch an seine Schläfe drückte und das warme Blut spürte, das ihm nun durch die Haare auf die Finger sickerte.

»Möchtest du mir verraten, was passiert ist?«

»Nein«, erwiderte Mike, den Blick seines Vetters meidend. »Ist Sam etwas passiert?«

Raine blickte hinunter auf die im hellen Sonnenschein liegende Wiese, wo Samantha ein paar Kindern beim Ballspiel zusah. »Sie ist okay. Gibt es keinen Grund, warum das nicht der Fall sein könnte?«

»Ich weiß es nicht. Ich glaube nicht, daß ihr jemand etwas antun will. Ich sehe keinen Grund, warum das jemand möchte.« Er blickte seinen Vetter an. »Paß auf sie auf, hörst du?«

Raine nickte und sah dann zu, wie Mike sich zwischen

den Bäumen entfernte. Er sah ihn einmal taumeln und sich an einem der vielen Felsblöcke, die im Park verteilt waren, festhalten. Nach einer Weile ging Raine den Abhang hinunter, um Samantha zu sagen, daß er telefonieren müsse. Wie er Mike kannte, würde der mit seiner Kopfwunde nicht zu einem Arzt gehen, und deshalb mußte Raine einen Arzt anrufen, damit er einen Hausbesuch bei Mike machte.

11

Anderthalb Stunden später kehrte Samantha wutschnaubend in das Haus, in dem sie zur Miete wohnte, zurück. Sie hatte inzwischen genug Zeit gehabt, über diese unglaubliche Geschmacklosigkeit, die Mike sich erlaubt hatte, gründlich nachzudenken, und das hatte sie nur noch mehr in ihrem Entschluß bestärkt, New York so bald wie möglich wieder den Rücken zu kehren. Morgen nachmittag würde sie noch mit ihm diesen alten Gangster besuchen und am frühen Dienstagmorgen dann mit der ersten Maschine New York verlassen.

Während sie die Vortreppe hinaufstürmte, daß Raine kaum mit ihr Schritt halten konnte, hatte sie nur ein Ziel vor Augen: Mike zu sagen, was sie von ihm dachte. Oben an der Haustür bedankte sie sich noch einmal höflich bei Raine und wollte ihm sogar die Hand zum Abschied reichen, aber statt diese schütteln, hauchte Raine auf eine bezaubernde und den vollendeten Kavalier verratende Weise einen Kuß auf ihren Handrücken. Zu jeder anderen Zeit hätte sich Samantha sehr geschmeichelt gefühlt von der galanten Aufmerksamkeit, die er ihr erwies, doch jetzt dachte sie nur daran, wie sie sich vor Mike aufbauen und ihm ins Gesicht sagen wollte, was für ein verlogenes, hinterlistiges und gemeines Subjekt er doch sei.

Nachdem Raine sich verabschiedet hatte, sperrte sie die Haustür auf und ballte die Hände zu Fäusten, um sich auf den bevorstehenden Wortwechsel vorzubereiten. Sie hatte auf dem Heimweg insgeheim geprobt, wie sie ihm sagen würde, daß er so etwas nie mehr tun dürfe; natürlich nicht, weil sie ihm dazu noch einmal eine Gelegenheit geben würde, da sie ja keine achtundvierzig Stunden mehr in diesem Haus weilte, sondern nur, um ihn noch einmal auf die Ungehörigkeit seines Verhaltens hinzuweisen.

Im Haus war es ruhig – fast zu ruhig. Wenn es etwas gab, was Mike nicht besaß, war das Ruhe. Sie ging in den Garten, dann in die Bibliothek, wo er oft hinter seiner altmodischen Schreibmaschine saß und über seinem Text brütete, und schließlich in die Küche. Als sie in das leere Wohnzimmer hineinblickte, runzelte sie die Stirn, denn der Gedanke, daß er nicht im Haus sein und auf sie warten könnte, war ihr bisher nicht gekommen.

Erst als sie das Wohnzimmer wieder verlassen wollte, glaubte sie ein Geräusch zu hören. Sich umdrehend, ging sie nun vollends in den Raum hinein und sah Mike auf der Couch liegen.

»Michael Taggert«, begann sie, »ich möchte mit Ihnen über Ihr kindisches Benehmen . . .« Sie brach mitten im Satz ab, weil sie inzwischen erkannt hatte, daß er schlief. Aber da war noch etwas an der Art, wie er auf der Couch lag, das nicht nur auf einen ganz normalen Schlaf hindeutete; denn er hatte Hemd und Schuhe ausgezogen, trug jedoch noch seine schmutzige und mit Grasflecken bedeckte Hose.

»Mike«, sagte sie, auf ihn zugehend, aber er rührte sich nicht. Sie kam noch näher und trat dabei auf sein Hemd, das auf dem Boden lag. Wie sie das fast immer tat, bückte sie sich, hob es auf – und sah das Blut darauf. Dunkle, bereits gestockte Flecken von Blut befanden sich auf dem Kragen und der rechten Schulter seines Hemdes.

Nachdem sie dieses Kleidungsstück über einen Sesselrücken gehängt hatte, beugte sie sich über ihn. »Mike«, flüsterte sie, und als er nicht reagierte, berührte sie mit der Hand seine nackte Schulter, worauf er sich noch immer nicht bewegte. Auf dem Tisch neben der Couch stand ein braunes Medizinfläschchen, das sie nun aufhob, und als sie die Aufschrift auf dem Etikett las, wußte sie, daß es ein starkes, schmerzbetäubendes Mittel war.

Die Hand unter sein Kinn legend, drehte sie sein Gesicht zur Seite und sah den Verband, der seine rechte Schläfe bedeckte. Überrascht, verwirrt, ja sogar ein wenig erschrocken sank sie auf den Boden neben ihm und seufzte: »Was in aller Welt, haben Sie da angerichtet, Mike?« Und im Geiste sah sie ihn wieder auf der Verfolgungsjagd im Park, wo er in seiner blinden Besessenheit gegen einen dieser Felsblöcke rannte und sich verletzte.

Da bewegte er sich im Schlaf, wobei sein rechter Arm herunterfiel und auf ihr landete. Sie wollte ihn gerade wieder auf seine Brust zurücklegen, als sie erkannte, daß nicht genügend Platz war auf dieser Couch für so eine breitschultrige Figur, wie Mike sie hatte. Und gab es denn etwas Rührendes auf der Welt als einen starken Mann, der vorübergehend hilflos war? fragte sie sich. Während sie versuchte, nicht über das nachzudenken, was sie nun tat, berührte sie sein Gesicht, tastete mit den Fingerspitzen über die Bartstoppeln, die unter der Haut an die Oberfläche drängten, und spürte ein fast unbezähmbares Verlangen, auf die Couch zu klettern und sich an ihn zu schmiegen. Da er ein Betäubungsmittel erhalten hatte, würde er das gar nicht merken, aber sie würde einen Moment das wunderbare Gefühl genießen können, das die

Berührung eines anderen menschlichen Wesens in ihr auslöste.

Als er sich nun abermals bewegte, wäre er um ein Haar von der Couch gefallen, und Samantha sah sich plötzlich in die unangenehme Lage versetzt, einen Großteil von Mikes Gewicht stützen zu müssen. Wenn sie sich von der Stelle rührte, würde er zu Boden fallen, und wenn sie sich nicht von der Stelle rührte, würden binnen zwanzig Sekunden zwei Drittel ihres Körpers abgestorben sein.

»Mike!« sagte sie, und dann nochmals lauter »Mike!« Sie versuchte, ihn hochzustemmen, aber zweihundert Pfund männliches Muskelfleisch waren zu viel für sie. »Mike!« schrie sie nun und versuchte mit aller Macht, sein Gewicht zumindest teilweise auf die Couch zurückzuverlagern.

Seine Lider halb öffnend, blickte er sie an und lächelte. »Sammy«, sagte er leise mit verträumter Stimme und schob seine breite Hand zwischen die Locken auf ihrem Kopf. »Bist du okay?« flüsterte er, gab ihr aber keine Gelegenheit mehr zu einer Antwort, weil er in der nächsten Sekunde – halb auf ihr, halb auf der Couch liegend – schon wieder eingeschlafen war.

»Mike Taggert!« schrie sie, »wachen Sie sofort auf!«

Widerstrebend öffnete er abermals die Augen und sah sie blinzelnd an.

»Sie erdrücken mich ja!« sagte sie.

Da lächelte er schlaftrunken, zog sie zu sich auf die Couch hinauf, faltete zufrieden die Hände auf ihrem Rücken und nickte wieder ein.

Einen Moment lang blieb sie still dort liegen, wo sie lag – der Länge nach auf ihn hingestreckt, die linke Wange an seiner Brust. Wie viele Jahre war es jetzt her, daß ein anderes menschliches Wesen sie so festgehalten hatte? Nach ihrer Heirat hatte ihr Ex-Gatte ein paar Monate lang so getan, als würde er sie lieben und begehren, doch dieses Theater hatte er kein halbes Jahr durchhalten können. Nach vier Monaten Ehe hätte sie, was den Körperkontakt zwischen ihnen anlangte, ebensogut ein Zimmergenosse in einem Zweibettzimmer sein können.

Nun hätte sie wohl gern für immer so auf Mikes Körper gelegen, wenn sich nicht seine Hände plötzlich von ihrem Rücken auf ihren Po hinunterverirrt hätten. Also konnte sein Schlaf gar nicht so tief sein, wie sie zunächst vermutet hatte.

Sie stellte die Arme auf und stieß ihm ihre spitzen Ellenbogen heftig zwischen die Rippen.

Mike kam mit einem lauten Grunzen zu sich, aber als er die Augen öffnete und sie auf sich liegen sah, sagte er mit verklärten Augen: »Oh, Sammy!« legte die Hand auf ihren Hinterkopf und drückte ihn nach unten, um sie auf den Mund zu küssen.

Samantha drehte das Gesicht zur Seite, damit seine Lippen nicht auf ihrem Mund landeten, während sie ihm abermals kräftig mit den Ellenbogen zwischen die Rippen stieß. Als er vor Schmerz aufjaulte, rutschte sie rasch von seinem Körper herunter – just in dem Augenblick, wo er mit beiden Armen nach ihr greifen wollte. Da verlor er das Gleichgewicht, rollte von der Couch herunter und schlug so heftig auf dem Boden auf, daß das Haus bebte.

Blinzelnd und mit von dem Betäubungsmittel leicht glasigen Augen sah er zu ihr hoch.

»Michael«, sagte sie leise. Sie wagte nicht, die Stimme zu erheben, weil diese ihm möglicherweise verraten konnte, daß sie bei ihm bleiben wollte, sich danach sehnte, ihn wieder zu berühren. »Ich denke, Sie sollten sich jetzt ins Bett legen. Die Couch ist zu schmal für Sie zum Schlafen.«

Sich auf den Teppich zurücklegend, schloß er wieder die Augen.

»Michael«, wiederholte sie, »Sie müssen jetzt aufstehen!« Als er sich nicht rührte, wollte sie aus dem Zimmer gehen, aber er hielt sie am Knöchel fest.

»Helfen Sie mir auf die Beine«, sagte er mit schwacher, hilfsbedürftiger Stimme.

Sie wußte sehr genau, daß er ihre Hilfe nicht brauchte, um vom Boden aufzustehen, doch sie konnte ihn auch unmöglich die ganze Nacht hier liegenlassen. Er hatte ihr zwar nachspioniert, aber vielleicht nicht aus Neugier, sondern aus einem anderen trifftigen Grund. Vielleicht hatte er befürchtet, sein Vetter könne ihr etwas antun. Wie ihr Mike schon tausendmal versichert hatte, sollte er auf sie aufpassen, und vielleicht hatte er eine sehr strenge Auffassung vom dem Auftrag, den er von ihrem Vater bekommen hatte, und meinte, ihr in den Park folgen zu *müssen.*

Sie kniete sich auf den Boden, legte seinen rechten Arm um ihre Schultern, und versuchte, ihm dann auf die Beine zu helfen. Es dauerte eine Weile, bis er senkrecht auf seinen Füßen stand, und erheblich länger, ihn die Treppe hinauf und in sein Schlafzimmer zu befördern.

Dort drehte sie dann das Gesicht zur Wand, als er den Reißverschluß seiner Hose öffnete, und wartete, bis er sich auch der Socken entledigt hatte und unter die Decke gekrochen war. Aber da war ein Spiegel in ihrer Nähe, und als sich ihr Blick zufällig dorthin verirrte, sah sie, daß er einen blauen Baumwollslip trug – einen von diesen Tangas, die an den Hüften nur vom Gummiband zusammengehalten wurden. Und sie nahm bei dieser Gelegenheit auch wahr, daß seine Schenkel oben, wo sie in die strammen Po-Backen übergingen, nicht behaart waren.

Als er in die Kissen sank und sofort die Augen schloß, mußte sie wohl oder übel noch die Decke links und rechts feststecken.

»Gehen Sie nicht fort«, flüsterte er, als sie sich anschickte, das Zimmer zu verlassen.

»Sie müssen jetzt schlafen. Die Tabletten, die Sie eingenommen haben, könnten sogar einen Ochsen umbringen.«

Er lächelte, öffnete aber nicht die Augen.

»Haben Sie Ihr Rendezvous genossen?« Er sagte das in einem Ton, als sei er nur an ihrem Wohlergehen interessiert und daran, daß sie einen vergnüglichen Nachmittag verlebt hatte. Doch er konnte sie nicht täuschen.

»Es war himmlisch. Raine ist der bezauberndste, schönste Mann, den ich jemals in meinem Leben kennengelernt habe. Ich habe ihm versprochen, daß ich ihm ein Kind schenken werde.«

Mikes Augen flogen auf, und nachdem er sie eine Sekunde lang entsetzt angesehen hatte, legte er den Kopf auf das Kissen zurück und seufzte: »Sie sind eine grausame Frau. Setzen Sie sich hierher auf mein Bett und erzählen Sie mir eine Geschichte.«

Sie wußte, daß sie sich von ihm fernhalten sollte. Schließlich würde sie in spätestens achtundvierzig Stunden sein Haus verlassen, und deshalb war es nicht gut, wenn ihre Beziehung noch enger wurde, als sie es ohnehin schon war. Andrerseits konnte sie nicht mehr übersehen, daß das Loch in seinem Kopf zweifellos das Resultat mißverstandener Ritterlichkeit war.

Und so folgte sie seiner Aufforderung und nahm auf dem Rand seines Bettes Platz – sehr steif und so weit wie möglich von seinem warmen, schläfrigen und fast nackten Körper entfernt. »Was für eine Geschichte wollen Sie denn hören? Die von Tom, dem Spanner?«

»Erzählen Sie mir eine von Ihren ›Ich-hasse-Männer-und-besonders-den-Ehestand‹-Geschichten.«

Sie blinzelte ein paarmal und lachte laut, aber sie brauchte nicht lange, sich auf so eine Geschichte zu besinnen. »Ich habe ein Buch gelesen, in dem die Theorie vertreten wird, daß der Hauptscheidungsgrund in Amerika die Hausarbeit wäre. Die Ehefrauen kämen abends von ihrem Job nach Hause und müßten anschließend noch alle Hausarbeiten verrichten, während ihre Ehemänner die Füße auf den Tisch legten und ihnen nicht dabei hülfen. Der Autor kommt nach jahrelangem Studium der Szene zu dem Ergebnis, daß die moderne Frau einen Mann heiratet, zwei oder drei Kinder bekommt und sich dann scheiden läßt. Die Ehemänner hätten dann ihren Zweck erfüllt und würden nicht länger gebraucht. Also werden sie von den Frauen wieder abgeschafft. Wie die Drohnen in einem Bienenvolk, um einen Vergleich zu wählen.«

»Ich mag ja nicht gern ein Thema zur Sprache bringen, das Ihnen zuwider ist, aber wie steht es mit dem Sex? Sind die Frauen bereit, für den Rest ihres Lebens auf eine sexuelle Befriedigung zu verzichten?«

»Ich habe nicht gesagt, daß die Frauen nun im Zölibat leben würden, und was bedeutet schon Sex im Eheleben? Daß der Ehemann einem das Nachthemd über den Kopf zieht und vier Minuten lang Lärm macht?«

Da öffnete Mike die Augen ein bißchen, blickte sie an und fing an zu lachen. Er lachte so viel und heftig, daß Samantha ihren Platz auf seinem Bett räumte. Aber er faßte nach ihrer Hand und zog sie wieder auf die Bettkante hinunter. Sie blieb dort sitzen – aber sehr steif und abweisend.

»Es freut mich, daß ich etwas zu Ihrer Erheiterung beisteuern konnte«, sagte sie sarkastisch.

»In der Tat«, erwiderte er, »Sie amüsieren mich sehr. Aber ich fange auch an, Sie zu verstehen.«

Sie versuchte, ihm die Hand zu entreißen, doch er hielt sie fest.

»Sie müssen schlafen, und ich muß packen«, sagte sie.

»Packen? Wofür? fragte er.

»Für meine Abreise aus dieser Stadt. Nach dem Besuch bei Barrett morgen. Dann bin ich frei. Haben Sie das vergessen? Oder wollen Sie etwa wortbrüchig werden? Sie *geben* mir doch mein Erbe frei, oder?«

Nun öffnete er die Augen ganz. »Ja, ich werde Ihnen die Erbschaft freigeben, wenn Sie morgen mit mir zusammen Barrett besuchen. Aber wo wollen Sie denn hingehen, Sam? Haben Sie jemand, der auf Sie aufpaßt?«

Es gelang ihr jetzt, ihm ihre Hand mit einem Ruck zu entreißen. »Ich habe keine Verwandten mehr, wenn Sie das meinen. Ich fürchte, ich bin nicht so mit Verwandtschaft gesegnet gewesen wie Sie, der an jeder Hausecke einem Vetter oder einer Kusine begegnet. Ich ...«

»Ein Fluch«, unterbrach er sie. »Verwandte sind ein Fluch. Sie spionieren einem auf Schritt und Tritt nach.«

Da rutschte sie plötzlich von der Bettkante herunter und funkelte ihn wütend an. »Sie haben keine Ahnung, wovon Sie eigentlich reden! Sie nehmen alles hin, als wäre es eine Selbstverständlichkeit. Sie gehen in einen Laden wie Saks und erwarten, daß Ihre Kusine alles liegen und stehen läßt, um Ihnen behilflich zu sein. Ihr Vetter Raine kam gestern nur in der Absicht hierher, sich davon zu überzeugen, daß ich keine Mitgiftjägerin bin, die Sie um Haus, Hof und Ersparnisse bringt. Ihre Familie *sorgt* sich um Sie, und ich würde alles dafür geben, wenn ich ...« Sie hielt inne, weil ihr plötzlich bewußt wurde, daß sie ihm zu viel von ihrem Innenleben enthüllte.

»Wofür würden Sie alles geben, Sam?«

»Ich würde alles dafür geben, wenn Sie mich nicht länger Sam nennen würden«, fauchte sie, um ihn von diesem für sie heiklen Thema abzulenken. »Und jetzt sollten Sie schlafen. Morgen besuchen wir dann Ihren Gangster.« Sie drehte sich um und ging zur Tür.

»Worüber haben Sie und mein Vetter gesprochen?« fragte er.

›Über Sie‹, hätte sie ihm um ein Haar geantwortet, fing sich aber noch rechtzeitig und sagte: »Oh, worüber man eben so redet – über das Leben, die Liebe und alles, was für einen Menschen eben wichtig ist.«

»Was hat er Ihnen von mir erzählt?« Mikes Stimme wurde schwächer, offenbar war er bereits im Begriff, einzuschlafen.

»Er sagte, daß alle Taggerts doch ziemlich arme Schlucker wären, sich Ihre Familie jedoch durch einen reichen Kindersegen auszeichnen würde und deren Mitglieder durchwegs erfreulich gute Rechner wären.«

Mike lächelte schlaftrunken. »Er hat recht, was den Kindersegen betrifft. Ich würde Ihnen diesbezüglich jederzeit unentgeltlich eine Kostprobe geben, wenn Sie das wünschen.«

Samantha gelang es diesmal nicht, ein Lächeln zu unterdrücken. »Schlafen Sie gut«, sagte sie und verließ das Zimmer.

12

Samantha sah sehr züchtig und korrekt, aber auch sehr elegant aus in diesem herrlichen italienischen Kostüm, für das Mike, wovon sie nichts ahnte, mehr als viertausend Dollar bezahlt hatte. Sie saß im Fond dieser Limousine mit dem verlängertem Chassis und zerrte ständig an dem kurzen Rock, um ihn über ihre Knie zu ziehen, bis Mike ihre Hand nahm und ihre Fingerspitzen küßte, während er ihr einen Blick zuwarf, der sie bat, diese Zappelei doch zu unterlassen. Der Mann, der ihnen gegenübersaß, blickte zwischen ihnen hin und her, gab jedoch keinen Kommentar ab. »Der Mann, den wir besuchen, ist dein Großvater«, sagte Mike. »Du hast wirklich keinen Grund, nervös zu sein. Außerdem bin ich ja auch noch da, mein Schatz, um aufzupassen, daß dir nichts passiert.«

Samantha entriß ihm mit einem Blick, der besagte, daß er sich nicht zuviel herausnehmen sollte, die Hand. Sie war nicht nervös, weil sie einen alten Mann besuchen sollte, der angeblich mit ihr verwandt war, sondern weil sie sich fragte, was sie machen sollte, sobald sie New York wieder verlassen hatte. Heute morgen hatte ein noch sichtlich mitgenommener Mike von ihr wissen wollen, ob sie ihre Sachen bereits gepackt und den Flughafen angerufen habe, um sich einen Platz in der ersten Maschine morgen früh reservieren zu lassen. Da hatte sie ihn belogen und ja gesagt. Bevor sie einen Platz in einer Maschine bestellte, mußte sie erst einmal wissen, wohin sie fliegen sollte. Nach Louisville? Dort erwartete sie nichts und niemand mehr, und in Santa Fe erst recht nicht. Vielleicht würde sie nach San Francisco fliegen. Oder vielleicht eine Reise machen, damit sie ein bißchen was von der Welt kennenlernte. Schließlich stand es ihr frei, sich aufzuhalten, wo immer sie wollte. Aber der Gedanke, allein durch die Welt zu reisen, löste nicht gerade Begeisterungsstürme in ihr aus.

Nun saß sie auf den üppigen Lederpolstern dieser Limousine und fragte sich, was sie mit ihrem Leben anfangen sollte. Nachdem sie sich mit diesem alten Mann getroffen und damit erfüllt hatte, was Mike von ihr verlangte, gab es keinen Grund mehr für sie, sich noch länger in New York aufzuhalten. Absolut keinen Grund.

Sie fuhren in diesem langen schwarzen Wagen, mit dem Mikes Gangster sie hatte abholen lassen, durch die Landschaft. Sie und Mike hatten heute morgen wenig miteinander gesprochen, weil er mit der Absicht in die Küche gekommen war, ihr eine Geschichte über seine Kopfverletzung aufzutischen, die, wie Samantha ihm sofort ansehen konnte, von A bis Z erfunden war. »Wenn das, was Sie mir jetzt erzählen wollen, erstunken und erlogen ist, möchte ich es mir gar nicht erst anhören«, hatte sie gesagt und dann zugesehen, wie er mühsam nach Worten zu seiner Rechtfertigung suchte, bis er es aufgab und gar nichts über seine Verletzung sagte. Statt dessen hatte er sie gefragt, ob sie wisse, wie man Kaffee kocht. Sie hatte geantwortet, sie wisse das nicht und wolle es auch gar nicht erst lernen. Sie war so wütend auf ihn gewesen, daß sie den Morgen damit verbracht hatte, in seinem Garten das Unkraut auszuzupfen.

Nach einem Lunch, den er sich hatte ins Haus bringen lassen und an dem teilzunehmen sie sich weigerte, hatte sie sich für ihr Treffen mit Barrett umgezogen. Um halb zwei Uhr nachmittags hatte das Telefon geläutet, und Mike war zu ihr gekommen, um ihr mitzuteilen, daß der Wagen, der sie abholen sollte, pünktlich da sein würde.

»Warum sind Sie denn so wütend auf mich?« hatte er sie dann gefragt.

»Sie haben mir nachspioniert und wollten versuchen, das auch noch abzustreiten. Ich denke, das ist Grund genug, um wütend zu werden.«

Er war weder einsichtig noch zerknirscht gewesen, sondern hatte großspurig erklärt: »Es gibt eben Dinge, die Sie nicht zu wissen brauchen.«

Das hatte sie noch mehr in Harnisch gebracht, und sie

war entschlossen gewesen, kein Wort mehr mit ihm zu reden. Doch da hatte bereits dieser lange schwarze Wagen vor dem Haus gehalten, und Mike hatte ihre linke Hand genommen und versucht, ihr einen Ring anzustecken, wogegen Samantha sich instinktiv wehrte.

»Wenn Sie meine Verlobte sind, müssen Sie auch einen entsprechenden Ring tragen. Wird Ihnen der genügen?«

Er hatte einen Ring mit einem herrlichen, mindestens fünf Karat schweren Brillanten von leicht gelblicher Farbe in der Hand gehalten. Sie wußte, ohne ihn erst fragen zu müssen, daß man diese Steine Kanariendiamanten nannte. »Ist der echt?« hatte sie sich mit ehrfürchtiger Stimme erkundigt.

»Er gehörte meiner Großmutter, und soweit ich weiß, ist er echt.«

Sie hatte den Stein angestarrt, während Mike sich bemühte, ihr den Ring anzustecken, der jedoch am zweiten Knöchel des vierten Fingers hängenblieb. Als es dann unten an der Haustür läutete, hatte sie versucht, von ihm abzurücken, doch zu ihrer Bestürzung hatte er in diesem Moment ihren Ringfinger in den Mund genommen und ihn zwischen seinen Lippen hin- und herbewegt. Ihre Augen waren dabei immer größer geworden, denn sie hatte noch nie so etwas unglaublich Sinnliches erlebt wie ihren Finger, der im warmen Mund eines Mannes steckte. Sie hatte Mikes Lippen beobachtet – diese Lippen, die sie so faszinierend fand –, und da hatte er langsam ihren feuchten Finger wieder aus dem Mund genommen, worauf der Ring nur so über das Gelenk flutschte.

»Jetzt paßt er, nicht wahr?« hatte er gesagt.

»Ja«, hatte sie erwidert, aber es hatte eher wie ein Krächzen geklungen. Sich darum bemüht, ihre Fassung wiederzugewinnen, hatte sie sich geräuspert und »Ah ... danke« gesagt.

»Keine Ursache, Sam, mein Mädchen. Stehe überall, jederzeit, mit jedem Körperteil zur Verfügung.« Damit hatte er ihren Arm unter seinen geschoben und war mit ihr hinausgegangen zu der auf sie wartenden Limousine.

Als sie sich nun Barretts Haus näherten, betrachtete Samantha es ehrfürchtig durch das Wagenfenster; denn das war kein gewöhnliches Wohnhaus, sondern ein Landsitz im wahrsten Sinne des Wortes. Mächtige, von hohen Ziegelmauern flankierte Tore öffneten sich auf eine Zufahrt, die sich kilometerweit durch einen Park schlängelte. Sie schienen Stunden zu brauchen, bis sie vor dem Haus anlangten, das die Dimensionen eines Palastes besaß.

Und überall, wohin sie schaute, standen muskulöse Männer in zu eng sitzenden Anzügen und mit Drähten, die von ihren Ohren zu der Rückseite ihrer schlecht sitzenden Jacketts führten. Zwei Männer mit großen, hageren, hungrig aussehenden Hunden patrouillierten an den Außenmauern entlang. Als Samantha aus der Limousine stieg, dachte sie, daß man nach diesem Muster wohl auch für den Schutz des Präsidenten der Vereinigten Staaten sorgte, nur daß hier noch mehr Männer auf dem Grundstück versammelt waren als auf den Fotos, die sie bisher vom Wohnsitz des Präsidenten gesehen hatte.

Während Samantha sich von den Sicherheitsmaßnahmen beeindruckt zeigte, suchte Mike sich, als er dem Wagen entstieg, möglichst jeden Stein, jeden Baum und, was noch wichtiger war, jedes Gesicht in seiner Nähe einzuprägen, denn er war vermutlich der erste und vielleicht sogar der einzige, nicht den Kreisen der Unterwelt angehörende Außenseiter, dem es vergönnt war, diese Festung zu besichtigen, seit Barrett hier vor vielen Jahren eingezogen war, und er würde das alles in seinem Buch beschreiben müssen.

Mike versuchte, möglichst viel Zeit für seine Beobachtungen herauszuschinden, indem er sich bückte und seine Schuhbänder neu schnürte. Oberflächlich betrachtet, sah alles hier recht gut aus, aber bei näherem Hinsehen entdeckte er doch Anzeichen eines allgemeinen Verfalls: Dachrinnen, die nicht gereinigt, gesprungene Fensterscheiben, die nicht ersetzt, und Blumenbeete, aus denen das Unkraut und dürres Laub nicht entfernt worden waren. Legte Doc etwa keinen Wert auf das Erscheinungsbild seines Landhauses? Oder reute ihn das Geld, das man aufwenden mußte, um einen Besitz dieser Größe in Schuß zu halten?

»Nun trödeln Sie hier nicht so lange herum«, sagte der große, bullige Typ, der sie in New York abgeholt und während der ganzen Fahrt nicht einen Ton gesagt hatte, und gab Mike einen kleinen Schubs. Mike mußte mächtig an sich halten, um dem Typen nicht eins über die Rübe zu geben, ehe er Samantha ins Haus folgte.

Dort blickte Samantha sich staunend um. Die Räume dieses Hauses waren riesig, wie geschaffen für ein Leben im großen Stil, angefüllt von Antiquitäten, Gemälden und edlem Porzellan in den Wandnischen.

Während Samantha das Gefühl hatte, daß sie sich schon mit dem Gedanken anfreunden könne, in solchen Räumen als Gastgeberin zu fungieren, betrachtete Mike das alles mit den Augen eines Mannes, der in einem Haus aufgewachsen war, zu dem sich im Vergleich die Räume hier wie mit Sperrgut angefüllte Rumpelkammern ausnahmen. Die Antiquitäten waren zumeist Imitationen, desgleichen die Gemälde und das Porzellan. Und es waren nicht einmal gute Kopien, wie er feststellte, und hier und dort entdeckte er verdächtig helle Stellen an den Tapeten, als hätte man ein Gemälde, das dort gehangen hatte, entfernt.

Auch schien es in diesem Haus keine Dienerschaft zu geben, nur diese Typen mit den Drähten in den Ohren.

Verstohlen fuhr Mike mit der Hand über eine Tischplatte und schüttelte sich dann den Staub von den Fingern, während der bullige Leibwächter ihnen ein Zeichen gab, ihm in ein anderes Zimmer zu folgen.

Das war ein großer, heller Raum mit Fenstern, die auf den Ozean hinausgingen. Während Samantha sofort an eines dieser Fenster trat, um auf das Meer hinauszublikken, blieb Mike an der Tür stehen, sah sich im Zimmer um und entdeckte in einer Ecke des Raumes den alten Mann im Rollstuhl, mit dem er sich in den letzten Jahren als Rechercheur und Autor beschäftigt hatte. Mike war sich sicher, diesen Mann unter Hunderten herausfinden und in jeder Verkleidung erkennen zu können, obwohl seines Wissens nach nicht eine einzige Aufnahme von diesem Mann existierte; denn Barrett hatte zeitlebens eine fast an Besessenheit grenzende Abneigung gegen das Fotografieren gehabt.

Auf den ersten Blick schien sich Barrett mit seiner runzeligen braunen Haut und seiner zusammengefallenen Gestalt nicht von anderen Menschen in diesem hohen Alter zu unterscheiden. Es waren die Augen, die ihn verrieten – wache, noch immer junge Augen, in denen sich die Intelligenz widerspiegelte, mit der dieser Mann aus den Slums von New York zu einer der mächtigsten Figuren in der kriminellen Szene dieser Metropole aufgestiegen war. Und diese Augen waren nun auf Mike gerichtet.

Barrett hatte seine Aufmerksamkeit zuerst Samantha zugewandt, die Augen aber nach kurzer Betrachtung wieder von ihr genommen, als wäre sie ohne Bedeutung. Doch nun studierte er Mike, musterte ihn eingehend von Kopf bis Fuß, als versuchte er sowohl dessen körperliche Kräfte abzuschätzen als auch die Gedanken zu lesen, die sich hinter seiner Stirn verbargen. Obwohl er sich dagegen wehrte, erschauerte Mike unter diesem Blick, als würde ihn irgendeine außerirdische Intelligenz unter die Lupe nehmen, die in einen Menschen hineinschauen und erkennen konnte, was in ihm vorging.

»Wollen Sie sich nicht setzen?« sagte er alte Mann in einem Flüsterton, der an das Rascheln von Pergament erinnerte. Seine Stimme war so gebrechlich wie sein Körper, und Mike hatte so eine Ahnung, daß Barrett sich nur schwer oder gar nicht mit seiner Gebrechlichkeit abfinden konnte.

Samantha wäre vor Schreck fast zusammengefahren, als sie die Stimme des alten Mannes vernahm, denn sie war sich der Tatsache, daß sich noch ein Dritter im Raum aufhielt, gar nicht bewußt gewesen. Sich umdrehend, sah sie einen kleinen, verschrumpelten Mann in einem Rollstuhl, dessen Anblick sie ans Herz rührte. Sie dachte, wie einsam er sich doch fühlen mußte in so einem riesigen Haus, wenn er keine Familie und Freunde mehr hatte, und lächelte ihn an.

Der alte Mann erwiderte ihr Lächeln auf eine Weise, die Samantha noch mehr ans Herz griff. Wie schüchtern, ja menschenscheu dieser Mann doch war! dachte sie, ging zu ihm und streckte ihm ihre Rechte hin, die er nun ergriff und lange festhielt, ihre frische, jugendliche Haut auf seiner alten, braunen, wie gegerbt wirkenden Handfläche studierend. Nach einer Weile ließ er ihre Hand wieder los und forderte die beiden mit einer Bewegung auf, sich zu setzen. Samantha wollte sich nun in einem Sessel niederlassen, aber Mike faßte sie am Arm und zog sie mit sich zu einer Couch, damit sie, wie es sich für ein verlobtes Paar gehörte, beieinander sitzen sollten, was Samantha mit einem Stirnrunzeln – jedoch so, daß Barrett es nicht sehen konnte – quittierte, ehe sie sich auf den Rand des Sofas niederließ, während Mike sich schweigend in das Rükkenpolster zurücklehnte.

»Sie sind gekommen, um sich bei mir nach Maxie zu erkundigen«, sagte Barrett.

Samantha hatte sich von diesem Treffen mit Barrett nur insoweit beschäftigt, daß dieser Besuch für sie eine Hürde war, die sie nehmen mußte, um Mikes Haus und New York wieder verlassen zu können, doch nun war plötzlich ihr Interesse geweckt. »Meine Großmutter hat meine Familie ein Jahr nach meiner Geburt verlassen«, begann sie, »und ich . . . wir beide dachten, daß Sie vielleicht . . .« Samantha blickte auf ihre Hände hinunter.

Barrett drückte auf einen der Schaltknöpfe seines elektrischen Rollstuhls, fuhr näher an Samantha heran und nahm ihre Rechte wieder in seine Hand. »Sie wollten von mir wissen, ob Maxie ihre Familie verließ, um zu mir zu kommen, richtig?«

»Nun . . .«, begann Samantha und blickte ihn an.

»Ja.«

Er sah sie mit einem warmen Lächeln an. »Ich habe mich in meinem ganzen Leben noch nie so geschmeichelt gefühlt wie jetzt«, sagte er, ihre Hand drückend. Dann faßte er sie unter das Kinn und drehte ihren Kopf zur Seite, um ihr Haar und ihr Profil in dem durch das Fenster einfallenden Licht zu studieren.

Zu jeder anderen Zeit würde Samantha es sich verbeten haben, daß ein fremder Mann sie auf diese Weise anfaßte, aber in diesem Moment dachte sie nur daran, daß dieser alte Mann vielleicht ihr einziger noch lebender Verwandter war und sie nicht wußte, wo sie hingehen sollte, wenn sie Mikes Haus verließ.

Barrett nahm die Hand wieder von ihrem Kinn. »Sie sehen aus wie sie. Sie sehen ihr unglaublich ähnlich.«

»Das hat man mir schon einmal gesagt.« Sich zu ihm beugend, legte Samantha ihre Rechte über seine Hand, die auf dem Schalthebel seines Rollstuhls lag. »Wissen

Sie, was aus meiner Großmutter inzwischen geworden ist?«

Er schüttelte den Kopf. »Am zwölften Mai des Jahres neunzehnhundertachtundzwanzig verschwand sie aus meinem Leben. Ich habe sie danach nicht mehr wiedergesehen.«

Den angehaltenen Atem ausstoßend, hatte Samantha plötzlich das Gefühl, als habe sie etwas verloren. In wenigen Minuten schien in ihr eine Hoffnung aufgekeimt zu sein, die sie mit der seltsamen Erwartung erfüllt hatte, daß jeden Moment eine alte Frau durch die Tür kommen könne, die sich ihr als Gertrude Elliot alias Maxie vorstellte. Und obwohl sie Mike gegenüber versichert hatte, sie mache sich nichts aus der Großmutter, die ihre Ehe gebrochen hatte, wußte sie, daß sie aufgestanden und dieser alten Frau um den Hals gefallen wäre.

»Ich hatte ja auch nicht wirklich angenommen . . .«, stammelte sie, nicht recht wissend, was sie nun sagen sollte. Sie konnte den alten Mann jetzt doch schwerlich fragen: ›Übrigens – hatten Sie zu jener Zeit vielleicht ein Techtelmechtel mit meiner Großmutter aus dem eventuell mein Vater hervorgegangen sein könnte?‹

»Kommen Sie«, sagte Barrett, seinen Rollstuhl in Bewegung setzend, »lassen Sie uns Tee trinken, und ich werde Ihnen erzählen, was ich weiß.«

»Ja, bitte«, sagte Samantha und erhob sich rasch vom Sofa. Mike, den sie inzwischen fast vergessen hatte, faßte nach ihrem Arm und klemmte ihn unter seinen. Dabei sah er sie so sonderbar an, als wollte er sie vor irgend etwas warnen. Aber Samantha hatte weder Zeit noch Lust, sich den Kopf darüber zu zerbrechen, was ihn denn so zu beunruhigen schien.

Sie folgten nun dem alten Mann in einen hübschen, in Weiß und Gelb gehaltenen Salon mit einem großen Erkerfenster, das auf den Strand und das Meer hinausblickte. Samantha verschloß die Augen vor den vier Männern – zwei davon mit Hunden –, die dort draußen auf und ab patrouillierten, und nahm nur die Dinge dort draußen wahr, die ihr gefielen.

Der runde Tisch am Fenster war mit einem hübschen Teegeschirr und einer Platte mit kleinen Törtchen gedeckt, die Mike bereits ein bißchen altbacken erschienen. Sie nahmen in den beiden Stühlen am Tisch Platz, und Barrett fragte Samantha, ob sie so freundlich sein könne, den Tee einzuschenken. Da er selbst weder etwas essen noch trinken wollte, bediente Samantha, die sich über seine Aufforderung freute, nun Mike und sich selbst, während Barrett stumm in seinem Rollstuhl dabei saß und sie beobachtete.

»Mit den richtigen Kleidern und der richtigen Frisur könnten *Sie* Maxie sein«, flüsterte er. »Sie bewegen sich sogar fast so wie sie. Sagen Sie mir, meine Liebe – können Sie auch singen?«

»Ein bißchen«, erwiderte sie bescheiden; denn sie hatte schon immer gern gesungen, wenn auch nur für ihre Familienangehörigen.

Die drei saßen eine Weile lang stumm am Tisch. Mike sah in seinem Sessel aus wie ein Priester, der an einem Pornographie-Kongreß teilnahm. Aus irgendeinem Grund schien er alles zu mißbilligen, was Samantha sagte oder tat. Seine absurde Eifersucht konnte sich doch wohl nicht gegen diesen reizenden alten Mann richten? dachte sie gereizt.

»Möchten Sie, daß ich Ihnen erzähle, was in jener Nacht passiert ist?« fragte Barrett.

»Ja, bitte«, erwiderte Samantha, nippte an ihrer Teetasse und bediente sich mit einem Törtchen von der silbernen Platte. »Wenn Sie es uns erzählen möchten und es Sie nicht zu sehr mitnimmt, heißt das.« Sie ignorierte Mikes Fuß, den er auf ihren stellte, um ihr zu signalisieren, daß sie doch mit der Absicht hierhergekommen waren, diese Geschichte von Barrett zu erfahren. Sie würde doch nicht einem neunzig Jahre alten Mann zumuten, einen Schwächeanfall zu bekommen, nur weil Michael Taggert irgendein häßliches Buch über ihn schreiben wollte!

»Es ist mir ein großes Vergnügen, Ihnen die Geschichte jener Nacht erzählen zu können«, erwiderte er und lächelte sie an. Im hellen Sonnenlicht sah er noch älter aus, als er drüben im Wohnzimmer gewirkt hatte, und Samantha hätte ihn am liebsten mit einer Decke auf die Couch verfrachtet, damit er ein kleines Nickerchen halten konnte.

Barrett holte tief Luft und begann:

»Vermutlich ist diese Bezeichnung inzwischen aus der Mode gekommen und mag jetzt ein wenig deplaciert erscheinen – aber ich war ein Gangster. Ich verkaufte Bier und Whisky, als die Regierung den Verkauf und sogar das Trinken von alkoholischen Getränken verboten hatte. Wegen einiger bedauernswerter Begleiterscheinungen dieser illegalen Tätigkeit hatten die Verkäufer von alkoholischen Getränken einen sehr schlechten Ruf.« Er legte eine Pause ein und lächelte Samantha wieder an.

»Ich kann das, was ich tat, heute nicht entschuldigen. Ich war jung und wußte es nicht besser. Ich wußte nur, daß wir uns in der schlimmsten Wirtschaftskrise dieses Jahrhunderts befanden, und während andere Männer ohne Arbeit waren und in den Suppenküchen anstanden, verdiente ich fünfzigtausend Dollar im Jahr. Und für einen Mann, der so verliebt war wie ich damals, war das Geldverdienen wichtig.«

Barrett hielt einen Moment nachdenklich inne.

»Maxie war schön. Nicht auf eine laute, sondern auf

eine zurückhaltende, elegante Weise. Sie war einfach hinreißend.« Er sah Samantha mit einem liebenswürdigen Lächeln an. »Wie Sie«, setzte er hinzu und brachte Samantha zum Erröten.

»Egal – Maxie und ich waren seit Monaten ein Paar. Ich hatte sie mindestens hundertmal gebeten, mich zu heiraten, aber sie sagte, das käme nicht in Frage, solange ich auf illegale Weise mein Brot verdiente. Ich wollte dieses Geschäft auch aufgeben, aber es brachte mir zuviel Geld ein, und ich sah nicht, wie ich als Verkäufer von Versicherungen Karriere machen und eine Familie ernähren könnte. Aber dann kam jener Samstagabend, der so viele Leben verändern sollte: der zwölfte Mai neunzehnhundertachtundzwanzig.

Wenn ich heute an diesen Tag zurückdenke, ist es mir unerklärlich, warum ich damals keine Vorahnung hatte von den Dingen, die in jener Nacht passieren sollten. Aber ich hatte keine. Ich fühlte mich großartig. Joe, meine rechte Hand – ein Mann, mit dem ich seit meiner Kindheit befreundet war –, hatte mir die Tageseinnahmen gebracht, und es waren die größten, die wir jemals hatten. Deshalb kaufte ich Maxie ein Paar Ohrringe. Mit Diamanten und Perlen. Nichts Auffälliges, weil Maxie keinen protzigen Schmuck leiden mochte, aber wirklich hübsche Ohrringe.

Ich fuhr zu Jubilees Bar – das war das Lokal, in dem Maxie damals sang – und hatte in diesem Moment das Gefühl, als läge mir die Welt zu Füßen. Ich begab mich sofort zu Maxie in die Garderobe und gab ihr die Ohrringe. Ich dachte, sie würde sich darüber freuen, aber das tat sie nicht. Sie setzte sich auf einen Stuhl und begann zu weinen. Ich hatte keine Ahnung, was sie haben könnte und es dauerte lange, bis ich es aus ihr herausbekam.«

Barretts Stimme wurde leiser, als wäre es nicht einfach

für ihn, darüber zu sprechen: »Sie sagte mir, daß sie schwanger sei mit unserem Baby.«

Samantha zog heftig den Atem ein und hätte Barrett jetzt gern mit Fragen bombardiert, wagte aber nicht, ihn zu unterbrechen.

»Maxie war sehr unglücklich darüber, daß sie schwanger war, aber ich freute mich wie ein Schneekönig«, fuhr Barrett fort. »Denn ich wußte, daß sie nun einwilligen mußte, mich zu heiraten. Aber da irrte ich mich. Selbst wenn sie jetzt ein Kind von mir bekommen würde, erklärte sie, wollte sie mich nicht heiraten, solange ich nicht bereit sei, einer ehrlichen Beschäftigung nachzugehen.«

In Barretts Gesicht zeigte sich so etwas, das man bei einem jüngeren Mann als Grinsen bezeichnet hätte. »Ich sagte ihr, damit wäre ich einverstanden. Ich hätte ihr an jenem Abend alles versprochen, was sie von mir verlangte, wenn ich damit erreichte, daß die Frau, die ich liebte, mich heiratete. Aber unter uns gesagt: Ich weiß nicht, ob ich aus diesem Geschäft wirklich ganz ausgestiegen wäre. Vielleicht hätte es mich in ein, zwei Jahren wieder in den Fingern gejuckt, mit dem Alkoholhandel das dicke Geld zu machen.

Ich wollte sofort den Klub mit ihr verlassen und jemand suchen, der uns trauen konnte, aber Maxie sagte, sie könne Jubilee unmöglich im Stich lassen und müsse an diesem Abend noch singen. Ich war einverstanden unter der Bedingung, daß sie an diesem Abend zum letzten Mal öffentlich auftreten würde. Damals war noch nicht die Rede davon, daß eine Frau Karriere machen wollte, und Maxie wünschte sich nur das, was ich mir ebenfalls wünschte: ein Heim für uns beide und unsere Kinder.«

Barrett legte wieder eine Pause ein und blickte aus dem Fenster. »Sie sang an diesem Abend, und ich habe sie noch nie schöner singen hören. Wie ein Vogel.

So gegen zehn, glaube ich, machte sie dann eine Pause, und ich stand auf, um sie hinter der Bühne zu besuchen. Unterwegs machte ich einen Abstecher in das . . . nun, Sie wissen schon . . ., und als ich das gewisse Örtchen wieder verlassen wollte und die Hand schon auf der Türklinke hatte, hörte ich die ersten Schüsse und Schreie.

Ich wußte sofort, was passiert war. In jenen Tagen war ich in diesem Geschäft nur ein kleiner Fisch. Damit meine ich, daß ich Alkohol nur an eine begrenzte Zahl von Abnehmern verkaufte, die zumeist in Harlem ihre Lokale hatten. In fast allen anderen Bezirken kontrollierte ein Mann namens Scalpini dieses Geschäft.

Ich hatte mir bereits gedacht, daß Scalpini inzwischen wußte, wie groß unsere Einnahmen an diesem Tag gewesen waren, und konnte mir ausmalen, wie wütend er darüber sein mußte. Aber ich glaubte, er würde nur ein oder zwei von seinen Leuten zu mir schicken, um unser Terrain neu abzustecken. Aber das tat er nicht. Er schickte acht Männer mit ›Schreibmaschinen‹ – Maschinengewehren – in Jubilees Bar.

Ich wußte, daß diese Männer hinter mir her waren, aber meine einzige Sorge war Maxie. Ich stieß die Tür zum Klub auf, der voll war von hysterisch schreienden, umherrennenden Leuten und Blut. Überall war Blut. Ich mußte die Leiche einer Frau beiseite schieben, um durch die Tür zu kommen, und dann über zwei Männer hinwegsteigen, die sich schreiend auf dem Boden wälzten. Es hagelte Kugeln von allen Seiten. Eine davon traf mich in die Schulter und eine zweite in die Seite, aber ich lief weiter. Ich hatte Angst, Maxie würde ihre Garderobe verlassen und in den Klubraum kommen, Angst, daß Scalpinis Männer jetzt nach ihr suchten, weil sie nicht zu dem Typ Frau gehörte, der zuerst an sich dachte. Maxie würde niemals durch die Hintertür flüchten, wenn sie hörte, daß vorn im Klubraum geschossen wurde.

Ich hätte es fast bis hinter die Bühne geschafft, wenn nicht etwas heruntergefallen und mich am Kopf getroffen hätte. Ich glaube, es war ein Kronleuchter. Was es auch gewesen ist: Es schlug mich bewußtlos. Als ich wieder zu mir kam, war es eine Stunde später, und da war ein Mann in einem weißen Kittel, der sich über mich beugte und rief: ›Dieser da lebt noch!‹ Dann ging er weiter. Ich faßte nach seinem Knöchel und versuchte ihm Fragen zu stellen, aber er schüttelte mich ab. Ich glaube, danach wurde ich wieder bewußtlos, und als ich erneut aufwachte, war es bereits einen Tag später, und ich lag mit bandagierter Schulter und Seite in einem Krankenhaus. Es dauerte wieder einen Tag, bis ich herausfand, was passiert war. Scalpini hatte beschlossen, mich und alle Leute, die für mich arbeiteten, zu beseitigen. Deshalb schickte er seine Männer in dieses Lokal, die uns alle liquidieren sollten. Es störte ihn nicht, daß an diesem Abend wahrscheinlich mehr als hundert Gäste im Klub waren, die zumeist gar nichts mit mir zu tun hatten. Scalpini war entschlossen, uns alle zu töten, und das ist ihm ja auch fast gelungen. Ich verlor sieben von meinen Männern in dieser Nacht.«

Nun legte Barrett eine lange Pause ein, und als er wieder anfing zu reden, sprach eine tiefe Rührung aus seiner Stimme: »Ich verlor Joe in jener Nacht. Joe und ich waren schon als Kinder Freunde gewesen, und er hatte mir als Junge das Leben gerettet. Er war der einzige Mensch, dem ich jemals in meinem Leben vertraut habe. Sie hatten Joe umgebracht. Er hatte eine Kugel mitten in die Stirn bekommen und mußte auf der Stellte tot gewesen sein. Außer ihm wurden in dieser Nacht noch fünfundzwanzig andere getötet oder schwer verwundet. Aber am schlimmsten traf mich die Nachricht, daß Maxie verschwunden war. Niemand wußte, was mit ihr geschehen oder ihr passiert war. Ich suchte viele Jahre nach ihr, doch ich konnte keine Spur von ihr entdecken. Sie hat mich verlassen, und ich bin sicher, daß das meine Schuld war. Vielleicht wußte sie, daß ich niemals mein abenteuerliches Leben aufgeben würde, oder sie wollte nicht, daß ihr Kind mit einem Gangster als Vater aufwachsen würde. Ich weiß es nicht. Ich weiß nur, daß ich sie seither weder wiedergesehen noch etwas von ihr gehört habe.«

Er schwieg einen Moment und holte dann zweimal tief Luft, um sich zu beruhigen. »Ich habe mich nach dieser Nacht verändert. Ich hatte die zwei wichtigsten Menschen in meinem Leben verloren – meinen besten und einzigen Freund und die Frau, die ich liebte. Samantha, können Sie mir nachempfinden, wie elend ich mich nach dieser Nacht fühlte?«

»Ja«, flüsterte sie. »Ich verstehe, wie einem zumute ist, wenn man alles, was einem teuer ist, verliert.«

»Es ist besser, wenn ich nicht über die nächsten paar Jahre meines Lebens spreche. Ich war kein sehr liebenswürdiger Mensch. Ich weiß nicht, was aus mir geworden wäre,« fuhr er fort, die Hände auf die Schalthebel seines Rollstuhls legend, »wenn mich nicht zwei Jahre später dieser Wagen überfahren und mir das Rückgrat gebrochen hätte.«

Samantha legte teilnehmend ihre Hand auf die seine.

»Ich habe Dinge in meinem Leben gemacht, auf die ich nicht stolz bin, aber ich glaube, es wäre ein anderer Mensch aus mir geworden, wenn diese Nacht nicht gewesen wäre. Ich habe oft daran denken müssen, wie mein Leben wohl verlaufen wäre, wenn Maxie nicht darauf bestanden hätte, im Klub zu bleiben, um zu singen. Wenn sie mit mir das Lokal verlassen hätte, ehe Scalpinis Männer dort auftauchten. Dann wären wir wohl schon verheiratet gewesen, bevor wir die Nachricht von dem schlimmen Geschehen im Klub erfahren hätten. Hätte sie mit mir den Klub verlassen, wäre auch Joe mitgekommen und würde sich vielleicht noch heute seines Lebens erfreuen können.«

Sein Blick schien in weite Ferne zu gehen. »Wenn Maxie nicht im Klub hätte bleiben und singen wollen, wäre alles anders gekommen.« Barrett streckte den Arm aus und tätschelte Samantha die Wange. »Wenn ich sie geheiratet und am nächsten Morgen von diesem Blutbad im Klub gehört hätte, hätte mir das vielleicht einen solchen Schrecken eingejagt, daß ich nie mehr ein krummes Ding gedreht hätte.

Vielleicht . . .« Seine Augen verschleierten sich ein wenig. »Vielleicht würden Sie dann jetzt meine Enkelin sein – meine wahre, nicht nur biologische Enkelin –, die hier bei mir wohnte.« Er lächelte. »Vielleicht nicht hier. Vielleicht würde ich mit Ihnen jetzt in einem kleinen Haus irgendwo in einer Vorstadt als pensionierter Versicherungsmakler wohnen.« Er strich ihr über das kastanienbraune Haar. »Wie Midas hätte ich alle mein Gold für die Liebe eines Kindes hergegeben.«

13

Ich frage mich, was nur aus ihr geworden ist«, dachte Samantha laut.

Sie und Mike saßen am Picknicktisch im Garten hinter Mikes Haus und aßen von weißen Papptellern ein chinesisches Gericht, das ihnen vor kurzem geliefert worden war.

»Was aus wem geworden ist?« erkundigte sich Mike, obwohl er sehr wohl wußte, wen sie meinte.

»Wenn meine Großmutter nicht meinen Großvater Cal verlassen hat, um zu Mr. Barrett zu ziehen – wohin dann?«

»Das ist es ja, was Ihr Vater herausfinden wollte«, murmelte Mike, auf seinen Pappteller hinunterblickend. Etwas belastete ihn, nur wußte er nicht, was. Gleich nachdem ihnen Barrett seine lange, traurige Geschichte erzählt hatte, hatten sie dessen Haus wieder verlassen, und auf der Rückfahrt nach Manhattan war Samantha sehr still gewesen und hatte mit einem kleinen Lächeln auf dem Gesicht aus dem Wagenfenster geblickt, als freute sie sich im stillen über irgend etwas. Nun aß sie nicht, sondern machte kleine Häufchen aus Reis und Hühnerfleisch auf ihrem Pappteller.

»Glauben Sie, daß er in diesem riesigen Haus allein lebt?«

»Vermutlich. Er scheint ja fast jeden, den er in seinem Leben gekannt hat, umgebracht zu haben.«

Samantha schickte einen wütenden Blick über den Tisch. »Warum lassen Sie nicht einen guten Faden an diesem Mann? Ich dachte, daß Autoren die Leute, über die sie schreiben, auch *mögen* müssen!«

»Tatsächlich? Wie steht es denn da mit Autoren, die sich mit Massenmördern beschäftigen und über sie schreiben müssen? Ich mag Barrett nicht und werde ihn niemals mögen, aber der Mann fasziniert mich. Bisher hat noch niemand versucht, eine dokumentarische Darstellung seines Lebens herauszubringen. Niemand weiß, wozu dieser Mann wirklich fähig ist.«

Samantha brauchte einen Moment, ehe sie mit leiser Stimme antwortete: »Er macht auf mich den Eindruck eines liebenswürdigen Menschen.«

Mike mußte erst einmal schlucken, ehe er wieder sprechen, und tief durchatmen, ehe er ein Wort sagen konnte: »Wie kommt es nur, daß Frauen rührselige Geschichten so sehr lieben? Da tischt Ihnen ein Mann, dem Sie vorher noch nie begegnet sind, eine sentimentale Story von einer echten, verlorenen Liebe auf, und Sie fallen sofort darauf herein. Mir hat besonders dieser Schlußsatz von König Midas gefallen. Ich frage mich, ob er seinen zu Tränen rührenden Vortrag nicht schon vorher geprobt hat, ehe er Sie damit beglückte.«

Sie fuhr aus ihrem Stuhl hoch und funkelte ihn wütend an. »Und ich kann Ihre Eifersucht nicht mehr ertragen! Vom ersten Augenblick an, als wir uns kennenlernten, haben Sie mich so behandelt, als wäre ich Ihr Eigentum. Sie sind in meine Wohnung und Privatsphäre eingedrungen, haben mich verfolgt und gedemütigt und mir überhaupt ständig das Leben schwergemacht. Und ich kenne Sie nicht einmal. Sie bedeuten mir nichts.«

»Ich bedeute Ihnen auf jeden Fall mehr als Barrett«, erwiderte Mike, der nun ebenfalls aufstand und sich über den Tisch lehnte.

»Nein, Sie bedeuten mir nichts«, erwiderte sie ruhig. »Er ist mein Großvater, mein letzter noch lebender Verwandter auf dieser Welt.«

Mike holte heftig Luft. Nun wußte er, was ihn so sehr an ihrem Gesichtsausdruck gestört hatte, als sie von Barretts Haus nach New York zurückfuhren. Es war ein zufriedenes Lächeln gewesen, ein Lächeln als habe sie etwas wiedergefunden, was sie bereits verloren zu haben glaubte.

»Sam«, sagte er, seine Hand ausstreckend, um sie zu berühren.

Aber sie wich ihm aus, wollte nicht hören, was er ihr meinte sagen zu müssen. Er konnte sich die Attitüde des Allwissenden leisten, was ihre Empfindungen angesichts eines wiedergefundenen noch lebenden Verwandten anlangte, weil seine offenbar zu Tausenden zählende Verwandtschaft über ganz Amerika verstreut zu sein schien. Jemand wie er konnte unmöglich verstehen, was es bedeutete, absolut und vollständig allein auf der Welt zu sein. Er konnte nicht begreifen, was ein Erntedankfest-Dinner für sie bedeutete, zu dem sie niemanden einladen, oder ein Weihnachtsfest mit niemandem, dem sie ein Geschenk machen konnte. Jemand wie er, der eine so große Familie besaß, daß er es sich leisten konnte, sich zynisch über sie zu äußern oder sich an gemeinen Behauptungen über sie zu erfreuen, konnte das einfach nicht verstehen. Vielleicht hatte dieser Mann Barrett ein paar schreckliche Dinge in seiner Jugend verbrochen; vielleicht war alles, was Mike über ihn wußte, wahr, aber nun war er ein alter, sehr alter Mann, und er war allein – und sie Samantha, war ebenfalls allein.

Sich von diesem Mann wegdrehend, der für sie ein Fremder war, machte Samantha sich auf den Weg ins Haus.

Doch Mike vertrat ihr wieder mal den Weg, legte ihr die Hände auf die Schultern und fragte: »Samantha, wohin wollen Sie jetzt gehen?«

»Nach oben. Ich denke, ich habe doch die Freiheit, mir das zu erlauben – oder etwa nicht?«

Mike ließ ihre Schultern nicht los. »Ich möchte wissen, was in Ihrem Kopf vorgeht. Mir gefällt der Ausdruck in Ihren Augen nicht.«

»Mir gefällt der Ausdruck in Ihren Augen fast nie«, zischte sie ihn an. »Bitte, lassen Sie mich los. Ich muß pakken.«

»Ich werde Sie nicht eher loslassen, bis Sie mir verraten, wohin Sie zu gehen gedenken, nachdem Sie dieses Haus verlassen haben.«

Mike beugte sich vor, um ihr in die Augen zu sehen, aber sie drehte den Kopf zur Seite. »Sie gehen zu ihm, nicht wahr?«

»Das geht Sie überhaupt nichts . . .«

»Sam, Sie können unmöglich zu diesem Mann gehen. Er ist ein Mörder!«

Sie maß ihn mit einem verächtlichen Blick. »Er ist einundneunzig Jahre alt und sitzt im Rollstuhl. Was für einen Grund sollte er wohl haben, mir etwas antun zu wollen? Ich bin nicht reich, also könnte er es unmöglich auf mein Geld abgesehen haben. Ich habe so meine Zweifel, daß er mit mir ins Bett gehen möchte. Vielleicht *ist* seine ganze Geschichte eine einzige Lüge. Vielleicht hat er sie nur erfunden in dem Bemühen, Maxies Enkelin dazu zu bewegen, in seinen letzten paar – sehr, sehr wenigen – Jahren, bei ihm zu wohnen. Wenn das zutrifft, was ist daran so verkehrt? Er ist ein einsamer alter Mann, und ich bin . . .« Sie brach ab, wollte nicht noch mehr sagen.

»Nur zu. Sagen Sie doch, daß Sie eine einsame junge Frau sind.« Seine Stimme wurde leiser, seine Hände glitten von ihren Schultern zu ihren Armen hinunter, als er näher an sie herantrat. »Verraten Sie mir, was Sie haben wollen, Samantha. Sagen Sie mir, was Sie sich wünschen, und ich werde versuchen, es Ihnen zu geben. Ist es Liebe, wonach Sie sich sehnen? Dann werde ich . . .«

Sie riß sich von ihm los. »Wagen Sie mir ja nicht zu sagen, daß Sie mir Liebe geben wollen. Ich habe all die Liebe von lüsternen jungen Männern bekommen, die ich ertragen konnte. Was ich Ihnen sagen – was ich Ihnen *begreiflich* machen muß, ist: Ich meine es ernst, wenn ich Ihnen erkläre, daß ich nicht mit Ihnen in diesem Haus unter einem Dach leben will. Daß ich nicht mit Ihnen ins Bett gehen möchte. Ich möchte nichts mit Ihnen zu tun haben.«

Mike starrte sie einen Moment lang an, während sein Ärger sich in Bestürzung und dann in Resignation verwandelte. »Ich bin nicht so begriffsstutzig, daß ich einen Wink, den ich bekomme, nicht verstehen würde«, sagte er mit einem kleinen ironischen Lächeln. »Sie haben die Freiheit, zu tun und zu lassen, was Sie wollen. Morgen früh gehe ich zur Bank und gebe Ihnen Ihr Geld. Wäre Ihnen mit einem Bankscheck gedient?«

»Ja, natürlich«, sagte sie rasch, drehte sich dann um und ging zur Treppe. Auf der ersten Stufe blieb sie stehen und sah zu ihm zurück. »Mike, ich weiß das, was Sie für mich zu tun versuchten, durchaus zu schätzen. Es ist meine ehrliche Überzeugung, daß Sie stets das Herz am richtigen Fleck hatten. Es ist nur so, daß Sie mich nicht kennen – nicht wirklich. Ich denke, Sie haben ein Bild von mir, daß ich ein . . .« Sie holte tief Luft. »Sie denken, ich wäre einer von Ihren verwundeten Vögeln. Das bin ich nicht. Ich weiß, was ich will.«

»Barrett«, erwiderte Mike schroff. »Sie wollen diesen alten Mann haben, weil er behauptet, er könnte mit Ihnen verwandt sein. Er ist niemals . . .« Er sagte nichts mehr, weil Samantha die Treppe hinaufrannte.

Oben machte sie die Tür hinter sich zu und schloß sie ab. Was sie natürlich keineswegs vor ihm schützte, dachte sie verdrießlich, weil er ja einen eigenen Schlüssel zu ihrer Wohnung besaß.

Sie zerrte ihren großen Koffer aus dem Kleiderschrank, stellte ihn aufs Bett und begann zu packen. Mit jedem ihrer neuen, himmlischen Kleider, die sie zusammenfaltete, überkam sie das Bedauern, daß sie diese Wohnung verlassen würde – dieses Haus, das ihr inzwischen vertraut geworden war. Aber sie kämpfte gegen dieses Bedauern an, um nicht in ihrem Entschluß wankend zu werden, und fuhr mit dem Einpacken ihrer Sachen fort.

Als der Koffer zur Hälfte gefüllt war, setzte sie sich auf die Bettkante. Wohin würde sie nun *wirklich* gehen? Es war ja nicht so, daß Mr. Barrett sie aufgefordert hatte bei ihm zu bleiben, obwohl sie bemerkt hatte, daß er dringend eine Haushälterin benötigte, die ihm die Wohnung in Schuß hielt. Und es war ja auch nicht so, als ob Michael Taggert sie für noch etwas anderes als Sex haben wollte. Es hatte sie stets verwundert, daß Männer dachten, sie hätten versagt, wenn sie eine Frau nicht »erobern« konnten. Zuweilen hatte sie gedacht, wenn ein Mann sie partout nicht in Frieden lassen wollte, daß sie sich nur aufs Bett legen und ihm geben müsse, was er von ihr verlangte, damit er wieder fortging und sie fortan nicht mehr belästigte. Vielleicht sollte sie das mit Mike tun. Nachdem er dann bekommen hatte, was er von ihr wollte, würde es ihm egal sein, ob sie in seinem Haus wohnen blieb oder bei einem ehemaligen Gangster lebte oder sonst irgendwo.

Sie stand auf und fuhr fort, ihre Sachen einzupacken. Sie wollte Mike nicht geben, was er von ihr verlangte, wollte von ihm nicht all die Dinge hören, die Männer zu einer Frau zu sagen pflegen, wenn sie ihr unter den Rock gehen möchten: daß er sie liebte und mit ihr bis zum Ende seiner Tage leben wollte; daß er ohne sie nichts sei, daß sie ihm alles bedeutete. Nein, das wollte sie nicht von Mike hören, denn bis jetzt war er ein Freund für sie gewesen. Er hatte sie zuweilen gut behandelt, wenn auch ein bißchen selbstherrlich. Wenn sie ehrlich zu sich war, fand sie seine Eifersucht sogar schmeichelhaft. Mike hatte ihr seine Zeit geopfert. Der Tag, an dem sie gemeinsam zum Einkaufen gegangen waren, war einer der erfreulichsten ihres Lebens gewesen. Er hatte sie zum Lachen gebracht, und zuweilen hatte er sie sogar die vielen Todesfälle vergessen lassen, die sie ihr Leben lang verfolgt hatten.

Sie war im Begriff, ein Paar Schuhe in ein Säckchen zu stecken, hielt dann aber in der Bewegung inne. Ihr Leben lang würde sie diese Zeit bei Mike im Gedächtnis behalten, sich an die Streitgespräche erinnern, die sie mit ihm geführt hatte, und wie er ständig dafür gesorgt hatte, daß sie vor Wut fast aus der Haut fuhr. Sie würde sich daran erinnern, wie er sie angesehen hatte, wenn er frisch vom Duschen kam, mit noch feuchten Haaren, nacktem Oberkörper und nackten Füßen, nur mit einer Jeans bekleidet. Und sie würde sich an sein Lächeln erinnern, dieses sarkastische Lächeln aus einem Mundwinkel, als könne er gar nicht glauben, daß es etwas gab, worüber er lächeln könne.

Sie zwängte die Schuhe in den Koffer. Vielleicht würde sie nach Seattle ziehen. In der Nähe des Regenwaldes zu leben, könnte angenehm sein. Nach der Trockenheit, die in Santa Fe geherrscht hatte, konnte ihre Haut durchaus einen Aufenthalt in einem nassen, kühlen Klima vertragen.

Sie packte das letzte Paar Schuhe ein, schloß den Koffer und stellte ihn auf den Boden. Morgen früh würde sie das Haus verlassen. Was würde sie dann tun? Mit einem Taxi zum Flughafen fahren, zum nächstbesten Schalter gehen und sagen, sie möchte gern ein Ticket für die nächste Maschine, in der noch ein Platz frei sei?

»Nicht gerade durchdacht, das Ganze, nicht wahr, Sam?« sagte sie laut und lächelte dann darüber, daß sie sich mit Sam angeredet hatte. Drei Monate vor ihrem zwölften Geburtstag war sie sich der Tatsache bewußt geworden, daß sie weiblichen Geschlechts war, und hatte ihrer Familie erklärt, daß sie fortan nicht mehr wie ein Junge angesprochen werden wollte. Sie wünschte, daß man von jetzt an Samantha zu ihr sagte. Ihr Vater und ihr Großvater hatten keine Einwände erhoben, aber ihre

Mutter hatte sie ausgelacht und sie über alle Maßen gereizt, weil sie fortfuhr, sie Sam zu rufen. Nach dem Tod ihrer Mutter hatte niemand sie mehr Sam genannt – jedenfalls nicht, bevor sie Mike kennenlernte.

Als sie sich im Zimmer umschaute, die Möbel und die Farben ihres Vaters betrachtete, dachte sie zum erstenmal, daß sie vielleicht andere Vorhänge bevorzugen würde. Vielleicht einen rosenfarbenen Damast, und möglicherweise auch eine andere Tagesdecke, die in der Farbe dazu paßte.

Sie begann, ihre Bluse aufzuknöpfen und ging dann, ihr Nachthemd über dem Arm, ins Bad hinüber, um zu duschen. In ihrer nächsten Wohnung konnte sie mit den Vorhängen und Möbeln machen, was ihr gefiel.

*

Es gab keine Vorwarnung. Eben schlief Samantha noch friedlich, und in der nächsten Sekunde legte sich eine Hand um ihre Kehle, und sie kämpfte um ihr Leben. Sie suchte die Hand, die ihr die Atemluft abschnürte, mit ihren Fingernägeln zu zerkratzen, aber selbst dann, als sie spürte, daß ihm das Blut über die Finger lief, ließ der Mann nicht von ihr ab.

»Wo ist das Geld von Half Hand?« flüsterte der Mann.

Im Mondlicht, das durch die Balkontür kam, sah sie, daß er sich einen Strumpf über das Gesicht gezogen hatte.

»Wo ist Half Hands Geld geblieben?« wiederholte der Maskierte, lockerte aber nicht den Griff um ihren Hals, so daß sie ihm eine Antwort darauf geben konnte.

Samantha versuchte, mit den Beinen nach ihm zu treten, aber er hatte sie auf eine Weise überfallen, daß sie seinen Körper nicht mit den Beinen erreichen konnte. Und da sie keine Luft mehr in die Lungen bekam, ließen auch ihre Kräfte rasch nach. Michael, dachte sie, und dann bot sie das bißchen Kraft, das ihr noch geblieben war, dafür auf, mit den Fersen gegen die Wand zu hämmern. Einmal, zweimal und zum dritten Mal. Dann verlor sie das Bewußtsein, weil der Druck auf ihren Hals sich nicht verminderte.

Als dann der Druck jählings von ihrem Hals genommen wurde, konnte sie zuerst immer noch nicht atmen. Es war so, als wären Teile ihres Halses zu einer nicht mehr gebrauchsfähigen Masse zerquetscht worden, und als sie den Mund aufriß, wollte keine Luft in ihre Lunge eindringen. Selbst als sie sich im Bett aufsetzte, die Hand an ihrer verletzten Kehle, konnte sie noch immer nicht atmen.

Sich rasch in die Richtung drehend, aus der sie das Geräusch eines schweren, dumpfen Aufpralls vernahm, sah sie den Schatten von Mike, der mit dem Mann kämpfte, der sie zu töten versucht hatte. Mike war größer als der Mann, stärker, und als er dem Maskierten die Faust ins Gesicht knallte, hatte der keine Chance, diesen Schlag zu überstehen. Er fiel mit einem Poltern zu Boden, und Mike war in der nächsten Sekunde bei ihr und legte die Arme um sie.

»Atme, Baby«, befahl er ihr. »Atme, verdammt nochmal!«

Sie auf den Rücken schlagend, hielt er sie fest, während sie nach Luft rang. Mikes starke Arme hielten sie an den Schultern und schüttelten sie immer wieder, während seine Augen sich in die ihren bohrten. Es war so, als würde er sie mit seinem Willen dazu zwingen, das zu tun, was sie nicht fertigbrachte. Doch sie entdeckte in sich durchaus den Wunsch, zu atmen, wenn auch aus keinem anderen Grund, als das zu tun, was er von ihr verlangte. Nach einer Ewigkeit, wie es ihr vorkam, drang die Luft in schmerzlichen, kurzen Stößen in ihre Lunge vor.

Sie in seine Arme ziehend, ihren Kopf auf seiner nackten Schulter, streichelte er ihr den Rücken. Er legte eine Hand auf ihren Kopf, stützte ihn, während sie um jeden Atemzug kämpfte und sich ihre Brust in kurzen, krampfartigen Bewegungen hob und senkte.

Als sie spürte, wie Mike sich wegdrehte, weil er wieder ein lautes Poltern vernahm, wußte sie, ohne erst hinsehen zu müssen, daß der Eindringling das Bewußtsein wiedererlangt hatte und vom Balkon gesprungen war.

»Ich hoffe, er bricht sich seinen verdammten Hals«, flüsterte Mike, aber sie hörten beide, wie der Mann unten durch den Garten rannte. Zweifellos war er von einem Balkon zum nächsten gesprungen, hatte so den Garten erreicht und kletterte nun über den Zaun.

Sie immer noch festhaltend, griff Mike nach dem Telefon auf ihrem Nachttisch und drückte auf einige Knöpfe. »Blair«, sprach er dann in die Muschel, »ich brauche dich. Nein. Strangulation. Komm bitte rasch.« Er legte den Hörer auf die Gabel zurück.

»Mike«, versuchte Samantha zu sagen, aber er bedeutete ihr, zu schweigen, und hielt sie wieder an seiner Schulter.

Er spürte, wie sie zitterte, spürte die Angst in ihr, als sie sich an ihn klammerte, sich an ihn klammerte wie ein verängstigtes Kind an seinen Vater, während er beruhigend auf sie einredete, ihren Rücken rieb und ihr Haar streichelte. Als sie immer noch nicht aufhören wollte zu zittern, schob er sich neben sie ins Bett, legte die Arme um sie, so daß ihre Arme zwischen ihrem Körper und seiner Brust festgekeilt waren. Er schob ein Bein über sie, als wollte er sie in einen Kokon einhüllen, in dem sie sich sicher fühlen konnte.

»Ich bin hier, Baby«, flüsterte er und runzelte im Dunkeln die Stirn, weil sie offenbar noch näher an ihn heranzukriechen versuchte.

Ein verwundeter Vogel, hatte sie gesagt. Sie sagte, daß sie nicht zu seinen verwundeten Vögeln gehörte, und er war sicher, daß sie dieses idiotische Zeug von Daphne aufgeschnappt haben mußte. Wenn Mike eine Vorliebe für ›verwundete Vögel‹ gehabt hätte, wäre er leidenschaftlich in Daphne verliebt gewesen.

Samantha faszinierte ihn, hatte ihn schon fasziniert, ehe er sie überhaupt gekannt hatte.

Nachdem er den Zeitungsausschnitt von Sam und Maxie unter den Habseligkeiten seines Onkels Mike entdeckte und Dave Elliots Adresse ausfindig gemacht hatte, hatte Mike einige Zeit mit Dave verbracht. Mike wollte nicht in Louisville bleiben, aber Dave und er hatten Gefallen aneinander gefunden. Dave war einsam gewesen, was Mike nicht verwunderte, da dessen einzige Tochter so weit von ihm entfernt im Westen lebte und dort, wie Dave ihm versicherte, glücklich verheiratet sei. Vielleicht war auch Dave ein bißchen einsam gewesen seit dem Tod von Onkel Mike. Gemeinsam hatten die beiden Männer dann den Plan verwirklicht, daß sie beide in Mikes Stadthaus in New York wohnen sollten, wo Dave seine Zeit nach seiner Pensionierung damit verbringen wollte, nach seiner Mutter zu forschen und Mike bei dessen Biographie von Doc zu helfen. Mike war von der Idee sehr angetan gewesen, jemanden in seiner Nähe zu haben, der ihm bei seinen Recherchen helfen würde.

Nachdem Dave dann Mikes Schwester damit beauftragt hatte, das Apartment so einzurichten, wie er es gern haben wollte, hatte er Mike ein paar Wochen später angerufen und gesagt, er würde nun doch nicht nach New York kommen. Er wollte Mike am Telefon den Grund seiner Absage nicht mitteilen, aber Mike spürte, daß da etwas nicht stimmte. Also stieg er in das nächste Flugzeug nach Louisville und stand ein paar Stunden später mit seinem Koffer vor Daves Haustür, um von diesem zu erfahren, was, in aller Welt, denn passiert war, daß er seine Pläne geändert hatte. Da war Dave das herausgerutscht, was die Ärzte ihm erst ein paar Tage zuvor offenbart hatten: daß er nämlich unheibar an Krebs erkrankt sei und nur noch eine kurze Zeit zu leben habe. Mike hatte von ihm verlangt, daß er seine Tochter anrufen und ihr das mitteilen sollte, aber Dave hatte sich geweigert. Samantha, hatte er entgegnet, habe schon genügend Todesfälle in ihrem kurzen Leben über sich ergehen lassen müssen und sollte nicht noch Zeugin eines weiteren werden.

Da war Mike für einen Monat zu Dave ins Haus gezogen. Dave hatte zwar gesagt, er käme ganz gut allein zurecht, aber Mike hatte es nicht übers Herz gebracht, ihn allein zu lassen, wo er doch wußte, daß Dave nur noch eine kurze Zeitspanne zu leben vergönnt war.

Aus irgendeinem, Mike unerfindlichen Grund hatte Dave darauf bestanden, daß er, Mike, in Samanthas und nicht im Gästezimmer wohnen sollte. Als Mike ihr Zimmer gesehen hatte, mußte er lachen – denn es war das Zimmer eines Kindes gewesen.

»Samantha und ihre Mutter haben alles gemeinsam ausgesucht«, hatte Dave mit einem Lächeln und einem zärtlichen Blick auf die Sachen im Zimmer erklärt.

Ihm, Mike, hatte schon die Bemerkung auf der Zunge gelegen, daß Samanthas Mutter bereits seit Sams zwölftem Lebensjahr tot sei, aber er hatte nichts gesagt, sondern nur seinen Koffer auf dem Teppich abgestellt, der als Muster kleine, Ballett tanzende, rosenfarbene und weiße Ballerinen aufwies, und sich das Bett angesehen – ein weißes Vier-Pfosten-Bett, drapiert mit pinkfarbenem Tüll, der mit großen rosa Schleifen an den vier Ecken des Bettes befestigt war. An einer Wand stand eine kleine Frisierkommode mit einer weißgepunkteten Stoffauflage und dem Kamm und der Haarbürste eines Kindes darauf. Als Mike sich in dem Raum umschaute, erwartete er, jeden Moment ein zehnjähriges Mädchen durch die Tür kommen zu sehen.

Doch er wußte von Dave, daß Samantha in diesem Zimmer gewohnt hatte, bis sie mit ihrem Ehemann nach Santa Fe gezogen war. Als er die Türen eines Kleiderschranks öffnete, war er darauf gefaßt, auch hier Kindersachen mit Rüschchen und Spitzenleibchen vorzufinden, doch statt dessen sah er langweilige, formlose und fast fanatisch reizlose Kleider auf den Bügeln hängen, die zweifellos nur einer Erwachsenen passen konnten.

In den nächsten paar Wochen nahm Mikes Neugierde, Daves Tochter betreffend, die in einem Kinderzimmer groß geworden war, noch zu. Dave hatte Schmerztabletten, die ihn lange schlafen ließen, und so hatte Dave genügend freie Zeit, die er dazu benutzte, Samanthas Zimmer zu erforschen. Zuerst kostete ihn das einige Überwindung, weil er wußte, daß ihn das alles ja eigentlich nichts anging, aber als die Tage verstrichen und er kaum etwas zu tun hatte, hatte er immer weniger Skrupel, in den Schubladen und Schränken herumzustöbern.

Dave hatte ihm seine Tochter als lebhaften, eigenwilligen und tatkräftigen Charakter beschrieben. Wenn dem so war – warum hatte sie dann all diese Jahre über in dem Zimmer eines Kindes gelebt?

Als Mike ein Poesiealbum von Samantha entdeckte, hatte er es interessiert durchgeblättert. Sie hatte Fotos von Filmstars und Rock-Sängern ausgeschnitten und eingeklebt, und er fand auch etliche gepreßte Blumen zwischen den Seiten. Alles schien ihm auf ein ganz normales zwölfjähriges Kind hinzudeuten – nur daß zehn Seiten vor dem hinteren Buchdeckel ein Zeitungsausschnitt eingeklebt war mit einem Nachruf auf ihre Mutter und danach keine

Eintragungen oder Bilder mehr kamen. Und obwohl er überall danach suchte: Es gab keine Poesiealben aus der Zeit nach dem Tod ihrer Mutter.

Er fand fünf von Samantha geführte Tagebücher, alle in einer runden Kinderschrift verfaßt und angefüllt mit Geheimnissen, die sie mit ihren Freundinnen im Flüsterton ausgetauscht hatte, und den Namen jener Personen, für die sie in dieser oder jener Woche geschwärmt hatte oder in die ihre Freundinnen zu jener Zeit verliebt gewesen waren. Und sie berichtete darin auch von ihren Streitereien mit ihrer Mutter, während sie davon schwärmte, wie wunderbar doch ihr Vater sei.

Lächelnd erinnerte sich Mike, wie er sich als Kind stets nur mit seinem Vater angelegt hatte. Seine Mutter war immer eine Heilige gewesen, und er konnte heute verstehen, warum seine Schwester zuweilen dagegen aufbegehrt hatte.

Es existierten keine Tagebücher aus der Zeit nach 1975, dem Todesjahr von Samanthas Mutter Allison Elliot.

Am Ende dieses einen Monats war Mike noch ratloser als am Anfang, was er von dem, was er in Elliots Haus entdeckt hatte, eigentlich halten sollte. Zuweilen kam es ihm so vor, als hätte nach dem Tag, an dem Allison starb, für Samantha und ihren Vater die Zeit stillgestanden. Dave erzählte ihm ausschließlich Geschichten aus Samanthas Kindertagen und erwähnte nie, was sie nach ihrem zwölften Lebensjahr gemacht hatte. Für Dave war offenbar die Zeit, als Samantha die Oberschule besucht und an der Universität von Louisville studiert hatte, kein Thema, obwohl seine Tochter damals noch in seinem Haus lebte.

Mike hatte Dave ein paarmal danach gefragt, ihm sehr gezielte Fragen, Samanthas Leben nach dem Tod ihrer

Mutter betreffend, gestellt, aber Dave hatte ihm nie eine direkte Antwort darauf gegeben. Er hatte sich stets sehr vage ausgedrückt oder sogar das Thema gewechselt.

Es war Mike gewesen, der darauf bestanden hatte, daß Dave ihm erlauben möge, Samantha von dem wahren Zustand ihres Vaters zu informieren. Mike sagte, es wäre nicht fair Sam gegenüber, wenn sie nicht einmal erfahren dürfe, wie es ihrem eigenen Vater ginge. Schließlich hatte sich Dave damit einverstanden erklärt, jedoch nur unter der Bedingung, daß Mike sie nicht persönlich kennenlernen dürfe. Er hatte Mike erklärt, seinetwegen könne man zwar Samantha von seinem Zustand unterrichten, aber er wünsche nicht, daß Mike sie selbst anrief, und wolle ihn auch nicht mehr im Haus haben, wenn Samantha in Louisville eintreffen würde.

Mike hatte nicht umhingekonnt, sich von Daves Erklärung gekränkt zu fühlen. Es war so, als würde Dave ihn für einen widerlichen Kerl halten – einen zwielichtigen Menschen, nicht gut genug für seine kostbare Tochter. Mike hatte sich jedoch Daves Bedingungen unterworfen. Er hatte einen von Daves Nachbarn gebeten, Samantha anzurufen, war dann zum Flugplatz gefahren und mit der nächsten Maschine nach New York zurückgeflogen.

Zwei Wochen später hatte Dave ihn dann angerufen und ihm mitgeteilt, er würde Samantha zu ihm schicken, damit er auf sie aufpasse, wenn er nicht mehr wäre. Dave hatte sich so angehört, als spräche er von einem Waisenkind – oder einem Expreßpaket, das er nach New York schicken würde.

Widerstrebend hatte sich Mike am Telefon bereit gefunden, Samantha Daves Wohnung zu überlassen. Tatsächlich hatte er sich vor dem Tag gefürchtet, an dem er sich persönlich mit ihr befassen mußte. Seiner Meinung nach mußte Samantha an einer pathologischen Entwicklungsstörung leiden, wenn ihr Klein-Mädchen-Zimmer ein Spiegel ihrer Persönlichkeit gewesen war.

Doch die Frau, die er dann kennenlernte, und das Mädchen, das er erwartet hatte, waren zwei gänzlich verschiedene Wesen. Sie konnte in einer Sekunde heiß und voller Leidenschaft sein – und ihn dann an das Mädchen erinnern, das in ihren Tagebüchern von ihren Streitereien und Eskapaden berichtet hatte –, in der nächsten Sekunde jedoch Angst vor ihrem eigenen Schatten haben, und in der übernächsten kalt und hart sein, sich in ihrer Wohnung einigeln und niemanden an sich heranlassen.

Doch sie war weder kalt noch hart. Sie wehrte sich zwar gegen ihn und schob ihn bei jeder Gelegenheit von sich weg. Zuweilen jedoch blickte sie ihn mit so viel Verlangen und einer solchen Sehnsucht in den Augen an, daß er nicht wußte, ob er nach ihr greifen oder wegrennen sollte.

An dem Tag, als er ihr diese Kleider gekauft hatte, hatte sie ihn mit so dankbaren Augen angesehen, daß es ihm fast peinlich gewesen war. Die meisten Frauen würden sich über diese Kleider gefreut haben, aber Samantha war mehr als glücklich darüber gewesen. Er hatte den Eindruck gehabt, daß es gar nicht so sehr die Kleider waren, die sie entzückt hatten, sondern . . . was? Die Aufmerksamkeit, die er ihr schenkte? Es war fast so, als wäre sie dankbar dafür gewesen, daß jemand ihre Existenz zur Kenntnis nahm. Er war sich nicht ganz sicher, worüber sie sich an jenem Tag so sehr gefreut hatte, aber daß der Tag ihr mehr beschert hatte als neue Kleider, stand für ihn fest.

Was war nur nach dem Tod ihrer Mutter mit ihr geschehen? fragte er sich immer wieder. Was hatte sie aus einem normalen, extrovertierten, kontaktfreudigen Kind, das viele Freundinnen hatte und gern Parties besuchte, in eine junge Frau verwandelt, die sich wochenlang in ihrem Zimmer einsperrte und schlief?

Nun klammerte sie sich auf eine Weise an ihn, wie er das noch nie bei einem anderen Menschen in dieser Form erlebt oder empfunden hatte. Natürlich hatte sie Angst, und auch jeden Grund dazu. Aber das allein war es nicht. Sie klammerte sich an ihn, als würde sie ihn *brauchen.*

Vielleicht war es der Wunsch gewesen, seine Heimatstadt zu verlassen, der ihn dazu bewogen hatte, nach New York zu ziehen. Weil er an einem Ort leben wollte, wo er nicht »einer von den Taggerts« war, sondern eine eigenständige Persönlichkeit. Ein Ort, wo er als ein Individuum betrachtet wurde, nicht als Teil eines Rudels.

Lächelnd strich er jetzt Samantha über die Locken und küßte sie auf die Stirn. Wenn man in einer Familie aufwuchs, die so groß war wie die seine, war das Gefühl, daß man *gebraucht* wurde, ein sehr seltenes Erlebnis. Schon sehr früh im Leben machte man da die Erfahrung, daß andere da waren, die das machten, was man selbst zu machen versäumt hatte oder nicht hatte machen wollen. Wenn man die Pferde nicht fütterte, würde ein anderer das erledigen. Wenn jemand über etwas unglücklich war, gab es mindestens ein Dutzend Leute, die ihn trösteten. Soweit er sich erinnern konnte, hatte niemand jemals gesagt: »Das kann nur Mike machen« oder »ich brauche Mike dafür und keinen anderen«. Selbst in der Schule waren die Mädchen ebenso zufrieden gewesen, wenn sie statt seiner einen von seinen Brüdern bekommen hatten. Das schien für sie keinen Unterschied zu machen.

Aber Samantha brauchte ihn, dachte er, und versuchte, sie noch fester an sich zu ziehen. Sie brauchte nicht sein Geld, sie brauchte nicht seinen Körper, sie brauchte *ihn.*

Sie mit beiden Armen an sich drückend, dachte er wieder an die Zeit zurück, als er sie noch nicht persönlich gekannt hatte. Damals betrachtete er die Zusage, sie in seinem Haus wohnen zu lassen, als eine eher lästige Verpflichtung. Dann war es eine Weile sein einziges Ziel gewesen, sie in ein Bett zu ziehen, und sie hatte ihn sehr nachdrücklich darauf aufmerksam gemacht, daß sie daran nicht interessiert sei. Nachdrücklich? Himmel, nein, nicht nur das, sondern auf eine höhnische, häßliche und geradezu beleidigende Weise hatte sie ihm das zu verstehen gegeben. Dann hatte er eine Weile lang jegliches Interesse an ihr verloren und sie in ihrer Wohnung verweilen und schlafen lassen. Er hatte ihr gestattet, zu tun und zu lassen, was sie wollte, bis ihm schließlich Daphne die Augen geöffnet und ihn aufgeklärt hatte, daß Samanthas ›Schlaf‹ keineswegs so harmlos sei, wie er meinte.

Mike legte die Hand über Samanthas Ohr. Sie war so klein, so hilfsbedürftig und so allein. Vielleicht war es nur Eitelkeit, die ihn so etwas denken ließ, aber er hatte das Gefühl, ihr zweimal das Leben gerettet zu haben – das erstemal, als er sie vor einem ›ewigen Schlaf‹, wie Daphne sich ausdrückte, bewahrte, und das zweitemal heute, als er ihre Tür aufbrechen mußte, um zu ihr gelangen zu können. Morgen würde er die Fenster ausmessen für Gitter, die er dort zu ihrem Schutz anbringen lassen wollte.

»Du wirst bei mir in Sicherheit sein, Baby«, flüsterte er. »Ich werde dafür sorgen, daß du dich hier sicher fühlen kannst.« Und ich werde dich zum Lachen bringen, dachte er. Und ich werde dich dazu bringen, daß du nicht mehr zurückweichst, wenn ich die Hand ausstrecke, um dich zu berühren.

*

Es dauerte eine Weile bis Samantha sich soweit in der Gewalt hatte, daß sie nicht mehr am ganzen Körper zitterte, und genügend Luft bekam, daß sie wieder klar denken konnte. Als sie die Augen öffnete, konnte sie durch die offene Schlafzimmer- ihre Wohnungstür erkennen und das Loch darin, wo Mike das Holz hatte herausbrechen müssen, um den Schlüssel von innen erreichen und die Tür aufsperren zu können.

»Wie . . .«, flüsterte sie, zusammenzuckend bei dem Schmerz, den ihr nur dieses eine Wort in der Kehle verursacht. Sie klammerte sich an ihn, hielt ihn genauso fest wie er sie. Sie wollte nicht an ihre Angst denken – eine Angst, die sie wieder am ganzen Körper zittern ließ.

»Ich hörte dich«, sagte Mike. »Ich hörte dich an die Wand klopfen und wußte, daß etwas nicht stimmen konnte. Ich dachte, du wärst vielleicht aus dem Bett gefallen und hättest dich verletzt. Ich ahnte ja nicht . . .« Er würde ihr nicht sagen, was er empfand, als er diesen Kerl erblickte, der versuchte sie umzubringen. Nun staunte er sogar darüber, daß er diesen Burschen nicht auf der Stelle getötet hatte. Aber die Reihenfolge seiner Prioritäten hatte zuerst von ihm verlangt, nach Sam zu sehen und sich zu vergewissern, daß ihr nichts Ernsthaftes passiert war. Er hatte sich nicht eine Sekunde länger als nötig mit diesem Halunken aufhalten wollen.

»Du brauchst keine Angst mehr zu haben«, sagte er leise. »Blair wird in wenigen Minuten hier sein. Ich möchte, daß sie dich untersucht und sich davon überzeugt, daß dir nichts fehlt.«

»Eine Kusine?« gelang es Samantha, über die Lippen zu bringen, und legte dabei den Kopf zurück, um ihn anzulächeln.

Mike gab ihr Lächeln nicht zurück. Nun, wo die schlimmste Gefahr vorüber war, konnte er auch darüber nachdenken, warum dieser Kerl sie überfallen hatte. Als er diesen Maskierten über das Bett gebeugt und sie würgen sah, hatte er nicht einen Gedanken daran verschwendet, weshalb dieser Mann hier eingedrungen war und sie töten wollte. Mikes einzige Sorge war gewesen, Sam zu retten, doch nun wunderte er sich, warum der Einbrecher versucht hatte, sie umzubringen. Weshalb bediente er sich nicht einfach aus ihrer Schmuckschatulle oder nahm alles mit, was er für eine lohnende Beute hielt, und suchte dann wieder das Weite? Warum wollte er sie partout umbringen?

»Sam?«

Sie legte den Kopf wieder an seine Brust. Vor ein paar Minuten hatte sie noch um ihr Leben gekämpft, und nun fühlte sie sich so sicher wie nie zuvor in ihrem Leben.

»Hat der Mann etwas zu dir gesagt? Hat er dich beim Namen genannt und versucht, mit dir zu reden?«

Sie schüttelte verneinend den Kopf. Sie erinnerte sich zwar vage daran, daß der Mann tatsächlich etwas gesagt hatte, wollte sich aber jetzt nicht mehr daran erinnern. In diesem Augenblick hatte sie nur einen Wunsch: alles zu vergessen, was hier vor wenigen Minuten geschehen war.

Er schien sich über ihre Antwort zu freuen, denn sie konnte spüren, wie er sich entspannte. Und als er ihr Gesicht nun zwischen seine Hände nahm, lächelte sie ihn an, und er erwiderte ihr Lächeln.

»Ich möchte nicht mehr erleben, daß dir etwas passiert, Sammy-Mädchen«, sagte er und küßte sie auf die Stirn, als sie ihren Kopf wieder an seine Brust sinken ließ.

Ein paar Sekunden später läutete es unten an der Haustür, und Mike legte sacht ihren Kopf auf das Kissen zurück, ehe er die Treppe hinunterrannte, um seine Kusine ins Haus zu lassen. Kurz darauf kam er mit einer hübschen jungen Frau, die eine Arzttasche in der rechten Hand trug, in Samanthas Schlafzimmer zurück, und die junge Frau untersuchte dann fachkundig und gründlich Samanthas Kehle und Hals. Dabei redete sie mit Mike, der, nur mit einem kleinen weißen baumwollenen Slip bekleidet, hinter ihr stand. Offenbar schien es ihn nicht zu bekümmern, daß er sich den beiden Frauen in einem fast nackten Zustand präsentierte.

»Wie ist das passiert?« fragte Blair, während sie mit den Fingern Samanthas Nacken abtastete.

»Irgendein Halunke muß dort durchs Fenster eingestiegen sein«, antwortete Mike. »Vielleicht ist Samantha von einem Geräusch, das er dabei machte, aufgewacht oder hat ihn dabei erwischt, wie er ihre Schmuckschatulle durchsuchte. Ich weiß es nicht.«

Samantha schüttelte den Kopf. »Ich ... ich schlief«, sagte sie, das Gesicht verziehend, weil das Sprechen ihr wehtat.

Mike wollte ihre Antwort diesmal gar nicht gefallen. Vielleicht hatte Samantha sich im Schlaf umgedreht oder hin- und hergewälzt und deshalb diesem Schurken einen Anlaß gegeben, über sie herzufallen und sie zu würgen. Er wollte nicht daran denken, daß dieser Mann ein neuer Sexual- oder Massenmörder sein könnte. Der Town-House-Mörder vielleicht. Er blickte zu den Fenstern hinüber und überlegte, wie dick die Gitter sein müßten, die er bestellen wollte, aber dann sah er Samanthas gepackten Koffer auf dem Boden stehen und wußte, daß er sich diese Überlegungen sparen konnte: Sie würde gleich morgen früh das Haus verlassen.

Blair hatte inzwischen ihre Untersuchungen abgeschlossen und packte ihr Stethoskop wieder ein. »Glücklicherweise ist kein ernsthafter körperlicher Schaden entstanden. Ich denke, Sie werden bald wieder wohlauf sein. Ich gebe Ihnen ein paar Beruhigungstabletten, damit sie heute nacht schlafen können.«

Mit einem Nicken nahm Samantha die Tabletten entgegen, die die Ärztin ihr reichte, und trank dann aus dem

Becher, den Mike ihr an die Lippen hielt. Dann wurden ihre Augen ganz groß, als Mike sie samt Decke aus dem Bett hob und mit ihr auf den Armen zur Wohnungstür ging.

»Du wirst die Nacht heute unten verbringen, wo ich dich bewachen kann«, sagte er, und Samantha erhob diesmal keinen Widerspruch. Sie bezweifelte, daß selbst das stärkste Beruhigungsmittel sie heute nacht in Schlaf versetzen konnte. Sie würde vielmehr wach liegen und hinter jedem Schatten einen Mann oder eine ganze Horde von Männern vermuten, die sie umbringen wollten.

Im Erdgeschoß legte Mike sie in sein Bett und steckte die Decke um sie fest, als wäre sie noch ein Kind. Dann ging er mit seiner hübschen Kusine aus dem Zimmer, und Samantha konnte hören, wie sie leise miteinander redeten. Sie schloß die Augen, weil die Tablette bereits zu wirken begann.

*

»Wie steht es um sie?« fragte Mike seine Kusine.

»Gut«, antwortete Blair. »Sie ist kräftig und gesund, und wie ich bereits sagte, hat sie keinen ernsthaften Schaden dabei genommen. Sie wird in ein, zwei Tagen wieder wohlauf sein und vielleicht noch einen wunden Hals haben, aber sonst nichts.« Blair ließ ihre Arzttasche zuschnappen und sah dabei zu ihm auf. »Mike, es geht mich zwar nichts an, aber . . .«

»Willst du mich jetzt danach fragen, was sie mir bedeutet? Etwas in dieser Richtung? Ehrlich gesagt – ich weiß es selbst nicht.«

»Ich hatte nicht die Absicht, dein Privatleben auszuforschen«, gab sie gereizt zurück, was Mike mit einem Grinsen quittierte. »Kommt es dir nicht seltsam vor, daß Samantha nicht eine Träne vergießt? Wenn jemand versucht hätte, mich umzubringen, würde ich heulen wie ein Schloßhund. Du glaubst doch nicht, daß sie sich noch im Zustand des Schocks befindet, oder?«

Mike wußte nicht, was er darauf sagen sollte. Doch wenn er jetzt darüber nachdachte, war es vielleicht doch ein bißchen eigenartig, daß Samantha nicht weinte. Seine Schwestern hingegen schienen richtiggehende Heulsusen zu sein, die wegen jeder Kleinigkeit weinten. »Ich weiß es nicht. Vielleicht weint sie, wenn es niemand sieht.«

»Möglich«, erwiderte Blair. »Aber behalte sie im Auge. Wenn sie nicht bis morgen entsprechend reagiert, rufst du mich an. Es könnte sein, daß du sie dann zu einem Spezialisten schicken müßtest.«

»Einem Psychiater?«

»Ja«, erwiderte Blair. Als sich Mike bei ihr für ihren Hausbesuch mitten in der Nacht bedankte, sagte sie: »Laß mal deinen Kopf sehen. Ich werde nächste Woche die Fäden ziehen.« Während sie im hellen Licht der Vorhalle seine Kopfwunde untersuchte, meinte sie: »Du scheinst in den letzten Tagen eine Menge Unfälle zu erleben. Erst schlägt dir jemand mit einem Stein auf den Kopf, und heute versucht jemand die junge Dame zu töten, die in deinem Haus wohnt. Du glaubst doch nicht, daß die beiden Unfälle irgendwie zusammenhängen, oder?«

»Nein, natürlich nicht«, erwiderte Mike. Aber selbst Blair hörte die falschen Töne aus seiner Stimme heraus.

»Hm«, meinte sie, gab ihm einen Kuß auf die Wange und verließ sein Haus.

Mikes düsteres Gesicht hellte sich erst wieder auf, als er ins Schlafzimmer zurückkam und Samantha in seinem Bett sah. Sie blickte schlaftrunken zu ihm auf, und er setzte sich auf die Bettkante und nahm ihre Hand. Sie trug noch immer den Verlobungsring, den er ihr angesteckt hatte.

»Dieser Mann . . .«

»Pst, schone deine Stimmbänder.«

Sie lächelte, als Mike ihren Handteller küßte. »Er sagte, ›Wo ist *Half Hands* Geld geblieben?‹«

Es war gut, daß sie das mit geschlossenen Augen sagte, weil sie sonst den Schrecken auf Mikes Gesicht gesehen hätte und die Angst, die sich nun in seinen Augen widerspiegelte.

14

»Guten Morgen«, sagte Mike vergnügt, während er das weiße aus Weidenruten geflochtene Tablett auf ihrem Schoß abstellte.

Schlaftrunken und mit diesem etwas benommenen Gefühl, das gemeinhin zu den Nebenwirkungen eines starken Beruhigungsmittels gehörte, setzte sie sich im Bett auf und zuckte zusammen, als sie zu schlucken versuchte.

»Ich habe Vanille-Joghurt, frische Erdbeeren und frischgepreßten Orangensaft zum Frühstück anzubieten. Und auch frische Hörnchen, wenn dein Hals diese Kost bereits vertragen sollte.«

Sie blickte ihn stirnrunzelnd an. Nachdem jemand versucht hatte, sie in der vergangenen Nacht zu töten, kam ihr seine Munterkeit doch etwas verdächtig vor.

Schweigend nahm sie einen Löffel voll Joghurt zu sich und verzog das Gesicht, als sie sich bemühte, möglichst schonend diese kleine Portion geronnener Milch durch die Kehle in den Magen zu befördern. Doch Mike schien das alles nicht zu bemerken. Er setzte sich auf die Bettkante – eine Sitzgelegenheit, die er oft zu benutzen schien, wenn sie sich eine Mahlzeit teilten – und aß ein paar Erdbeeren.

»Weißt du, Sam, ich habe nachgedacht.«

Sie öffnete den Mund, um einen Kommentar zu dieser geistreichen Bemerkung abzugeben, unterließ es dann aber. Das Reden hätte zu sehr weh getan.

»Ich bin zu der Erkenntnis gekommen, daß du recht hattest, als du meintest, ich nähme zu wenig Rücksicht auf das, was du möchtest und was du durchgemacht hast. Dein Vater ist vor kurzem gestorben, und eine Scheidung muß ebenfalls eine schreckliche Erfahrung sein. Obendrein wurdest du noch von dem Testament deines Vaters gezwungen, in eine Stadt zu ziehen, die du haßt, und Dinge zu tun, die du nicht tun wolltest. Das alles muß dich furchtbar mitgenommen haben.«

Samantha beobachtete ihn, und jeder zynische Gedanke, den sie bisher gehabt hatte, fiel ihr jetzt wieder ein. Wenn ein Mann versuchte, sich in die Gefühlswelt einer Frau hineinzuversetzen, wollte er ihrer Erfahrung nach etwas von ihr. Sie schickte Mike ein aufmunterndes Lächeln zu, das, wie sie hoffte, auch eine große Portion Mitleid mit sich selbst enthielt.

»Ja, nun, ich dachte, daß du deshalb einen Urlaub nötig hättest, einen echten Erholungsurlaub. Irgendwo, wo es kühl ist und nicht so drückend heiß wie hier in New York. Und deshalb habe ich in der vergangenen Nacht mit Raine gesprochen – du erinnerst dich doch an ihn, nicht wahr? An meinen Vetter, der einen so großen Eindruck auf dich zu machen schien? Egal – Raine fährt nach Warbrooke. Das ist eine am Ende einer Halbinsel gelegene wunderschöne Stadt in Maine. Raine wird sich dort mit seiner ganzen Familie aufhalten, die dort ein wunderschönes Gästehaus besitzt. Du kannst dich dort ausruhen, lesen, mit dem Boot aufs Meer hinausfahren, angeln und was du sonst noch alles gern machen möchtest. Du kannst den ganzen Sommer dort verbringen, wenn du willst. Ich war mir so sicher, daß dir dieser Vorschlag gefallen wird, daß Raine noch heute nachmittag vorbeikommen, dich abholen und nach Warbrooke bringen wird. Ist das nicht großartig?«

Während Mike sprach, beobachtete Samantha ihn. Seine Augen waren blutunterlaufen, als hätte er in der vergangenen Nacht nicht eine Minute geschlafen, und da war auch etwas in seinen Augen, was sie noch nie zuvor gesehen hatte. Warum war er plötzlich so sehr darum bemüht, sie aus der Stadt hinauszuschaffen? Warum schickte er sie mit einem Mann fort, auf den er vor ein paar Tagen noch so eifersüchtig gewesen war?

Er wollte sie in einen winzigen, entlegenen Ort am Rand einer Halbinsel schicken – einen Ort, wo eine ganze Horde von seinen Verwandten sie im Auge behalten und sich um sie kümmern konnte. Sie glaubte nicht eine Sekunde, daß Mike sie wegschickte, weil er der Meinung war, daß sie einen Erholungsurlaub nötig habe. Vor ein paar Tagen schien er noch zu glauben, daß sie eher das Gegenteil bräuchte.

An die vergangene Nacht zurückdenkend, versuchte sie sich nun an alles zu erinnern, was während und nach dem Überfall auf sie geschehen war. Mike fuhr inzwischen fort, ihr eine Stadt anzupreisen, die er vor kurzem noch als ein Nichts mit einer Menge Wasser darum herum bezeichnet hatte. Nun war sie plötzlich zu einem Paradies geworden, und seine Montgomery-Vettern waren die liebenswürdigsten und nettesten Menschen auf dieser Welt. Und daß er in seiner Lobeshymne immer wieder den Satz »Sie werden auf dich aufpassen« verwendete, machte sie besonders mißtrauisch.

Sie lange über das Tablett auf ihrem Schoß hinweg und holte sich den Notizblock und den Bleistift vom Nachttisch, die dort für sie bereitlagen.

Wer ist ›Half Hand'? schrieb sie.

Den Zettel vom Notizblock abreißend, reichte sie ihn Mike. Als sie bemerkte, wie er ganz blaß wurde beim Lesen dieses Satzes, wußte sie, daß diese Frage die Antwort für vieles ihr noch rätselhaft Erscheinendes enthielt.

»Du hast eine sehr hübsche Handschrift, weißt du das? Hübsche runde ›a‹. Ich mache meine viel schmaler.«

Wer ist ›Half Hand‹? schrieb sie ein zweitesmal und reichte ihm den Zettel.

Mike sah aus wie ein Mann, der in eine Falle getappt war. Er legte sich auf das Bett zurück und kniff die Augen so fest zusammen, als habe er schreckliche Qualen zu erdulden. »Samantha«, sagte er müde, und es dämmerte ihr nun, daß er sie nur dann Samantha nannte, wenn er sich über sie ärgerte. »Samantha, das ist kein amüsantes Spiel, sondern die Wirklichkeit. Eine gefährliche Wirklichkeit. Ich hatte ja keine Ahnung, daß sie gefährlich ist, sonst hätte ich dich niemals in diese Sache hineingezogen. Nun kann ich nur noch dafür sorgen, daß du aus dieser Stadt herausgebracht wirst an einen sicheren Ort.«

Wenn Du mir nicht sagst, wer ›Half Hand‹ ist, werde ich meinen Großvater anrufen und ihn danach fragen, schrieb sie.

Mike verlor diesen gequälten Gesichtsausdruck, und nun entdeckte sie echte Angst in seinen Augen. »Du weißt nicht, wovon du redest«, erklärte er in einem so leisen Ton, den ein Mensch zumeist nur dann zu verwenden pflegt, wenn er versucht, nicht zu explodieren. »Du mußt mir schwören, daß du diesen Halunken niemals anrufen wirst.«

Samantha runzelte die Stirn und schrieb: *Er ist mein Großvater!!!*

Mike stand vom Bett auf und lief ein paarmal im Zimmer auf und ab. »Sam, ich habe einen Fehler gemacht –

einen großen Fehler. Ich habe dir zwar von Anfang an erklärt, daß ich die Bedingungen, die dir dein Vater in seinem Testament auferlegte, für ungerecht halte, und ich hätte tun sollen, was meiner Ansicht nach gerecht gewesen wäre – dir nämlich dein Erbe sofort freizugeben, ohne dich vorher in Barretts Haus mitzunehmen. Aber ich war ja so versessen darauf, ihn kennenzulernen. Seit mehr als zehn Jahren hat ihn niemand mehr gesehen oder sein Haus betreten, und ich ...«

Er brach mitten im Satz ab und wischte sich mit der Hand über die Augen. »Ich weiß nicht, ob Barrett tatsächlich dein Großvater ist oder nicht, aber ich weiß, was für eine Sorte Mensch er ist. Ich habe dir nicht viel von ihm erzählt – ich tat das absichtlich nicht, weil ich fürchtete, du würdest dich sonst weigern, dich mit ihm zu treffen. Ich habe dir aus eigensüchtigen Motiven die Wahrheit über ihn vorenthalten. Und nun muß ich für dieses Versäumnis bezahlen.«

Er entfernte das Tablett von ihrem Schoß, setzte sich wieder aufs Bett und nahm ihre Hand in die seine. »Du wirfst mir ständig vor, daß ich dich belügen würde. Vielleicht habe ich dich belogen, aber aus einem guten Grund, wie ich glaubte.«

Er berührte vorsichtig die blutunterlaufenen Stellen an ihrem Hals. »Du hättest umgebracht werden können heute nacht, und das wäre dann meine Schuld gewesen«, sagte er leise. »Ich hätte dir von Anfang an die Wahrheit sagen und dir sofort nach dem Tod deines Vaters dein Erbe freigeben sollen. Ich hätte nicht einmal zulassen dürfen, daß du hierher nach New York kommst.«

Sie streckte ihre andere Hand aus und suchte die seine, denn er war ehrlich bekümmert über das, was ihr heute nacht beinahe passiert wäre. Als er sie ansah, lächelte sie, aber er erwiderte ihr Lächeln nicht.

»Wenn ich dir nun erzähle, was ich weiß – wirst du dann diese Stadt verlassen? Wirst du mit meinem Vetter mitfahren und dich in den Schutz seiner Familie begeben, bis ich diese Geschichte hier aufgeklärt habe?«

Wie konnte sie ihm so etwas versprechen? Sie wußte doch noch gar nicht, was er ihr erzählen würde. Sie hatte geglaubt, irgendein Einbrecher habe versucht, sie zu töten, doch nun schien es so, als sei dieser maskierte Mann nur mit der Absicht ins Haus gekommen, sie umzubringen. Aber warum? Was wußte sie, daß er meinte, sie dieses Wissens wegen töten zu müssen?

Als Mike sah, wie sie zögerte, ihm ihr Wort zu geben, konnte er sie verstehen. Vielleicht verdiente er ihr Vertrauen nicht, weil er sie dazu benutzt hatte, sich Zutritt zum Haus eines alten Mannes zu verschaffen. Mike schluckte. Kein Buch auf dieser Welt war so wichtig, daß man seinetwegen das Leben eines Menschen aufs Spiel setzen durfte.

»Als erstes will ich dir die Wahrheit über Barrett erzählen«, sagte er leise. »Ich . . . ich möchte, daß du begreifst, was für ein Mensch er ist. Ich will nicht, daß du ihn glorifizierst, Sam, nur weil er vielleicht mit dir verwandt sein könnte. Das ist kein Grund, diesem Mann gottähnliche Eigenschaften anzudichten.«

Seine Lippen wurden schmal, als er sah, wie sie ihren Notizblock zur Hand nahm und wütend etwas hinzukritzeln begann:

Er mag ja in der Vergangenheit ein paar schlimme Sachen gemacht haben, aber . . .

Er packte ihre Hand, ehe sie den Satz beenden konnte, und hielt ihr Handgelenk eine Sekunde lang fest. Doch dann beruhigte er sich ein wenig und ließ es wieder los.

»Du hast doch gehört, wie man ihn Doc nannte, nicht wahr? Weißt du auch, *warum* er so genannt wird? Nein, antworte mir jetzt nicht! Du würdest vermutlich sagen, daß man ihm an irgendeiner Universität die Würde eines Ehrendoktors verliehen haben müßte, nicht wahr?«

Auf ihre Hand niedersehend, fuhr Mike fort: »Er wird Doc genannt, weil das eine Abkürzung für seinen eigentlichen Spitznamen ist. und sein eigentlicher Spitzname lautet ›Chirurg‹.«

Sie drehte ihren Kopf zur Seite, aber er faßte sie unter das Kinn und wendete ihn so, daß sie ihm ins Gesicht schauen mußte.

»Es ist mir egal, ob du es hören willst oder nicht, weil ich es dir trotzdem sagen werde. Als Barrett neun Jahre alt war, hat ihn seine Mutter, eine Prostituierte, verlassen. Ich bezweifle, ob sie oder sonst jemand wußte, wer sein Vater war. Aber was seine Mutter auch gewesen sein mag: Barrett schien eine echte Zuneigung für sie empfunden zu haben, und deshalb könnte es sein, daß etwas in ihm ausrastete, als sie ihn sich selbst überließ.

Im ersten Jahr, nachdem seine Mutter ihn gewissermaßen ausgesetzt hatte, tat der magere kleine Junge alles, was in seinen Kräften stand, um zu überleben. Im ersten Jahr wäre er fast verhungert, aber dann stahl er aus der Küche eines Restaurants ein Küchenmesser und lernte, damit umzugehen. Es gibt eine Geschichte aus dieser Zeit, deren Wahrheitsgehalt ich nicht nachprüfen konnte, in der behauptet wird, er habe mit dem Messer einem anderen Jungen, der sich aus der Mülltonne, die Doc als sein Eigentum betrachtete, Nahrungsreste holen wollte, die Finger abgehackt.«

»Nein«, flüsterte Samantha und griff sich mit der Hand an die schmerzende Kehle.

»Mit vierzehn«, fuhr Mike fort, »war Barrett so unterernährt, daß er aussah wie ein Zehnjähriger. Er war es leid, täglich nur von der Hand in den Mund zu leben. Damals war Scalpini der in der Stadt tonangebende Gangsterboß, und so beschloß Barrett, für ihn zu arbeiten. Barrett hatte große Mühe, überhaupt an den von seinen Leibwächtern geschützten Scalpini heranzukommen, doch eines Abends, als Scalpini sich gerade in seinem von ihm bevorzugten italienischen Restaurant zum Essen niedersetzen wollte, gelang ihm das doch. Scalpinis Leibwächter wollten ihn sofort wieder an die frische Luft befördern, aber Scalpini sagte, er wolle sich erst anhören, was der Junge ihm zu sagen habe. Barrett brachte nun sein Anliegen vor, daß er für Scalpini arbeiten wolle; daß er *alles* für ihn tun würde, überhaupt alles. Und alle Anwesenden, Scalpini eingeschlossen, lachten nun über diesen Jungen, der noch aussah wie ein Kind. Doch dann sagte Scalpini, immer noch lachend: ›Bring mir Guzzos Herz, Junge, und ich gebe dir einen Job.‹«

Da blickte Samantha abermals zur Seite. Sie war sich nicht sicher, worauf die Geschichte hinauslief, aber sie wußte, daß sie sie nicht hören wollte. Doch Mike schwieg so lange, bis sie ihm wieder das Gesicht zuwandte.

»Als sich Scalpini am darauffolgenden Tag zum Dinner niedersetzte, versuchte dieser magere, schmutzige Junge wieder an seinen Leibwächtern vorbei bis zu ihm vorzudringen. Scalpini, dem vermutlich die Beharrlichkeit dieses Jungen und dessen Heldenverehrung imponierten, gab seinen Leibwächtern ein Zeichen, den Jungen durchzulassen. Barrett holte daraufhin ein in blutiges Zeitungspapier eingewickeltes Etwas von der Größe eines Balls aus seiner Jackentasche und warf es auf Scalpinis Teller. Als Scalpini das Papier auseinanderfaltete, fand er darin das Herz eines Menschen.«

Samantha sagte eine Weile lang kein Wort, saß nur da, blickte Mike an und spürte, wie ihr das Blut aus dem Gesicht wich. »Wie?« flüsterte sie schließlich.

»An fünf Tagen in der Woche pflegte Guzzo Punkt vier Uhr nachmittags seine Mätresse zu besuchen, bei der er sich dann exakt anderthalb Stunden aufhielt. Er liebte es, damit anzugeben, daß er sie die ganze Zeit über lieben würde, aber jeder wußte es besser. Er faßte die Frau überhaupt nicht oder nur sehr selten an, und man konnte ihn noch zwei Häuserblocks weiter schnarchen hören. Barrett war so mager, daß er durch den Kamin in das Schlafzimmer einsteigen konnte, in dem Guzzo schnarchte, schnitt dem schlafenden Guzzo die Kehle durch und dann das Herz aus der Brust. Ein paar Minuten darauf kam Guzzos Mätresse ins Schlafzimmer, sah ihren Liebhaber mit durchschnittener Kehle und einem Loch in der Brust im Bett liegen und fing an zu schreien. In dem darauf folgenden Durcheinander gelang es Barrett, durch die Vordertür die Wohnung und das Haus zu verlassen. Er machte sich dann sofort auf den Weg zu Scalpinis Lokal und hielt sich unterwegs nur kurz auf, um sich den Ruß und das Blut aus dem Gesicht und von den Händen zu waschen. Einer der Leibwächter sagte, das Herz sähe so aus, als sei es von einem Chirurgen herausoperiert worden, und so kam Barrett zu seinem Spitznamen. Mit den Jahren wurde er dann zu dem etwas würdevolleren ›Doc‹.«

Mike streckte sich auf dem Bett aus und wartete, bis Samantha das, was er ihr soeben erzählt hatte, einigermaßen verdaut hatte, ehe er fortfuhr:

»Das Material, das ich nach jahrelangen Recherchen über Docs Vergangenheit zusammentragen konnte, ist zwar spärlich, jedoch ausreichend, um nachweisen zu können, daß das meiste, was er dir gestern erzählte, erlogen war oder zumindest eine Verfälschung von Tatsachen.

So versuchte Doc zum Beispiel deine Sympathie dadurch zu gewinnen, daß er behauptete, er habe in der Zeit der Weltwirtschaftskrise nur mit illegalen Geschäften Geld verdienen können. Aber 1928 war ein Jahr *vor* dem großen Börsenkrach, der die Weltwirtschaftskrise erst auslöste. Und an dem Tag, als Scalpinis Leute in Jubilees Bar erschienen und dort ihr Massaker anrichteten, waren Docs Einnahmen auch nicht besonders groß gewesen. Vielmehr hatte Doc jeden Safe und alle Einnahmequellen von Scalpini plündern lassen und dabei ungefähr drei Millionen Dollar erbeutet.«

Als Mike sich zu Samantha umdrehte, sah er, daß sie ihm nun mit großen Augen gebannt zuhörte.

»Der Mann, der Scalpini und seine Geldboten überfiel und ihnen diese Summe abnahm, war Docs Freund – der Mann, dem Barrett, wie er dir erzählte, als einzigem vertraute: Joe, besser bekannt unter dem Namen ›Half Hand Joe‹. Willst du wissen, wie Joe zu *seinem* Spitznamen gekommen ist?«

Samantha schüttelte verneinend den Kopf, aber das hielt Mike nicht davon ab, es ihr trotzdem zu erzählen.

»Half Hand war älter als Doc und im Gegensatz zu seinem überaus schnell denkenden Freund sehr langsam von Begriff. Niemand weiß, ob Joe schon so auf die Welt gekommen ist oder diese Eigenschaft erst später entwikkelte, weil das Hobby seines Vaters darin bestand, Joe mit allem, was er gerade zur Hand hatte, auf den Kopf zu schlagen. Joe lernte Doc kennen, als er siebzehn war, und schloß sich Doc, der damals erst zehn war, an wie ein alter treuer Hund. Als Doc anfing, für Scalpini zu arbeiten, tat Joe das ebenfalls. Sie gingen überall zusammen hin, taten alles gemeinsam. Als ein paar rivalisierende Verbrecher mit Maschinenpistolen auf Doc schossen, schob Joe sich vor seinen kleinen Kumpel. Joe bekam dabei vier Kugeln in die linke Hand, die ihm die Hälfte davon abtrennten.«

Mike hielt seine linke Hand hoch, um zu demonstrieren, welche Hälfte und ihr zu zeigen, daß Joe nur noch zwei Finger und der Daumen geblieben waren.

»Seit diesem Abend wurde er Half Hand genannt und wurde seither Doc noch treuer ergeben als vorher. Vermutlich wurde es Half Hand nach dieser Schießerei bewußt, daß seine Zukunft von Docs Sicherheit abhing, und so fing er an, nachts vor Docs Haustür zu schlafen.«

Mike holte tief Luft. »Dann kam jener bewußte Abend im Jahr 1928, der alles verändern sollte. Doc wollte der Boß aller illegalen Geschäfte in New York werden, und um dieses Ziel zu erreichen, mußte er Scalpini beseitigen. Doc verwandte Monate auf die Vorbereitung der Überfälle und der Morde, die er für nötig erachtete. Alles verlief nach Plan, bis auf die Tatsache, daß Scalpini nicht so lange wartete, bis er wußte, wer ihn beraubt hatte, sondern einfach ein paar von seinen Männern zusammenrief, mit ihnen zu Jubilees Bar ging und dort das Feuer eröffnete. Sie erwischten zwar Doc nicht, brachten jedoch Joe um – Joe, der als einziger wußte, wo diese geraubten drei Millionen versteckt waren.«

Mike schwieg einen Moment, und deshalb schrieb Samantha auf einen Zettel: *Warum ich?* und gab ihn Mike.

Mike verzog ein wenig das Gesicht. »Ich weiß nicht, warum ich immer voraussetze, daß jeder diese Story kennt. In den Kreisen der Unterwelt ist die Geschichte von Half Hands Geld so bekannt wie die Legende vom versunkenen Schatz des sagenhaften Atlantis. Es gibt eine Menge Leute, die argwöhnen, daß Maxie diese drei Millionen Dollar an sich genommen habe und deswegen in jener Nacht verschwunden sei. Maxie hätte sich schon lange von Doc und seiner Bande trennen wollen und habe hier eine Gelegenheit dazu gesehen und sie genützt. Doc erzählte dir, daß Half Hand eine Kugel in den Kopf bekommen habe und auf der Stelle tot gewesen wäre. Es gibt

Leute, die meinen, Half Hand wäre so oft von seinem Vater auf den Kopf geschlagen worden, daß eine Kugel unmöglich ausgereicht haben könnte, seinen Schädel zu durchdringen. Sie behaupten, er habe noch lange genug gelebt, um Maxie sagen zu können, wo er das Geld versteckt hatte.

Was weder Doc noch Scalpini wußten und was sie erst viele Jahre später erfuhren, war die Tatsache, daß dieses Geld vom FBI markiert worden war. Wenn es nicht in jener Nacht verschwunden wäre, würde derjenige, der es ausgegeben hätte, damit dem FBI den Beweis geliefert haben, den es brauchte, um den Betreffenden zu überführen. Wer das Geld auch immer stahl: Er bewahrte Doc vor einer langjährigen Gefängnisstrafe.«

Wurde es gefunden? schrieb Samantha.

»Gewissermaßen ja«, erwiderte Mike. »Eine Hundert-Dollar-Note von dem geraubten Geld tauchte 1965 in Paris auf.«

Samantha hatte ihm gespannt zugehört, und als er dieses Datum nannte, schien ein Ruck durch ihren Körper zu gehen.

»Richtig«, sagte Mike, als sie ihn mit geweiteten Augen ansah, »das war ein Jahr, nachdem deine Großmutter Maxie ihren Mann und ihre Familie verlassen hatte. Siebenunddreißig Jahre nach jenem Massaker, und niemand suchte mehr nach diesem Geld. Die alte Banknote wurde von einem scharfäugigen Angestellten im Schatzamt entdeckt. Nach dieser Entdeckung hielten alle Banken natürlich wieder Ausschau nach weiteren markierten Banknoten, doch es tauchten keine mehr auf. Vielleicht ist die ganze Anstrengung sowieso umsonst gewesen, denn der Angestellte, der diesen markierten Hundert-Dollar-Schein entdeckte, war gerade aus einem halbjährigen Erholungsurlaub zurückgekommen, und deshalb konnte es möglich sein, daß die ganzen drei Milliarden Dollar bereits das Schatzamt passiert hatten, ohne das jemand auf die Markierung der Scheine geachtet hatte.«

Das war eine solche Flut von Informationen, die Samantha nicht auf einmal verdauen konnte. Deshalb nahm Mike nun das Tablett und ging damit aus dem Zimmer. Als er zurückkam, sagte er, daß sie jetzt schlafen sollte, weil sie sich von diesem schrecklichen Überfall erholen und ihrer Kehle Ruhe gönnen müsse, damit die Blutergüsse dort verheilten. Aber als er die Decke um sie herum feststeckte, hielt er plötzlich mitten in dieser Tätigkeit inne und fragte: »Wann hast du zuletzt geweint?«

Samantha blickte stirnrunzelnd von ihm weg.

Sie unter das Kinn fassend, drehte Mike ihren Kopf wieder so weit nach vorn, daß sie ihn anschauen mußte. »Ich gehe so lange nicht aus dem Zimmer, bis du mir diese Frage beantwortet hast.« Er reichte ihr den Notizblock und den Bleistift.

Nach einem wütenden Blick auf ihn schrieb sie: *Ich habe an dem Tag geweint, als der Rektor meiner Schule zu mir kam, um mir zu sagen, daß meine Mutter tot sei.*

15

Samantha verließ New York an diesem Nachmittag nicht. Allerdings mußte sie Mike versprechen, ihm zu gehorchen, wenn er ihr erlaubte, noch zwei Tage länger bei ihm zu bleiben – also so lange, wie es nach Blairs Meinung dauern würde, bis ihre Kehle soweit verheilt war, daß sie wieder richtig sprechen konnte. Sie hatte ihm dieses Versprechen gegeben, weil sie einen Entschluß fassen mußte und sicher war, daß ihr das eher in einer ihr vertrauten Umgebung gelingen würde.

Mike war nicht leicht zu überreden gewesen, weil er sie aus der Stadt haben, sie an einem sicheren Ort wissen wollte. Er wollte nicht, daß sie noch irgend etwas mit Doc oder Maxie oder dem Material zu tun haben sollte, das er zusammengetragen hatte. Samantha fragte auf einem Zettel, ob er noch immer beabsichtigte, die Biographie zu schreiben. Als Mike diese Frage bejahte, unterließ es Samantha, ihn darauf hinzuweisen, daß er genauso in Lebensgefahr schweben würde wie sie selbst, weil man davon ausgehen würde, er wisse ebenso wie sie, wo das Geld von Half Hand geblieben war. Sie machte auch keine Bemerkung darüber, daß es sich hier um ihre und nicht um seine Großmutter handelte.

Sie wollte einfach Mikes Haus nicht verlassen, wollte nicht zu einem anderen Mann in einen Wagen steigen und mit ihm an einen anderen Ort fahren.

Sie wollte Mike nicht verlassen.

Sie wachte am Nachmittag wieder auf, und Mike brachte ihr auf einem Tablett ihren Lunch. Er sah müde aus und hatte sich seit zwei Tagen nicht mehr rasiert. Er wollte, daß sie nach dem Essen weiterschlafen sollte, aber sie deutete ihm pantomimisch an, daß sie ihre Lippen verschlossen halten und überhaupt so still sein würde wie ein Mäuschen, wenn er sie auf der Couch sitzen ließ und nicht von ihr verlangte, die ganze Zeit im Bett zu bleiben.

Nach langem Hin und Her willigte er ein, hob sie auf seine Arme, trug sie hinüber in die Bibliothek und lud sie dort auf der Couch ab. Und als wäre sie eine hilflose gelähmte Person, wickelte er ihr auch noch eine leichte Decke um die Beine, ehe er an seinen Schreibtisch zurückkehrte, um seine Notizen durchzusehen.

Als Samantha ihm dabei zuschaute, wurde ihr klar, daß

sie noch mehr über den Mann erfahren wollte, der vielleicht ihr Großvater war oder auch nicht, und deshalb teilte sie Mike auf einem Zettel mit, daß sie wieder seine Notizen in den Computer eingeben wolle. Er weigerte sich jedoch, sie am Schreibtisch vor dem Computer sitzen und tippen zu lassen und fragte sie, ob es denn keine kleineren Computer gäbe. Samantha beschrieb ihm daraufhin einen Laptop, und Mike bat sie, ihm aufzuschreiben, was sie bräuchte, damit er so etwas bestellen könne. Obwohl Samantha ihn darauf hinwies, daß Laptops oder Notebooks viel zu teuer seien und sie durchaus an seinem Schreibtisch sitzen könne, wollte Mike nicht auf sie hören. Schließlich schrieb sie ihm den Namen eines sehr leistungsfähigen Laptop auf und setzte, einem Impuls folgend, noch »King's Quest V und eine Maus« hinzu. Mike rief ein Computerfachgeschäft an, und binnen zweier Stunden wurde ihnen das Gerät ins Haus geliefert.

Nachdem Mike das Gerät samt Zubehör in die Bibliothek getragen hatte, stieg sie von der Couch herunter und verband die Maus und das graphische Computerspiel mit dem großen Gerät auf dem Schreibtisch, während Mike gerade ein Duschbad nahm. Als er, mit noch feuchten Haaren und nur mit einer kurzen weißen Tennishose bekleidet, wieder in die Bibliothek zurückkam, meinte Samantha bei seinem Anblick eine Minute lang, ihr Herz würde aussetzen, aber Mikes Augen waren nur auf den Farbmonitor auf seinem Schreibtisch gerichtet, der das Eröffnungsbild des Computerspiels zeigte. Als würde er davon magnetisch angezogen, ging er zum Rechner, berührte die Maus auf der Unterlage, und als er sah, wie der kleine Mann in dem Spiel sich zu bewegen begann, war es um ihn geschehen. Samantha blickte lächelnd auf seinen schönen breiten, bloßen Rücken und sah, daß er, obwohl er offensichtlich nicht begreifen konnte, wie man Texte in einen Computer eingab, keine fünf Minuten dazu brauchte, um die Grundregeln eines Computerspiels zu beherrschen.

An diesem Abend schlief sie auf der Couch ein, und erst als Mike sich anschickte, sie auf seine Arme zu nehmen, wachte sie wieder auf. Einem Instinkt folgend, wehrte sie sich zunächst gegen seinen Griff, aber er hielt sie fest. »Ich bin es nur«, flüsterte er. »Ich, Mike, und kein anderer.«

Es dauerte einen Moment, bis sie sich entspannt und schlaftrunken an ihn lehnte. Aber als er sie dann in sein Bett legte, geriet sie in Panik und wollte partout wieder aus dem Bett raus.

Betroffen wich Mike zurück und sagte mit zornrotem Gesicht: »Ich bin *kein* Frauenschänder. Ich werde Ihnen nichts tun und denke auch nicht daran, mit einer Frau ins Bett zu gehen, die nicht mit mir ins Bett gehen *möchte!*« Dann machte er kehrt, marschierte zur Tür und sagte, die Hand am Lichtschalter, und ohne eine Spur von Wärme in seiner Stimme: »Wenn Sie etwas brauchen – ich bin nebenan im Gästezimmer.«

Samantha lag darauf noch eine ganze Weile wach in Mikes großem Bett auf den Kissen, in denen er geschlafen hatte, und blickte zur Zimmerdecke hinauf. Unfähig, dachte sie. Sie war schon immer, was Männer betraf, unfähig gewesen, das Richtige zu tun.

Als Samantha am Morgen erwachte, wußte sie zunächst nicht, wo sie sich befand. Aber als sie erkannte, daß sie in Mikes Schlafzimmer lag, überkam sie ein Gefühl der Sicherheit. Jemand – und sie wußte, daß dieser Jemand Mike gewesen sein mußte – hatte frische Kleider auf einem Stuhl für sie bereitgelegt. Sie stieg aus dem Bett und zog die Jeans und das T-Shirt an, die er für sie ausgesucht hatte und ging barfuß hinüber ins Badezimmer. Es war natürlich Mikes Badezimmer, und auf dem Bord unter dem Spiegel standen eine Reihe von Flaschen und Töpfen, alle sauber und ordentlich ausgerichtet. Sie nahm eine Flasche mit Rasierwasser hoch, roch daran, lächelte und stellte sie auf das Bord zurück. Dann schob sie die Glastür der Duschkabine zur Seite und entdeckte darin sein Shampoo.

Es gab noch eine zweite Tür im Badezimmer, und als sie diese öffnete, erblickte sie ein Schlafzimmer mit zerknittertem Bettzeug. Offensichtlich hatte Mike die Nacht in diesem Raum verbracht, der sich unmittelbar neben jenem befand, in dem sie geschlafen hatte.

Nachdem Samantha das Badezimmer inspiziert hatte, kehrte sie in Mikes Schlafzimmer zurück und öffnete, nachdem sie sich gesagt hatte, daß sie das nicht tun sollte, dort seinen Kleiderschrank. Es war ein großer eingebauter Schrank – schon eher ein Garderobenzimmer, in dem man umhergehen konnte. In Fächern und an Stangen befanden sich seine Kleidungsstücke. Auch hier war alles ordentlich und sauber. Es hingen nicht viele Anzüge an den Stangen, aber diese waren von allerbester Qualität. Sie berührte die Ärmel eines cremefarbenen Jacketts, das aus Rohseide bestand, nahm es schließlich vom Bügel und betrachtete die Schultern, die so breit waren wie Mikes Schultern, und die Taille, die so schmal war wie seine Taille. Es war unmöglich, daß er dieses Jackett von der Stange gekauft haben konnte, es mußte eigens für ihn angefertigt worden sein. Im Futter war das Ettikett eines Londoner Geschäfts eingenäht.

Sie hängte das Jackett wieder über seinen Bügel, strich dann mit den Händen über Hemden und Hosen und berührte blitzblank polierte Schuhe, die auf schrägen Brettern angeordnet waren, jeder Schuh mit einem Schuhspanner aus Zedernholz versehen. Danach verließ sie den

Schrank wieder, schloß die Türen und sah sich im Schlafzimmer um.

An einer Wand stand eine große Kommode, und nach kurzem Zögern öffnete Samantha die Schubladen. Unterwäsche, Pullover, eine große Schublade nur voller Sportsachen, und Socken. Als sie die unterste Schublade auf der rechten Seite aufzog, entdeckte sie ein Bild im Silberrahmen, das mit der Vorderseite nach unten auf ein paar Sachen lag. Sie vermochte ihre Neugierde genausowenig zu beherrschen, wie sie mit ihrem Willen erreicht hätte, daß ihr Flügel wuchsen, nahm den Silberrahmen heraus und blickte auf das Foto einer sehr hübschen jungen Dame mit einer Fülle schwarzer Locken und einem intelligenten, fast aristokratisch wirkenden Gesicht. »In Liebe, Vanessa«, hatte sie unter das Foto geschrieben.

Als Samantha nun das Foto genauso wieder in die Schublade legte, wie sie es dort gefunden hatte, fragte sie sich, warum Mike das Foto vor ihr versteckt hatte – warum sie nicht wissen sollte, daß er eine feste Freundin hatte, die ihm ihre ganze Liebe schenkte. Natürlich sah es ein Mann gern, wenn eine Frau glaubte, sie sei die einzige in seinem Leben gewesen – oder etwa nicht? Sie erinnerte sich daran, wie Mike gestern abend zu ihr gesagt hatte, er wäre kein Frauenschänder. Er hatte keine Annäherungsversuche machen wollen, wie sie, Samantha, zunächst angenommen hatte.

Nachdem sie sich fertig angekleidet hatte, ging sie in die Küche, wo Mike an der Frühstückstheke saß. Als sie ihn begrüßte, benahm er sich sehr reserviert und sagte nur, daß sie eigentlich im Bett bleiben sollte. Sie wollte sich für ihr Benehmen am Abend vorher entschuldigen – daß sie sich so heftig zur Wehr gesetzt hatte, als er sie in sein Bett brachte, obwohl er ihr doch in der Nacht zuvor das Leben gerettet hatte. Sie wollte ihm sagen, daß nicht er, sondern sie es sei, die Probleme hatte, aber sie brachte es einfach nicht fertig, auf einen Zettel zu schreiben, was sie empfand. So ging sie stumm wieder hinüber in sein Schlafzimmer, legte sich aufs Bett und nahm ein Buch zur Hand, ohne jedoch darin zu lesen.

Am späten Vormittag traf dann Blair ein, untersuchte ihren Hals und meinte, daß er voraussichtlich in einem Tag wieder in Ordnung sein würde. Bis dahin sollte sie jedoch nach Möglichkeit nicht sprechen. Anschließend begab sich Blair mit Mike ins Wohnzimmer, und einige Sekunden später stieg Samantha aus dem Bett und folgte den beiden.

Mike saß auf einem Stuhl, während Blair, über ihn gebeugt, seine Kopfwunde untersuchte. Von beiden unbemerkt, rannte Samantha rasch die Treppe zu ihrem Apartment hinauf und trug im Bad etwas Make-up auf. Als sie wieder herunterkam, fand sie Mike im Garten. Er saß dort am Picknicktisch und hatte einen Teller mit Sandwiches vor sich.

»Möchten Sie etwas essen?« fragte er, sah sie dabei aber nicht an.

Samantha öffnete den Mund, um etwas darauf zu antworten, schloß ihn dann aber wieder. Wie wollte sie ihm etwas erklären, das sie selbst nicht verstand?

Das Sonnenlicht lag auf seinem Haar, und sie konnte die Stelle sehen, wo die Kopfhaut verletzt worden war. Als sie näher an ihn herantrat, die Hand ausstreckte und sein Haar berührte, bewegte er sich nicht. Von seiner Reaktion ermutigt, ging sie noch näher an ihn heran und sah sich seine Kopfwunde genau an. Sie war mit zehn Stichen genäht worden, und Samantha wußte mit über jeden Zweifel erhabener Sicherheit, daß seine Wunde etwas damit zu tun hatte, daß ihr Hals nun mit Würgemalen übersät war.

Einem Impuls folgend, küßte sie ihn auf die Wunde. Mike saß ganz still da und versuchte zum erstenmal nicht, nach ihr zu greifen, sie zu Boden zu reißen oder an ihren Kleidern zu zerren. Daß er so stillhielt, ermutigte sie noch mehr, und sie legte ihm ein paar Strähen seines Haares über die Stelle und strich sie glatt.

Dann bewegte sie sich wieder von ihm weg und nahm ihm gegenüber am Tisch Platz. Er sah sie auf eine sonderbare Weise an, so als versuchte er, schlau aus ihr zu werden. Sie wollte ihm sagen, daß er sich nicht darum bemühen sollte – daß sie nicht so wäre wie andere Menschen und in keine Schablone passen würde.

Mike sagte nichts, aß schweigend seinen Lunch und behielt seine Gedanken für sich.

Um ein Uhr mittags läutete das Telefon, und als Mike den Hörer abhob, huschte ein Lächeln über sein Gesicht. »Das ist großartig«, sagte er grinsend. »Mein Glückwunsch. Warte eine Sekunde – ich werde Sam fragen.« Seine Hand über die Muschel legend, drehte er sich zu Samantha um. »Würde es Ihnen passen, wenn wir Gesellschaft bekämen? Eine Freundin von mir hat soeben ihr Bar-Examen bestanden und das will sie feiern. Sie und noch ein paar Freunde würden gern zu mir kommen.«

Lächelnd gab Samantha ihm mit einem Kopfnicken ihre Zustimmung, obwohl sie nicht sonderlich daran interessiert war, noch mehr Leute aus Mikes Bekanntenkreis kennenzulernen. Bisher waren das nur Stripperinnen und Jogger gewesen. Diese Bekannte hatte, wie er soeben sagte, ihr Bar-Examen bestanden. Bedeutete das, daß sie sich als Bardame qualifiziert hatte?

Da Samantha nicht wollte, daß jemand die Blutergüsse an ihrem Hals sah, zog sie sich ein Sweatshirt mit Rollkragen an. Als sie dann nach einer Stunde die ihr von Mike angekündigten Freunde kennenlernte, war sie angenehm überrascht. Es waren vier, zwei davon ein Paar – Jesse und Anne, gerade sechs Wochen verheiratet – und die beiden anderen, Ben und Corey, waren verlobt. Es war Corey, die soeben ihr Bar-Examen bestanden hatte – als *Bar*rister, eine bei Gericht zugelassene Rechtsanwältin. Sie erzählte Samantha, daß sie in der gleichen Kleinstadt aufgewachsen sei wie Mike – in Chandler, Colorado.

Als die vier vergnügten jungen Leute, mit Champagnerflaschen bewaffnet, in Mikes Haus kamen und dort Samantha auf der Couch sitzen sahen, nahmen sie natürlich sofort an, daß sie und Mike zusammenlebten.

Es war Mike, der diesen Irrtum korrigierte und erklärte: »Samantha ist meine Mieterin. Sie wohnt in dem Apartment im ersten Stock.« Dann erklärte er, daß Samantha oben gegen das Treppengeländer gefallen sei, sich an der Kehle verletzt habe und deshalb nicht sprechen könne. Samantha spielte dabei mit ihrem Rollkragen, aus Angst, man könnte die Blutergüsse sehen, die genauso aussahen wie Fingerabdrücke.

Als Mike sagte, daß Samantha nicht mehr sei als seine Mieterin, sahen sich die vier Freunde untereinander an und zogen die Brauen ein wenig hoch. Es gehörte ja nicht unbedingt zu einer Hausherr-Mieterin-Beziehung, daß die Mieterin, in eine Steppdecke gewickelt, auf der Couch in der Bibliothek des Hausherrn saß.

Samantha tat die Gegenwart von anderen Menschen gut, denn ihr Gelächter baute die Spannung wieder ab, die sich zwischen ihr und Mike aufgebaut hatte, und sie lernte nun auch Mikes Verhalten in der Gesellschaft mehrerer Leute kennen.

Seit ihrem zwölften Lebensjahr hatte Samantha ein Einsiedlerdasein geführt. Ihre Mutter war von ihren Eltern der geselligere Partner gewesen, sie hatte immer die Gartenfeste, Dinnerparties und die Wohltätigkeitsveranstaltungen der Kirchengemeinde organisiert. Nach ihrem Tod war Samantha in der Obhut ihres Vaters geblieben, der nur selten Besuch empfing. Dann war sie mit einem Mann verheiratet gewesen, der seine Parties mit Leuten feierte, von denen sie nichts wissen durfte.

Aber Mike war ein geselliger Typ, der sich in einer Gruppe wohl fühlte.

Jess hatte eine Vorliebe für Computer, und als er das neue Gerät in Mikes Bibliothek entdeckte, mußte er es auch sofort einschalten. Mike schob das Verdienst für dessen Anschaffung Samantha zu und erklärte, daß sie es auch angeschlossen und die Programme installiert habe.

Als Jess das Verzeichnis studierte, rief er sofort das Sierra-Computerspiel auf, und binnen weniger Minuten schoben die drei Männer abwechselnd die Maus über die Unterlage und stritten sich um Bienen, Ameisen und Räuber.

Samantha, die auf der Couch hinter ihnen lag, beobachtete Mike und dachte, es wäre doch seltsam, wie rasch alle anderen Männer neben ihm zu verblassen schienen. Sie beobachtete, wie er sich bewegte, beobachtete das Spiel seiner Muskeln unter seinem dünnen T-Shirt, wenn er sich bewegte, und betrachtete sein dunkles, gelocktes Haar.

Plötzlich wurde ihr bewußt, wie nahe sie dem Tod gewesen war. Sie erinnerte sich an die Hände des Maskierten, die ihr den Hals zugeschnürt hatten, konnte fast wieder spüren, wie er das Leben aus ihrem Körper herausdrückte. Doch mitten in diesem Vorgang hatte sie gewußt – *gewußt* –, daß Mike zu ihr kommen würde, wenn sie ihm nur irgendein Signal geben konnte.

Als sie nun wieder daran dachte, wurde ihr auch bewußt, daß das Hämmern mit der Ferse gegen eine Wand ein sehr schwaches Signal war für jemanden, der einen

Stock tiefer schlief. Wie hatte Mike nur ihr schwaches Klopfen hören können? Wie hatte er wissen können, daß das Hilferufe waren und nicht ganz normale, alltägliche Geräusche? Sie hätte sich doch ebensogut im Schlaf umdrehen und dabei zufällig mit dem Fuß an die Wand kommen können – oder etwa nicht?

Doch irgendwie hatte Mike das Signal gehört und war ihr zu Hilfe gekommen. Als sie an die Tür ihres Apartments mit dem Loch darin dachte, lief ihr ein kalter Schauer über den Rücken. Mike hatte einfach mit dem Fuß durch die Türfüllung getreten und dann durch das Loch gegriffen, um den Schlüssel umzudrehen, der innen im Schloß steckte. Er war durch eine solide Eichentür mit der Gewalt einer Planierraupe gekommen. Oder mit der Kraft eines Supermannes.

Nun betrachtete sie sein Profil. War er tatsächlich der schönste Mann auf Erden, oder war das nur die Art, wie *sie* ihn sah?

Sie blickte von seinem Gesicht auf seinen kräftigen Hals hinunter, auf seinen bloßen Arm mit dem Trizeps, der sich deutlich darauf abzeichnete, auf seine schmale Taille, auf seine harte, flasche Magengrube und dann zu seinen muskulösen braunen, behaarten Beinen unter der kurzen Hose.

Als ihr Blick zu seinem Gesicht zurückkehrte, sah sie Mike, der sich umgedreht hatte, in die Augen. Samantha wandte sich ab, weil er nicht wissen sollte, daß sie ihn beobachtet hatte.

Er verließ seine Freunde am Schreibtisch und setzte sich zu ihr auf die Couch. Hinter ihm unterhielten sich Ben und Jesse lebhaft über den Spielverlauf, während Anne und Corey hinausgegangen waren und seinen Garten besichtigten.

»Geht es Ihnen gut?« fragte Mike und steckte die

Decke um sie herum fest, obwohl es warm im Zimmer war.

Samantha nickte und sah auf ihre Hände hinunter.

Sich zu ihr beugend, schob er den Rollkragen an ihrem Hals nach unten und legte die Hand auf den Ring aus gelbblauen Fingerabdrücken, der dort von ihrer Kehle bis zu ihrem Nacken verlief. Als er die Finger um ihren Nakken legte, streifte sein Daumen über ihre Unterlippe.

Samantha hielt den Atem an, als sie in seine dunklen Augen blickte. Es war so, als wären sie allein im Zimmer, obwohl sie sich der Gegenwart von Mikes Gästen in ihrer Nähe durchaus bewußt blieb. Als Mike sich noch näher zu ihr hinneigte, zuckte sie nicht vor ihm zurück, und als seine Lippen nur noch wenige Zentimeter von ihrem Mund entfernt waren, hielt sie noch immer still. Sein Atem lag warm auf ihrem Mund – warm und angenehm duftend.

Als er dann seinen Mund auf ihre Lippen legte, schloß sie die Augen, öffnete sie jedoch, als er sich wider Erwarten von ihr wegbewegte. Er blickte sie an, sah ihr auf eine Weise in die Augen, die sie nicht verstand.

»Sam«, flüsterte er. Dann küßte er sie ernsthaft, aber auf eine nicht aggressive, eher schmelzende Weise, als wollte er ihr etwas damit sagen – als wollte er ihr versicher, daß er ihr ein echtes Gefühl entgegenbrachte.

Sie hob die Hand und legte sie in seinen Nacken. Ah, dachte sie, nun berühre ich ihn, kann die Wärme seiner Haut spüren, die ich so oft betrachtet habe, das Ringeln seiner Haare um meine Finger. Sie drückte mit den Fingerspitzen ein wenig gegen seinen Nacken, und er gab diesem Druck nach, und sein Kuß wurde inniger.

Samantha legte sich in die Kissen zurück, während sich ihre Finger fester um seinen Nacken spannten und ihr Mund sich ein wenig öffnete, weil sie die süße Berührung seiner Zungenspitze auf ihren Lippen spürte. Er sprang sie nicht an; er zwang sie nicht; er fiel nicht über sie her.

Mike war es schließlich, der seinen Mund wieder von dem ihren löste. Ihr Herz klopfte laut, und ihr Atem ging rasch und heftig.

»Gefällt dir das besser, mein Liebling?« flüsterte er.

»Ich . . .«, begann sie, aber da legte er wieder seine Lippen auf ihren Mund und verbot ihr auf diese Weise weiterzusprechen.

Ihren Kopf zwischen seine Hände nehmend, strich er mit dem Daumen über ihre Wangen und berührte dann ihre Augenlider, ihre Nase und ihre Lippen. Dann bewegte er sich wieder von ihr weg und hielt eine Hand in die Höhe. Sie zitterte. »Du machst etwas mit mir, Sammy-Mädchen. Ich bin nicht sicher, was das ist, aber ich habe das schon am ersten Tag, als ich dich sah, gespürt.«

Es waren die beiden Frauen, die sie nun, aus dem Garten kommend, wieder in die Gegenwart zurückholten. Sich aufrichtend, erhob Mike sich von der Couch, sah aber Samantha mit so heißen Augen – Augen, die sie um so vieles baten – an, daß sie das Gefühl hatte, er würde sie noch immer küssen.

»Haben wir euch bei irgend etwas gestört?« fragte Anne. »Mike, möchtest du und deine . . . Mieterin, daß wir wieder gehen sollen?«

Mike grinste sie an. »Tatsächlich wäre es mir lieber, ihr würdet bleiben. Dieses Haus scheint ein wenig – äh – freundlicher zu sein, wenn Gäste da sind.«

Samantha blickte auf ihre Hände hinunter, damit niemand sehen sollte, wie sie errötete. Was Mike gesagt hatte, stimmte: Sie fühlte sich sicherer, wenn noch andere Leute in ihrer Nähe waren. Sie war überzeugt, daß Mike nichts unternehmen würde, was sie dorthin bringen würde, wo sie nicht hinwollte, solange er Zuschauer und Zuhörer hatte.

Um vier Uhr nachmittags wurden sie alle schrecklich hungrig, und deshalb bestellte Jesse ein Essen, das für mindestens zwanzig Personen gereicht hätte. Als es angeliefert und der Picknicktisch gedeckt worden war, bestand Mike darauf, Samantha in den Garten hinauszutragen.

»Sei still«, sagte er, als sie protestieren wollte. »Du benimmst dich so, als wäre ich ein sexbesessener Satyr, wenn wir allein sind, aber du läßt dich von mir küssen, wenn das Haus voller Leute ist. Falls du dich nur in Gegenwart anderer Leute entspannen kannst, werde ich mir überlegen müssen, ob ich hier nicht Dauergäste einquartiere. Nun sei ruhig und laß mir dieses Vergnügen.«

Sie konnte nicht umhin, zu lächeln, als er sie auf seine Arme hob und sie den Kopf in die Rundung an seiner Schulter legte.

Mike küßte sie auf die Stirn. »Sam, wenn du mit mir ins Bett gehst, schwöre ich dir, daß ich dir darin eine wunderbare Zeit bereiten werde.«

Sie lachte, aber sie war nicht versucht, das zu tun – nicht wirklich. Ihr gefiel das so viel, viel besser als die Sachen, die Mann und Frau miteinander im Bett machten. Sie mochte es, wenn er sie so anfaßte und küßte – voller Zärtlichkeit –, mochte es, wenn sie seinen Atem auf ihren Lippen spürte, mochte den Anblick seiner Muskeln, die sich unter seinem Hemd bewegten. Sie liebte es, in seiner Nähe zu sitzen, liebte es, wenn er sich über sie beugte und die Decke um sie herum feststeckte. Alles in allem gefiel ihr die Art, wie ein Mann eine Frau behandelte, *ehe* er bekam, was er sich von ihr wünschte. Wenn er bekommen hatte, was er von ihr wollte, änderte sich alles.

Es wurde viel gelacht während der Mahlzeit, und bis

auf Samantha redeten alle durcheinander. Die fünf anderen sprachen auch von Leuten, die Samantha nicht kannte, aber sie bemühten sich stets, ihr zu erklären, wer diese Leute waren. Corey erzählte Geschichten von Mike, als er noch ein Kind gewesen war.

»Hast du Sam schon erzählt, was du mit den Kleidern der Freundinnen deiner Schwester angestellt hast?« fragte sie Mike, mit einer Plastikgabel auf ihn deutend.

Mit einem verlegenen Lachen sah Mike auf seinen Teller hinunter. »Irgendwie habe ich vergessen, das zu erwähnen.«

»All diese Mädchen in diesen weißen Sachen«, sagte Corey lachend.

Als sie weiße Kleider erwähnte, spitzte Samantha die Ohren. Sie gab Corey ein Zeichen, ihr die Geschichte zu erzählen, aber Corey blickte Mike an, fing seinen beschwörenden Blick auf, und sagte, nein, das wäre Mikes Story. Und sie mochten noch so lange auf Mike einreden: Er war nicht dazu zu bewegen, diese Geschichte zum besten zu geben.

Nach dem Essen kehrten alle ins Wohnzimmer zurück, wo Mike eine Platte von Kiri Te Kanawa mit Puccini-Arien auflegte. Samantha zog Corey in eine Ecke und schrieb auf ihren Notizblock: *Erzählen Sie mir etwas von Mike.*

»Was möchten Sie wissen?«

Samantha hob beide Hände und drehte die Handflächen nach außen, um anzudeuten, daß ihr alles recht wäre, was Corey ihr berichten wolle.

»Ich weiß nicht, wo ich anfangen soll. Er hat elf Brüder und Schwestern und . . .« Sie lachte, als Samantha vor Schreck die Kinnlade herunterfiel. »Es gibt eine Menge Taggerts in Chandler.«

Sind sie sehr arm? schrieb Samantha.

Corey reagierte darauf mit einem lauten Heiterkeitsausbruch und legte dann kichernd die Hand auf Samanthas Arm. »Das sollten Sie ihn selbst fragen. Lassen Sie mal sehen – was kann ich Ihnen sonst noch erzählen? Mike hat Mathematik studiert und nach seinem Examen alle Seminare für seine Promotion zum Doktor der Philosophie absolviert. Aber dann interessierte er sich für diesen alten Gangster und hat seine Dissertation nie zu Ende geschrieben.« Sie blickte Sam an. »Sein Vater sähe es gern, wenn er seinen Doktor machen würde. Vielleicht können Sie ihn dazu bewegen.«

Samantha zuckte mit den Achseln, um anzuzeigen, daß sie keinen Einfluß auf Mike hatte. Sie und Mike bedeuteten einander nichts, lebten nur vorübergehend unter einem Dach, und die Tatsache, daß Mike viel Zeit darauf verwendete, sie in sein Bett zu ziehen, hatte keine Bedeutung. Soweit Samantha das beurteilen konnte, versuchten alle Männer das mit allen Frauen. Es hatte vorher nichts zu bedeuten, und danach erst recht nichts.

»Mike«, sagte Corey und nahm einen Taschenrechner aus dem Regal, »wieviel ist zweihundertundsiebenunddreißig mal zweitausendsechshundertundeinundachtzig?«

Mike sah sich nicht um und brauchte nicht einmal eine volle Sekunde, ehe er antwortete: »Sechshundertfünfunddreißigtausenddreihundertsiebenundneunzig.«

Als Corey Samantha den Taschenrechner zeigte, sah sie, daß Mikes Zahl stimmte. »Die ganze Familie ist so«, flüsterte Corey. »In der Schule waren wir alle der Meinung, daß sie damit im Zirkus auftreten sollten.« Sie drückte Samanthas Arm. »Mike ist ein guter Junge, ein wirklich guter Junge.«

Samantha blickte durchs Zimmer auf ihn, und in diesem Moment drehte Mike sich um und blinzelte ihr zu. Sam antwortete mit einem Lächeln.

*

Warum magst du Weiß so sehr? schrieb Samantha auf ihren Notizblock. Sie lag wieder in Mikes Bett, das Haus war leer und still, und sie war sehr müde. Obwohl sie an diesem Tag nicht viel getan hatte, war es anstrengend für sie gewesen. Nun wollte sie schlafen – wollte nicht, daß sie sich zur Wehr setzen mußte gegen Mike; wollte nicht, daß er versuchte, das fortzusetzen, was sie auf der Couch in der Bibliothek angefangen hatten.

»Bist du sicher, daß du das wissen willst?«

Sie nickte, während er die Decke um sie herum feststeckte, und begann dann zu protestieren, als er sich auf dem Bett ausstreckte und den Kopf in ihren Schoß legte. Aber er tat so, als würde er sie nicht hören.

»Als ich fünfzehn war, brachte meine Schwester – sie muß damals neunzehn gewesen sein – vier Freundinnen aus ihrem College mit nach Hause, die eine Woche lang bei uns wohnen sollten. Ich dachte damals, daß diese Mädchen die schönsten Geschöpfe seien, die ich jemals in meinem Leben gesehen hatte. Ich folgte ihnen auf Schritt und Tritt und mußte mir eine Menge von ihnen gefallen lassen.

Bis heute weiß ich nicht, was mich dazu bewogen hat, aber eines Tages, als sie draußen im See schwammen, sammelte ich alle ihre Kleider ein, trug sie in den Keller, warf sie dort in die Waschmaschine und fügte zu jeder Ladung Wäsche drei Becher eines Wäschebleichmittels hinzu, ehe ich das Programm für Kochwäsche einschaltete.

Als die Mädchen wieder ins Haus kamen, hatten sie nichts anderes anzuziehen als ihre Badeanzüge und diese Kleider, die alle schneeweiß und erheblich zusammengeschrumpft waren.« Er blickte einen Moment lang ins Leere. »Sie waren wunderschön. Winzige weiße Höschen. Mikroskopisch kleine T-Shirts. Röcke, die nur bis zur Mitte des Oberschenkels reichten.«

Was haben deine Eltern dazu gesagt? schrieb Samantha.

»Sie brauchten einen halben Tag dazu, um herauszufinden, wer das getan hatte – ich habe schließlich Brüder, wie du weißt –, aber als sie den Schuldigen kannten, sagte meine Mutter, man sollte mir die Augen verbinden, mich an eine Außenmauer stellen und dann Schrotflinten an die Mädchen verteilen. Aber Dad sagte, er würde mit mir nach draußen gehen und mir eine Tracht Prügel verabreichen. Und so gingen wir zusammen nach draußen. Dort grinste er mich an, tätschelte mir den Kopf und schickte mich zu Onkel Mike, damit ich dort den Rest der Woche verbringen sollte. Vorher aber schärfte er mir noch ein, daß ich jedesmal, wenn ich meine Mutter sehen würde, hinken sollte.«

Das ist alles, was sie mit dir gemacht haben?!!! schrieb Samantha.

»Klar. Dad fuhr mit den Mädchen nach Denver und kaufte ihnen dort neue Kleider. Nachdem die Mädchen wieder abgereist waren, gab mir mein Vater ein kleines weißes Hemd, das vorne keine Knöpfe hatte. Er sagte, das habe eines der Mädchen zum Frühstück getragen, und als sie sich von der Butter bedienen wollte, wären alle Knöpfe abgeplatzt. Er hatte sogar einen von den Knöpfen für mich aufgehoben.«

Warum haben sich die Mädchen denn nicht Kleider von deiner Schwester oder deiner Mutter geliehen, um sich damit zu bedecken?

Mike machte ein verdutztes Gesicht, lächelte dann und lachte schließlich. »Was für eine gute, überaus gute Frage! Vielleicht fanden sie Gefallen daran, daß mein Vater und meine Brüder tiefbeeindruckt waren und sie mit offenem Mund anstarrten.«

Immer noch grinsend, rollte er sich vom Bett herunter und stand auf. Er streckte sich und gähnte, während Samantha nicht einen Moment den Blick von ihm abwenden konnte – schon gar nicht, als sich beim Strecken das Hemd in die Höhe zog und dabei seine Magenpartie entblößte. Ob er wohl eine Vorstellung davon hatte, wie er aussah, wenn er sich streckte?, fragte sie sich.

Unvermittelt hielt er mit dem Gähnen inne und blickte auf sie hinunter, als wüßte er sehr wohl, daß sie ihn beobachtete. »Das ist die Gute-Nacht-Geschichte für heute. Du würdest wohl nicht noch deine Meinung ändern wollen, was . . . du weißt schon? Er deutete mit dem Kopf auf die leere Seite des Bettes.

Samantha schüttelte den Kopf.

Dann, als wäre das die natürlichste Sache der Welt, beugte er sich zu ihr hinunter, um sie auf den Mund zu küssen. Doch Samantha drehte den Kopf zur Seite. Als sie ihn zurückwandte, war er immer noch über sie gebeugt und starrte sie an.

»Manchmal erinnerst du mich an diese Mädchen in der Oberschule, mit denen man ins Autokino geht. Du fährst den ersten Abend mit ihnen dorthin und verbringst die halbe Nacht damit, sie zu küssen, bis es dir nach stundenlanger Arbeit gelingt, die Hand unter ihre Bluse zu schieben. Wenn du das nächstemal mit ihnen dorthin fährst, glaubst du, du könntest diesmal bei ihrem Rock mit der Arbeit beginnen, aber Irrtum, sie zwingt dich dazu, wieder bei Null anzufangen. Sie läßt sich nicht mal mehr von dir küssen.«

Da mußte Samantha gegen ihren Willen kichern. Sie konnte sich Mike als Oberschüler sehr gut in der von ihm geschilderten Rolle vorstellen.

»Verrate mir mal, Sam – mußten die Jungs bei jedem Rendezvous mit dir auch immer wieder von vorn anfangen?«

Als sie ihm nicht antwortete, gab er ihr den Notizblock und den Bleistift.

Ich hatte in der Oberschule niemals ein Rendezvous, schrieb sie.

Mike mußte den Satz dreimal lesen, ehe er ungläubig aufsah, ihr den Bleistift abnahm und schrieb:

Bist du jemals mit einem anderen Mann außer diesem Heini, mit dem du verheiratet warst, ins Bett gegangen?

Sie wollte ihm diese Frage nicht beantworten. *Wieso, Heini?* schrieb sie.

»Er hat dich verloren, nicht wahr? Jeder Mann, dem so etwas passiert, muß ein Idiot sein.«

Samantha lachte und boxte ihn dann gegen die Schulter. Er log, er schmeichelte ihr, aber es freute sie dennoch, daß sie jemanden kannte, der ihren Ex-Gatten als Heini bezeichnete.

»Wie wäre es mit einem Gute-Nacht-Kuß? Nicht mehr, verstehst du? Und ich nehme dabei die Hände nicht von deinen Schultern. Ich verspreche es. Du kannst mir vertrauen.«

Sie war nicht stark genug, zu sagen ›Nein, Michael, keinen Kuß‹ – schon gar nicht, wenn er sie so ansah wie jetzt. Als er sich, die Hände bei ihren Hüften, über das Bett beugte, nickte sie verhalten, und er setzte sich nun wieder aufs Bett und legte ihr die Hände auf die Oberarme. Dann senkte sich sein Mund langsam auf ihre Lippen hinab.

Bei jedem Kuß mußte sie immer wieder staunen, daß etwas so herrlich sein konnte. Und so wie heute nachmittag zwang er sie zu nichts und versuchte auch nicht, sich über sie zu werfen. Sie begann sich dem Kuß hinzugeben, fing an, ihm zu vertrauen, während sie mit geschlossenen Augen und entspannten Gliedern in die Kissen zurücksank.

»Gute Nacht«, sagte er leise, und Samantha hätte sich fast gewünscht, daß er nicht wegging.

Er stand vom Bett auf, schaltete das Licht aus und ging den Korridor hinunter.

Er hatte sie gebeten, ihm zu vertrauen, und sie fing an, eben das zu tun. Aber, dachte sie, als sie unter die Decke kroch – würde er ihr denn vertrauen?

Sie hatte zwei Tage dazu gebraucht, doch nun stand ihr Entschluß fest: Sie würde nach ihrer Großmutter suchen.

16

»Ich werde nach meiner Großmutter suchen.«

Samantha und Mike befanden sich im Schlafzimmer ihrer Wohnung. Sie hatte im Erdgeschoß in seinem Bett geschlafen, war jedoch in aller Frühe, ehe sich im Gästezimmer nebenan, in dem Mike nächtigte, etwas rührte, in ihr Apartment hinaufgegangen, um sich anzuziehen. Als sie aus dem Schlafzimmer herausgekommen war, hatte Mike in ihrem Wohnzimmer gestanden und auf sie gewartet. Er war der Meinung gewesen, sie würde sich reisefertig machen, um mit seinem Vetter Raine nach Maine zu fahren, und sie hatte ihren ganzen Mut zusammennehmen müssen, um ihm zu sagen, daß sie nicht nach Maine fahren, sondern hier in New York bei ihm bleiben würde.

Mike hatte so getan, als habe er ihr gar nicht zugehört, und gesagt: »Montgomery kann jede Sekunde hier sein. Sie sind alle sehr pünktlich, und deshalb wird er auch nicht eine Minute später, als verabredet, hier eintreffen. Ich habe dir eine Tüte voll Schokoladenhörnchen als Reiseproviant besorgt, denn wie ich die Montgomerys kenne, werden sie dich wahrscheinlich mit solchen Sachen wie Broccoli- und Karotten-Soufflés ernähren. Vielleicht sollte ich noch in Kaplans Delikatessengeschäft anrufen und ein paar Pastrami-Sandwiches und eine Sechserpakkung Bier für dich bestellen. Bier ist was Gutes, wenn man länger unterwegs ist, und es . . .«

»Mike«, sagte sie leise, »tu nicht so, als hättest du nicht gehört, was ich zu dir gesagt habe. Ich gehe nicht fort. Ich werde nach meiner Großmutter suchen.«

»Einen Teufel wirst du!« erwiderte er und packte mit der einen Hand ihre Reisetasche und mit der anderen ihren Ellenbogen.

»Ich werde *nicht* fortgehen. Und die da ist leer.« Sie deutete mit dem Kopf auf ihre große Reisetasche.

»Kein Problem. Wenn du nach Connecticut kommst, läßt du Montgomery anhalten und kaufst dir alles, was du brauchst. Noch besser, du wartest damit, bis du nach Maine kommst.«

Als Mike ihren Arm nicht loslassen wollte, machte sie, was ihr als erstes in den Sinn kam: Sie setzte sich auf den Boden. »Ich werde nicht von hier weggehen. Ich werde nicht nach Maine reisen. Ich werde in New York bleiben und nach meiner Großmutter suchen.«

Mike legte seine kräftigen Hände um ihre Oberarme und zog sie hoch. Als Samantha sich steif machte, setzte er sie auf den Rand der Couch.

»Samantha«, begann er.

»Wenn du glaubst, du könntest mich dazu überreden, die Sache von deiner Warte aus zu sehen, brauchst du gar nicht erst damit anzufangen. Mein Entschluß steht fest.«

Auf Mikes Gesicht spiegelten sich die widersprüchlichsten Empfindungen, ehe er sich schwerfällig neben ihr auf der Couch niederließ. »Ich werde das Haus schließen, wenn das nötig sein sollte, und dann hast du keine Bleibe mehr.«

»Wenn du das tust, werde ich mir eine andere Wohnung mieten.«

Mike beantwortete das mit einem Grunzen und einem schiefen Grinsen. »Und wer wird dann auf dich aufpassen? Der Pförtner? Sam, du hast soviel Angst vor New York, daß du nicht einmal wagst, allein um einen Häuserblock herumzugehen. Wie kannst du da erwarten, ohne meine Hilfe deine Großmutter zu finden? Und ich werde mich *weigern*, dir zu helfen.«

Er drehte sie so herum, daß sie ihn ansehen mußte, und griff ihre Hände. »Hör zu, mein Liebling. Unter allen anderen Umständen würde ich dich liebend gern hier bei mir behalten, aber diese Sache ist gefährlich.«

Sie zog eine Augenbraue in die Höhe: »Eine Sache für Männer?«

Er drückte ihre Hände. »Komm mir bitte nicht mit diesem Quatsch! Ich rede jetzt nicht davon, wer für das Geschirrspülen zuständig sein soll, hier geht es um Leben oder Tod.«

»Und was bringt dich auf die Idee, daß du ein besserer Detektiv wärst als ich? Du recherchierst jetzt schon zwei Jahre lang, aber ich habe in zwei Wochen mehr herausgefunden als du in diesen zwei Jahren.«

»Herausgefunden?« wiederholte Mike, fast erstickend an diesem Wort. »Was meinst du damit? Etwa die Würgmale an deinem Hals?«

Sie versuchte, ihm ihre Hände zu entziehen, aber er hielt sie fest.

»Sie ist *meine* Großmutter. Sie war mit einem schrecklichen Mann liiert, und mein Vater wollte, daß ich nach ihr suche.«

»Dein Vater hatte keine Ahnung, daß seine Mutter mit Gangstern liiert war – zumindest nicht mit *echten* Gangstern. Heutzutage klingt das Wort Gangster relativ harmlos. Außerdem glaubte dein Vater, sie wäre aus Liebe von zu Hause weggelaufen.«

»Und weshalb ist sie *deiner* Meinung nach weggelaufen?«

Mike brachte sein Gesicht so dicht an das ihre heran, daß sich ihre Nasen fast berührten. »Geld. Mord. Weil sie etwas wußte. Sie könnte eine Million Gründe gehabt haben – vielleicht sogar *drei* Millionen. Aber ein ehrenwerter war mit Sicherheit nicht darunter, und deshalb wirst *du* nach Maine fahren, wo du in Sicherheit bist.«

Sie holte tief Luft. Er konnte sich noch sehr anstrengen – es würde ihm nicht gelingen, sie dazu zu bringen, ihren Entschluß wieder umzustoßen. Andererseits wollte sie natürlich auch in seinem Haus bleiben. Es war behaglich hier. Und, okay, ja, Mike war ihr auch nicht mehr so fremd wie am Anfang, und falls sie tatsächlich noch einmal Hilfe brauchen sollte – rein hypothetisch natürlich nur –, reagierte er ziemlich schnell.

»Mike«, fragte sie, »Warum stellst du Recherchen über diesen Mann an?« Sie blickte ihn aus schmalen Augen an. »Die *Wahrheit.* Ich möchte die Wahrheit hören, nicht eine von deinen Lügen, und wenn du sie noch so schön garnierst.«

Er ließ ihre Hände los, stand auf und ging ans Fenster. »Ich tue es für meinen Onkel Mike«, sagte er und drehte sich dann zu ihr um. »Erinnerst du dich daran, wie Doc sagte, Scalpinis Männer hätten eine Menge unschuldiger Leute in diesem Nachtklub erschossen?«

Sie nickte.

»Mein Onkel Mike arbeitete dort. Er tanzte mit den Frauen, deren Ehemänner und Freunde zu dick waren zum Tanzen, und er befand sich auf der Tanzfläche, als Scalpinis Männer in den Klub stürmten. Er bekam zweiunddreißig Kugeln ab – unter der Gürtellinie.«

»Zweiunddreißig«, flüsterte sie. »Und die hat er überlebt?«

»Mit knapper Not. Er schwebte lange zwischen Leben und Tod, doch er überlebte nicht nur, sondern lernte sogar an Krücken wieder zu gehen. Er und mein Großvater dienten zusammen in der Marine, wo Mike damals meinem Großvater das Leben rettete. Als nun Mike Hilfe brauchte, war mein Großvater zur Stelle. Er brachte ihn nach Chandler, besorgte für ihn die besten Ärzte, die es auf diesem Gebiet gab, und half ihm wieder auf die Beine. Onkel Mike wohnte in einem kleinen Haus hinter unserem.«

»Und er war dein Freund?«

»Der *beste* aller Freunde. Manchmal kann jemand in einer Familie, die so groß ist wie meine, untergehen, aber Onkel Mike hatte immer Zeit für mich. Er verlor nie die Geduld mit mir und ergriff, wenn ich Streit hatte oder in einer Klemme saß, immer für mich Partei – selbst wenn ich im Unrecht war.«

»Hört sich so an, als wäre er ein sehr netter Mensch gewesen.«

»Das war er.«

Als sie zu ihm hochblickte, sah sie die Trauer in seinen Augen und wußte nun, daß sie etwas teilten – den Verlust von geliebten Menschen. »Und du willst dafür sorgen, daß Doc für das, was deinem Onkel Mike angetan wurde, zur Rechenschaft gezogen wird?«

»Etwas in dieser Richtung, ja.«

»Ist dir bewußt, daß du deinem Onkel wahrscheinlich niemals begegnet wärest, wenn Scalpini nicht auf ihn geschossen hätte? In meinem Fall war es eine bereits bestehende harmonische Gemeinschaft – eine glückliche Familie –, die vermutlich aus Gründen, die mit jenem fatalen Abend im Jahr 1928 zusammenhängen, auseinanderbrach. Habe ich folglich nicht ein Recht darauf, zu erfahren, was damals passiert ist? Zu erfahren, was meine Großmutter dazu zwang, ihre Familie zu verlassen?«

Er setzte sich wieder neben sie auf das Sofa. »Natürlich hast du ein Recht darauf. Ich werde dich jeden Tag anrufen. Ich hätte das sowieso getan, aber . . .«

»Hättest du das?«

»Hätte ich was?«

»Tatsächlich vorgehabt, mich täglich anzurufen?«

Er blickte sie erstaunt an. »Meinst du etwa, ich hätte dich in eine Stadt geschickt, in der es nur so von Montgomerys wimmelt, ohne täglich mit dir in Kontakt zu bleiben? Hältst du mich etwa für einen *Idioten?*«

»Und worüber würden wir dann am Telefon reden? Über Doc?«

Lachend streckte Mike die Hand aus, um ihr über das Haar zu streichen. »Manchmal habe ich den Eindruck, Sam-Sam, daß du mit erheblichen Bildungslücken aufgewachsen bist. Worüber reden wohl alle Jungen und Mädchen, die aufeinander scharf sind, stundenlang am Telefon?«

Errötend blickte Samantha auf ihre Hände hinunter. Das hätte er nicht sagen dürfen, und sie überlegte, ob es nicht doch ratsamer wäre, wenn sie nach Maine führe. Aber dann faßte sie sich wieder und sagte energisch: »Ich werde hierbleiben und nach meiner Großmutter suchen. Und falls Sie glauben, daß ich . . .«

Sie verstummte, weil Mike ihren Kopf zu sich heranzog, bis ihre Lippen sich berührten. Er küßte sie mit einem solchen Verlangen, daß Samantha merkte, wie sie zu zittern anfing, als sie die Hände auf seine Rippen legte und die kräftigen Muskeln dort unter ihren Fingern spürte.

»Glaubst du etwa, ich *möchte* nicht, daß du hierbleibst? Daß ich mir nichts lieber wünschte, als daß du hierbleiben würdest bei mir? Außer deinem Vater bist du der einzige Mensch, der sich für meine Biographie interessierte. Mein Dad liegt mir ständig in den Ohren, daß ich meine Dissertation zu Ende schreiben soll, damit ich einen Doktortitel bekommen kann. Aber wofür? Ich möchte weder unterrichten noch irgendwo in einem Büro arbeiten. Meine Brüder lachen über mich und reden abfällig von meinen ›ollen Gangstern‹. Sam, vielleicht will ich diese Biographie nicht nur für Onkel Mike schreiben. Vielleicht möchte ich sie meinetwegen schreiben, weil mir das so schwerfällt. Auf dem College war Mathematik für mich leicht, zu leicht sogar. Aber wenn ich tagelang in einer Bibliothek sitze, eingegraben bis zum Hals in alten, muffelnden Büchern, und da kommt plötzlich ein Mädchen in kurzem Rock vorbei mit einem Hinterteil, daß einem das Wasser im Mund . . .«

Er grinste. »Kurzum – das Schreiben ist für mich eine echte Herausforderung, und ich lasse mich so leicht ablenken, aber so richtig Spaß hat es mir noch nie gemacht, bis du in dieses Haus gekommen bist. Du sitzt bei mir und gibst meine Notizen in den Computer ein, und dabei reden wir über dies und das, du bringst mich auf Ideen, und . . .« Er nahm erst ihre rechte, dann ihre linke Hand und küßte sie auf die Innenseite. »Und manchmal läßt du mich dich auch küssen. Das war großartig, Sam, wirklich großartig.«

»Und so wird es auch bleiben«, sagte Samantha und drückte seine beiden Hände. »Mike, wir können gemeinsam an deiner Biographie weiterarbeiten. Ich *mag* Bibliotheken, ich *mag* . . .«

»Ja, und ich mag dich lieber lebendig als tot.«

Sie entzog ihm ihre Hände. »Diesmal wirst du deinen Kopf *nicht* durchsetzen, Mike. Ich werde in New York bleiben und nach meiner Großmutter suchen. Soweit ich das beurteilen kann, hast du zwei Möglichkeiten: Entweder bleibe ich in diesem Haus wohnen, und wir suchen gemeinsam nach ihr, oder ich ziehe in ein anderes Apartment und suche allein nach ihr.«

»Diese Sache ist zu ernst, Sam. Sie ist zu gefährlich.

Warum bist du denn so versessen darauf? Warum vergessen wir nicht das Ganze? So, wie es aussieht, hat Doc höchstens noch ein, zwei Jahre zu leben, und dann können wir in Ruhe . . .«

»Aber das *ist* es doch, Mike«, fiel sie ihm ins Wort. »Begreifst du das denn nicht? Wenn Doc noch lebt, könnte doch auch meine Großmutter noch am Leben sein.«

»Aus dem einen folgert doch nicht das andere.«

Sie blickte ihn forschend an. In der Anfangszeit ihrer Bekanntschaft hatte er sie noch belügen und ihr Tatsachen vorenthalten können, ohne daß sie das merkte oder argwöhnte. Aber nun konnte er das nicht mehr. In diesem Moment war ihm deutlich anzusehen, daß er unaufrichtig zu ihr war. Sie sah das an der Art, wie er die Lippen zusammenpreßte. »Du verheimlichst mir etwas«, flüsterte sie. »Ich kann das in deinen Augen lesen.«

Mike stand auf und wollte gehen, aber sie versperrte ihm den Weg. »Was weißt du?«

»Nichts«, erwiderte er ärgerlich und drehte sich von ihr weg.

»Michael Taggert, wenn Sie mir nicht sagen, was Sie wissen, werde ich . . . werde ich . . .«

»Was?« fragte er verdrossen. »Was kannst du mir denn noch antun? Daß ich dein Leben in Gefahr bringen soll? Daß du mich erpreßt? Daß du in weißen Shorts und weißem T-Shirt vor mir auf- und abläufst und laut ›Hilfe‹ schreist, wenn ich dich anfasse?«

»Ich werde Raine Montgomery küssen«, erwiderte sie. »Ich werde mit ihm ausgehen. Ich werde jeden Abend mit ihm ins Autokino fahren und . . .«

Mike drehte sich auf den Absätzen herum und schickte sich an, ihre Wohnung zu verlassen.

Sie faßte ihn am Arm. »Mike, warte bitte. Kannst du mich denn nicht verstehen? Was würdest du denn tun, wenn du plötzlich entdecken würdest, daß dein Onkel Mike gar nicht tot ist? Oder daß zumindest die Möglichkeit besteht, daß er noch am Leben ist? Würdest du da nicht alles unternehmen, was in deinen Kräften steht, um ihn zu finden? Um ihn vielleicht noch einmal sehen zu können, ehe er wirklich das Zeitliche segnet? Meine Großmutter ist über achtzig, ich habe keine *Zeit* mehr zu verlieren. Bitte, sag mir, was du weißt. Bitte!« Sie hob die rechte Hand und berührte damit seine Wange.

Er nahm ihre Hand und küßte sie abermals auf den Handteller. »Sam, du stellst seltsame Sachen mit mir an. Du verwandelst mich wieder in einen kleinen Jungen.« Er holte tief Luft. »Dein Vater erzählte mir, daß deine Großmutter vor zwei Jahren noch am Leben gewesen sei.«

*

Samantha betrachtete sich prüfend im Spiegel, der in der Vorhalle hing, um sich zu überzeugen, daß ihr Kostüm keine Falten warf und ihr Haar so saß, wie es ihr die Friseuse empfohlen hatte. Dann legte sie ihre Handtasche auf den kleinen Garderobentisch und vergewisserte sich, daß sie ihre neue Kreditkarte und Bargeld eingesteckt hatte. Als ihr nichts mehr einfiel, was sie sonst noch überprüfen oder machen könnte, um das hinauszuschieben, was sie sich vorgenommen hatte, legte sie die Hand auf die Klinke, straffte ihre Schultern und öffnete die Haustüre.

Sie wollte sich ganz allein auf den Weg durch New York machen. Diesmal würde sie nicht nur um *einen* Häuserblock herumgehen, sondern einen ganzen Nachmittag *allein* in der Stadt zubringen.

Nachdem sie die Tür hinter sich abgeschlossen hatte, stieg sie die Vortreppe hinunter. An diesem Morgen hatte Mike ihr eröffnet, daß ihre Großmutter vor zwei Jahren noch am Leben gewesen sei. Er hatte ihr gesagt, daß ihr Vater vor zwei Jahren eine Postkarte von seiner Mutter erhalten hatte, und es war diese Postkarte gewesen, die in David Elliot den Entschluß reifen ließ, nach New York zu fahren, um dort nach seiner Mutter zu suchen. Die Postkarte war eine schlichte Mitteilung gewesen, daß sie ihn liebte, ihn immer geliebt habe, und daß sie hoffte, er würde ihr verzeihen. Und diese Zeilen waren mit ›Deine Mutter‹ unterschrieben gewesen.

Zu der Zeit, als Dave diese Postkarte erhielt, hatte er noch sein Büro als Wirtschaftsprüfer geleitet und konnte sich nicht einmal Urlaub nehmen, um nach New York zu fliegen. Aber sofort nach dem Erhalt dieser Karte hatte er die erforderlichen Maßnahmen für seine vorzeitige Pensionierung eingeleitet, um nach seiner Mutter forschen zu können.

Dann – mag man das nun als eine glückliche Fügung, einen Wink des Schicksals, Kismet oder einen Akt der Vorsehung bezeichnen – war Mike ein halbes Jahr nach dem Eintreffen der Postkarte vor Daves Haustür erschienen und hatte ihn gefragt, ob dessen Mutter einmal eine Affäre mit einem Gangster namens Doc gehabt habe.

Diese schlichte Frage hatte den Grundstein zu einer Freundschaft gelegt, die schließlich darin gipfelte, daß Dave Mike die Vormundschaft für seine Tochter Samantha übertrug. »Das Eigentumsrecht an ihr«, hatte Samantha gemurmelt, als Mike ihr diese Geschichte erzählte.

»Ein seltsames Eigentumsrecht«, hatte Mike in gespielter Verzweiflung erwidert. »Wenn die Besitzurkunden in einem Safe verschlossen bleiben, zu dem ich die Kombination nicht kenne.«

Mike war sehr aufgeregt gewesen über Sams Eröffnung, daß sie vorhatte, in New York zu bleiben, und Samantha argwöhnte, daß er sich vorgenommen hatte, sie aus allen seinen Unternehmungen herauszuhalten. Da Sam wußte, daß er sich die Schuld gab für den Mordanschlag auf sie, vermutete sie, daß er vorhabe, sie keine Sekunde aus den Augen zu lassen, und die beste Methode, sie zu kontrollieren, bestand darin, ihr wichtige Tatsachen vorzuenthalten.

Nach ihrer Auseinandersetzung an diesem Morgen war sie nach unten gegangen und hatte Mikes Tasche mit seinen Sportsachen in der Vorhalle stehen sehen, was bedeutete, daß er sich offenbar vorgenommen hatte, in die Turnhalle zum Kraft-Training zu gehen, sobald sie nach Maine abgereist war. Als sie ihn nach der Tatsache und seinen Plänen für den heutigen Tag fragte, hatte er zur Antwort gegeben, daß er selbstverständlich hier bei ihr im Haus bleiben wolle. Sie hatte ihre ganze Überredungskunst aufbieten müssen, bis er sich bereit fand, wie geplant zum Training zu gehen. Sie mußte ihn aus dem Haus haben, weil ihr etwas, das er im Verlauf ihrer Auseinandersetzung erwähnt hatte, sehr zu schaffen machte. Mike hatte gesagt, daß sie ihm bei seinen Nachforschungen nicht helfen könne, weil sie zu große Angst vor der Großstadt habe und sich nicht weiter vom Haus zu entfernen traute als bis zur nächsten Straßenecke.

Was er gesagt hatte, traf zu. Samantha wußte, daß sie ihren ganzen Mut zusammennehmen mußte, um sich allein auf die Straßen von New York hinauszuwagen. Aber sie konnte sich schwerlich ihr ganzes Leben lang in Mikes Haus verstecken. Sobald sie – oder falls sie – ihre Großmutter wiederfinden würden, würde sie die Stadt und Mike verlassen müssen. Aber wie konnte sie auch nur daran denken, allein zu leben, solange sie nicht einmal die Courage besaß, ohne Begleitung aus dem Haus zu gehen?

Inzwischen war Mike ins Sportzentrum gegangen, und

nun wagte sich Samantha ganz allein hinaus in den Dschungel dieser berüchtigten, lärmenden, schmutzigen Metropole voller ihr fremder Menschen. Kein Gladiator, der sich in der römischen Arena den Löwen zum Kampf stellen mußte, hatte mehr Angst gehabt als Samantha; keinem heiligen Georg, der sich einem feuerspeienden Dragen gegenübersah, war es banger ums Herz gewesen als ihr.

Sie ging die Vierundsechzigste Straße hinunter und seufzte erleichtert auf, als sie die Fahrbahn überquerte und ihr bisher noch niemand ein Messer an die Kehle gesetzt oder einen Revolver in die Rippen gedrückt hatte. Nachdem sie die breitflächige Park Avenue überwunden hatte, die, zum großen Teil noch zu den Wohnbezirken zu gehören schien, bewegte sie sich nun mit gesenktem Kopf und einem bis zum äußersten strapazierten Wagemut auf die Madison Avenue, dem Zentrum des Dschungels, zu.

Als sie die ersten beiden Blocks passierte, hatte sie solche Angst, daß sie keinen Blick auf ihre Umgebung zu werfen wagte. Aber als sie der Madison Avenue näher kam, konnte sie nicht umhin, die uniformierten Portiers zu bemerken, an denen sie vorbeikam, und die ihr zulächelten und mit der Hand an ihre Schirmmützen tippten. Zaghaft begann sie, deren Lächeln zu erwidern – zumindest sahen diese Uniformierten nicht wie Straßenräuber oder Drogenhändler aus.

Als sie dann die Madison Avenue erreichte, bog sie nach rechts ab und ging in nördlicher Richtung weiter – drei Häuserblocks weit mit streng geradeaus gerichtetem Blick. Sie fragte sich, wie tief sie denn noch in das Zentrum der Metropole vordringen müsse, bis sie sich etwas bewiesen und den Nachweis erbracht hatte, daß sie durchaus allein in dieser Stadt ausgehen könne, ohne vor

Angst zu sterben. In Gedanken sah sie sich bereits vor Mike hintreten und ihm mit trotziger Stimme erklären, daß sie den ganzen Nachmittag allein die Straßen New Yorks durchstreift und dieses gefährliche Abenteuer *überlebt* hatte.

Als sie die vierte Querstraße erreicht hatte, fing sie an, auch auf ihre Umgebung zu achten, und da die Madison Avenue in ihrem innerstädtischen Verlauf ausschließlich von Geschäften flankiert wird, bedeutete das, daß sie nur Schaufenster mit darin ausgestellten Waren vor Augen hatte. In Santa Fe waren die Auslagen der Läden zumeist mit Artikeln vollgestopft gewesen, welche die Touristen als Andenken mit nach Hause nehmen sollten – mit T-Shirts, die mit irgendwelchen idiotischen Sprüchen bedruckt waren; mit Tonkrügen, schlampig gearbeiteten Indianerpuppen und Koyoten auf jeder nur denkbaren Präsentationsfläche. Und all dieser Ramsch war mit dem Vermerk versehen, daß es sich um ›echte Handarbeit‹ handle, als hätte man in anderen Teilen der Welt bereits Roboter gefunden, die die Maschinen zur Herstellung billiger Touristenartikel bedienten. Neben diesen Ramschläden gab es in Santa Fe auch unzählige Galerien, die mit überteuerten indianischen Kunsterzeugnissen handelten. Die wenigen ›normalen‹ Geschäfte boten Waren der unteren Preisklasse feil: billige Kunstseide-Röcke, Bilderrahmen aus Plastik und Ohrringe, die einem die Ohrläppchen grün verfärbten.

Was Samantha jedoch auf der Madison Avenue sah, waren Auslagen mit den herrlichsten Sachen – mit den besten Produkten, die die Welt zu bieten hatte. Sie sah Schaufenster mit so teuren Kleidern, daß Aufpasser an der Ladentür standen und nur solche Kunden eintreten ließen, die vor ihren kritischen Blicken Gnade fanden. Als ein gutaussehender junger Mann in einem wunderschönen maßgeschneiderten Anzug Samantha lächelnd die Ladentür eines dieser Geschäfte aufhielt, hatte sie das Gefühl, als habe man ihr die Eintrittskarte in die Welt der Reichen und Mächtigen überreicht. Als sie das Geschäft betrat, wandelte sie über den üppigen Flor dezenter grauer Auslegware zwischen mit Spiegeln verkleideten Wänden und betrachtete Waren, die soviel kosteten, wie manche Leute im ganzen Jahr verdienten – zumeist Frauen, die zu Hause und in unterbezahlten Positionen schufteten, wie Samantha in Gedanken mit leiser Verbitterung anmerkte.

Sie betrat, von den Türstehern ermutigt, ein Geschäft mit exquisiter Nachtwäsche und bezahlte dort, einem Impuls folgend, viel zuviel für ein Nachthemd aus weißem, durchsichtigen Baumwollbatist mit pinkfarbenen Schleifchen am Halsausschnitt.

Sie passierte die Auslagen von Giorgio Armani, Gianni Versace und Yves Saint-Laurent. Es war bei Valentino's, wo ihr bewußt wurde, wieviel Geld Mike tatsächlich für die Kleider ausgegeben hatte, die sie bei Saks gekauft hatte, denn sie erblickte dort ein Kostüm, das dem, das sie anhatte, zum Verwechseln ähnlich sah, und der Preis dafür war mit dreitausendvierhundert Dollar angegeben.

»Ist Ihnen nicht gut?« fragte eine der hübschen jungen Verkäuferinnen sie besorgt.

»Doch, schon«, gelang es Samantha zu stammeln, nahm aber dankbar den Becher mit eisgekühltem Mineralwasser entgegen, den man ihr brachte. Einesteils war sie wütend auf Mike, daß er sie so maßlos getäuscht hatte, und anderenteils freute sie sich auch maßlos; denn welcher Frau gefiele es nicht, wenn man ihr Geschenke machte? Und sie konnte nicht umhin, sich zu fragen, wann Mike denn die Zeit gefunden hatte, mit seiner Kusine die Einzelheiten dieses Betrugsmanövers zu besprechen, wie man ihr vorspiegeln konnte, daß sie sich die Kleider, die sie kaufte, auch leisten konnte und in der Lage wäre, sie bar oder in bequemen Raten zu bezahlen.

Als sie Valentino's wieder verließ, war sie zunächst unschlüssig, was sie nun tun sollte. Zu Mike zurückkehren und ihn mit ihrer Entdeckung konfrontieren? Allerdings schien es ihr kein sonderlich nettes Verhalten zu sein, ihm wütend Vorhaltungen zu machen, weil er ihr so wunderschöne Kleider für mehrere tausend Dollar gekauft hatte. Vielleicht würde ihr später etwas einfallen, mit dem sie ›Dankeschön‹ sagen konnte.

Mit erhobenem Kopf – es verletzte weder ihren Stolz noch ihr Selbstwertgefühl, sich nun der Tatsache bewußt zu sein, daß sie in einer Garderobe, die ungefähr fünftausend Dollar gekostet hatte, durch New York pilgerte – setzte sie ihren Weg durch den wilden, ungezähmten Asphaltdschungel der Metropole fort. Als sie eine Auslage mit antikem Schmuck betrachtete, dachte sie, daß die *echte* Gefahr dieser Stadt in ihren Waren bestand.

In der Zweiundsiebzigsten Straße betrat Samantha das Wunderwerk eines Ladens, das Ralph Lauren erschaffen hatte, und durchwanderte alle Etagen, wobei sie nicht nur die hier ausgestellten Produkte, sondern auch die Einrichtung bestaunte. Sie benutzte die wunderschöne Toilette im Untergeschoß und fuhr dann wieder nach oben, um sich eine Markasitbrosche zu kaufen, die ihr aus der Epoche Eduards VII. zu stammen schien.

Nachdem sie das Geschäft wieder verlassen hatte, blickte sie nach Westen zur Fifth Avenue hin, wo die Anlagen des Central Park sie aus der Ferne grüßten. Also setzte sie ihren Streifzug in dieser Richtung fort, sich überlegend, ob sie vielleicht im Central Park spazierengehen sollte. Aber wenn New York Santa Fe, was das Warenangebot anlangte, um Längen schlug, konnte doch kein Ort der Welt Santa Fe in punkto Szenerie und Grünanlagen übertreffen.

Statt also in den Park hineinzugehen, bog sie nach links ab und wanderte die Fifth Avenue hinunter, wobei sie zu den Fenstern der Gebäude hinaufblickte, die auf den Park hinaussahen, und sich fragte, was für berühmte Leute wohl in diesen Häusern wohnen mochten. Dort, wo der Park dann endete, machte sich kurz Zwischenstation bei F.A.O. Schwarz, wo sie sie einen Plüschaffen erstand, weil sie meinte, das hübsche kleine, possierliche Wesen könne die Strenge ihres Apartments ein wenig auflockern.

Auf der gegenüberliegenden Straßenseite sah sie nun das Plaza Hotel und Bergdorf Goodman's Kaufhaus – dieses herrliche, wunderschöne Bergdorf, wobei sie ahnte oder instinktiv wußte, daß man ihm einen ganzen Tag widmen mußte. Also beschränkte sie sich jetzt auf das Erdgeschoß, wo sie, wie sie meinte, nicht allzu sehr in Gefahr geraten würde. Sie unterschätzte Bergdorf jedoch, denn sie verließ das Geschäft mit einer Einkaufstüte voller Socken, Strumpfhosen und einem Ledergürtel mit Silberschnallen. Nach Bergdorf kam sie dann zu Fendi's und passierte das mit Gitterstäben gesicherte und einer Festung gleichende Juweliergeschäft von Harry Winston, das sie an die Herzogin von Windsor denken ließ. Als sie ihren Weg in südlicher Richtung fortsetzte, kam sie an Charles Jourdan, Bendel's und Elizabeth Ardens roter Eingangstür vorbei.

Sie lächelte, als sie über die Straße zu Saks hinüberblickte, und sich an den herrlichen Tag erinnerte, den sie dort mit Mike verbracht und an dem er dort in wenigen Stunden soviel für sie getan hatte. Anschließend betrat sie das Rockefeller Center und betrachtete die goldene Statue des fliegenden Menschen, die sie bereits unzählige Male im Fernsehen bewundert hatte. Als sie sich an das

Gitter lehnte, das auf das Areal hinuntersah, auf dem sich im Winter Schlittschuhläufer tummelten, stellte sie ihre schweren Einkaufstaschen zu ihren Füßen ab und rieb ihre Hände aneinander. Sie war nun seit Stunden unterwegs sollte eigentlich müde sein, aber statt dessen fühlte sie sich herrlich lebendig. Sie hatte sich dem Feind gestellt, und dieser hatte sich als reizender, sehr unterhaltsamer Freund entpuppt. Als sie die Leute in ihrer Nähe betrachtete und die Schaufenster des Metropolitan Geschenkladens, konnte sie nicht umhin, zu lächeln. Was für ein wunderschöner Ort, dachte sie bei sich.

Nachdem sie sich bei einem Straßenhändler einen Hot dog gekauft hatte, verließ sie das Rockefeller Center wieder und ging in südlicher Richtung weiter, wo sie in die Auslage eines Ladens sah und dort eine ungefähr zwölf Zentimeter große Bronzestatuette eines japanischen Samuraikriegers erblickte. Der kleine Krieger war kräftig gebaut und geharnischt, trug aber ein überaus einnehmendes Lächeln zur Schau, das sie an Michael erinnerte. Nachdem Mike bisher soviel für sie getan hatte, wollte sie ihm gern ein Geschenk machen, und dafür schien ihr diese kleine Statue ideal geeignet zu sein. Also ging sie in den Laden und bat den Inhaber, ihr die Statue aus dem Schaufenster zu zeigen.

Es war in diesem Laden, wo Samantha lernte, was jeder echte New Yorker weiß: daß man in New York alles kaufen kann und Preisschilder keineswegs besagen, daß der damit ausgezeichnete Gegenstand auch tatsächlich soviel kostet.

Entgegen der allgemeinen Weltmeinung gibt es kein menschliches Wesen auf Erden, das netter sein kann als ein New Yorker Kaufmann, wenn er seine Waren einem reichgekleideten Kunden zeigt. Der Mann betrachtete Sams teures Modellkostüm, ihre Mark-Cross-Handtasche, ihre Bally-Schuhe und den großen Brillanten, der an ihrem Ringfinger funkelte, und lächelte liebenswürdig, als er ihr die kleine Statue aus dem Schaufenster holte. Es war kein falsches Lächeln, denn niemand hat jemals etwas mehr geliebt als ein echter New Yorker das Kaufen und Verkaufen.

»Wieviel kostet sie?« erkundigte sich Samantha.

»Siebenhundertfünfzig«, antwortete der Mann.

Sam machte ein langes Gesicht. Sie wollte diese Statue zu gern haben, aber der Preis war viel zu hoch für diese Bronze.

Der Kaufmann, der einen geschulten Blick für Touristen hatte, die so naiv waren, daß man ihnen alles zu fast jedem Preis andrehen konnte – tatsächlich kauften sie oft Sachen, die sie gar nicht haben wollten, nur um einen aufdringlichen Verkäufer loszuwerden –, hielt Samantha für eine New Yorkerin. Sie war gekleidet wie eine New Yorkerin, hatte sogar die Fingernägel einer New Yorkerin (im übrigen Amerika ließen sich nur sehr reiche, müßig gehende, eitle Frauen die Nägel maniküren, doch in New York gab es dank der Koreaner in jedem Häuserblock mindestens fünf Kosmetiksalons, wo man sich für acht Dollar die Nägel richten lassen konnte). Der Ladeninhaber glaubte, Samantha spielte ihm nur ein Theater vor, als sie behauptete, ihr wäre der Preis zu hoch.

»Es würde mich zwar hart treffen, aber ich könnte Ihnen die Statue für fünfhundertfünzig überlassen.«

Samantha blickte ihn verdutzt an. Sie hatte nicht erwartet, daß er mit dem Preis heruntergehen würde. »Es tut mir leid, aber der Preis ist mir immer noch zu hoch.«

Eine echte, hier geborene New Yorkerin, dachte der Ladeninhaber bei sich und sagte: »Gibt es noch etwas, das Sie bei mir gern kaufen würden?«

Samantha hielt das für eine seltsame Frage, versuchte

aber erst gar nicht, sie zu verstehen, sondern deutete auf ein Paar Granatohrringe, die ihr gefielen. Der Ladenbesitzer nahm sie aus dem Schaufenster, damit Samantha sie betrachten konnte.

Sie fand die Ohrringe wunderhübsch, mochte sich aber nicht von ihnen auf begehrliche Abwege bringen lassen, sondern wollte ihre ursprüngliche Absicht weiterverfolgen, etwas für Mike zu kaufen. »Sie sind gar nicht übel, aber ich würde doch lieber die Statue nehmen. Allerdings kostet sie mir zuviel«, erklärte sie wahrheitsgemäß.

»Wie wäre es mit fünfhundertfünfzig für beides?«

Wieder sah Samantha den Mann verdutzt an, doch nun begann sie allmählich zu begreifen. Einem Impuls folgend, sagte sie: »Dreihundertfünfzig.«

»Vierhundertfünfundzwanzig«, sagte der Ladenbesitzer, die Ohrringe wieder vom Ladentisch nehmend.

»Dreihundertfünfundsiebzig für beides. In bar.« Samantha hielt den Atem an, denn das war exakt die Summe, die sie noch bei sich hatte. Sie konnte das Angebot nicht einmal um fünfzig Cents erhöhen.

»Vierhundert, mehr kann ich unter keinen Umständen nachlassen.«

Samantha machte wieder ein langes Gesicht, und sie sah genauso traurig aus, wie sie sich fühlte. »Tut mir leid, aber dreihundertfünfundsiebzig ist alles, was ich ausgeben kann.« Langsam wandte sie sich der Ladentür zu.

»Okay«, sagte da der Mann widerwillig. »Sie gehören Ihnen. Für dreihundertfünfundsiebzig bar auf den Tisch.«

Als Samantha mit der Statue und den Ohrringen den Laden verließ, fühlte sie sich ein wenig betäubt, so, als habe sie soeben das seltsamste Geschäft ihres Lebens gemacht. Sie war schon bis zur nächsten Straßenecke gegangen, ehe sie merkte, daß es inzwischen zu regnen begonnen hatte. Als sie auf die Uhr sah, entdeckte sie, daß es schon fast sechs war. Sie war sich sicher, daß Mike schon seit Stunden zu Hause auf sie wartete und sehr wütend auf sie sein mußte.

Nachdem Samantha das Feilschen gelernt hatte, lernte sie nun die Gepflogenheiten des New Yorker Taxigewerbes kennen. Beim ersten Regentropfen versuchen alle New Yorker Taxifahrer, sich sofort irgendwo unterzustellen. Zumindest war das die Theorie, die erklären sollte, warum man bei Regen in der Metropole nie ein freies Taxi finden konnte. Oder vielleicht lag es auch daran, daß der Regen die Wagen abwusch und sie dann nicht mehr als Taxi zu erkennen waren? Jedenfalls stellte sich Samantha nun an den Bordstein und hielt die Hand hoch, aber kein Taxi hielt neben ihr. Nun, dachte sie nach einer Weile, vielleicht ist New York doch nicht so vollkommen, wie es heute den Anschein hatte. Dann faßte sie die Henkel ihrer Einkaufstaschen fester, senkte den Kopf, damit der Regen ihr nicht in die Augen lief, und machte sich auf den langen Fußmarsch zurück zu Mikes Haus.

17

Sobald sie in die Vierundsechzigste Straße eingebogen war, begann sie zu laufen. Der Regen hatte sich inzwischen in einen heftigen Schauer verwandelt, und sie wurde allmählich naß bis auf die Haut. Aber das hatte nichts mit ihrer Eile zu tun – sie beeilte sich Michaels wegen. Er würde ihr böse sein, weil sie fortgegangen war, ohne ihm eine Nachricht zu hinterlassen, und er würde ein bißchen fauchen und spucken, aber sie wußte, daß er auf sie warten und froh sein würde, wenn er *sie* wiedersah. Er würde sich freuen, wenn sie sicher und gesund zu Hause anlangte, und er wollte dann von ihr hören, was sie den ganzen Tag über gemacht, was sie gesehen und gekauft hatte. Sie wußte nicht, warum sie sich dessen so sicher war, aber sie wußte es eben.

Er öffnete schon die Tür, als sie noch die Vortreppe hinaufstieg. Offensichtlich hatte er nach ihr Ausschau gehalten. Obwohl sie nun eine geharnischte Gardinenpredigt erwarten würde, grinste sie ihn an.

»Wo, zum Kuckuck, bist du gewesen?« fragte er barsch. Sie merkte ihm aber sofort an, wie erleichtert er war. Und noch etwas konnte sie aus seiner Stimme heraushören: Neugierde.

»Wenn du noch länger weggeblieben wärest, hätte ich die Polizei verständigt. Ist dir denn nicht bewußt, wie gefährlich diese Stadt ist?«

»Oh, Mike«, erwiderte sie lachend und fuhr sich mit der Hand durch das nasse Haar. »Da sind Tausende – Millionen – von Frauen in der Stadt unterwegs, ohne einen großen, starken Mann als Beschützer an ihrer Seite zu haben.«

Schon die Tatsache, daß sie ihn einen ›großen, starken Mann‹ genannt hatte, reichte offenbar hin, ihn – zumindest teilweise – zu besänftigen.

»Ja, und diese Frauen *wissen* sehr genau, was sie tun, aber du . . .«

Er hielt inne, weil sie niesen mußte, und im nächsten Moment faßte er sie am Arm und führte sie in das Badeziimmer, das sie sich teilten. »Du ziehst diese nassen Klamotten aus. Sofort.«

»Mike, meine trockenen Kleider befinden sich oben in meiner Wohnung. Ich brauche . . .«

»Ich fürchte, daß ich dich von jetzt an keine Sekunde

mehr aus den Augen lassen darf – nicht einmal hier im Haus. Ich werde dir etwas Geeignetes zum Anziehen holen.« Er machte die Badezimmertür hinter sich zu.

Samantha betrachtete sich ein paar Sekunden im Spiegel. Selbst sie würde zugeben müssen, daß sie sehr gesund und vergnügt aussah, und so fühlte sie sich auch. Rasch begann sie sich ihrer nassen Sachen zu entledigen und zögerte nur, als sie überlegte, ob sie auch ihre Unterwäsche ablegen sollte, zog sie dann, einem Impuls folgend, ebenfalls aus und rieb sich mit einem Handtuch ab. Dann klopfte es an der Tür, und Mike öffnete sie so weit, daß er einen Hausmantel durchreichen konnte. Sie nahm ihm diesen ab und wußte auf den ersten Blick, daß er nie getragen worden war. Der Hausmantel sah noch zu neu aus und entsprach überhaupt nicht Mikes Geschmack. Es war ein marineblauer Hausmantel aus Seide mit burgunderfarbenen Biesen – ein Hausmantel, wie ihn nur eine Frau einem Mann kaufen und dann enttäuscht sein würde, weil er ihn nie anzog. Nur David Nieven konnte so einen Hausmantel tragen und sich darin wohl fühlen.

Sie schlüpfte hinein und zog die Seide fest um sich. Er gehörte Mike, und er fühlte sich gut an.

Sie kam, sich noch das Haar mit einem Handtuch rubbelnd, aus dem Badezimmer. Mike wartete in der Küche mit einem Drink auf sie.

»Nein«, sagte sie protestierend, aber er drängte ihr das Glas auf und befahl dann im strengen Ton:

»Und jetzt möchte ich wissen, wo du gewesen bist. Und was dich veranlaßte, einfach wegzurennen, ohne mir eine Nachricht zu hinterlassen, so daß ich mir solche Sorgen machen mußte und . . .«

Sie nahm einen kräftigen Schluck von dem Gin Tonic. »Wenn du nicht aufhörst, dich zu beschweren, werde ich dir auch nicht zeigen, was ich dir gekauft habe.«

Diese Erklärung kam für ihn sichtlich unerwartet. Er sah sie mit großen Augen an.

Sie lächelte. »Komm«, sagte sie und zog ihn in die Frühstücksecke, wo sie sich hinsetzen und den Regen durch die Glastüren beobachten konnten. Dann ließ sie ihn dort zurück und ging in die Vorhalle, um ihre Einkaufstüten zu holen, die sie dort stehengelassen hatte. Als sie wieder in die Küche kam, saß er am Küchentisch.

»Mach' die Augen zu und strecke die Hände aus.«

Nach kurzem Zögern kam Mike ihrer Aufforderung nach. Samantha wickelte nun den kleinen Samuraikrieger aus und legte ihn in seine ausgestreckten Hände. Als er die Augen öffnete, beobachtete sie sein Gesicht, um zu sehen, ob er sich darüber freute.

Mike sagte einen Moment lang nichts, während er die kleine Statue in seinen Händen betrachtete. Sie gefiel ihm, gefiel ihm sogar sehr. Tatsächlich würde er sie vermutlich selbst für sich gekauft haben. Aber noch wichtiger als der Umstand, daß ihm die Statue gefiel, war die Tatsache, daß Samantha sie ihm geschenkt hatte. Noch nie zuvor in seinem Leben war er von einem nicht mit ihm verwandten weiblichen Wesen beschenkt worden, wenn es nicht sein Geburtstag war, oder Weihnachten, und alle Geschenke von Frauen waren stets unpersönlich gewesen – ein Pullover, eine Krawatte oder eine Brieftasche. Und stets waren sie von dem Spruch begleitet gewesen: »Laß uns zum Essen gehen, damit alle es sehen.« Was bedeutete, daß er mehr für die Geschenke ausgeben mußte, als sie gekostet hatten.

»Gefällt sie dir? Ich fand, daß er dir sehr ähnlich sieht. Grimmig, aber auch irgendwie süß mit diesem Lächeln, weißt du?«

Er blickte sie an, als sähe er sie zum erstenmal. Und was er in ihrem Gesicht entdeckte, hatte er wirklich noch nie zuvor bei ihr gesehen: Sie sah glücklich aus. »Ja, sie gefällt mir«, sagte er leise, staunden über die Freude, die ihr seine Worte zu bereiten schienen. Konnte sich tatsächlich jemand darüber freuen, daß er einem anderen ein Geschenk machte?

Er stand auf, ging zur Terrassentür und betrachtete den Samuraikrieger im Licht. Er studierte dessen Züge, seine Kleidung, die feinen Ornamente seines Harnischs. Als er hochsah, stand Samantha neben ihm.

»Es ist das netteste Geschenk, das ich jemals in meinem Leben bekommen habe«, erklärte Mike wahrheitsgemäß. In der Regel küßte er die nicht mit ihm verwandten weiblichen Wesen, wenn sie ihm ein Geschenk gemacht hatten, und ging mit ihnen nach einem Dinner ins Bett. Doch nun lächelte er Sam nur an, während sich seine Hände um die kleine Statue schlossen – und dieses Lächeln schien in diesem Moment intimer zu sein als das, was er mit anderen Frauen im Bett geteilt hatte.

Sie kehrten an den Tisch zurück, und als sie zu erzählen begann, beobachtete er sie genauso aufmerksam, wie er ihr zuhörte. Sie berichtete ihm von ihrem großartigen und wundersamen Erlebnis in dem Laden, wo sie diese Statue gekauft hatte. Wenn man ihr zuhörte, hätte man denken können, sie hätte auf der Entdeckungsreise zu noch unerforschten Ländern mit Piraten gekämpft.

»Was hast du denn noch gekauft?« fragte er, auf ihre Einkaufstüten blickend.

Als sie nun die anderen Sachen, die sie heute gekauft hatte, auswickelte, um sie ihm zu zeigen, wußte Mike, ohne daß jemand ihm das sagen mußte, daß das Vorzeigen von Dingen, die sie gekauft hatte, eine neue Erfahrung für sie war. Wie seltsam, dachte er bei sich; denn seine Schwestern und seine Mutter und zuweilen, wie ihn dünkte, alle weiblichen Wesen aus der Nachbarschaft, pflegten sich im Wohnzimmer zu versammeln, um wechselseitig ihre Einkäufe zu begutachten.

Er bewunderte alles, was sie ihm zeigte, und gab dabei jedesmal seinen Kommentar dazu ab. Er hörte ihr gespannt zu, was sie ihm von der Madison Avenue und der Fifth Avenue zu berichten wußte, was die anderen Frauen angehabt, was sie in den Geschäften gesehen und wie sie sich einen Hot dog von einem Straßenhändler gekauft hatte – alles so alltägliche, aber, durch Sams entzückte Augen betrachtet, so wundersame Dinge.

Nachdem sie ihm alles bis auf das weiße Batistnachthemd gezeigt hatte, schienen ihr die Worte ausgegangen zu sein, und sie setzte sich, umgeben von den ausgebreiteten Einkäufen, auf einen Stuhl, nippte an ihrem Glas, und blickte lächelnd hinaus in den Regen.

»Ach, Mike«, sagte sie, »ich bin seit Jahren nicht mehr so . . .«, sie schien nach Worten zu suchen . . . ». . . so glücklich gewesen.«

»Das Einkaufen machte dich glücklich?«

Sie lachte. »Ja und nein. Dieser Egoismus dieser Stadt . . ., daß ich mir das Haar richten, die Nägel polieren lasse, hier in einem Haus wohne, ohne kochen zu müssen, während du mich anschaust, als ob . . .« Sie brach ab, und nach einem raschen Blick auf ihn sagte sie nichts mehr.

Nach einer Weile ergriff er das Wort.

»Was hast du in Santa Fe gemacht?« fragte er aus ehrlicher Wißbegierde, denn soweit er das beurteilen konnte, hatte sie seit ihrer Ankunft in New York nichts Außergewöhnliches getan. Seine Schwestern, seine Mutter und alle weiblichen Wesen, die er jemals gekannt hatte, schienen die halbe Zeit ihres Lebens beim Friseur oder in einem Kosmetiksalon zu verbringen.

»Ich arbeitete«, erwiderte Samantha, die wußte, daß sie

ihren Mund halten sollte, aber der Drink löste ihr die Zunge. »Ich arbeitete fünf Tage in der Woche im ›Computerland‹, und an drei Abenden gab ich noch Unterricht in Aerobic in einem städtischen Kurheim. In der Zeit, in der ich nicht arbeitete, machte ich die Hausarbeit, kaufte ein, bezahlte die Rechnungen – solche Sachen.«

»Und was machte dein Mann?« Er hatte es zwar nicht beabsichtigt, aber das letzte Wort klang eher wie ein Hohn.

Mit einem kleinen humorlosen Lächeln hob Samantha ihr Glas, als wollte sie einen Toast ausbringen. »Er schrieb den großen amerikanischen Roman dieses Jahrhunderts.«

Das erklärte, warum sie eine so spöttische Bemerkung über Autoren gemacht hatte, als er ihr von seinem Vorhaben berichtete, eine Biographie zu schreiben, dachte Mike und fragte: »Und was hast du gemacht, als du noch nicht verheiratet warst und bei deinem Vater wohntest?«

Sie leerte ihr Glas, blickte hinaus in den Regen, und als sie ihm antwortete, war ihre Stimme so leise, daß er sie kaum verstehen konnte: »Ich sah einmal ein Fernsehstück, in dem jemand einen Mann fragte, warum er es denn so lange bei seiner Frau, die ein schrecklicher Drachen war, aushalten würde. Er war ein so *netter* Mann, mußt du wissen. Der Mann erwiderte, daß er manchmal das Gefühl habe, er sei wie eine Uhr, bei der seine Frau stets dafür sorgte, daß sie aufgezogen blieb, und er Angst habe, daß er, wenn er sie verließe, sich irgendwo hinsetzen und nie mehr aufstehen würde – daß er dann wie eine Uhr sei, die man vergessen habe, aufzuziehen. Ich glaube, mein Vater und ich waren wie dieser Mann. Meine Mutter war eine regsame, unternehmungslustige und gesellige Frau, und ich denke, sie hat meinen Vater und mich immer aufgezogen. Als sie tot war . . ., da hatte man gewissermaßen vergessen, uns wieder aufzuziehen.«

Mike war sich nicht sicher, ob er verstand, was sie gesagt hatte. Sein ganzes Leben lang hatte er immer um ein paar Stunden ungestörten Alleinseins kämpfen müssen, so daß er sich eigentlich gar nicht richtig vorzustellen vermochte, wie es war, wenn zwei Menschen allein in einem Haus wohnten. Als er noch ein kleiner Junge gewesen und eines seiner jüngeren Geschwister in sein Zimmer eingedrungen war und sich an seinen Sachen vergriffen hatte, hatte er gedacht, wie himmlisch es doch sein müsse, ein Einzelkind zu sein.

Aber als er Samantha nun, in seinem ihr viel zu großen Morgenmantel auf dem Küchenstuhl sitzen sah, glaubte er nicht mehr daran, daß das Dasein eines Einzelkindes etwas Erstrebenswertes wäre.

Er lächelte ihr zu. »Erzähl mir noch mehr von deinem Ausflug heute. Oder erzähl mir etwas von Santa Fe.«

Da lachte sie. »Du würdest mir ja doch nicht glauben, wenn ich sage, daß Santa Fe der seltsamste Ort auf dieser Welt ist. Soll ich dir von den Seelenerforschungs-Seminaren erzählen oder unserem brandneuen Personenaufzug?«

»Von beidem«, erwiderte er.

Als sie zu erzählen begann, hörte Mike ihr aufmerksam zu und lachte, während der Regen, der vor den Terrassentüren herunterrauschte, sie von der Außenwelt isolierte. Es war ein ganz gewöhnlicher Abend mit zwei Menschen, die an einem Tisch saßen, hin und wieder an ihren Gläsern nippten und miteinander sprachen, aber für Mike war es einer der schönsten Abende seines Lebens. Denn zum erstenmal war er mit einem weiblichen Wesen zusammen, ohne dem Zwang, sie unterhalten oder ihr das Gefühl von seiner Großartigkeit vermitteln zu müssen, ausgesetzt zu sein. Es war nicht nötig, sie beeindrucken zu wollen. Den kleinen Samurai hochhaltend, betrachtete er dessen Gesicht und schloß dann die Finger fest um die Figur.

»Was wolltest du wissen?« fragte er, als Samantha ihn erwartungsvoll ansah.

»Etwas über Colorado. Und von deinen elf Brüdern und Schwestern, wenn du mir von ihnen erzählen möchtest, heißt das.« Sie sagte das in einem Ton, als würde sie ihn um etwas Verbotenes bitten.

»Wo soll ich da nur anfangen? Stell' dir vor, daß du ständig in einer Meute lebst, immer von Lärm und Trubel umgeben bist und nie eine Stunde lang allein sein kannst. Besser noch: Stell dir vor, du würdest in einem Zirkus leben – mit Clowns, Affen und allem, was dazugehört.«

Samantha lehnte sich auf ihre Ellenbogen gestützt, über den Tisch und erkundigte sich atemlos: »Habt ihr euch gestritten? Hattet ihr viele Freunde? Hattet ihr auch Haustiere? Seid ihr oft zusammen ins Kino gegangen? Habt ihr auch Freunde eingeladen, die bei euch über Nacht blieben?«

Er grinste. »Willst du die Geschichte hören, als mein Bruder Kane und ich uns unter dem Bett meiner älteren Schwester versteckten und darauf warteten, daß die Schlummer-Party mit ihren Freundinnen begann?«

»Ja«, erwiderte sie wißbegierig.

*

Es war bereits zu vorgerückter Stunde, als Mike, der sah, wie Samantha gähnte, vorschlug, daß sie nun zu Bett gehen sollten. Sie wandte sich zur Treppe, aber er bestand darauf, daß sie im Erdgeschoß in seiner Nähe schlief, zumindest bis zum kommenden Montag, wenn die bestellten Gitter an den Fenstern angebracht sein würden.

Nachdem er sie die Treppe zu ihrem Apartment hinaufbegleitet hatte, wartete er solange im Wohnzimmer, bis sie sich ihr Nachtzeug herausgesucht hatte, um sich anschließend mit ihm wieder ins Erdgeschoß zu *seinem* Schlafzimmer zu begeben. Er lächelte. Als er sich heute morgen rasieren wollte, hatte er erst zwei Parfümfläschchen, zwei Porzellantiegelchen mit einem rosa und eines mit einem purpurroten Zeug und mindestens sechs kleine Bürsten beiseite räumen müssen. Ihre Strümpfe hatten über der Stange für das Badetuch gehangen und ein Büstenhalter hatte am Türknauf gebaumelt.

Nachdem er aus dem Haus seines Vaters ausgezogen war – fort von seinen vielen Geschwistern –, hatte Mike sich geschworen, daß er nie mehr mit jemandem zusammenleben würde. Selbst auf dem College hatte er sich dagegen gewehrt, mit einem Kommilitonen ein Zimmer zu teilen, und er wollte nie, daß eine seiner Freundinnen sich bei ihm einquartierte. Erst in den letzten beiden Jahren hatte er das Gefühl gehabt, daß er die Gesellschaft anderer Menschen vermißte. Nachdem er dann Dave kennengelernt hatte, schien es für ihn eine ganz natürliche Sache zu sein, Dave einzuladen, in seinem Haus zu wohnen. Sie würden beisammen sein, aber jeder würde eine eigene Wohnung haben – eine, wie Mike damals meinte, ideale Konstellation.

Als Dave ihn dann angerufen und gebeten hatte, sich ein Jahr lang seiner Tochter anzunehmen, hatte Mike sich davor gefürchtet, eine Frau bei sich im Haus zu haben, weil er wußte, daß man einer Frau viel würde nachräumen müssen und sich zudem eine Menge Probleme aufhalsen würde. »Du hast ja nicht geahnt, *wie viele* Probleme, Taggert«, sagte er laut zu sich selbst.

»Hast du etwas zu mir gesagt?« fragte Samantha, die gerade aus ihrem Schlafzimmer kam, und ein halbes Dutzend Fläschchen in den Händen hielt, die sie offenbar auch noch in seinem Badezimmer unterbringen wollte.

Was *machen* Frauen nur mit all diesem Zeug? wunderte er sich.

»Nein, ich habe nur laut gedacht, daß mir dieses Zimmer reichlich düster vorkommt.«

Sich in ihrem Wohnzimmer umsehend, betrachtete Samantha die dunkelgrünen Vorhänge, die Jagdszenen an den Wänden und die karierten Polsterstoffe. Als sie dieses Zimmer zum erstenmal betrat, hatte es ihr ungemein gut gefallen, doch nun dachte sie daran, sich vielleicht Überzüge für den großen Sessel zu kaufen. »Ich habe heute in einem Laden auf der Madison Avenue einen wunderschönen rosenfarbenen Damast gesehen«, sagte sie. »Vielleicht . . .« Sie hielt inne, denn das, woran sie jetzt dachte, schien ihr eine Respektlosigkeit ihrem Vater gegenüber zu sein. Schließlich hatte er die Einrichtung dieses Zimmers ausgesucht, und warum sollte sie noch Geld in ein Apartment stecken, in dem sie doch nur noch kurze Zeit wohnen würde.

Sie blickte Mike an und mußte dann wieder von ihm wegsehen. Es war besser, jetzt nicht an ihren Auszug zu denken und an ein Leben an einem Ort, wo sie niemanden kannte.

»Rosenfarbener Damast, aha . . .«, wiederholte er und bot ihr dann an, ihr die Fläschchen abzunehmen, aber Samantha sagte, nein, es wäre ihr lieber, wenn er die alte Hutschachtel mit nach unten nähme, die gleich rechts hinter der Tür ihres Kleiderschrankes stünde. Mike wollte gar nicht erst wissen, was sich denn in der Hutschachtel befand – sicherlich noch mehr von diesen ausschließlich weiblichen Artikeln, dachte er bei sich.

Unten half er ihr dann, die Fläschchen auf dem Bord im Badezimmer zu verstauen, das bereits von seinen und ihren Toilettenartikeln überquoll. Samantha betrachtete das Gedränge voller Mißbehagen und sagte: »Du hast das

Bord ja am Montag wieder für dich allein, wenn sie oben die Gitter anbringen.«

Vor einer Minute hatte Mike noch voller Bedauern an den verlorenen Platz gedacht, aber nun wollte ihm der Gedanke, daß sie wieder hinaufzog in ihre Wohnung, nicht gefallen.

»Und noch etwas«, setzte sie leise hinzu, ihre linke Hand hochhebend und den großen Brillanten betrachtend, der daran funkelte. Es war ein so schöner Ring, daß sie sich am liebsten gar nicht von ihm getrennt hätte. Widerwillig begann sie, ihn abzustreifen: »Ich wollte dir den Ring schon längst zurückgeben, aber . . .«

Er legte rasch seine Hand über die ihre. »Behalte ihn. Solange du ihn tragen willst, gehört er dir.«

»Das kann ich unmöglich annehmen. Ich meine, ich . . .«

»Ich müßte ihn doch nur in die Bank zurückbringen und dort in den Safe legen, wo er dann verrottet. Meine Mutter sagt, Juwelen bekäme es besser, wenn sie von jemandem getragen werden, statt in einem Schließfach zu liegen. Zudem sieht der Ring auf deiner Haut viel schöner aus als in dieser häßlichen grauen Schachtel.«

»Mike«, begann sie. »Niemand hat mir jemals so viel . . . Ich meine . . .«

Sich zu ihr neigend, küßte er sie sacht auf den Mund. »Wenn du dich noch einmal bei mir bedankst, werde ich wütend.«

Doch als sie nun zu ihm aufsah, war sie sichtlich gerührt – was ihm gar nicht gefiel. Was er für sie getan hatte, war ein schlichter Akt von Nächstenliebe gewesen – etwas, das sie von jedem Menschen erwarten durfte.

»Möchtest du die Nacht mit mir im Bett verbringen?« fragte er.

Einen Moment lang sah Samantha erschrocken aus –

fühlte sich verraten, weil er von ihr erwartete, daß sie sich auf diese Weise bei ihm bedanken sollte –, aber dann begriff sie, daß er sie nur verulken wollte. Sie lachte, den Moment der Entfremdung überwindend. »*So* dankbar bin ich dir nun auch wieder nicht.«

»Die Dankbarkeit kommt erst, *nachdem* du mit mir geschlafen hast«, erwiderte er, sie angrinsend.

»Verschwinde«, sagte sie lachend, und nachdem er sich noch rasch einen Kuß von ihr gestohlen hatte, verließ Mike das Badezimmer.

*

Er ging hinüber ins Gästezimmer und hörte nicht auf zu lächeln, während er sich auszog. Verflixt! Aber wie froh war er jetzt, daß sie bei ihm geblieben und nicht mit seinem spindeldürren Vetter nach Maine gefahren war. Zuweilen fiel es ihm schwer, sich daran zu erinnern, daß sie sich in Gefahr befand, wenn sie hier im Haus wohnte, und manchmal konnte er sich überhaupt nur noch an Sams Zusammensein mit seinen Freunden erinnern – mit *allen* seinen Freunden. Er war überrascht und zugleich erfreut gewesen, als Samantha weder über Daphne gelächelt noch die Nase gerümpft hatte, und sie hatte Corey und die anderen gemocht. Er wußte, daß seine Familie in Colorado Sam und Sam dieser gefallen würde. Er konnte sich gut vorstellen, wie sie sich angeregt mit Jeanne über rosenfarbenen Damast unterhielt.

Bei dem Gedanken an seine Familie runzelte Mike die Stirn, weil ihm nun Sams seltsame Geschichte von der Uhr wieder einfiel. Was hatte sie nur mit den Uhren gemeint, die nicht wieder aufgezogen wurden? Er hatte so eine Ahnung, daß Sam ihm, falls er sie um eine Erklärung bitten sollte, eine zweite und dritte Geschichte dieser Sorte auftischen und er vielleicht niemals die Wahrheit herausfinden würde. Sie hatte *ihn* einen Lügner genannt, konnte ihm jedoch noch einiges beibringen, was die Verschleierung von Tatsachen anlangte.

Er nahm den Hörer vom Nebenapparat, der auf dem Nachttisch stand, ab, wählte die Nummer der Auskunft in Louisville, Kentucky, nannte den Namen und die Adresse von Daves Anwalt und bat um dessen Telefonnummer. Mike wußte, daß es schon spät war in Louisville, aber er kannte niemanden sonst, der ihm seine Fragen hätte beantworten oder ihm hätte sagen können, was mit Sam nach dem Tod ihrer Mutter geschehen war.

Als der Anwalt sich am anderen Ende der Leitung meldete, entschuldigte sich Mike rasch für die späte Störung und stellte dann seine Frage. Der Anwalt erteilte ihm daraufhin die ihn bestürzende Auskunft, daß Allisons Tod Dave in eine tiefe Depression versetzt hatte, die ihn für einige Jahre zu einem Pflegefall machte.

»Sein Zustand war so schlimm, daß wir ernsthaft daran dachten, ihn in eine geschlossene Anstalt einweisen zu lassen«, erklärte der Anwalt. »Aber wir brachten das einfach nicht übers Herz. Dave blieb in seinem Haus wohnen, das jedoch verdunkelt werden mußte, weil er kein Licht vertragen konnte. Er aß gerade so viel, wie er zum Überleben brauchte, und wollte außer seiner Tochter Samantha niemanden sehen. Sie war seine kleine Ersatzfrau, die für ihn kochte und das Haus sauberhielt. Das arme Kind verzichtete auf alles, was ein Mädchen ihres Alters normalerweise tut. Dave besaß einige Ersparnisse, so daß er nicht zur Arbeit gehen mußte, und Samantha mußte immer in seiner Nähe bleiben. Das arme, arme Kind. Es konnte nur zum Schulbesuch das Haus verlassen. Wenn sie in einem Mausoleum aufgewachsen wäre, hätte Samantha mehr Spaß gehabt als in diesem Haus bei Dave.«

»Wann hörte dieser Zustand auf?« fragte Mike.

»Dave wurde nie mehr der Mensch, der er vor Allisons Tod einmal gewesen war. Doch seine Ersparnisse gingen eines Tages zu Ende, und deshalb mußte er wieder in seinem früheren Beruf arbeiten. Inzwischen war Samantha ein Teenager, und Dave war so von ihr abhängig geworden, daß sie ihn auch weiterhin versorgte und den Haushalt führte. Wir waren alle froh, als wir hörten, daß sie heiraten sollte – froh, daß sie endlich ein eigenes Leben würde führen können.« Er zögerte. »Aber ihre Ehe war auch nicht gerade ein Erfolg, nicht wahr?«

»Nein, das war sie wohl nicht«, erwiderte Mike leise, bedankte sich dann bei dem Anwalt und legte den Hörer in dem Gefühl auf, daß er Samantha nun weitaus besser verstünde als noch vor einer Stunde. Er verstand jetzt ihre Faszination, was seine Familie betraf. Er verstand ihre Freude über die kleinste Aufmerksamkeit, die man ihr erwies. Er verstand, warum sie sich zuweilen so zu verhalten schien, als sähe sie die Welt zum erstenmal.

Als er an Sam dachte, erinnerte er sich wieder, wie sie vorhin in Daves Wohnzimmer gestanden und den großen Sessel mit dem Karomuster angesehen hatte. In der nächsten Sekunde nahm er abermals den Hörer ab und rief seine Schwester in Colorado an. Jeanne verlor keine Zeit damit, das Gespräch auf den Puntk zu bringen: Samantha. Mike verdrehte die Augen. Zweifellos war Samantha inzwischen zu einem wichtigen Gesprächsstoff in seiner Familie geworden.

»Wie sieht diese Samantha denn aus?« fragte Jeanne, die gar nicht erst versuchte, ihre Neugierde vor ihrem Bruder zu verbergen.

Mike zögerte nicht eine Sekunde: »Eine modifizierte Bardot; eine Haut wie Sahne; Augen so blau wie Kits 1957er Chevy; Haare so kupferbraun wie der Hunter, den du mit vierzehn hattest; einen Körper, der auf die Titelseite von *Sports Illustrated* gehörte.« Mike hielt inne, weil Jeanne laut lachte, aber er grinste in die Muschel hinein.

»Mike«, fragte Jeanne, immer noch lachend, »hat sie auch ein Gehirn?«

»Ja, und eine noch intelligentere Klappe.«

»Ich glaube, ich mag sie schon jetzt. Sag mir, was du brauchst.«

»Du hast doch noch die Grundrißskizzen von den beiden oberen Stockwerken in meinem Haus? Von dem Apartment, das du für Dave Elliot eingerichtet hast?«

»Ja. Mike, das mit Dave tut mir leid. Ich weiß, daß du ihn sehr gemocht hast.«

»Danke, Jeanne. Ich möchte, daß du die Wohnung umgestaltest. Und ich will das rasch erledigt haben. Sehr rasch.«

»In zwei Wochen?«

»Über Nacht. Ich werde mit Sam an diesem Tag ausgehen – sagen wir, am nächsten Montag –, und komme mit ihr dann in eine neue Wohnung zurück.«

Jeanne sagte ein paar Sekunden lang nichts, während sie im Geist ihre Bezugsquellen in New York durchging. Sie konnte die meisten Möbel wohl gleich aus den Ausstellungsräumen besorgen – den Großteil davon bei Tepper Falleries –, sie einlagern und sie dann an einem Tag in der Wohnung aufstellen lassen. »Aber in dieser kurzen Zeit näht mir niemand die Vorhänge oder erledigt mir die Malerarbeiten, und für einige Sachen wirst du den normalen Ladenpreis bezahlen müssen.«

»In Ordnung«, erwiderte Mike, ohne zu zögern.

Jeanne ließ einen leisen Pfeifton hören. »Du *mußt* in sie verliebt sein.«

Als Mike schwieg, fragte sie: »Und was hat sie für einen Stil?«

»Sie wohnt bei mir, aber sie erlaubte mir lediglich, sie ein paarmal zu küssen. Nichts sonst. Nichts mit den Händen.«

»Aha. Altmodisch. Englischer Chintz. Rosenfarbene Seidenpolster. Aubusson-Teppich. Ein Vier-Pfosten-Bett, drapiert mit schieferblauem Damast. Und Quasten. Antikes, achtzehntes Jahrhundert.«

»Klingt gut«, unterbrach er sie. »He, Jeanne«, sagte er noch, ehe er auflegte, »aber sorg dafür, daß das Bett auch *groß* ist.«

Lachend legte sie auf.

18

Samantha wachte am nächsten Morgen auf und wankte, noch schlaftrunken, ins Badezimmer, wo sie beim Anblick von Mike, der sich, nur mit einem um die Taille gewickelten Handtuch bekleidet, gerade rasierte, erschrocken unter der Tür stehenblieb.

»Entschuldigung«, murmelte sie und wollte sich wieder ins Schlafzimmer zurückziehen.

»Ist okay«, sagte er. »Ich bin anständig. Was hast du dir für heute vorgenommen?«

Sie drehte sich um und blinzelte, bis ihre noch vom Schlaf verschleierten Augen klar wurden. Er war so früh am Morgen in der Tat ein hübscher Anblick mit seinem breiten Rücken und diesem winzigen Streifen Frottee um die Mitte, der sehr lose an seinen Hüften hing. Ein Zupfen genügte schon, und ...

»Du wirst Schwierigkeiten bekommen, wenn du mich noch länger so anschaust«, sagte er, sie im Spiegel beobachtend.

Samantha lächelte ihn an, aber anstatt nun ins Schlafzimmer zurückzukehren, stellte sie sich neben ihn und sah ihm beim Rasieren zu. Sowohl ihr Vater wie ihr Ex-Gatte hatten elektrische Rasierer benützt, und es war für sie eine neue Erfahrung, einen Mann mit einer Klinge und Rasierschaum hantieren zu sehen.

»Magst du keine elektrischen Rasierapparate?« fragte sie, eine Flasche mit Rasierwasser – *Englisch Leather* – vom Bord nehmend. Sie öffnete sie und roch daran.

»Ich habe den kräftigen Bartwuchs meines Vaters geerbt. Ein elektrischer Rasierer wird damit nicht fertig.«

Sich an die Wand neben dem Spiegel lehnend und mit der Flasche spielend, beobachtete sie, wie er nun mit der Klinge streifenweise die Seife von den Wangen und dem Kinn entfernte und zwischendurch die Klinge unter dem laufenden Wasser reinigte. Einmal fing er im Spiegel ihren Blick auf und kniff ein Auge zusammen.

Ihm im Spiegel zulächelnd, dachte sie, was für ein herrlicher Augenblick das doch war. Manchmal fühlte sie sich mehr mit Mike verheiratet als jemals früher mit ihrem Ex-Gatten. Der hatte eiserne Regeln, und eine davon lautete, daß eine Frau und ein Mann sich niemals zusammen im Badezimmer aufhalten durften.

»Weißt du inzwischen, was du machen willst?«

»Hmm?« meinte sie verträumt, ihn beobachtend.

Er beendete die Rasur, hielt dann einen Waschlappen unter das heiße Wasser und drückte ihn eine Weile lang gegen das Gesicht, ehe er sich die Überreste des Rasierschaums von Hals und Wangen wischte. Sich umdrehend, beugte er sich zu ihr hinunter, bis sein Gesicht dem ihren ganz nahe war. »Was meinst du dazu?« sagte er, sein Gesicht von einer Seite auf die andere drehend.

Lächelnd legte Samantha ihm die Hände auf die Wangen, befühlte seine frischrasierte Haut und war versucht, ihm mit den Daumen über die Lippen zu streichen, ihn vielleicht sogar zu küssen. »Babyweich.«

»Bist du sicher?« Sich noch mehr zu ihr neigend, rieb er seine Wange an den ihren, erst auf der einen, dann auf der anderen Seite.

Sie legte ihm die Hände auf die Schultern, spürte seine warme Haut unter den Fingern und schloß einen Moment lang die Augen.

»Keine übersehenen Bartstoppeln, die die Haut einer Lady verletzen könnten?«

»Nein, keine«, sagte sie leise, den Kopf an die Wand zurücklehnend. »Vollkommen glatt.«

Abrupt bewegte er sich von ihr weg, und Samantha runzelte wider Willen die Stirn. Sonst versuchte er doch immer, sie zu küssen, aber heute morgen tat er das nicht. Sie ahnte ja nicht, daß ihre Nähe so früh am Morgen mehr war, als Mike ertragen konnte. Wenn er sie nicht anfassen wollte, mußte er von ihr wegrücken. Doch Samantha begriff Mikes jähes Zurückweisen nicht, sah, einem Impuls folgend, in den Spiegel – und stieß einen spitzen Schrei aus. Weil sie sich gestern nicht abgeschminkt hatte, war ihr Maskara verschmiert und ihr Haar, das noch feucht gewesen war, als sie gestern ins Bett ging, stand ihr nun vom Kopf weg. Sie griff nach einem von Mikes Kämmen, hielt ihn unter den Wasserhahn und versuchte dann ihre Haare einigermaßen zu glätten. Mike lachte hinter ihr und küßte sie dann auf den Nacken.

»Du siehst schön aus«, sagte er wahrheitsgemäß.

»So schön wie Vanessa?« fragte sie und hielt sich dann erschrocken den Mund zu. Sie hatte das *nicht* sagen wollen.

Mike zog eine Braue hoch. »Du hast spioniert? in den Schubladen fremder Leute gestöbert? Ihre Privatsachen durchwühlt?«

»Ganz bestimmt nicht. Ich ... ich wollte nur ein Paar Socken, das ist alles. Ich mochte dich damit nicht belästigen, und dachte, ich schaue mal in der Kommode nach. Ich hatte ja keine Ahnung, daß du etwas dagegen haben würdest, daß ich mir ein Paar Socken von dir ausleihe.« Sie hielt inne, weil er sie spöttisch im Spiegel angrinste. Die Nase in die Luft reckend, um ihm zu zeigen, was sie von ihm dachte, drängte sie sich an ihm vorbei zur Badezimmertür. »Mir kann es doch egal sein, wer Vanessa ist. Ich bin sicher, daß du Dutzende von Freundinnen hast. Was geht mich das an?«

Als er schwieg, drehte sie sich um und sah ihn, an einen Türpfosten gelehnt, unter der Badezimmertür stehen, dieses allwissende Lächeln auf dem Gesicht.

»Würdest du jetzt bitte gehen? Ich muß mich anziehen.«

»Ich auch, und meine Kleider befinden sich hier. Aber vermutlich ist dir das auch nicht verborgen geblieben.«

»Ich weiß gar nichts.« Sie bewegte sich nun auf die Tür zu, die in den Flur hinausging, aber er hielt sie am Arm fest.

»Wo willst du hin?«

»In mein Apartment, obwohl dich das eigentlich nichts angeht.«

Er legte beide Arme um sie und hielt sie locker fest, während sie sich gegen seinen Griff wehrte. »Nun schau dir mal an, was du gemacht hast!« sagte er.

Samantha würde sich das bestimmt nicht anschauen, weil sie sehr wohl wußte, daß das Handtuch inzwischen auf den Boden gefallen war. Sie blickte ihm resolut in die Augen. »Ich würde es sehr begrüßen, wenn du mich jetzt losließest«, sagte sie und machte sich ganz steif.

»Nicht eher, bis du meine Frage beantwortet hast.« Er beugte sich vor, als wollte er ihr wieder einen Kuß auf den Hals geben, doch Samantha drehte rasch den Kopf zur Seite.

»Ich *habe* deine Frage beantwortete: Es ist mir egal, wer diese Vanessa ist.«

Lachend zog Mike sie ein wenig fester an seinen großen, warmen, nackten Körper. »Ich habe dich ja gar nicht nach Vanessa gefragt – das bist du gewesen. Ich wollte wissen, was du heute vorhast.«

Er hielt sie nur locker umfangen, aber wenn sie sich bewegte, war sie fast so nahe bei ihm, daß ihre Brustwarzen seine Brust berührten. Und da er nun vollständig und absolut nackt war, fixierte Samantha einen Punkt an der Wand neben seinem Kopf an. Sie würde nicht anfangen, mit ihm zu ringen, aber sie spielte mit dem Gedanken, ihm zu sagen, daß er nicht so viel Zeit in der Sonne verbringen sollte, damit seine Haut diesen Bronzeton bekam. Dann fragte sie sich plötzlich, ob das nicht seine natürliche Hautfarbe sein könnte und er am ganzen Körper diesen Bronzeton hatte. »Ich habe mir vorgenommen, ein sehr interessantes Buch zu lesen«, sagte sie, die Lippen zusammenpressend.

Mike blickte an ihrem Körper hinunter, auf den sehr dünnen Stoff, der sie voneinander trennte. »Weißt du, daß ich meine Meinung, blaue Nachthemden betreffend, ändern könnte? Mir gefällt dieses da. Ist es aus Seide?«

»Baumwolle«, erwiderte sie steif. »Altmodisch und langweilig.«

»So? Vanessa trägt solche . . .« Er beendete den Satz nicht, weil Samantha ihn mit beiden Fäusten in die Rippen boxte.

Er zuckte zusammen, den Mund vor Schmerz verzerrend, und lachte dann, während er sie noch immer mit beiden Armen umfangen hielt. »Sammy, Baby, du bist die einzige Frau in meinem Leben. Vanessa liegt schon Jahre zurück.«

»Das kann *mir* doch egal sein. Würdest du jetzt aufhören, den Tarzan zu spielen, und mich loslassen? Ich möchte nach oben gehen und mich anziehen.«

Sich eine Idee nach vorne bewegend, brachte er sein Gesicht so nahe an ihren Hals, daß sie seinen warmen Atem auf ihrer Haut spüren konnte. »Tarzan? Wie wäre es, wenn wir heute zu Hause blieben und ›Indianer und die hochnäsige Missionarstochter‹ spielten? Wir könnten deine ganze Familie von Indianern umbringen lassen, doch dann käme ich, um dich zu retten. Du würdest mich zuerst zwar hassen, bis ich dich dazu brächte, vor Entzükken aufzuschreien, wenn ich . . .«

Da mußte sie, mochte sie sich noch so sehr dagegen sträuben, laut lachen.

»Oh, Mike, du bist verrückt. Was für Bücher hast du eigentlich als Junge gelesen? Schundromane?«

»Ich bin verrückt vor Verlangen nach dir«, sagte er, hielt sich aber immer noch eine Atembreite von ihr entfernt, als *müsse* er diese Distanz zwischen ihnen bewahren. »Und wenn du keine Indianer magst, könnte ich dir ein paar Tricks mit roten Seidenschals zeigen. Oder ich könnte einen Piraten spielen, der . . .« Er hielt inne, weil sein Mund sich nun auf ihrem Hals befand.

Als er sich zu entspannen begann, duckte Samantha sich rasch, schlüpfte unter seinen Armen hindurch und unterdrückte ein Lächeln, als er vor Enttäuschung stöhnte. Ihm den Rücken zukehrend, damit sie ihn nicht in seinem total unbekleideten Zustand sah, ging sie zur Tür hin, verließ das Schlafzimmer und stieg – den ganzen Weg über lächelnd – die Treppe hinauf in ihre Wohnung, um sich anzuziehen.

Sie hatte sich gerade Jeans über die Beine gestreift, als Mike an die Tür ihres Apartments klopfte. Das Anklopfen war eine reine Formsache, da das Loch in der Tür groß genug war, daß ein Kalb hätte hindurchgehen können, und er wartete auch gar nicht ab, bis sie ihm die Tür öffnete, sondern war bereits im Wohnzimmer und hatte sich dort in einem Sessel niedergelassen, als sie, sich die Bluse zuknöpfend, aus dem Schlafzimmer kam.

»Hast du dir inzwischen überlegt, was du machen willst?« fragte er.

»Du meinst, was für ein Buch ich lesen werde? Ich habe da im Schrank eine meiner Meinung nach hervorragende Biographie von Captain Sir Frank Baker, dem viktorianischen Forschungsreisenden, entdeckt. Ich denke, die werde ich mir vornehmen.«

Die Enttäuschung stand Mike deutlich ins Gesicht geschrieben. »Was muß ein Kerl eigentlich alles tun, damit du dich mit ihm verabredest? Mein Vetter, diese Bohnenstange . . .«

»Raine hat mich gefragt«, unterbrach sie ihn spitz. »Er hat mich sogar höflich gebeten und mir obendrein noch vierundzwanzig Stunden Bedenkzeit eingeräumt. Frauen schätzen so etwas. Wenn man eine Frau um ein Rendezvous *bittet*, hat das bei weitem mehr Stil, als wenn man sagt ›ah, jetzt ist mir mein Handtuch heruntergefallen‹ oder ›laß uns Doktor spielen‹.«

Da erhob Mike sich langsam aus dem Sessel, ging auf sie zu, nahm ihre Rechte und küßte sie mit übertriebener Artigkeit und Courtoisie auf den Handrücken. »Miss Elliot, würden Sie mir die Ehre erweisen, einen Tag in Ihrer Gesellschaft verbringen zu dürfen?«

»Mit oder ohne rote Schals?« fragte sie mit schmalen Augen.

»Das steht ganz im Belieben von Milady«, erwiderte er, ihr abermals die Hand küssend, doch diesmal berührte er ihre Haut mit der Zungenspitze.

Da mußte sie nun doch lächeln, während sie auf die Fülle seines dunklen gelockten Haars hinuntersah und fragte: »Was würden wir denn tun, wenn ich mich zu einer Verabredung bereitfände?«

Mike sah sie an. »*Bestimmt* nicht schaukeln und Eiskrem essen!« Nachdem er ihr zum drittenmal die Hand geküßt hatte, meinte er schalkhaft: »Wir könnten ja, wenn uns nichts Besseres einfällt, Vanessa besuchen.«

»Nur, wenn ich Raine mitbringen kann«, gab sie sofort mit einem nicht weniger schelmischen Grinsen zurück.

Mike richtete sich lachend auf. »Würde es dir gefallen, wenn ich dir noch mehr von New York zeigen würde? Chinatown, Little Italy, the Village – etwas von dieser Art? Ob du's glaubst oder nicht: diese Stadt besteht nicht nur aus Fifth und Madison Avenue, es gehört mehr dazu – obwohl du dich beiden, möchte ich meinen, erstaunlich gut angepaßt hast.«

»Ich muß mir nur erst etwas anderes anziehen, und dann . . .«

»Nein, Jeans sind genau das richtige für das, was wir tun werden.« Er schob ihren Arm unter den seinen und verließ eine Minute später mit ihr das Haus.

Samantha erlebte nun New York zum erstenmal am Wochenende. Es schien so, als würde das Zentrum von Manhattan von all den schön gekleideten und gepflegten Menschen, die werktags hier anzutreffen waren, geräumt, um es Leuten zu überlassen, die offensichtlich Touristen waren. Da flanierten jetzt Frauen in sackähnlichen Kleidern und mit bis zu vier Kameras bestückte Männer in Polyesterhemden und formlosen Hosen, die ihnen an Gummibändern um die Bäuche hingen.

»Wo sind sie nur alle hingegangen?« wunderte sich Sam.

»Sie haben sich in ihre Landhäuser zurückgezogen oder machen Ausflüge in die Umgebung«, erwiderte Mike und führte sie weiter nach Norden, wo sie zunächst in der Siebenundsechzigsten Straße unweit der Fifth Avenue einen Straßenmarkt besuchten. Samantha sah dort Tisch an Tisch voller Modeschmuck aus den dreißiger und vierziger Jahren und verliebte sich in einen kleinen Korb aus Silber, der mit Blumen aus farbigen Steinen gefüllt war. »Es ist Trifari«, sagte die Frau hinter dem Stand, als hätte das etwas zu bedeuten. Samantha hätte die Brosche zu gern gehabt, aber sie hatte schon tags zuvor viel zuviel ausgegeben und legte deshalb den kleinen silbernen Korb mit sichtlichem Bedauern auf den Tisch zurück.

Mike zögerte nicht lange, sondern kaufte die Brosche für sie, doch als er sie ihr geben wollte, protestierte Samantha, daß er das nicht hätte tun sollen. Und als er sie ihr förmlich aufzwingen wollte, versteckte sie die Hände auf den Rücken und meinte: »Du hast schon so viel für mich getan. Ich kann das unmöglich mehr annehmen.«

Mike zuckte mit den Achseln. »Okay, vielleicht würde Vanessa sie gern haben wollen.«

Da funkelte sie ihn an, riß ihm die Brosche aus den Händen und schloß ihre Finger so fest darum, daß die Nadel ihr ins Fleisch stach. Da nahm Mike lächelnd ihre Hand, löste die Finger von der Brosche und steckte sie ihr an die Bluse. Sie wollte zwar nicht recht zu ihrer legeren Kleidung passen, aber das störte sie nicht, sondern sie hängte sich nun wieder vergnügt bei Mike, der ihr seinen Arm bot, ein.

Sie wanderten dann Arm in Arm die First Avenue zum Sutton Place hinunter. Mike führte sie dort in den hübschen kleinen Park, in dem ein paar Frauen mit Kinderwagen unterwegs waren. Bei diesen Frauen handelte es sich offensichtlich um Ammen, und die Häuser in der Umgebung des Parks waren eindeutig den ganz Reichen vorbehalten.

Als Samantha am schmiedeeisernen Zaun des Parks

stand und hinaufsah zu der Brücke, die sich über den East River spannte, und die Frachtkrähne auf dem Fluß beobachtete, legte ihr Mike von hinten die Arme um die Taille. Wie stets, wenn ihr seine Annäherungen zu intim wurden, suchte sie von ihm wegzukommen, aber er sagte: »Bitte, nicht«, mit einer so rauhen Stimme, daß sie sich seiner Bitte fügte, dort stehenblieb, wo sie war, und ihm erlaubte, sie festzuhalten. Ihre Hinterseite an seine Vorderseite gepreßt, gestattete sie sich sogar einen Moment lang, seine Nähe zu genießen.

Während er ihr Sehenswürdigkeiten am gegenüberliegenden Flußufer zeigte, hielt er sie mit beiden Armen umfangen, während ihre Hände auf seinen bloßen Unterarmen lagen. Als sie den Kopf an seine Schulter zurücklehnte, konnte sie seine Wärme spüren, diese Festigkeit seines Körpers, und sie wurde sich bewußt, wie sicher sie sich in seiner Nähe fühlte – als ob nichts und niemand ihr jemals wieder weh tun konnten. »Mike, vielen Dank für die Brosche.«

»Keine Ursache«, sagte er mit leiser, weicher Stimme.

Samantha wollte noch mehr sagen, aber ein kleines höchstens zwei Jahre altes Kind, rannte auf noch unsicheren Beinen auf den Eisenzaun zu, ohne auf den Weg zu achten. Seine Amme schrie laut hinter dem Kleinen her, doch das Kind wollte nicht stehenbleiben. Mit einer Leichtigkeit, als hätte er das schon unzählige Male getan, umfaßte Mike mit der Hand den Kopf des Kindes und bewahrte es davor, sich an den Eisenstäben zu verletzen.

Sicher, aber erschrocken, sah das Kind zu Mike hoch. Dann wurden seine Augen ganz groß und füllten sich mit Tränen, während Mike vor dem Kind niederkniete und sagte: »Du bist ja so schnell gelaufen, daß du fast ein Loch in den Zaun gerissen hättest! Das möchten wir beide doch nicht, oder?«

Das Kind nickt, schniefte und lächelte dann Mike an, während die Amme, die mindestens siebzig Pfund Übergewicht hatte, ihr Schutzbefohlenes endlich einholte.

»Ich danke Ihnen vielmals«, sagte sie, nahm das Kind bei der Hand und führte es weg. Der kleine Junge sah über die Schulter zu Mike zurück und winkte. Mike winkte zurück und streckte Samantha dann die Hand hin, die sie, ohne zu zögern, ergriff und ihre Finger mit seinen verschränkte. Sie verließen den Park und gingen in südlicher Richtung weiter.

»Weißt du, daß ich noch nie in meinem Leben eine Babywindel gewechselt habe?« sagte sie, als sie daran dachte, wie vertraut Mike offenbar der Umgang mit kleinen Kindern war.

»Man braucht nicht unbedingt ein Staatsexamen dafür«, sagte Mike und blickte sie dann an. »Ich sage dir, wie wir diesem Mangel abhelfen können. Wir fliegen nach Colorado und besuchen meine Familie, und dort kannst du so viele Windeln wechseln, wie du möchtest. Ich wette jede Summe, daß dir meine ganze Familie ihre Babys zum Üben zur Verfügung stellen wird. Binnen einer Woche wirst du eine Expertin im Trockenlegen sein.«

»Das würde mir gefallen«, sagte sie ernsthaft. »Das würde mir sogar großen Spaß machen.«

Ihre Hand drückend, trat Mike an den Bordsteinrand, hielt ein Taxi an und sagte dem Chauffeur, daß er sie nach Chinatown fahren sollte.

Um vier Uhr nachmittags war Samantha müde, aber sehr glücklich; denn sie hatte wieder einen himmlischen Tag mit Mike verbracht. Sie waren so viel gelaufen, daß ihnen die Füße wehtaten, und hatten mehr unternommen und gesehen, als Samantha im Gedächtnis behalten konnte. Mike hatte sie mit so viel Spezialitäten in Chinatown vollgestopft, daß sie fast platzte. Er hatte sie zum Lachen gebracht und ihr Dinge gezeigt, die sie ohne ihn niemals gesehen hätte. Er hatte sie zu winzigen, abgelegenen Läden geführt, zum Beispiel zum ›Last Wound Up‹, in dem es nichts anderes zu kaufen gab als Spielzeuge zum Aufziehen. Er hatte ihr Denkmäler gezeigt, Parks, Rummelplätze und Straßenmärkte. Sie hatten Straßenmusikanten zugehört und Artisten zugesehen, die sehr, sehr gut gewesen waren. Sie hatte an einem Stand Hüte anprobiert und Mike dazu überredet, sich ein Hemd aus balinesischer Baumwolle zu kaufen. Und während sie in der Stadt umhergewandert waren und sich so vieles angeschaut hatten, hatten sie miteinander geredet.

Es war das Reden, das Samantha am besten gefallen hatte. Zum erstenmal, seit sie Mike kannte, hatte er nicht versucht, Sherlock Holmes zu spielen und sie auszuquetschen. Er hatte sie nicht ein einziges Mal nach ihrem Vater, ihrem Ex-Gatten oder danach gefragt, wie es ihr denn in der Zeit, als sie noch die Oberschule besuchte, gegangen war. Weil diese Fragen diesmal ausgeblieben waren, hatte sie sich entspannen können, ihn nach seiner Kindheit und seinem bisherigen Leben ausgefragt. Mike schien nicht die geringsten Geheimnisse vor ihr zu haben – abgesehen von anderen Frauen natürlich. Wenn sie blind gewesen und weder ihn noch die Blicke hätte sehen können, die andere Frauen auf der Straße ihm zuwarfen, hätte sie glauben können, er hätte in seinem Leben noch nie ein Rendezvous gehabt – so wenig schienen Frauen bisher in seinem Leben eine Rolle gespielt zu haben.

Er erzählte ihr von seinen elf Geschwistern – seinen acht Brüdern und drei Schwestern. Er erzählte ihr von seinen Eltern und seinen zahllosen Kusinen und Vettern. Er erzählte ihr, was er im College studiert und wie er sich auf sein Examen vorbereitet hatte. Er erzählte ihr alles und beantwortete jede ihrer Fragen – aber Frauen erwähnte er nicht.

Um vier Uhr nachmittags setzten sie sich an einen Tisch eines kleinen Straßenrestaurants, und als ein sehr gutaussehender, sehr gutgebauter junger Mann an ihnen vorbeikam, sah Samantha ihn an und dann zu Mike hinüber, der ein finsteres Gesicht machte. »Meinst du, das ist ein Bodybuilder?« fragte sie mit übertriebener Unschuld.

Einen Blick über die Schulter auf den Mann, der einen Schluck Bier aus seinem Glas nahm, werfend, murmelte Michael – der, wenn es nach ihm gegangen wäre, sich nur von Steaks und Bier ernährt hätte –: »Sieht mir eher nach einem Bauchbildner aus.«

Lachend gab Samantha der Kellnerin ihre Bestellung auf.

Später spielte sie dann mit dem Strohhalm in ihrer Coca-Cola-Flasche und fragte beiläufig, als wäre das für sie keine Sache von Bedeutung: »Und du bist noch nicht verheiratet gewesen?«

Er antwortete nicht, und deshalb sah sie zu ihm hin. Er starrte sie an, und da war kein Funken Humor in seinen Augen.

»Sam«, sagte er leise, »ich bin dreißig und ungebunden. Ich hatte Affären mit Frauen – Vanessa und ich waren zwei Jahre zusammen –, aber ich habe sie nicht geliebt. In meiner Familie nimmt man die Ehe ernst: Wir glauben tatsächlich noch an diese Schwüre, die sich Mann und Frau vor dem Traualtar geben. Ich habe noch nie eine Frau gefragt, ob sie mich heiraten möchte. Ich bin noch keiner Frau begegnet, mit der ich mein Leben verbringen wollte. Ich bin noch keiner Frau begegnet, von der ich meinte, sie sei gut genug, die Mutter meiner Kinder zu werden.« Er streckte den Arm über den Tisch und nahm ihre Hand in die seine. »Bis ich dich kennenlernte.«

Ihr stockte einen Moment der Atem, und dann entzog sie ihm ihre Hand. »Mike, ich möchte nicht . . .«

»Wenn du mir wieder diese Litanei vorbeten willst, daß du dich nicht an jemanden binden möchtest, kannst du sie dir sparen. Ich will sie nicht hören.« Er blickte auf seinen Teller hinunter. »Sam«, sagte er leise, »ich möchte dich etwas fragen, und ich möchte, daß du mir diese Frage ehrlich beantwortest.«

Sie wappnete sich innerlich: »In Ordnung.«

»Hat dein Vater dich jemals . . . angefaßt? In sexueller Hinsicht, meine ich?«

Einen Moment lang spürte sie, wie der Zorn in ihr aufwallte, doch dann beruhigte sie sich wieder. In einer Zeit, wo in jeder Illustrierten immer neue Enthüllungen von Frauen abgedruckt wurden, die als Kinder zum Inzest gezwungen worden waren, schien ihr das keine gar so abwegige Frage zu sein. »Nein«, erwiderte sie, ihn anlächelnd, »mein Vater ist nie zu mir ins Bett gekrochen. Er war immer zärtlich und liebevoll zu mir, hat sich mir jedoch niemals auf eine . . . eine unsittliche Art genähert. Er war ein sehr guter Vater, Mike.«

»Warum dann . . .?« begann er, schloß dann aber wieder den Mund. Er hatte sie fragen wollen, warum sie sich dann jedesmal von ihm zurückzog, wenn er zärtlich zu ihr werden wollte, doch er mochte die Antwort darauf nicht hören. Vielleicht lag es nur an ihm. Vielleicht mochte sie ihn nicht. Vielleicht war das der Grund, daß sie ihn jedesmal zurückstieß, wenn er sich ihr näherte. »Bin ich es?« fragte er sie nun, wider seinen Willen. »Vielleicht magst du einen anderen Typ von Mann?« Er sah zu ihr hoch. »Raine vielleicht?«

»Mike, du bist der schönste Mann, den ich je in meinem Leben gesehen habe. Warum würde irgendeine Frau Raine lieber mögen als dich?«

Er lächelte nicht. Tatsächlich schien ihn ihre Antwort noch mehr zu verwirren. Obwohl er schon eine Menge über sie herausgefunden hatte, gab es immer noch Stücke, die ihn zu dem Puzzle, das Miss Samantha Elliot darstellte, fehlten. Doch je mehr Zeit er mit ihr verbrachte, um so überzeugter war er, daß sie die Mühe lohnte.

Er stand auf und legte Geld auf den Tisch. »Bist du soweit, daß wir gehen können? Ich muß nach Hause und mich umziehen. Ich habe heute abend noch eine Verabredung.«

Langsam erhob sie sich von ihrem Stuhl. Da redete er erst mit ihr über Eheversprechen und Kinderkriegen und erklärte ihr im gleichen Atemzug, daß er noch eine Verabredung habe . . .

19

In der Stille, die sie im Taxi auf der Rückfahrt zu Mikes Haus einhüllte, hatte Samantha Zeit zum Nachdenken – doch zunächst waren da Empfindungen, die sie an jedem klaren Gedanken hinderten. Und was sie da empfand, war eine altmodische, in ihren Eingeweiden wühlende Eifersucht. Das war für sie ein ganz neues Gefühl, und sie brauchte nicht erst lange darüber nachzudenken, um zu erkennen, daß sie dieses Gefühl nicht mochte, und bemühte sich nach Kräften, dieses Gefühl der Eifersucht zu ersticken. Er hatte ihr versichert, daß er ungebunden sei und keine andere Frau liebte. Aber mußte man verliebt sein, um sich mit jemandem zu verabreden? Natürlich ging sie das nichts an, ob er sich mit einer anderen Frau verabredete oder nicht, weil sie ja nur seine Mieterin war, und doch erschien es ihr seltsam, daß er erst ihre Gesellschaft genoß und nun seine Zeit mit einer anderen verbringen wollte.

»Weißt du schon länger, daß du heute verabredet bist?« fragte sie mit bemühter Unbefangenheit, als wollte sie lediglich eine Unterhaltung in Gang bringen. Vielleicht hatte seine Mutter dieses Rendezvous mit der Tochter einer Freundin arrangiert.

»Seit drei Wochen«, erwiderte er knapp.

»Ah. Dann *mußt* du sie also einhalten.« Eigentlich hatte sie ihn fragen wollen, ob er das *Bedürfnis* hatte, sie einzuhalten.

»Ja.« Er drehte ihr das Gesicht zu. »Eifersüchtig?«

Sie sah, wie er versuchte, den Unbekümmerten zu spielen, den immer zu einem Scherz Aufgelegten, der sich auf ihre Kosten amüsierte, doch Samantha spürte die Spannung hinter seinen Worten. Er verbirgt etwas vor mir, dachte sie, bemüht, ihm nicht ihren Unmut zu zeigen. Da gibt es etwas, das ich nicht wissen soll. Sofort drängte sich ihr der Gedanke auf, daß er mit Vanessa verabredet war und er das vor ihr geheimhalten wollte. Wie dumm von ihm, sagte sie sich. Was er mit seiner Zeit macht, geht mich doch absolut nichts an. Ihr würde es doch egal sein, ob er sich mit einer Schauspielerin, einem Mannequin, einer Striptease-Tänzerin oder sonst jemandem verabredete.

Als sie jetzt an Vanessa dachte oder irgendeine andere Frau, die vielleicht in Mikes Leben eine Rolle spielen mochte, merkte sie, wie sich jeder Muskel ihres Körpers anspannte. Das ist absurd, sagte sie sich – absolut lächerlich. Mike und ich . . . sind Freunde. Das ist alles. Wir waren dazu gezwungen, eine Menge Zeit miteinander zu verbringen, und wir haben das Beste daraus gemacht. Mehr gibt es nicht zwischen uns. Er mußte sich doch einsam fühlen, so allein in einem großen Haus, und deshalb war er dankbar dafür, daß ihm jemand Gesellschaft leistete und deshalb haben wir ja auch so viel Zeit miteinander verbracht, um uns die Stadt anzusehen, einen Einkaufsbummel zu machen, uns zu unterhalten, uns zu berühren, zu küssen . . .

An dieser Stelle riß ihre Gedankenkette plötzlich ab. Mike würde niemals in seinem Leben allein sein. Dafür war er viel zu liebenswert, viel zu gesellig, zu mitfühlend und zu . . .

»Schau mich nicht so an«, flüsterte er, ohne sie anzusehen.

Schuldbewußt drehte sie den Kopf zur Seite und blickte durch das Wagenfenster hinaus. Ihn bedrückte etwas, aber sie wußte nicht, was. In diesem Moment erkannte sie, daß da etwas nicht stimmte. Er lügt, dachte sie. Er hat gar keine Verabredung. Aber *warum* belügt er mich?

Sie wußte die Antwort bereits, als sie sich diese Frage stellte. Er lügt, weil er mich schützen will. Ein warmes Gefühl durchströmte sie. Nicht nur Wärme, sondern auch Freude, reine, unverfälschte Freude rieselte durch jede Ader ihres Körpers. So wie sie gewußt hatte, daß sie Mike nur ein Signal geben müsse, damit er kam, um sie aus dem Würgegriff dieses maskierten Mannes zu befreien, so wußte sie jetzt, daß Mike versuchte, sie aus einer Gefahr herauszuhalten. Was hatte er damals zu ihr gesagt? »Dein Vater hat dich meiner Obhut anvertraut, und ich gedenke, mich seines Vertrauens würdig zu erweisen.« Sie wußte, daß er sich schuldig fühlte für diesen Mordversuch an ihr, weil er nicht an diese alte Gangsterlegende von dem verschwundenen Geld gedacht hatte. Seit diesem Mordversuch hatte Mike alles getan, um ihre Sicherheit zu gewährleisten. Sein Wunsch, sie zu beschützen, war so stark, daß er sogar bereit gewesen war, sie mit seinem Vetter Raine wegzuschicken – mit Raine, den er nicht mochte, zumindest insofern nicht mochte, daß er sich für sie, Samantha, interessieren könnte.

Ihren Kopf in das Rückenpolster zurücklehnend und bemüht, nicht zu lächeln, erinnerte sie sich an die letzte Verabredung von Mike. An jenem Abend hatte er sie damit eifersüchtig machen wollen und war enttäuscht gewesen, als sie nicht eifersüchtig wurde. Später hatte er ihr dann verraten, daß sein Rendezvous ein Besuch bei einer sechsundachtzigjährigen Frau gewesen war, die seiner Meinung nach in demselben Nachtklub gearbeitet haben mußte, wo Maxie als Sängerin aufgetreten war.

»Ich gehe mit dir«, sagte sie in dem Moment, als das Taxi vor Mikes Haus hielt.

»Einen Teufel wirst du«, erwiderte Mike, und der Ton, in dem er das sagte, überzeugte Samantha von der Richtigkeit ihrer Überlegungen: Seine Verabredung heute abend hatte etwas mit Maxie zu tun. Sie wäre in arger Verlegenheit gewesen, wenn man sie gefragt hätte, wann sie sich schon einmal in ihrem Leben so sehr über die Richtigkeit ihrer Vermutungen gefreut hatte wie jetzt. Sie war so glücklich, daß sie am liebsten die Vortreppe hinaufgetanzt wäre oder auf dem Treppengeländer balanciert und *»Singin' in the Rain«* in die Abendluft geschmettert hätte.

Aber sie beherrschte sich, ging, während Mike, den Taxifahrer bezahlte, gemessenen Schrittes die Vortreppe hinauf und holte dort ihren Hausschlüssel aus der Tasche, um die Haustür aufzusperren. Aber Mike schob sie mit der Schulter beiseite und benutzte seinen Schlüssel dafür. Lächelnd sah sie ihm dabei zu. Offenbar machten seine altmodischen Ansichten selbst vor Türschlössern nicht halt.

Sie konnte ihm natürlich ansehen, daß er wütend war,

und je wütender er wurde, desto glücklicher wurde sie. Wenn Mike eine echte Verabredung gehabt hätte, wäre er nicht wütend gewesen, sondern hätte er sie ausgelacht.

»Was, meinst du, soll ich anziehen?« fragte sie vergnügt. »Ein Kostüm oder einen hübschen Hosenrock?«

»Ein Nachthemd und einen Bademantel«, zischte er durch die zusammengepreßten Zähne, während er die Tür hinter ihnen zumachte. »Das ist alles, was du brauchst, wenn du heute abend zu Hause vor dem Fernseher sitzen wirst.«

»Samstags gibt es abends nie etwas Vernünftiges im Fernsehen, und schon deswegen sehe ich mich gezwungen, dich zu deiner Verabredung zu begleiten.«

»Samantha«, sagte er, ihr einen drohenden Blick zuwerfend. »Du wirst mich *nicht* begleiten.«

»Vanessa könnte dir das vielleicht übelnehmen?«

Den Bruchteil einer Sekunde sah er sie verdutzt an, ehe sich ein Grinsen auf seinem Gesicht ausbreitete, doch Samantha kannte ihn inzwischen schon so gut, daß sie wußte, wie falsch dieses Grinsen war. Keine Vanessa. Halleluja.

»Zu deiner Information – ich bin mit Abby zum Dinner verabredet.«

»Wo?«

»Du kennst das Lokal nicht. Upper West Side. Sehr vornehm. Ich werde wahrscheinlich sehr spät nach Hause kommen oder vielleicht die ganze Nacht ausbleiben.«

»Sie werden dir erlauben, in einem Pflegeheim zu übernachten?«

Das Entsetzen, das sich kurz in seinen Augen spiegelte war für Samantha die Bestätigung, daß sie ins Schwarze getroffen hatte. Zwar fing er sich sofort wieder, jedoch nicht rasch genug, um bei Samantha noch irgendwelche Zweifel aufkommen zu lassen. Sie stand vor ihm und lächelte ihn an, während er ihr solche Sachen erzählte wie »Abby wohnt nicht in einem Pflegeheim«, und »sie ist eine heiße Lady«. Keine Vanessa. Keine Schauspielerin, kein Mannequin und auch keine Striptease-Tänzerin. Überhaupt niemand. Mike versuchte lediglich, ihre Großmutter wiederzufinden.

»Zum Teufel mit dir, Samantha!« rief Mike schließlich, und das klang so, als wäre er den Tränen nahe. »Himmeldonnerwetter noch einmal – du *kannst nicht* mitkommen, Sam! Diese Frau könnte deine Großmutter gekannt haben. Docs Leute könnten sie unter Beobachtung halten. Sie könnte . . .«

» . . . meine Großmutter sein, nicht wahr?«

Als er sich jetzt von ihr wegdrehte, wußte sie, daß er fieberhaft überlegte, was für Argumente er anführen konnte, um sie davon zu überzeugen, daß sie ihn nicht begleiten sollte, dürfte, könnte – und wußte zugleich, daß nichts, was er auch immer vorbringen würde, sie von ihrem Entschluß abbringen konnte. »Ich verstehe nicht, warum du so ein zufriedenes Gesicht machst«, sagte er schließlich, als er sich ihr wieder zuwandte.

Sie kam einen Schritt näher und lächelte zu ihm hinauf. »Ich verstehe nicht, wieso ich dich für einen perfekten Lügner halten konnte. Man sieht es dir sofort an, wenn du flunkerst.«

Mikes Gesicht und Körper drückten nun Wut und Empörung aus. Seine Augen sprühten Feuer, seine Nasenlöcher blähten sich, seine Hände ballten sich zu Fäusten. »Mag sein, aber ich bin verdammt gut darin, kleine Mädchen, die zu dumm sind, um zu begreifen, was gut für sie ist, zu fesseln und im Keller einzusperren«, sagte er und machte einen Schritt auf sie zu.

Samantha schluckte, denn er sah in der Tat so aus, als würde er seine Drohungen wahrmachen. »Selbst wenn du wolltest, könntest du niemandem etwas zuleide tun«, sagte sie rasch, ihren ganzen Mut zusammennehmend. Und sie wich nicht einen Zentimeter von der Stelle, als er so nahe an sie herantrat, daß sie sich fast berührten, sie überragend wie ein Turm.

Doch im nächsten Moment war es mit seinem Zorn vorbei, und er zog sie in seine Arme und hielt sie so fest umklammert, daß er ihr fast die Luft abdrückte. Und zum erstenmal bemühte Samantha sich nicht, von ihm abzurücken, sondern klammerte sich statt dessen an, ihre Wange in die Höhlung an seiner Schulter schmiegend. Wir passen so gut zusammen, dachte sie bei sich. Ihr Ex-Gatte war groß und dünn gewesen. Sie hatten seltsam zusammen ausgesehen, hatten schlecht zusammengepaßt. Aber Mike war ideal.

»Hör zu, Baby«, begann er. »Ich will nicht, daß du noch tiefer in die Sache verwickelt wirst, als du sowieso schon bist. Ich möchte dich nicht einmal abends gern in diesem Haus alleinlassen. Tatsächlich wollte ich dir vorschlagen, diesen Abend mit Blair oder Vicky oder . . .«

». . . Raine zu verbringen?« unterbrach sie ihn, mit geschlossenen Augen lächelnd, weil sie daran denken mußte, wie oft sie sich schon so an ihn hatte schmiegen wollen. Er fühlte sich sogar besser an, als sie sich das vorgestellt hatte.

»Nein, auf die Idee, daß du den Abend mit dieser Bohnenstange verbringen könntest, bin ich nicht gekommen.« Sie immer noch festhaltend, legte er den Kopf zurück, um sie anschauen zu können. »Du magst diesen Kerl nicht *wirklich* – oder etwa doch?«

»Nein«, erwiderte sie wahrheitsgemäß – schon das zweitemal an diesem Tag. Aber wer fing denn da jetzt an, zu zählen? Lächelnd legte Mike sein Kinn wieder auf ihren Scheitel.

»Okay, ich sage dir jetzt, was wir machen. Ich werde diese alte Dame allein aufsuchen, weil ich vermutlich sowieso nur wieder einen Reinfall erleben werde.« Er schüttelte ungläubig den Kopf. »Die Frau wird die siebte alte Dame sein, die ich bisher besucht habe. Bei jeder bisher hat mir jemand geschworen, daß sie sich damals im Klub aufgehalten habe, als Scalpinis Männer mit ihren Maschinenpistolen auftauchten. Aber die Damen waren entweder bereits zu dösig oder noch zu jung oder hatten noch nie etwas von Jubilee gehört. Es ist alles nur Zeitverschwendung gewesen, und ich bin sicher, das wird es auch heute sein. Ich werde dich zu Blair bringen – sie wohnt in West Side –, und nachdem ich die alte Dame besucht habe, komme ich dorthin, sammle euch ein und führe euch zum Essen aus. Ich fahre mit euch hin, wo immer ihr in der Stadt dinieren wollt. Wir könnten in das ›Quilted Giraffe‹ gehen oder in das ›Rainbow Room‹, oder wo immer . . .«

»Nein«, sagte sie, »ich gehe mit dir.«

»Sammy, Liebling, bitte höre mir jetzt zu.« Er streichelte ihr nur das Haar und den Rücken, während er sie mit seinem großen Körper fast einhüllte. Sie hoffte, er würde die nächsten drei Stunden mit dem Versuch verbringen, ihr auszureden, ihn zu begleiten.

»Hmmm. Ich höre dir ja zu. Vielleicht könnten wir zusammen essen gehen, nachdem wir die alte Dame besucht haben. Mir schwebt da das ›Sign of the Dove‹ vor . . .«

Mike ließ sie los. Er war jetzt wirklich wütend. »Du gehst nicht mit!«

»Na gut, dann gehe ich eben nicht mit. Wenn du nicht möchtest, daß wir *zusammen* nach meiner Großmutter suchen, werde ich sie eben allein suchen müssen. Wie viele Pflegeheime gibt es wohl in der Upper West Side? Und auf der Westseite von wo soll ich dort anfangen zu suchen? Soviel könntest du mir doch wenigstens verraten, oder?«

Mike stand da und starrte sie an, während sich die widersprüchlichsten Empfindungen auf seinem Gesicht stritten. Er wußte, daß sie tun würde, was sie ihm da androhte. Er hatte in seinem Leben noch nie so einen Sturkopf erlebt wie diese Frau. »Zieh dir ein Kostüm an«, sagte er barsch, während er sich von ihr wegdrehte.

»Damit wir hinterher zum Essen gehen können?« fragte sie, aber er gab ihr keine Antwort darauf.

*

Samantha mochte das Pflegeheim nicht. Zum einen war es häßlich – steril häßlich. Alles darin war nur auf seine Zweckmäßigkeit hin ausgesucht worden, ohne auch nur an ein bißchen Schönheit zu denken. Die Böden bestanden aus diesen scheußlichen grauen Plastikplatten, die irgendein Wesen aus der Hölle erfunden haben mußte, und die Wände waren so blendend weiß gestrichen, daß man fast blind wurde, wenn man sie ansah. Alle Lampen waren fluoreszierende, in die Decke eingelassene Neonröhren, die so laut summten, daß eine geistig gesunde Person hier spätestens in drei Tagen den Verstand verlieren mußte.

Und zum anderen war es der Geruch, der sie störte – diese Mischung aus Medizin und Desinfektionsmitteln. Samantha wunderte sich zuweilen, wie die Leute es fertigbrachten, ein Gebäude nach Medizin riechen zu lassen. Schütteten sie etwa die Pillen aus diesen kleinen braunen Flaschen auf den Boden und zerstampften sie anschließend mit einem Mörser?

Samantha bei der Hand nehmend, blickte Mike auf sie hinunter und sah den Ekel auf ihrem Gesicht. »Das ist noch eines von den besseren Heimen«, erkärte er. »Manche von ihnen riechen nach Urin.«

Ungläubig schüttelte Samantha den Kof und sah hinauf zur Decke. Dem Architekten, der hier mit der Gestaltung – besser gesagt, der Verunstaltung – der Innenräume beauftragt worden war, war es gelungen, die Tatsache, daß sich dieses Pflegeheim in einem schönen alten Gebäude befand, vollkommen zu verschleiern. Hoch über ihrem Kopf erspähte sie wunderschöne Stuckverzierungen, und die Wände waren mit diesen dicken Mörtelschichten überzogen, die in alten Häusern dafür sorgten, daß man so wenig von den Nachbarn hörte. Nur waren diese hier mit scheußlichen Fotokopien von Listen, Plänen und Verhaltensregeln bepflastert. Während Mike zur Aufnahme ging, um sich nach der Frau zu erkundigen, die er besuchen wollte, las Samantha in der Hausordnung. Um neun Uhr abends mußte das Licht auf den Zimmern ausgeschaltet werden; laute Musik war nicht erlaubt, speziell kein Rock 'n' Roll, das Rennen auf den Gängen und das Tanzen im Speisesaal waren verboten, und Kaugummis waren sogar strikt untersagt. Sie fragte sich, welche Ereignisse in diesem Heim wohl dazu geführt haben mochten, daß man das Tanzen im Speisesaal, Rock 'n' Roll und Kaugummis auf den Index gesetzt hatte.

»Oh, Abby«, sagte die Schwester von der Aufnahme mit einem kleinen Lächeln, das Wärterinnen in einem Tierasyl aufzusetzen pflegten, wenn man sich nach einem kleinen Hund erkundigte, der zwar allerlei Unfug anrichtete, aber sonst ein liebes Kerlchen war. Sie stand hinter einem mit einer Plastikplatte versehenen Pult, die an den Ecken ausgefranst, an den Kanten abgeplatzt und obenauf von unzähligen Kugelschreiberabdrücken förmlich gerastert war.

»Abby geht es im Augenblick ganz gut. Eine Zeitlang fürchteten wir schon, wir würden sie verlieren; aber dann fing sie sich wieder. Kommen Sie – ich werde Sie zu ihr bringen. Sie dürfen sich aber nicht wundern, wenn sie ein bißchen ungnädig ist. Sie ist zuweilen launisch.«

Samantha schloß sich nun Mike an, und sie folgten der Schwester durch einen langen Korridor, während Samantha sich fragte, ob Abby etwa geistig zurückgeblieben oder nur senil war.

Die Schwester öffnete eine dieser langweiligen grauen Türen, und sie betraten einen Raum, der so häßlich war wie alles, was Samantha bisher hier gesehen hatte. Das Zimmer war so sauber, daß Sam dachte, ein bißchen Staub könne dem Ganzen wenigstens einen dekorativen Schnörkel geben. An der Decke summten die obligaten Neonröhren und überzogen die grauen Bodenplatten, die weißen, so überaus weißen Wände und das Mobiliar aus nicht rostendem Stahl mit einem kalkigen Licht.

»Da sind wir ja«, sagte die Schwester so munter, wie sie nur konnte. »Ich hoffe, wir fühlen uns gut heute abend, denn wir haben Besuch!«

»Schleich dich«, sagte die Frau im Bett mit lauter Stimme.

»Aber, aber Abby, so was sagt man doch nicht in Gegenwart anderer Leute! Sie sind von weither gekommen, um Sie zu besuchen.«

»Aus East Side, wie?« Die Stimme der alten Frau troff vor Sarkasmus.

Während die Schwester laut kicherte, versuchte Samantha einen Blick auf die Frau zu erhaschen, die in einem weißlackierten Metallbett unter einer weißen Zudecke auf einem weißen Laken lag. Das einzige Farbige im Raum waren tatsächlich diese grauen Bodenplatten.

Es war eine kleine, magere Frau, an deren rechtem Arm eine Kanüle mit Schlauch befestigt war. Unter der Zudecke schlängelte sich ein Kabel hervor, das zu einem Apparat führte, der sich dem ganzen Dekor hervorragend anpaßte. Diese Frau war alt, ihre Wangen waren eingesunken, und ihre verschrumpelte Haut hatte eine ungesund aussehende grau-grünliche Färbung angenommen. Aber man konnte dieser Frau noch immer ansehen, daß sie einmal sehr hübsch gewesen war, und trotz ihrer körperlichen Hinfälligkeit sprach eine sehr wache Intelligenz aus ihren Augen.

Sich vom Bett wegdrehend, blinzelte die Schwester Mike zu, als wollte sie sagen: ›Na, ist sie nicht ein Schatz?‹, und verließ das Zimmer.

»Guten Tag«, sagte Mike, »ich bin Michael Taggert und habe mich schon vor einiger Zeit mit Ihnen in Verbindung gesetzt. Aber dann teilte man mir mit, daß Sie sich erst von einer Operation erholen müßten und mich deshalb nicht empfangen könnten.«

»Vermutlich sagte man Ihnen, daß ich abkratzen würde, nicht wahr?«

Mike beantwortete ihre Frage mit einem Lächeln, aber Abby hatte den Blick nun auf Samantha gerichtet und wandte die Augen nicht von ihr ab. »Und wer ist diese reizende junge Dame?«

Samantha sprach aus, was ihr als erstes in den Sinn kam: »Mir gefällt dieses Heim nicht, und die Schwester ebenfalls nicht.«

Abby sagte mit einem leisen Lachen, während ihre Augen lebhaft aufblitzten: »Wie ich höre, sind Sie und ich in vielen Dingen der gleichen Meinung. Warum kommen Sie nicht hierher und setzen sich zu mir? Nein – nicht auf diesen Stuhl, sondern neben mich auf das Bett, damit ich Sie sehen kann. Meine Augen sind nicht mehr die besten, verstehen Sie?«

Samantha zögerte keine Sekunde. Manche Leute haben Angst vor älteren Menschen. Vielleicht erinnern sie sie an das, was sie eines Tages sein werden. Aber Samantha gehörte nicht zu dieser Sorte. Sie hatte viele Jahre ihres Lebens mit ihrem Großvater Cal verbracht und mit ihrem Vater, als der Krebs ihn täglich um Jahre altern ließ. Nun überlegte sie nicht lange, sondern setzte sich auf das Bett neben diese alte Frau. Und sie war auch nicht überrascht, als diese ihre Hand nahm und sie festhielt – sie sehr fest hielt.

Abby sah zu Mike hin. »Ich nehme an, Sie haben mir den Brief geschrieben, in dem Sie sich nach Maxie erkundigen.«

»Ja«, erwiderte Mike leise. Er stand am Fußende des Bettes, sah zwischen den beiden Frauen hin und her und beobachtete ihre Bewegungen. »Ich wollte von Ihnen erfahren, was sie über Maxie wissen.«

»Warum?« gab Abby prompt zurück, und Samantha sah, daß der Zeiger auf einer Skala am Apparat ausschlug.

Seltsamerweise wollte Mike ihre Frage nicht beantworten. Er stand einfach da und beobachtete die beiden Frauen.

»Er arbeitet an einer Biographie von Doc«, erkärte Samantha, als Mike Abby die Antwort schuldig blieb. »Und deshalb braucht er Informationen über Maxie. Und ich will Maxie finden, weil sie vermutlich meine Großmutter ist.« Ihre Stimme wurde leiser. »Es war der Wunsch meines sterbenden Vaters, daß ich nach seiner Mutter suchen sollte.«

Abby sagte nichts, aber auf dem Apparat bewegte sich nun der Zeiger bis zum rechten Ende der Skala und verharrte dort für ein, zwei Sekunden.

»Maxie ist tot«, sagte Abby dann. »Sie starb vor ungefähr anderthalb Jahren.«

Samantha ließ den angehaltenen Atem entweichen. »Sind Sie sicher?«

»Absolut sicher. Wir waren seit den zwanziger Jahren

miteinander befreundet. Allerdings nicht mehr so eng wie damals, aber wir hielten Kontakt zueinander. Sie starb irgendwo in New Jersey, und das Heim, in dem sie zuletzt war, schickte mir eine Todesanzeige von ihr.« Abby sah Samantha an. »Warum, in aller Welt, würde ein so hübsches junges Ding wie Sie etwas über eine alte Frau wie Maxie wissen wollen? Sie sollten mit Ihrem jungen Mann dort verheiratet sein, Babies haben und die Vergangenheit vergessen.«

Sam sah Mike nicht an. »Er ist nicht mein junger Mann.«

»Oh?« erwiderte Abby. »Was ist dann das hier?« Abby hob Samanthas linke Hand ins Licht, und der große Diamant an ihrem Ring sprühte in allen Farben.

»Oh, das. Ich ... Nun, wir ...«

»Mein Onkel Mike wollte, daß ich nach Maxie suche«, sagte Mike, nun sein langes Schweigen brechend.

»Und wer könnte Ihr Onkel Mike denn sein, der das von Ihnen verlangt hat?« erkundigte sich Abby in keinem sonderlich neugierigen Ton.

»Michael Ransome«, erwiderte Mike leise.

Langsam drehte sich Abby im Bett um und blickte Mike mit harten dunklen Augen, die glitzerten wie Kohle, an. Ihr Körper mochte zwar sehr gebrechlich sein, doch ihr Geist und ihr Verstand waren offensichtlich sehr gesund. »Michael Ransome starb in jener Nacht. Er starb am zwölften Mai 1928.«

»Nein, da starb er nicht«, erwiderte Mike. »Scalpinis Männer schossen ihm zwar fast die Beine weg, aber er überlebte. Am Tag nach dem Massaker rief er meinen Großvater in Colorado an, und Grandpa schickte ihm ein Flugzeug und sorgte dann dafür, daß die Welt glaubte, Michael Ransome sei tot.«

Nach einer langen nachdenklichen Pause, in der Abby

zu verdauen schien, was Mike soeben gesagt hatte, sah sie ihn aus schmalen Augen an: »Wenn Ihr Großvater das tun konnte, muß er eine Stange Geld gehabt haben – und Macht.«

»Ja, Madam, das hatte er.«

»Und wie steht es mit Ihnen? Können Sie dieses reizende Kind unterhalten?«

»Ja, Madam, das kann ich. Würden Sie mir bitte etwas von meinem Onkel Mike erzählen?«

Abby, die noch immer Samanthas Hand festhielt, lehnte sich in ihr sauberes, gestärktes, steriles Kissen zurück. »Er war ein hübscher Mann. Handsome Ransome nannten ihn all die Mädchen.«

»So hübsch wie Mike?« fragte Samantha und schlug dann die Augen nieder, vor Verlegenheit errötend, daß sie ihren erstbesten Gedanken ausgeplaudert hatte. »Ich meine . . .«

Abby lächelte. »Nein, mein Liebes, nicht ganz so hübsch wie Ihr junger Mann dort, aber Michael Ransome war auf seine Art ein wunderbarer Mann.«

»Wo kam er her?« fragte Mike nun todernst. »Onkel Mike wollte keinem etwas von seiner Vergangenheit erzählen.«

»Er war Vollwaise. Keine Familie. Alles, was er hatte, waren sein Aussehen und die Fähigkeit, so zu tanzen, als schwebte er durch die Luft.« Sie hielt einen Moment inne und setzte dann so leise, daß es fast ein Flüstern war, hinzu: »Und er hatte die Fähigkeit, die Frauen dazu zu bringen, ihn zu lieben.«

»Haben *Sie* ihn geliebt?« fragte Samantha.

»Natürlich. Wir liebten ihn alle.« Man brauchte keine hellseherischen Fähigkeiten, um zu erkennen, daß Abby ihre Fragen nur ausweichend beantwortete, als wollte sie nicht zu viel von sich selbst erzählen.

»Hat Maxie ihn geliebt?« fragte Mike.

Abby fixierte ihn mit einem scharfen, durchbohrenden Blick, als versuchte sie, seine Gedanken zu lesen. »Ja«, sagte sie nach einer Weile. »Maxie liebte ihn sehr.«

Samantha nahm die Handtasche, die sie auf dem Stuhl neben dem Bett abgelegt hatte, und holte ein Foto aus ihr heraus – ein Foto, das bereits vergilbt und an einer Ecke angekohlt war. Sie reichte es Abby zu. »Ist das Michael Ransome?«

Als Mike dieses Foto sah, wäre er vor Überraschung fast umgekippt. Er riß es Samantha aus den Händen, ehe Abby es genauer betrachten konnte. Das Foto war eine dieser in jener Zeit üblichen Atelieraufnahmen von einem hübschen, sehr sympathisch, ja bestrickend aussehenden jungen Mann im Frack, der eine Zigarette in der Hand hielt. Mike hatte seinen Onkel nur im fortgeschrittenen Alter gekannt, aber er wußte sofort, daß der Mann auf dem Foto jener Onkel war, den er so sehr geliebt hatte. »Wo hast du das her?« wollte Mike von Samantha wissen.

Ihr gefiel sein Ton nicht, der klang, als wollte er sie zurechtweisen, daß sie ihm nicht zuerst das Foto gezeigt hatte, bevor sie es jemand anderem vorlegte. »Zu deiner Information – mein Vater hinterließ mir einen Karton mit Sachen von meiner Großmutter und dieses Foto befand sich darunter. Dad hatte eine Notiz daran befestigt, in der stand, daß seine Mutter eine Menge Papiere verbrannt habe, als er noch ein kleiner Junge gewesen war, und es ihm gelungen sei, dieses Foto aus dem Pakken, den sie verbrennen wollte, zu retten.«

»Warum hast du mir das nicht schon vorher gezeigt?«

»Aus dem gleichen Grund, aus dem du Dinge vor mir geheimhältst«, schnaubte sie, ihn anfunkelnd. »Jeden Tag erzählst du mir etwas, das du mir bisher verschwiegen hast, und warum sollte dann nicht auch ich Dinge zurückhalten dürfen, von denen du nichts weißt?«

»Weil ...«, begann Mike, hielt dann aber verlegen inne, als er Abby laut lachen hörte.

»Und es ist wirklich nicht Ihr junger Mann?« fragte Abby belustigt, während sie zwischen den beiden jungen Leuten hin und her blickte.

Samantha hatte dieser Wortwechsel keineswegs in Verlegenheit gebracht. »Er *denkt*, ich sei ein vier Jahre altes Kind, und er wäre mein Vormund und Beschützer. Er bekommt schon Anfälle, wenn ich es auch nur wage, allein zum Einkaufen zu gehen.«

Ehe Abby eine Bemerkung machen konnte, sagte Mike leise: »Einer von Docs Männern hat versucht, sie umzubringen.«

Diese Erklärung – dieser eine Satz, der so viel sagte – wischte das Lächeln aus Abbys Gesicht. Einen Moment lang lag sie im Kissen und konzentrierte sich nur darauf, daß sie wieder Luft bekam, während der Zeiger am Apparat wild zwischen den beiden Enden der Skala hin- und herflatterte. Nach einiger Zeit, in der Samantha ihre Hand streichelte und ganz fest hielt, hob Abby wieder den Kopf vom Kissen und sagte leise mit schwacher Stimme: »Ja, das ist Michael Ransome.« Und dann, nach ein paar Atemzügen und um einen heiteren Ton bemüht, erkärte sie: »Ich bin froh, daß ich dieses Rätsel für euch lösen konnte. Maxie starb vor mehr als einem Jahr. Ich habe ja Ihre Postadresse, junger Mann, und ich werde Ihnen den Brief dort hinschicken, in dem mir das Pflegeheim mitteilte, daß sie verschieden sei.« Damit schien sie die Angelegenheit, die die beiden zu ihr gebracht hatten, für beendet zu halten, aber Samantha und Mike benahmen sich so, als hätten sie nicht verstanden, daß sie nun gehen sollten.

»Wie war ihr richtiger Name?« fragte Samantha.

»Maxie Bennett«, gab Abby stirnrunzelnd zurück.

»Ich wünschte, es wäre mir noch vergönnt gewesen, sie kennenzulernen«, sagte Samantha, Abbys Hand streichelnd, während ihr Blick in weite Ferne ging. »Großvater Cal und Dad haben mir so viel von ihr erzählt.«

»Cal«, sagte Abby leise, während ein leises entspanntes und friedliches Lächeln nun ihr Stirnrunzeln ablöste. »Maxie sprach oft von ihm. Ging es ihm denn gut, nachdem sie ihn verlassen hatte, oder ist er an einem Ort wie diesem gestorben?«

»Nein«, erwiderte Samantha mit heiterer Stimme, »er blieb bei uns – bei Dad und mir – in diesen beiden letzten Jahren seines Lebens. Ich ging damals zur Schule, und deshalb mußten wir eine Schwester engagieren, die ihn betreute und den Haushalt besorgte.«

»War es eine nette Schwester?«

»Nein, sie war furchtbar, und deswegen machte Großvater Cal ihr auch das Leben schwer.«

Abby lächelte, sagte aber nichts, und so fuhr Samantha fort:

»Sie war eine schrecklich, wichtigtuerische Frau und behandelte Großvater Cal, als wäre er ein dummes Kind. Vermutlich würde er sie gefeuert haben, aber er meinte, indem er ihr alles heimzuzahlen versuchte, was sie ihm antat, lieferte sie ihm immerhin einen Daseinszweck. Er machte schlimme Sachen mit ihr, mischte zum Beispiel Salz in ihr Shampoo, so daß ihr die Augen brannten, wenn sie sich die Haare wusch. Eines Tages, als sie draußen den Rasen mähte, bereitete er eine große Kanne Eistee für sie vor. Nur war es gar kein Eistee, sondern ein sogenannter Long-Island-Tee – ein Gebräu, das zum größten Teil aus Branntwein besteht. Sie trank drei große Gläser davon und lag danach ohnmächtig auf dem Küchenboden. Und Großvater Cal nützte die Zeit, in der sie nicht bei sich war, dazu, ihr den Schnurrbart abzurasieren.«

Da mußten sie beide, Abby und Mike, laut lachen.

Just in diesem Moment kam die Schwester wieder ins Zimmer, die erst Samantha maßregelte, weil sie auf dem Bett saß statt auf dem Stuhl daneben, und dann Abby, weil sie dafür gesorgt hatte, daß der Zeiger auf der Skala so wild ausgeschlagen hatte.

»Sie *lieben* Patienten, die im Koma liegen«, erklärte Abby. »Das sind die einzigen, die sich strikt an die Hausordnung halten.«

»Aber, aber, Abby, das meinen Sie doch nicht so. Sagen Sie Auf Wiedersehen zu diesen netten Leuten.«

Abby blickte an der ausladenden Gestalt der Schwester vorbei auf Samantha. »Denken Sie elektrolytisch«, flüsterte Samantha, und Abby mußte so heftig grinsen, daß der Zeiger hüpfte. Die Schwester scheuchte sie aus dem Zimmer.

20

»Und wohin bringst du mich jetzt zum Dinner?« fragte Samantha vergnügt, als sie das Pflegeheim verließen. »Ich habe in der Achtundfünfzigsten Straße ein italienisches Restaurant – ›Paper Moon‹ – entdeckt, das mir vielversprechend aussah.«

Mike faßte sie am Ellenbogen. »Wir fahren zum Dinner nach Hause.« Er sah sie mit schmalen Augen an. »Wir fahren nach Hause, und dort zeigst du mir den Karton mit den Sachen, die dein Vater dir hinterlassen hat.«

»Aber ich habe Hunger, Mike!«

»Du kannst dir was ins Haus bringen lassen, wie du das ja sonst auch immer tust. Ruf das ›Paper Moon‹ an und bestell dort, was du willst, aber heute abend zeigst du mir diesen Karton.«

Als Mike ein Taxi herbeiwinkte, konnte sich Samantha nicht verkneifen, schadenfroh zu sagen: »Es gefällt dir anscheinend nicht, wenn andere Leute Geheimnisse vor dir haben, wie?«

Er spannte die Hand, die auf ihrem Arm lag, so fest an, daß es fast weh tat. »Begreifst du denn nicht, daß das Geheimnis, warum dieser Kerl dich umzubringen versuchte, in diesem Karton stecken könnte?«

»Nein . . .«, erwiderte sie leise.

Als er den Wagenschlag des Taxis öffnete, fragte er: »Was *ist* in diesem Karton?« Als sie schwieg, knirschte er mit den Zähnen. »Du hast noch nicht einmal hineingeschaut, nicht wahr?«

»Ich fand es nicht lustig, mir die Sachen einer erst vor kurzem verstorbenen Person anzuschauen. Vielleicht hast du eine Vorliebe für das Makabre – ich nicht. Ich habe den Karton geöffnet – genauer gesagt, die Hutschachtel, die du für mich ins Erdgeschoß hinuntergetragen hast –, sah obenauf dieses Foto liegen und nahm es heraus. Das war alles. Soweit ich sehen konnte, schien die Hutschachtel zum größten Teil alte Kleider zu enthalten – Kleider, die einmal jemand gehört haben, der möglicherweise mit einem Gangster durchgebrannt ist.«

»Eine Hutschachtel voller Dinge, die uns viel erzählen könnten. Die uns vielleicht verraten können, was wir tun müssen, um zu verhindern, daß noch einmal jemand versucht, dich umzubringen.«

Unwillkürlich griff sich Samantha mit der Hand an die Kehle. »Du glaubst doch nicht etwa, daß ich noch immer in Gefahr bin – oder?«

»Doch«, erwiderte er leise, »ich glaube, daß die Gefahr, in der du schwebst, von Mal zu Mal größer wird, wenn wir mit einer Person reden, die deine Großmutter gekannt haben könnte.« Er senkte die Stimme noch mehr. »Ich glaube sogar, daß die Gefahr, in der du steckst, inzwischen so groß sein könnte, daß du selbst in Maine davor nicht sicher wärst.«

Samantha drehte das Gesicht zur Seite, blickte zum Wagenfenster hinaus und holte tief Luft.

*

Eine halbe Stunde später waren sie zu Hause und betrachteten die Hutschachtel, die Mike auf den Küchentisch gestellt hatte. Sam hatte darauf bestanden, erst ein Dinner zu bestellen, ehe sie die Hutschachtel aufmachten, und Mike hatte ihr widerstrebend nachgegeben. Und hätte jemand Samantha gefragt, warum sie denn so große Hemmungen habe, sich den Inhalt des Kartons anzusehen, hätte sie ihm das schwerlich erklären können Sie wußte doch, daß er nur mit Sachen gefüllt war, die einmal ihrer Großmutter gehört hatten. Und unter anderen Umständen wäre sie sicherlich neugierig gewesen, doch nun war sie gar nicht so sicher, daß sie den Karton öffnen wollte. Er erschien ihr wie die Büchse der Pandora, die mit allen Übeln dieser Welt gefüllt war, und sie war irgendwie davon überzeugt, daß sie beide, wenn sie diesen Karton aufmachten, etwas in Gang setzen würden, das sie bis zu einem ungewissen, ja vielleicht bitteren Ende durchstehen mußten.

Als Mike den Arm ausstreckte, um den Deckel von der Hutschachtel zu nehmen, legte Samantha rasch die Hand darauf.

Mike, der sie beobachtete, wartete, während sie ein paarmal tief Luft holte und sich zu beruhigen versuchte.

Nach einer Weile nickte sie, trat vom Tisch zurück und hielt den Atem an, als Mike den Deckel anhob.

»Das ist ja unglaublich!« sagte er mit gepreßter Stimme.

»Was?« Sie trat näher an ihn heran und schielte in die Hutschachtel hinein.

»Jetzt hab' ich dich!« rief Mike, sie im gleichen Moment an beiden Armen packend. Samantha sprang erschrocken vom Tisch zurück und faßte sich ans Herz. Als Mike laut lachte, rief sie wütend: »Du – du Ungeheuer!« und trommelte mit beiden Fäusten gegen seine Schulter.

Lachend griff Mike in die Schachtel. »Ich weiß nicht, warum du dich so fürchtest – es ist nur ein altes Kleid.« Er holte es heraus und hielt es Samantha hin.

Zuerst wollte sie es nicht anfassen, aber als Mike die Hand bewegte, sah sie etwas funkeln. Da nahm sie es ihm ab und faltete es langsam auseinander, faßte es an den Schultern und hielt es vor sich hin. »Lavin«, flüsterte sie ehrfürchtig, als sie das Etikett des berühmten französischen Modeschöpfers las, das hinten am Halsausschnitt ins Futter eingenäht war.

Es war ein wunderschönes Abendkleid aus roter Moiréseide mit schmalen Schulterbändern und einem himmlisch drapierten schräggeschnittenen Rock, der an der Wade gerafft war und in einer kleinen Schleppe auslief. Rechts an der Taille zeigte es ein Sonnenmotiv aus Glasperlen im Diamantschliff.

»Mir scheint, du hast deine Angst überwunden«, meinte Mike sarkastisch, doch sie beachtete ihn nicht, sondern bewunderte die herrlich fließenden Linien des Kleides, wenn sie es bewegte.

Mike nahm nun ein Paar Schuhe aus der Schachtel. Sie waren offenbar eigens zu dem Kleid angefertigt worden, hatten Louis-Absätze und Riemchen aus rotem Moiré in T-Form – der vertikal verlaufende Riemen war mit geschliffenen Rheinkieseln besetzt. Samantha wußte sofort, als sie diese Schuhe sah, daß sie genau ihre Größe hatten.

»Schau dir das an.« Mike reichte ihr eine kleine, mit blauem Samt überzogene Schachtel. Darin befanden sich auf einem Bett aus blauem Samt ein Paar Ohrringe – aber nicht irgendwelche x-beliebigen Ohrringe, sondern lange, birnenförmige, vom Ohrläppchen bis zum unteren Ende mit Diamanten besetzte Ohrhänger mit einem aus drei großen Perlen bestehendem Pendant.

Mike ließ einen leisen Pfiff hören.

»Docs Ohrringe«, flüsterte Samantha. »Die Ohrringe, die er ihr, wie er uns erzählte, an dem Abend schenkte, als sie verschwand.«

Mike förderte nun Unterwäsche aus dem Karton zutage: einen pfirsichfarbenen Büstenhalter aus Crêpe de Chine mit einer zarten Spitze aus Ekrüseide und das dazu passende Unterhöschen. Ein schmaler, sehr sexy aussehender Strapsgürtel und fleischfarbene lange Seidenstrümpfe lagen zusammengefaltet daneben.

Auf dem Grund der Hutschachtel entdeckte Mike die Schnüre einer sehr langen Perlenkette und obenauf zwei Diamant-Armbänder. Mike holte die Armbänder heraus, hielt sie ans Licht, betrachtete sie prüfend. »Ich bin zwar kein Juwelier aber ich schätze, sie sind echt.« Er reichte sie an Samantha weiter. Anschließend holte er die lange Perlenkette aus dem Karton und zog die Schnüre langsam über den Rücken seiner Fingernägel. Sie waren rauh genug, daß er damit seine Fingernägel abschmirgeln konnte – eine Rauhheit, wie man sie nur bei echten Perlen fand.

»Echt?«

»Absolut«, erwiderte Mike und legte die Kette zu den Kleidern.

Samantha legte auch die Armbänder dazu, und dann betrachteten sie gemeinsam die Gegenstände auf dem

Tisch: das rote Abendkleid, die dazu passenden Schuhe, die wunderschönen Ohrringe, die Armbänder, die lange Perlenkette und die Unterwäsche. Das war offensichtlich alles, was eine Frau an jenem besagten Abend im Jahre 1928 auf der Haut getragen hatte.

»Wenn sich diese Gegenstände im Besitz deines Vaters befunden haben«, sagte Mike, »beseitigt das jeden Zweifel daran, daß Maxie deine Großmutter gewesen ist.«

»Ja«, war alles, was Samantha darauf antworten konnte, aber sie wurde in diesem Moment auch jedes weiteren Kommentars durch die Türglocke enthoben. Der Bote mit ihrem Dinner war eingetroffen. Sie setzten sich ans Tischende, aßen und sagten nicht viel, während sie immer wieder die Kleider und die Juwelen betrachteten, die über das andere Ende des Tisches drapiert waren.

Beide weilten mit ihren Gedanken bei jener Nacht des Jahres 1928, als, aus welchen Gründen auch immer, eine in rote Seide gekleidete und mit Diamanten behängte junge Frau ein Lokal in dem Moment verließ, als dort ein Blutbad angerichtet wurde, und nie wieder gesehen wurde. Schwanger war sie dann nach Louisville in Kentucky gefahren und hatte dort drei Tage später einen Mann geheiratet, der keine Kinder zeugen konnte. Sie blieb bei ihrem Mann, brachte ihm ein Kind zur Welt und schien mit ihm glücklich zu sein, bis sie dann im Jahre 1964 zum zweitenmal verschwand.

»Mike«, sagte Sam, »würdest du nicht gern wissen wollen, was in jener Nacht geschah? Würdest du nicht wirklich, wahrhaftig wissen wollen, was damals passierte?«

»Ja«, sagte er, »das würde ich gern.«

»Doc behauptete, Maxies Baby wäre sein Kind gewesen, aber Abby sagte, Maxie habe Michael Ransome geliebt.«

»Ich würde mein Geld auf Onkel Mike setzen. Ich

kann mir nicht vorstellen, daß Doc selbst sein Sperma mit irgend jemandem teilen würde.«

»Mike!« rief sie, weil ihr seine grobe Bemerkung nicht gefallen wollte. »Vielleicht liebte er sie wirklich. Sie könnte doch Docs Mätresse gewesen sein und gleichzeitig Michael Ransome geliebt haben. Oder vielleicht liebte sie alle beide.«

Mike gab ihr keine Antwort, während er das Kleid betrachtete und die Art, wie es im Licht changierte. »Hast du den Fleck auf dem Rock bemerkt?«

»Ja«, erwiderte Samantha leise, auf ihren Teller hinunterblickend. Sie hatte ihn bemerkt und instinktiv gewußt, wovon die Verfärbung herrührte.

Sich vom Tisch erhebend, nahm Mike das Kleid hoch und hielt es ins Licht. »Es ist Blut, nicht wahr? Sieht so aus, als habe jemand versucht, es herauszuwaschen, aber man kann Blut aus so einem Stoff nicht mehr entfernen.«

»Nein, zumindest nicht so viel Blut.«

»Ich frage mich, wessen Blut es war.«

»Deiner Schilderung von dem Massaker nach könnte es von mehreren Personen stammen.«

Mike hielt den Blick auf das Kleid gerichtet. »Doc sagte, Maxie habe sich in den hinteren Räumen des Klubs befunden, als Scalpinis Männer mit ihren Maschinenpistolen das Feuer eröffneten, und wäre nicht mehr in den Klubraum gekommen. Wenn das zutrifft, kann es nicht Onkel Mikes Blut sein, er hat die Tanzfläche kein einziges Mal verlassen. Er wurde dort niedergschlagen und blieb dort liegen, bis die Sanitäter ihn fortschafften. Und Dave hat uns erzählt, daß er sich während der Schießerei in der Toilette aufgehalten habe.« Mike sah zu Samantha hin. »Ich werde das Kleid Blair bringen und von ihr das Blut analysieren lassen. Wenn wir die Blutgruppe wissen, können wir möglicherweise anhand der Krankenblätter der damals ins Krankenhaus eingelieferten Verletzten feststellen, zu wem es gehörte.«

Samantha stand auf und nahm ihm das Kleid weg. »Werden sie es zerschneiden?« fragte sie betrübt.

Mike wollte sie darauf hinweisen, daß sie die Hutschachtel monatelang ungeöffnet im Schrank hatte stehen lassen – sogar das Kleid gesehen und sich nicht die Mühe gemacht hatte, es herauszunehmen und zu betrachten – und jetzt ein Gesicht machte wie ein Kind, dem man seinen Teddybären wegnehmen wollte. Es lag ihm auf der Zunge, aber er sagte es nicht.

»Nein, sie werden nicht einmal ein Fädchen herausziehen. Aber ich denke, wir sollten es nicht aus den Augen lassen, bis wir es dokumentiert haben.«

»Dokumentiert? Ah – fotografiert haben, meinst du? Ich schätze, ich kann es solange für dich hochhalten. Oder wir könnten es auch mit Klebeband an der Wand befestigen.«

»Das wird nicht funktionieren«, meinte er stirnrunzelnd, als suchte er nach einer brauchbaren Lösung. »Ah – ich weiß, was wir machen könnten. Warum ziehst du es nicht an? Hättest du etwas dagegen? Die Sachen sehen doch so aus, als wären sie für dich maßgeschneidert.«

Vor ein paar Stunden noch hatte sie schon eine Gänsehaut bekommen, wenn sie nur daran dachte, daß sie den Inhalt einer alten Hutschachtel untersuchen sollte. Sie konnte sich nichts Schlimmeres vorstellen, als in alten Kleidern zu kramen – außer vielleicht, sie auch noch anziehen zu müssen. Und wenn diese obendrein noch mit Blut besudelt waren, schien ihr dieses Ansinnen der Gipfel des Unzumutbaren zu sein.

Nun hatte sie sich freilich unter alten, muffelnden, mit Blut besudelten Sachen nicht unbedingt ein Pariser Modellkleid mit Brillanten und echten Perlen vorgestellt.

Und während sie vorsichtig mit den Fingern über die zarten Spitzen der pfirsichfarbenen Unterwäsche strich, meinte sie nachdenklich: »Wäre es denn hilfreich für deine Biographie, wenn ich diese Sachen tatsächlich anziehen würde?«

Mike mußte sich die Hand vor den Mund halten, damit sie sein Lächeln nicht sah. »Du würdest mir einen persönlichen Gefallen tun, wenn du sie tragen würdest. Nur für ein paar Minuten. Warum ziehst du sie jetzt nicht an, während ich die Kamera hole? Ich muß sie auf ein Stativ montieren, also kannst du dir ruhig etwas Zeit dafür nehmen.«

Er hatte den Satz noch nicht beendet, als Samantha bereits die Sachen vom Tisch nahm, sie in die alte Hutschachtel zurückwarf und sich mit dieser in Richtung Schlafzimmer entfernte.

Sobald sie dort angelangt war, entledigte sie sich rasch ihrer Kleider und zog Maxies Unterwäsche an. Die Seide auf ihrer Haut schien sie zu verwandeln. Samantha machte sich ein bißchen größer, hob das Kinn eine Idee höher, zog die Bauchmuskeln ein wenig strammer an und bewegte ihre Hüften gerade genug, daß sie eine Kostprobe davon bekam, wie sich gleitende Seide auf der Haut anfühlte. Als sie sich in den ersten Wochen hier in New York oben in ihrer Wohnung eingeschlossen hatte, hatte sie sich immer die alten Blues angehört, die ihr Vater so sehr geliebt hatte. Als sie nun in Maxies Unterwäsche vor dem Spiegel stand, begann sie einen alten Schlager von Bessie Smith vor sich hin zu summen.

Als nächstes legte sie Maxies Strapsgürtel an. Dann setzte sie den Fuß auf einen Stuhl und begann ganz langsam einen Seidenstrumpf von den Zehen über die Ferse zum Schenkel hinaufzurollen. Als ihr rechtes Bein mit dem Seidenstrumpf bekleidet war, öffnete sie die eine Tür von Mikes Kleiderschrank, die innen mit einem Spiegel verkleidet war, stellte sich davor und prüfte, ob die Naht an der Rückseite des Strumpfes auch richtig saß. Dann stellte sie den Stuhl vor den Spiegel und beobachtete sich dabei, wie sie langsam den zweiten Seidenstrumpf über ihr linkes Bein hinaufstreifte. Pfirsichfarbener Seidenbüstenhalter, seidenes Unterhöschen, seidene lange Strümpfe, nackter Schenkel zwischen Seide und Seide.

Woher kam es, daß Seidenstrümpfe mit Strapsgürtel so unglaublich sexy zu sein schienen? fragte sich Samantha während sie sich von allen Seiten in dem großen Spiegel betrachtete. Ihr gefiel, was sie dort sah. Strumpfhosen aus Nylon fühlten sich überhaupt nicht sexy an, sie gaben ihr eher das Gefühl, als wäre sie von den Zehen bis zur Taille in eine Wurstpelle eingezwängt. Aber mit ein paar Zentimetern nackter Haut zwischen Strumpf und Strapsgürtel kam sie sich verführerisch vor wie ein Vamp, der in einem Harlemer Nachtklub sang und jeden Abend scharenweise hübsche junge Männer in das Lokal lockte.

Im Badezimmer betrachtete sie sich dann im Rasierspiegel und fand, daß ihr Gesicht zu sauber, viel zu sehr nach der jungen Dame aus dem Kirchenchor aussah und ihre Frisur zu modern war, zu flauschig und flockig von dem Haarspray.

Sie drehte den Wasserhahn auf, machte einen Kamm naß und zog ihn durch ihr Haar. Und da sie nun schon mal damit angefangen hatte, konnte sie nicht mittendrin aufhören, sondern mußte schon ganze Arbeit leisten. Also machte sie ihr Haar vollkommen naß, so daß es am Kopf anlag, scheitelte es auf der linken Seite, formte es zu Ringellocken vor den Ohren und konservierte das Ganze dann mit Haarspray. Sie benützte ihren dunkelsten Lidstrich, um die Augenränder nachzuziehen, und zog dann einen scharfen Strich durch die Brauen, um sie besonders zu betonen. Dann versuchte sie, ihren Mund in eine Herzform zu bringen, wie sie das auf Fotos von Clara Bow gesehen hatte.

Von dem Spiegel zurücktretend, studierte sie das Ergebnis und nickte. In ihrer Phantasie war sie fast schon Maxie, die sich auf ihren Auftritt vorbereitete – und auf die beiden Männer, die sie dort draußen erwarteten: ihren Liebhaber und den Mann, der ihr diamantene Ohrringe gekauft hatte.

Nachdem sie das rote Seidenkleid über den Kopf gestreift und mit kleinen schlängelnden Bewegungen ihrer Schultern und Hüften dafür gesorgt hatte, daß es richtig saß, starrte sie sich im Spiegel an. »Maxie«, flüsterte sie, weil sie jetzt eine ganz andere Frau aus dem Spiegel anblickte – eine Frau, die sich sicher war, die Aufmerksamkeit aller Männer auf sich zu ziehen. Als sie noch die Schuhe angezogen und die Riemchen befestigt hatte, stellte sie den Fuß auf den Badeschemel und fuhr mit der Hand langsam über ihr Bein bis zum Schenkel hinauf.

»Sam!« brüllte Mike draußen, »wann bist du denn endlich soweit!«

»Werd' nicht gleich ungeduldig, Junge – es lohnt sich, auf dieses Baby zu warten!« rief sie zurück. Dann befestigte sie Doc's Ohrringe an ihren Ohrläppchen, schob die diamantenen Armbänder über die Handgelenke und wikkelte sich die Perlenkette zweimal um den Hals.

Als sie schon im Begriff stand, das Schlafzimmer zu verlassen, streifte ihr Blick die zwei balinesischen Puppen, die auf Mikes Kommode standen. Eine von ihnen hielt einen ungefähr dreißig Zentimeter langen geschnitzten Stock in der Hand. Vorsichtig schraubte sie den Stock aus seiner Halterung heraus und benützte dann die weiße Korrekturflüssigkeit, die Mike beim Tippen benützte und von der er hier im Schlafzimmer einen Vorrat hatte, um das Ende des Stöckchens weiß einzufärben. Nun hatte sie eine recht brauchbare Attrappe einer langen Zigarettenspitze, die mit einer brennenden Zigarette versehen war, steckte diese nun zwischen ihre karmesinroten, herzförmig geschminkten Lippen. Dann öffnete sie die Schlafzimmertür gerade so weit, daß sie Mike zurufen konnte, alle Lichter bis auf die Bodenlampe zu löschen, was er mit einem »wird gemacht, Baby!« beantwortete.

Als sie das Schlafzimmer verließ, war sie nicht mehr die unschuldige, respektable Samantha, sondern Maxie, eine Sängerin, um deren Besitz sich die Männer prügelten.

Als Mike sie die Stufe zum Wohnzimmer herunterkommen sah, pfiff er leise durch die Zähne – und vergaß vollkommen, eine Aufnahme von dem Kleid und ihr zu machen. Die Samantha, die er kannte, *seine* Samantha, ging nicht so wie diese Frau – mit vorgeschobenen Hüften und verführerischen Körperbewegungen – und trug auch nicht diese funkelnden Diamanten an den Ohren und Handgelenken. Diese Frau war so verschieden von jener, die er kannte, wie Daphne sich von einer Hausfrau in Indiana unterschied. Mike merkte, wie er einen Schritt zurückwich, denn diese Frau flößte ihm ein wenig Furcht ein. Sie gab ihm das Gefühl, er sollte einen Frack tragen und ihr solche Geschenke machen, die man in länglichen, mit schwarzem Samt überzogenen Schachteln zu verpakken pflegte.

Als Sam nur noch wenige Schritte von Mike entfernt war, begann sie den alten Blues anzustimmen, den früher Bessie Smith gesungen hatte.

Viele Menschen glauben, daß die Begabung für Blues von der Hautfarbe abhängt, doch in Wirklichkeit ist es die Erfahrung von Leid und Elend, auf dem sie beruht – und Samantha hatte mehr als genug Herzzerreißendes und Trauriges in ihrem kurzen Leben erfahren, um den Blues genauso gut singen zu können, wie irgendwer sonst auf der Welt. Ihre Stimme, obwohl nicht professionell geschult, war dank eines ererbten Gesangstalents kräftig und ausdrucksvoll.

Mike beobachtete sie, und diese Frau brachte ihn dazu, die Worte, die sie sang, auch zu *fühlen*, so daß er die Trauer einer Frau *empfand*, der eine andere Frau den Mann gestohlen hatte. Sie sang diese Worte so, wie nur jemand, der dieses Schicksal selbst erfahren hatte, sie singen konnte. Sie sang sie so, wie sie gesungen werden sollten – wie der Text es verlangte. Samantha war der Typ von Frau, für den dieses Lied geschrieben worden war, und sie sang es sowohl mit ihrem Herzen wie mit ihrer Stimme.

Es war nur ein kurzes, trauriges Lied, und als Samantha es gesungen hatte, konnte Mike sie nur verwirrt anstarren. Es war ihm, als sähe er eine ihm fremde Frau in einem koketten roten Abendkleid, das ihre Reize betonte.

Zu seiner Bestürzung ging Samantha nun auf eine Weise auf ihn zu, wie noch nie eine Frau auf ihn zugegangen war, stellte die Spitze ihres mit hochhackigen Schuhen bekleideten Fußes auf den Rand seines Stuhls zwischen seine Beine, beugte sich zu ihm und sog an ihrer Zigarettenspitze. Er war überzeugt, den Rauch sehen zu können, den sie seitlich aus ihrem rotgeschminkten Mund entweichen ließ.

»Nun, Honey?« sagte sie, und das war *nicht* Samanthas Stimme. Die Stimme dieser Frau war tiefer, rauh, und sehr, sehr provozierend – die Stimme einer Sirene, die imstande war, Männer in ihren Tod zu locken.

»Samantha?« flüsterte er, und es war ihm peinlich, daß seine Stimme brach wie bei einem Jungen in der Pubertät.

Mit einem schwülen Lachen, das Kathleen Turner alle Ehre gemacht hätte, nahm sie den Fuß wieder vom Stuhl und drehte sich von ihm weg. Als sie sich zur Diele hin entfernte, konnte er die Augen nicht abwenden von ihrem schwingenden Hinterteil und der im sanften Licht der Bodenlampe schimmernden makellosen Haut ihres Rükkens.

»Sam«, rief er ihr nach, als sie zu seinem Schlafzimmer zurückging, aber sie drehte sich nicht um. »Maxie«, flüsterte er und hielt den Atem an, als sie ihn über die Schulter hinweg anlächelte. Es war das Lächeln einer Verführerin – einer Frau, die ihre Wirkung auf Männer sehr genau kannte.

Als Samantha dann im Schlafzimmer verschwand, ließ er den angehaltenen Atem langsam entweichen und rieb sich die Arme. Er hatte nicht nur die Luft angehalten, sondern auch alle Muskeln angespannt. In dem Bemühen, sie wieder zu lockern, ging er zur Verandatür und sah in die Nacht hinaus. Diese Frau, die ihm eben in diesem Zimmer erschienen war, war eine ihm unbekannte Person. Sie war eine Frau mit vielen Geheimnissen, eine Frau, die zu vielem fähig war – und Mike wußte nicht so recht, ob ihm diese Frau sympathisch war. Vielleicht war sie eine Frau, mit der er gern ins Bett gehen würde, da sie aus allen Poren Sinnlichkeit verströmte. Andrerseits wollte er auch lieber nicht mit ihr ins Bett gehen, denn die Frau, die da eben für ihn gesungen hatte, war vermutlich in erotischen Dingen viel erfahrener als er. Es war dieser Typ von Frau, der ihm einen Orgasmus vortäuschen würde, der Liebe für einen Mann heucheln konnte. Sie war der absolute Gegenpol zu Samantha – zu deren Offenheit, Liebenswürdigkeit und Bereitschaft, zu geben, ja, sich zu verschenken.

»Nun?« sagte Samantha da hinter ihm.

Als er sich umdrehte, war sie wieder Samantha mit einem sauber glänzenden Gesicht und ein wenig wirr um den Kopf stehendem Haar, den niedlichen kleinen Körper unter seinem Morgenmantel versteckt. Einem Impuls folgend, ging er zu ihr, schlang die Arme um sie und gab ihr einen herzhaften Kuß auf den Mund. Keinen leidenschaftlichen oder verlangenden Kuß, sondern einen Kuß der Erleichterung, als würde er sie zu Hause willkommen heißen.

»Mike?« fragte sie, »fehlt dir etwas?«

Er hielt sie so fest an sich gedrückt, daß sie kaum Luft bekam, und es dauerte eine Weile, bis er sich soweit erholt hatte, daß er wieder sprechen konnte. Mit einem Lachen, das selbst ihm erzwungen erschien, sagte er: »Du bringst mich noch soweit, daß ich an eine Persönlichkeitsspaltung glaube.« Sie dann von sich weghaltend, daß er ihr Gesicht betrachten konnte, blickte er sie forschend an und fragte: »Ich sollte eher dich fragen, ob *dir* etwas fehlt. Du warst so . . . anders. Du warst . . .«

» . . . Maxie«, sagte sie. »Ich zog dieses Kleid an und schien mich in diesem Moment in Maxie zu verwandeln. Habe ich ihre Rolle gut gespielt?«

Er zog ihren Kopf an seine Schulter hinunter. »Zu gut. Viel, viel zu gut.«

»Mike – habe ich etwas falsch gemacht? Ich habe doch nur ein Lied gesungen und dabei ein bißchen – nun – den Vamp herausgestrichen.«

Er wollte seinen festen Griff um sie nicht lockern. »Es war mehr als das. Du hast dich verwandelt – richtiggehend verwandelt.«

»Ein bißchen Verwandlung kann doch nicht schaden.«

Er küßte sie wieder auf den Mund und brachte sie so zum Schweigen. »Sammy, ich möchte nicht, daß du dich verwandelst. Ich mag dich so, wie du bist.«

Während sie sich an ihn schmiegte, war sie sich gar nicht sicher, was ihn denn so an ihr aufgeregt haben könnte. Aber es gefiel ihr, daß er so sehr um sie besorgt war. Und ihr gefiel sein Kompliment. »Mike«, sagte sie leise, »ich mag dich auch.« Erst später erkannte sie das wahre Ausmaß seiner Verstörung, denn als sie zu Bett gingen, versuchte er zum erstenmal nicht, sie dazu zu überreden, die Nacht mit ihm zu verbringen. Und sie mußte lächeln über seine Scheu, es diesmal zu versuchen, als sie sich im Spiegel über der Kommode betrachtete. Vielleicht sollte sie öfters in Maxies Haut schlüpfen. Vielleicht sollte sie nicht eine so berechenbare, so langweilige Frau sein – eine Frau bar aller Überraschungen. Lächelnd strich sie mit der Hand über Maxies Kleid hin, das sie über eine Stuhllehne gehängt hatte, und dann, einem Impuls folgend, zog sie eine Schublade in Mikes Kommode auf, in der sie ihr neues durchscheinendes, weißes Nachthemd versteckt hatte, holte es heraus und zog es an. Maxie würde ein weißes Nachthemd getragen haben, wenn und wann immer sie wollte. Ob es nun weiß war oder schwarz, durchscheinend oder mit Spitzen besetzt, aus Seide oder Baumwolle, hochgeschlossen oder so winzig, daß man mehr Haut als Stoff sah – Maxie würde jedes Nachthemd der Welt getragen haben, wenn sie das wollte.

21

Um fünf Minuten vor neun am Sonntagmorgen saß Samantha in ihrem neuen weißen Nachthemd mit angezogenen Knien in Mikes Bett und versuchte, sich zu pediküren. Die Tatsache, daß die Geräte, die sie dafür benutzte, sich seit ihrem zehnten Lebensjahr in ihrem Besitz befanden – in einem pinkfarbenem Plastik-Necessaire, auf dem sich kleine weiße Pudel mit blauen Schleifen an den

Schwänzen tummelten –, erleichterte ihr diese Aufgabe keineswegs. Sie hatte bisher noch keinen Ton aus dem Nachbarzimmer vernommen, und deshalb nahm sie an, daß Mike noch schlief.

Um neun Uhr nahm sie die Fernbedienung vom Nachttisch und schaltete das Fernsehgerät in der Ecke des Zimmers ein, um sich Charles Kuralts »Sunday Morning«-Sendung anzuschauen. Sie hatte Mr. Kuralts Sendung seit dem Tag an verfolgt, als man ihn von der Straße weggeholt und in ein Fernsehstudio in New York verpflanzt hatte. Es interessierte Samantha nämlich, ob er jemals diesen melancholischen Zug um den Mund verlieren würde, der besagte, daß er lieber auf der Straße geblieben wäre.

In den ersten Minuten der Show gab Charles einen kurzen Überblick, was den Zuschauer in dieser Sendung erwarten würde, wobei er jede Story in dem ihm eigenen »Können-Sie-so-etwas-glauben?«-Ton ankündigte, dem er seine Beförderung zum Fernseh-Moderator verdankte. Samantha achtete zunächst nicht sonderlich auf das, was er den Zuschauern zu erzählen wußte, aber als sie den Namen *Jubilee* hörte, ging ihr Kopf mit einem Ruck in die Höhe, und von diesem Moment an hing sie mit geweiteten Augen an seinen Lippen.

»Das Jubilee-Massaker ist nicht so bekannt wie das St.-Valentins-Tag-Massaker, aber den hohen Popularitätsgrad, den die Ereignisse in Chikago in der Prohibitionszeit hatten, konnte New York damals nie erreichen. Vielleicht lag das auch an dem Zynismus der New-Yorker; denn was sich an jenem schwülen Samstagabend des zwölften Mai neunzehnhundertachtundzwanzig in dieser Stadt ereignete, wurde von den New Yorker Reportern nicht einmal als Massaker gewürdigt. Einer ihrer geistreichen – oder sagen wir besser

geschmacklosen – Vertreter bezeichnete das Blutbad als Wachablösung, weil der Boß einer Gangsterbande die Gangster eines Mannes umbrachte, der an dessen Stelle treten sollte. Denn das Massaker, um es beim richtigen Namen zu nennen, war ein Schuß, der nach hinten losgehen sollte, weil die Sympathie der Leute – der korrupten Elemente der Polizei, Behörden und was noch so alles zur öffentlichen Meinung gehörte – sich dem Mann zuwandte, auf den man geschossen hatte. Doc Barrett, damals ein achtundzwanzig Jahre alter Ganove minderen Ranges, übernahm nach dieser Nacht, in der siebzehn Menschen im Kugelhagel der Gangster starben und ein Dutzend weitere schwer verwundet wurden, die Kontrolle über alle illegalen Alkohol-Geschäfte in der Metropole. Doc ging also als Sieger aus diesem Blutbad hervor, verlor dabei aber auch seinen besten Freund oder den einzigen Mann, dem er, wie er sagte, jemals vertraute oder vertrauen würde – einen Mann mit dem pittoresken Namen Half Hand Joe; ihm war die linke Hand zur Hälfte weggeschossen worden, als er sich als Junge schützend vor seinen noch jüngeren Freund Barrett stellte.
Das alles passierte in einem während der Prohibitionszeit sehr eleganten Nachtklub in Harlem, der damals unter dem schlichten Namen Jubilees Bar bekannt war. Doc Barrett mag zwar aus dieser Nacht als Gewinner hervorgegangen sein, aber Jubilee verlor in wenigen Stunden alles, was er besaß. Sein Klub wurde von mehr als dreitausend Maschinengewehrkugeln zersiebt und in den darauffolgenden drei Tagen von ein paar tausend Souvenirjägern ausgeplündert.«

Während Mr. Kuralt referierte, zeigte die Kamera Bilder von der Außenseite und den Innenräumen eines baufälligen alten Gebäudes in einer schrecklichen Gegend von Harlem. Ratten huschten über den Boden, als die Kamera die Kugellöcher in den Wänden näher heranholte.

»Jubilee ist immer noch Inhaber dieses Klubs«, fuhr Charles Kuralt fort, »aber in Anbetracht der Werte, die Immobilien heute in dieser Gegend haben, konnte er ihn weder verkaufen noch verpachten, und deshalb steht das Lokal heute leer.«

Charles Kuralt legte sein Manuskript beiseite und setzte sein Mona-Lisa-Lächeln auf.

»Manche behaupten sogar, es wäre verhext. Aber wir sind heute nicht hierhergekommen, um über ein Massaker – selbst ein Massaker dieses Ausmaßes – zu reden, das hier vor dreiundsechzig Jahren passierte. Wir sind hierhergekommen, um mit Jubilee Johnson über seine Musik zu plaudern. Denn das Massaker konnte zwar seinen materiellen Besitz zerstören, ihm aber nicht seine Musik und seine Vitalität nehmen. Inzwischen ist er einhundertundeins Jahre alt, und er spielt, singt – und jubiliert noch immer.«

Da sprang Samantha vom Bett herunter, rannte in das Badezimmer und riß dort die Verbindungstür zum Gästezimmer auf, wo Mike bäuchlings im Bett unter einer Steppdecke und ungefähr sechs dicken, mit Daunen gefüllten Kopfkissen begraben lag. »Mike, wach auf! Du mußt dir ansehen, was sie gerade im Fernsehen zeigen.« Da er sich nicht bewegte, kniete sie neben dem Bett nieder und berührte alles an ihm, was sie sehen konnte, und das war ungefähr ein Quadratzentimeter nackter Schulter und eine schwarze Haarsträhne.

»Michael, wach auf! Du versäumst es sonst!« Er bewegte nicht einen Muskel. Wenn er sich nicht so warm angefühlt hätte, hätte sie glauben können, er wäre tot. Sie stieg auf sein Bett, faßte ihn an der Schulter und rüttelte daran. »Jubilee ist im Fernsehen. Sie senden ein Interview mit Maxies Jubilee in der Charles-Kuralt-Show! Steh auf!«

Schien er eben noch tief geschlafen zu haben, so faßte er sie jetzt an den Armen, zog sie ins Bett hinein und begann sein mit rauhen Bartstoppeln bedecktes Gesicht an ihrem Hals zu reiben. Das kitzelte so sehr, daß Samantha lachend wieder aus seinem Bett flüchten wollte aber Mike hielt sie fest.

»Wie kannst du es wagen, mich aufzuwecken?« schnaubte er, den Empörten spielend. »Heute ist Sonntag; und da sollte es einem Mann doch vergönnt sein, auszuschlafen.«

Lachend versuchte Samantha noch immer vergebens, seinen Bartstoppeln auszuweichen. »Mike, Jubilee ist im Fernsehen.«

Da veränderte sich plötzlich Mikes Gesichtsausdruck. Er zog sich von ihr zurück, nahm seine Hände von ihren Armen und schien mit einemmal jeden Körperkontakt zu meiden.

»Was hast du denn, Mike?«

»Verschwinde«, befahl er. Das war jetzt kein Spiel mehr. Seine Stimme klang ernst – sehr ernst –, und sie konnte ihm ansehen, daß er wütend war – sehr wütend sogar. Doch sie konnte sich nicht erklären, warum. War er zornig, weil sie ihn geweckt hatte? Manchen Menschen war der Schlaf heilig, aber sie wäre nie auf den Gedanken gekommen, daß Mike zu dieser Sorte von Menschen gehörte. Sie stieg aus seinem Bett und begann sich zu entschuldigen: »Es tut mir leid. Ich glaube, ich hätte dich nicht wecken sollen. Ich wollte ja nur, daß du dir das Interview mit Jubilee im Fernsehen ansehen solltst. Aber ich kann ja auch den Videorecorder anstellen und es aufzeichnen, damit du es dir später anschauen kannst.«

Er drehte den Kopf von ihr weg. »Zieh dieses Hemd aus.«

Samantha brauchte einen Moment, um zu begreifen, was er damit meinte; denn zuerst glaubte sie, er verlange von ihr, daß sie sich für ihn entkleiden sollte. Aber dann wurde ihr wieder bewußt, daß sie ja ihr brandneues, sehr hübsches, sehr dünnes, sehr, *sehr* weißes Nachthemd anhatte. Und obwohl sie in diesem Moment ein Gefühl der Freude durchströmte, kam sie sich doch zugleich schäbig vor, weil sie nicht an sein ›Problem‹ mit Weiß gedacht hatte – nun, vielleicht nicht zu schäbig, aber doch ein bißchen hinterhältig. Hatte ihn ihr Anblick in diesem schlichten Baumwollhemd tatsächlich *so* aufgewühlt, daß er ganz blaß geworden war? Hatte er ihn so erschüttert, daß er sie nun nicht mehr ansehen konnte?

»Ich . . . ich hatte das ganz vergessen, Mike«, stotterte sie, aber selbst in ihren Ohren klang das wie eine lahme Ausrede. Für jeden Mann, der so aussah wie Mike – der so sexy war wie Mike, der so süß und gut war wie Mike, und mit dem das Zusammensein so viel Spaß machte wie bei Mike; und der überhaupt rundum so wunderbar war wie Mike; und der, wie er, jede Frau auf dieser Welt haben konnte: ja, dachte sie, dieser Mann fand sich von *ihr* so sehr angeregt, wurde von ihr so in Wallung gebracht, daß er, solange sie etwas Weißes anhatte, sie nicht mehr anblicken konnte!

»Ich kam hierher, um dir zu sagen, daß im Fernsehen etwas läuft, daß du dir unbedingt anschauen solltest, und darüber vergaß ich, was ich anhatte. Es war nicht meine Absicht . . .« Sie hielt mitten im Satz inne, denn er hatte das Gesicht wieder zu ihr hingedreht und sah sie an. Und was sie da in seinen Augen las, veranlaßte sie, einen Schritt von seinem Bett zurückzuweichen. Denn da war etwas in seinen Augen, was sie, dachte sie, wohl doch nicht ganz verstehen konnte. Da sprach Verlangen, Begehren, Not und Sehnsucht aus seinen Augen, aber auch eine Verzweiflung, als brauchte er etwas, das sie hatte, und daß er sterben würde, wenn er es nicht bekam.

Sich mit der Hand an die Kehle fahrend, wich Samantha noch einen Schritt weiter vom Bett zurück. Es war schon eine Weile her, daß sie sich vor Mike gefürchtet hatte, aber jetzt war es wieder der Fall. Als er über sein Bett auf sie zukroch, wich sie noch weiter vor ihm zurück. »Mike«, begann sie, doch er sagte nichts, sah sie nur mit diesen sie so verwirrenden Augen an und kam auf sie zu wie ein sich anpirschender Wolf.

Samantha stieß einen kleinen furchtsamen Schrei aus und rannte wie ein Angsthase aus dem Zimmer, warf die Badezimmertür hinter sich zu, dann die Schlafzimmertür und lehnte sich, heftig atmend, dagegen. Vielleicht hätte sich Maxie jungen, hübschen Männer gewachsen gefühlt, die sich an sie heranpirschten wie ein Wolf, doch Samantha fühlte sich dazu noch nicht imstande.

Es dauerte ein paar Sekunden, bis sie sich soweit beruhigt hatte, daß sie wieder normal atmen konnte. Dann riß sie sich förmlich ihr neues Nachthemd vom Leib und zog ihre Jeans und ein hochgeschlossenes Hemd mit langen Ärmeln an, das ihre Haut zum größten Teil verdeckte. Danach ging sie in die Bibliothek und schaltete dort den Fernseher ein, um die Charles-Kuralt-Show weiter zu verfolgen.

Es dauerte fast zwanzig Minuten, ehe Mike in der Bibliothek erschien, und als sie zu ihm hochblickte erschrak sie, denn er hatte ganz blaue Lippen und eine fast blaue Haut.

»Bist du krank?« fragte sie besorgt, ging zu ihm und legte ihm die Hand auf die Stirn. Seine Haut fühlte sich so kalt an wie bei einem Salamander. »Mike!«

Ihre Hand wegschiebend, setzte er sich auf die Couch. »Nur kalt geduscht«, murmelte er. Es war ihm offensichtlich peinlich, was da vorhin passiert war. »Haben sie das Interview schon gesendet?«

»Nein«, sagte sie, bemüht, ein Lächeln zu unterdrükken. Seine Reaktion tat ihr gut. Aber Männer, dachte sie, waren ja immer so gefühlvoll, *ehe* sie mit einer Frau ins Bett gingen – besonders, bevor sie mit *ihr* ins Bett gingen. Es war viel besser, Mike zu gestatten, sich in seiner Phantasie mit ihr zu beschäftigen, als das zu tun, was er sich offensichtlich von ihr wünschte – nämlich mit ihm ins Bett zu steigen. Denn wenn sie das tat, würde er sie hinterher vermutlich auffordern, sein Haus für immer zu verlassen Oder vielleicht würde er nur einfach mitten im Geschehen einschlafen.

»Nein«, sagte sie, »sie haben bisher nur den Vorspann, aber nicht das Interview gebracht. Ich denke, es wird als nächstes kommen.« Sie reichte ihm ein mit Weichkäse bestrichenes halbes Brötchen von dem Frühstück, daß sie sich hatte ins Haus bringen lassen.

Doch er ignorierte das Brötchen, nahm statt dessen ihr Kinn in die Hand und hob ihren Mund dem seinen entgegen. Er küßte sie lange und süß, nicht aggressiv – ohne ihr die Zunge gewaltsam zwischen die Lippen zu schieben, ihr die Kleider vom Leib zu reißen oder ihr mit den Händen an den Busen oder andere kritischen Körperteile zu fassen. Sie spürte nur seine warmen Finger auf ihren Wangen, und dieser lange, sehr lange, sehnsüchtige Kuß wäre ihr nun fast zum Verhängnis geworden. Sich ihm zudrehend, legte sie ihm die Hand auf die Schulter und öffnete den Mund unter seinen Lippen. Ihr Körper schien sich zu verflüssigen, sich in eine warme, weiche, nachgiebige Masse zu verwandeln, während ihr Kopf sich in eine ihr unwahrscheinlich dünkende Rücklage geriet, aber sie versuchte, mit ihm zu verschmelzen, sich in ihm zu verlieren.

Als er schließlich die Lippen wieder von ihrem Mund nahm, war sie zu schwach, um sich aufzusetzen, und sie wäre wahrscheinlich gegen die Rückenlehne der Couch gefallen, wenn Mike sie nicht mit der Hand gestützt hätte.

»Warum, Sam?« flüsterte er. »Warum sagst du immer nein? Wie lange soll ich deiner Meinung nach denn noch warten? Verlangst du, daß ich dir erst einen Heiratsantrag machen soll? Denn wenn du das verlangst, wirst du dann ...?«

Sie legte ihm rasch den Finger auf die Lippen, weil sie den Rest des Satzes nicht hören wollte. Sie wollte nicht über die Gründe reden, die hinter ihrem Verhalten standen – wollte nicht, daß er die Wahrheit über sie erfuhr. Jedenfalls jetzt noch nicht, wo ihre Beziehung noch so zerbrechlich war. Vielleicht später einmal – vielleicht kam der Tag, wo sie ihm die Wahrheit über sich erzählen konnte.

Mit einem Fluch faßte Mike nun nach dem Brötchen, das sie immer noch in der Hand hielt, allerdings befand sich nun mehr Käse auf ihren Fingern als auf dem Brötchen. Sie mußte nun die sie sehr beunruhigende Erfahrung machen, daß sich Mike ihrer Hand statt des Brötchens bemächtigte und anfing, langsam, genüßlich und auf eine sie sehr sinnlich berührende Weise den Käse von ihren Fingern zu lecken.

»Deine Sendung beginnt«, sagte er mit ihrem kleinen Finger im Mund.

»Was, bitte?«

»Deine Sendung. Das Interview. Erinnerst du dich?«

»Interview?« Er leckte gerade ihren Handteller ab.

»Maxie. Jubilee. Tod. Vernichtung. Massaker. Erinnerst du dich?«

»Massaker?«

Mike legte ihre nun saubere Hand auf ihren Schoß und wandte sich dem Fernseher zu. Samantha brauchte einige Sekunden, ehe sie wieder klar sehen und den Bericht über das Leben und die Karriere des hochbetagten Musikers im Fernsehen verfolgen konnte. Die Kamera zeigte Jubilee, der für seine einhundertundeins Jahre sehr lebendig und munter wirkte. Und sein Verstand war offensichtlich so gut wie eh und je.

Mike zog sie an sich, so daß sie mit ihrem Rücken an seiner Brust lehnte, während nun im Fernsehen die kahlen Räume gezeigt wurden, die einmal nicht nur einen in Silber und Blau gehaltenen eleganten Nachtklub beherbergt hatten, sondern auch ein Juwel des Jugendstils gewesen waren. Jubilee erzählte nun vor der Kamera etwas über diesen Klub – von den Künstlern, die dort aufgetreten waren; von den Damen in kostbaren Pelzen und den Männern im Frack, die mit ihren Mätressen dorthin gekommen waren. Doch mit dem Massaker war das alles zu Ende gewesen, und er hatte nie mehr das Geld aufbringen können, das nötig gewesen wäre, um den Klub wieder aufzubauen und einzurichten.

Am Ende des Interviews stellte Samantha den Ton ab und drehte sich zu Mike um. »Ist Harlem sehr weit weg?«

»Philosophisch oder geographisch?«

Sie schnitt eine Grimasse. »In Meilen natürlich.«

»New York ist eine Insel, falls du das vergessen haben solltst. Hier ist nie etwas von etwas weit entfernt.«

»Wenn ich also einem Taxichauffeur sagen würde, ich

möchte nach Harlem fahren, würde er wissen, wo er mich hinbringen muß?«

Mike sagte einen Moment lang nichts, sah sie nur unverwandt an. »Ich hoffe, du sagst mir, daß du nicht an etwas denkst, woran du niemals denken solltest.«

Sie stand von der Couch auf. »Ich werde Jubilee besuchen, wenn du das meinst. Und ich werde es sofort tun, ehe ein anderer begreift, daß dieser Mann noch am Leben ist.«

Mike legte ihr die Hände auf die Schultern. »Du meinst damit den maskierten Mann, der versucht hat, dich umzubringen, nicht wahr?«

Doch daran wollte sie nicht mehr erinnert werden. »Vielleicht weiß Mr. Johnson, warum meine Großmutter in jener Nacht aus dem Klub verschwand und weshalb sie so viele Jahre später ihre Familie verlassen mußte. Vielleicht weiß er etwas, das sie von der Schuld befreit, so viel Leid und Unglück über unsere Familie gebracht zu haben. Vielleicht . . .«

»Gibt es etwas auf dieser Welt, was dich von diesem Vorhaben abhalten könnte?«

Sie schüttelte den Kopf.

»Nein, Mike. Ich würde es begrüßen, wenn du mit mir kämst, aber wenn du das nicht willst, fahre ich allein dorthin.«

»Nach Harlem? Du kleines weißes Persönchen möchtest dich allein in diesen Teil der Stadt wagen?«

»Ist es so schlimm, wie es eben im Fernsehen gezeigt wurde?«

»Ja.«

Sie schluckte und holte tief Luft. »Ja, ich werde allein dort hinfahren, wenn ich muß.« Noch während sie das sagte, betete sie im stillen, daß Mike sich bereitfinden mochte, sie zu begleiten. Tapferkeit hat ihre Grenzen.

»Okay, zieh dich an. Aber etwas Einfaches, nichts, was ein Etikett hat.«

Sie nickte, drehte sich um und ging hinauf in ihr Apartment, um sich etwas anderes anzuziehen.

*

Vor Jubilees Haus war bereits eine Menschenmenge versammelt, als Mike und Samantha dort eintrafen – nicht in einem Taxi, sondern mit einem Mietwagen, den Mike für sie besorgt hatte und der vor dem Haus auf sie warten sollte. Der Fahrer dieses Wagens war ein sehr großer Mann mit einer Haut, die so schwarz war wie Kohle, und einer Messernarbe, die am Haaransatz im Nacken begann und sich über seinen Hals bis in sein Hemd hinein fortsetzte. Der Mann schien ein Freund von Mike zu sein. Samantha lächelte ihm während der Fahrt alle paar Sekunden nervös zu, was den Mann sehr zu amüsieren schien.

Während ihrer Fahrt nach Harlem sah Samantha nicht aus dem Wagenfenster, denn das war ihr ein zu gespenstischer Anblick. Armut von solchen Ausmaßen in unmittelbarer Nachbarschaft eines so immensen Reichtums, wie er im Zentrum Manhattans angehäuft war, überstieg ihr Fassungsvermögen.

Als sie endlich vor Jubilees Backsteinhaus anlangten – das einzige nett aussehende Haus in der ganzen Zeile – seufzte Samantha frustriert; denn es sah aus, als käme es zu einem Tumult. Offenbar hatten die meisten Einwohner New Yorks Charles Kuralts Sendung gesehen und waren nun gekommen, um Jubilee in Fleisch und Blut zu sehen – oder um sich von ihm Geld zu leihen, ihm etwas zu verkaufen oder seine Meinung über ein Lied zu hören, das sie geschrieben oder komponiert hatten.

Unter der Haustür stand eine große, sehr kräftig aussehende Frau mit eisengrauem Haar und einem sehr wütenden Gesicht, das einmal schön gewesen sein mußte. Sie schwang einen Besen wie eine Waffe über dem Kopf und versuchte auf diese Weise offenbar einige Zuschauer davon abzuhalten, die Vordertreppe hinaufzustürmen. Samantha sah, wie sie zwei Männern den Besenstiel um die Ohren schlug.

Mike legte Samantha die Hand auf den Arm. »Ich glaube nicht, daß das jetzt der richtige Zeitpunkt für einen Besuch ist«, sagte er und begann, sie wieder zum Wagen zurückzuziehen.

Samantha riß sich von ihm los. »Nein! Ich werde *jetzt* mit ihm reden. Ich glaube nicht, daß ich den Mut aufbringen könnte, ein zweitesmal hierher zu fahren.«

»Das ist die beste Neuigkeit, die ich je in meinem Leben gehört habe.«

»Mike, ob du mich durch diese Menge bis zu der Vortreppe bringen könntest? Wenn ich nahe genug an diese Frau dort herankäme, würde ich zu ihr sagen, daß ich Jubilee etwas über Maxie fragen möchte.«

Mike war zunächst versucht, ihr das auszureden, aber die vorhersagende Vergeblichkeit dieses Bemühens war nicht gerade motivierend. Zudem hätte er, wie er zugeben mußte, Jubilee selbst gern über Maxi ausgefragt. Mike blickte über Samanthas Kopf hinweg zum Wagen hin, wo der große schwarze Mann neben der Beifahrertür stand, und als Mike fragend den Kopf hob, nickte dieser zustimmend.

Binnen weniger Sekunden waren die drei auf dem Weg durch die Menge. Mike bahnte, Samantha im Schlepptau, eine Gasse, während der herkulische schwarze Mann mit der Messernarbe die Nachhut bildete. Sobald Samantha den Fuß der Vortreppe erreicht hatte, ging die Frau mit dem Besen zum Angriff auf sie und ihre beiden männlichen Begleiter über, aber der große schwarze Mann packte den Besenstiel, ehe sie damit Schaden anrichten konnte, und gab so Mike und Samantha genügend Zeit und Gelegenheit, der Frau zuzurufen, daß sie Jubilee etwas über Maxie fragen wollten.

Dem Gesichtsausdruck der Frau mit dem Besen nach zu schließen, mußte sie diesen Namen schon einmal gehört haben; denn sie drehte sich kurz, wenn auch ungnädig, nach einem kleinen Jungen um, der hinter ihr stand und daraufhin im Haus verschwand. Kurz darauf erschien er wieder im Hauseingang und gab ihnen ein Zeichen, daß sie eintreten sollten. Mike und Samantha gingen ins Haus, während ihr schwarzer Chauffeur zu seinem Wagen zurückkehrte.

Das Treppenhaus sah so aus, als habe man die Decke und das Geländer unzählige Male gestrichen, ohne vorher die alte Farbe zu entfernen oder auch nur den Staub abzuwischen, der sich mit der Zeit dort niedergeschlagen hatte. Die Stuckmotive an der Decke waren unter den dikken, teilweise abblätternden Farbschichten kaum noch zu erkennen, und auch das Schnitzwerk an den Geländerpfosten war von Firnis eingeebnet.

Sie folgten dem Kind über steile, schmale Stufen bis in das oberste Stockwerk des Hauses hinauf, wo es heiß war und sonnig und alles so wirkte, als sei es seit Jubilees Geburt nicht mehr verändert worden. Auf dem Weg dorthin hatte ein Mann der ihnen auf dem zweiten Treppenabsatz begegnete, Samantha fast zu Tode erschreckt. Es war ein großer schwarzer Mann, und er hatte die zornigsten Augen, die Samantha je bei einem menschlichen Wesen gesehen hatte. Es war nicht nur ein augenblicklicher, sondern ein lebenslanger Zorn auf alles und jeden, der aus seinen Augen leuchtete.

Nach einem verächtlichen Blick auf Samantha und einem Blähen seiner Nasenlöcher verschwand er.

Das Kind öffnete im obersten Stockwerk eine Tür, gab Samantha und Mike zu verstehen, daß sie eintreten sollten, und ließ sie dann allein. Samantha gefiel das Zimmer auf den ersten Blick. An den Seitenwänden befanden sich zwei von dem Boden bis zur Decke reichende, mit Notenblättern vollgestopfte Regale, die offenbar, wenn man den von Fach zu Fach zunehmenden Grad des Vergilbens und des Abgegriffenseins ihrer Deckblätter bedachte, alle von der Steinzeit bis zur Gegenwart komponierten Musikstücke enthalten mußten. Beherrscht wurde dieses Zimmer jedoch von einem gewaltigen Konzertflügel – eines von diesen im satten Schwarz erstrahlenden Pianos, auf denen Männer im schwarzen Frack zu spielen pflegten. Es war offensichtlich ein mit viel Liebe gehegtes und gepflegtes Instrument; denn es war auf Hochglanz poliert und wies nicht den kleinsten Kratzer auf. Dem Piano gegenüber standen ein paar Polsterstühle mit zerschlissenen Armlehnen, aus denen graue Polsterwolle quoll.

Sowohl Samantha wie Mike waren so sehr damit beschäftigt, sich im Zimmer umzuschauen, daß sie das Männchen, das hinter dem Piano auf einem Klavierschemel saß, fast übersehen hätten, weil dessen Kopf kaum über den Notenständer des Flügels hinausragte. Der Fernsehkamera war es offenbar gelungen, den Mann etwas größer erscheinen zu lassen, zudem ein paar Falten aus Jubilees Gesicht wegzudrücken und auch die Tatsache zu verschleiern, daß er kein Fleisch mehr auf den Knochen hatte, sondern nur noch dunkle, pergamentartige Haut. Der Mann glich eher einer Mumie als einem Menschen, und seine glitzernden Augen schienen so gar nicht zu diesem ausgezehrten Körper passen zu wollen.

Samantha ging lächelnd auf den alten Mann zu, der ihr mit einem Grinsen entgegenschaute und zwei phantastische Reihen falscher Zähne entblößte.

»Mein Name ist Samantha Elliot und ich bin Maxies Enkelin«, sagte Sam, dem alten Mann ihre Hand hinstrekkend.

»Ich würde Sie überall erkannt haben. Sie sehen genauso aus wie sie.« Jubilees Stimme war gut, und Samantha hatte den Eindruck, daß er sie ebenso gepflegt haben mußte wie sein Piano. Die Haut seiner Hand fühlte sich an wie ein Stück hochwertiges Leder. Während er sprach, spielte er leise und auf eine geistesabwesende Weise, als sei er sich gar nicht bewußt, was seine Hände taten. Offenbar war das Klavierspielen für ihn etwas so Selbstverständliches wie das Atmen.

Mike begann Jubilee zu erklären, warum sie hierhergekommen waren, erzählte ihm von Doc und Maxie, von Samanthas Vater und der Biographie, die er schreiben wollte.

Während Mike sprach, spielte Jubilee mit einem entrückten Blick unentwegt weiter auf dem Piano, als hörte er ihm gar nicht zu. Als Mike mit seinem Vortrag zu Ende gekommen war, schaute der alte Mann Sam an. »Maxie sang Blues«, sagte er. »Keine Frau auf der Welt hätte ihn besser singen können.«

Da begann Samantha lächelnd das Lied anzustimmen, das Jubilee soeben auf dem Flügel gespielt hatte.

Der ungläubige Blick, mit dem Jubilee Samanthas Gesang zunächst begleitet hatte, wurde nun von Freude abgelöst – einer ganz besonderen Freude; denn hier erlebte ein alter Mann, wie etwas, das er für unwiederbringlich verloren gehalten hatte, seine Wiederauferstehung feierte, und einen Moment lang glaubte Samantha, Tränen in den Augen des alten Mannes blinken zu sehen. »Du hörst dich an wie sie, Mädchen«, sagte Jubilee und griff nun energisch in die Tasten. »Kennst du das?«

»›Weepin' Willow Blues‹«, erwiderte Samantha leise,

als der alte Mann ein paar Takte vorspielte. Da konnte nicht mehr viel Kraft in diesem gebrechlichen Körper stecken; doch was davon noch übrig war, konzentrierte sich in den Händen.

Samantha öffnete den Mund, um zu singen, schloß ihn dann aber wieder, als durch das Fenster die klagenden Töne einer Stopftrompete kamen. Einen Moment lang sah sie Mike an, um sich zu vergewissern, daß sie sich noch in den neunziger Jahren befand; denn eine Stopftrompete gehörte nicht zu den Instrumenten einer modernen Jazz-Band.

»Hör nicht hin, Mädchen«, sagte Jubilee ungeduldig. »Das ist nur Ornette. Kennst du nun dieses Lied oder nicht?«

Samantha wußte, ohne Jubilee erst fragen zu müssen, daß der Trompeter dieser junge Mann war, der sie auf der Treppe so verächtlich gemustert hatte. Und sie wußte auch, daß er sie jetzt auf die Probe stellen wollte. Wenn dieser junge Mann etwas so Altes und Obskures wie den Weepin' Willow Blues spielen konnte, dann mußte er ihn aus Liebe zu dieser Musik eingeübt haben und nicht, weil er damit Geld verdienen wollte. Und sie wußte weiterhin, ohne daß man ihr das erst sagen mußte, daß dieser junge Mann mit den zornigen Augen nicht glaubte, daß eine junge weiße, blauäugige Frau Blues singen könne.

Und so öffnete Samantha den Mund und sang das alte traurige Lied von einer Frau, die ihren Mann verloren hatte.

Als sie geendet hatte, sagte Jubilee kein Wort. Doch sie konnte ihm an den Augen ansehen, daß sie offenbar den richtigen Ton getroffen hatte.

Während Jubilee und Mike sie staunend ansahen, als hätten sie ein kleines Wunder erlebt, ging Samantha, einem Impuls folgend, ans Fenster und rief in herausforderndem, zornigen Ton in die Richtung, aus der die Trompetenklänge gekommen sein mußten: »Habe ich bestanden, Ornette?«

Da brachen sie beide, Mike und Jubilee, in ein Gelächter aus. Jubilee hörte sich dabei an wie ein altes Akkordeon mit einigen Löchern im Blasebalg.

»Sie singt nicht nur, sondern ist genauso wie sie«, sagte Jubilee, der vor Lachen fast erstickte. »Maxie hat sich auch vor niemandem gefürchtet.«

»Sie hatte aber Angst vor etwas«, meinte Mike mit nüchterner Stimme, »und wir wüßten gern, was das gewesen ist.«

Jubilee wollte ihnen aber nichts über Maxie sagen. Er fuhr fort, auf dem Klavier zu spielen und Samantha zu fragen, ob sie dieses oder jenes Lied kenne, und beteuerte einige Male, er habe Maxie seit dem Abend des Massakers nie wiedergesehen. Als Samantha ihn fragte, ob er denn eine Vorstellung habe, warum Maxie in jener Nacht verschwunden sei, murmelte er, nein, die habe er nicht.

Einhundertundeins Jahre alt, dachte Samantha bei sich, und er hatte noch immer nicht gelernt, überzeugend zu lügen. In Gedanken versuchte sie sich bereits auszurechnen, wie oft sie wohl noch herkommen müsse, bevor Jubilee sich bereitfand, ihr zu sagen, was er über Maxie wußte.

Als Samantha und Mike sich von Jubilee verabschiedeten, gab Samantha ihm einen Kuß auf die alte, lederartige Wange und sagte, sie glaube, daß sie sich bald wiedersehen würden.

Draußen auf dem Treppenabsatz erwartete sie bereits der kleine Junge, um sie ins Erdgeschoß hinunterzubringen, und diesmal tat er etwas, daß Samantha seltsam vorkam: Er wollte, daß Mike ihn an die Hand nahm. Nun hatte Samantha zwar schon erlebt, daß Mike offenbar einen guten Draht zu Kindern hatte, aber die Verhaltensweise dieses Jungen schien ihr doch etwas ungewöhnlich zu sein. Erst als sie wieder im Freien waren und sie bemerkte, wie Mike die Linke, in der er die Hand des Jungen gehalten hatte, in die Tasche schob, wurde ihr klar, daß das Kind Mike einen Zettel zugesteckt haben mußte. Von Ornette wahrscheinlich, dachte sie bei sich. Und ihr war ebenso klar, daß Mike versuchen würde, das, was auf diesem Zettel stand, vor ihr geheimzuhalten.

Und so benahm sie sich auf der Rückfahrt im Wagen so, als wüßte sie nichts von diesem Zettel. »Ornette«, bemerkte sie leichthin, »ich glaube, ich habe diesen Namen schon einmal gehört.«

»Ornette Coleman. Tenorsaxophon«, sagte Mike, aus dem Wagenfenster blickend.

Zu Hause angekommen, verschwand Mike sofort in seinem Schlafzimmer, und Samantha war überzeugt, daß er es kaum erwarten konnte, die Botschaft zu lesen. Als er wieder aus dem Zimmer kam, war er mit Shorts und einem T-Shirt bekleidet und hatte die Sonntagsausgabe der *New York Times* unter den Arm geklemmt. Sie verzehrten anschließend, beide die Zeitung lesend, draußen im Garten ihren – von einem Lieferanten ins Haus gebrachten – Lunch, und hielten dann im Liegestuhl Siesta – Mike immer noch in seine Zeitung vertieft, in der er offenbar stundenlang den Börsenteil las und Aktienkurse studierte, während Samantha den Laptop-Computer auf den Knien hielt und versuchte, alles einzugeben, was sie bisher über Maxie wußte.

Das war nicht viel. Maxie war – oder möglicherweise auch nicht – in zwei oder sogar drei Männer verliebt gewesen, wenn sie Cal hinzurechnete. Wie viele es letztendlich auch gewesen sein mochten: am Ende hatte sie sie alle verlassen. Wo war sie hingegangen und weshalb?

Alle paar Minuten unterbrach Samantha ihre Arbeit,

erhob sich, etwas von einer Diskette murmelnd, die sie angeblich benötigte, aus ihrem Liegestuhl und verschwand im Haus, wo sie so lange, wie sie das meinte vertreten zu können, nach dem Zettel suchte. Sie suchte in den Kleidern, die Mike am Morgen getragen hatte, sah in allen Schubladen im Gästezimmer nach, schob sogar die Hand in seine Schuhe, ob er vielleicht dort etwas versteckt hielt.

Es war bei ihrem sechsten Ausflug ins Haus, daß sie in seiner Brieftasche nachzusehen wagte, denn irgendwie schien ihr das Durchstöbern einer Brieftasche die gröbste Verletzung der menschlichen Intimsphäre zu sein. Sie zögerte eine Weile, ehe sie seine Brieftasche von der Kommode nahm und sie öffnete. Sie entdeckte darin drei Kreditkarten, alle in Gold, und zwölfhundert Dollar in bar, was sie ein wenig rascher atmen ließ, fand aber kein Verzeichnis mit Telefon- oder Kontonummern. Doch als ihr einfiel, wie spielend leicht Mike fünf- und sechsstellige Zahlen im Kopf multiplizieren konnte, fand sie das Fehlen eines solchen Verzeichnisses nicht mehr verwunderlich. Vermutlich hatte er alle Nummern, die er brauchte, im Kopf.

Als sie die Brieftasche schon wieder auf die Kommode zurücklegen wollte, erinnerte sie sich daran, daß ihr Vater, als sie noch ein Kind gewesen war, eine Brieftasche mit einem Geheimfach besessen hatte, und als sie nun Mikes Brieftasche auf ein Geheimfach hin untersuchte, wurde sie fündig und zog das Papier heraus, das darin steckte.

Fast hätte sie sich auf den Fußboden gesetzt, als dieses Papier sich als ein Foto von ihr als Schulkind entpuppte. Sie wußte sofort, daß Mike dieses Foto aus ihrem Haus in Lousville mitgenommen haben mußte. Hatte ihr Vater es ihm geschenkt? Oder hatte er es gar aus ihrem Zimmer entwendet, wo er, wie sie wußte, damals gewohnt hatte? Und weshalb bewahrte er dieses Foto in seiner Brieftasche auf?

Schuldbewußt schob sie das Foto in das Geheimfach zurück; aber als es dabei auf einen Widerstand stieß, wußte sie, daß sie den Zettel, den sie suchte, endlich entdeckt hatte.

Nelson – Paddy's Bar im
Village – Montag – acht

Blitzschnell steckte sie den Zettel wieder in das Fach und kehrte in den Garten zurück, wo sie sich in ihren Liegestuhl neben Mike niederließ. Ihre Neugierde ließ sie aber nur ein paar Mintuen lang stillsitzen, ehe sie ihn fragte, ob er die Telefonnummer vom Büro seines Vaters wisse. Ohne von der Zeitung aufzusehen, rasselte er eine sechsstellige Zahl samt Vorwahlnummer herunter.

»Die Telefonnummer deines ältesten Bruders?«

»Seine Privatnummer? Oder die seines Autotelefons? Oder seine Büronummer in Colorado? Oder seine Büronummer in New York? Oder die seines Wochenendhauses in den Bergen?«

»Alle fünf.«

Mike legte seine Zeitung in den Schoß und sah sie an. »Soll das ein Test sein?«

»Wie lautet meine Versicherungsnummer?«

Mit einem schiefen Grinsen nannte er sie ihr.

»Und kennst du auch die Nummer meines Bankkontos auswendig?«

Er hielt sich die Zeitung wieder vors Gesicht, ehe er ihr die Nummer nannte und auch die Geheimzahl, die sie eintippen mußte, wenn sie mit ihrer Kontokarte Geld aus einem Geldautomaten holen wollte. Aber er wollte ihr *nicht* verraten, wie er diese herausbekommen hatte.

»Vanessas Telefonnummer«, begehrte sie schnaubend zu wissen.

»Da bin ich überfragt. Ich weiß nicht einmal, ob ich sie mir damals überhaupt gemerkt habe.«

Er log natürlich, aber als sie wieder auf ihren Computerschirm hinuntersah, lächelte sie ein wenig.

Um drei Uhr nachmittags verließ Samantha ihren Liegestuhl, ging in die Küche und begann dort in den Schrankfächern zu kramen.

Als Mike sie in der Küche rumoren hörte, fragte er sich verwundert, was sie denn dort machte, erhob sich ebenfalls aus seinem Liegestuhl und fand Samantha in der Küche ratlos auf dem Boden sitzend, umgeben von einem halben Dutzend Töpfen.

»Überlegst du dir, was man damit anstellen könnte?« fragte er grinsend.

»Ich versuche herauszufinden, wie man ein Sidecar macht.«

»Dazu brauchst du einen Schweißapparat.«

»Ah, wie witzig«, erwiderte sie, stand vom Fußboden auf und begann, die Töpfe wieder in die Fächer einzuräumen. »Ich hoffte, du hättest eines von diesen Rezeptbüchern für Getränke.«

»Ahhh – so ein Sidecar meinst du. Möchtest du dir etwa einen Schwips antrinken?« fragte er in erwartungsvollem Ton.

»Nein. Ich will eine große Kanne mit Sidecars zubereiten und sie meiner Großmutter mitnehmen, wenn ich sie heute abend besuche.«

Bei dieser Ankündigung verschlug es Mike die Sprache. Er starrte sie sekundenlang verblüfft an, ehe er stotternd fragte: »Wa ... was meinst du damit?«

Sie hielt einen Moment im Aufräumen der Töpfe inne, um ihn anzusehen, ehe sie seine Frage, ihre Arbeit wieder aufnehmend, folgendermaßen beantwortete: »Aus irgendeinem Grund, Mike, scheinst du anzunehmen, daß ich ein wenig beschränkt bin, und du mir Dinge vorenthalten könntest, ohne daß ich das bemerken würde. Aber ich wußte vom ersten Moment an, als ich Abby sah, daß sie meine Großmutter ist. Sie sieht aus wie mein Vater, bewegt sich wie mein Vater, und zieht sogar die Mundwinkel hoch wie mein Vater, wenn sie sich über die Schwester mokiert.«

Sie neigte sich ein wenig zu ihm. »Und du *wußtest* ebenfalls, wer sie ist. Es stand dir im Gesicht geschrieben. Du warst so erschrocken, daß du zuerst kein Wort herausbringen konntest, als Abby dich etwas fragte.«

Mike nahm nun, nachdem Samantha den letzten Topf verstaut hatte, ihre Hände in die seinen und drückte sie heftig. »Ich habe es dir nicht aus dem Grund, weil ich dich für beschränkt halte, nicht gesagt, sondern weil ich . . .«

»Ich weiß«, unterbrach sie ihn und lächelte ihn an, »weil du nicht willst, daß mir etwas passiert. Weil du glaubst, es wäre gefährlich für mich, wenn ich sie besuchte.«

»Genau.«

Sie holte tief Luft. »Mike, du bist ein Glückskind. Du hast so viele Verwandte, daß du sie gar nicht alle zählen kannst. Aber meine Angehörigen sind alle tot. Maxie und ich sind die einzigen, die von meiner Familie übriggeblieben sind, und sie liegt ganz allein in diesem schrecklichen Heim, während ich hier . . . Und sie hat nicht mehr lange zu leben.«

Als sie zu zittern begann, nahm Mike sie in die Arme.

»Ruhig, Liebling. Es ist ja okay. Wir werden sie heute abend besuchen, wenn du möchtest.«

»Du mußt nicht mit mir hingehen, Mike.« Wie immer, fühlte sie sich auch jetzt sicher in Mikes Armen.

»Natürlich muß ich nicht«, erwiderte er, ihr Haar streichelnd. »Ich werde dich allein gehen lassen, damit du irgendwo in einer Drehtür hängenbleibst.«

Lächelnd blickte sie zu ihm auf. »Ich hoffte, du würdest

mitkommen. Und jetzt verrate mir bitte«, sagte sie geschäftig, ihn von sich wegschiebend, »wie man Sidecars macht.«

»Samantha, du kannst ihr doch unmöglich Schnaps ins Pflegeheim mitbringen. Es widerstrebt mir zwar, dich daran zu erinnern, aber sie ist eine sehr kranke alte Dame. Ich glaube nicht, daß ihr Arzt ihr erlauben wird . . .«

Sie legte ihm rasch den Finger auf die Lippen. »Mein Großvater Cal pflegte zu sagen: Was kann einem denn noch schaden, wenn man weiß, daß man stirbt? Er hatte mit fünfzig aufgehört zu rauchen, aber an dem Tag, an dem sein Arzt ihm sagte, daß er nur noch wenige Wochen zu leben habe, kaufte er sich eine große Kiste sehr teurer Zigarren und rauchte täglich eine davon, bis er starb. Mein Vater gab ihm die Kiste mit den restlichen noch ungerauchten Zigarren mit ins Grab.«

Mike konnte sie nur anstarren. Sie hatte Dinge erlebt, an die er nicht einmal zu denken wagte. Sie war in einer Atmosphäre des Todes aufgewachsen, umgeben von sterbenden Menschen, und ihr Vater hatte von ihr, als sie noch ein Kind war, verlangt, in einem Haus mit verdunkelten Fenstern zu leben.

Ohne ein Wort zu sagen, griff er in das oberste Schrankfach und holte ein kleines gelbes Buch herunter, das sich als Sammlung von Cocktailrezepten entpuppte. »Laß mal sehen. Zu einem Sidecar braucht man Cointreau, Zitronensaft und Cognac. Ich denke, das haben wir alles reichlich im Haus.«

»Oh, Mike, ich liebe dich«, rief Samantha lachend und wurde dann ganz verlegen, weil sie das gesagt hatte.

Er blickte nicht von seinem Rezeptbuch auf. »Das möchte ich auch hoffen«, meinte er leichthin, als hätte das, was sie soeben gesagt hatte, keinerlei Bedeutung für ihn. Doch sein Hals schien sich ein bißchen dunkler zu färben, so, als wäre ihm das Blut ins Gesicht geschossen.

Samantha holte Zitronen aus dem Kühlschrank und suchte mit einem Wortschwall von ihrer Verlegenheit abzulenken: »Ich hoffe doch, daß uns das Pflegeheim keine Schwierigkeiten machen und uns erlauben wird, so lange wie möglich bei ihr zu bleiben. Weißt du, was ich machen möchte, Mike? Ich habe oben einen großen Karton mit Fotoalben und losen Fotos von meinem Vater, meiner Mutter, Großvater Cal und mir. Die möchte ich ihr zeigen. Die meisten davon wurden aufgenommen, nachdem Maxie uns verlassen hatte. Du meine Güte – Mike ich darf meine Großmutter ja nicht einmal mit ihrem richtigen Namen anreden, nicht wahr? Wie soll ich sie denn nur nennen, Mike?«

»Abby«, erwiderte Mike. »Solange sie nicht möchte, daß du erfährst, wer sie wirklich ist, solltest du sie mit Abby anreden. Und du darfst dir nicht anmerken lassen, daß du längst weißt, wer sie in Wirklichkeit ist. Die arme Frau denkt wahrscheinlich, sie müsse dir ihre wahre Identität verschweigen, weil sie sonst dein Leben gefährden würde und . . .«

Er hielt inne und starrte Sam an.

»Samantha«, er war plötzlich wieder ernst, »von Anfang an war es deine Absicht – oder vielmehr die Absicht deines Vaters –, herauszufinden, was aus deiner Großmutter geworden ist. Dieses Ziel hast du inzwischen erreicht. Du weißt, daß sie sich in einem Pflegeheim befindet und dort an Schläuchen und Apparaten hängt. Wenn du das schon gestern abend gewußt hast, warum sind wir dann heute morgen zu Jubilee gefahren, um uns bei ihm über Maxie zu erkundigen?«

»Ich weiß, wo sich Maxie befindet, aber nicht, *warum* sie dort ist«, erwiderte sie leise.

Mike stöhnte. »Samantha, ich bitte dich ...«

Sie wußte, daß es ihm keinesfalls recht war, wenn sie ihre Nachforschungen fortsetzte, aber je mehr sie über Doc und Maxie und Michael Ransome und Jubilee und wen es da sonst noch alles gab, erfuhr, um so mehr verlangte es sie danach, herauszufinden, was denn in jener Frühlingsnacht des Jahres 1928 *wirklich* passiert war. Die Zeit, als sie noch voller Haß an ihre Großmutter gedacht hatte, weil sie ihre Familie scheinbar grundlos verlassen und ihr großes Leid zugefügt hatte, lag erst ein paar Wochen zurück. Doch nun hatte sie ihre Großmutter wiedergefunden und die Tränen in ihren Augen gesehen, als sie, Sam, ihren Großvater Cal erwähnte, und da hatte sie, Sam, sofort erkannt, daß ihre Großmutter Maxie Großvater Cal sehr, sehr geliebt haben mußte. Und was noch wichtiger war: Maxie liebte sie, ihre Enkelin. Den Beweis dafür hatte sie ihr mit ihrer Reaktion geliefert, als Mike erzählte, daß jemand versucht hatte, ihre Enkelin umzubringen.

»Ich wünschte, ich wüßte, was meine Großmutter gerne ißt«, sagte Samantha. »Ich wünschte, ich könnte ihr einen Schokoladenkuchen oder so etwas Ähnliches mitbringen – etwas, das sie wirklich mag und was ihr nicht schadet und was sie ganz bestimmt nicht in diesem schrecklichen Heim bekommt.«

Da legte ihr Mike die Hände auf die Schultern und blickte ihr ernst in die Augen.

»Kann ich denn gar nichts sagen, was dich davon abhalten kann? Wenn ich dich nun darauf hinweise, daß der Mann, der dich umbringen wollte, dieses Haus und dich noch immer beobachten könnte? Und daß du dann damit rechnen mußt, daß er dich bis zu dem Pflegeheim verfolgt? Glaubst du, daß deine Großmutter noch kräftig genug wäre, so ein Attentat, wie du es erlebt hast, heil zu überstehen?«

Samantha hatte auch daran schon gedacht und das Für und Wider gegeneinander abgewogen. »Wie lange, glaubst du, hat sie noch zu leben?«

»Als ich das erstemal Kontakt mit ihr aufnahm«, antwortete Mike, er es für unverantwortlich hielt, ihr in diesem Punkt die Wahrheit zu verschweigen, »sagte mir ihr Arzt, er gäbe ihr höchstens noch drei Monate.«

Samantha holte tief Luft. »Wenn du Maxie wärest, viele, viele Jahre allein gelebt hättest und nun die Chance bekämst, ein paar Wochen mit jemandem zusammen sein zu können, den du liebst – würdest du das riskieren?«

Er wollte Sam darauf hinweisen, daß man aus der Tatsache, daß Maxie vor siebenundzwanzig Jahren ihre Familie in Louisville verlassen hatte, nicht unbedingt folgern könne, sie habe seither immer allein gelebt – aber er sagte ihr das nicht. Vielmehr fragte er sich jetzt, als er daran dachte, in was für einem scheußlichen Heim Maxie untergebracht war, ob Samantha mit ihrer Vermutung nicht recht haben könne und Maxie *tatsächlich* all die Jahre über allein gelebt hatte. Sie konnte doch ihre Familie aus Angst vor Entdeckung verlassen haben, und dann machte es wenig Sinn, wenn sie an einem anderen Ort durch rege Anteilnahme am gesellschaftlichen Leben Aufsehen erregte – oder etwa nicht?

»Sollten sich unter diesen Aufnahmen auch irgendwelche Nacktfotos von dir befinden?« fragte er.

Lachend bewegte sie sich von ihm fort. »Ja – im Alter von achtzehn Monaten auf einem Eisbärenfell.«

»Hm, wie wäre es mit einem auf dem du achtzehn Jahre alt bist – noch immer jung, aber schon heiratsfähig?«

»Was soll das heißen? Daß ich jetzt nicht mehr jung bin?«

Mike zuckte mit den Achseln. »Jung im Körper, alt im Geist. He! Meinst du, daß Maxie gern Kaviar essen würde? Wir könnten an der Russischen Teestube anhalten und Blinis kaufen.«

Samantha war mit ihren Gedanken noch immer bei dem jungen Körper, in dem ein alter Geist wohnte. »Ich könnte mir vorstellen«, erwiderte sie, »daß sie Kaviar mag. Es hört sich zumindest gut an. Ich hoffe nur, daß uns das Heim nicht zu große Schwierigkeiten machen wird.«

In diesem Moment kam Mike, wie er hoffte, eine gute Idee. »Überlaß das Heim nur mir«, sagte er. »Ich werde dafür sorgen, daß man sie essen läßt, was immer sie will, und daß man sie in Zukunft nur noch gut behandeln wird.«

22

Es war fast sechs, als sie am Pflegeheim ankamen. Samantha trug ihr rotes Valentino-Kostüm, dazu hochhakkige Manolo-Blahnik-Schuhe und eine rote Chanel-Handtasche. Seit sie wußte, wieviel ihre neuen Sachen gekostet hatten, hatte sie fast Angst, diese zu tragen oder mit ihnen in eines dieser schmutzigen New Yorker Taxis steigen. Deshalb fragte sie Mike hoffnungsvoll, ob er vielleicht bereit wäre, wieder einen Privatwagen zu mieten; aber er sagte, nein, dazu wäre er nicht bereit.

Und weil er das gesagt hatte, war sie nicht auf diese lange schwarze Limousine vorbereitet, die vor Mikes Haus vorfuhr. Ihr stand noch immer vor Staunen der Mund offen, als der uniformierte Chauffeur ausstieg und sie in ihm Mikes Vetter Raine Montgomery erkannte.

»Guten Abend, Miss Elliot«, sagte Raine höflich und tippte mit dem Finger an den Schirm seiner Chauffeursmütze.

»Hast du die Blinis besorgt?« fragte Mike, den Arm so

fest um Samanthas Taille legend, als hielte er Raine für einen Piraten, der sie zu entführen gedachte.

»Jawohl, Sir!« erwiderte Raine und knallte die Hacken zusammen. Dann eilte er ihnen voraus die Vortreppe hinunter und riß den hinteren Wagenschlag für sie auf. »Bist du sicher, daß du mit diesem Ding auch richtig umgehen kannst?« fragte Mike seinen Vetter, offensichtlich an dessen Fahrkünsten zweifelnd. »Frank bringt uns beide um, wenn du auch nur einen Kratzer in den Lack machst.«

»Wer ist Frank?« erkundigte sich Samantha beim Einsteigen.

»Mein ältester Bruder.«

Als Samantha im Wagen Platz genommen hatte, bemühte sie sich, still dazusitzen und ein gutes Benehmen zu zeigen; denn Frauen, die Modellkleider trugen, waren natürlich an Luxuslimousinen gewöhnt und krochen nicht in alle Ecken, um sie sich genau anzusehen. Doch Mike lachte und sagte: »Tu dir keinen Zwang an. Frank hätte sicherlich nichts dagegen.«

Da öffnete sie kleine Türen, schaute in Fächer, schaltete den Fernseher ein und wieder ab, und Mike faxte nach Colorado und erhielt ein Fernschreiben von seinem Großvater mit der Anfrage: »Michael, mein Junge, wann lernen wir Deine Samantha kennen?«

Sam sah Mike mit großen fragenden Augen an, die um eine Erklärung baten, was denn seine Familie von ihr wisse; doch Mike zuckte nur mit den Achseln.

Nach einer Weile lehnte sie sich ins Polster zurück und schaute nachdenklich Raine beim Chauffieren zu, der den Wagen geschickt durch den Verkehr lenkte. Sie hatte das Gefühl, daß sie Mike allmählich besser kennenlernte und auch einen kleinen Einblick gewonnen hatte in die Art, wie seine Familie funktionierte. »Wenn er das für dich tut – was wirst du dann für *ihn* tun?«

»Einen Blick in sein Portefeuille werfen.«

»In seinen Wertpapierbestand? Warum würde er *dich* darum bitten wollen?« Sie wollte mehr über Mike wissen, denn sie hatte inzwischen festgestellt, daß er es ausgezeichnet verstand, möglichst wenig von sich selbst zu verraten.

»Weil keiner von den Montgomerys etwas von Mathematik versteht.« Und mit einem kleinen neidischen Unterton setzte er hinzu: »Sie verstehen sich gut auf Worte, aber miserabel auf Zahlen.«

»Du hast meine Frage noch immer nicht beantwortet: Warum würde er ausgerechnet *dich* bitten, dir seine Wertpapiere anzuschauen?«

»Weil ich gut bin auf diesem Gebiet, deswegen«, erwiderte er, und Sam wußte, daß das im Grunde gar keine Antwort war.

Als sie vor dem Pflegeheim anlangten, wollte Mike sie nicht aussteigen lassen, sondern verlangte, daß sie zehn Minuten im Wagen sitzen bleiben soll. »Ich möchte, daß sie uns alle sehen«, sagte er und blickte zum Heim hinüber. Aber durch die getönten Scheiben konnte man die Gesichter nicht erkennen, die sich an den Fenstern des Pflegeheims die Nasen plattdrückten.

Nach Ablauf dieser zehn Minuten öffnete Raine den Wagenschlag für sie, und Samantha entstieg so königlich, wie sie sich fühlte, der Luxuslimousine und ging den beiden Männern voraus zum Eingang des Pflegeheims. Mike trug seinen schönen italienischen Anzug, und Raine in seiner Chauffeursuniform, beide Arme schwer beladen, sah aus wie die gelangweilte Erfüllung des Wunschtraums reicher Mädchen. Als sie den Empfang erreichten, hatte sich jeder einigermaßen mobile Insasse des Heims in der Vorhalle eingefunden, um die drei in Augenschein zu nehmen. Vier Frauen und zwei Männer waren an fahrbahre Galgen mit Infusionsflaschen und Schläuchen angeschlossen, und eine Frau war auf einem Rollbett von zwei anderen Frauen in die Halle geschoben worden.

Samanthas Arm festhaltend, trat Mike nun an den mit Hartplastik verkleideten Schalter des Empfangs und sah auf die farblose Schwester hinunter, die dahintersaß. Sie war offensichtlich die hier Aufsicht führende Person und trug diesen Status so vor sich her, als stünde es auf einem Brett vor ihrer Stirn geschrieben.

»Wir sind hier, um Ihre Königliche . . .«, begann Mike, und als er Samanthas schockiertes Gesicht sah, tätschelte er ihren Arm. »Verzeihung, meine Liebe – ich weiß, daß ich ständig vergesse, daß sie ihr Inkognito nicht gelüftet haben möchte. Welchen Namen verwendet sie jetzt?«

Samantha blickte ihn groß an.

»Abby? fragte Mike. »Ist das der Name, den Ihre Königliche . . .? Ach, du lieber Himmel! Fast hätte ich den gleichen Fehler zweimal gemacht! Die Prinzessin wird es mir nie verzeihen, wenn ich ihr Geheimnis preisgäbe.« Sich über das Empfangspult lehnend, warf er der häßlichen Schwester einen so verliebten Blick zu, daß Samantha ihm gern eine Ohrfeige gegeben hätte. »Aber ich bin sicher, daß Sie ja bereits alles über – äh – Abby wissen, nicht wahr?«

Die Schwester errötete wie ein kleines Mädchen, aber die Wirkung wurde erheblich beeinträchtigt durch die Haare, die sich nun auf ihrem Kinn senkrecht aufstellten. »Natürlich. Wir wissen Bescheid über die – äh – Prinzessin.«

»Und Sie versorgen sie auch gut, nicht wahr? Sie müssen natürlich keinen Hofknicks vor ihr machen – sie *haßt* solche protokollarischen Förmlichkeiten. Wenn man unter knicksenden Ammen, Kinderschwestern und

Gouvernanten aufgewachsen ist, muß einem so etwas ja über werden. Sie verstehen mich doch, nicht wahr? Aber . . .«

»Was ist eigentlich aus diesem Saphirarmband geworden, daß sie ihrer letzten Schwester geschenkt hat?« erkundigte sich Samantha. Dieses Spiel konnte auch zu zweit gespielt werden. »Erinnern Sie sich noch an die Schwester, die so nett zu ihr war?« Sich nach vorn beugend, lächelte sie der Schwester vertraulich zu, als ob das, was sie jetzt sagte, ein Geheimnis zwischen ihnen beiden bleiben müsse. Aber das, was sie nun der Schwester anvertraute, sagte sie so laut, daß man es bis zum anderen Ende des Korridors hören konnte: »Ihre Großzügigkeit wird noch mal der Ruin der Familie sein. Wenn sie versucht, ihren Schmuck an das Pflegepersonal zu verschenken, werden Sie uns doch benachrichtigen, nicht wahr?«

»Wie . . . wa . . . aber natürlich werde ich das«, erwiderte die Schwester.

»Können wir sie jetzt sehen?« fragte Mike. »Ungestört?«

»Ja, gewiß doch. Aus dem Weg, Sie da!« herrschte sie dann einen Mann im Rollstuhl an.

Mit all der Geschicklichkeit eines erfahrenen Portiers öffnete die Schwester die Tür zu Maxies/Abbys Zimmer und schloß sie wieder hinter den beiden.

Abby, die im Halbschlaf vor sich hindämmerte, sah hoch und hatte einen Moment lang Mühe, die beiden zu erkennen. »Ich . . . ich habe nicht erwartet, Sie beide wiederzusehen«, sagte sie dann.

Samantha hatte die Fotos in die Hutschachtel umgeladen, die Maxies Kleid enthalten hatte, und trat, die Schachtel fest in der Hand, ans Bett. »Ich bin gekommen, um Sie um einen Gefallen zu bitten«, begann sie energisch. »Sie sind meines Wissens die einzige noch lebende

Person auf der Welt, die meine Großmutter näher gekannt hat, und deshalb möchte ich Sie fragen, ob es Ihnen etwas ausmachen würde, mit mir ein paar alte Fotos anzusehen.«

»Fotos?«

»Von meiner Familie. Ich weiß, daß das eine schreckliche Zumutung für sie ist, aber ich dachte mir, daß Sie mir vielleicht einiges zu den Bildern sagen könnten. Ich weiß zwar nicht, was, aber vielleicht hat meine Großmutter Ihnen etwas von sich erzählt.«

»Warum wollen Sie denn etwas über sie wissen?«

»Weil ich sie liebe«, erwiderte Samantha schlicht. »Und ich denke, sie würde mich ebenfalls geliebt haben, wenn wir uns gekannt hätten. Jubilee sagte, wir wären uns sehr ähnlich.«

»Sie haben mit Jubilee gesprochen?«

Mike kam nun ebenfalls ans Bett und stellte den großen Picknick-Korb auf den Bettrand. »Samantha steckt doch ihre Nase in alles. Heute morgen hat sie sogar durch das offene Fenster Ornette, Jubilees Enkel, zugschrien, daß . . .«

»Ornette ist Jubilees Urenkel«, unterbrach Abby ihn und schnitt dann eine kleine Grimasse, die besagte, daß sie lieber ihren Mund hätte halten sollen. Um rasch von ihrem Patzer abzulenken, fragte sie: »Was haben Sie denn in diesem Korb, junger Mann?«

»Sidecars«, antwortete Mike und hob eine große von Edelstahl ummantelte Thermosflasche aus dem Korb. »Und russische Kaviar-Blinis.«

Einen Moment sah Abby so aus, als wollte sie weinen vor Glück und Bedauern – denn sie wußte sehr genau, daß Samantha eigentlich nicht hier sein durfte. »Ihr beiden seid Narren, wißt ihr das?« sagte sie leise, an Michael gewandt.

»Ja, Madam, ich weiß das sehr wohl. Aber Samantha ist, soweit das jemand zu beurteilen vermag, genau wie ihre Großmutter – keß, wie Jubilee sie nannte. Sie wollte Ihnen unbedingt diese Fotos zeigen, und deshalb sind wir hier. Sie hatte so eine Ahnung, daß ihre Großmutter, wenn sie noch am Leben wäre, diese Fotos gern gesehen hätte, um sich ein Bild davon machen zu können, was ihr alles, nachdem sie ihre Familie verlassen hatte, entgangen ist. Daß sie gern ihren Sohn und ihre Schwiegertochter und ihre Enkelin in ihren Entwicklungsphasen zur kessen Frau gesehen hätte, und auch ihren Mann, wie er älter wurde. Meinen Sie, Maxie würde das gern gesehen haben?«

»Ja«, antwortete Abby leise. »Das würde sie.«

»Oh, Himmel!« rief Samantha, »man könnte fast glauben, wir wären hier auf einer Beerdigung. Aber wir feiern eine *Party*! Michael, schenk uns was zu trinken ein und fülle diese Blinis mit Kaviar. Und . . .« Sie zögerte. »Ich weiß nicht, wie ich Sie nennen darf. Wenn Maxie noch am Leben wäre, wie, glauben Sie, hätte sie gewollt, daß ich sie nenne?«

»Nana«, erwiderte Abby prompt. »Ich glaube, sie sagte mir, sie hätte gern gewollt, daß ihre Enkelin sie Nana nennt.«

»Hätten Sie etwas dagegen, wenn ich *Sie* Nana nennen würde?«

»Ich hätte nicht das geringste dagegen einzuwenden. Nun – wo bleibt mein Drink? Ich habe schon seit Jahren keinen Sidecar mehr getrunken.«

Samantha setzte sich nun neben Abby aufs Bett, stellte die Hutschachtel mit den Fotos auf ihre Knie und öffnete sie, während Mike sich daran machte, die hauchdünnen Blinis mit saurer Sahne und rotem Kaviar zu füllen. Dann reichte er den beiden Frauen zwei Kristallgläser, die bis zum Rand mit dem Cocktail gefüllt waren.

Nach einer halben Stunde waren sich alle drei sehr nahe gekommen. Schon nach dem ersten Cocktail wurde Abby unglaublich nachlässig, was ihre Tarnung betraf. Statt zu sagen, daß Maxie dieses oder jenes Foto sicher gut gefallen hätte, verfiel sie immer häufiger in die erste Person und sagte solche Sachen wie: »Ja, daran kann ich mich erinnern. Wir bewahrten den Rasenmäher immer in dem alten Schuppen auf. Hat Cal denn nie daran gedacht, ihn abzureißen?«

Mike neckte Samantha unbarmherzig mit den Fotos aus ihrer Kinderzeit und fand eines, auf dem Samantha wütend mit dem Fuß aufstampfte, weil sie offenbar nicht fotografiert werden wollte, besonders treffend. Abby verteidigte Samantha und sagte, sie sei das netteste und süßeste Baby gewesen, das man sich vorstellen könne. Worauf Mike, der Abby gerade das Glas nachfüllte, im Ton abgrundtiefen Bedauerns meinte, das wäre sie wohl heute noch.

»Michael!« schnaubte Samantha.

Da ergriff Abby abermals für Samantha Partei: »Wollen Sie etwa damit sagen, daß es einem so kräftigen und gesunden jungen Mann, wie Sie das offenbar sind, noch nicht gelungen ist, dieses schmächtige Ding dazu zu überreden, mit Ihnen ins Bett zu gehen?«

Diese voller Entrüstung gesprochenen Worte aus dem Mund einer vierundachtzigjährigen Frau zu hören war so komisch, daß Sam und Mike schallend lachten.

»Warum glaubt eigentlich jede Generation, daß sie den Sex erfunden hat?« fragte Abby, die Beleidigte spielend.

»Warum erzählen Sie uns denn nicht etwas von dem Sex *Ihrer* Generation?« meinte Mike, sie dazu ermunternd. »Da hätte ich doch wenigstens *jemanden*, an dem man sich ein Beispiel nehmen könnte.«

»Von mir werden sie keinen Nachhilfeunterricht bekommen, Michael Taggert. Da müssen Sie schon ihre eigenen Erfahrungen machen.«

Der Abend wurde noch lustiger, als Samantha, wie versprochen, den beiden Nacktfotos von sich auf dem Eisbärenfell zeigte. Abby und Sam kicherten laut, als Mike sich, aus tiefsten Herzen stöhnend, darüber beklagte, daß Samanthas Pinup-Fotos so ein winziges Format hätten.

Als Raine ins Zimmer kam, wußte Samantha, daß die Party vorbei war, und Abby wußte es ebenfalls. Da klammerten sie sich ein paar Sekunden lang aneinander – Samanthas kräftiger, gesunder Körper an den hinfälligen, zunehmend schwächer werdenden Körper ihrer Großmutter geschmiegt.

»Komm nicht mehr hierher«, flüsterte Abby. »Ich glaube, das wäre zu gefährlich für dich.«

Sie aus den Armen ihrer Großmutter lösend, tat Samantha so, als hätte sie das nicht gehört. »Aber natürlich komme ich wieder. Danke für die Einladung! Michael, bist du soweit?« Und dann verließ sie das Zimmer, ohne sich noch einmal umzuschauen. Deshalb sah sie auch nicht, wie Mike Abby auf die Wange küßte und ihr einen Zettel zusteckte mit seiner Telefonnummer und den Privatnummern einiger seiner Familienmitglieder.

Auf der Rückfahrt nach East Side war Samantha sehr schweigsam.

»Hat es dir gefallen?« fragte Mike.

»Hmmm«, war alles, was sie darauf antwortete.

»Bist du okay?«

»Natürlich bin ich okay. Mir könnte es gar nicht besser gehen. Es war ein wunderbarer Abend, den wir mit meiner Großmutter verbracht haben. Ich bin nur ein bißchen müde. Das ist alles. Ich denke, ich werde heute zeitig zu Bett gehen.«

Danach schwiegen sie beide, und als der Wagen vor

Mikes Haus hielt, ging Samantha sofort hinein, während Mike noch eine Weile mit Raine draußen auf der Vortreppe sprach. Als er dann ebenfalls ins Haus ging, war von Samantha nichts mehr zu sehen, und deshalb nahm er an, daß sie bereits zu Bett gegangen war. Er selbst war noch zu aufgewühlt von den Ereignissen dieses Abends, als daß er hätte schlafen können, und deshalb machte er sich ein Sandwich, holte eine Dose Bier aus dem Kühlschrank, nahm beides mit in die Bibliothek und schaltete dort den Fernseher ein.

Samantha kam so leise ins Zimmer, daß er sie erst bemerkte, als sie schon fast vor ihm stand. Mit ihrem glänzenden, frisch gewaschenen Gesicht, eingehüllt in seinen Bademantel, sah sie aus wie ein Kind von zwölf oder dreizehn Jahren. Er konnte ihr ansehen, daß sie etwas auf dem Herzen hatte, schaltete sofort den Fernseher aus und blickte sie fragend an.

Samantha setzte sich vorsichtig, zwei gute Armlängen von ihm entfernt, auf den Rand des Sofas.

»Mike«, begann sie schüchtern, auf ihre Hände in ihrem Schoß hinuntersehend, »ich wollte dich um etwas bitten.«

»Ja, bitte?«

Ihre Hände zusammenpressend, um sie stillzuhalten, sagte sie: »Ich sehe mir hier das Haus an und die Einrichtung, und ich weiß, daß das alles sehr teuer war, und ich weiß auch, daß du die Rechnungen für meine neuen Kleider bezahlt und zu meiner Großmutter gesagt hast, dein Großvater wäre ein vermögender Mann und du könntest eine zweite Person ernähren.« Nach diesem Satz, den sie ohne Punkt und Komma heruntergehaspelt hatte, holte sie tief Luft und versuchte ihr wild pochendes Herz ein wenig zu beruhigen; denn es war ihr mehr als peinlich, einen Mann, der ihr schon mehr gegeben hatte, als . . . als nötig gewesen wäre, um noch etwas zu bitten.

»Mike, hast du etwas Geld? Ich meine, genug, um etwas davon entbehren zu können?« Sie blickte ihn mit flehenden und zugleich um Entschuldigung bittenden Augen an.

»Ja«, sagte Mike nach einer kurzen Pause, sich auf diese kurze Antwort beschränkend. Ihm gefiel der Gedanke, daß sie über seine finanziellen Verhältnisse nicht Bescheid wußte. Frauen hatten oft seines Geldes wegen seine Bekanntschaft gesucht, und einige waren sogar soweit gegangen, ihm zu sagen, daß sie ihn liebten, obwohl sie damit eigentlich weniger ihn als sein Geld meinten.

»Ich möchte dich um einen persönlichen Gefallen bitten. Kannst du mir etwas Geld leihen? Ein paar tausend Dollar? Allerhöchstens zehntausend? Ich werde es dir zurückzahlen, sobald ich kann.«

Er versuchte, nicht die Stirn zu runzeln. »Du kannst über das, was ich habe, verfügen. Darf ich fragen, wofür du das Geld brauchst?«

»Ich möchte ein paar Möbel kaufen.«

»Für deine Wohnung?« Die Worte kamen ihm schärfer über die Lippen, als er das beabsichtigt hatte; denn er mußte daran denken, daß er bereits Jeanne gebeten hatte, Sams Apartment neu einzurichten.

»Nein, natürlich nicht!« erwiderte Samantha gereizt. Wie konnte er sie nur für so eine leichtfertige und undankbare Person halten, daß sie ihn, der ihr schon so viel gegeben hatte, um etwas bitten würde, was sie gar nicht brauchte? »Es ist nicht für mich – es ist für meine Großmutter. Ich möchte dieses scheußliche Zimmer, in dem sie liegt, für sie schön machen, ein paar Bilder für die Wände kaufen – nette Bilder –, einen bequemen Sessel und noch ein paar andere Sachen. Und ich möchte, daß das alles von guter Qualität ist, von sehr guter; denn meine Großmutter war daran gewöhnt gewesen, Modellkleider von

Lanvin zu tragen und echte Diamanten und Perlen.« Samantha hielt einen Moment inne und sagte dann ganz leise: »Vielleicht könnten wir die Möbel auch mieten. Sie wird sie ja nicht mehr lange brauchen.«

Da legte Mike seine Hände auf ihre Schultern und gab ihr einen schallenden Kuß auf den Mund – einen Kuß, der ihr sagte, wie stolz er auf sie war. »Wir werden kaufen, was du möchtest. Gleich morgen werden wir ein paar Antiquitätengeschäfte besuchen, wo man meine Schwester kennt.«

»Michael«, flüsterte sie, seinem Blick ausweichend. »Ich habe solche Angst. Ich will keinen Menschen, den ich liebe, mehr sterben sehen.«

Er hob ihr Kinn und sah sie an, als wollte er sie fragen, was er ihr denn noch geben könne. Und als wüßte er die Antwort, öffnete er die Arme für sie, nicht aus Verlangen nach ihr, sondern in dem Bedürfnis, sie zu trösten und ihr beizustehen – vielleicht auch aus Liebe.

Ohne erst nachzudenken, glitt sie auf seinen Schoß und schmiegte sich, die Knie an die Brust ziehend, an ihn, während seine starken Arme sich um sie legten, um ihr nicht nur ein Gefühl der Geborgenheit zu geben, sondern ihr auch bewußt zu machen, daß er voller Lebenskraft war. Sie konnte seinen Herzschlag unter ihrer Wange spüren, und als sie sich noch fester an ihn lehnte, meinte sie sogar das Blut in seinen Adern rauschen zu hören.

»Halt mich fest, Michael«, flüsterte sie. »Halt mich ganz fest. Laß mich deine Kraft spüren, deine ... Gesundheit.« Es war erschütternd, wie aufgewühlt sie war.

Er drückte sie so fest an sich, wie er konnte, ohne ihr weh zu tun. In Gedanken sah er, was sie jetzt vor sich sehen mußte; ihren Großvater, wie er langsam dahinsiechte; dann ihren Vater, der von der gleichen Krankheit dahingerafft wurde. Nun hatte sie ihren letzten Blutsverwandten auf dieser Erde wiedergefunden, der ebenso in ihren Armen sterben würde, wie früher ihr Großvater und ihr Vater. Mike spürte noch immer die welke, fast leblose Haut dieser Frau auf seinen Lippen, sah diese schon fast graue Blässe auf ihrer Stirn. Der Todesengel schwebte über Maxie, streckte bereits die Hand nach ihr aus, um sie von dieser Welt wegzuholen – und von Samantha.

Obwohl Michael Samantha ganz fest in seinen Armen hielt, begann sie zu zittern.

»Sam!« rief Mike erschrocken, aber seine Stimme hatte keine Wirkung auf sie. Ihr Zittern nahm an Stärke zu, und deshalb nahm er seine Hand und hielt sie ihr vors Gesicht. »Schau meine Hand an. Hörst du? Schau sie dir an!«

Langsam hob sie den Kopf. Sie zitterte jetzt so heftig, daß ihre Zähne aufeinanderschlugen. Sie wußte nicht, was Mike mit seiner Aufforderung bezweckte, als sie gehorsam auf seine Hand sah.

»Da«, sagte er, ihr seine Hand ganz dicht vor das Gesicht haltend, »siehst du, wie kräftig und gesund sie ist? Und wie lebendig?«

Seine Hand *war* kräftig. Es war eine junge, durch jahrelanges Training sehr starke Hand. Zu Mikes Verwunderung drückte sie nun das Gesicht dagegen, berührte die Innenfläche mit den Lippen und atmete ganz tief, als gäbe ihr erst der Geruch dieser Hand die Gewißheit, daß sie tatsächlich lebendig war und es auch bleiben würde. Dann drehte sie das Gesicht zur Seite, schmiegte ihre Wange in seine Hand, schloß die Augen und lehnte ihren Kopf an seine Brust, seinem Herzschlag lauschend, während Mike sie still in seinen Armen hielt.

Als er ihren Rücken zu streicheln begann, wünschte er sich, daß er ihr helfen könnte – wünschte sich, daß er ihr einen Teil ihres Schmerzes abnehmen und aufhalten könnte, was, wie sie beide wußten, nicht aufzuhalten war.

Denn alles Geld und alle Liebe dieser Welt konnten den Tod eines Menschen nicht verhindern.

*

Als Samantha in seinen Armen eingeschlafen war, hielt Mike sie noch fest, um ihre Ruhe nicht zu stören und das Gefühl ihres warmen kleinen Körpers an seiner Brust zu genießen.

Manchmal, wenn er daran dachte, wie sehr er sie liebte, war ein fast körperlicher Schmerz in ihm. Er war an dem Punkt angelangt, wo er es kaum noch ertragen konnte, nicht ständig in ihrer Nähe zu sein, so als fürchtete er, es könnte ihm ein Lächeln, ein Stirnrunzeln von ihr entgehen. Er hätte unmöglich die Freude beschreiben können, die er empfand, als er sah, wie sie täglich mehr aufblühte und sich aus einem kleinen ängstlichen Mädchen in eine selbstbewußte Frau verwandelte, die Ornette zornig etwas durch ein offenes Fenster zurief. Und wie sehr er es genoß, ihr zuzuschauen, wenn sie anderen Menschen eine Freude machte – wie sie zum Beispiel Jubilee auf die Wange küßte, Daphne ihre Freundschaft anbot oder Maxie in ihre Arme nahm.

Doch zugleich erschreckte es ihn zutiefst, wenn sie sich nicht davon abbringen ließ, den Kontakt zu Bekannten aus Maxies jungen Jahren zu suchen, weil sie unbedingt wissen wollte, was damals passiert war. Nun wünschte er sich, daß er nie etwas von Doc oder Dave Elliot gehört hätte. Aber dann hätte er auch Samantha niemals kennengelernt.

Im Schlaf lag sie ganz entspannt in seinen Armen und hatte absolutes Vertrauen zu ihm. Es war dieses Vertrauen, das Mike allmählich in den Wahnsinn trieb. Er konnte einfach nicht begreifen, warum sie nicht mit ihm schlafen wollte. Er hatte alles versucht, um die Ursache herauszufinden – sie gefragt, ihre Vergangenheit mit der Lupe untersucht, sie gebeten, mit ihm darüber zu reden. Wenn er sich überlegte, wie sie auf seine Berührungen reagierte, mußte er fast annehmen, daß sie als Kind vergewaltigt wurde oder ein ähnlich traumatisches Erlebnis dazu geführt hatte, daß sie sich nun von einem Mann nicht mehr anfassen ließ.

Aber Samantha erlaubte ihm ja, sie anzufassen. Und wie sie ihm das erlaubte! Händchen haltend, Küßchen gebend, sich an ihn lehnend oder schmiegend – sie schien ihn fast den ganzen Tag über berühren zu wollen. Er war davon überzeugt, daß sie, wenn es nach ihr gegangen wäre, sogar jede Nacht in seinen Armen in seinem Bett geschlafen hätte, ohne mit ihm schlafen zu wollen.

Und dabei träumte er nur noch davon, wie er sie in seinen Armen hielt und liebte. Aber noch mehr beschäftigte ihn der Gedanke, wie er sie denn davon überzeugen konnte, daß Sex nicht etwas so Schlimmes war, wie sie das offenbar glaubte. Er dachte daran, sie so lange zu küssen, bis sie schwach wurde und sich nicht mehr dagegen sträubte, wenn er dreister wurde. Aber Samantha schien seine Gedanken lesen zu können, denn jedesmal, wenn es für sie »gefährlich« zu werden drohte, schob sie ihn von sich weg.

Nun spürte er, daß er mit seiner Geduld fast am Ende war. Er hatte allmählich das Gefühl, daß sie seine Liebe niemals erwidern würde. Aus den Gesprächen mit ihrem Vater und aus den Erzählungen von Samantha wußte er, daß ihr Ex-Mann ein ganz anderer Mensch gewesen war als er. Vielleicht war es das, was sie brauchte – einen anderen Typ von Mann. Vielleicht sprach sie nur auf solche Männer wie ihren Ex-Gatten an und nicht auf solche wie ihn. Vielleicht brauchte sie fürs Bett einen Buchhalter – ordentlich, penibel, pedantisch und . . . langweilig.

Vielleicht, dachte er, und bei diesem Gedanken wollte es ihm fast übel werden, sah sie in ihm einen Freund. Zuweilen hatten Frauen solche komischen Vorstellungen, daß ein sexuell gesunder, normaler Mann zu einer Frau eine platonische Beziehung ohne sexuelle Komplikationen haben könne. Vielleicht dachte sie an eine solche platonische Beziehung und meinte, sie könnten oder sollten auch weiterhin – wie in einer Wohngemeinschaft – einträchtig unter einem Dach leben.

Beide Theorien schienen jedoch eine Menge Löcher zu haben. Warum war sie dann so verdammt eifersüchtig auf andere Frauen, wenn er sie auch nur anzuschauen wagte? Und warum sah sie ihn immer so an, als wäre er eine Kombination aus Apollo, Conan dem Barbaren und Merlin dem Zauberer? Man brauchte nun wirklich keine große Erfahrung als Wohnungsvermieter, um zu wissen, daß eine Mieterin in der Regel ihren Hausherrn nicht mit solchen Augen anschaut, als gäbe es nichts Besseres, Schöneres und Größeres als ihn auf der Welt.

Warum, zum Henker, wollte sie dann partout nicht mit ihm schlafen?

Es war Mitternacht, als er sie auf seine Arme hob und hinübertrug ins Schlafzimmer, wobei sie sich an ihn klammerte, als wäre sie ein Kind und er ihr Vater. Als er sie aufs Bett legte, lächelte sie ihn schlaftrunken an. Was sollte er jetzt machen? Ihr einen Schlafanzug anziehen?

»Samantha«, sagte er, »ich wäre ja gern einer von diesen selbstlosen Kavalieren aus diesen Büchern, die die Romanheldin nackt ausziehen und ihr dann das Nachthemd über den Kopf streifen, ohne sie anzufassen. Ich muß gestehen, daß ich das nicht fertigbringe. Du wirst dich also schon allein ausziehen und dir dein Nachthemd selbst anziehen müssen. Ich würde so furchtbar gern mit dir schlafen, und ich könnte mich nicht mehr beherrschen, wenn ich dich jetzt nackt vor mir liegen sähe. Dann könnte ich tatsächlich zu so einem Frauenschänder werden, für den du mich schon immer gehalten hast.«

Am Ende seiner Rede war sie hellwach und machte große Augen, als sie ihn über sich stehen sah. »Mike, ich danke dir für . . .«

Doch ehe sie den Satz, den er inzwischen hassen gelernt hatte, zu Ende sprechen konnte, war er schon aus dem Zimmer und machte die Tür ziemlich unsanft hinter sich zu.

23

Als Samantha am nächsten Morgen in die Küche kam, wo Mike am Frühstückstisch saß und die Zeitung las, merkte sie sofort, daß er anders war als sonst. Bisher hatte er stets die Zeitung beiseite gelegt und sie angelächelt, wenn sie zum Frühstück kam, doch heute behielt er sie vor dem Gesicht und streckte, ohne seine Lektüre zu unterbrechen, die Hand nach seiner Kaffeetasse aus. Selbst als sie ihm einen guten Morgen wünschte, wollte er sie noch immer nicht ansehen.

Einen Moment lang dachte sie, er sei verärgert, weil sie ihn wieder einmal ausgenützt hatte. Aber er war doch am Abend zuvor so nett zu ihr gewesen? Davon abgesehen, Mike war immer nett, immer freundlich – immer das wunderbarste menschliche Wesen auf dieser Erde, dachte sie bei sich.

Sie stellte sich hinter seinen Stuhl und legte ihm die Hände auf die Schultern. »Mike, was du gestern abend für mich . . .«, begann sie, doch da schüttelte er, zu ihrem

Erstaunen, ihre Hände von seinen Schultern ab. Er wollte von ihr nicht angefaßt werden!

Samantha war so betäubt von seiner Reaktion, daß sie den Raum verlassen mußte. Als sie später, ausgehfertig angezogen, in das Zimmer zurückkehrte, hoffte sie, daß sie ihre Gesichtszüge unter Kontrolle hatte. In den Jahren, die sie mit ihren Ex-Gatten verbracht hatte, war sie eine Meisterin in der Kunst der Verstellung geworden. Sie würde diese doch nicht in wenigen Monaten wieder verlernt haben, oder doch?

Mike saß noch am Frühstückstisch, das Gesicht nach wie vor hinter seiner Zeitung verborgen. »Mike, um noch einmal auf den vergangenen Abend zu sprechen zu kommen«, begann sie, ohne ihn diesmal anzufassen. »Es war nicht meine Absicht, dich auszunützen. Ich wollte von dir nicht mehr verlangen, als du mir bereits gegeben hast. Und was das Geld für die Möbel betrifft: Du mußt es mir nicht leihen. Ich werde . . .«

»Samantha«, unterbrach er sie mit fester Stimme, »davon möchte ich nichts hören. Geld ist meine geringste Sorge, und wenn ich mich angezogen habe, gehen wir in die Stadt und kaufen für Maxie Möbel. Wir müßten heute sowieso das Haus verlassen, weil meine Schwester kommen wird und ich ihr nicht im Weg sein will.«

Damit verließ er die Küche, ohne sich noch einmal nach ihr umzudrehen.

Es wurde ein anstrengender Tag für Sam. In der Regel sprachen sie so viel miteinander, daß der eine den anderen kaum ausreden ließ, aber diesmal hatten sie sich offenbar nichts zu sagen. Mike erfüllte lediglich sein Versprechen und fuhr mit ihr zu Newells, wo sie mehrere mit den herrlichsten Antiquitäten angefüllte Etagen besichtigten, und anschließend brachte Mike sie noch zum Antiquitäten-Markt, wo sie einen Streifzug durch alle Läden machten.

Diesmal bereitete es ihr kein sonderliches Vergnügen. Sie bemühte sich sehr, sich auf ihre Besorgungen für Maxie zu konzentrieren – kaufte für sie zwei wunderhübsche Bettjäckchen, eine Flasche Parfüm und sogar ein Paar Ohrringe – mußte dabei aber immer daran denken, daß Mike ihr böse war.

Die für sie schlimmsten Augenblicke dieses Tages waren jene, in denen Mike sich mit einem Sprung zur Seite vor einem Körperkontakt mit ihr zu retten versuchte, wenn sie ihm zu nahe kam. Es war so, als könnte er es nicht mehr ertragen, daß sie ihn berührte. Am frühen Nachmittag war Samantha das alles leid – das, was heute geschehen war, und ihre Erinnerungen an ihre Vergangenheit. Ihr Ex-Gatte hatte sich genauso verhalten wie Mike. Am Anfang ihrer Ehe hatten sie Händchen gehalten, sich geküßt und sich gern anfassen mögen, aber nach den ersten paar Monaten schien er es nicht mehr ertragen zu können, wenn sie ihn berührte. Und nun war bei Mike der gleiche Zustand eingetreten. Allerdings hatte sie Richard viel besser verstehen können, denn er hatte ja bereits mit ihr geschlafen. Geh mit Samantha Elliot ins Bett, dachte sie bei sich, und du bist für immer vom Sex mit ihr geheilt.

Am späten Nachmittag war sie dann so nervös, daß sie erschrocken zusammenfuhr, als sie zufällig Mikes Hand berührte. »Entschuldigung«, stammelte sie. »Ich wollte dich nicht anfassen. Ich weiß, daß du das nicht leiden kannst. Es ist nicht mit Absicht geschehen . . .«

Sich zu ihr umdrehend, sagte Mike: »Oh, Sam, du begreifst es einfach nicht, wie?« Dann zog er sie in einen leeren Seitengang des Antiquitäten-Marktes, schlang seine Arme um sie und küßte sie süß und voller Verlangen.

Als er seine Lippen von ihrem Mund löste, legte sie den Kopf an seine Schulter und sagte mit wildpochendem Herzen: »Ich dachte, du haßt mich. Ich dachte . . .«

Er wollte weder hören, was sie dachte, noch wollte er mit ihr über das reden, was ihn quälte. Er wollte das nicht in Worte fassen. »Ich bringe dich zu Blair und lasse dich über Nacht bei ihr. Ich muß heute abend noch einmal weg, und deshalb kannst du nicht ins Haus zurückkehren.«

Sie konnte nur nicken – so froh war sie, daß er sie wieder anschaute.

Im Taxi war er dann die ganze Fahrt über stumm, während sie sich so sehr wünschte, daß er ihr sagte, was ihn bedrückte. Sie konnte ihn noch so sehr mit Fragen bestürmen – er wollte ihr keine Antwort darauf geben. Er hatte es so eilig, sie wieder loszuwerden, daß er sie vor Blairs Apartmenthaus einfach absetzte und nur so lange wartete, bis der Portier sie dort in Empfang genommen hatte.

»Sie sehen aus, als könnten Sie einen Drink gebrauchen«, sagte Blair, als Samantha in ihre kleine, hübsche, modern möblierte Wohnung kam. »Haben Sie und Mike sich gestritten?«

»Ich . . . ich glaube, ja«, stotterte Samantha, als sie auf der Couch Platz nahm. »Aber – nein, eigentlich nicht.« Als sie Blair jetzt anschaute, war ihr deutlich anzusehen, wie verstört sie war. »Ehrlich gesagt, ich weiß es nicht. Mike ist mir böse, aber ich habe keine Ahnung, warum.«

»Sex«, sagte Blair rasch. »In diesem frühen Stadium einer zwischenmenschlichen Beziehung ist es immer der Sex bei den Männern. Sie können an nichts anderes denken.«

Samantha nahm das Glas mit dem Gin Tonic entgegen, das Blair ihr reichte, und schnitt eine Grimasse. »Sex kann es nicht sein, weil es den gar nicht gibt.«

Einen Moment lang begriff Blair nicht, was Samantha gesagt hatte, doch dann lachte sie laut. »Armer Mike! Ich wette, das ist für ihn eine Überraschung. Ich bezweifle, daß ihm seit seinem sechzehnten Lebensjahr eine Frau, die er haben wollte, länger als vierundzwanzig Stunden widerstanden hat, bevor sie mit ihm ins Bett gefallen ist – wobei ich auch Schülerinnen der Oberstufe zu den Frauen zähle.«

»Wenn ich mit ihm ins Bett ginge, würde er mich nie mehr anschauen«, erwiderte Samantha gequält.

Blair war zwar Ärztin für Allgemeinmedizin, aber nun kamen ihr ihre Erfahrungen als Frau besser zustatten. Sie konnte sehen, daß mit Samantha etwas nicht stimmte. Aus der Entfernung betrachtet, hätte Blair sich wundern müssen, wenn Samantha und Mike nicht jede Minute des Tages zusammen im Bett verbrachten, weil sie noch nie zwei so ineinander vernarrte Menschen gesehen hatte wie diese beiden. Wenn man die zwei zusammen erlebte, konnte es einem geistig halbwegs gesunden Individuum ganz übel werden. Sie fanden jeden lahmen Witz, den der andere erzählte, unglaublich komisch, und wurden ganz nervös, falls der andere mal für fünf Minuten den Raum verließ, und erfanden dann irgendwelche Ausreden, um ihm nachzugehen. Und sie sahen sich mit so großen, feuchten Augen an, daß ein Cockerspaniel sich im Vergleich dazu wie eine wilde Bestie vorkommen mußte.

Soweit Blair das beurteilen konnte, waren die beiden, seit Samantha in Mikes Haus wohnte, nie weiter als fünf Meter voneinander getrennt gewesen, ausgenommen jener Tag, an dem Raine mit Samantha einen Spaziergang gemacht hatte, Mike den beiden heimlich gefolgt war und ein wildfremder Passant ihm dann einen Stein an den Kopf geworfen hatte – eine Geschichte, die Blair Mike nicht eine Sekunde lang geglaubt hatte.

Und gestern abend war Raine, nachdem er für die beiden, die einen Besuch bei Samanthas Großmutter machen wollten, den Chauffeur gespielt hatte, noch auf einen

Sprung bei ihr vorbeigekommen und hatte sich königlich darüber amüsiert, wie vernarrt sein Vetter in seine Untermieterin sei. Mike habe, wie er ihr erzählte, so ausgesehen, als würde er durch brennende Reifen springen oder barfuß über glühende Kohlen gehen, wenn Samantha das von ihm verlangte oder er glaubte, ihr damit imponieren zu können. »Ich hoffe und bete, daß es mich *niemals* so schlimm erwischen möge wie Mike«, hatte Raine gesagt. »Ich bin überzeugt, daß Mike mit einer Schrotflinte auf mich losgegangen wäre, wenn ich es auch nur gewagt hätte, den Saum ihres Kleides anzufassen – was ich in Anbetracht der Beine, die sich darunter versteckten, sicherlich gern getan hätte. Ich beneide ihn fast um seine Nächte.«

Und nun hörte Blair von Samantha, daß sie und Mike noch nie miteinander geschlafen hatten. Es war fast so, als hätten Romeo und Julia ihre Liebe füreinander nur vorgetäuscht.

»Was hat Mike denn heute abend vor?« fragte Blair.

»Offenbar hat er sich mit jemandem verabredet, der ihm Informationen über die Vergangenheit meiner Großmutter liefern kann«, erwiderte Samantha und erzählte ihr dann von dem Zettel, den man Mike in Harlem zugesteckt hatte. »Er wollte nicht, daß ich ihn begleite. Vielleicht meint er, ich wäre noch nicht erwachsen genug für einen Barbesuch. Wissen Sie, was er neulich zu mir sagte? In mir wohnte ein alter Geist in einem jungen Körper! Er glaubt, ich wäre ... wäre so etwas wie ein mütterlicher Typ mit einer Teenager-Figur, der abends im Kirchenchor singt. Ich möchte wetten, daß Vanessa mit ihm Nachtlokale besucht hat.«

»Was wissen Sie denn von Vanessa?«

»Und was wissen *Sie* von ihr?«

Blair lachte. »Wissen Sie, daß Vanessa in der Zeit, als

sie mit Mike ausging, mit anderen Männern schlief? Und daß Mike das wußte und es ihm egal war?«

Samantha war zunächst ein wenig verwirrt, als sie das hörte, und blinzelte ein paarmal, ehe sie sagte: »Schwer zu glauben, wenn man bedenkt, daß Mike der eifersüchtigste Mann ist, den man sich vorstellen kann. Er ist eifersüchtig auf Raine, auf diese Stadt und alles, was mir gefällt, aber nicht *er* ist. Manchmal habe ich das Gefühl, er ist sogar eifersüchtig auf meine Computer.«

»Mag sein, aber bei Vanessa war er nie eifersüchtig. Sie war so etwas wie ein Ausstellungsstück – stets zur Stelle, wenn er sie sehen wollte, und wenn nicht, ließ sie ihn in Ruhe. Aber meiner Meinung nach würde Vanessa alles getan haben, was Mike von ihr verlangte, weil sie sein Geld mehr als ihn liebte.«

»Ist Mike wohlhabend?«

»Ja.« Blair tat so, als studierte sie ihr Glas, aber in Wahrheit beobachtete sie gespannt, wie Samantha diese Neuigkeit aufnahm.

»Aber Raine hat mir doch erzählt, daß die Taggerts alle arme Schlucker seien!«

»Verglichen mit den Montgomerys sind sie das auch. Mike erbte an seinem einundzwanzigsten Geburtstag so an die zehn Millionen, und bei seinem Geschick, das Geld auch gut anzulegen, würde ich mich nicht wundern, wenn er diese Summe inzwischen verdreifacht hätte.«

Mit einem Seufzer leerte Samantha ihr Glas und stöhnte: »Ahnte ich es doch!«

Blair mußte laut lachen, denn Samantha hatte sich so angehört, als habe sie einen großen, unkorrigierbaren Charakterfehler bei Mike entdeckt. »Mikes Geld ist eine Tragödie für ihn, müssen Sie wissen«, sagte Blair. »Es läßt ihm zu viel Freiheit.«

»Die Freiheit, jede Frau auf dieser Welt besitzen zu

können«, setzte Samantha bedrückt hinzu. Fast hätte Blair wieder hellauf gelacht. Mike war nicht das einzige Opfer dieses Dollarsegens in seiner weitverzweigten Familie. »Ich denke, Mike ist ... ist ...«

»Sie brauchen keinem zu erzählen, was Sie von Mike denken, es steht Ihnen im Gesicht geschrieben.«

Ich wünschte, es stünde mir auch auf den Leib geschrieben«, murmelte Samantha und sah dann Blair scharf an. »Wissen Sie, was ich mir jetzt wünsche?«

»Was?«

»Daß ich aussähe wie eine Schlampe.«

»Wie bitte?« Blair erstickte fast an ihrem Drink.

»Ich glaube, daß ich ein bißchen Talent zum Schauspielern besitze. Ich habe vor ein paar Tagen ein Kleid angezogen, das meine Großmutter in den zwanziger Jahren getragen hat, und in diesem Moment wurde ich zu einem ganz anderen Menschen. Ich sang Mike einen alten Blues vor, und ich glaube, er war ein bißchen geschockt von mir – ich übrigens auch, wenn ich ehrlich sein soll –, als er mich so erlebte. Egal – ich wünschte, ich könnte jetzt eines von diesen winzigen Röckchen und hochhackige Schuhe anziehen, in diese Bar gehen und Mike dort auflesen. Ich – die Samantha, die vor Ihnen sitzt – brächte so etwas natürlich niemals fertig, aber wenn ich eine andere wäre, eine andere Person darstellen würde, fände ich vielleicht den Mut dazu. Ich wüßte zwar nicht, was ich mit ihm anstellen sollte, wenn ich ihn aufgelesen habe, aber ...«

»Ich bin sehr zuversichtlich, daß mein Vetter Ihnen behilflich sein kann, Sie auf eine Idee zu bringen, was Sie mit ihm anstellen könnten. Und ich glaube, ich hätte da sogar ein paar Sachen im Schrank, die genau das sein könnten, was Sie suchen. Was halten Sie von rotem Stretch?«

»Ein Rock?«

»Viel kürzer als ein Rock. Tatsächlich habe ich schon elastische Gürtel gesehen, die viel breiter waren als der Rock, an den ich gerade denke.«

»Hört sich gut an. Könnte ich ihn sehen?«

»Aber klar. Ich besorge mir nur noch ein Vergrößerungsglas, und dann können wir damit anfangen, die Sachen aus meinem Kleiderschrank herauszusuchen.«

Lachend entfernten sich die beiden Frauen in Richtung von Blairs Schlafzimmer.

*

»Die müssen Sie gesehen haben«, sagte Nelson, den Rauch seiner Zigarette durch die Nasenlöcher blasend.

Aber Mike dachte gar nicht daran, sich zum fünfzigsten Mal nach einem Mädchen umzudrehen, das dieser Penner vor ihm zum sensationellsten Wesen der Welt erklärte. Er nahm einen Schluck von seinem Bier – es war sein drittes –, lehnte sich über den Tisch und herrschte diese kleine, hagere Type, die ihm gegenübersaß an: »Wollen Sie mir jetzt endlich verraten, was Sie wissen, oder wollen Sie mir das erst im nächsten Jahrhundert erzählen?«

Das klang so streitbar, wie er sich fühlte, weil er nun schon zwei Stunden in dieser Spelunke saß und mit allen ihm zu Gebote stehenden oder ihm einfallenden Mitteln – gutem Zureden, Schmiergeld, Schnaps, Freibier, Drohungen – versuchte, aus diesem Pennbruder Informationen herauszuholen. Bisher hatte er damit jedoch kein Glück gehabt, und allmählich fing er an zu glauben, daß dieser anonyme Zettelschreiber in Jubilees Haus ihn mit dem Hinweis, daß Nelson etwas wisse, belogen hatte.

»Sie kauft sich gerade eine Schachtel Zigaretten«, sagte Nelson und schlielte an Mikes rechter Schulter vorbei.

Mike zog noch einen Fünfziger aus der Tasche und

schob ihn über den Tisch. »Das ist mein letzter«, meinte er grollend, »und wenn du jetzt noch immer nichts sagen willst, gehe ich, verstanden?«

»Nun haben Sie sich mal nicht so. Sie werden doch wohl noch 'n bißchen Zeit übrig haben für so einen armen Schlucker wie mich, dem das Leben übel mitgespielt hat, oder?«

Nelson gehörte zu jenen schon von Geburt an vom Pech verfolgten Menschen. Natürlich war daran seine Mutter schuld gewesen, die ihn entweder zu heiß gebadet oder zu scharf angeredet oder ihm überhaupt die ihm zustehende Nestwärme vorenthalten hatte, was er nun als Vorwand oder Ausrede benützte, um bei den Gästen in Bars wie dieser Mitleid zu erwecken und Drinks zu schnorren. Er war ein kleiner, schmächtiger, wie ein Wiesel aussehender Mann, der glaubte, die Welt schuldete ihm ein Leben.

»Obwohl Sie vermutlich was Besseres tun könnten, als mit solchen Leuten wie mir in Kneipen herumzusitzen«, fuhr Nelson nun mit weinerlicher Stimme fort. »Sie haben wahrscheinlich jemand, der zu Hause auf Sie wartet.« Womit Nelson nur andeuten wollte, daß *er* niemanden hatte, der irgendwo auf ihn wartete, und darüber so unglücklich war, daß er sich betrinken und das nötige Kleingeld für das Zeug besorgen mußte, das er sich täglich, wie man an den Einstichen an seinem Arm sehen konnte, in die Venen spritzte.

»Ja, da erwartet mich jemand«, sagte Mike und dachte an Samantha, an ihre Reinheit und Sauberkeit, und hatte keinen sehnlicheren Wunsch, als jetzt bei ihr sein zu können. Jeanne mußte inzwischen die Neugestaltung von Samanthas Apartment abgeschlossen haben, und er wollte es Sam zeigen und ihr Gesicht beobachten, wenn sie ihre Wohnung wiedersah. Vielleicht würde sie sich so sehr darüber freuen, daß sie ihm um den Hals fiel, ihn küßte und dann . . .

Nelson schnippte mit den Fingern vor Mikes Gesicht. »He – sind Sie noch da? Himmel, ich glaube, die kommt an unseren Tisch! Mann, hat die einen Körper! So was habe ich in meinem ganzen Leben noch nicht gesehen!«

Vielleicht hatte es mal eine Zeit gegeben, in der Mike sich umgedreht hätte, um sich die Frau, die ihm dieser Mensch anpries, zumindest einmal anzuschauen. Doch selbst daran war er heute nicht interessiert.

»Hat einer von euch beiden vielleicht mal Feuer für mich?« hörte Mike eine tiefe, rauchige Stimme neben sich sagen. Das Gesicht zu einer Grimasse verziehend, nahm er ein Streichholzbriefchen aus dem Aschenbecher, riß ein Zündholz an und hielt es an die Zigarette der Frau.

Was er nun sah, war für ihn vielleicht der Schock seines Lebens: Samantha, seine süße, so vollkommene, so unschuldige kleine Samantha, oben mit einem glitzernden roten Top bekleidet, das so tief ausgeschnitten war, daß es gerade noch ihre Brustspitzen bedeckte, unten mit einem hautengen kurzen roten Röckchen, das, soweit er das zu beurteilen vermochte, überhaupt nichts verdeckte. Jedenfalls lugten ihre Beine in ihrer ganzen Länge unter diesem »Rock« hervor.

Als sie sich zu ihm hinunterbeugte, wurde ihm nun eine Totalansicht ihrer großen, runden, wunderschönen Brüste aus einer anderen Perspektive zuteil – eine Ansicht, die er mit all diesen Pennern in dieser Kneipe teilen mußte –, während Samantha ihre Rechte auf seine Hand mit dem Streichholz legte, damit diese nicht so zitterte und sie ihre Zigarette in Brand setzen konnte. Und dann sagte sie, ihre Hüften vorschiebend und ein bißchen mit ihren langen getuschten Wimpern klimpernd: »Hast du was dagegen, daß ich mich zu dir setze?«

Er war so gebannt von ihrem Anblick, daß er vergaß, das Streichholz auszublasen, bis ihm die Flamme die Finger versengte und er es rasch fallen ließ.

»Setz dich zu mir, Baby«, sagte Nelson heiser. »Du bist neu hier in der Kneipe, nicht wahr? Für wen arbeitest du denn?«

Die Zigarette zwischen zwei Finger geklemmt, den Ellenbogen auf die Hüfte gestützt, blicke Samantha auf Mike hinunter und fragte: »Lädst du mich nun zum Sitzen ein oder nicht?«

»Umbringen werde ich dich«, murmelte er so leise, daß nur er es hören konnte, rückte dann aber ein Stück zur Seite, um ihr Platz zu machen.

Als sie sich nun neben ihn auf die Bank setzte, versuchte sie einen Zug aus ihrer Zigarette zu nehmen, mußte aber, da sie noch nie in ihrem Leben geraucht hatte, ein paarmal auf eine höchst unverführerische Weise husten.

Wütend nahm ihr Mike die Zigarette aus der Hand und wollte sie im Aschenbecher ausdrücken. Aber er überlegte es sich dann anders, steckte sie sich selbst in den Mund und sog so heftig daran, daß die Glut sich fast bis zum Mundstück hinunterfraß.

»Ich wußte ja gar nicht, daß du rauchst, Mike.«

»Tue ich auch nicht«, erwiderte er ärgerlich, den Rauch langsam durch die Nase blasend. »Aber es gibt ja so vieles, was du von mir nicht weißt. Wenn ich noch ein paar Wochen länger mit dir zusammenlebe, könnte ich sogar zum Säufer werden.«

»Dito«, sagte Samantha, ihm in die Augen blickend.

»Scheint so, als würdet ihr beiden euch kennen«, sagte Nelson. »Wollen Sie sie mir nicht vorstellen, Mike, oder möchten Sie sie die ganze Nacht für sich haben? Sie können sie doch gar nicht die ganze Nacht hindurch behalten, oder doch?«

»Hast du das gehört, Samantha? Nelson glaubt, du wärst eine Prostituierte.«

Sie lehnte sich so dicht zu Mike hinüber, daß ihre Lippen seinem Mund ganz nahe waren. »Und was meinst *du*, was ich bin?« fragte sie. Es war eher ein Schnurren.

»Alles nur Mache«, erwiderte er ärgerlich und leerte sein Glas auf einen Zug.»Laß uns von hier verschwinden.«

Samantha war jedoch noch nicht dazu bereit, das Lokal zu verlassen, denn wenn sie jetzt mit ihm nach Hause ging, würde alles beim alten bleiben. Er war ihr aus irgendeinem Grund böse, und an diesem Zustand hatte sich bis jetzt nichts geändert.

Sie gab der Bedienung ein Zeichen, an ihren Tisch zu kommen, und bestellte einen doppelten Tequila-Gold. »Und ein paar Scheiben Zitrone und ein ›Dos Equis‹, wenn Sie das haben, eine Schale Salsa, falls es das gibt, und Chips.«

Ehe Mike ein Wort sagen konnte, kam ein Mann an den Tisch und fragte Samantha, ob sie mit ihm tanzen würde.

»Aber gern«, antwortete sie, und wollte sich von der Bank erheben. Doch Mike legte ihr die Hand auf die Schulter und hielt sie fest. »Geht leider nicht«, entschuldigte sie sich nun bei diesem Mann.

Als ihre Getränke kamen, beugte sie sich zu Nelson hinüber und fragte: »Was wissen Sie über meine Großmutter? Sie sind doch Nelson, nicht wahr?« Sie spürte, wie Mike sie ansah und wie ihm bewußt wurde, daß sie heimlich seine Brieftasche durchsucht und dort den Zettel gefunden hatte.

»Nicht soviel, wie ich gern von dir wissen möchte, Schätzchen«, erwiderte Nelson in einem, wie er meinte, herausfordenden Ton.

Mike blickte noch immer Samantha an und wartete darauf, daß sie sich ihm wieder zuwenden würde, aber das tat sie nicht. Vielmehr machte sie auf eine kokette, sehr sinnliche Weise eine Faust aus ihrer linken Hand, leckte mit der Zunge über den Handballen, streute Salz auf die feuchte Stelle, leckte dann auf eine langsame, sinnlich erregende Weise das Salz ab, hob das Tequila-Glas an die Lippen, leerte es auf einen Zug, nahm eine Zitronenscheibe vom Teller und zerkaute sie genüßlich.

»Gott steh uns bei«, flüsterte Nelson.

Mike sagte keinen Ton, sondern betrachtete unverwandt ihr Profil, während Samantha einen Kartoffelchip nahm und nun nach der Schale mit dem Salsa langte.

»Vorsicht!« warnte Nelson sie. »Das Zeug brennt wie heiße Lava!«

Samantha schaufelte Salsa auf den Kartoffelchip und zerkaute ihn langsam, während Nelson ihr ehrfürchtig dabei zusah. »In Santa Fe, Mr. Nelson, haben wir die Babys damit gefüttert«, erklärte sie dann großspurig und nahm einen kräftigen Schluck von dem dunkelbraunen mexikanischen Bier. »Ich will Ihnen einen Rat geben, Mr. Nelson. Wenn jemand in Santa Fe zu ihnen sagt, daß das Zeug, was Sie essen wollen, scharf ist, müssen Sie sehr vorsichtig sein. Aber wenn ein New Yorker so etwas zu Ihnen sagt, lachen sie ihn aus.«

»Das reicht«, schnaubte Mike, packte sie am Oberarm, zog sie aus der Bank und ging mit ihr auf die Tanzfläche, wo er beide Arme um sie legte und langsam mit ihr zu tanzen begann.

»Was hast du vor?« knurrte er an ihrem Ohr. »Willst du etwa diesen Pennern hier imponieren? Wenn das deine Absicht war, ist dir das bereits gelungen.«

Ihre Hüften an ihm reibend, einen ernsthaften Ausdruck auf ihrem dick geschminkten Gesicht, sagte sie:

»Meinst du etwa, Mr. Nelson gehört zu den Männern, denen es nicht egal ist, was mit den südamerikanischen Regenwäldern geschieht?«

»Was ist nur los mit dir? Wer hat dir das Zeug besorgt, das du anhast?«

»Gefällt es dir denn nicht?«

»Nicht an dir.«

»Möchtest du es mir ausziehen?«

Sie auf Armeslänge von sich weghaltend, sah er ihr in die Augen. »Wieviel hast du getrunken?«

»Nicht viel.« Sie legte den Kopf wieder an seine Schulter. »Mike, warum bist du mir heute böse gewesen?«

Ihre Worte besänftigten ihn, vielleicht lag es aber auch an ihren Hüften und ihren Brüsten, die sich an ihm rieben, oder auch an den Sachen, die sie trug und die selbst ein Kind nur notdürftig bedeckt hätten, daß er sich partout nicht mehr daran erinnern konnte, warum er ihr böse gewesen war. »Ach, Liebling«, stöhnte er.

Samantha schmiegte sich noch fester an ihn. »Du hast mich heute kein einziges Mal Sam-Sam genannt – immer nur Samantha.«

»Du bringst mich um, weißt du das? Du treibst mich noch in den Wahnsinn! Ich denke, wir sollten darüber reden, wie wir eigentlich zueinander stehen!«

»Sollte so etwas nicht die Frau sagen? Und dann muß der Mann darauf antworten, daß er sich da noch nicht festlegen möchte. Und dann sage ich wieder . . .«

»Warum hältst du jetzt nicht endlich den Mund?« Er wurde von den langsamen, wiegenden Bewegungen ihrer im Tanz aneinandergeschmiegten Körper gefangengenommen. Seine Hände bewegten sich an ihrem Rücken hinunter, seine Finger schlossen sich über ihre Gesäßbacken. Sie waren sich beide ihrer Umgebung so wenig bewußt, daß man hätte glauben können, sie wären ganz allein in dieser Bar.

»Weißt du eigentlich, wie sehr ich dich begehre?«

»Ich meine, etwas davon zu spüren.«

»Lach mich nicht aus, Samantha.«

»Oh, Mike, entschuldige bitte – es ist nur, daß ich . . .«

»Daß du was?« fragte er scharf. »Was ist es? Sag es mir!«

Da befreite sie sich aus seiner Umarmung, ging zum Tisch, trank den Rest ihres Biers aus und schickte sich an, das Lokal zu verlassen.

Es war ein Fehler gewesen, sich anzuziehen wie eine Schlampe. Dieser Versuch, Mike ›aufzulesen‹ mußte ja mißlingen, weil in diesen verführerischen Kleidern immer noch die alte hausbackene Samantha Elliot steckte und keine Femme fatale. Sie konnte sich vielleicht in Maxies alten Sachen in eine Blues-Sängerin verwandeln, doch selbst Blairs Mikrominirock vermochte ihr die Angst vor dem Sex nicht zu nehmen – die Angst, daß sie damit alles, was sie mit Mike verband, ruinieren könnte.

Als sie sich vom Tisch entfernen wollte, schob Nelson ihr einen Zettel in die Hand, auf dem ein Name und eine Telefonnummer standen. »Ruf Walden an, Baby«, sagte er. »Er kann dir eine Menge über Maxie erzählen.«

Sie nahm den Zettel, schob ihn in ihren Ausschnitt, nickte und setzte sich in Bewegung.

Sie war noch keine zwei Schritte weit gekommen, als Mike sie am Arm packte. »Du gehst nicht ohne mich«, sagte er und zog sie dann hinter sich her zum Ausgang.

Er sagte kein Wort, aber er verfügte auch noch über andere Kommunikationsmittel. Kaum hatten sie das Lokal verlassen, als Mike sie auch schon in eine dunkle Gasse hineinzog, seine Arme um sie legte und sie heißhungrig zu küssen begann. Nachdem Samantha ein paar Sekunden lang seine Leidenschaft über sich hatte ergehen lassen, versuchte sie, ihn von sich wegzuschieben. Als er nicht begreifen wollte, daß sie sich nicht von ihm anfassen lassen wollte, mußte sie Gewalt anwenden, um ihn zur Einsicht zu bringen.

Da lehnte sich Mike, total frustriert, an die Ziegelmauer, die Hände über den Kopf gehoben, die Handflächen nach außen gedreht, als wäre er dort festgenagelt. »Warum?« fragte er. »Warum, Sam? Was hast du gegen mich? War dein Ex-Mann so gut im Bett, daß du ihm ein Denkmal setzen möchtest? Kannst du an keinen anderen Mann außer ihn denken?«

Da mußte Samantha laut lachen, und Mike, der glaubte, sie lachte über ihn, wollte sich wütend von der Wand lösen; doch da lehnte sich Samantha rasch an ihn. Sie hatte zuviel getrunken – erst in Blairs Wohnung und dann in dieser Bar – und in ihrem beschwipsten Zustand wagte sie Dinge, die sie sonst niemals gewagt hätte. Sie schob ihre Hände unter sein Hemd, das er über der Brust aufgeknöpft hatte, und berührte seine nackte Haut. Mike war wütend – rechtschaffen wütend, wie sie wußte –, und er reagierte nicht auf ihre Berührung, sondern hielt noch immer die Hände über den Kopf, während er sie beobachtete.

»Du begreifst es nicht, Mike«, sagte sie leise.

»Warum erklärst du es mir dann nicht?« fragte er schroff. Da war kein versöhnlicher Ton in seiner Stimme.

Vom ersten Tag ihrer Begegnung an wurde Samantha von einem fast unkontrollierbaren Verlangen beherrscht, ihn zu berühren. Als sie nun die Hände unter sein Hemd schob und das Wellenmuster seiner harten Muskeln auf ihrer Haut spürte, mußte sie daran denken, daß viele Frauen, die solche Muskelmänner wie Mike im Fernsehen oder am Strand sahen, den Kopf schüttelten und sagten, nein danke, das ist nichts für mich. Nicht so Samantha. Als sie noch in Santa Fe eine Aerobic-Klasse leitete, hatte es Zeiten gegeben, in denen die Männer, die in einer anderen Ecke der Halle mit den Hanteln übten, sie so sehr abgelenkt hatten, daß sie aus dem Rhythmus gekommen war. Eines Abends hatte ein Mann namens Tim, der bei Bodybuilding-Wettbewerben bereits Preise gewonnen hatte, sich ein 225 Kilo schweres Gewicht auflegen lassen. Und während zwei andere Männer die Scheibenhanteln an beiden Enden festgehalten und unter diesem Gewicht geschwankt hatten, war Tim mit der ganzen Last auf den Schultern in die Hocke gegangen und hatte es in die Höhe gestemmt. Während er mit gespreizten Beinen das Gewicht ausbalancierte, waren die Frauen ihrer Klasse in ein lautes Gelächter ausgebrochen; denn Samantha war so sehr in den Anblick von Tim vertieft gewesen, daß sie vergessen hatte, der Klasse die Übung, die sie angekündigt hatte, vorzuturnen. Da war Samantha vor Verlegenheit rot geworden und hatte fortan ihre Aufmerksamkeit wieder gänzlich ihren Schülerinnen gewidmet.

Nun berührte sie sogar einen dieser Muskelmänner – eines von diesen gottähnlichen Wesen, die aussahen, als könnten sie Häuser auf ihren Händen tragen.

»Wieviel drückst du, Mike?« flüsterte sie.

»Zweihundertneunzig Kilo«, antwortete er und wunderte sich, warum sie ihn jetzt so etwas fragte. Seine Freunde – jene, die das College besucht hatten – taten immer so, als wäre Mikes Krafttraining etwas Verwerfliches. Sie meinten stets betonen zu müssen, daß Mike auch einen Verstand habe – *trotz* seiner Muskeln.

»Und wieviel stemmst du?« Samanthas Hände tasteten über seine Brust, bewegten sich dann weiter zu seinem Rücken, um dort die mächtigen Muskeln zu befühlen.

Mike rührte sich nicht von der Mauer weg. Er versuchte

auch nicht, sie zu berühren. Wenn es erforderlich war, daß er sich weder bewegen noch sie berühren durfte, um sie dazu zu bringen, ihn anzufassen, würde er noch in zwei Wochen mit erhobenen Händen an dieser Mauer stehen.

»Zweihundertzehn«, antwortete er.

Sein Hemd war alt, die Knopflöcher ausgefranst, und während sie seinen Rücken mit den Händen befühlte, gingen vorn die letzten Knöpfe auf und legten seinen Torso bis zur Taille hinunter frei. Samanthas Hände glitten tiefer, hinunter zu seiner flachen, harten, mit sich wölbenden Muskeln bewehrten Magengrube.

»Wieviel hebst du?« flüsterte sie. Damit meinte sie, wieviel Gewicht er vom Boden aufnehmen und bis zu den Hüften anheben konnte.

»Dreihundertzehn Kilo. Kraft ist abhängig von der Dichte und Festigkeit der Knochen. Die Knochen in meiner Familie sind schon immer ein bißchen härter gewesen als bei anderen Leuten. Hör mal, Samantha, wenn du willst, daß ich dir einen Vortrag über die Zusammenhänge zwischen Kraft und Knochen halte . . .«

Sie fuhr fort, mit ihren Händen seine Haut und Muskeln zu befühlen. Wie lange war es her, daß sie zuletzt einen Mann angefaßt hatte? Wirklich angefaßt? Sicherlich hatte sie noch nie einen Mann so gern anfassen wollen wie Mike – schon vom ersten Tag an, als sie ihm in seine dunklen Augen geblickt und seinen Mund auf ihren Lippen gespürt hatte. »Ich will es dir erklären.«

»Gut. Okay, ich höre.« Seine Stimme klang gepreßt, sein Atem ging schwer, als habe er eine große Last zu stemmen. Aber er hielt noch immer die Arme über den Kopf, und wenn jemand in diesem Moment die beiden in der Gasse beobachtet hätte, würde er geglaubt haben, daß dort ein Mann von einer Frau mit einer Pistole bedroht und ausgeraubt wurde.

»Es liegt an mir und nicht an dir. Verstehst du das denn nicht? Anfangs hatte ich Angst vor dir.« Ihre Hände waren nun an seiner Taille, bewegten sich dort auf seinen Rücken zu, befühlten jede Faser seiner Muskelstränge. Da war nicht ein Gramm Fett unter seiner Haut. »Vielleicht nicht gerade Angst, aber . . . aber ich wollte nichts mehr mit einem Mann zu tun haben.«

»Das hast du mir mehr als deutlich zu verstehen gegeben. Sam, möchtest du mir jetzt bitte sagen, was du mir zu sagen hast? Ich weiß nicht, wieviel ich davon noch ertragen kann.«

»Ich möchte nicht ruinieren, was wir beide miteinander haben.« Ihre Hände glitten nun über seine Brust zu den Schultern hinauf und dann an seinen Armen hinunter. Es konnte nur noch Sekunden dauern, bis sie ihm das Hemd ganz ausgezogen hatte. Seine Haut fühlte sich so gut an, so stark – eine Haut, die straff über meterlange Bahnen von Muskeln gespannt war. Sie hätte zu gern ihre Lippen auf seine Haut gelegt, um sie zu schmecken. War sie salzig von der Anstrengung des Tanzens?

»Was *haben* wir beide denn miteinander?« Seine Stimme klang heiser, sein Atem rasselnd, und er schloß einen Moment die Augen. Sein ganzes Leben lang waren Mädchen für ihn eine leichte Beute gewesen, aber Sam, das Mädchen, das er am meisten begehrte, schien für ihn unerreichbar zu sein. Sie brachte ihn auf Gedanken, die ihn erschreckten – daß er mit ihr auf einen Feldweg fuhr und sie mit Gewalt nahm. Doch er wußte, daß er sich dann nicht mehr ertragen, nicht mehr mit sich selbst leben konnte. Und was noch wichtiger war: Sam würde es auch nicht mehr können.

»So viel Schönes und Angenehmes«, erwiderte sie. »Güte, Freundschaft. Wir reden, lachen, unternehmen viel zusammen. Wir . . .«

Da nahm Mike mit einemmal die Hände von der Mauer, legte sie ihr auf die Schultern und sah ihr forschend in die Augen. »Du meinst, das wäre alles zu Ende, wenn wir miteinander schlafen würden?«

Sie mochte ihn, wenn er stillstand und sich von ihr berühren ließ, aber sie war nicht so betrunken, daß sie sich Illusionen machte. »Mike, wenn du mit *mir* ins Bett gingst, wäre das alles zu Ende«, sagte sie, wütend über sich selbst. »Ich bin eine absolute Niete im Bett.«

Einen Moment lang stand Mike regungslos da, weil er zunächst nicht verstand, was sie eben zu ihm gesagt hatte. Dann kam ihm langsam die Erleuchtung.

»Ja, ich wette, das bist du«, sagte er leise. »Zu schade, daß es kein Computerprogramm gibt, daß einem den Sex beibringt. Dann könntest du Bewegungen lernen, die man dazu braucht, und die Positionen.« Es war das erstemal in dieser Woche, daß er sich gut fühlte, weil er nun das Problem begriffen hatte. Und vor allem deswegen, weil er auch die Lösung für dieses Problem wußte. Noch nie in seinem Leben und in seiner jahrelangen Tätigkeit als Mathematiker hatte er sich so auf eine Lösung gefreut wie jetzt.

Er zog sie hinaus auf die Straße und hob die Hand, um ein Taxi anzuhalten.

Samantha kicherte. »Das ist eine großartige Idee, Mike. Wen könnten wir denn damit beauftragen, dieses Programm auszuarbeiten?«

Als ein Taxi am Randstein hielt, öffnete Mike für sie die Wagentür. »Ich hätte da einige Ideen, was man in dein Programm aufnehmen sollte.«

»Tatsächlich, Mike? Hast du denn auch Fachbücher über Sex gelesen?«

»Ich habe meine eigenen Theorien auf diesem Gebiet entwickelt«, sagte er gemütlich. »Meine eigenen Theorien, Positionen, Bewegungen, ja sogar meine eigenen Gefühle. Ich habe nie ein Buch über Sex gelesen.«

Als Samantha eingestiegen war, rutschte sie bis ans andere Ende der Sitzbank. »Ich aber. Ich habe viele, viele Bücher zu diesem Thema gelesen.«

»Oh? Und wer hat dich dazu aufgefordert, sie zu lesen?«

»Richard. Er sagte, sie könnten mir vielleicht helfen.« Sie drehte den Kopf zur Seite und studierte ihn im schwachen Licht der Straßenbeleuchtung. Er sah sie nicht an, sondern blickte stur geradeaus, als wollte er sie nicht mehr anschauen. »Verstehst du jetzt?«

»Ja«, erwiderte er leise. »Ich verstehe jetzt alles.«

Dann sagte er kein Wort mehr auf der Fahrt zurück zu seinem Haus, und während sie dem Ticken des Taxameters lauschte, wurde sie immer deprimierter. Sie hätte ihm das nicht sagen sollen. Wie sagte man so schön? ›Es ist besser, man schweigt und läßt die Leute in dem Glauben, man sei ein Dummkopf, als den Mund zu öffnen und ihnen jeden Zweifel daran zu nehmen.‹ Nun, sie hatte den Mund aufgemacht und Mike von ihrem Geschlechtsleben erzählt. Mike hatte gesagt, bei ihr wäre alles nur Schau, und das stimmte. Sie konnte sich zwar anziehen wie eine Dirne, beherrschte aber nicht einmal die Grundlagen dieses Gewerbes.

Als das Taxi vor dem Haus hielt, hatte sie sich schon zurechtgelegt, was sie ihm jetzt sagen wollte: daß sie gleich morgen früh ausziehen würde, falls er nicht verlangte, daß sie sofort ihre Wohnung räumte. Und wie leid es ihr täte, daß er ihretwegen so viel Zeit verschwendet, Geld ausgegeben und so viele Unannehmlichkeiten gehabt hätte.

Mike bezahlte unterdessen in aller Ruhe den Taxichauffeur, sperrte die Haustür auf, gestattete ihr sein

Haus zu betreten, und schloß hinter ihr die Haustüre wieder ab.

»Mike«, begann sie nun, um die kleine Rede zu halten, die sie vorbereitet hatte, doch Mike gab ihr keine Gelegenheit, sie vorzutragen. Er pirschte sich an sie heran – anders konnte man dieses leise, raubkatzenähnliche Anschleichen nicht bezeichnen –, und so fragte sie rasch: »Mike? Ist was nicht in Ordnung mit dir?«

»Oh, doch. Die ganze Zeit hindurch glaubte ich, du magst keine Männer. Es gab auch Zeiten, wo ich dachte, das Problem wäre ich – daß ich dich kalt ließe; aber du hast dich nie von mir abgewendet, wenn ich dich anfaßte ... Es sei denn, ich wollte mehr.«

»Natürlich habe ich mich nicht von dir abgewendet.« Rückwärtsgehend, bewegte sie sich auf die Wohnzimmertür zu. »Mike, du machst mir Angst, wenn du mich so anschaust wie jetzt.«

»Unsinn. Ich bin mir nicht sicher, ob du dich überhaupt vor etwas fürchtest. Du hast keine Angst vor mir, jedenfalls nicht im normalen Sinn des Wortes.« Er sah sie aus schmalen Augen an. »Du hast Angst, daß die Männer *dich* nicht mögen könnten.

Samantha spürte, wie sie von den Haarwurzeln bis zu den Zehenspitzen hinunter errötete. Vielleicht würde er das nicht bemerken, weil sie rote Sachen anhatte. »Wie dumm du doch bist«, sagte sie, bemüht einen unbekümmerten, ja überlegenen Ton anzuschlagen, als hätte sie alles unter Kontrolle. »Nur weil ich deine Annäherungsversuche zurückweise, fängst du an, den Psychologen zu spielen, und behauptest, ich würde mir einbilden, daß Männer mich nicht mögen. Ha!«

»Du weist nicht nur *meine* Annäherungsversuche zurück, sondern verweigerst dich *allen* Männern.«

»Ich möchte lieber meine Ruhe haben als von ...« Sie

hielt inne, weil sie mit dem Rücken an die Ostwand des Wohnzimmers gestoßen war.

Er kam nun sehr nahe an sie heran und stand so vor ihr, daß sie sich nicht mehr an ihm vorbei aus dem Zimmer flüchten konnte. Dann kam er ihr, sich vorbeugend, noch näher und fragte: »Warum hast du dich von deinem Mann scheiden lassen?«

»Ich glaube kaum, daß dich das etwas angeht.« Als sie an ihm vorbei wollte, streckte er die Arme aus und stemmte die Hände links und rechts neben ihrem Kopf gegen die Wand.

»Warum, Sam?«

»Es geht dich nichts ...«

»Vielleicht geht es mich nichts an, aber du wirst es mir trotzdem sagen.«

»Unverträglichkeit«, sagte sie rasch, konnte ihm dabei aber nicht in die Augen sehen.

»Du bist eine schlechte Lügnerin.«

»Im Gegensatz zu dir, wie? Du kannst so gut lügen, daß sich die Balken ...«

»Warum, Sam?«

»Er hatte ...«

»Er hatte was?«

»Er hatte eine andere Frau!« fauchte sie ihn an.

»Dann war er ein Idiot«, sagte Mike leise. »Warum hätte er eine andere Frau haben wollen, wenn er doch dich hatte?«

Sie sah von ihm weg, aber da blitzte so etwas wie Dankbarkeit in ihren Augen auf. »Ich habe es dir gesagt,. Also nimm jetzt bitte deine Hände von der Wand weg.«

»Ja, das werde ich«, sagte er, schlang dann rasch die Arme um sie und begann sie zu küssen. Ihre ganze Kraft aufbietend, versuchte sie ihn von sich wegzuschieben, aber er hielt sie fest. »Was ist mit dir passiert, Sam?«

»Laß mich bitte in Ruhe«, flüsterte sie.

»Hast du dich nachts zu ihm gelegt, und er hat nichts von dir wissen wollen?« Als er sie das fragte, wehrte sie sich noch immer gegen ihn. »Dieser Bastard. Er war wohl zu müde und zu erschöpft dazu, weil er vorher mit einer anderen Frau geschlafen hatte, richtig? War er das?«

Da hörte sie auf, sich aus seiner Umarmung befreien zu wollen, sondern rief, ihn wütend anfunkelnd: »Ja, ja, ja ja! Er schlief zweimal täglich mit ihr, aber mich rührte er nie an. Doch nicht mich, seine reiz- und sexlose Frau! Ich durfte zwar für ihn kochen, waschen und auch noch das Kleingeld verdienen, aber fürs Bett war ich nicht . . .« als sie nicht weitersprechen konnte, küßte Mike sie. »Nein, laß mich bitte los.«

»Warum sollte ich dich denn loslassen?«

»Weil ich es nicht möchte.«

»Weil du nicht mit mir ins Bett gehen möchtest? Ha! Du hast schon vom ersten Moment an, als du mich sahst, mit mir ins Bett gehen wollen, aber du hast immer so getan, als würdest du mich hassen. Und ich . . .«

Er sagte nichts mehr, während seine Hände über ihren Körper hinwanderten, über ihre Brüste, an ihren Schenkeln hinunter und zwischen ihre Beine. Doch Samantha stand ganz still und steif da, ihrem Körper befehlend, daß er auf seine Berührung nicht reagieren solle.

»Wie lange willst du das denn durchhalten können, Sam?« fragte er. »Wenn ich zum Beispiel das mache?« Er neigte sich zu ihren Brüsten hinunter, küßte sie, und es kostete ihn keine große Mühe, ihren Büstenhalter über ihre linke Brust zu ziehen. Er nahm die Brustwarze in den Mund und ließ seine Zunge darübergleiten. »Oder das?« sagte er dann und liebkoste ihre Brust mit dem Daumen.

»Bitte . . .«, flüsterte sie, mit geschlossenen Augen den Kopf an die Wand zurücklehnend.

»Bitte was? Sage mir, was du haben willst, und ich werde es tun. Ich werde alles tun, was du verlangst – alles.«

»Dann laß mich gehen.«

»Alles – nur das nicht.« Seine Lippen bewegten sich an ihrem Körper hinunter, hinunter zu ihrer Taille, dann zurück zu ihrem Gesicht, während er seine Hand unter das Gummiband des Minirocks schob und seine langen Finger die Haut ihres Bauchs berührten. »Bitte, Sam, halte dich nicht zurück.«

»Ich kann nicht.«

Er küßte ihr Ohr, eine Hand auf ihrer Brust, während er die andere unter ihren Rock schob und dort langsam an ihrem Schenkel hinaufglitt. »Wie willst du es haben? Sacht? Süß?«

Plötzlich wich er von ihr zurück und betrachtete ihr Gesicht, ihre geschlossenen Augen, diese Anspannung, als böte sie ihre ganze Willenskraft auf, um sich in eine Salzsäule zu verwandeln.

»Nein«, sagte er, »du willst, was ich will – Sam, ich brauche dich.«

Mit diesen Worten packte er vorn ihr Miniröckchen und zog daran, während er es irgendwie fertigbrachte, gleichzeitig seine Hose aufzuknöpfen und zu Boden gleiten zu lassen.

Es war dieses Gefühl von Mikes Händen auf ihrem nackten Fleisch, das Sams jahrelang aufgestautes Verlangen an die Oberfläche kommen ließ. Eben noch hatte sie passiv und sich steif machend an der Wand gelehnt, und im nächsten Moment schienen ihre Hände und ihre Lippen überall auf seinem Körper zugleich zu sein, seine Haut küssend, leckend, daran saugend, sich darin festhakend.

Einen winzigen Augenblick lang war er erschrocken

über die Gewalt ihres Hungers – und dann lagen seine Lippen auf ihrem Mund, faßten seine Hände nach ihr, reagierte er mit dem gleichen Verlangen, mit dem sie über ihn hergefallen war.

Doch dann hielt Samantha plötzlich inne, als das Gefühl, alles schon einmal erlebt zu haben, sie überwältigte. Zu Mike hinaufblickend, fürchtete sie fast, Richard dort zu sehen mit diesem gelangweilten, leicht angewiderten Gesicht, das er stets zur Schau getragen hatte, wenn sie im Bett zusammen waren. Doch das war nicht ihr Ex-Mann – dieser Mann war Michael Taggert, und auf seinem Gesicht spiegelte sich Verlangen, Sehnsucht und das Bedürfnis, sich ebenso zu verschenken, wie er beschenkt wurde. Er spiegelte genau das wider, was sie empfand.

Ihre Gedanken erratend, sagte Mike: »Ich bin es, Michael Taggert.« Er faßte in ihre Haare, zog ihren Kopf nach hinten, und sagte, während er den Mund auf ihre Kehle legte: »Und ich bin ein ganz anderer Mann.«

Als er sie nun hochhob und auf sein Glied setzte, hätte sie fast laut aufgeschrien, doch sie gab keinen Ton von sich, schlang die Beine um seine Taille und legte die Knöchel übereinander, während er, ihren Rücken gegen die Wand drückend, tief in sie hineinglitt. Sie hielt sich an ihm fest, und ihre Fingernägel gruben sich in die Haut auf seinem Rücken, als er nun mit kräftigen, pumpenden Bewegungen immer wieder in sie hineinfuhr, während sie mit ihren Lippen an allen Teilen seines Körpers saugte, die sie zu erreichen vermochte.

Und als er dann, nachdem er mit einem letzten heftigen Stoß zum Höhepunkt gekommen war, schlaff gegen sie hinsank und den Kopf auf ihre Schulter legte, hätte sie beinahe wieder laut aufgeschrien vor Enttäuschung, doch sie ließ sich ihre Enttäuschung nicht anmerken und drückte ihn fest an sich.

Nach einer Weile löste er sich von ihr und blickte ihr ins Gesicht, als suchte er dort nach einer Antwort. »Tut mir leid, Baby«, sagte er dann. »Mein Verlangen nach dir war zu mächtig. Der nächste gehört dir.«

Sie hatte zwar keine Ahnung, was er damit meinte, aber es gefiel ihr, daß er nun seine Hose von den Füßen schüttelte, sie auf seine Arme hob und in sein Schlafzimmer trug. Dort stellte er sie neben sein Bett, zog sie ganz aus und küßte sie auf die Brust. Nachdem er auch sein Hemd ausgezogen hatte, und sie nun, Haut an Haut, beieinanderstanden, schaute er sie an, als erwartete er etwas von ihr.

Schließlich sagte sie frustriert, weil sie wirklich nicht wußte, was er von ihr erwartete. »Michael, ich weiß nicht, was ich jetzt machen soll. Und wie ich es machen soll.«

»Baby, da gibt es kein *Wie.* Und da gibt es auch kein Richtig oder Falsch. Nur eines sollte man vermeiden: daß der Partner sich nicht wohl fühlt.«

»Ich will dich nicht enttäuschen, Mike. Ich will nicht, daß du unglücklich . . .«

Er küßte sie sacht auf die Brust. »Gefällt dir das?«

»Ja, ja. Sehr sogar.

»Sag mir, wenn ich etwas mache, das du nicht magst.«

Er fuhr mit seinen Händen an ihren Schenkeln entlang, während er sie küßte, aber er schien immer noch Antworten von ihr zu verlangen, die sie nicht wußte. »Aber *mir* gefällt das doch *alles*«, sagte sie schließlich.

Die Hände auf ihren Hüften, hielt Mike inne und blickte sie verblüfft an. »Hast du etwa Angst, daß du etwas mit mir machen könntest, was *mir* nicht gefällt?« fragte er ungläubig. »Okay. Stell mich auf die Probe. Faß mich an, küß mich, mach alles, was du willst mit mir. Ich stehe dir zur Verfügung.«

Jede andere Frau würde über seine Worte vermutlich

gelacht haben, nicht aber Sam. Nachdem sie sich jahrelang von Richard solche Sätze hatte anhören müssen wie: ›Aber doch nicht *da*, Männer mögen *da* nicht angefaßt werden!‹ oder ›*So* faßt man einen Mann doch nicht an! Bist du denn *so* dumm? Die meisten Frauen deines Alters wissen das doch. Warum *du* nicht?‹ war sie vorsichtig geworden. Mit seinen ständigen Belehrungen und kritischen Bemerkungen hatte er sie so verunsichert und eingeschüchtert, daß sie gar nicht spontan reagieren konnte, weil sie sich immer erst überlegen mußte, was Richard für zulässig hielt und was nicht.

»Ich . . . ich glaube, ich würde dich wirklich gern anfassen.« Als Mike nur stumm dastand und sie anstarrte, fragte sie: »Ist das okay?«

Mike küßte sie sanft. »Und da zweifeln die Menschen daran, daß es einen Himmel gibt. Es gibt ihn, und er befindet sich hier in diesem Zimmer. Ich gehöre dir, Baby.«

Ihre Hand festhaltend, streckte er sich jetzt auf dem Bett aus, während sie daneben stehenblieb und ihn nicht anzuschauen wagte, denn er hatte sich auf den Rücken gelegt, und seine Vorderseite war . . . nun, sie hatte einfach Hemmungen, sie zu betrachten, solange seine Augen auf sie gerichtet waren. Wieder schien er ihre Gedanken zu erraten und wälzte sich auf den Bauch und legte das Gesicht in die Kissen, damit sie ihn ungestört betrachten konnte.

Ein wenig zaghaft noch, streckte sie die Hand aus und berührte seine Schulter. Es brannte nur eine Lampe im Zimmer, die einen sanften Schimmer über Mikes honigfarbene Haut legte. Da er das Gesicht zur Wand gedreht hielt, konnte sie ihn mit Muße betrachten und seinen herrlichen muskulösen Körper nach Herzenslust mit ihren Händen erkunden.

Er war der am besten gebaute Mann, den sie sich vorstellen konnte. Er war Filmstar, Dressman, der für einen Werbeprospekt für Herrenunterwäsche posierte; Athlet, der in der Sporthalle am Barren turnte; Bauarbeiter im roten T-Shirt, der hinter ihr herpfiff, während sie so tat, als hörte sie das nicht; der Mann im dreiteiligen Anzug, dessen Gehirn genauso sexy war wie sein Körper; ein sich faul im Sand am Strand räkelnder durchtrainierter siebzehnjähriger Junge; ein Rodeo-Star auf bockendem Pferd; und einer von diesen glattwangigen, bebrillten Männern, die zärtlich ihre Kinder auf den Arm nahmen. Er war jeder von ihnen und alle zugleich.

Während er ganz still dalag, als schliefe er, und sie mit den Händen über ihn hinstrich, begann sie ihn zu küssen. Nachdem sie ihn vom Nacken bis zu den Sohlen hinunter mit Küssen bedeckt hatte, setzte sie sich mit gegrätschten Beinen auf ihm nieder und zog sacht ihre Locken über seine Haut. Dann streckte sie sich über ihm aus, damit sie mit ihre Brüsten seine Haut spüren konnte, und paßte ihren Körper den Hügeln und Tälern seines Rückens an.

Irgendwann im Verlauf dieses Prozesses hörte sie auf, an ihn als eine Person zu denken – überlegte auch nicht mehr, ob ihm das, was sie machte, gefiel oder nicht –, und dachte nur noch an sich. Sie erinnerte sich wieder, wie sie ihn im Spiegel beobachtet hatte, als er, nur mit einem Slip bekleidet, zu seinem Bett gegangen war und ihr diese haarlose Stelle, wo seine Beine in das Gesäß übergingen, besonders gut gefallen hatte. Damals war ihr nicht bewußt geworden, daß sie ihn an dieser Stelle gern geküßt hätte, und deshalb erfüllte sie sich nun diesen Wunsch – küßte sie, sog mit den Lippen daran, fuhr sacht mit der Zunge darüber hin, während Mike ganz still unter ihr lag.

Und irgendwann später lag sie dann plötzlich mit vibrierendem Körper und kurzen, rauhen Atemstößen neben ihm. Sie wollte ihn, wollte ihn in sich haben, hatte jedoch Angst, ihm das zu sagen. Sie hatte in den ersten Monaten ihrer Ehe ihren Ex-Gatten einmal gefragt: »Könnten wir es noch einmal tun?« und er war sofort wütend geworden und hatte ihr vorgeworfen, sie würde ihn für einen schlechten Liebhaber halten. »Weißt du denn gar nichts? Männer *können nicht wieder* sofort. Das ist physisch unmöglich.«

Und nun hatte sie bei Michael Hemmungen, wollte ihn weder beleidigen noch erzürnen. »Michael«, sagte sie zaghaft, und sie hatte Mühe, beherrscht zu sprechen, »ich fragte mich eben, ob wir ... nun, ob es vielleicht möglich wäre, daß wir es noch einmal tun könnten – wenn du kannst, heißt das.«

Mit der Gewalt einer Sturmflut erhob sich da Mike aus seiner scheinbar friedlichen Lage, packte sie so fest mit beiden Händen an den Hüften, daß sich seine Finger in ihre Beckenmuskeln gruben, und stieß so heftig in sie hinein, daß sie glaubte, ihr müßten sämtliche Backenzähne wakkeln. Und dann sah sie nur noch Sterne.

Mike hielt erschrocken inne, beugte sich über sie und blickte sie so besorgt an, als fürchtete er, sie umgebracht zu haben. »Sam, Baby, bist du okay? Habe ich dir weh getan?«

Samantha öffnete die Augen und blinzelte ihn überrascht an. »Himmel, Michael, ich glaube, du *kannst* doch!«

»Na warte, du Schelm«, sagte er, wälzte sich auf den Rücken und setzte sie auf sein Glied.

In den Lehrbüchern, die Richard ihr gegeben hatte, hatte Samantha zwar etwas von mehreren Positionen gelesen, die man beim Geschlechtsverkehr einnehmen könne, aber ihre ehelichen Erfahrungen hatten sich mit der Missionarsstellung erschöpft. Und als sie nun so auf Mike saß, sah sie auf ihn hinunter, als wollte sie ihn fragen: Was mache ich jetzt? Und was mache ich nun?

Da verschränkte Mike die Arme hinter dem Kopf und beantwortete ihre stumme Frage mit einem Blick, der sagte: Das mußt du schon selbst herausfinden.

Und Samantha fand es heraus.

*

Als Samantha später dann mit schweißnasser Haut und völlig entspannten Muskeln still neben Mike lag, lächelte sie verträumt und fragte: »Was war das eben?«

Und mit einer Stimme, die ein wenig selbstgefällig klang, erwiderte Mike: »Sam, Baby, was du soeben erlebt hast, wird in der Regel als Orgasmus gezeichnet. Hat es dir gefallen?«

Sie kicherte leise. »Michael, hätte ich am ersten Tag, als ich dich kennenlernte, gewußt, daß du so etwas fertigbringst, hätte ich dich im Nacken gepackt, ins Haus geschleppt und dich auf dem Boden der Vorhalle vernascht.«

»Das wäre dann Gedankenübertragung gewesen; denn genau das hätte ich nämlich damals mit dir machen wollen.«

»Aber hättest du mich dann am anderen Morgen noch respektiert?«

»Da wir gerade von Respekt reden – wir haben jetzt zwei Möglichkeiten: Entweder kuscheln wir uns nun aneinander und schlafen ein, oder wir gehen ins Bad, lassen heißes Wasser in die Wanne laufen, schütten etwas von dem gutriechenden Zeug hinein, das du dort in mehreren Flaschen aufbewahrst, waschen uns gegenseitig in allen Ecken, Nischen und Spalten, steigen aus der Wanne, frottieren uns gegenseitig ab, kehren wieder hierher zurück, und ich könnte dir dann deine vermutlich erste Lektion im oralen Sex erteilen.«

Ihre Augen einen winzigen Spalt öffnend, gähnte Samantha, daß ihre Kiefer knackten, und sagte: »Ich bin schrecklich müde, Mike. Wir sollten wohl jetzt besser schlafen.« Mike machte ein Gesicht wie ein kleiner Junge, dem man soeben eröffnet hatte, daß man nun doch nicht, wie versprochen, in den Zirkus gehen würde. Da gähnte sie zum zweitenmal und sagte, sich an den Rippen kratzend: »Andrerseits könnte ich aber auch ein heißes Bad gut . . .«

Und bevor sie ihren Satz beenden konnte, fand sie sich im Badezimmer wieder.

24

Es war in der Badewanne, wo Mike sie dann fragte, warum sie so lange gewartet hatte, bis sie mit ihm ins Bett gegangen war. Er tat so, als wäre es für ihn keine sonderlich wichtige Frage, aber sie ließ sich von seinem Ton nicht täuschen.

»Richard sagte zu mir, daß ich nicht gut wäre im Bett und er sich deshalb eine Liebhaberin nehmen mußte.«

»Und du hast ihm das geglaubt?« erwiderte Mike in einem Ton, als würde er sie für die dümmste Person der Welt halten.

»Woher, zum Teufel, sollte ich wissen, daß er mir nicht die Wahrheit sagte?« fauchte sie ihn förmlich an. »Er war schließlich schon mit vielen Frauen im Bett gewesen, und ich hatte noch nie mit einem anderen Mann geschlafen. Nur mit ihm! Was sollte ich also tun – mir eine andere Meinung einholen? Sollte ich etwa in eine Bar gehen, dort einen Mann auflesen, mit ihm ins Bett gehen und ihn hinterher fragen, ob ich meine Sache gut oder schlecht gemacht habe? Lassen Sie sich von mir etwas sagen, Mister

Selbstbewußt: Wenn eine Frau glaubt, sie wäre für Männer nicht begehrenswert – dann *ist* sie das auch nicht, verdammt noch mal!«

Später, nach dem außerordentlichen Erfolg von Mikes Speziallektion, stellte er ihr noch weitere Fragen. Sie lagen beieinander wie zwei Boxer, die sich zwischen zwei Runden ausruhen, als Mike sagte: »Willst du mir nicht noch mehr von deinem Ex-Mann erzählen?«

»Nein.«

»Hmmm.«

»Was soll das denn bedeuten?«

»Es bedeutet, daß ich noch nie eine Frau gekannt habe, die der Versuchung widerstehen konnte, jedem, der es hören wollte, zu erzählen, was für ein Schuft ihr Ex-Freund oder Ex-Mann gewesen sei.«

Samantha hob den Kopf, den sie auf seine Brust gelegt hatte, und funkelte ihn wütend an. Sie wollte ihm nichts von ihrer Ehe und ihrer Scheidung erzählen, weil sie beides als eine persönliche Niederlage betrachtete. Andererseits hätte sie auch jemandem gerne die Wahrheit gebeichtet – nicht diese zuckersüße, sentimentale Version, die sie ihrem Vater aufgetischt hatte, sondern die ungeschminkte *Wahrheit*. Und so siegte schließlich ihr Bedürfnis, sich mitzuteilen, über ihren Stolz.

»Die ersten zwei Jahre unserer Ehe waren in Ordnung, schätze ich. Wir hatten zwar keine große leidenschaftliche Affäre miteinander aber wir lernten, uns einander anzupassen. Richard war Teilhaber in einer Steuerberatungs-GmbH, und ich arbeitete im ›Computerland‹. Ich glaubte, unser Leben würde in ganz normalen Bahnen verlaufen, bis Richard eines Tages nach Hause kam und mir erklärte, er sei zutiefst unglücklich.«

Samantha schüttelte den Kopf. »Nicht bloß unglücklich, sondern *zutiefst* unglücklich. Und der Grund dafür sei, wie er mir dann erzählte, daß er schon immer den großen Amerikanischen Roman habe schreiben wollen. Doch inzwischen habe er einsehen müssen, daß er ihn nicht schreiben könne, weil er seine ganze Zeit darauf verwenden müsse, für unseren Lebensunterhalt zu sorgen.«

Sie bewegte abermals den Kopf auf Mikes Brust. »Ich war geschockt. Ich hörte damals zum erstenmal von seiner großen Ambition, und ich fühlte mich schuldig, weil ich nun zwei Jahre mit diesem Mann gelebt und geglaubt hatte, er sei vollauf damit zufrieden, für andere Leute die Steuern ausrechnen zu dürfen. Wir saßen dann die ganze Nacht beisammen und redeten.«

Sie hielt einen Moment inne, während sie an jene Nacht zurückdachte. »Ich glaube, in dieser Nacht kamen wir uns näher als in all den Jahren zuvor oder danach. Wir einigten uns darauf, daß ich ein Jahr lang den Lebensunterhalt für uns beide verdienen sollte, während er in dieser Zeit an seinem Roman schreiben würde – allerdings unter der Bedingung, daß er mich auch von der Hausarbeit entlastete; denn ich mußte ja nun zwei Jobs gleichzeitig ausfüllen.«

Sie konnte nicht verhindern, daß der Groll wieder in ihr hochkam: »Ich weiß nicht, wie es passierte. Es fing ja eigentlich ganz gut an. Doch dann kam ich eines Tages nach Hause, sah, daß das Frühstücksgeschirr noch schmutzig in der Spüle stand, und wusch es ab, ehe ich mich auf den Weg machte zu meinem Abendjob. Dann mußte ich feststellen, daß der Berg schmutziger Wäsche immer höher wurde, und machte den Sonntag zu meinem Waschtag. Am Ende des Jahres machte ich dann alles – kaufte ein, erledigte die Hausarbeit, verdiente den Lebensunterhalt, schrieb für ihn Briefe, ging zu Behörden. Alles eben. Aber ich hatte nichts dagegen; denn an jedem Sonntagnachmittag pflegte mir Richard Passagen aus seinen phantastischen Buch vorzulesen, an dem er unermüdlich arbeitete. Er wollte mir nie den Plot verraten, sondern las mir nur immer ausgewählte, elegant formulierte Passagen daraus vor.«

Samantha mußte tief Luft holen, ehe sie fortfahren konnte: »Wir pflegten auch darüber zu reden, was wir denn alles kaufen und wo wir hinfahren wollten, sobald er den Multimillionen-Dollar-Vorschuß für seinen Roman bekam. Die Planung unserer Zukunft half mir über meine große Müdigkeit hinweg, so daß es mir nichts ausmachte, wenn ich die ganze Hausarbeit erledigen und zugleich für unseren Lebensunterhalt sorgen mußte.«

Als Mike ihr nun über das Haar strich, merkte sie, wie die Zeit, die sie mit Richard verbracht hatte, in ihrer Erinnerung verblaßte. »Doch aus dem vereinbarten Jahr wurden achtzehn Monate, und am Ende des zweiten Jahres war ich so müde, daß ich nicht mehr wußte, ob ich schon tot oder noch lebendig war.«

Mike spürte, wie ihr Körper ganz steif wurde, ehe sie fortfuhr: »Doch dann erhielt ich eines Tages, als ich im Laden arbeitete, einen Anruf vom Nachbarn meines Vaters.«

Mike sagte nichts. Er war es ja damals gewesen, der Dave dazu überredet hatte, seine Tochter von seinem Zustand zu verständigen und dem Nachbarn diese Aufgabe zu überlassen.

»Der Nachbar erzählte mir, daß mein Vater todkrank sei, und als ich das hörte, wollte ich nach Hause gehen und mich von Richard trösten lassen.« Und dann, mit einem höhnischen Schnauben: »Als ich die Nachricht von dem bevorstehenden Tod meines Vaters bekam, dachte ich, ich stünde nun kurz vor einem Nervenzusammenbruch. Ich fuhr also nach Hause, aber Richard war nicht da. Ich muß ein wenig in Panik geraten sein; denn ich fing an, in seinem Schreibtisch zu kramen, um einen Zettel oder einen Hinweis zu finden, wo er hingegangen sein könnte. Als ich dort nichts fand, ging ich zu seinem Bücherregal und suchte dort weiter. Wenn ich heute daran zurückdenke, muß Richard damals wohl angenommen haben, daß ich es nicht wagen würde, *seine* Bücher anzufassen; denn er hatte sich keine große Mühe gegeben, sein Betrugsmanöver zu tarnen. In den Büchern steckten Lesezeichen, und als ich sie an diesen Stellen aufschlug, fand ich dort angekreuzte Textstellen, in denen ich die elegant formulierten Passagen wiedererkannte, die er mir jeden Sonntag aus seinem Roman vorzulesen pflegte. Nur stammte nicht eine davon aus seiner Feder, sondern er hatte sie allesamt aus diesen Büchern abgeschrieben.«

Sie holte wieder tief Luft. »Nachdem mir klar geworden war, daß er in den zwei Jahren nicht eine Zeile geschrieben hatte, wollte ich wissen, was er denn nun in dieser Zeit wirklich gemacht hatte, und nahm mir deshalb seinen Computer vor. Denn das erste, worum er mich damals gebeten hatte, als ich den Rechner für ihn eingerichtet hatte, war, ihm zu zeigen, wie man eine Datei verschlüsselt, damit kein Unbefugter lesen könne, was er geschrieben habe. Ich brauchte nur sieben Wörter einzugeben, bis ich das richtige Codewort fand – den Namen eines Hundes, den er als Kind besessen hatte –, und dann schaute ich mir den Inhalt seiner ›Werke‹ an.«

Samantha brauchte wieder eine Weile, ehe sie fortfahren konnte. Mike sagte kein Wort, sondern wartete geduldig, bis sie soweit war.

»Was sich da auf dem Schirm zeigte, war ein Tagebuch, das in allen Einzelheiten seine sexuellen Erlebnisse mit einer Frau beschrieb, die früher einmal seine Sekretärin gewesen war. Ich verstehe heute noch nicht, Mike, warum er sie mir vorgezogen hat. Ich möchte ja nicht eitel erscheinen, aber ich sehe besser aus als sie, bin weitaus intelligenter als sie und habe einen Sinn für Humor, der ihr total abgeht. Ich begreife es immer noch nicht. Ich habe mich sehr, sehr bemüht, Richard eine gute Frau zu sein. Ich habe ihm alles gegeben, was er sich wünschte. Wo habe ich also versagt?«

»Wann hat er dir diese Sex-Bücher zu lesen gegeben?«

»Ach – die. Nun, das passierte, als wir erst ein paar Monate miteinander verheiratet waren. Wir schauten uns damals einen Film an – ich weiß nicht mehr, wie er hieß –, und ich erlaubte mir hinterher die gedankenlose Bemerkung, daß ich nicht verstehen könne, warum man so ein Getue um den Sex mache, wo er doch so langweilig sei. Und Richard sagte, daß unser Sexualleben sicherlich nicht *so* langweilig wäre, wenn ich nur ein bißchen was vom Sex verstünde.«

»Und bist du mit deinen Jobs besser zurechtgekommen?«

Sie lächelte. »Oh – ja. Ich bekam im ›Computerland‹ alle zwei Monate eine Gehaltserhöhung, und im Kurheim mußte ich nach einem halben Jahr die Instruktorinnen in Aerobic unterrichten.«

»Und wie war Richard in seinem Job?«

»Ach, ich verstehe worauf du hinauswillst. Ich glaube, er war eine Weile ganz gut in seinem Beruf, aber dann verlor er ein paar Klienten, und deshalb vermute ich, daß seine Partner ihn loswerden wollten.«

»Klingt fast so, als habe ihn deine Tüchtigkeit verschreckt.«

Sie seufzte. »Weißt du, daß ich mir das damals auch ein paarmal gedacht habe? Und deshalb gewöhnte ich mir an, ihm nur von meinen Pannen und Enttäuschungen zu erzählen. Und seltsamerweise war er dann, wenn ich ihm von einer Sache berichtet hatte, die schiefgegangen war, ein paar Tage lang nett zu mir. Ich habe ihm nie etwas von meinen Beförderungen erzählt, aber die konnte er unschwer an meinen Gehaltserhöhungen erkennen.«

»Vielleicht hat diese andere Frau zu ihm aufgeschaut und in ihm einen großen, starken Helden gesehen.«

»Diese Frau hätte selbst ein Karnickel für ein Genie gehalten. Ich opferte ihr anfangs meinen Freitagnachmittag, weil ich Richard helfen wollte, und zeigte ihr, wie man sich die Büroarbeit einteilen muß und daß man sich nicht immer am Telefon mit ›Ja, was wünschen Sie?‹ melden darf. Sie war dumm, gewöhnlich, hatte Beine wie Kartoffelstampfer, eine Taille wie ein Kartoffelsack und wusch sich nie die Haare. Sie war grob, tatklos und konnte nie einen Witz begreifen – und hat mir trotzdem *meinen* Ehemann weggenommen. Als wir uns scheiden ließen, sagte Richard zu mir, daß sie im Bett weitaus besser wäre als ich. Er sagte, diese aufblasbaren Plastikpuppen wären im Bett besser als ich.«

»Und er wußte das aus eigener Erfahrung?«

Samantha kicherte. »Vielleicht nahm er sie mit ins Bett, wenn er mit dieser Dame schlief, damit er wenigstens etwas Hübsches neben sich liegen hatte. Oh, Mike, ich begreife es nicht. Warum sollte wohl jemand sich lieber die Pannen als die Erfolge eines Menschen anhören, den er liebt? Ich wußte, daß Richard in seinem Job frustriert war. Deshalb fand ich mich ja dazu bereit, für uns beide zu sorgen, um ihm die Chance für einen großen Erfolg zu verschaffen, aber er hat ja nicht einmal *versucht*, zu schreiben. Ich glaube, daß er nicht ein Kapitel zu Ende gebracht hat. Er hat die zwei Jahre dazu verwendet, Ski zu fahren, Tennis zu spielen und . . . und . . .«

»Seine Sekretärin zu bumsen.«

»Ja! Wenn er mich nicht mochte: Warum hat er sich dann nicht *erst* von mir scheiden lassen und dann eine Affäre angefangen? Warum mußte er mich so unglücklich machen?«

»Vielleicht dachte er, es sei nur fair, wenn er dich unglücklich macht, weil er sich bei dir so erbärmlich vorkam.«

»Bei mir? Aber ich habe doch alles für ihn getan! Ich sorgte für ihn, kochte für ihn, machte für ihn sauber, bügelte seine Hemden, wusch seine Pullover mit der Hand.«

»Du hast das alles für ihn getan und obendrein noch in zwei Jobs Karriere gemacht? Es ist ein Wunder, daß er dich nicht *umgebracht* hat!«

»Ergreifst du etwa Partei für ihn?« zischte sie entrüstet und versuchte, von ihm wegzurücken.

Aber er zog rasch ihren Kopf auf seine Brust zurück. »Dein Ex-Mann war ein dummer, jämmerlicher Feigling, und dafür muß er nun für den Rest seines Lebens büßen, weil er dich verloren hat.«

Da umarmte sie ihn und küßte ihn auf die Schulter. »Oh, Mike, ich habe mich so angestrengt, so zu sein, wie er mich haben wollte.«

Darauf beschwerte Mike sich in einem weinerlichen Ton: »Aber bei mir hast du gar nicht erst versucht, dich anzustrengen. Du hast noch nicht einen meiner Pullover mit der Hand gewaschen, und ich wußte nicht einmal, daß du *bügeln* kannst.«

Aber sie fand das offenbar nicht komisch, sondern erwiderte ernst: »Aber bisher hast du doch von mir nichts anderes verlangt als gute Laune und Sex.«

»Endlich hast du es begriffen: Michael Taggert ist die personifizierte Oberflächlichkeit.«

Sie hob den Kopf und sah ihn an, und ihre Augen waren ein Spiegelbild ihrer Gefühle für ihn: »Nein, Michael – du bist alles andere als oberflächlich. Richard war oberflächlich. Kleinlich, seicht, zu keinen tieferen Empfindungen fähig. Du . . . du verstehst es, zu lieben.«

Er küßte sie auf den Scheitel und streichelte ihre Brust. »Und du verstehst es, mich in die richtige Laune dafür zu versetzen. Willst du mit mir ›Mädchen sitzt auf der Zeltstange‹ spielen?«

»Doch nicht schon *wieder*?« erwiderte sie kichernd. »Ich weiß nicht, ob ich schon wieder soweit bin dafür.«

»Möchtest du, daß ich dich erst einstimme?«

»Ja, bitte«, sagte sie so höflich, als würde sie ihn darum ersuchen, ihr noch einmal einen Nachschlag vom Dessert zu geben. »Wenn es dir nicht zu viel Mühe macht, heißt das.«

Aber er hatte den Mund voll und konnte nichts mehr sagen.

25

Als Samantha am Morgen aufwachte, hatte sie höchstens eine Stunde geschlafen, fühlte sich jedoch so gut wie nie zuvor in ihrem Leben. Sie mußte sich erst unter Mike hervorarbeiten, seine vom Schlaf schweren Arme und Beine von ihrem Körper wegheben, um aus dem Bett steigen zu können. Sie borgte sich seinen Bademantel aus, der innen an der Badezimmertür am Haken hing, streifte ihn über und wollte schon das Zimmer verlassen, als sie doch noch einmal umkehrte, sich neben das Bett stellte und auf Mike hinunterblickte, der, die Glieder auf dem Laken von sich gestreckt, ruhig und entspannt schlief.

Ihr Leben hatte sich nun verändert. Für immer und unwiderruflich verändert.

Diese Nacht mit Mike hatte sie verändert, hatte sie innerlich so frei gemacht wie nie zuvor in ihrem Leben. Und während sie auf ihn hinunterlächelte, wurde ihr bewußt, daß ihre Verwandlung bereits in dem Moment begonnen hatte, als sie Mike kennenlernte. Die verklemmte, verschüchterte kleine Maus, die zum erstenmal in einem Taxi gefahren war, hatte sehr wenig oder gar nichts mehr mit dieser Frau gemeinsam, die mit Mike heute nacht die unglaublichsten Sachen angestellt hatte.

Seltsam, daß sie sich bei Mike ganz anders benehmen konnte als bei ihrem Ex-Mann. Richard hatte es nie leiden können, wenn sie zu laut lachte oder ihm zu überschwenglich war, sei es, daß sie sich nun über eine Gehaltserhöhung freute, oder für ein Buch begeisterte, das sie gerade las, oder für sonst etwas. Vielleicht hatte Mike recht, wenn er meinte, daß Richard ihr so gar nicht ›gesetztes‹ Wesen erschreckt hatte.

Samantha beugte sich einen Moment über das Bett und berührte Mikes Haar. Sie schockierte Mike nicht mit ihrem Benehmen, weil er in sich gefestigt war, sich seiner selbst und seiner Fähigkeiten sicher, und er fand ihre Vitalität eher erfreulich als abstoßend.

Eine seiner Locken ringelte sich um ihre Finger. Sollte es tatsächlich Engel geben, so hatten sie bestimmt solche Locken wie Mike.

Über ihre Sentimentalität lächelnd, verließ sie das Zimmer, um in ihre Wohnung hinaufzusteigen und sich dort aus dem Schrank ein Kleid zu holen.

Als erstes bemerkte sie, als sie oben angelangt war, daß die Tür, die Mike eingetreten hatte, durch eine neue ersetzt worden war. Das fand sie nicht weiter verwunderlich; denn Mike hatte ihr den Austausch der Tür bereits angekündigt. Aber als sie nun ihre Wohnung betrat, glaubte sie, sich in der Tür geirrt zu haben, und wollte schon wieder umkehren. Doch sie konnte sich gar nicht geirrt haben, weil es in diesem Stockwerk gar keine andere Wohnung gab als die ihre.

Nur hatte diese sich inzwischen vollkommen verändert. Zwar hatten die Wände im Wohnzimmer noch ihre dunkelgrünen Tapeten, aber an den Fenstern hingen jetzt Vorhänge aus kremfarbenem, mit großen lachsroten Rosen gemustertem Chintz, die unten mit grünen Bändern gerafft waren. Ein großer, mit dem gleichen Chintz bezogener Klubsessel stand neben einer lachsfarbenen großen Couch, und der Aubusson-Teppich unter der Sitzgruppe rundete mit grünen und pinkfarbenen Schattierungen die Palette des Raumes ab. Hinter der Couch stand ein langer schmaler Tisch aus hellem Holz, dessen Platte und Seitenklappen, mit dem man ihn um das Doppelte verlängern konnte, mit rosenförmigen Intarsien verziert war. Zwei antike schwarze Nähtischchen, deren Oberflächen man das Alter anmerkte, standen an beiden Enden der Couch.

Ganz langsam, als könnte das alles wie ein Traum zerrinnen, falls sie sich zu schnell bewegte, ging sie weiter zum Schlafzimmer und blieb dort, den Atem anhaltend, unter der Tür stehen.

Das Schlafzimmer war eine alle Schattierungen umfassende, von den dunkelsten bis zu den zartesten Farbtönen hinaufreichende Symphonie in Blau. Die Tapeten zeigten ein Streifenmuster aus hellerem und dunklerem Eisblau. Die Vorhänge waren aus dunkelblauer Seide, die schon fast ins Purpur hinüberspielte. In der Mitte des Zimmers stand ein riesiges Vier-Pfosten-Bett, drapiert mit einem hauchzarten Gespinst aus Baumwolle im blassesten Blau, das man sich vorstellen konnte. Als sie an das Bett herantrat und sich den Betthimmel näher ansah, entdeckte sie ein kleines Medaillon in der Mitte, von dem zarte, geraffte Stoffbahnen wie Sonnenstrahlen ausgingen und zum Rahmen des Betthimmels hinliefen. Die Bettdecke bestand aus feiner himmelblauer Baumwolle, die mit einem zarten Muster aus gesteppten Blütenranken überzogen war.

»Gefällt es dir?« fragte Mike hinter ihr.

Sie drehte sich zu ihm, so überwältigt von ihren Gefühlen, daß sie kein Wort sagen konnte. Sie konnte es kaum fassen, daß er das für sie getan – ihr so eine herrliche Überraschung bereitet hatte. Sie sah ihn an, erinnerte sich wieder an die Nacht, die sie in seinen Armen verbracht hatte, und wußte, daß sie nun die Freiheit besaß, ihn anzufassen – ihn jederzeit anzufassen, wann immer sie wollte.

Und so schlang sie ihm die Arme um den Hals und drückte ihn so fest sie konnte, an sich. »Ich danke dir«, flüsterte sie. »Ich danke dir vielmals.«

»Möchtest du das Bett denn nicht ausprobieren?« fragte er, sie auf den Hals küssend.

Sie lachte. »Ich möchte nicht das wunderschöne Bettzeug zerwühlen.«

»Wir werden vorsichtig sein«, sagte er, nahm sie bei der Hand und führte sie zum Bett.

Als sie gerade hineinsteigen wollte, fiel ihr Blick auf die hübsche blaue Uhr, die auf dem Nachttisch daneben stand. »Mike! Es ist schon Viertel nach neun! Um zehn wollten sie die Möbel im Pflegeheim anliefern.«

»Die werden schon wissen, wo sie sie hinstellen müssen«, meinte Mike und streckte die Hand aus, um sie zu sich aufs Bett hinaufzuziehen.

Aber Samantha wehrte ihn ab. »Wir müssen dort sein, wenn sie die Möbel bringen.«

Mit einem Seufzer legte sich Mike in die mit Spitzen gesäumten Kissen zurück. »Ich gehe nur mit, wenn du versprichst, daß du den Nachmittag mit mir im Bett verbringen wirst.«

»Wenn ich das unbedingt muß«, erwiderte sie mit einem ebenso tiefen, aber müden Seufzer.«

Als Mike sie jetzt packen und gewaltsam auf das Bett hinaufbefördern wollte, flüchtete sie kreischend ins Badezimmer, wo sie wieder, den Atem anhaltend, auf der Schwelle stehenblieb. Das Badezimmer war zwar immer noch mit grünem Marmor verkleidet, aber alles, alles, was man als Zubehör bezeichnen konnte – Schalen, Kremtöpfe, Haken und sogar die Fassungen der Lampen an der Decke und über dem Spiegel – war nun zartrosa. Und die wunderschönen pinkfarbenen Handtücher und das Badetuch an der Stange waren obendrein noch mit dem Monogramm SE bestickt.

Sie drehte sich zu Mike um, nachdem sie die mit kleinen Rosen gemusterte pinkfarbene Tapete an der Decke bewundert hatte: »Wer hat das alles gemacht?«

»Jeanne.«

»Deine Schwester?«

Als er dies mit einem Nicken bestätigte, bestürmte sie ihn mit Fragen, wie seine Schwester das denn in einer so kurzen Zeit habe bewältigen können, wann er das alles veranlaßt hatte und wie er hatte wissen können, daß das alles genau ihrem Geschmack entsprach. Dabei lief sie wieder von Zimmer zu Zimmer und bewunderte nun jedes Detail, während Mike ihr immer dicht auf den Fersen blieb und sich an ihrer Freude weidete.

In der Nacht hatte sie ihm gestanden, daß Blair ihr verraten habe, wie reich er sei. Und nun war er sehr froh darüber, daß das offenbar gar keinen Einfluß auf sie hatte. Jetzt brauchte er keine Geheimnisse mehr vor ihr zu haben, mußte sich nicht mehr in acht nehmen, daß er ihr nichts von dem Familien-Jet erzählte, konnte mit ihr seine Freude teilen, wenn ihn ein günstig eingekauftes Aktienpaket um eine Viertelmillion reicher gemacht hatte. Und jetzt konnte er ihr auch die kleine goldene Uhr kaufen, die sie im Schaufenster bei Tiffany's bewundert hatte und dann fast in Ohnmacht gefallen war, als sie hörte, wieviel sie kostete.

»Wenn du dich jetzt nicht anziehst«, sagte er, »wirst du die Anlieferung der Möbel versäumen.«

Nachdem sie sich noch einmal mit einem Kuß bei Mike bedankt hatte – was ihr Vorhaben nicht gerade beschleunigte –, rannte Samantha ins Schlafzimmer, um sich anzuziehen. Es war dann unten in Mikes Badezimmer, in dem sich ihre Schminksachen befanden, wo sie zu ihm sagte: »Weißt du, was mich wirklich stört an diesem Pflegeheim?«

»Du meinst«, erwiderte Mike, an ihr vorbeilangend, um sein Rasierzeug vom Bord zu holen, »außer daß es dort stinkt, das Personal die Patienten tyrannisiert und die Räume so häßlich sind?«

»Ja. Noch mehr stört mich an diesem Heim, daß es dort nichts zu *tun* gibt. Ich kann mich nicht erinnern, da irgendwo ein Magazin oder eine Zeitung gesehen zu haben. Wenn man Jubilee in so ein Heim gesteckt und ihm sein Piano weggenommen hätte, wäre er keine achtzig Jahre alt geworden.«

Mike bückte sich, um in den drei Quadratzentimetern Spiegelfläche, die Samantha ihm noch gelassen hatte, den Ausschnitt seines Gesichts betrachten zu können, den er gerade mit dem Rasiermesser bearbeitete. »Wenn du dich beeilst, könnten wir vielleicht noch in der Fifth Avenue eine Lektüre für deine Großmutter kaufen.«

Samantha lachte. »Michael Taggert – soll das eine Bestechung sein, damit ich das Badezimmer räume?«

»Wenn es diese Wirkung haben sollte – ja.«

»Dann lasse ich mich bestechen«, sagte sie, drückte ihm einen Kuß auf die Schulter und huschte hinaus.

Zehn Minuten später betraten sie eine große Buchhandlung auf der Fifth Avenue, wobei Mike zu seiner Überraschung feststellte, daß Samantha nicht nur ihre Angst vor Drehtüren verloren hatte, sondern sie sogar meisterhaft beherrschte.

Im Laden selbst drehte sie sich ein bißchen schüchtern zu ihm um. Er hatte gesagt, sie könnte Magazine kaufen, aber wie viele? Nach ihren zahlreichen Einkaufsausflügen in die Innenstadt hörte sie nun schon diese Maschine an der Kasse höhnisch wiehern, wenn man dort ihre Kreditkarte hineinsteckte. »Oh, Mike«, sagte sie, »wie groß ist eigentlich mein Kredit?«

»In Zeit- oder in Geldeinheiten?«

»Beides.«

Er sah auf seine Uhr und sagte. »Du darfst alles kaufen, was du in zwölf Minuten und sechs Sekunden zur Kasse schleppen kannst.«

»Zwölf Komma sechs Minuten?«

»Jetzt sind es zwölf Komma vier.«

Samantha hatte einmal gelesen, es wäre am Morgen nach der Hochzeitsnacht, wo die Frauen ihre größten Fehler machten. In dem Bemühen, ihren frisch angetrauten Gatten eine Freude zu bereiten, machten sie ihnen das Frühstück und servierten es ihnen im Bett, weil sie meinten, *dieser* Morgen sei etwas Besonderes, und so etwas würden sie nur an einem ›besonderen‹ Morgen machen. Der Mann hingegen verstand dieses Frühstück im Bett als Hinweis darauf, was es für den Rest ihres Ehelebens erwarten durfte, und war deshalb in den darauffolgenden Jahren arg enttäuscht, wenn er sein Frühstück regelmäßig am Tisch einnehmen mußte.

Es war ja nun nicht so, als ob sie gestern geheiratet hätten, aber sie hatten immerhin ein nächtliches Zusammensein gehabt. Und Mike schaute sie jetzt nicht mehr mit diesen lüstern-begehrlichen Augen an, sondern so, als wäre er – nun – ihr Ehegatte. Gönnerhaft. Und das gefiel ihr nicht. Zweifellos erwartete er von ihr, daß sie ein oder zwei Bücher kaufte und vielleicht noch fünf oder sechs Illustrierte, worauf er auf eine väterliche Weise lächeln und so etwas Ähnliches sagen würde wie: »Bist du jetzt zufrieden?«

Samantha lächelte ihn an. Sie würde ihm zeigen, daß sie sich nicht wie die Braut benahm, die ihrem Mann das Frühstück ans Bett brachte. Und sie wollte diesen Einkauf auch zu einer Lektion für ihn machen. Er war reich genug, um für diese Lektion auch bezahlen zu können.

»Okay, Mr. Goldschatz, ich verlasse mich auf Ihr Wort«, sagte sie, eine Braue herausfordernd in die Höhe ziehend, ehe sie sich rasch zu dem Angestellten an der Kasse umdrechte: »Ich brauche zwei *große* Einkaufstüten, und zwar *schnell*!«

Der gelangweilte junge Mann am Kassenschalter gab ihr, was sie verlangte.

Samantha eilte nun zuerst zu den Regalen mit den Kriminalromanen, da sie sich in dieser Sparte ziemlich gut auskannte. Mit beiden Armen raffte sie dort alle Werke von Nancy Pickard, Dorothy Cannell und Elizabeth Peters zusammen und ließ sie in die Einkaufstaschen fallen, die aufnahmebereit vor ihren Füßen standen.

Vor dem Regal mit den Science-fiction-Titeln, das sich unmittelbar neben den Kriminalromanen befand, stand ein großgewachsener, gut gekleideter Mann, der so tat, als bemerkte er nicht, was sie da neben ihm tat. Nun hatte Samantha aber in der Zeit, die sie in dieser Stadt lebte, bereits die Erfahrung gemacht, daß die New Yorker zwar gern den blasierten Kosmopoliten herauskehrten, der alles gesehen hatte und dem man nichts mehr vormachen könne, während sie in Wahrheit geradezu süchtig waren auf Neuigkeiten. Stets auf der Suche nach etwas, das man ihnen bisher noch nicht geboten hatte, achteten sie immer auf ihre Nachbarn und alles, was gerade in ihrer Umgebung geschah. Ein New Yorker war, wie Samantha fand, in das Ungewöhnliche geradezu vernarrt, nur mußte man sich schon mächtig anstrengen, um dem New Yorker etwas bieten zu können, was er als ungewöhnlich erachtete.

Als dieser Mann nun bemerkte, daß Samantha in fieberhafter Eile ganze Regalbretter abräumte, fragte er: »Ist das ein Leserwettbewerb?« Die Neugierde siegte bei einem New Yorker stets über seine guten Manieren.

»So etwas Ähnliches«, erklärte ihm Samantha. »Ich vertrete hier ein Altenpflegeheim, und ich kann alle Bücher behalten, die ich innerhalb von zwanzig Minuten einsacken kann.«

Da leuchtete das Gesicht ihres Nachbarn auf. »Dürfen andere Ihnen dabei helfen?«

»Natürlich«, erwiderte Samantha. Mike hatte ihr nicht gesagt, daß andere ihr dabei nicht helfen dürften.

»Ich könnte für Sie ein paar gute Science-fiction-Titel heraussuchen und meine Frau die Bücher, die auf der Bestseller-Liste stehen.«

Es dauerte keine vier Minuten, bis die gesamte Kundschaft des Ladens wußte, daß hier eine Lady an einem Wettbewerb teilnahm, wollte jeder ihr helfen. Zwei große junge Schwarze mit Rasiermesser-Haarschnitt – einer der beiden hatte ein Z auf der linken Schläfe – fragten, ob auch Magazine unter die Wettbewerbsregeln fielen, und Samantha antwortete: »Ja, alle.« Da machten die beiden ein Gesicht, als hätten sie den Jackpot gewonnen. Sie klatschten in die Hände und liefen zu dem Stand mit den Illustrierten, der eine ganze Wand im Laden einnahm.

Ein Mann, der von zwei Kindern begleitet war, bot sich an, Spiele für sie herauszusuchen, eine Frau wollte ihr bei den Hörspielkassetten behilflich sein, und ein etwas schmuddeliger Typ mit Videos.

Als die zwölf Minuten um waren, bremste Samantha, die Arme voller Frauenromane, vor dem Schalter ab, wo die Waren verpackt wurden und die Angestellten, die das besorgten, hinter den Stapeln und Bergen von Büchern, Magazinen, Spielen und Kassetten gar nicht mehr zu sehen waren. Einen Moment beschlich sie ein mulmiges Gefühl, aber sie war entschlossen, keinen Rückzieher zu machen.

»Wollen Sie das alles mitnehmen?« fragte die Substitutin, die in dieser Abteilung die Aufsicht führte, mit weit aufgerissenen Augen. Als Samantha – nicht zu Mike hinsehend, der den Vorgang ungläubig beobachtete – nickte, sagte die Substitutin, da müsse sie den Manager holen.

Als sich der Manager im Kassenraum einfand, war die gesamte Kundschaft, wovon der Großteil sich aktiv an dem Einkauf beteiligt hatte, um den Kassenschalter versammelt und wartete mit andächtigen Gesichtern auf das Ergebnis des Wettkampfs.

»Ich hoffe, Sie können das auch alles bezahlen«, sagte der Manager im strengen Ton.

Samantha nickte. Als der junge Mann an der Kasse jedoch das oberste Buch vom ersten Stapel nahm und ihn über das elektronische Auge halten wollte, rief Samantha laut: »Warten Sie!«, und alle hielten den Atem an. Würde Samantha jetzt etwa kalte Füße bekommen?

»Wieviel Prozent Rabatt wollen Sie mir dafür geben?« fragte Samantha den Manager.

In diesem Moment brachen die hier anwesenden New Yorker in einen donnernden Applaus aus, weil sie in Samantha eine Eingeborene zu erkennen glaubten. Und nach einer teilweise hitzig geführten Debatte, an der sich mehrere Personen beteiligten, einigte man sich auf einen Nachlaß von zwölfeinhalb Prozent.

Nachdem alles, was sich da auf dem Schalter türmte, von der Kasse registriert und von Mike mit seiner Kreditkarte bezahlt worden war, halfen die Leute Samantha noch, die vielen Tüten auf die Straße hinauszutragen, wo sie in ein Taxi verladen werden sollten. Sie hatten jedoch das Mißgeschick – oder Glück – einen eingeborenen New Yorker Taxichauffeur anzuhalten, der ihnen sagte, er könne nicht dieses ganze Zeug in sein Vehikel einladen. Nun gibt es nichts, was ein New Yorker mehr liebt als eine kontrovers geführte Diskussion. Touristen fingen an, von diesen leibhaftig echten New Yorkern Fotos zu machen, die sich mitten in der Stadt auf dem Bürgersteig stritten. Sie hatten zwar davon gehört, daß so etwas in New York vorkommen sollte, aber *ihre* Mütter hatten ihnen beigebracht, daß man sich immer nur in seinen vier Wänden streiten dürfe.

»Ich habe es geschafft«, sagte Samantha zu Mike, als sie schließlich im Taxi unter sich waren. »Unter sich« durfte man in diesem Fall allerdings nur mit Einschränkungen gelten lassen, denn bisher war noch nie ein mit festem Verdeck versehener Personenwagen so mit Waren vollgestopft gewesen wie dieses Taxi. Samantha hatte zwei Einkaufstüten auf dem Schoß, vier unter den Beinen und zwei im Rücken. Eine Judith-McNaught-Kassette lugte aus ihrer Handtasche – sie hatte gedacht, daß sie sich diese erst einmal selbst anhören sollte, bevor sie sie weitergab – und machte sich während der Fahrt ein paarmal schmerzhaft im Bereich ihrer linken Niere bemerkbar. »Exakt in zwölf Minuten ohne eine Sekunde Zeitüberschreitung.«

Mike studierte die endlosen Papierschlangen aus der Registrierkasse. »Zwölf Minuten, um den halben Laden zu plündern und das Zeug zur Kasse zu schleppen, elf Minuten, um im Stil eines ägyptischen Kameltreibers mit dem Manager um den Rabatt zu feilschen, siebzehn Minuten, um mit Hilfe von fünf Angestellten, vier Rollen Papier und drei Registrierkassen den Verkaufspreis zu ermitteln und noch einmal dreizehn Minuten, um die Ware im Taxi zu verladen, wobei mir halb New York Anweisungen gab, wie ich das machen sollte. Ja, Sam, wir liegen genau in der Zeit.«

Sich über ihre zwei Einkaufstüten beugend, die ihren Schoß belasteten, sah sie ihn lächelnd an: »Bist du mir deswegen böse?«

»Nein«, erwiderte er ehrlich und tätschelte ihre Wange. Der gönnerhafte Blick war inzwischen wieder durch den begehrlich-lüsternen ersetzt worden.

Immer noch lächelnd, lehnte sich Samantha gegen die beiden Taschen im Rücken. Es sah nicht so aus, als würde Mike sie als das kleine fügsame Ding betrachten, das ihm das Frühstück ans Bett brachte.

Da die Möbelpacker sich auch nicht an den Zeitplan gehalten hatten, trafen Samantha und Mike nur zwanzig Minuten nach ihnen im Pflegeheim ein. Als sie in Maxies Zimmer kamen, saß diese im Bett und erteilte den schwitzenden robusten jungen Männern Anweisungen, wo sie die Möbel hinstellen sollten, während ein Arzt ein Stethoskop an ihre Brust hielt, um ihren Herzschlag zu überwachen.

»Lady«, sagte einer der jungen Männer zu ihr, »wir haben Sie schon einmal darauf hingewiesen, daß wir nur fürs Möbeltragen, aber nicht für das Aufhängen von Bildern bezahlt werden.«

»Nun, Nana«, sagte Samantha, als sie über die Schwelle trat, »mir scheint, du hast hier alles unter Kontrolle.« Sie küßte Maxie auf die Wange, während der Arzt sein Stethoskop einpackte. Nachdem er das Zimmer verlassen hatte, begann Samantha ihr zu erzählen, was Mike mit ihrer Wohnung gemacht, wie viele Bücher und Magazine er eingekauft und was er auf dem Weg hierher alles gesagt hatte.

Mike hatte mit dem Arzt das Zimmer verlassen und fragte ihn: »Wie geht es ihr?«

»Den Umständen entsprechend«, erwiderte der Arzt und grinste. »Aber sie ist jetzt glücklich in diesem Heim. Ich wünschte mir, alle meine Patienten hätten zwei so gute Geister wie Sie und die Lady. Aber geben Sie ihr nicht zu viel Schnaps, okay?«

»Heute haben wir Schokolade für sie mitgebracht.«

»Gut«, erwiderte der Arzt und wurde dann ernst. »Ich hoffe, Ihre Frau ist auf Abbys Tod vorbereitet.«

»Ja, Sam ist darauf vorbereitet«, erwiderte Mike ebenso ernst. »Sie hat viel Übung in dieser Hinsicht – sehr viel Übung.«

*

Es war drei Stunden später, daß das Telefon auf dem Nachttisch neben Samanthas großem neuen Vier-Pfosten-Bett zu läuten anfing und Mike den entsprechenden Knopf drückte, als er merkte, daß das Gespräch auf seiner Leitung kam. Nachdem er Samanthas Fußknöchel von seinem Ohr genommen und diesen durch den Hörer ersetzt hatte, sagte Mike: »Hallo?«

»Michael, bist du es?«

»Mama! Tut gut, deine Stimme zu hören. Du klingst so nahe!«

So rasch wie die Tochter eines Pfarrers, die man nackt mit einem Meßknaben in der Sakristei erwischt hatte, löste sich Samantha jetzt von Mike, setzte sich kerzengerade auf und zog die Decke züchtig bis ans Kinn hinauf.

»Oh, Himmel, nein«, sagte Mike bestürzt, und als er dann zu Samantha blickte und sah, daß sie ganz blaß wurde im Gesicht – als hätte sie gerade gehört, daß jemand gestorben sei –, legte er rasch die Hand über die Hörmuschel. »Meine Familie ist nach New York gekommen, um dich kennenzulernen!« flüsterte er.

Samantha brauchte gut drei Sekunden, um zu begreifen, was das bedeutete. Dann sank sie stöhnend auf das Bett zurück. Fast wünschte sie sich, es *wäre* eine Todesnachricht gewesen.

»Wieviel seid ihr?« fragte Mike und legte dann eine Pause ein. »Oh? So viele!« Pause. »Ist Dad auch mitgekommen?« Pause. »Fein, nein, es ist gut, wenn ich euch alle sehe, und ich bin sicher, daß die Kinder sich nicht langweilen werden.« Mikes Bestürzung verwandelte sich in nacktes Entsetzen. »Nun sage bloß nicht, Frank wäre auch mitgekommen! Wie? Ja? Doch, ich freue mich schon, ihn wiederzusehen, und . . . Nein, Raine hat keinen Kratzer an seinen kostbaren Wagen gemacht.« Pause. »Sam? Oh, die sitzt hier bei mir.«

Samantha sah, wie Mike ganz rot wurde im Gesicht.

»Mutter! Ich bin schockiert von dir. Okay, okay, wir werden da sein, sobald wir uns ange . . . äh . . . sobald wir können.« Samantha konnte Mikes Mutter lachen hören, als er den Hörer auflegte.

Einen Moment lagen sie beide auf dem Bett, ohne sich zu berühren, und starrten zum Betthimmel hinauf.

»Warum?« flüsterte Samantha.

Mike rollte sich auf die Seite und fuhr mit dem Zeigefinger über Samanthas nackten Bauch. »Ich sagte es dir doch eben. Weil sie dich kennenlernen wollen.«

»Und *weshalb* wollen sie mich kennenlernen? Was hast du von . . . uns erzählt? Hast du ihnen gesagt, daß wir . . . daß wir . . .?«

Mike grinste sie an. »Einer der wichtigsten Gründe, die mich dazu bewegt haben, Colorado zu verlassen, waren solche Anrufe wie dieser eben. Aber es hat mir wenig genützt, daß ich nach New York gekommen bin; denn sie scheinen noch immer alles über mich zu wissen. Aber um deine Frage zu beantworten: Nein, ich habe ihnen nichts von uns gesagt, aber ich bin sicher, daß Raine das getan hat, und Blair und Jeanne und Vicky. Ich weiß gar nicht, warum ich Colorado überhaupt verlassen habe; denn es scheint ja einen regelmäßigen Gedankenaustausch der Taggerts mit den New Yorker Montgomerys zu geben.«

Samantha rollte zu ihm hin. »Mike, ich habe Angst. Wenn sie mich nun nicht mögen?«

»Aber warum sollten sie dich nicht mögen? Ich mag dich doch auch.«

»Aber du hast ja auch mit mir ins Bett gehen wollen.«

»Was soll das nun wieder heißen? Daß ich jede Frau, die ich hübsch und sexy finde und mit der ich ins Bett gehen will, auch *mögen* muß?«

»Wie, in aller Welt, kannst du eine Frau, die du hübsch und sexy findest und mit der du ins Bett gehen willst, nicht *mögen*? Wie kannst du nur das eine vom anderen trennen wollen?«

Mike zuckte mit den Achseln, was in der männlichen Körpersprache bedeutete: ›Ich weiß es nicht und möchte auch nicht darüber nachdenken.‹

Samantha stieg aus dem Bett. »Was soll ich jetzt anziehen? Das pinkfarbene Chanel-, das rote Valentino oder das graue Dior-Kostüm?«

»Jeans. Sie sind im Central Park und veranstalten dort ein Picknick. Es sind mehr als hundert von ihnen dort versammelt.«

Samantha setzte sich daraufhin mit einem lauten Plumps wieder hin. Es wäre schön gewesen, wenn dort, wo sie sich hinsetzte, ein Stuhl gestanden hätte. Das war aber nicht der Fall.

Mike schob den Kopf über den Bettrand und sah auf Sam hinunter, die splitternackt mit gegrätschten Beinen auf dem Fußboden saß. »Möchtest du auch noch Gästeschlafzimmer ausprobieren, ehe wir gehen?«

Samantha stöhnte laut.

»Nun komm schon, Sammy-Mädchen, wie schlimm kann es denn schon werden! Es sind doch nur hundert Personen, die dich in Augenschein nehmen und dir verfängliche Fragen stellen wollen. Meine Mutter möchte natürlich gern wissen, ob du auch dafür geeignet bist, mit ihrem kostbaren Sohn unter einem Dach zu wohnen, aber die anderen Frauen werden dich nur stumm von Kopf bis Fuß anschauen. Und mein Vater . . .«

In diesem Moment traf ihn das Kissen im Gesicht, das sie vom Boden aufgehoben hatte.

26

Es dauerte dann länger als eine Stunde, ehe sie sich auf den Weg machten, weil sie sich beinahe in die Haare geraten waren, als Mike von ihr verlangte, daß sie hautenge Jeans und ein rotes T-Shirt ohne Büstenhalter anziehen sollte. Sicherlich hätten sie sich in kürzester Zeit über diese Sache einigen können, doch Samantha hatte es gar nicht eilig, Mikes Verwandtschaft vorgeführt zu werden, sondern stritt lieber ein bißchen mit ihm herum, um ein wenig Zeit zu schinden.

Als sie dann endlich den Central Park erreichten, deutete Mike mit dem Finger auf eine weitläufige Rasenfläche: »Dort sind sie.«

Samantha brauchte einen Moment, um zu begreifen, daß diese Ansammlung von Leuten, die sie für die Gesamtbevölkerung eines dieser europäischen Länder mit den seltsam klingenden Namen gehalten hatte, in Wahrheit Mikes Verwandte darstellten. Das sind nicht nur hundert, sondern mindestens vierhundert, wenn nicht gar fünfhundert Personen, die sich dort versammelt haben, dachte sie bei sich und machte auf der Stelle kehrt, um sich auf der Fifth Avenue in Sicherheit zu bringen. Doch ehe sie diese erreichen konnte, hielt Mike sie am Arm fest. Er hatte auf dem Weg hierher ununterbrochen mit ihr gescherzt und vor sich hingelächelt, als machte ihm das Ganze großen Spaß, und deshalb brauchte er jetzt einen Moment, um zu begreifen, daß Sam sich nicht nur zum Schein so geziert hatte, sondern tatsächlich vor Angst wie versteinert war.

Als er nun über die Schulter zu seiner Familie hinübersah, auf dieses Gewimmel unzähliger Kinder und die allgemeine Kumpanei, die dort herrschte, konnte er verstehen, daß Samantha vielleicht zu Recht ein wenig nervös geworden war.

»Bleib hier, ich besorge dir etwas, das deine Nerven ein bißchen beruhigen kann«, sagte er, als er sich wieder in Bewegung setzte.

»Michael!« zischelte sie, »ich will *nichts* zu trinken haben!« Aber Mike hörte sie nicht oder wollte sie nicht hören, denn er hatte bereits den ersten unter den Bäumen aufgestellten Tisch erreicht. Halb hinter einem Busch versteckt und halb im Freien stehend, damit sie diese Leute dort im Auge behalten konnte, sah sie, wie Mike auf eine Frau zuging, die auf einem Klappstuhl unter einem Baum saß und etwas auf dem Arm hielt, das nach einem Säugling aussah. Mike redete ein paar Minuten mit der Frau, bis diese nickte, das Baby von ihrer Brust nahm und es Mike übergab.

Fand Samantha schon den Anblick von Mike, der einer Mutter das Kind von der Brust wegnahm, sehr eigenartig, so war sie noch mehr über die Tatsache verwundert, daß auch nicht einer von den hier zu Hunderten versammelten Verwandten ein Wort zu Mike sagte. Sie wußte, daß niemand von ihnen Mike in den letzten zwei, drei Monaten gesehen hatte, und obwohl sie aus ganz Colorado und auch aus Maine hier im Central Park zusammengekommen waren, um sich mit ihm zu treffen, würdigten sie ihn keines Wortes, als er sich in ihrer Mitte zeigte!

Kurz darauf stand er dann vor ihr und hielt ihr das schläfrige Baby hin wie einen Blumenstrauß.

Samantha wich einen Schritt zurück. »Mike, ich habe keine Ahnung, wie man mit Babys umgeht!«

»Du hattest ja auch keine Ahnung, wie man mit Männern im Bett umgeht«, erwiderte er mit einem unverschämten Grinsen, »und wie rasch hast du das gelernt. Da, nimm es!«

Als sie das Baby betrachtete, das er auf dem Arm hielt, dachte sie, daß sie noch nie etwas Schöneres wie dieses rosige kleine, in eine weiße Decke eingewickelte Wesen gesehen hatte. Es lief ihm noch etwas Muttermilch aus einem Mundwinkel über das Kinn, und Samantha benutzte einen Zipfel der Decke, um sie abzuwischen.

»Es muß sein Bäuerchen machen«, erklärte Mike, und sie verfolgte nun mit großem Interesse, wie er den Säugling geschickt aus der Decke auswickelte und zwei dicke Ärmchen und Beinchen, ein dickes, mit Plastik überzogenes Windelpaket und ein kleines Hemdchen zum Vorschein kamen. Nachdem Mike ihr die Decke über die Schulter gehängt hatte, drängte er ihr das Baby förmlich auf, so daß sie nicht mehr umhin konnte, es auf den Arm zu nehmen.

Instinkt und Verlangen wirkten zusammen, und Samantha drückte das Kind schließlich zärtlich an sich.

»Steht dir gut«, sagte Mike, sich vorbeugend und sie leicht auf den Mund küssend. »Nun mußt du es nur ein bißchen mit der Hand auf den Rücken klopfen, bis es aufstößt.«

»So?«

»Perfekt!«

Als das Baby mit einem lauten Rülpser kundtat, das ihre Bemühungen zum Erfolg geführt hatten, sah Samantha Mike mit so strahlenden Augen an, als hätte sie soeben die wundervollste Tat der Welt vollbracht, wie Mike lachend feststellte. Aber sie merkte ihm an, wie stolz er auf sie war.

»Du bist Onkel Mike«, sagte da eine Stimme vor ihnen, und als sie beide nach unten sahen, erblickten sie ein hübsches kleines Mädchen, das nicht älter als acht sein konnte. Seine goldbraunen Locken waren tadellos frisiert und es trug ein wunderhübsches weißes Kleid, das vorn mit kleinen Rosen bestickt war und weiße Strümpfe und Schuhe.

»Hallo, Miss Lisa«, sagte Mike. »Bist du nicht ein bißchen zu fein angezogen für ein Picknick? Wo hast du denn das schöne Kleid her?«

»Von Bergdorfs natürlich«, erwiderte das Mädchen selbstgefällig, »der einzige Laden, in dem man in New York einkaufen kann.«

»Na, na – du wirst mir doch kein Snob werden!« sagte Mike.

Dieser Vorwurf schien das Mädchen jedoch nicht zu erschüttern. Es sah seinen Onkel kokett an, streckte ihm ein Bein hin und sagte: »Aber die Schuhe habe ich bei Lamstons gekauft«, ihm den Namen eines beliebten New Yorker Kaufhauses für preiswerte Massenartikel nennend.

Lachend hob Mike da das Kind vom Boden auf, vergrub das Gesicht an dessen Hals und machte dort geradezu ordinäre Geräusche. Das schien ein Angriffssignal für alle hier zum Picknick versammelten Kinder zu sein, denn sie kamen nun hinter Felsblöcken und Bäumen und aus den entferntesten Winkeln des Parks herbei, um alle auf einmal über Mike herzufallen. Ein kräftiger kleiner Junge eroberte sein linkes Bein und setzte sich auf seinen Fuß, während sich zwei offensichtlich eineiige Zwillinge seines rechten Beines bemächtigten. Mike hielt Lisa mit einem Arm fest, während sie immer wieder triumphierend rief: »Ich habe ihn zuerst entdeckt!« und die anderen Kinder daran zu hindern suchte, auf Mikes Schultern, Rücken und Kopf zu klettern. Innerhalb kürzester Zeit hing eine dicke Traube von Kindern an ihm wie die Bienen an ihrer Königin.

Lachend schaute Samantha ihm nach, wie er, beladen mit johlenden und jauchzenden Kindern, zu den Picknicktischen ging.

Als noch vier Kinder herbeigelaufen kamen und enttäuschte Gesichter machten, weil sie nicht einen Quadratzentimeter an Mike entdecken konnten, der nicht bereits belegt war, sagte Mike: »Holt euch Sam.«

Samantha wurde es nun angst und bang, als die Kinder, grinsend wie kleine Kobolde, auf sie zurannten. Sie drückte das Baby an ihre Brust, hielt die Hände schützend über seinen Kopf und wich vor den Kindern zurück, als sähe sie sich einem Rudel Wölfe gegenüber.

Als sie sich dann alle vier an sie hängten, war sie dieser Last nicht gewachsen und ging zu Boden. Doch im nächsten Moment wurde sie von einem Paar kräftigen Armen wieder hochgehoben. Nachdem sie ihren Schrecken überwunden hatte, drehte sie den Kopf zur Seite, um ihrem Retter in die Augen zu schauen – in Augen, die Mike hätten gehören können, wenn da nicht etliche Fältchen gewesen wären.

»Ian Taggert«, stellte sich ihr Retter vor, als stünde er ihr in einem Ballsaal gegenüber, statt sie auf seinen Armen über eine Wiese zu tragen. »Mikes Dad«, setzte er überflüssigerweise hinzu. »Und wen halten Sie da im Arm?«

»Keine Ahnung«, antwortete sie, auf das Baby hinunterblickend.

»Und Sie wollen das Kind nicht mehr hergeben?«

Samantha wurde feuerrot, als ihr bewußt wurde, daß sie das Baby immer noch so fest an sich drückte, als müßte sie es mit ihrem Leben gegen ein gefährliches Raubtier verteidigen. Sie ahnte es zwar nicht, aber mit dieser Geste eroberte sie sich für immer einen Platz im Herzen von Mikes Vater. Ian hatte bisher keine von Mikes Freundinnen leiden können, weil sie immer so um ihre Kleider besorgt waren und fürchteten, sich schmutzig zu machen. Aber diese da gefiel ihm.

»Du mußt dir schon dein eigenes Mädchen suchen«, sagte Mike in diesem Moment und nahm seinem Vater die Last ab.

»Du wirst mich jetzt sofort loslassen, hörst du?« zischte sie Mike ins Ohr, als er sie nun zu einem Picknicktisch trug, wo sich bereits seine unzähligen Verwandten versammelt hatten, um Samantha in Augenschein zu nehmen.

Nach den ersten zwanzig Minuten bemühte Samantha sich nicht mehr, sie alle im Kopf zu behalten, sondern war froh, in dieser Menge wenigstens ein paar ihr vertraute Gesichter zu sehen: Raine, Blair und Vicky, die es schaffte, sogar noch in Jeans elegant auszusehen. Und natürlich waren für sie auch Mikes Mutter – eine ungewöhnlich hübsche Frau, wie Sam feststellte –, Mikes Schwester Jeanne, die ihre Wohnung neu eingerichtet hatte, und Mikes ältester Bruder Frank keine gänzlich Unbekannten mehr. Frank sah wie alle Männer der Taggert-Familie aus, war jedoch ein Beispiel dafür, wie die Mimik die Züge eines Menschen zu verändern vermochte. Die offenen, ehrlichen Augen, die jenen von Mike so ähnlich waren, wirkten verkniffen, als suchte er überall nach einem Haar in der Suppe, und der schöne, volle Taggert-Mund war zu einem grimmigen Strich zusammengezogen.

Als Frank ihr die Hand gab, versuchte er nicht mit ihr zu flirten, wie das Mikes andere Brüder getan hatten, sondern musterte sie abschätzend von Kopf bis Fuß und sagte: »Sie werden doch sicherlich dazu bereit sein, einen Ehevertrag abzuschließen, bevor Sie Mike heiraten, nicht wahr?«

Mike legte Samantha den Arm um ihre Schulter, sagte zu seinem ältesten Bruder, er könne sich dieses bewußte Papier sonstwo hinstecken, und führte sie dann auf eine Gruppe zu, die sich inzwischen unter den Bäumen versammelt hatte. »Du hast den schlimmsten Teil der Familie kennengelernt, jetzt kommt der beste.« Auf dem Weg dorthin fragte sie ihn über seine Familie aus, und als sie von Mike erfuhr, daß Frank mit vierzig unbedingt Milliardär sein wollte, was ihm, wie Mike meinte, vermutlich auch gelingen würde, mußte Samantha lachen. Mike warf, bildlich gesprochen, mit Millionen und Milliarden um sich wie gewöhnliche Sterbliche mit Zehnern und Hundertern.

Unter einem Baum, ein wenig abseits von dem lärmenden Getümmel der übrigen Familie, saß eine sehr hübsche junge Frau von ungefähr zwanzig Jahren, die aussah, als wäre sie soeben einem Märchenbuch entstiegen. Sie war die schöne Prinzessin, für deren Rettung jeder Ritter sofort bereit war, sein Leben zu opfern – die Prinzessin, die wußte, daß eine Erbse unter ihrer Matratze versteckt war. Sie trug einen langen Faltenrock aus Chiffon, eine hauchdünne Bluse und so einen großen, mit einem Band versehenen Hut, wie ihn Scarlet O'Hara zum Barbecue getragen hatte. Neben ihr stand eine große Strohtasche voller Liebesromane, und auf ihrem Schoß saß ein wunderhübsch angezogenes Bilderbuch-Baby, das, wie Samantha später erfuhr, eine von Mikes Kusinen gehörte.

»Jilly, Liebling«, sagte Mike leise, »ich möchte dir Samantha vorstellen.«

Jilly sah Samantha an und Samantha Jilly, worauf Mike sich lächelnd verabschiedete, weil er wußte, daß Samantha in diesem Moment eine Freundin in seiner sie schier erdrückenden Familie gefunden hatte. Samantha setzte sich zu Jilly unter den Baum, und sie redeten nun über Bücher, die sie beide gelesen hatten. Binnen weniger Minuten hockten vier Kinder vor ihnen im Gras, die nichts anderes taten, als still dazusitzen und ihnen zuzuhören.

Nach und nach fanden sich nun auch die übrigen Frauen von Mikes Familie ein und setzten sich eine Weile zu den beiden, so daß Samantha mit jeder ein paar Worte wechseln konnte. Sie war froh, Jeanne endlich sagen zu können, wie sehr sie sich über ihre neu eingerichtete Wohnung gefreut hatte, wie herrlich die Farben aufeinander abgestimmt seien und überhaupt alles so gelungen wäre, daß man nur staunen könne. Sie bedankte sich noch einmal bei Vicky, daß sie ihr damals bei Saks bei der Auswahl ihrer Garderobe geholfen hatte, und entschuldigte sich für ihre Naivität, was die Kosten für ihre Einkäufe betraf.

Sie wurde ein bißchen nervös, als sie nun mit Mikes Mutter ins Gespräch kam, und Pat machte die Sache noch schlimmer, als sie fragte: »Was halten Sie von meinem Michael?«

Samantha zögerte keine Sekunde: »Abgesehen davon, daß er mich ständig anschwindelt, nie seine Sachen aufräumt, sich dumm stellt, wenn er etwas nicht tun will, und sich offenbar der Tatsache nicht bewußt ist, daß *ich* die ganze Hausarbeit in *seinem* Haus mache, halte ich *meinen* Michael für perfekt.«

Da drückte Pat Samantha liebevoll die Hand, sagte: »Willkommen in unserer Familie« und entfernte sich dann, um mit ihren Enkelkindern zu spielen.

Wenn sich gerade einmal keine anderen Frauen zu ihnen gesellten, redeten Samantha und Jilly miteinander – vielmehr hörte Jilly zu, während Samantha ihr von Maxie und Mike erzählte, weshalb sie nach New York gekommen war und was sie hier inzwischen alles erlebt hatte.

Es war bereits später Nachmittag, als Samantha es wagte, den sicheren Hafen, den sie bei Jilly gefunden hatte, zu verlassen, um sich zu den Picknicktischen zu begeben. Als sie dort mit einem jungen Mann namens Douglas ins Gespräch kam, der zu den Montgomerys gehörte und mit einer reizenden jungen Frau namens Reed verheiratet war, die aussah, als wäre sie im vierzigsten Monat schwanger, geschah etwas, was ihr hoffentlich nie mehr in ihrem Leben passieren würde.

Als Samantha sich gerade eine Olive von einer Platte nehmen wollte, schlang Mike die Arme von hinten um sie, küßte sie auf den Hals und flüsterte an ihrem Ohr: »Vielen Dank, Sam-Sam, daß du heute mit mir hierhergekommen bist.«

Das war in Anbetracht dessen, wie gut sie sich inzwischen kannten, ein absolut normales, in keinerlei Hinsicht anstößiges Verhalten von Mike – wenn der Mann, der sich diese Vertraulichkeiten erlaubte, auch tatsächlich Mike gewesen wäre. Er trug zwar die gleiche Kleidung wie Mike, hatte auch fast seine Größe, aber er fühlte sich nicht an wie Mike, roch nicht wie Mike und küßte auch nicht so wie Mike.

»Lassen Sie mich sofort los«, sagte sie, sich in den Armen des Mannes steif machend.

»Es schaut uns doch keiner zu«, flüsterte der Mann und fuhr fort, ihren Hals zu küssen.

Samantha hatte sich bisher bemüht, höflich zu bleiben, doch sie wollte sich jetzt nicht länger von diesem fremden Mann anfassen lassen. Als sie den Mund öffnete, um den Mann energisch zurechtzuweisen, spürte sie, wie seine Hand an ihrem Rücken zu ihrem Kreuz hinunterwanderte – und dort nicht anhalten wollte. Da verwandelte sich ihre Empörung in Panik. »Hören Sie auf!« schrie sie, sich gegen die Zudringlichkeiten des Mannes wehrend. »Lassen Sie mich sofort los!«

Obwohl sie wußte, daß nun fast alle Verwandten von Mike sie entgeistert anstarrten, war ihr das in diesem Moment egal. Mochten sie doch von ihr denken, was sie wollten!

»Nehmen Sie sofort Ihre Hände von mir weg! Auf der Stelle!« schrie sie ihn an.

Da ließ der Mann endlich von ihr ab, wich einen Schritt zurück und blickte sie genauso erstaunt an wie der Rest der Familie. *Alle* sahen sie jetzt so an, als hätte sie den Verstand verloren.

Doch in diesem Augenblick, als Samantha sich bereits wünschte, daß der Boden sich unter ihr öffnen und sie verschlingen möge, tauchte Mike, einen Fußball unter dem Arm geklemmt und von einer Schar seiner Vettern begleitet, am Rande ihres Gesichtsfeldes auf, und sie rannte so schnell sie konnte, zu ihm. Aber als er dann den Arm beschützend um sie legte und sie an sich drückte, merkte sie an seinem Lachen, daß man hier ein Spiel mit ihr getrieben und Mike zweifellos gewußt hatte, daß dieser andere Mann sie anfassen würde. Und wenn es da auch nur noch einen Hauch von Zweifel gegeben hätte, so wurde dieser jetzt beseitigt, als Mike zu ihr sagte: »Darf ich dir meinen Zwillingsbruder Kane vorstellen?«

Mike und Kane, der sie soeben ›belästigt‹ hatte –, grinsten sie an, und sie schienen nun beide von ihr zu erwarten, daß sie über den ›Scherz‹, den sie sich mit ihr erlaubt hatten, lachte und ihnen ihr ›kleines Täuschungsmanöver‹ verzieh.

Doch Samantha fand dieses Bäumchen-wechsle-dich-Spiel, das die beiden zweifellos schon öfter mit den Freundinnen des anderen getrieben hatten, gar nicht lustig. Sie funkelte Mike wütend an, sagte: »Tu mir den Gefallen und häng dich dort irgendwo an einem Baum auf«, drehte ihnen den Rücken zu und entfernte sich zum Ausgang des Parks hin, während die ganze Familie hinter ihr in lautes Gelächter ausbrach.

Samantha war schon fast bei der Fifth Avenue, als Mike sie endlich einholte.

»Sam, Liebling . . .«, begann er.

»Sprich mich nicht an!« zischte sie. Und als er die Hand nach ihr ausstreckte und ihre Hand nehmen wollte, fauchte sie: »Und wage es nicht, mich anzufassen!«

»Warum bist du denn so wütend?« fragte Mike, neben ihr herlaufend.

»Da bemühe ich mich nun, einen guten Eindruck bei deiner Familie zu hinterlassen, und du . . . du bringst es fertig, mich vor deiner ganzen Verwandtschaft lächerlich zu machen, indem du deinen Bruder dazu anstiftest, mich vor ihren Augen zu . . . zu betätscheln! Wie konntest du mich nur so demütigen! Hast du denn nicht daran gedacht, wie ich mir jetzt vorkommen muß?«

»Nein«, erwiderte er, ein Grinsen unterdrückend. »Die Leute können uns nie auseinanderhalten. Ich glaubte, du würdest denken, Kane wäre ich.«

Sie blieb stehen und starrte ihn an. Irgendwann zwischen gestern und heute mußte jemand sein Gehirn gegen Stroh ausgetauscht haben.

»Sam – Kane und ich sind eineiige Zwillinge. Wir sind uns so unheimlich ähnlich, daß wir sogar das Muttermal an der gleichen Stelle haben und . . .«

Samantha warf ihm einen Blick zu, der besagte: ›Das kannst du einer anderen erzählen‹ und erkundigte sich dann in einem Ton, der ihn warnte, ihre Geduld nicht überzustrapazieren: »Gehörte die Person, die bei der Entbindung von dir und deinem Bruder Geburtshilfe leistete, etwa auch zu deiner Familie?«

»Die Hebamme? Ja. Sie ist eine Kusine meiner Mutter und . . .«

». . . und hat dich und deine ganze Familie genauso belogen wie du jetzt mich! Dein Bruder Kane sieht dir nämlich überhaupt nicht ähnlich. Wenn ihr tatsächlich Zwillinge seid, dann höchstens zweieiige und keine eineiigen. Oder du bist ein Achtmonatskind und er ist ein Neunmonatskind, oder umgekehrt, was euch in beiden Fällen zu ganz gewöhnlichen Brüdern macht und nicht zu Zwillingen.«

»Aber Sam«, unterbrach Mike sie fassungslos, »Kane und ich haben beim Ähnlichkeitswettbewerb für eineiige Zwillinge stets den ersten Preis gewonnen!«

»Dann müssen die Verlierer verschiedene Hautfarben gehabt haben. Und wenn du jetzt nicht mit diesem Un . . .«

Sie konnte kein Wort mehr sagen, weil Mike sie in die Arme genommen hatte und sie abzuküssen begann. »Sammy, Liebling, es war wirklich nicht meine Absicht gewesen, dich zu demütigen – ehrlich nicht! Kane und ich haben schon als Kinder dieses Spiel mit anderen Leuten getrieben. Seitdem ist dieses Verwechslungsmanöver ein fester Bestandteil unseres Aufnahmerituals für neue Mitglieder unserer Familie, ein Test . . .«

». . . den ich verpatzt habe«, ergänzte Samantha trübsinnig.

Er lachte. »Verpatzt? Im Gegenteil – du hast ihn mit Glanz und Gloria bestanden! Komm, laß uns zur Familie zurückgehen, damit du dich davon überzeugen kannst!«

Sie erlaubte ihm, den Arm auf ihrer Schulter zu belassen und sie zu den anderen zurückzubringen. Aber als sie die Picknicktische erreichten und Samantha Kane dort mit seiner Mutter reden sah, sagte sie: »Wenn dein Bruder es noch einmal wagen sollte, mich anzufassen, wird er das bereuen!«

Mike küßte sie auf die Wange. »Nein, ich werde nicht zulassen, daß er dich noch einmal anfaßt.« Da sprach ein solcher Stolz aus seiner Stimme, daß Samantha davon absah, ihn zu fragen, warum er ihr denn verschwiegen hatte, daß er einen Zwillingsbruder besaß.

In einem Punkt hatte Mike sie jedoch nicht belogen: Seine Familie war tatsächlich außerordentlich angetan davon, daß sie gewußt hatte, welcher von den beiden Zwillingsbrüdern Mike war und wer nicht. Sie *selbst* konnten die beiden nämlich kaum oder überhaupt nicht auseinanderhalten, soweit sie das zu beurteilen vermochte, und das war auch der Grund gewesen, warum sie Mike anfangs nicht begrüßen wollten, als er plötzlich unter ihnen auftauchte: Sie hatten ihn für Kane gehalten. Samantha war versucht, ihnen den Besuch bei einem Augenarzt zu empfehlen, wenn sie meinten, Mike sähe seinem Bruder Kane zum Verwechseln gleich, denn sie vermochte kaum eine Ähnlichkeit zwischen den beiden festzustellen. Kane sah in ihren Augen im Gegensatz zu seinem Bruder ziemlich gewöhnlich aus. Wenn Kane auch hübsch war – das mochte sie ihm ja noch zugestehen –, so hatte er doch bei weitem keinen so schönen

Mund wie Mike, auch nicht so prächtige Locken und nicht diesen elastischen Gang. Kane schien ihr sogar ein bißchen fett zu sein, während Mike nur schieres Muskelfleisch unter der Haut hatte.

Den Rest des Tages über mußte sich nun Samantha allerlei Verwirrspiele gefallen lassen, weil alle Familienmitglieder – mit Ausnahme von Mikes Eltern und Jilly – Kane immer wieder mit Mike anredeten. Offenbar versuchten sie damit ihre Glaubwürdigkeit – oder ihre Standhaftigkeit? – zu erschüttern, was ihnen natürlich nicht gelang. Und als ihr Kane noch einmal die Hände auf die Schultern legen wollte, als sie ihm gerade den Rücken zudrehte, dachte sie: Himmel, dieser Mann *schwitzte* sogar ganz anders als Mike!

Es war schon fast Abend – die Kinder wurden bereits müde und die Männer hatten sich von den Frauen getrennt und sich zu einem Schwatz untereinander zusammengefunden –, als Samantha endlich Gelegenheit fand, sich in einen Stuhl unter einen Baum zu setzen und Mikes Verwandtschaft in Muße aus der Distanz zu betrachten. Es waren mehr Taggerts als Montgomerys zu diesem Familientreffen gekommen, doch von beiden eine so reichliche Anzahl, daß sie diese, nachdem sie einen halben Tag in ihrer Mitte verbracht hatte, allmählich voneinander zu unterscheiden vermochte.

Die Männer der Montgomery-Familie unterschieden sich nicht nur in körperlicher Hinsicht, sondern auch in ihrem Wesen erheblich von jenen der Taggert-Familie. Die Taggerts waren fast alle einen Kopf kleiner als die Montgomerys, dafür aber hübscher als diese. Es waren durchwegs kräftige, breitschultrige und sehr muskulöse Gestalten, und wenn sie so beisammenstanden wie jetzt, hätte man sie leicht für eine Versammlung von Gewichthebern oder Bauarbeitern halten können, solange man sie nicht aus der Nähe betrachtete und ihre großen ausdrucksvollen Augen, ihre schönen vollen Lippen und ihr unglaublich bezauberndes Lächeln sah.

Trotz ihrer kräftigen, muskulösen Statur sahen sie so aus, als könnten sie keiner Fliege etwas zuleide tun. Es waren Männer, bei denen sich eine Frau geborgen fühlen konnte – Männer, an die sie sich wenden konnten, wenn sie Hilfe brauchten. Männer, auf die Verlaß war, wenn es darauf ankam – die eine Frau aus einem brennenden Gebäude retten würden, ohne auch nur eine Sekunde an ihre eigene Sicherheit zu denken. Und es waren Männer mit viel Sex-Appeal. Samantha brauchte da nicht lange zu überlegen, warum die Frauen, die in diese Familie einheirateten, offensichtlich gewillt waren, diesen Männern zahllose Kinder zu schenken. Sie zweifelte keine Sekunde daran, daß ein Taggert seinen Kindern ein rührender Vater war, daß er ihnen immer zur Seite stehen würde, wenn sie ihn brauchten – als Kind, in ihren ersten Liebesnöten und später noch als Großvater, wenn sie ihn für ihre Kinder brauchten. Das waren keine Männer, die sich sonntags, um sich von ihrer Familie zu »erholen«, mit Freunden einen schönen Tag machten. Tatsächlich fragte sich Samantha jetzt, nachdem sie einen Nachmittag mit ihnen verbracht hatte, ob die Taggert-Männer überhaupt jemals etwas ohne ihre Kinder unternahmen. Das waren Männer, die Liebe zu geben und zu empfangen verstanden, die nicht nur *sagten*, daß sie eine Frau liebten, sondern sie *wirklich* liebten – in guten wie in schlechten Zeiten, in glücklichen und in traurigen Tagen. Ja, die Taggerts waren Männer, auf die eine Frau bauen konnte wie auf einen Fels.

Die Montgomerys hingegen waren ganz anders als ihre Vettern – so elegant und weltmännisch, wie die Taggerts erdverbunden und urwüchsig. Ein Montgomery, überlegte Samantha, würde sofort wissen, daß eine Arie, die jemand Puccini zuschreiben wollte, in Wahrheit aus einer Verdi-Oper stammte. Er würde sofort erkennen, wenn jemand das Buttermesser mit dem Fischmesser verwechselte und würde auf Anhieb eine Chanel-Kopie von einem echten Chanel-Kostüm unterscheiden können.

Die Montgomerys waren ausnahmslos stille und reservierte Männer – alle sehr großgewachsen und gutaussehend auf eine strenge, fast scharfzügige Weise mit hohen, wie gemeißelt wirkenden Wangenknochen und einer energisch vorspringenden Kinnpartie. Nur der Mund gab dem Ganzen einen weichen Akzent, wobei Samantha nicht umhin konnte, sich zu fragen, ob nicht das ganze Gesicht seine Strenge verlor, wenn ein Montgomery sich verliebte. Alles in allem waren es eher grimmig aussehende Männer, denen man in einem Krieg Soldaten anvertraute, weil die ihr Leben hingeben würden, um ihre Untergebenen zu beschützen – oder auch das ihrer Frauen und Kinder, setzte Samantha in Gedanken hinzu.

Sie fragte sich, wie das Privatleben eines Montgomery aussehen mochte. War er auch in der Liebe so temperamentvoll, wie seine Augen zuweilen aufblitzten? Sie zweifelte nicht daran, daß ein Montgomery lange überlegte und prüfte, ehe er einer Auserwählten seine Liebe schenkte. Konnte ein Montgomery überhaupt weinen oder lachen? Spielte er auch mit seinen Söhnen und redete mit seinen Töchtern über ihre Barbie-Puppen? Sie fragte sich, ob sie wohl jemals eine Antwort auf ihre Fragen bekommen würde, denn sie wußte instinktiv, daß ein Montgomery nur so viel über sich preisgab, wie er das für nötig erachtete.

»Und zu welchem Ergebnis sind Sie inzwischen gekommen?« fragte Pat Taggert, sich in einen Stuhl an Samanthas Seite niederlassend. Nun merkte Samantha erst, daß Pat sie schon eine Weile lang beobachtet und ihre Gedanken erraten haben mußte. Vielleicht hatte auch Pat damals, als sie sich mit dem Gedanken trug, Mikes Vater zu heiraten, die beiden Familien miteinander verglichen.

»Daß ich nichts dagegen hätte, eine Affäre mit einem Montgomery zu haben, aber lieber einen Taggert heiraten würde«, antwortete Samantha, ehe sie begriff, daß sie das, was sie dachte, nicht hätte sagen dürfen.

Pat lächelte. Offenbar gefiel ihr diese ehrliche Antwort. »Tatsächlich bin ich vor Jahren zu dem gleichen Schluß gekommen.«

Samantha blickte auf ihre Hände hinunter. »Sie hatten doch nicht ... ich meine ...«

»Hatte ich nicht, aber ich erwähne trotzdem gern hin und wieder Ian gegenüber den Namen von Raines ältestem Bruder, wenn ich das für nötig halte.« Darauf lachten sie beide.

Später, als es dunkel zu werden begann, nahmen die Leute auf der Wiese allmählich voneinander Abschied, und Samantha spürte, daß sie sich bei ihnen heimisch fühlte. Sie half beim Aufräumen der Tische – was vom Picknick übrig war, würde man in ein Obdachlosenasyl bringen – und plauderte dort nun unbefangen mit den anderen Frauen.

Mike trat von hinten an sie heran, schlang die Arme um ihre Taille und rief: »Okay – hört mal alle her. Sam hat mir erzählt, daß sie in ihrem Leben noch nie eine Windel gewechselt hätte. Wer von euch wäre bereit, uns bis morgen früh sein Kind zu leihen?«

»Ich«, rief Montgomery-Vetter sofort.

»Ich auch!«

»Mike, du kannst meine beiden Jungs haben, solange du sie behalten möchtest.«

»Wie wäre es mit meinen Zwillingen? Sie muß doch noch eine Menge über Zwillinge lernen, nicht wahr?«

»Ich benutze noch Stoffwindeln, Mike. Und Sicherheitsnadeln mit kleinen Entchen darauf. Sam sollte das Trockenlegen mit Stoffwindeln lernen!«

Als Samantha diese Fülle von Angeboten hörte, blinzelte sie ungläubig, während Mike neben ihr sagte: »Du mußt dich jetzt entscheiden.«

»Wie viele Kinder darf ich mitnehmen?« fragte sie.

Da breitete sich ein erwartungsvolles Schweigen unter den Taggerts aus, denn wenn sie etwas ernst nahmen, dann waren es Kinder. Es gab keine Frau in der Taggert-Familie, die keine Kinder hatte. Es gab sogar einen Witz über die Taggerts, auf den sie insgeheim sehr stolz waren: daß ein Taggert jede Frau der Welt schwängern konnte, egal, was der Arzt zu ihr gesagt haben mochte. Sie hatten Frauen geschwängert, die die Pille nahmen, und Frauen, die sich die Spirale hatten einsetzen lassen. Ein Taggert hatte sich nach sechs Kindern einer Vasektomie unterzogen, und als seine Frau zwei Jahre später schwanger wurde, kamen ihm Zweifel an ihrer ehelichen Treue. Nachdem das Kind geboren war, bestand seine Frau auf einen Vaterschaftstest, um zu beweisen, daß er der Erzeuger gewesen war. Er entschuldigte sich bei ihr mit einem neuen Haus und einer dreiwöchigen Reise nach Paris, wo sie sich einen Schrankkoffer voll neuer Kleider kaufte – seither hatten mehrere Frauen der Taggerts ihrem Ehemann eine Vasektomie vorgeschlagen.

»Du kannst eins oder zwei oder alle mitnehmen«, erwiderte Mike.

Samantha blickte nun über die fast schweigsame Menge hin und musterte die Kinder aller Altersklassen, die die Taggerts zu dem Treffen mitgebracht hatten – bei den Babys anfangend, die aussahen, als wären sie erst ein paar Minuten alt, und bei den hochaufgeschossenen Teenagern aufhörend, die aussahen, als würden sie alles dafür geben, wenigstens eine Nacht lang von ihren Verwandten loszukommen. Sie war sehr versucht, auf ein dickes lächelndes, ungefähr anderthalb Jahre altes Baby zu deuten, zeigte aber dann woanders hin. »Die beiden dort.«

Ihre Wahl war auf zwei kleine Jungen gefallen, die ungefähr vier Jahre alt sein mochten und bei weitem die schmutzigsten Kinder bei diesem Picknick gewesen waren – mit dreckverschmierten, klebrigen Gesichtern und so schmutzigen Händen und Kleidern, als hätten sie sich mehrmals im Schlamm gewälzt. Doch unter dem Schmutz hatte Samantha zwei Engelsgesichter mit schwarzen Lokken, großen unschuldigen Augen und süßen Schmollmündern entdeckt.

Als sich Samantha diese beiden Jungen aussuchte, stöhnte Mike so laut, daß die ganze Familie in Gelächter ausbrach. Samantha blickte Mike fragend an.

»Mußt du unbedingt diese beiden mitnehmen?«

»Mike!«

»Diese Fratzen gehören Kane, und sie sind sogar nach den toleranten Maßstäben, die die Taggerts bei Kindern anlegen, zwei schlimme Buben. Wie wäre es mit Jeannes kleinem Mädchen? Es ist anbetungwürdig.«

Samantha sah noch einmal zu Jeannes kleinem Mädchen hin, auf das hübsche Kind mit dem engelsgleichen Lächeln in dem sauberen Kleid, und dann auf die Zwillinge zurück, die in diesem Moment versuchten, sich gegenseitig umzubringen. »Ich möchte die Jungen haben.«

Als Mike abermals laut aufstöhnte, legte Kane seinem Bruder den Arm um die Schultern und sagte: »Oh, süßer Schlaf! In dieser Nacht wird er mich endlich besuchen kommen – während du auf ihn verzichten mußt, Bruderherz.«

Mike wandte sich wieder Sam zu. »Samantha . . .«, begann er, doch sie brachte ihn mit einer Handbewegung zum Schweigen.

»Die beiden erinnern mich an dich, und wenn man sie gesäubert hat, denke ich, werden sie auch so aussehen wie du.«

Das löste abermals bei der ganzen Familie Gelächter aus. Pat betrachtete mit liebevollem Lächeln ihre beiden erwachsenen Söhne. »Es gibt *doch* noch eine Gerechtigkeit auf dieser Welt, wenn ihr beide Kinder bekommt, die genauso schlimm sind, wie ihr zwei das wart.« Und dann zu Sam: »Ja, Samantha, Kanes Zwillinge sehen *genauso* aus wie Kane und Mike als Kinder ausgesehen haben, und mag der Himmel dir beistehen, wenn du mit diesen beiden Erfahrung im Umgang mit Kindern sammeln möchtest.«

Nach einem geräuschvollen Abschiednehmen mit vielen Küssen und Umarmungen und Hunderten von Einladungen nach Colorado und Maine machten sich Samantha und Mike, jeder einen von den schmutzigen Zwillingen an der Hand, auf den Weg zu Mikes Haus.

Dort angelangt, schickte Samantha die beiden Jungen in den Garten zum Spielen. Während sie einen späten Imbiß für sie vorbereitete, bekam Samantha bereits die erste Kostprobe von dem, was Mike veranlaßt hatte, laut zu stöhnen und dringend von der Wahl dieser Zwillinge abzuraten.

Nicht, daß es böse Kinder gewesen wären. Sie spielten ihren Eltern nicht irgendwelche Streiche oder stellten sie auf die Probe, wieviel sie sich bei ihnen herausnehmen durften. Sie schienen im Gegenteil ganz zufrieden damit zu sein, wenn sie sich selbst beschäftigen konnten, und waren sich offenbar der Gegenwart von Samantha und Mike gar nicht bewußt. Das Problem bestand darin, daß sie so überaus aktiv waren und sich zu multiplizieren schienen.

Als Samantha in den von Flutlicht erleuchteten Garten hinausblickte, sah sie ein Kind auf den Zaun steigen, bereit, sich in den Tod zu stürzen; ein zweites, das so schnell, wie es seine stämmigen Beinchen tragen konnten, die Feuerleiter hinaufrannte, während ein drittes die Hausmauer hinaufkletterte und fast schon den Balkon im ersten Stock erreicht hatte, um sich von dort ebenfalls in den Tod zu stürzen. Ein viertes Kind aß Rosen samt Stengeln und Stacheln, während ein fünftes auf einen Gartenstuhl kletterte, der, auf einem Bein balancierend, an der Ziegelwand des Kelleraufgangs lehnte.

»Mike!« schrie Samantha voller Verzweiflung, während sie an der Terrassentür stand und hilflos dieses Treiben beobachtete. »Sie werden sich umbringen – alle acht! Oder sind es zwölf?«

Mike sah nicht von seiner Zeitung auf. »Die beiden haben ihre eigene Klasse. Da kommt kein anderer hinein.«

»Ich denke, ich sollte . . .«, begann Samantha mit angsterfüllter Stimme, da sich nun eines der Kinder anschickte, vom Balkon im ersten Stock zum zweiten hinaufzuklettern.

»Du wolltest sie haben, und nun hast du sie.«

Sich ungläubig zu Mike umdrehend, sah sie, daß er sein Gesicht hinter seiner Zeitung verborgen hielt. Offensichtlich war er nicht bereit, ihr zu helfen. Sie eilte in den Garten hinaus, um zu sehen, was sie tun konnte, um die Kinder daran zu hindern, sich umzubringen.

Obwohl Mike den Anschein erweckt hatte, daß ihn das Treiben seiner beiden Neffen keineswegs interessierte, war er im Gegenteil sehr neugierig, was Samantha nun mit ihnen anstellen würde. So stellte er sich neben die Verandatür und beobachtete ungeniert, wie sie zuerst seine beiden Neffen wie Erwachsene mit gutem Zureden zur Vernunft zu bringen versuchte, indem sie diese darauf hinwies, daß sie nicht mit derartigen primitiven und waghalsigen Unternehmungen den Tod herausfordern sollten. Sie schlug statt dessen Papier, Buntstifte und Limonade vor. Als dies keine Wirkung zeigte, versuchte sie vorsichtig, ein Kind von der Mauer herunterzuholen. Doch mit Sanftheit kam man diesen vierjährigen kräftigen Bengeln nicht bei, und im Nu war der Zwilling aus ihrer Reichweite hinausgeklettert. Samantha schien einen Moment lang in Verlegenheit zu sein, was sie jetzt tun sollte, doch dann sah Mike, wie sein Neffe auf Samantha hinunterfeixte und ihr damit zu verstehen gab, daß er sich ihres Dilemmas sehr wohl bewußt war und es sehr genoß, die Ursache ihrer verzweifelten Ratlosigkeit zu sein.

»Na warte, du Racker!« rief sie da, die Augen zu Schlitzen verengend, während der Junge fortfuhr, am Rosenspalier der Hausmauer hinaufzuklettern. In der nächsten Sekunde kletterte sie ebenfalls die Sprossen des Spaliers hinauf, und das Kind, angefeuert von seinem Bruder, der das Ganze vom Boden aus verfolgte, veranstaltete nun ein Räuber-und-Gendarm-Spiel mit Samantha, indem er an der Hausmauer hin- und herkletterte, während Samantha es – zunächst allerdings vergeblich – einzuholen und festzuhalten versuchte.

Mike ging nun hinaus und machte sich bereit, den einen oder anderen aufzufangen, falls das nötig werden sollte, doch in diesem Moment erwischte Samantha den Räuber am Hosenboden, der auf sie hinuntersah und zu fragen schien: ›Und was machst du jetzt?‹ Mike erkannte, daß Samantha tatsächlich nicht wußte, wie sie diesen stämmigen Knaben vom Spalier herunterholen sollte, aber sie bemühte sich, es nicht zu zeigen. Mike sah das und genoß ihre Verwirrung.

»Willst du dich etwa von einem vierjährigen Jungen besiegen lassen?« rief Mike ihr vom Boden aus zu.

Samantha beobachtete ihn nicht, sondern sah den Jungen mit einem ›Ich-bin-stärker-als-du-und-werde-gewinnen‹-Grinsen an, zog heftig an seinem Hosenboden, und in der nächsten Sekunde hatte sie ihn in ihren Armen. Obwohl er immer schwerer zu werden schien, gelang es Samantha, ihn auf den Boden hinunterzubringen, wobei ihnen Mike auf den letzten anderthalb Metern, als eine Rosenranke abriß, Hilfestellung gab, sie beide mit seinen kräftigen Armen vom Spalier herunterhob und auf den Rasen stellte.

Sobald die Füße des Jungen den Boden berührt hatten, rannte er mit seinem Bruder davon, während sich Samantha die von den Rosendornen arg mitgenommenen Arme rieb. »Nun verstehe ich, warum du Gewichte hebst: Du bereitest dich damit auf deine Kinder vor. Meinst du, ich sollte die beiden in die Badewanne stecken?«

Lächelnd gab Mike ihr einen Kuß auf den Mund und zog sie in seine Arme. »Mike, wo sind die Bengels denn jetzt hingekommen?« fragte sie, sich im Garten umschauend.

»Hmmm«, erwiderte er, ihren Rücken streichelnd. »Du hast ein furchtbares Wort zu ihnen gesagt.«

»Bengels? Ist denn das so schlimm?«

»Nein, du hast ›Badewanne‹ gesagt. Jetzt haben sie sich versteckt, und du wirst sie erst wiederfinden müssen, wenn du beabsichtigst, sie zu waschen. Kane gibt es meistens auf und wirft sie einfach in den Wassertrog für seine Pferde. Er hat so eine Theorie, daß sie bestimmt die Nützlichkeit einer Badewanne entdecken werden, sobald sie sich für Mädchen zu interessieren beginnen. Er meint, das Problem erledigt sich eines Tages von selbst.«

Sie schob ihn von sich weg, und als sie ihn wieder anblickte, war ihr Mund ein entschlossener Strich. »Wenn meine Großmutter mit Gangstern fertig geworden ist, sollte mir das doch auch bei zwei kleinen Jungen gelingen. Was man hier braucht, ist List und die Kraft eines Herkules. Du stellst dich jetzt dort drüben auf, während ich auf der anderen Seite des Gartens suche und sie dir notfalls zutreiben werde.« Als dann plötzlich zwei schmutzige Jungen aus dem Nirgendwo auftauchten, packte Samantha blitzschnell zu und klemmte sie sich unter den Arm. Sich unter ihrem Gewicht beugend wie ein olympischer Wettkämpfer, der sich die Hantel auf die Schultern legt, hielt sie die beiden strampelnden Jungen fest.

»Du hast geschwindelt!« zeterte einer der Zwillinge. »Du hast was von Limonade gesagt und nichts vom Baden!«

»Ja«, erwiderte Samantha gelassen, die gar nicht gewußt hatte, daß die Bengels schon sprechen konnten. »Ich habe das Schwindeln von eurem Onkel Mike gelernt. Er ist ein Meister darin.«

Einen Moment hörten die Zwillinge zu strampeln auf, um ihren Onkel voller Respekt anzusehen, aber er sah noch genauso aus wie vorhin – genauso wie ihr Vater –, und war deshalb uninteressant. Sie nahmen ihre Bemühungen, sich aus Samanthas Griff zu befreien, wieder auf. Sie war nicht gerade ein Herkules, schien aber ungewöhnlich kräftig zu sein.

»Ihr beide werdet jetzt ein Bad nehmen, und dann werde ich euch im Bett eine Geschichte vorlesen.« Als die Zwillinge ihre Strampelei nicht aufgeben wollten und ihr fast die Arme ausrenkten, sagte sie: »Es ist die tollste Horrorgeschichte, die ihr euch vorstellen könnt. Das Blut fließt in Strömen, Menschen werden zerhackt und aufgespießt und . . .«

Die Jungen stellten daraufhin das Strampeln ein und hörten Samantha gespannt zu, was sie ihnen alles im

Bett erzählen würde, während sie die beiden die Treppe hinauftrug.

*

Während Samantha die Zwillinge badete und versuchte, sie von einer Schmutzschicht zu befreien, die schon seit Jahren, wie es schien, an ihren Körpern haftete, wobei die beiden sich mit der Seife und den Waschlappen eine Schlacht lieferten und Samantha bis auf die Haut durchnäßten, stand Mike unter der Badezimmertür und sah ihnen zu. Die Jungen waren sich tatsächlich so unheimlich ähnlich wie ihr Vater und er es waren – selbst die Leberflecken saßen bei ihnen an der gleichen Stelle.

»Wie hast du nur Kane von mir unterscheiden können?« fragte er Samantha.

»Michael Taggert, wenn Sie jetzt nach Komplimenten fischen . . .« Sie brach mitten im Satz ab und duckte sich rasch, um nicht von einem Stück Seife am Kopf getroffen zu werden.

»Vielleicht auch das, aber würde dich das nicht ebenfalls interessieren, wenn du dein ganzes Leben lang gehört hast, daß man dich von einem anderen Menschen nicht unterscheiden könne, und plötzlich jemand käme, der das Gegenteil behauptet? Wie unterscheiden wir uns also?«

»Erst einmal ist er kleiner als du. Und der Ausdruck seiner Augen ist anders. Du bist ein . . . netterer Mann als er. Liebenswürdiger.«

»Vielleicht sind meine Augen anders als seine, wenn ich dich anschaue.«

»Möglich.« Sie drehte sich zu ihm um. »Aber deine Wimpern sind entschieden länger. Und gebogener.«

»Gebogener?« lachte Mike.

Verlegen drehte sie sich von ihm weg. »Ich wußte, daß ich dir das nicht hätte sagen sollen. Du besitzt keine Ähnlichkeit mit deinem Bruder. In keinerlei Hinsicht.« Mike schien sich damit zufrieden zu geben und verließ das Badezimmer wieder, das in wenigen Minuten so aussah, als müßte man die Nationalgarde zu Hilfe rufen.

Nachdem die Zwillinge gebadet waren und endlich im Bett lagen, wollten sich auch Samantha und Mike schlafen legen – in Mikes Bett. Samantha war sehr müde und glaubte, ihre ganze Energie an diesem Tag aufgebraucht zu haben, aber als sie in ihrem weißen Nachthemd aus dem Badezimmer kam und einen Blick in Mikes Augen warf, fielen sie im nächsten Moment übereinander her, rissen sich an den Kleidern, waren mit den Händen, Lippen und Fingernägeln überall zugleich.

Es war eine Stunde später, daß sie dann gesättigt nebeneinander im Bett lagen, Samanthas Kopf auf seiner Schulter ruhend, er seine Arme um sie gelegt.

»Das ist alles ganz neu für mich«, murmelte Samantha. »Ich meine, ich habe das natürlich gemacht . . . gewissermaßen.« Sie lachte. »Mike, der Unterschied zwischen dem Sex mit dir und meinem Ex-Mann ist, wie Mark Twain so schön sagt, wie der zwischen einem Blitz und einem Glühwürmchen. Ich hatte ja keine Ahnung, daß Sex so schön sein kann. So etwas Erfreuliches und . . . Erfüllendes.«

Mike sagte nichts.

Sie spielte sacht mit den Haaren auf seiner Brust. »Vermutlich hast du das schon tausendmal mit tausend verschiedenen Frauen gemacht. Ich schätze, für dich ist es nichts . . . Außergewöhnliches.«

»Sam, als ich vierzehn war, gab mir mein Vater die erste Lektion über die Notwendigkeit von Schutzmitteln beim Geschlechtsverkehr. Er zählte mir alle Krankheiten auf, die man sich dabei einfangen könnte, und wies mich besonders auf die Gefahr der unerwünschten Schwangerschaft hin. Seither habe ich jedesmal, wenn ich mit einer Frau ins Bett gegangen bin, ein Kondom verwendet – eine dünne Gummihaut, die mich von ihr trennte. Ich habe den Gummischutz auch benutzt, wenn sie *sagte*, sie nähme die Pille oder was auch immer. Ich wollte lieber auf Nummer Sicher gehen, als mich hinterher ohrfeigen. Bis gestern nacht bin ich noch niemals, so könnte man sagen, mit einer Frau richtig in Berührung gekommen. Vielleicht könnte man sogar soweit gehen, zu behaupten, daß ich bis gestern nacht noch Jungfrau gewesen bin.«

Sie zögerte. »War es besser – ohne, meine ich?«

»*Viel* besser. Viel, viel, viel besser. Ich habe so etwas bisher noch nie erlebt. Ich hatte ja keine Ahnung, daß Sex so gut sein kann.«

Sie hob seine Hand hoch, betrachtete sie, als wollte sie diese mit ihrer vergleichen, und liebkoste sie mit ihren Fingerspitzen. »Und deshalb wirst du wohl, schätze ich mal, später bei anderen Frauen auch keinen Gummischutz mehr verwenden. Du wirst jetzt immer . . . ihre Haut auf deiner spüren wollen.«

»Richtig.«

Sie verschränkte ihre Finger mit den seinen und drückte sie zusammen. Sie konnte sich ein Leben ohne Mike gar nicht mehr vorstellen – oder Mike zusammen mit einer anderen Frau.

»Aber ich denke, Sam«, sagte er sehr leise, »daß sich der Bock die Hörner abgestoßen hat.«

Sie hatte Angst, ihn zu fragen, was er damit meinte, aber seine Worte ließen ihre Herz schneller schlagen. Dann drehte sie sich plötzlich zu ihm hin. »Michael! Wenn du kein Verhütungsmittel mehr nimmst, könnte ich doch jetzt schwanger werden!«

»Tatsächlich?« Er hörte sich so an, als würde ihn die Möglichkeit einer Schwangerschaft gar nicht bekümmern, ehe er dann, ganz sacht, ihre Hand drückte. »Hättest du denn etwas dagegen?«

Sie ignorierte seine zweite Frage. »Ich denke, das ist im höchsten Maße unverantwortlich von dir. Du hättest ein Verhütungsmittel benutzen müssen.«

»Ich? Warum nicht du?«

»Das hätte ich ja getan, aber bei diesem Erstenmal hast du mir ja gar keine Zeit zum Überlegen gelassen, und zudem war ich ein wenig zu beschwipst, um noch klar denken zu können.«

Er grinste auf sie hinunter. »Kennst du den Paarungsruf einer Südstaatenschönheit? ›Himmel, wie bin ich blau!‹«

»Das wirst du mir büßen!« fauchte sie, setzte sich auf seinen Bauch und begann ihn zu kitzeln.

Doch in diesem Moment wurden sie von zwei sehr sauberen kleinen Jungen gestört, die neben dem Bett standen und auf sie hinunterstarrten. Es war nicht nötig für die beiden, eine Erklärung für ihr Eindringen abzugeben; denn man konnte es ihnen vom Gesicht ablesen: Sie waren getrennt von ihrem Daddy und in einem fremden Haus und brauchten dringend einen Trost. Weder Sam noch Mike zögerten eine Sekunde, sondern jeder schnappte sich einen Jungen und nahm ihn zu sich ins Bett. Die Kinder kuschelten sich aneinander wie die zwei Hälften eines Eis, das zwischen Mike und Sam eingezwängt war, und schliefen auf der Stelle ein.

Samantha hatte so eine Ahnung, daß das Schlafen mit Kindern, die sich an ihn kuschelten, für Mike nichts Neues war, aber für sie war es das, und das Gefühl rührte an etwas, das ganz tief in ihr steckte.

»Mike«, flüsterte sie, »kannst du auch Zwillinge machen?« Sie versuchte, diese Frage in einem leichten, scherzhaften Ton zu stellen, aber das gelang ihr nicht. Sie wollte Mike, und sie wollte die Kinder, die er ihr vielleicht schenken konnte.

Mike wußte, was sie ihn da fragte: Sie wollte wissen, ob sie zusammen Kinder haben konnten. Und er wußte, daß eine positive Antwort von ihm eine lebenslange Verpflichtung bedeutete. Aber hatte er ihr nicht schon in der ersten Nacht das Ja-Wort gegeben, als er mit ihr schlief und kein Verhütungsmittel verwendet hatte – eine von ihm sehr bewußte Unterlassung?

»Wahrscheinlich«, sagte er schließlich. »Möchtest du denn ein Paar haben?«

»Ja, die würde ich ganz gern haben wollen«, erwiderte sie, als wäre das nicht die wichtigste Antwort, die sie jemals in ihrem Leben gegeben hatte.

Über die Köpfe der beiden schlafenden Kinder hinweg gaben sie sich nun die Hände und hielten sich ganz fest.

27

Mike erwachte, als er das leise Geräusch eines sich im Schloß drehenden Schlüssels hörte. Seit dem Mordversuch an Samantha schien er nicht mehr tief schlafen zu können, sondern es war, als hielte er stets mit einem Ohr Wache und achtete auf alles, was sich im Haus regte. Nur konnte die Person, die sich durch die Vordertür Zutritt zu seinem Haus verschaffen wollte, kein anderer als sein Bruder Kane sein; denn trotz der scheinbar freudigen Bereitwilligkeit, mit der er sich gestern von seinen beiden Söhnen trennte, war Kane in Wahrheit ganz verrückt nach seinen Kindern und konnte es kaum ertragen, sie länger als zehn Minuten aus den Augen zu verlieren.

Mike glitt aus dem Bett, ging auf Zehenspitzen aus dem

Zimmer und hatte gerade die Hose angezogen, als Kane in die Vorhalle trat. »Wie ich sehe, steht dein Haus noch«, sagte er. »Haben meine beiden Rangen deine Lady in Alpträume versetzt oder war sie vernünftig genug, dich zu verlassen?«

Mike sagte kein Wort, legte nur die Finger auf die Lippen und gab seinem Bruder ein Zeichen, ihm zu folgen. Vorsichtig öffnete er dann die Tür des Schlafzimmers, das er sich mit Sam teilte, und gestattete seinem Bruder, einen Blick hineinzuwerfen. Samantha lag auf dem Rükken, einen Zwilling an jeder Seite, wobei der eine halb auf ihrem Bauch lag, das Gesicht gegen ihren Arm gepreßt, der andere mit dem Kopf auf ihrer Brust, ein Bein halb unter ihrem Po.

»Es ist schon so lange her, daß ich sie mit sauberen Gesichtern gesehen habe, daß ich mir nicht sicher bin, ob ich sie wiedererkannt hätte«, murmelte Kane, doch als Mike die Tür wieder schließen wollte, sah Kane seinen Bruder an, und Mike konnte in seinen Augen lesen, was er in diesem Moment empfand: ›Himmel, wie ich dich beneide!‹

Mike lächelte, aber mit einem Anflug von Traurigkeit, als er sich an den Tod von Kanes Frau erinnerte. Doch dieser Anflug von Trauer war nur von kurzer Dauer, weil in diesem Moment so laut wie ein Trompetenstoß »Daddy!« gerufen wurde und erst ein und dann ein zweiter kleiner Körper durch die Luft segelte. Kane fing die beiden noch vom Schlaf warmen Kinder mit den Armen auf und entfernte sich dann mit ihnen in Richtung Wohnzimmer.

»Sammy!« rief da einer von den Jungs und streckte den Arm zum Bett hin aus, damit Samantha ihnen folgen sollte, aber Mike schob sich rasch als Barriere vor die Tür und schüttelte den Kopf.

»Oh, nein, du Monster – ihr habt sie jetzt lange genug

für euch gehabt. Jetzt gehört sie mir.« Er ging ins Schlafzimmer, machte die Tür hinter sich zu, drehte sich zu Samantha um, die gerade aufwachte, und zwirbelte mit den Fingern einen imaginären Schnurrbart.

»Und nun, mein hübsches . . .«

»Mike«, sagte Samantha, sich im Bett aufsetzend. »Du kannst doch jetzt nicht . . . ich meine, es sind Leute im Haus.«

»Ein in meiner Familie alltäglicher Zustand«, erwiderte Mike, machte einen Satz aufs Bett, packte Samantha bei den Hüften und zog sie an sich.

»Mike, das kannst du jetzt wirklich nicht machen. Dein Bruder . . .«

»Sein Vater hat ihn aufgeklärt. Er glaubt nicht mehr an den Storch.« Mike fummelte am Saum ihres Nachthemds herum, jedoch auf eine sehr erfahrene Weise, während sie einen halbherzigen Versuch machte, seine Hand von ihrem Schenkel wegzuschieben. Einen sehr, sehr halbherzigen Versuch . . .

*

Als Samantha schließlich doch noch aus dem Schlafzimmer kam, fand sie Kane im Frühstückszimmer in die Lektüre des The Wall Street Journal vertieft, während die Zwillinge auf dem Boden saßen und aßen.

»Was essen die beiden denn da?« erkundigte sich Samantha, obwohl sie sehr genau sehen konnte, was ihr Vater ihnen zum essen gegeben hatte, doch sie wollte es von Kane selbst hören.

Kane schien dieser Frage wenig Bedeutung beizumessen, denn er schob seinen Kopf nicht einmal über den Rand der Zeitung hinaus, als er antwortete: »Plätzchen mit Coca Cola.«

Ohne ihren Vater erst um Erlaubnis zu fragen, nahm

Samantha den beiden Kindern die mit Plätzchen beladenen Papierservietten und die Büchsen mit Coca Cola weg.

Nun schaute Kane doch an der Zeitung vorbei auf Samantha. Zwar war das, was sie soeben gemacht hatte, durchaus nichts Ungewöhnliches, denn jedes weibliche Wesen in seiner Familie hatte es, weiß der Himmel, viele Male – vergeblich – versucht, seinen beiden Söhnen so etwas wie Tischsitten beizubringen. Was ihn nun so sehr überraschte, war vielmehr, daß Samantha den Jungen das Essen weggenommen hatte, *ohne* daß beide ein Protestgeschrei anstimmten.

Kane schaute nun zu, wie Samantha erst zwei Kissen auf die Stühle am Tisch legte – seine Jungs aßen *niemals* an einem Tisch – sodann Handtücher über die Kissen breitete, um diese zu schützen, und schließlich die Jungen vom Boden aufhob und auf die Kissen setzte.

Da gab Kane den Versuch auf, so zu tun, als würde er die Zeitung lesen, sondern zählte im stillen die Sekunden, wie lange es dauern würde, bis die Jungen von den Kissen herunterhüpften und die Stühle umwarfen. Doch zu seinem grenzenlosen Erstaunen blieben die beiden ganz ruhig am Tisch sitzen, während Samantha Rühreier zubereitete, Weizenvollkorn-Scheiben toastete und den beiden ein Glas Milch einschenkte. Nun kannte Kanes Faszination keine Grenzen mehr, denn seines Wissens hatten seine Söhne seit Jahren nichts anderes gegessen als Grashüpferschenkel, Kletterrosendorne und ganze Jahresrationen von Zucker. Es gelang ihm ein paarmal, den Blick eines seiner Söhne aufzufangen, aber als er fragend die Brauen in die Höhe zog, beantworteten sie seine stumme Frage nur mit einem engelsüßen Lächeln, als würden sie jeden Tag Rühreier und Toast mit Milch – ohne diese zu verschütten – frühstücken.

Als die beiden ihre Teller leergegessen und ihre Milch

ausgetrunken hatten, sah Kane zu, wie Samantha seinen Söhnen die Hände und Gesichter abwusch – wieder eine Premiere –, sich dann vor sie hinkniete und zwei Plätzchen in die Höhe hob.

»Was bekomme ich dafür?« fragte sie.

»Einen Kuß«, erwiderten die beiden im Chor. Das hörte sich an wie ein Lehrfilm für Kindererziehung aus den fünfziger Jahren.

Mit einem strahlenden Lächeln gab nun jeder der Zwillinge Samantha einen Kuß auf die reizende Wange, die sie den beiden darbot. Als die Jungen dann in den Garten hinausliefen, rief Samantha ihnen nach, daß sie sie noch einmal baden und alles gründlich schrubben müßte, falls sie sich schmutzig machten.

»Die Genitalien auch?« erkundigte sich einer der Jungen.

Samantha drehte sich schockiert mit fragenden Augen zu Kane um.

»Er meint damit die Zehen«, erklärte Kane ihr achselzuckend. »Er hat das Wort bei den Simpsons' im Fernsehen gehört, und ich habe ihm gesagt, das wären die Zehen.«

»Ja, mein Kleiner!« rief Samantha daraufhin in den Garten hinaus, »ich werde dir auch die Zehen waschen und noch viel mehr, wenn du dich schmutzig machst! Und falls ihr euch wieder die Hemden zerreißt, gebe ich sie *und* eure Cowboy-Hüte in die Altkleidersammlung. Na, wenn das keine Strafe ist!«

Kichernd rannten da die Jungen ums Haus, während Kane Samantha mit offenem Mund anstarrte, als sie nun das Frühstücksgeschirr abräumte.

Während sie die Teller abspülte, drehte sie sich mit strengem Gesicht zu Kane um: »Sie sollten den beiden wirklich keine Plätzchen zum Frühstück geben, und Coca

Cola ist die reinste Chemie. Und was die Körperhygiene der beiden betrifft . . . na, das wissen Sie ja selbst. Da brauche ich Ihnen nichts mehr zu sagen.«

Da nahm Kane seine Zeitung wieder hoch und hielt sie sich vor das Gesicht. »Sie können die beiden nicht haben, Sam«, sagte er. »Sie gehören mir. Lassen Sie sich von Mike ein paar eigene machen.«

Samantha gab ihm darauf keine Antwort. Errötend drehte sie sich wieder zur Spüle um. Denn der Gedanke, daß Kane, der, wie sie wußte, Witwer war, die beiden Jungen vielleicht bei ihr lassen würde, bis er für sie eine Mutter gefunden hatte, war ihr in der Tat bereits gekommen.

28

»Möchtest du mir jetzt nicht etwas von dir und Nelson erzählen?«

»Nelson?« wiederholte Samantha zerstreut, denn sie war mit ihren Gedanken noch bei den Zwillingen – diesen beiden süßen Jungs, die Kane gleich nach dem Frühstück wieder mitgenommen hatte. Es schien fast so, als hätte er Angst gehabt, es würde ihr gelingen, sie ihm wegzunehmen, wenn er sie noch ein paar Minuten bei ihr gelassen hätte.

»Der Typ in der Bar. Erinnerst du dich an ihn? Du hast ihn kennengelernt, als du dich in fast unbekleidetem Zustand vor der halben Männerwelt New Yorks produziert hast.«

Samantha lachte. »Ach, *dieser* Nelson. Mike, glaubst du, daß ich mich als Callgirl für fünfhundert Dollar die Nacht eignen würde?«

Mike brummelte etwas und sagte dann: »Hättest du

vielleicht die Freundlichkeit, mir zu sagen, was Nelson auf diesen Zettel geschrieben hat, den er dir zusteckte? Natürlich könnte ich es genauso machen wie du und so lange in deinen Taschen und Schubladen herumschnüffeln, bis ich ihn gefunden habe. Aber ich bin ja kein moralisch verkommenes Subjekt.«

Als sie ihm den schmutzigen Lunch-Teller wegnahm, gab sie ihm einen Kuß auf die Nasenspitze. »Du konntest ihn wohl nicht finden, wie?«

Mike wich ihrem Blick aus und verließ dann den Tisch, um Samantha in die Küche zu folgen. »Samantha«, sagte er, »was hast du schon wieder vor?«

»Auf dem Zettel standen ein Name – Walden – und eine Telefonnummer.«

Als er ihr dabei zuschaute, wie sie das schmutzige Geschirr in die Spülmaschine einräumte, merkte er, daß auch sie seinem Blick auswich. Er legte ihr die Hände auf die Schultern und schwenkte sie herum, so daß sie ihm ins Gesicht schauen mußte. »Und hast du inzwischen etwas unternommen, was diesen Zettel betrifft?«

»Ich habe diese Nummer angerufen. Offenbar ist dieser Mr. Walden ein Rechtsanwalt. Ich habe mich für heute um drei mit ihm verabredet.«

»Und hattest du vor, allein hinzugehen? Vielleicht wolltest du mir erzählen, daß du einen kleinen Einkaufsbummel machst und dich dann heimlich in seine Kanzlei schleichen?«

»Mike, du kannst diesen Mann doch nicht mit Doc vergleichen! Er ist Anwalt und jung – zumindest jünger als die meisten Leute, die etwas von Maxie wissen. Also kann er auch nicht in die Ereignisse jener Mainacht des Jahres 1928 verwickelt gewesen sein. Mr. Walden ist erst fünfundfünfzig.«

»Und woher weißt du das?«

»Ich – nun – ich fragte seine Sekretärin. Ich sagte ihr, daß ich glaube, Mr. Walden schon einmal in einer Single-Bar getroffen zu haben, und beschrieb ihn als einen großen, blonden Mann von ungefähr sechsundzwanzig Jahren. Da gab sie mir zur Antwort, daß Mr. Walden fünfundfünzig Jahre alt, und verheiratet sei, und vier erwachsene Kinder habe. Er sei einsfünfundsechzig groß, habe graue Haare und einen Spitzbauch – und wenn er noch so jung ist, was kann er da schon von meiner Großmutter wissen? Glaubst du, er hat sie einmal in einem Rechtsstreit vertreten? Oder glaubst du, daß er wirklich etwas über sie weiß?«

»Ich schätze, da gibt es nur eine Möglichkeit, das herauszufinden, nicht wahr? Also zieh dich an, und dann fahren wir zu ihm.«

»Mike, du mußt nicht mit mir dorthin fahren. Ich kann mich allein mit ihm treffen, hierher zurückkommen und dir berichten, was er mir von Maxie erzählen konnte.«

Teils ärgerte, teils freute er sich darüber, daß Samantha ihn zu beschützen versuchte, denn nur aus diesem Grund hatte sie sich allein mit diesem Mr. Walden treffen wollen. Und dabei hatte er ihr doch gesagt, daß sie nicht mehr versuchen sollte, dem Geheimnis ihrer Großmutter auf die Spur zu kommen. Doch statt von diesem gefährlichen Unternehmen abzulassen, versuchte sie nun, ihre Nachforschungen vor ihm geheimzuhalten.

Er küßte sie sacht auf den Mund. »Ist dir bewußt, daß es bereits nach zwei ist? Wenn du eines von diesen Saks-Kostümen anziehen, dich frisieren und dich schminken willst, mußt du . . .«

Sie war schon unterwegs zum Badezimmer, ehe er den Satz beenden konnte.

Um Viertel nach drei wurden Samantha und Mike von Mr. Waldens hagerer, etwas verkniffen aussehenden Sekretärin in dessen Büro geführt. Mit einem Trick, den Samantha empörend gefunden hatte – Mike hatte sie in die Damentoilette geschickt, während er sich zu einer sehr hübschen Empfangsdame gesetzt, sie durch halb gesenkte Wimpern angeblickt und nach Mr. Walden ausgefragt hatte –, hatte sie herausbekommen, daß Walden Strafverteidiger war. Er übernahm die Fälle der schlimmsten Verbrecher und bewahrte sie vor längeren oder lebenslangen Zuchthausstrafen. Die Empfangsdame hatte Mike, sich geziert schüttelnd, einige von den Unterwelttypen beschrieben, die zuweilen in Mr. Waldens Kanzlei kamen. Sie sagte, daß es Mr. Walden offenbar nichts ausmachte, wenn er dafür sorgte, daß die schrecklichsten Leute frei herumlaufen konnten.

»Verbindungen zur Unterwelt«, sagte Mike. »Kein Wunder, daß Nelson ihn kennt. Hast du was?«

Samantha ging so steif neben ihm her, als hätte sie Stelzen statt Beine. »Ich? Wie kommst du nur darauf? Oder meinst du, ich würde mich darüber aufregen, daß du dieser Dame die ganze Zeit in den Ausschnitt geschaut hast?«

Mike nahm lächelnd ihren Arm. »Sie hatte einen bemerkenswert hübschen . . .«

»Ich wußte ja gar nicht, daß du Kühe magst!« zischte Samantha durch die zusammengepreßten Zähne, entriß ihm ihren Arm und ging dann zwei Schritte vor ihm her.

Als sie dann Waldens Büro betraten, war Samantha wütend und Mike amüsiert. Mr. Walden, der genauso aussah, wie seine Sekretärin ihn beschrieben hatte, warf einen Blick auf die beiden, als sie vor seinem Schreibtisch Platz nahmen, und sagte: »Ich übernehme keine Scheidungsfälle.«

Lachend griff Mike nach Samanthas Hand, die auf der

Sessellehne neben ihm ruhte, aber sie zog sie rasch weg. »Wir sind in einer ganz anderen Angelegenheit zu Ihnen gekommen. Durch die Vermittlung von Jubilee Johnson haben wir Ihren Namen erfahren.«

Mr. Waldens Gesicht verlor einen Moment seinen jovialen Ausdruck. Man konnte sich diesen Mann schwerlich als Strafverteidiger vorstellen, denn mit einer weißen Perücke, angeklebtem weißen Bart und roter Zipfelmütze hätte er der Idealvorstellung eines Kindes vom Weihnachtsmann entsprochen. »Ah, ja, Jubilee. Ich hoffe, er ist wohlauf und seiner Familie geht es gut.«

Es geschah in diesem Moment, daß Samantha Waldens linke Hand sah. Als sie in das Büro kam, war sie noch so wütend auf Mike gewesen, daß sie kaum auf ihre Umgebung geachtet und nur gedacht hatte: Dieser Walden macht einen so sympathischen Eindruck, daß er unmöglich etwas über Maxie wissen kann.

Und nun starrte sie seine linke Hand an, die vom Handgelenk bis zu den Spitzen des Ring- und des kleinen Fingers hinauf schwarz tätowiert war. Die Nägel dieser beiden Finger waren schwarz lackiert.

»Half Hand«, flüsterte sie, denn auf den ersten Blick sah es so aus, als würde ihm die halbe Hand fehlen. »Half Hand«, wiederholte sie etwas lauter, das Gespräch zwischen Mike und dem Anwalt unterbrechend.

Walden kam um seinen Schreibtisch herum, lächelte sie an und streckte ihr seine Linke hin. Samantha nahm sie, betrachtete sie und sah dann zu ihm auf: »Wer sind Sie und was wissen Sie über Maxie?«

Mr. Walden lachte leise und hörte sich in diesem Moment genauso an wie der Mann, der einmal Docs bester oder einziger Freund gewesen war. »Ich bin als Joseph Elmer Grünwald der Dritte auf die Welt gekommen. Da mein Vater Joe hieß, nannte man mich Elmer. Ein häßlicher Name. Es ist schwierig, in dieser Welt mit so einem Namen Karriere zu machen, weil man sich die meiste Zeit seines Lebens Witze über Elmer Fudd anhören muß. Die Hänseleien, die ich mir als Kind meines Namens wegen habe gefallen lassen müssen, haben vermutlich dazu geführt, daß ich sehr oft an meinen Gangster-Großvater denken mußte.«

»An Half Hand«, warf Mike an dieser Stelle ein.

»Ja«, erwiderte Mr. Walden, »Half Hand Joe war mein Großvater. Mein Vater war neun Jahre alt, als Half Hand getötet wurde, und ich glaube, er hat seinen Vater glorifiziert. Statt der Tatsache ins Auge zu sehen, daß sein Vater nichts anderes war als ein bezahlter Killer, versuchte mein Vater ihn zu einem Retter der Menschheit hochzustilisieren. Und so wuchs ich mit dem Mythos auf, daß Half Hand ein Held gewesen sei.« Nach kurzem Zögern fuhr er fort: »Als Half Hand das Zeitliche segnete, erbte mein Vater etwas Geld, doch meine Großmutter brachte es in einem halben Jahr durch.«

Walden nahm seine Linke in die rechte Hand und betrachtete sie. »Mit sechzehn hatte ich den ersten Rausch meines Lebens, und als ich wieder nüchtern wurde, stellte ich fest, daß ich in einen Tätowier-Salon gegangen war und mir zum Andenken an meinen heldenmütigen Großvater die linke Hand hatte verunzieren lassen. Ich wollte mir natürlich die Tätowierungen wieder entfernen lassen, doch mein Vater meinte, sie seien ein gutes Omen.«

Als Samantha und Mike ihn verdutzt ansahen, lachte Mr. Walden leise. »Mein Vater war ein phantasiebegabter Mann. Er heiratete, als er noch ein Teenager war, und bald darauf war ich unterwegs, und deshalb hatte er nie die Chance, eine Schule zu besuchen. Als er meine Hand sah, sagte er, ich wäre dazu ausersehen, Anwalt zu werden und solche Leute, wie mein Großvater einer gewesen war, zu retten. Ich weiß nicht, wie ein Sechzehnjähriger mit einem schrecklichen Kater und einer frisch tätowierten Hand meinen Vater auf diese Idee bringen konnte, doch mir gefiel sie. Und so habe ich in dem Glauben, daß ich mein Leben der Aufgabe widmen sollte, mißverstandene Männer und Frauen zu retten, Jura studiert, um dann jedoch festzustellen, daß ich nur den Abschaum der Menschheit verteidigte.«

Seine Worte und seine Miene standen im krassen Gegensatz zueinander; denn er machte ein sehr zufriedenes Gesicht.

»Warum machen Sie es dann?« fragte Samantha.

»Des lieben Geldes wegen, meine Teure. Der Abschaum der Erde würde keine verabscheuungswürdigen Taten vollbringen, wenn sich das nicht bezahlt machen würde. Und daß ich sie anschließend vor Gericht verteidige, hat mich zu einem reichen Mann gemacht. Meine Eltern lebten mit fünf Kindern in zwei Zimmern. Ich habe ein Penthouse in der Fifth Avenue und einen Landsitz in Westchester. Ich schickte meine vier Töchter auf Elite-Schulen, und meine Frau läßt ihre Kleider in Paris anfertigen.«

Er lächelte über die Unschuld der beiden jungen Leute, die vor ihm saßen; denn man konnte ihnen unschwer vom Gesicht ablesen, daß sie ihre Seelen niemals für Geld verkaufen würden. Aber der Kleidung und dem Auftreten der beiden nach zu schließen, hatten sie auch niemals erfahren, was es bedeutet, zu hungern und zu frieren und mitten in der Nacht auf die Straße gesetzt zu werden, weil die Miete nicht bezahlt worden war. Seine Töchter waren wie diese hübsche kleine Samantha, sehr gepflegt, gut genährt und ohne irgendwelche bedrückenden Erinnerungen an ein Dasein in Schmutz und Elend. Der Abschaum der Menschheit, den er verteidigte, hatte ohne deren Wissen oder Absicht diese gute Tat vollbracht und mitgeholfen, etwas Sauberes und Gutes in die Welt zu setzen.

»Als ich volljährig wurde, änderte ich meinen Namen in H. H. Walden, was mir sicherlich auch im Schaugeschäft geholfen haben würde, wenn ich meine Lebensaufgabe in diesem Beruf gesehen hätte, und benützte nur noch diesen Namen während meines Studiums. Er war mir damals bereits bei den blonden Tennisspielerinnen behilflich, und später dann bei den Ganoven, die ich verteidigte, weil ich sie darauf aufmerksam machte, daß H. H. für Half Hand stünde.«

»Und sie natürlich alle von Half Hands verschwundenen drei Millionen gehört hatten«, ergänzte Mike, was Walden zum Schmunzeln brachte.

»Sie scheinen sich wohl ein wenig mit der Vergangenheit meines Großvaters beschäftigt zu haben, wie?«

Mike erzählte ihm nun von der Biographie, die er schreiben wollte, und daß Maxie Samanthas Großmutter sei. »Was können Sie uns über Maxie sagen?« fragte er dann.

»Gar nichts«, erwiderte Mr. Walden und hielt Mikes Blick, ohne mit der Wimper zu zucken, stand.

Ein erfahrener Lügner, dachte Mike bei sich. »Sie kennen nicht einmal den Namen ihres Pflegeheims?« gab er erstaunt zurück. »Haben auch keine Ahnung, wer die Arztrechnungen für sie bezahlt?«

Da legte Walden den Kopf zurück und lachte schallend. »Sie haben mich durchschaut, wie? Ja, ich weiß, wo Maxie sich befindet, bezahle aber keine Rechnungen für sie. Wenn Sie das wissen wollen, müssen Sie sie schon selbst danach fragen.«

»Sie hat sich dort unter dem Namen Abby aufnehmen lassen und will nicht einmal zugeben, daß sie Maxie ist.«

»Naja, das ist verständlich. Sie hat vermutlich Angst um

diese junge Dame hier – fürchtet, daß Doc oder jemand anderer ihr etwas antun könnte; denn die Legende von Half Hands Millionen ist in gewissen Kreisen noch sehr lebendig. Sie wissen aber doch, daß Abby ihr richtiger Name ist, nicht wahr? Nein? Sie heißt Mary Abigail Dexter. Und als sie bei Jubliee den Vertrag unterschrieb, der sie als Sängerin in seinem Klub verpflichtete, zeichnete sie den Vertrag nicht mit ihren richtigen Initialen M. A. D., sondern mit M. A. X. ab, und Jubilees Buchhalter, der offensichtlich schlecht sehen konnte, glaubte, ihr Name wäre Maxie. Und von jenem Tag an ist dieser Name an ihr haften geblieben.«

Mike blickte Walden scharf an; denn er hatte das Gefühl, daß dieser Mann ihnen etwas verschwieg – Informationen besaß, die er nicht preisgeben wollte. »Jemand brach im ersten Stock meines Hauses ein und versuchte, Samantha umzubringen.«

Auch diesmal zuckte Walden mit keiner Wimper, was möglicherweise damit zu tun hatte, daß er täglich mit Mord, Totschlag und anderen Verbrechen konfrontiert wurde, da dies ja gewissermaßen zu seinem Broterwerb gehörte.

»Tatsächlich?« sagte Walden. »Haben Sie den Kerl auch geschnappt?«

»Nein«, erwiderte Mike knapp. »Haben Sie eine Ahnung, wer der Täter gewesen sein könnte? Vielleicht jemand, den Sie kennen?«

Walden lächelte. »Es könnte einer von tausend gewesen sein, die ich kenne. Ich habe noch niemanden verteidigt, der nicht imstande wäre, durch ein Fenster im ersten Stock einzusteigen und ein hübsches Mädchen umzubringen. Sie müssen mir schon den genauen Tatort und die Tatzeit angeben, wenn ich Ihnen einen dazu passenden Täter nennen soll.«

Samantha öffnete den Mund, um etwas zu sagen, doch Mike war schneller als sie.

»Februar 1975, Louisville, Kentucky«, sagte er wie aus der Pistole geschossen und sah dabei Samantha nicht an, die ihn wütend anfunkelte. Das waren Ort und Monat, in dem ihre Mutter gestorben war.

»Ich würde mich jetzt gern wieder von Mr. Walden verabschieden«, sagte sie leise, doch Mike machte keine Anstalten, sich aus seinem Sessel zu erheben, sondern sah den Anwalt unverwandt an.

Nachdem Walden zwischen den beiden hin- und hergeschaut hatte, drückte er auf einen Knopf seiner Sprechanlage und sagte zu seiner Sekretärin, daß sie ihm alles bringen sollte, was sie unter dem ihm von Mike angegebenen Ort zu der von ihm genannten Zeit finden könne. »Sie hat das alles in ihrem Computer gespeichert, also kann das nur ein paar Minuten dauern«, erklärte er dann.

Dann lehnte Walden sich in seinem Sessel zurück, betrachtete die beiden vor seinem Schreibtisch und überlegte, ob sie tatsächlich nur zu ihm gekommen waren, um Fakten für eine Biographie zu sammeln. Er fragte sich auch, ob die beiden denn das wahre Ausmaß von Docs üblem Charakter kannten oder ob sie meinten, er wäre inzwischen ein netter harmloser, alter Mann, nur weil es ihm gelungen war, den Teufel zu überreden, ihn nicht schon vor langem in die Hölle geholt zu haben.

Als nach etwa fünf Minuten die Sekretärin Walden einen dicken Ordner auf den Schreibtisch legte, beugte sich der Anwalt, nachdem er einen flüchtigen Blick auf den Inhalt geworfen hatte, vor und sagte: »Ah, ja – ich erinnere mich noch gut an diesen Mandanten. Er wurde vor ungefähr zehn Jahren in die Gaskammer geschickt, und sie hat wohl noch keinen geeigneteren Insassen als diesen Mann gesehen. Ich verteidigte ihn, war aber froh, zu wissen, daß ich diesen Fall niemals gewinnen konnte. Am Abend vor seiner Hinrichtung bat er mich, in seine Zelle zu kommen, damit er mir seine gesamte Lebensgeschichte erzählen könne. Ich hätte Ihnen jetzt ja gern gesagt, daß er bereute, was er alles verbrochen hatte, aber er sagte zu mir, er wollte, daß ich das alles aufzeichnete, damit man einen Fernseh- oder Kinofilm über ihn drehen könnte wie über Al Capone.«

Walden blätterte in den Notizen, die auf seinem Schreibtisch lagen.

»Ich sagte ihm natürlich nicht, daß ich lieber sterben als ihn zu einem Volkshelden machen würde, aber ich schrieb alles auf, was er mir damals erzählte, für den Fall, daß man später versuchen sollte, einem meiner anderen Mandanten ein Verbrechen in die Schuhe zu schieben, das in Wahrheit er begangen hatte.«

Walden fuhr mit dem Finger über die Seiten seiner Notizen und sagte dann: »Ah, hier ist es. 1975. Himmel, war er aber aktiv in jenem Jahr! In den ersten sechs Monaten brachte er, vier, nein sogar fünf Menschen um – alles Mitglieder von Verbrecherbanden. Nein, hier, warten Sie, hier haben wir es.«

Kurz zu Mike hochblickend, fragte er: »Louisville, Kentucky, im Februar?« Er sah wieder auf das Blatt hinunter. »Abscheulich, wirklich abscheulich, diese Sache. Himmel, das hatte ich ja ganz vergessen! Er suchte damals nach Half Hands verschwundenen Millionen. Ich glaube, jemand hatte ihn dafür engagiert, aber er sagte mir nicht, ob er die Sache auf eigene Faust oder im Auftrag eines anderen unternommen hat. Ich denke, er wollte mich in dem Glauben lassen, er wäre intelligent genug gewesen, Leute umzubringen, ohne daß ihm ein anderer sagen mußte, wen, wann und wo.«

»Was hat er getan?« fragte Mike leise.

»Eine Frau getötet. Er erzählte mir, er habe einen Tip bekommen, daß jemand in ihrer Familie wüßte, wo Half Hands Geld hingekommen sei. Also fuhr er nach Louisville, entführte diese Frau und folterte sie eine Weile lang, um sie zum Sprechen zu bringen. Lassen Sie mich mal nachsehen – ja, er hielt sie an eine glühende Heizsonne, aber als ihm klar wurde, daß sie wirklich nichts wußte, schleppte er sie hinaus auf die Straße und überfuhr sie mit seinem Wagen. Er prahlte noch vor mir, wie die Frau ihn angefleht hatte, ihr kleines Mädchen zu verschonen. Deshalb blieb er noch ein paar Wochen, nachdem er die Frau getötet hatte, in der Stadt, redete mit diesem Mädchen und stellte ihm eine Menge Fragen, um herauszufinden, ob es oder sein Vater etwas von dem Geld wüßten. Er kam zu dem Schluß, daß das nicht der Fall war, und reiste daraufhin ab.«

H. H. sah von seinen Aufzeichnungen auf und die beiden vor seinem Schreibtisch an. Eben noch hatten sie sehr rosig und gesund ausgesehen, doch nun waren sie ganz grün im Gesicht. Der Mann griff nach der Hand der Frau, die sich um die Sessellehne gekrampft hatte, und in diesem Moment kam H. H. der Gedanke, daß die gefolterte Frau wahrscheinlich die Mutter dieser jungen Lady gewesen war.

»Ich ... Ich ...«, begann er, und dann wußte H. H. Walden, der noch nie um Worte verlegen gewesen war, nicht weiter.

Mike stand auf. »Mr. Walden, vielen Dank, daß Sie uns geholfen haben. Ich denke, wir werden jetzt besser wieder gehen.«

»Hören Sie – es tut mir leid, daß ich Ihnen diese Geschichte erzählt habe. Es war nicht meine Absicht.« Doch da gab es nun nichts mehr zu entschuldigen, und er blickte den beiden schweigend nach, die sich beeilten, sein Büro zu verlassen.

»Bist du okay?«, fragte Mike, als sie draußen auf der Straße waren.

Samantha nickte. »Ja. Wirklich, Mike, ich bin okay. Aber ich glaube, ich würde jetzt gern ein bißchen spazierengehen. Allein. Wir sehen uns dann später wieder.«

»Bist du sicher?«

»Absolut.«

Als er fortfuhr, sie besorgt anzusehen, lächelte sie ein wenig, um ihn zu beruhigen, und legte ihm die Hand auf den Arm. »Mike, das ist alles vor langer, langer Zeit passiert. Ich hatte viele Jahre Zeit, um über den Tod meiner Mutter hinwegzukommen, und es spielt jetzt wirklich keine Rolle mehr, wie sie ums Leben kam. Tot ist tot – ob es nun ein Unfall oder ein Mord gewesen ist. Ich möchte jetzt nur ein bißchen allein sein. Vielleicht gehe ich in eine Kirche und setze mich dort eine Weile lang auf eine Bank.« Sie drückte kurz seinen Arm, lächelte noch einmal, um ihn zu beruhigen, und wandte sich von ihm ab.

Da faßte Mike sie am Arm und schwenkte sie wieder herum. Sie war eine gute Schauspielerin, das mußte er ihr lassen, und wenn er nicht gewußt hätte, was sie soeben erfahren hatte, wäre er niemals auf die Idee gekommen, daß sie litt. Aber er kannte Samantha inzwischen viel beser als noch vor wenigen Tagen – kannte sie sogar gut. Die meiste Zeit ihres Lebens hatte sie ihren Kummer und ihren Schmerz vor anderen verstecken und allein damit fertig werden müssen.

»Du kommst jetzt mit mir«, sagte Mike.

»Nein, ich . . .« Sie versuchte, sich von ihm zu entfernen, aber er ließ ihren Arm nicht los und zog sie zu sich heran.

Dann pfiff er so laut und durchdringend, daß ein Taxi mit quietschenden Bremsen neben ihm am Randstein hielt. Mike öffnete die Wagentür und schob Sam auf den

Rücksitz. Als sie mit ihm zu reden versuchte, sagte er, daß sie still sein sollte. Sie waren schon fast zu Hause, als Mike Samantha unter das Kinn faßte und ihr Gesicht ins Licht drehte: Sie war schneeweiß, ihre Haut fühlte sich feucht und kalt an, und sie atmete unregelmäßig.

Kaum hatte das Taxi vor dem Haus gehalten, als Mike dem Fahrer das Geld in die Hand drückte, den Wagenschlag öffnete, und Sam hinter sich herziehend, rannte er so schnell die Vortreppe hinauf, daß sie ihm kaum folgen konnte. Oben schob er rasch den Schlüssel ins Schloß, stieß die Haustür auf, warf sie hinter ihnen wieder zu und lief mit Sam ins Badezimmer.

Sie schafften es gerade noch, dann mußte Sam sich übergeben. Eine Hand auf ihrer Stirn, mit der anderen ihren Brustkorb umfassend, hielt er sie fest, während sie sich, von Magenkrämpfen geschüttelt, immer wieder erbrach, bis sie erschöpft über dem Toilettenbecken hing. Da tränkte Mike einen Waschlappen mit kaltem Wasser und drückte ihn ihr auf die Stirn, während er die Wasserspülung betätigte und den Deckel über dem Toilettenbecken schloß.

Er mußte ihr vom Boden aufhelfen, als sie sich hinsetzen wollte, während sie flüsterte: »Jetzt geht es mir wieder gut. Wirklich. Jetzt bin ich wieder okay.«

Er schüttelte den Kopf. »Du bist keineswegs okay«, sagte er, ließ sie einen Moment allein, ging in die Küche, goß Orangensaft in ein Glas und flößte ihn ihr schluckweise ein. »Und jetzt das«, sagte er, ihr ein Pfefferminz hinhaltend. Und als sie es nicht nehmen wollte, zwang er ihr die Kiefer auseinander und schob es ihr in den Mund.

Dann nahm er ihr den Waschlappen wieder von der Stirn, wrang ihn aus, tränkte ihn mit frischem kalten Wasser und wusch ihr damit das Gesicht ab. Was tat man sonst noch in so einer Situation? Wie konnte er Samantha helfen, den Schock zu überwinden, den diese schreckliche Nachricht bei ihr ausgelöst hatte? Er versuchte sich vorzustellen, wie er sich fühlen würde, wenn jemand ihm gerade erzählt hatte, daß seine Muter von einem Verbrecher auf die vage Vermutung hin, daß sie vielleicht wußte, wo ein vor vielen Jahren verschwundenes Geld hingekommen sei, gefoltert und ermordet worden war.

»Wenn du krank warst als Kind«, sagte Mike, während er ihr sacht mit dem Waschlappen das heiße Gesicht abwischte, »wer hat sich da um dich gekümmert?«

»Meine Mutter«, flüsterte sie.

»Und nach deinem zwölften Lebensjahr?« fragte er und nahm einen Moment lang, auf ihre Antwort wartend, den Waschlappen von ihrem Gesicht.

Aber sie gab ihm keine Antwort auf diese Frage, sondern drehte das Gesicht zur Seite und sagte: »Ich würde mich jetzt gern hinlegen.«

»Du willst ins Bett gehen? Allein?«

»Mike, bitte. Ich möchte jetzt wirklich nicht . . .«

Er gestattete sich nicht, dem Ärger nachzugeben, der sich in ihm regte, weil sie offenbar annahm, er wollte in so einem Moment wie diesem mit ihr schlafen. Sich daran erinnernd, wie sie ihm erzählt hatte, daß sie damals, als sie die Nachricht von dem bevorstehenden Tod ihres Vaters erhielt, nach Hause gehen wollte, um bei ihrem Ehemann Trost zu suchen, streichelte er ihr die Wangen. Aber ihr Ehemann war nicht dagewesen, als sie ihn brauchte, und als sie nach dem Tod ihrer Mutter ihren Vater brauchte, hatte der sie ebenfalls im Stich gelassen. Es wurde Zeit, dachte Mike, daß ein Mann ihr auch einmal *beistand*, wenn sie in Not war. »Sam – Sam, ich werde dich jetzt nicht allein lassen. Dein Vater mag das getan haben, damit du erwachsen wirst, aber ich werde es nicht tun.« Damit hob er sie auf seine Arme und trug sie wie ein Kind aus dem Badezimmer.

»Laß mich los«, sagte sie, sich gegen ihn wehrend.

Da blieb er im Flur stehen und schaute auf sie hinunter. »Ich lasse nicht zu, daß du jetzt allein bleibst mit deinem Kummer. Du magst mich für einen autokratischen oder tyrannischen Chauvinisten halten, und du darfst mich gern beschimpfen, wenn du möchtest, aber diesmal wirst du dich nicht allein mit dem Tod auseinandersetzen müssen.« Als sie sich mit beiden Händen gegen seine Brust stemmte, zog er sie noch fester an sich. »Und für einen Ringkampf mit mir bist du nicht stark genug«, sagte er, sich wieder in Bewegung setzend.

Er trug sie nicht, wie sie gedacht hatte, ins Schlafzimmer, sondern hinaus in den Garten, und nahm, als er an einer Bank vorbeikam, die auf der Terrasse stand, die Schaffelldecke mit, die über der Rückenlehne hing. Dann setzte er sich mit ihr im Garten in eine Hollywood-Schaukel, nahm sie wie ein kleines Kind auf den Schoß, zog ihren Kopf an seine Schulter und legte ihr die Hand auf den Scheitel.

»Erzähl mir von deiner Mutter«, bat er.

Das Gesicht an seiner Schulter vergrabend, schüttelte sie den Kopf. Das letzte, woran sie jetzt denken wollte, war ihre Mutter – wie sie gegen eine glühende Heizsonne gepreßt wurde und ihren Peiniger anflehte, das Leben ihrer kleinen Tochter zu schonen.

»Was war ihre Lieblingsfarbe?«

Er wartete, aber als Samantha stumm blieb, sagte er: »Die Lieblingsfarbe meiner Mutter ist Blau. Blau ist die Farbe des Friedens, und nach den vielen Plagen, die sie mit uns Kindern hatte, gibt es wohl nichts auf der Welt, wonach sie sich mehr sehnen würde als nach Ruhe.«

Sam schwieg noch immer, als Mike sie und sich in die Schaffelldecke einhüllte. Es war ein sonniger, warmer Tag gewesen, doch Sam fühlte sich ganz kalt an, als habe der Schock ihr das wärmende Blut aus den Adern gepreßt und es irgendwo in ihrem Inneren aufgestaut. Er strich ihr die feuchten Haare von den Schläfen und zog sie noch fester an sich, um sie mit seinem Körper zu wärmen. Er wußte zwar nicht, warum er so hartnäckig war, aber er hatte das Gefühl, daß er sie unbedingt zum Reden bringen müsse.

»Hat deine Mutter dir auch etwas vorgesungen?« fragte er, und als Sam noch immer stumm blieb, fuhr er fort: »Habe ich dir eigentlich schon erzählt, daß meine Ur-Urgroßmutter eine berühmte Opernsängerin gewesen ist? Man nannte sie LaReina. Hast du schon mal etwas von ihr gehört?«

Sam schüttelte den Kopf.

»Mein Vater hat ein paar Schallplatten, die man von ihr gemacht hat. Sie hatte eine wirklich gute Stimme, wenn ich mir darüber ein Urteil erlauben darf. Um so merkwürdiger finde ich es, daß keiner in meiner Familie einen richtigen Ton singen kann. Das ist nicht fair, findest du nicht?«

Sie schwieg, während er ihr den Rücken rieb und sie ganz fest und sicher an seinen kräftigen Körper hielt. Samantha erinnerte sich nun daran, was sie bisher immer so hartnäckig aus ihrem Gedächtnis verdrängt hatte: Niemand hatte sie an dem Tag, als ihre Mutter starb, in den Armen gehalten. Ihr Vater hatte nach dem Tod ihrer Mutter drei Jahre in einem verdunkelten Zimmer verbracht. Er hatte sich wochenlang nicht anziehen wollen – nur seinen Bademantel über seinem Nachtzeug getragen –, sich nicht rasiert und nur das Allernötigste gegessen, um sich am Leben zu erhalten. Sam hatte sich nach Kräften bemüht, ihn aufzumuntern – sich niemals anmerken lassen, wie einsam sie selbst war. Sie hatte es sich niemals gestattet, ihm ihre Traurigkeit zu zeigen, ihn niemals wissen lassen, wie sehr sie ihn brauchte und wie sehr sie ihre Mutter vermißte.

»Gelb«, flüsterte Sam. »Ihre Lieblingsfarbe war Gelb.«

*

Mike hielt Samantha stundenlang in seinen Armen, während sie ihm von ihrer Mutter erzählte und davon, wieviel sie ihr bedeutet hatte. Er erinnerte sich wieder an ihren Vergleich mit den abgelaufenen Uhren, als sie ihm vor einigen Wochen zu erklären versuchte, in welcher Verfassung sie und ihr Vater sich nach dem Tod von Allison Elliot befunden hatten. Doch nun hörte Mike noch etwas anderes aus ihrer Erzählung heraus: Samantha fühlte sich schuldig am Tod ihrer Mutter. Hatte sie nicht schon einmal ihm gegenüber erwähnt, daß sie mit ihrem eigensüchtigen Wunsch, eine Kinder-Party zu besuchen, ihre Mutter umgebracht habe? Sie hatte zwar gesagt, daß sie inzwischen wüßte, daß das nicht stimmen könne, aber das war, wie Mike nun erkannte, nur eine Schlußfolgerung ihres Verstandes gewesen, keine moralische Rechtfertigung. Ihr Unterbewußtsein sprach sie von dieser Schuld nicht frei. Mehr noch: sie glaubte, daß auch ihr Vater sie für den Tod ihrer Mutter verantwortlich gemacht hatte. Denn sonst hätte er sich doch nicht so von ihr abgekapselt, sein Kind nicht einmal ansehen, geschweige denn trösten wollen. Dieser egoistische Bastard! Mike verfluchte ihn im stillen. Er hatte nur an seinen Kummer gedacht und den seiner Tochter nicht wahrnehmen wollen.

Der Kummer über den Tod seiner Frau hatte damals

auch Kane geschwächt, aber er hatte sich stets bemüht, für seine beiden Kinder dazusein, wenn sie ihn in der Nacht weckten und weinend nach ihrer Mami riefen.

Samantha hatte nicht geweint, und sie weinte auch jetzt nicht. Sie war blaß, kalt und so schwach, daß sie kaum die Hände bewegen konnte, aber ihre Augen blieben trocken. Weil sie sich schuldig fühlte am Tod ihrer Mutter und dem Kummer ihres Vaters, bestrafte sie sich damit, daß sie sich die Tränen versagte, die ihren Schmerz lindern konnten.

»Ich war ein schreckliches Kind«, sagte Sam an seiner Schulter. »Ich war egoistisch, und alles mußte nach meinem Kopf gehen. Als mir meine Mutter einmal ein Paar wunderschöne blaue Samtschuhe kaufte, wollte ich sie nicht einmal anziehen, weil ich mir rote Lacklederschuhe gewünscht hatte.«

»Was hat deine Mutter da gemacht?«

»Sie sagte zu mir, daß sie nicht noch einmal in die Stadt fahren würde, um mir ein anderes Paar Schuhe zu kaufen. Sie sagte, sie wolle keine Primadonna heranzüchten, und daß man im Leben nicht das Unmögliche verlangen dürfte, weil man sonst am Ende gar nichts bekommt.«

»Und hast du deine roten Schuhe dann doch bekommen?« fragte er leise, weil er diese Geschichte bereits haßte. Es war bereits die dritte in Folge, in der Samantha ein ganz normales kindliches, eigensüchtiges Verhalten zu einer sündhaften Boshaftigkeit aufblähte.

»Oh, ja. Am nächsten Tag sagte ich zu meiner Mutter, wie schön ihr Haar doch sei und was für herrliche blaue Augen sie hätte. Und wie sehr ich mich freute, daß sie nicht so alt aussähe wie die Mütter meiner Freundinnen, die ausnahmslos dick und häßlich seien. Und daß sie sich so schön anziehen sollte, wie sie aussähe. Da lächelte sie und fragte mich, woran ich denn denken würde, und ich erzählte ihr von einer Schaufensterpuppe in der Auslage von Stewarts Kaufhaus, die ein Kleid anhatte, das ihr großartig stehen müßte.«

»Und da ist sie mit dir in die Stadt gefahren?«

»Sie sagte, daß ich mit meiner wohl ehrlich gemeinten Schmeichelei und der Raffinesse, mit der ich versuchte, meinen Kopf durchzusetzen, eine Belohnung verdient hätte. Aber sie warnte mich auch, daß ich eine hinter die Ohren bekäme, wenn die Schaufensterpuppe mit dem Kleid, das ich ihr anpries, gar nicht in der Auslage stünde.«

»Vermutlich stand sie aber doch da.«

»Ich schwitzte auf der Fahrt in die Stadt Blut und Wasser. Ich befürchtete nämlich, daß sich im Schaufenster von Stewarts nur Herrenbekleidung befand, aber das Kaufhaus ließ mich nicht im Stich. Ich bekam meine roten Schuhe und Mama ein neues Kleid.« Samantha schwieg einen Moment. »Es war das Kleid, in dem sie beerdigt wurde.«

Und während Mike, ihr über das Haar streichend, sich die Geschichten aus ihrer Kindheit anhörte, wuchs mit jeder Story, die sie ihm berichtete, seine Überzeugung, daß hier etwas geschehen mußte. Blair hatte zu einer Therapie geraten. Doch wie sollte diese aussehen? Daß ihr ein Psychiater immer wieder versicherte, sie wäre nicht schuld am Tod ihrer Mutter und nicht verantwortlich für die Depressionen ihres Vaters? Es würde mehr brauchen als Worte, um Samantha den *Glauben* daran zu nehmen, daß sie schuld war an beidem.

Sie hatte in einer ihrer Geschichten erwähnt, daß ihr Vater eines Tages, als er aus dem Büro nach Hause kam, Richard Sims mitgebracht und ihr vorgestellt hatte. Mike mußte nur ein paar Fragen stellen, um herauszufinden, daß sie ihn vor allem deswegen geheiratet hatte, weil ihr

Vater das offenbar von ihr erwartete. War das verwunderlich? Von ihrem zwölften bis zu ihrem dreiundzwanzigsten Lebensjahr hatte sie sich ausschließlich ihrem Vater gewidmet in dem Bemühen, das wieder gutzumachen, was sie ihm ihrer Meinung nach angetan hatte. Warum sollte sie dann nicht auch geheiratet haben, weil sie glaubte, ihm damit eine Freude machen zu können?

Der Anwalt ihres Vates hatte gesagt, Sam habe sich in jener Zeit von der Außenwelt abgekapselt, weil sie nur für ihren Vater dasein und ihm in seiner Depression helfen wollte. Sam war in jenen Jahren so isoliert gewesen, daß dem Anwalt sogar der Verdacht gekommen war, sie könnte das Opfer einer inzestuösen Beziehung geworden sein. Doch er hatte sich damit nicht befassen mögen und war deshalb auf Vermutungen angewiesen.

Sie war von ihrem zwölften Lebensjahr an immer allein gewesen. Sie hatte niemanden gehabt, an den sie sich wenden konnte, obwohl sie sich bemüht hatte, das beste kleine Mädchen der Welt zu sein, um mit ihrem Verhalten die Liebe ihres Vaters zurückzugewinnen. Und in diesem Bemühen hatte sie wohl auch den Mann geheiratet, den ihr Vater ausgesucht hatte. Sie hatte es ihm zuliebe getan.

Doch als ihre Ehe scheiterte, hatte sie wieder niemanden gehabt, an den sie sich wenden konnte. Sie hatte ja wohl schwerlich ihren Vater anrufen und ihm sagen können, daß der Mann, den er für sie ausgesucht hatte – und Mike hatte inzwischen herausgefunden, daß Dave Elliot ihrem Ex-Gatten das Geld gegeben hatte, damit er sich als Teilhaber in dieser Steuerberatungsfirma in Santa Fe einkaufen konnte –, sie als Packesel mißbrauchte. Da Sam als Kind von der Außenwelt isoliert und immer mit Geheimnissen belastet gewesen war, hatte sie auch nicht gelernt, wie man sich Freunde macht – Freunde, bei denen man sich aussprechen konnte.

Als Mike nun daran zurückdachte, wie Sam den ersten Monat in seinem Haus verbracht hatte – eingeschlossen in ihrer Wohnung, die sie nicht mehr verlassen wollte –, konnte er die Depression, an der sie damals litt, gut verstehen. Es war ja die Wohnung ihres Vaters gewesen, der sie zu seinen Lebzeiten im Stich gelassen hatte, und so hatte sie wohl gehofft, ihn dort nach seinem Tod wiederzufinden.

Und dabei fragte er sich immer wieder, was er denn tun könnte, damit Sam einsah, daß sie nicht schuld war an dem Tod ihrer Mutter und der Depression ihres Vaters. Mike hatte einmal gelesen, daß die Depression ein nach innen gerichteter Zorn sei. Was konnte er tun, damit sich dieser Zorn nach außen entlud? Er wollte erleben, daß sie mit Tellern warf, daß sie ihren Vater verfluchte, weil er sie im Stich gelassen hatte, daß sie sich darüber empörte, was ihr Ex-Mann ihr angetan hatte.

Er wollte sie weinen sehen!

Da erhob er sich von der Hollywood-Schaukel und trug sie ins Haus. Samantha glaubte, daß er sie ins Bett bringen wollte, und sie hoffte das jetzt auch, denn sie war sehr, sehr müde. Aber statt dessen trug er sie zur Haustür.

»Wo gehen wir denn hin?« fragte sie müde.

»Ich bringe dich zu deiner Großmutter. Ich denke, es ist Zeit, daß dieses Versteckspiel aufhört. Ich denke, daß es Zeit ist, daß wir eine Antwort bekommen auf einige Fragen.«

29

Es war am Morgen des nächsten Tages, als Mike in Maxies Zimmer zurückkehrte. Nicht, daß er das Pflegeheim über Nacht verlassen hätte; denn als er Sam am Abend zuvor zu ihrer Großmutter gebracht hatte, hatte er Maxie dringend empfohlen, ihrer Enkelin die Wahrheit zu sagen. Das Leben sei zu kurz und eine zu große Unbekannte, als daß sie und Sam es sich noch länger leisten könnten, so zu tun, als wären sie nichts weiter als Zufallsbekanntschaften. Mike war regelrecht zornig geworden und hatte vermutich ein paar Dinge gesagt, die er in Anbetracht von Maxies Zustand wohl nicht hätte sagen sollen. Aber Samantha brauchte ihre Großmutter in der Zeit, die ihr noch vergönnt war – und Maxie brauchte Sam.

Er hatte sie danach allein gelassen, und die beiden hatten fast die ganze Nacht hindurch miteinander geredet, während Mike auf einem sehr kleinen und harten Bett in einem Raum genächtigt hatte, den man hier großspurig als Gästezimmer bezeichnete. Mike hatte keine Ahnung, was sie denn so viel zu bereden hatten. Jedenfalls hatte er mehrmals kurz bei ihnen hineingeschaut, und da waren sie immer noch in ihr Gespräch vertieft gewesen.

»Wie geht es ihr?« fragte Mike jetzt leise, als er zu Maxie ins Zimmer kam und einen kurzen Blick auf Samantha warf, die zusammengerollt in Maxies Armen lag. Mike hatte sich nicht rasiert und trug noch den – inzwischen zerknitterten und schmutzigen – Anzug, in dem er gestern Mr. Walden besucht und auf diesem harten Bett genächtigt hatte.

Samantha schlief in den Armen ihrer Großmutter wie ein Kind, das sich von einem Alptraum erholt: mit leicht geöffnetem Mund und ab und zu mit einem Schluckauf atmend.

An das Bett herantretend, sagte Mike: »Warten Sie, Maxie – ich werde Sie ihnen abnehmen. Sie ist nicht ganz leicht, und Ihre Arme müssen ja inzwischen abgestorben sein!«

Doch da schaute ihn Maxie einen Moment so böse an, daß Mike unwillkürlich einen Schritt von ihrem Bett zurückwich. Als er sich von seinem Schrecken erholt hatte, meinte er grinsend: »Offenbar ist sie doch nicht so schwer, wie ich glaubte.«

Maxie lachte verlegen. »Nein, sie ist mir nicht zu schwer. Ich wünschte, ich hätte sie so in meinen Armen halten können, als sie noch ein Kind war. Ich wünschte, ich wäre bei ihr gewesen, als ...«

»... als ihre Mutter starb?«

Maxie sah zur Seite, weil sie wußte, daß sie an Allisons Tod schuld war; denn wenn sie Cal nicht geheiratet hätte, wäre die Elliot-Familie niemals mit Doc und Half Hand in Verbindung gebracht worden.

»Der Arzt gab ihr eine Beruhigungsspritze, damit sie schlafen konnte«, sagte Maxie. »Erst wollte er sie ihr zwar nicht geben, doch dann haben ihm die anderen Heiminsassen so lange zugesetzt, bis er gar nicht mehr anders konnte.« Sie sah Mike mit einem dankbaren Lächeln an. »Seit Sie diese Bücher, Spiele, Magazine und all die anderen schönen Sachen für das Heim gekauft haben – ganz zu schweigen von der Einrichtung dieses Zimmers –, würden die Leute hier für Sie durchs Feuer gehen, wenn Sie das von ihnen verlangten. Für die Heimbewohner sind Sie eine Kombination aus Heiligem und Superman.«

»Sie täuschen sich. Das war alles nicht meine Idee, auch wenn Sammy Ihnen vielleicht etwas anderes erzählt hat. Bevor ich Sam kennenlernte, war ich ein lupenreiner Egoist – ein Junggeselle, der seine Tage damit verbrachte, sich auszurechnen, wie er sein bereits horrendes Bankguthaben noch um etliche Nullen vergrößern könnte, und seine Nächte damit, sich mit irgendeiner schönen Frau – die ihm nichts bedeutete – von dieser strapaziösen Tätigkeit zu erholen.«

Maxie streichelte Samanthas Arm und legte ihr eine Hand auf die Wange. Sie schien in dieser Nacht noch ein paar Runzeln hinzubekommen zu haben; denn das, was sie von Samantha über den Tod ihrer Mutter erfahren hatte, war nicht spurlos an ihr vorübergegangen.

»Und jetzt hat sich Ihr Leben verändert?« fragte Maxie.

Mike trat ans Bett und strich Samantha behutsam das Haar aus der Stirn. »Es hat sich sehr verändert. Nun habe ich das Gefühl, als wäre es ... Aber ich möchte jetzt nicht sentimental werden.«

Maxie sah ihn mit ihren wachen, intelligenten Augen unverwandt an. »Warum nicht, wenn es meiner Enkelin bekommt?«

»Also – ich habe das Gefühl, als hätte mein Leben jetzt erst einen Sinn bekommen. Vielleicht lachen Sie mich aus, wenn ich sage, daß ich auf Sam gewartet habe. Und wissen Sie, was ich noch glaube? Ihr Vater wußte, daß ich auf seine Tochter wartete.«

»David«, sagte Maxie leise, »mein schöner Sohn.« Einen Moment blickte sie mit feuchten Augen wieder zur Seite, als würde sie daran denken, was sie alles versäumt hatte: das Leben ihrer Enkelin, den Tod ihres Sohnes. Und daß man vermutlich sie statt die Mutter eines kleinen Mädchens umgebracht hätte, wenn sie 1975 noch bei ihrer Familie gewesen wäre.

Mike nahm Maxies Hand von Sams Schulter und hielt sie fest. »Dave wollte mir damals, als ich ihn in Louisville besuchte, nicht erlauben, Samantha kennenzulernen. Ich fand das sehr merkwürdig, war sogar beleidigt, daß er mich aus dem Haus haben wollte, ehe Samantha in Louisville eintraf, zumal er mich doch in ihrem und nicht im Gästezimmer untergebracht hatte.« Mike hielt einen Moment inne, weil er jetzt verstand, warum Sams Zimmer sich seit dem Tod ihrer Mutter nicht verändert hatte. Für Dave war die Zeit an jenem kalten Februarmorgen, als seine Frau auf so brutale Weise ermordet worden war, stehengeblieben – und deshalb mußte auch die Uhr für seine kleine, damals noch so umtriebige kleine Tochter angehalten werden.

»Dave hat den ersten Ehemann für Samantha ausgesucht«, sagte Mike, Maxie in die Augen sehend.

Sie brauchte einen Moment, ehe sie begriff, was er ihr damit sagen wollte. »Und nun glauben Sie, daß er auch Sie für Sam ausgesucht hat?« Es war eher eine Feststellung als eine Frage.

»Ja, davon bin ich überzeugt. Dave versicherte mir immer wieder, daß er das, was er Sam angetan hatte, wieder gutmachen wollte. Ich schäme mich, Ihnen gestehen zu müssen, daß ich daran gedacht hatte, er könnte sie auf unsittliche Weise belästigt haben. Heute weiß ich, was er damit meinte. Er machte sich Vorwürfe, weil er ihr beim ersten Mal den falschen Mann ausgesucht hatte. Und wenn ich jetzt an meinen Besuch bei ihm zurückdenke, mußte er damals befürchtet haben, daß Sam sofort annehmen würde, er hätte mich eigens nach Louisville kommen lassen, um mich in seinem Haus mit ihr bekannt zu machen. Und ich denke, das war auch einer der Gründe, warum sie mich anfangs so feindselig behandelte, als sie nach New York zog: Ihr Vater hatte diesen Umzug arrangiert, und er hatte schon einmal eine sehr schlechte Wahl für sie getroffen.«

Maxie lächelte ihn schelmisch an. »Aber beim zweiten Mal ist seine Wahl nicht ganz so schlecht ausgefallen, wie?«

Mike erwiderte ihr Lächeln nicht. »Aber Dave hätte fast einen schlimmen Fehler gemacht; denn in den ersten vier Wochen kümmerte ich mich kaum um sie und ließ sie in ihren vier Wänden allein. Ich weiß nicht, was passiert wäre, wenn meine Freundin Daphne mich nicht darauf aufmerksam gemacht hätte, daß Sam ... nun ...« Er holte tief Luft. »Daß sie dicht vor einem Selbstmord stand.«

Maxie drückte ihm die Hand. »Aber sie haben die verlorene Zeit inzwischen ja wieder gutgemacht.« Und dann fuhr sie schalkhaft fort: »Und wie fühlen Sie sich jetzt? Wie ein Held und Retter, der eine große, selbstlose Tat vollbracht hat?«

Da mußte Mike so laut lachen, daß Samantha sich unruhig im Schlaf bewegte.

»Ich kam mir anfangs wie ein Märtyrer vor. Da half ich ihr nun, rettete sie vor sich selbst, und dieses undankbare Wesen wollte nicht einmal mit mir ins Bett gehen, um sich dafür erkenntlich zu zeigen.«

Maxie lachte. »Aber Sie haben, wie mir scheint, dieses Problem inzwischen gelöst, wie?«

»Sam hat das getan. Sie war es, die mir die Augen geöffnet und mich zu der Einsicht gebracht hat, wie leer und öde mein Dasein in den letzten Jahren eigentlich gewesen ist. Für Sam ist jeder Tag ein neues, wunderbares Geschenk. Sie sollten sie einmal erleben, wenn sie zum Einkaufen geht. Sie kann sich an den alltäglichsten Dingen erfreuen, als würde sie einen neuen Planeten entdecken. Aber ich vermute, daß keiner, der so viel durchgemacht hat wie sie, die schönen Dinge des Lebens für selbstverständlich hält.«

Er streichelte sacht Samanthas Wange. »Und Sie hätten Sam auf dem Picknick erleben müssen, das meine Familie im Central Park veranstaltete. Sie paßte sich so gut an und verstand sich so prächtig mit allen, als wäre sie in ihrer Mitte aufgewachsen. Die Kinder rissen sich förmlich um sie. Kinder haben ein sehr waches Gespür dafür, ob Erwachsene sie mögen. Sie und meine kleine Schwester konnten sich kaum retten vor den Fratzen.«

Mike trat zurück und betrachtete das Bild einer unglaublich idyllischen Landschaft an der Wand. »Hat Sam Ihnen von dem Picknick erzählt?« fragte er beiläufig.

»Sie erwähnte es. Es schien ihr sehr gefallen zu haben.« Selbst wenn Samantha ihr eine minutiöse Beschreibung von den Ereignissen auf diesem Picknick gegeben hätte, würde Maxie ihm das nicht gesagt haben; denn sie konnte Mike ansehen, daß er etwas auf dem Herzen hatte, was er ihr beichten wollte. Und sie hätte gern gewußt, was es war.

»Ich war wütend auf meine Mutter, weil sie dieses Picknick arrangiert hatte, denn ich wußte – was Sam natürlich nicht ahnte –, daß man Samantha auf die Probe stellen wollte. Hat Sam Ihnen erzählt, daß ich einen Zwillingsbruder habe?«

»Nein.«

Mike blickte über die Schulter auf Maxie zurück und grinste. »Sie hat es Ihnen nicht erzählt, weil es für sie keine Bedeutung hat.« Er hielt einen Moment nachdenklich inne. »So vieles, was für andere Leute so wichtig an mir zu sein scheint – man könnte fast sagen, was für sie meinen Wert ausmachte –, ist für Sam offenbar ohne Bedeutung. Mein Geld gehört dazu und die Tatsache, daß ich gewissermaßen nur die Hälfte eines Paares bin. Ich finde es zwar großartig, einen Bruder zu haben, der einem bis aufs Haar gleicht, doch manchmal bekomme ich auch Minderwertigkeitskomplexe, weil ich das Gefühl habe, daß es mir nicht wie anderen Menschen vergönnt ist, etwas Einmaliges zu sein, sondern nur die Hälfte eines

Ganzen. Ein nicht unwesentlicher Grund für meinen Umzug nach New York ist mein Widerwille gewesen, noch länger in einer Kleinstadt zu leben, wo mich sogar meine eigenen Verwandten ständig fragten, ob ich nun ich oder mein Zwillingsbruder sei.«

Er schwieg einen Moment und fuhr nachdenklich mit der Hand über die Platte eines antiken Kirschholztisches. »Es gibt eine Redensart in meiner Familie – eine dumme, lächerliche Redensart, von der ich nicht weiß, wer sie in die Welt gesetzt hat –, die besagt: Heirate nur den, der dich auch von deinem Zwillingsbruder unterscheiden kann.«

Als Mike wieder schwieg und offenbar Hemmungen hatte, fortzufahren, sah Maxie ihn an und versuchte zu erraten, was er damit hatte andeuten wollen. »Sie meinen, Ihre Familie ist nur nach New York gekommen, um herauszufinden, ob Samantha Sie von Ihrem Zwillingsbruder unterscheiden konnte? War das der Test, den Sie vorhin erwähnten?«

»Mit einem Wort – ja. Denn vor ungefähr fünf Jahren rief Kane, mein Zwillingsbruder, meine Mutter aus Paris an und teilte ihr mit, daß er sich leidenschaftlich in eine schöne junge Französin verliebt habe und sie heiraten wollte. Meine Mutter gratulierte ihm, und eine Stunde später kam sie dann zu mir und sagte, sie habe für mich einen Flug mit der Concorde nach Paris gebucht, weil ich diese junge Dame kennenlernen sollte. Sie sagte mir nicht, weshalb, aber das war auch nicht nötig; denn wir wußten beide, warum ich von der Familie nach Paris geschickt wurde.«

»Sie sollten feststellen, ob Ihre zukünftige Schwägerin sie von Ihrem Bruder zu unterscheiden vermochte?«

»Ja.«

»Und konnte sie das?« fragte Maxie.

»Nein. Kane wußte nicht, daß ich nach Paris kommen würde. Ich fuhr also zu der Adresse, die er uns angegeben hatte, und wie sich herausstellte, war es das Haus ihrer Eltern. Ich klopfte an die Haustür, aber als mir niemand öffnen wollte, ging ich um das Gebäude herum in den Garten, und dort fand ich sie – so schön, wie Kane sie uns beschrieben hatte. Aber kaum hatte sie mich gesehen, als sie auch schon von ihrem Stuhl aufsprang, zu mir rannte, die Arme um mich warf und mir einen unglaublichen Kuß gab. Als Kane ein paar Minuten später in den Garten kam, hatte sie mir schon das Hemd halb ausgezogen.«

»War Ihr Bruder Ihnen böse, als er Sie in einer so verfänglichen Situation mit seiner Verlobten antraf?«

»Nein, wir sind da nicht so empfindlich. Er wußte natürlich, was geschehen war. Aber er konnte mich kaum ansehen, weil er wußte, daß sie uns nicht auseinanderzuhalten vermochte – und das auch später nie konnte, weil sie mich jedesmal, wenn ich in ihre Nähe kam, fragte, ob ich Kane oder Michael sei.«

»Was passierte mit ihr? Sie reden von ihr in der Vergangenheitsform.«

»Sie kam bei einem Unfall ums Leben, und Kane war untröstlich. Er war verrückt nach ihr, aber . . .«

»Aber . . .?«

»Nun – ich glaube, in meiner Familie war man der Meinung, sie sei gestorben, weil sie nicht die Richtige für Kane gewesen wäre – nicht seine Seelenverwandte sozusagen, obwohl sie außer mir niemand persönlich gekannt hat.«

»Und wie ist nun dieser Test auf dem Picknick verlaufen?«

Mike lächelte. »Sam wußte auf Anhieb, daß mein Bruder nicht ich war. Aber mein Bruder wollte das einfach nicht glauben und stellte sie immer wieder auf die Probe.

Er trat ein paarmal von hinten an sie heran und legte ihr die Hand auf die Schulter – aber sie schien sofort zu *spüren*, daß er es war und fragte ihn in einem ziemlich schroffen Ton: ›Was wollen Sie denn von mir, *Kane*?‹« Mike grinste nun von einem Ohr zum anderen. »Ich glaube nicht, daß sie meinen Bruder sonderlich mag.«

»Und wie denkt er über sie?«

Mike überlegte einen Moment und erinnerte sich wieder daran, wie sein Bruder Sam beim Picknick angeschaut hatte, und am Tag darauf, als er seine Söhne nach dem Frühstück bei ihm abgeholt hatte.

»Wenn ich morgen tot umfiele, würde Kane sie vermutlich fragen, ob sie ihn heiraten wolle. Nein, ich denke, er würde vor ihr auf die Knie fallen und sie bitten, ihn zu heiraten.«

Mike schob die Hände in die Hosentaschen. »Kane hat mir gezeigt, was für ein Glückskind ich bin und wieviel ich Sam verdanke. Wenn sie nicht in mein Leben getreten wäre, hätte ich wahrscheinlich so jemanden wie meine letzte Freundin geheiratet. Ich wäre vermutlich mit ihr nicht ganz unglücklich, aber auch nicht glücklich gewesen und hätte nie meine Erfüllung im Leben gefunden.«

Maxie streckte den Arm aus und nahm Mikes Hand in die ihre. »Sie sind die Antwort auf mein Gebet, Mike. Wenn ich mir noch etwas wünschen dürfte vor meinem Tod, dann die Gewißheit, daß meine Enkelin nicht mehr allein dasteht in dieser Welt, sondern jemanden an ihrer Seite hat, der sich um sie kümmert – jemand, der sie liebt.«

»Da können Sie unbesorgt sein, Maxie. Ich liebe sie mehr, als ich das zu begreifen vermag. Ich kann mich heute gar nicht mehr daran erinnern, wie mein Leben gewesen ist, bevor ich sie kennenlernte. Ich habe zwar versucht, darüber nachzudenken, aber was ich damals mit meiner Zeit anstellte, weiß ich heute nicht mehr.« Mike lächelte. »Vielleicht wartete ich nur darauf, wie ich bereits sagte, daß sie zu mir kommen sollte. Ich wartete darauf, daß das Schicksal – und Dave Elliot – sie zu mir ins Haus schickten.«

Mike sah sich im Zimmer um, das nun mit antiken Möbeln ausgestattet war, mit Gemälden und einem schönen Teppich, der die häßlichen Fliesen völlig verdeckte. »Das alles ist Sams Werk«, sagte er. »Und wissen Sie auch, daß sie alle zehn Minuten ›Ich danke dir‹ zu mir sagt und ich dann jedesmal ein schlechtes Gewissen bekomme? Denn ich habe ihr nichts anderes gegeben als ein bißchen Geld, das ich leicht entbehren kann, während sie etwas von sich selbst gibt – mir, Ihnen, meinem einsamen verwitweten Bruder und seinen wilden Kindern. Schon damals, als sie noch glaubte, mich zu hassen, hat sie sich meinetwegen Sorgen gemacht, als mir jemand eine Platzwunde am Kopf beibrachte.«

»Und was haben Sie jetzt für Pläne mit ihr?«

»Sie zu schwängern. Das steht ganz oben auf meiner Liste.«

Maxie mußte darauf so heftig lachen, daß die Nadel an ihrem Apparat hin und her hüpfte, als würde sie von ihrem Gelächter angesteckt. »Sie sind ja ein ganz durchtriebener junger Mann, Mr. Taggert!«

»So durchtrieben wie Sams Großvater?« gab er augenzwinkernd zurück und setzte dann mit leiser Stimme hinzu: »So durchtrieben wie Michael Ransome?«

»Wie lange wissen Sie das schon?«

»Seit ich sie zum erstenmal ausgezogen habe, was, wie ich betonen möchte, noch gar nicht so lange her ist. Sie hat an der Schulter das gleiche Muttermal, das Onkel Mike dort hatte.« Er blickte Maxie forschend an. »Haben Sie ihr gesagt, wer ihr Großvater ist?«

»Ja. Ich habe ihr alles gesagt, was sie wissen muß. Ich

wünschte nur, Sie würden sie von hier wegbringen. Nehmen Sie sie mit in Ihre Kleinstadt in Colorado, wo Sie vor Mordanschlägen sicher ist.«

»Dafür ist es jetzt zu spät. Dafür haben wir uns schon viel zu weit vorgewagt. Zu viele Leute glauben, wir wären Half Hands verschwundenen Millionen auf der Spur – oder Sam wüßte, wo sie versteckt sein könnten. Sams Mutter war vor diesen Leuten in Kentucky nicht sicher, und deshalb wird Sam das auch in Colorado nicht sein.«

»Was haben Sie vor?« fragte Maxie ihn ängstlich.

»Sam ist vor diesen Leuten erst sicher, wenn dieses Rätsel gelöst ist. Deshalb muß ich wissen, was in jener Mainacht 1928 wirklich passiert ist. Ich muß die Wahrheit herausfinden – die ganze Wahrheit.«

30

In den drei darauffolgenden Tagen behandelte Mike Samantha wie ein rohes Ei. Sie redete auch nur mit ihm, wenn sie eine Frage beantworten mußte, aß so gut wie nichts und hatte auch an nichts Interesse – weder an ihren Büchern noch an ihren Computern oder, zu Mikes Leidwesen, am Sex.

Am vierten Tag konnte Mike diesen Zustand nicht mehr länger ertragen und holte ein schweres Geschütz ins Haus: Um sechs Uhr morgens flog seine Schlafzimmertür auf, und Mike und Sam wurden von zwei fliegenden Körpern aus dem Schlaf geschreckt, die »Sammy, Sammy!« schrien.

Kane stand unter der Tür und sah zu, wie Sam seine beiden ungewaschenen Sprößlinge an sich drückte und nasse Küse von ihnen bekam, während Mike versuchte, sein Gesicht vor den Stiefeln der Zwillinge in Sicherheit zu bringen.

»Wann fangen denn die Proben an?« erkundigte sich Kane.

Auf diese Frage hin sprang Mike aus dem Bett und vertrieb seinen Bruder rasch aus dem Schlafzimmer. Erst nachdem Samantha die Zwillinge gebadet, ihnen ein Frühstück vorgesetzt und sie anschließend in den Garten zum Spielen geschickt hatte, blickte sie Mike an und fragte: »Was für Proben?«

Es war das erstemal, daß sie seit vier Tagen für etwas Interesse zeigte. Mike wollte es ihr zwar sagen, hatte aber gleichzeitig Angst, ihr zu verraten, was er vorhatte; denn er wußte, daß er bereits alle Brücken hinter sich verbrannt hatte und es nun kein Zurück mehr für ihn gab.

»Ich habe versucht«, begann er vorsichtig, »mir eine Methode auszudenken, mit der man herausfinden könnte, was in jener Mainacht 1928 wirklich passiert ist. Ich glaube nämlich, daß alle Leute – meine Wenigkeit inbegriffen – dich beschützen wollen und sich deshalb krampfhaft bemühen, ihr Wissen für sich zu behalten. Doch inzwischen habe ich begriffen, daß man dich vor solchen Leuten wie Doc nur beschützen kann, indem man alles, was in jener Nacht passiert ist, ans Tageslicht bringt. Dann hat dieser Spuk ein Ende.«

Samantha setzte sich Mike und Kane gegenüber an den Frühstückstisch und sah zwischen ihnen hin und her. Wenn Mike davon redete, daß er etwas ans Tageslicht bringen wollte, verheimlichte er bestimmt etwas vor ihr. »Heraus damit. Sagt mir, was ihr vorhabt – und daß ihr mir auch nichts verschweigt!«

Da redeten sie beide gleichzeitig, sich gegenseitig ins Wort fallend: »Frank hat Jubilees Nachtklub gekauft. Jeanne sucht bereits die Möbel für seine Einrichtung zusammen. Dad hat sich bereit erklärt, die Gangster anzuführen. Vicky opfert ihren Urlaub für die Kostüme. Mom will sich um das Essen kümmern. H.H. übernimmt die Rolle seines Großvaters. Ornette leitet das Orchester, und du wirst für ihn singen . . .«

Es war an dieser Stelle, wo Sam die Hand hob und um eine Erklärung bat. Interessanterweise war es Kane, der diese Aufgabe übernahm; denn sie konnte in Mikes Augen lesen, daß er Angst hatte, wie sie seine Idee aufnehmen würde.

Kane, der offenbar inzwischen von Mike in alles eingeweiht worden war, was er über Doc und Maxie wußte, erklärte ihr nun, daß alle Hauptakteure des Dramas sie belogen: »Jubilee wird dir nicht sagen, was er weiß; H.H. wird dir nicht sagen wollen, was er weiß; Maxie fürchtet zu sehr um dein Leben, als daß sie dir alles sagen würde; und Doc hat dir zwar alles erzählt, aber dem kann man nichts glauben.«

Was Mike sich nun ausgedacht hatte, war eine Methode, dieses Rätsel zu lösen: Er, seine Familie und sie, Sam, würden die Ereignisse am Abend des zwölften Mai 1928 rekonstruieren. Sie würden Jubilees Nachtklub restaurieren, ihn wieder genauso einrichten wie damals und dann die Ereignisse jenes Abends dort noch einmal abrollen lassen – »originalgetreu bis hinunter zu den Maschinenpistolen, et cetera.«

Nach seiner Einführung lehnte Kane sich im Stuhl zurück und überließ es seinem Zwillingsbruder, Sam den Sinn seiner Idee zu erläutern.

Mike hatte sich gestern abend mit ihm ausführlich über Sam unterhalten. Er hatte ihm erzählt, was für ein braves Mädchen sie nach dem Tod ihrer Mutter gewesen war, das es allen recht machen, keinen um Hilfe bitten wollte und deshalb auch von niemandem Hilfe bekommen hatte.

Und wie Sam alles getan hatte, um ihren Vater zufriedenzustellen – sogar den Mann geheiratet hatte, den ihr Vater für sie aussuchte, obwohl sie diesen Mann, wie sie inzwischen wußte, nie wirklich gemocht hatte. Und wie sie sich dennoch bemüht hatte, auch diesen Mann zufriedenzustellen und dann auf sich selbst, statt auf ihn, wütend geworden waren, als ihr das nicht gelingen wollte.

Nun erzählte Mike ihr, daß er die Ereignisse jener Nacht wiederholen lassen wollte, damit er endlich seine Biographie zu Ende schreiben konnte. In Wahrheit jedoch sollte das Ganze eine Schocktherapie für Samantha werden. Er hoffte, sie damit von ihren Schuldkomplexen befreien und diese Sperre in ihrem Unterbewußtsein durchbrechen zu können, die sie daran hinderte, sich ihren Schmerz und ihren Kummer von der Seele zu weinen. Und daß sie endlich ihre Wut über das, was man ihr angetan hatte, hinausschreien konnte.

Nachdem Mike ihm gestern erzählt hatte, was mit Sams Mutter passiert war, hatte er Kane Sams Reaktionen auf diese schrecklichen Enthüllungen beschrieben – daß sie sich tagelang zurückzog und danach so tat, als wäre gar nichts geschehen. Und daß Samanthas Leben bisher eine endlose Kette von Katastrophen gewesen sei – eine Kette, die inzwischen so lang war, daß die meisten Menschen daran zugrunde gegangen wären. Aber nicht so Samantha, die diese Katastrophen nicht nur überstanden, sondern sogar weggesteckt hatte wie einen harmlosen Schnupfen, nach dem man sich wieder den täglichen Aufgaben des Lebens widmet. Mike hatte Kane gesagt, wenn es nur seine Absicht wäre, herauszufinden, was in jener Nacht geschehen war, könnte ihm Maxie vermutlich alles darüber erzählen. Aber Sam würde, befürchtete Mike, artig in einem dieser Kostüme, auf die sie so stolz war, neben ihm sitzen und, nachdem sie sich wieder eine dieser furchtbaren Leidensgeschichten angehört hatte, aufstehen und sagen: ›Wo wollen wir heute abend zum Dinner hingehen, Mike?‹

Denn wenn die Dinge, die sie hörte, auch noch so schlimm waren: Sam würde alles, ihre Gefühle unterdrükkend, in sich hineinfressen, sich nicht anmerken lassen, was sie dabei empfand, und so tun, als würde sie das alles nicht berühren.

Und deshalb hatte Mike Angst, daß sie eines Tages eine dieser Frauen werden könnte, von denen man so oft in der Zeitung las: eine Frau, die mit fünfzig nach einem scheinbar ganz normalen Leben plötzlich einen Selbstmordversuch unternahm. Denn eines Tages würde sie sich dem Leid und dem Schmerz, den man ihr in ihrer Kindheit zugefügt hatte, stellen müssen – würden Leid und Schmerz aus ihrem Unterbewußtsein aufsteigen und sie mit dem Entsetzen erfüllen, das sie damals, als diese Dinge passierten, verdrängt hatte.

Mike hatte Angst um Samantha. Er fürchtete, sie könnte zu einem Vulkan werden, unter dessen Oberfläche es brodelte, bis er eines Tages explodierte. Und wenn das nicht jetzt geschah, würde er irgendwann später, wenn man es vielleicht am wenigsten vermutete, ausbrechen; denn eines Tages mußte sich ihre Seele von dem Kummer befreien, den sie jahrelang in sich hineingefressen und der sich aufgestaut hatte.

Deshalb hatte Mike sich dazu entschlossen, die Ereignisse, die so viel Leid über sie gebracht hatten, noch einmal vor ihren Augen Revue passieren zu lassen, auch wenn er ihr jetzt erzählte, daß es ihm nur um die Wahrheitsfindung ginge. Doch er, Kane, wußte es besser. Wenn es nach Mike ginge, würde er die Finger von all dem lassen, wäre er froh, nie mehr etwas von Doc und Maxie hören zu müssen. Denn er hatte schon lange die

Lust daran verloren, diese schrecklichen Dinge auszugraben, die vor über sechzig Jahren passiert waren. Jetzt ging es ihm nur noch um Samanthas Gesundheit und zukünftiges Wohlergehen. Und wenn es eine Möglichkeit gab, ihr zu helfen und ihr zu verschaffen, was sie brauchte, dann würde er das auch tun, und wenn es noch so viel Geld und Zeit kosten sollte.

Es fiel Mike nicht leicht, Sam dieser Prozedur auszusetzen. Er vermutete, daß es für sie qualvoll sein würde, aber sein Instinkt sagte ihm – oder vielmehr seine tiefe, selbstlose Liebe zu ihr, dachte Kane bei sich –, daß dies die einzige Methode war, die Samantha den Seelenfrieden verschaffen konnte, den sie so dringend nötig hatte.

Und weil er sie als die einzige Möglichkeit erkannte, Samantha von ihrem Trauma zu befreien, würde er ihr auch alles erzählen, was nötig war, um sie zu einer aktiven Teilnahme an diesem Schauspiel zu bewegen. Er konnte ihr ja schwerlich sagen, daß er überzeugt war, der Anblick von Blut, Leichen und Grausamkeiten, die jene Gangster begingen, um ihre Familie zu dezimieren, würde ihr guttun. Und deshalb erzählte er ihr, daß dieser Abend nichts anderes sein sollte als eine willkommene Zerstreuung für seine Familie.

Mike log natürlich, was Samantha ihm, wie Kane wußte, so oft vorzuwerfen pflegte, aber Mike hatte ihm erzählt, daß sich Samantha niemals aktiv an diesem Drama beteiligen würde, wenn sie glaubte, es würde nur ihretwegen veranstaltet. Sie würde das nur für Mike tun, aber niemals für sich selbst.

Schweigend hörte Kane zu, wie sein Bruder nun sein Lügengewebe zu spinnen begann und Sam erklärte, daß ihm dieser Abend auch, wie er hoffte, letzte Aufschlüsse darüber geben würde, was Jubilee und H.H. ihm bisher verschwiegen hatten, damit er sich endlich seinen Lebenswunsch erfüllen und diese Biographie schreiben könnte. Doch Kane wußte es besser, und er war noch nie so stolz auf seinen Bruder gewesen wie in diesem Moment. Und da Mike von den Augen seines Bruders immer ablesen konnte, was er gerade dachte, sah er errötend zur Seite, lächelte aber dabei, weil er sich über das unausgesprochene Lob seines Bruders freute.

*

Nachdem Samantha sich angehört hatte, was Mike ihr zu sagen hatte, hätte sie sich wahrscheinlich auf ihren Hosenboden gesetzt, wenn sie nicht bereits gesessen hätte. »Und wo sollen wir die Zuschauer hernehmen, die sich diese Inszenierung ansehen?« fragte sie mit vor Erstaunen weit aufgerissenen Augen. »Und wie willst du die vielen Rollen, die das Schauspiel erfordert, besetzen? Und selbst wenn du genügend Leute dafür findest, würde es Monate dauern, das Stück einzuüben.« Der Satz, daß Maxie nicht mehr so viel Zeit haben würde, schwebte nun, wenn auch ungesagt, im Raum.

»Wir nehmen unsere Verwandten dafür«, antworteten da die beiden Brüder wie aus einem Mund – eine Angewohnheit der beiden, an die sie sich allmählich zu gewöhnen begann.

»Mike«, sagte Samantha, »ist dir bewußt, daß du dafür mehr als hundert Leute brauchst, die in Kostümen aus den zwanziger Jahren auftreten müssen? Das kostet dich ...«

»Ach, wir lassen die Montgomerys dafür bezahlen, oder Frank übernimmt die Kosten. Frank kann sich ja einen Kostümverleih in Los Angeles kaufen und ein Vermögen damit machen – wie er das aus allem zu machen pflegt. Mach dir wegen des Geldes bloß keine Gedanken.«

Samantha blickte auf ihre Hände hinunter und verzog ein wenig das Gesicht. Bei dem Gedanken, daß Ornette mitwirken sollte, war ihr nicht ganz wohl. »Was ist mit der Band?« fragte sie.

»Wir werden Jubilee bitten, für die Musik zu sorgen.«

Sie sah Mike ungläubig an. »Aber Jubilee ist einhundertundeins Jahre alt!«

»Und langweilt sich zu Tode«, erwiderte Mike. »Wenn wir ihm die Chance geben, sich einen Abend lang von seiner Enkelin, diesem besenschwingenden Ungeheuer, loseisen zu können, ist er bestimmt gern bereit, uns zu helfen.«

Samantha wollte ihm sagen, daß seine Idee sie erschreckte. Es war ja nicht nur der Gedanke, vor so vielen Leuten auftreten und singen zu müssen, was sie daran störte, sondern vor allem das Drama selbst, das er in Szene setzen wollte. Viele Leute waren in jener Nacht in diesem Klub gestorben, und die Ereignisse jener Nacht hatten später dazu geführt, daß sich Ihre Großmutter fast ein ganzes Leben lang verstecken mußte und ihre Mutter ermordet wurde. Sie war sich nicht sicher, ob sie dem Bösen ins Antlitz schauen wollte.

Mike merkte, wie sie zögerte. Er griff über den Tisch nach ihrer Hand. »Ich glaube, Jubilee wird sich freuen, wenn sein Klub Wiederauferstehung feiert und eine Nacht lang im alten Glanz erstrahlt. Und für H.H. mit seiner tätowierten Hand wird das die beste Rolle sein, die er jemals in seinem Leben gespielt hat. Und vielleicht wird Maxie, wenn sie erlebt, wie gut die anderen ihre Sache machen, sich davon mitreißen lassen und uns endlich alles erzählen.«

Sie blickte Mike an. »Und was ist mit Doc?«

Mike brauchte eine Weile, ehe er antwortete: »Doc wird sich das Stück von Anfang bis zum Ende ansehen.«

Da mußte Samantha lachen. »Ich sehe schon die Einladungskarte, die wir ihm schicken. ›Miss Samantha Elliot und ihre Theatergruppe geben sich die Ehre, Sie zu einer Galavorstellung der schlimmsten Nacht Ihres Lebens in Jubilees Klub einzuladen.«

Mike und Kane sahen sich zwar nicht an, aber Samantha konnte spüren, wie sie in diesem Moment einen Blick tauschten. »Mike«, sagte sie leise, »wie willst du ihn dazu bringen, zu kommen?«

»Das laß nur meine Sorge sein«, erwiderte Mike.

Aber Kane mußte nicht so wie sein Bruder, der fürchtete, sein Leben wäre zu Ende, wenn Samantha etwas passierte, mit der Wahrheit hinter dem Berg halten.

»Wir werden ihn kidnappen«, sagte er.

Samantha nickte; denn das war ihr erster Gedanke gewesen, als Mike sagte, daß Doc sich die Vorführung vom Anfang bis zum Ende anschauen würde. »Und wie weit seid ihr inzwischen mit den Vorbereitungen?« fragte sie; denn es war offensichtlich, daß Michael in den letzten drei Tagen, als sie wieder um ihre Mutter trauerte, sehr beschäftigt gewesen war.

Diesmal tauschten Mike und Kane tatsächlich einen Blick, und nun war es Mike, dem der Stolz aus den Augen leuchtete, weil er Kane erzählt hatte, daß Sam die tapferste Person der Welt sei, und sie soeben den Beweis für seine Behauptung geliefert hatte.

Sie redeten nun beide wieder gleichzeitig, und Samantha erkannte sofort, was sie bisher übersehen hatten und wo nachgebessert werden mußte. Wer würde zum Beispiel die Rolle von Doc übernehmen, und wie hatte der in jungen Jahren ausgesehen? Wo sollten die vielen Besprechungen stattfinden, die für so ein Unternehmen erforderlich waren? Und wo wollte Mike seine Eltern unterbringen – doch hoffentlich nicht in einem Hotel!

Kane lehnte sich auf seinem Stuhl zurück und trank eine Tasse Kaffee, während Samantha und Mike sich über den Verbleib seiner Verwandten stritten. Samantha wollte, daß sie hier im Haus wohnten, aber Mike meinte, sie wären in ihren Hotels besser aufgehoben, wo sie über einen Room-Service verfügten und sich alles, was sie sich wünschten, aufs Zimmer bestellen konnten, während sie beide hier im Haus ruhig schlafen und sich ungestört auf ihre Rollen vorbereiten konnten

»Ha!« rief Samantha, »und wo soll dein Bruder – dein *Zwillingsbruder* – mit seinen beiden reizenden Kindern unterkommen?«

»Diese Bengels sind alles andere als reizend!« schnaubte Mike. »Sie haben heute morgen schon die Hälfte meiner Spalierrosen aufgegessen und ein so großes Loch im Garten gegraben, daß du einen Jeep darin beerdigen kannst. Wenn ich sie in meinem Haus wohnen lasse, bleibt kein Stein mehr auf dem anderen!«

»Oh, was höre ich denn da?« erwiderte sie, und ihr Mund wurde zu einem dünnen Strich. »Du sprichst immer nur von *deinem* Haus und *deinen* Verwandten! Mir gehört hier wohl gar nichts – nicht einmal die Wohnung im ersten Stock? Aber ich hätte es ja gleich wissen müssen, daß ich hier nichts anderes bin als eine Mieterin, die nichts zu sagen und keine Rechte hat.«

Da nahm Mike sie in seine Arme. »Ach, Baby, so habe ich das nicht gemeint. Natürlich hast du hier Rechte. Und wenn du sie alle hier im Haus haben möchtest – Vettern, Tanten, Kusinen und wen sonst noch alles –, dann kannst du sie meinetwegen auch hier einquartieren.«

Samantha sah über Mikes Schulter hinweg Kane an und kniff ein Auge zu. Sie hatte zwar nicht mit ganz fairen Mitteln gekämpft, aber gesiegt. Und war es das nicht, worauf es in einem Streit ankam? Kane hob seine Kaffeetasse und prostete ihr schweigend zu.

31

Nachdem Samantha ihre Bedenken, ob es erlaubt und möglich sei, einen Augenblick der Vergangenheit originalgetreu wieder auferstehen zu lassen, überwunden hatte, ging sie mit Feuereifer ans Werk. Als erstes lud sie alle Personen, die eine Schlüsselrolle bei diesem Unterfangen übernehmen sollten, in Mikes Haus zum Dinner und zu einer Besprechung ein.

»Und ich werde kochen«, erklärte sie, worauf Mike in ein schallendes Lachen ausbrach und meinte, daß sie unter Kochen wohl das Drücken der Telefontasten verstand, bis ihr die Finger wund wurden. Seine Bemerkung ignorierend, gab sie Mike und Kane eine lange Liste von Lebensmitteln, die sie für sie besorgen sollten, zu denen auch solche ausgefallenen Sachen wie frischer Koriander, grüne Pfefferschoten – »nicht dieses gräßliche Zeug in Dosen« – Kreuzkümmel und Piniennüsse gehörten.

Als dann abends Mikes Verwandte hungrig eintrafen, roch das ganze Haus nach Chili, gebuttertem Mais, Gewürzen und Rindfleich. Mike, Kane und die Zwillinge waren den ganzen Tag von Sam herumkommandiert worden, als wären sie zum Küchendienst abgestellte Rekruten, und mußten für sie Zwiebeln hacken, Pfefferschoten rösten und schälen, Nüsse schroten und Brotscheiben für den Brotpudding zerpflücken.

Und während Mike Margaritas einschenkte – einen aus Tequila, Zitronensaft und Orangenlikör bestehenden Cocktail –, begannen sie mit der Besprechung, wie dieser denkwürdige Abend vor fünfundsechzig Jahren wieder in Szene gesetzt werden sollte.

Jubilee schickte seine finster dreinblickende grauhaarige Enkelin schon nach fünf Minuten wieder nach Hause, weil es vollauf genügte, wenn ihr Sohn Ornette, der ja in dieser Sache eine Hauptrolle zu spielen hatte, auf seinen Urgroßvater aufpaßte.

Erst als sie alle ihre Teller mit Enchiladas, Relleños und Pferdebohnen bis zum Rand gefüllt hatten, sich bei jedem Bissen beschwerten, daß das Zeug so scharf sei, daß man es nicht essen könnte, sich jedoch gleichzeitig einen Nachschlag holten, begann Samantha zu glauben, daß das Unternehmen vielleicht doch ein Erfolg sein könnte, zumal bereits einige Hauptdarsteller andeuteten, daß sie Geheimnisse preisgeben würden. So sagte Jubilee unter anderem, daß derjenige, der die Rolle des Anführers der Scalpini-Gangster übernehmen würde, besser erst mit ihm reden sollte, und H.H. – nur die schon etwas älteren Kinder hatten zur Besprechung mitkommen dürfen und waren fasziniert von seiner tätowierten Hand – sagte, auch er müsse erst mit Samantha/Maxie sprechen.

Mitten beim Essen, als es so laut zuging, daß man sein eigenes Wort kaum noch verstehen konnte, läutete es an der Haustür, und herein kam Blair, Maxie auf ihrem Bett vor sich herschiebend, die mit Schläuchen an ihren Apparat angeschlossen war, der auf einem eigenen Gestell neben ihr herrollte.

»Ich habe versucht, ihr das auszureden«, sagte Blair mit vorwurfsvollem Arztgesicht. »Aber sie ließ mir keine Ruhe. Nun, habt ihr mir noch etwas zu essen übriggelassen?«

Einen Moment lang sahen alle diskret zur Seite, als sich Jubilee und Maxie, sich an den Händen haltend, gegenseitig tief in die Augen schauten und offenbar an Dinge dachten, die die anderen nur erraten konnten. Zu Mikes und Samanthas Überraschung schien H. H. Maxie sehr gut zu kennen und behandelte sie, was die beiden noch mehr verwunderte, mit einem Respekt, wie er sonst nur gekrönten Häuptern oder vielleicht noch Genies zuteil wurde.

»Wer soll Doc spielen?« fragte Sam laut, ihre Hand auf die Schulter ihrer Großmutter legend, um die bedrückte Stimmung wieder aufzuhellen, die sich im Zimmer ausgebreitet hatte, weil sich keiner der Anwesenden Illusionen über Maxies Zustand machte. »Und es wäre natürlich hilfreich, zu wissen, wie Doc damals ausgesehen hat.«

Mit diesen Worten bezog Sam Maxie in die Besprechung ein. Im Krankenwagen, in dem Maxies Bett und Geräte untergebracht worden waren, hatte Blair ihr auf dem Weg zu Mikes Haus erzählt, was sie vorhatten, so daß Maxie bereits wußte, worauf es ankam.

Blair setzte Mike davon in Kenntnis, daß das Blut auf Maxies Kleid der Blutgruppe A, Rhesusfaktor plus, angehört habe. Dieses Blut hätte also von mehreren Personen, die damals im Klub erschossen wurden, stammen können, jedoch nicht von Michael Ransome, der die Blutgruppe 0 plus gehabt hatte.

Nach Maxie traf Daphne mit sechs ihrer Freundinnen ein, worauf die Anwesenden eine Weile ihre Unterhaltung einstellten, um Daphne zu bestaunen, die so knallig bunt angezogen war wie eine Touristin aus Texas in Santa Fe – mit glitzernden Fransen an den Hüften und weißen Federn an den Schultern. Nachdem Samantha sie vorgestellt hatte, erklärte Mike, daß Daphne und ihre Freundinnen die Rolle des Chors übernehmen würden, den Gesang Samanthas untermalen und den Refrain zu ihren Liedern singen sollte.

Einer von Mikes Vettern im Teenageralter gaffte

Daphne mit offenem Mund an. Als er seine Sprache wiedergefunden hatte, fragte er Vicky, ob er bei Daphne und deren Freundinnen Maß nehmen könnte für deren Kostüme. Vicky verdrehte zwar die Augen, doch eine von Daphnes Freundinnen sagte nach einem Blick auf die gutaussehenden jungen Männer am Tisch, sie hätten absolut nichts dagegen, wenn die jungen Herren bei Ihnen Maß nehmen wollten – da würden sie sich wie Lehrerinnen fühlen.

Als Samantha ihnen dann Maxies Originalkostüm vorführte, sagte Raine »Hübsche Schuhe«, worauf sie alle lachten. Als Sam sich nach der Pointe erkundigte, erzählten sie ihr, daß Raines Mutter Schuhe so sehr liebte, daß sie zu Hause ein ganzes Zimmer voll davon hatte. »Welche Größe?« fragte Samantha mit ernstem Gesicht und erntete damit einen Heiterkeitserfolg.

Bei Brotpudding und Fruchttörtchen wurden dann die Rollen verteilt und die Probezeiten für die Hauptdarsteller festgelegt. Wer nicht für eine tragende Rolle in Frage kam, sollte zunächst Vicky bei der Herstellung der Kostüme helfen und später dann bei der Vorstellung im Nachtklub als Statist auftreten. Jilly war für die historische Originaltreue der Aufführung verantwortlich und würde Auskünfte zu allen Fragen erteilen, die sich auf die Kleidermode, den Tanzstil und den Gangsterjargon der zwanziger Jahre bezogen.

Nur einmal war Samantha versucht, das Ganze abzublasen, als Ian, Mikes Dad, davon sprach, daß er auch Schießübungen mit seinen Gangstern abhalten müßte. Als er Sams entsetztes Gesicht sah, fügte er rasch hinzu, daß die Maschinenpistolen, die sie verwendeten, genauso wenig echt seien wie jene in den Hollywoodfilmen. Doch Sam erinnerte sich an den noch gar nicht so lange zurückliegenden Tod eines Schauspielers, der mit einer mit Platzpatronen geladenen Pistole herumgespielt hatte.

Es war schon sehr spät, als sich die Besucher von ihren Gastgebern verabschiedeten und Samantha ein großes Lob für ihre Kochkünste spendeten.

»Es liegt zwar schon Jahre zurück, seit ich zuletzt in Santa Fe gewesen bin«, sagte Ian zu Samantha unter der Haustür, »aber soweit ich mich erinnere, ist Santa Fe eine sehr kultivierte kleine Stadt.«

»Ich möchte nicht gerade behaupten, daß es unkultiviert ist«, erwiderte Samantha, »aber ich würde allen Bräuten, die es nach Santa Fe verschlagen sollte, empfehlen, vorher ihr Tafelsilber gegen Diebstahl zu versichern.«

Kichernd stieg Ian die Vortreppe hinunter, während Pat und Samantha vereinbarten, daß sie und Ian am nächsten Tag in Mikes Haus umziehen würden, worauf Pat sie auf die Wange küßte.

Als sie dann alle gegangen waren – Maxie mit Blair zurück in ihr Pflegeheim und Kane mit seinen Zwillingen in das Hotel, wo sie ihr Gepäck untergebracht hatten, mit dem sie morgen früh ebenfalls in Mikes Haus umziehen sollten –, sah Sam Mike an, und Mike sah Samantha an.

Und in der nächsten Sekunde fielen sie übereinander her und liebten sich auf den Fliesen der Vorhalle, anschließend auf dem Teppich im Wohnzimmer und schließlich auf der Couch in der Bibliothek. Sie hatten beide das Gefühl, als hätten sie sich seit einem halben Jahr nicht mehr gesehen, und in seinem Überschwang stellte Mike allerlei Verrenkungen mit Sams Gliedern an, als er neue Positionen mit ihr ausprobierte, denen Samantha jedoch mühelos gewachsen war, weil sie nicht umsonst jahrelang Aerobic in Santa Fe unterrichtet hatte. Sie schliefen dann auf dem Boden des Frühstückszimmers ein und wachten in den frühen Morgenstunden mit schmerzenden Gliedern auf, worauf Mike mit einem Gähnen erklärte, sie sollten jetzt in ihr Bett gehen. Samantha jedoch meinte, ein heißes Bad mit einer gründlichen Reinigung aller Spalten und Nischen täte ihr jetzt gut. Da hob Mike sie grinsend vom Boden auf und trug sie hinauf ins Badezimmer.

*

Gesangsproben mit Ornette Johnson sind die reinste Hölle, dachte Samantha bei sich. So ein engstirniger Typ wie Ornette war ihr in ihrem ganzen Leben noch nicht begegnet, und als sie ihm das auch ins Gesicht sagte – nachdem er ihr zum vierten Mal in drei Stunden erklärt hatte, sie sei viel zu weiß, um Blues singen zu können –, wurde es ganz still im Raum. Denn nach Ornettes Meinung konnten nur Weiße engstirnig sein, was Samantha wiederum so idiotisch fand, daß sie in Wut geriet.

Als Mike in den Aufenthaltsraum des Pflegeheims kam, stand Samantha auf einem Stuhl und brüllte Ornette in sein hübsches Gesicht, was sie von ihm hielt, und Ornette brüllte zurück. Maxie und Jubilee saßen ein paar Schritte von den beiden entfernt und hörten ihnen andächtig zu.

»Wer gewinnt?« fragte Mike, sich neben Maxie auf die Bank setzend.

»Ich würde sagen, es steht unentschieden – nicht wahr, Jube?«

»Unentschieden, ja. Trotzdem glaube ich, daß Ornette endlich seinen Meister gefunden hat.«

Da beugte sich Mike zu den beiden hinüber und teilte ihnen mit leiser Stimme mit, ein Schallplattenproduzent habe ihm zugesagt, an dem Abend, an dem Ornette spielen würde, in Jubilees Nachtklub zu kommen. »Egal, was daraus wird – er wird ihn sich wenigstens anhören.«

Jubilee nickte und stieß Maxie lächelnd mit dem Ellenbogen an, um ihr zu sagen, daß Samantha Ornette gerade einen Rassisten genannt habe und sie die Show weiterverfolgen sollten, wie das auch die anderen Insassen des Pflegeheims taten, die im Aufenthaltsraum versammelt waren.

*

Eines Morgens – zwei Tage vor der Vorstellung – wurde es Samantha so übel, daß sie sich übergeben mußte. »Es sind die Nerven«, erklärte sie Mike, als er ihr einen nassen Waschlappen reichte. Wie er das schon einmal getan hatte, hielt er ihren Kopf über die Kloschüssel, während sie ihren Magen darin entleerte, und empfahl ihr dann mit einem hinterhältigen Lächeln, mit ihm zu frühstücken, worauf Samantha abermals im Badezimmer verschwand.

So gegen zehn Uhr fühlte sie sich dann besser, aß eine Scheibe Toast, trank ein Glas Orangensaft und schluckte die Vitaminpillen, die Mike ihr gab. Dann erkundigte sie sich mit einem boshaften Grinsen, ob er denn schon den Charleston beherrschte. Sie hatte ihn vier Tage lang mit Fragen löchern müssen, ehe er ihr, mit des Leidensmiene eines Märtyrers, verraten hatte, wie er sich auf die Rolle als Michael Ransome vorbereitete: Er nahm Einzelunterricht in einer Tanzschule.

Um elf Uhr fuhr Mike mit Sam zu Maxie und mußte dort drei Stunden lang auf dem Flur warten, während Maxie in ihrem Zimmer Sam alles erzählte, was sich ihres Wissens nach in der Nacht des 12. Mai 1928 in Jubilees Nachtklub abgespielt hatte. Als Samantha wieder aus ihrem Zimmer kam, war ihr Gesicht schneeweiß.

»Hast du es herausgefunden?« fragte Mike, ihre Hand nehmend.

»Ja«, antwortete sie, »das meiste, aber nicht alles.« Sie

sah Mike an, und ihr Mund wurde zu einem dünnen Strich. »Dieser korrupte alte Mann«, sagte sie, und Mike wußte, daß sie Doc damit meinte. Er wußte auch, daß Sam ihn am liebsten verflucht hätte. Doch was sie wirklich für diesen Mann empfand, hätte sie mit Worten nicht beschreiben können.

Alle Vorbereitungen waren bisher so unglaublich reibungslos verlaufen, daß irgend etwas schiefgehen mußte, was dann auch einen Tag vor der Vorstellung passierte. Morgens um halb neun, nachdem Samantha sich zum drittenmal übergeben hatte, rief Kane an und sagte, daß einer seiner Zwillinge erkrankt sei. Er versicherte zwar, es wäre nichts Ernsthaftes, aber Samantha konnte die Sorge aus seiner Stimme heraushören.

»Blair ist gerade bei ihm, und sie meint, es wäre nichts Schlimmes, aber ich möchte ihn trotzdem nicht alleinlassen. Könnte Mike vielleicht Dad oder Frank bitten, ihn zu begleiten, wenn er . . .«

». . . Doc holt?« beendete Samantha den Satz für ihn.

»Ja«, erwiderte Kane mit einem Seufzer, denn er wünschte sich jetzt, er hätte ihr damals nichts von der Entführung erzählt.

Nachdem Samantha aufgelegt hatte, ging Samantha zu Mike in die Bibliothek und teilte ihm mit, was Kane ihr soeben gesagt hatte.

»In Ordnung. Ich werde Dad holen«, sagte Mike, auf die Tür zugehend, aber Sam vertrat ihm den Weg.

»*Ich* werde dich begleiten.«

»Ha, ha, ha, ha, ha«, sagte Mike humorlos, während er die Hand nach dem Türknauf ausstreckte.

Aber Samantha legte rasch ihre Hand darüber. »Mike, hör zu – es ist das einzig Vernünftige. Ich weiß, was ihr beiden, Frank und du, gemacht habt. Also komm mir jetzt ja nicht auf die Idee, mich anlügen zu wollen. Dein Bruder glaubt wohl, mit Geld könnte man alles kaufen.«

»In der Regel kann Frank das auch.«

»Ich weiß, daß er sich diesmal die Wachen auf Docs Grundstück gekauft hat.«

»Das war nicht allzu schwer, da Doc ihnen schon seit Wochen den Lohn schuldig geblieben ist. Doc hält sie mit dem Versprechen hin, daß er eine große Summe Geld aus Europa erwarten würde, aber ich glaube, er ist bankrott. Soweit Frank feststellen konnte, hatte er von nirgendwoher Geld zu erwarten.«

»Bei wem hat er sich erkundigt? Bei seinen Freunden in der Wall Street?«

»Geld ist überall gleich. Er hat sich bei Leuten erkundigt, von denen du am besten nichts weißt.«

»Die einfältige kleine Samantha, die zu dumm ist, um alle Fakten erfahren zu dürfen.«

»Die kostbare kleine Samantha, deren Leben in Gefahr ist«, gab Mike schroff zurück.

Sich wieder beruhigend, sah Sam ihn an. »Wie viele von Docs Leibwächtern hast du bestechen können?«

»Die meisten. Okay, okay – achtzig Prozent. An drei von ihnen konnten wir nicht herankommen, und dann ist da noch das Personal, wenn man das überhaupt noch so bezeichnen kann. Im Haus selbst wird es gefährlich werden.« Er beugte sich zu ihr hinunter. »Samantha, diese Leute sind bewaffnet.«

Sie holte tief Luft. »Mike, ich bin klein. Ich kann durch Fensterlöcher kriechen, für die solche Muskelmänner wie du und deine Brüder zu dick sind. Ich kann auf Zäune und auf Bäume klettern. Was macht ihr zum Beispiel, wenn du und dein Dad über einen Zaun klettern müßt? Wer hebt wen? Du kannst mich wie einen Speer über eine Mauer werfen, falls das nötig sein sollte.«

»Damit du auf der anderen Seite auf deinem hübschen Kopf landest?«

»Nun komm mir ja nicht mit dieser gönnerhaften Masche!« Sie legte ihm die Hand auf die Brust, und ihr Gesicht wurde weich. »Mike, du mußt mich mitnehmen. Wenn es Probleme geben sollte, wird Doc mich nicht töten, und ich kann dich beschützen.«

»Und was könnte ihn deiner Meinung nach abhalten, dich umzubringen? Du weißt doch inzwischen, daß du nicht seine Enkelin bist.«

»Aber ich weiß jetzt, was mit Half Hands Millionen passiert ist«, sagte Sam leise. »Und wenn Doc mir oder dir auch nur ein Haar krümmt, wird er nicht einen Penny von seinem Geld wiedersehen.«

32

Sie mußten über die Mauer klettern.

Nachdem sie ihr Fahrzeug im Schutz der Dunkelheit unter den Bäumen versteckt hatten, gingen sie unauffällig zum Tor der Einfahrt und fanden es verschlossen. Daraufhin hätte Samantha am liebsten kehrt gemacht und wäre in die Stadt zurückgefahren, denn Mike hatte ihr erzählt, daß Frank die Torwachen bestochen hatte, und deshalb hätte es unverschlossen sein müsen.

»Wir können es uns jetzt nicht leisten, daß du kalte Füße bekommst. Dafür ist die Zeit zu knapp«, sagte Mike zu ihr. Er hatte zwar Angst um sie, aber auch eine lebenslange Erfahrung mit seinem älteren Bruder: Wenn Frank sagte, das Tor würde offen sein, dann war es auch offen – sie hatten eben nur das falsche Tor erwischt.

Am entfernten Ende des Grundstücks fanden sie einen

Baum mit dicken Ästen, die über die hohe Ziegelmauer, die das Anwesen umschloß, in den Garten hineinwuchsen. Mike kletterte zuerst auf den Baum und half dann Samantha auf die Mauer hinauf. Und nachdem er ein paar kleine Pakete mit stark duftendem Fleisch auf den ungemähten Rasen hinuntergeworfen hatte, um sich zu vergewissern, daß die Hunde tatsächlich im Zwinger eingesperrt waren, wie sie sollten, ließ er Samantha langsam hinunter ins Gras. Als sie mit beiden Beinen sicher auf dem Boden gelandet war, sprang er hinterher, sagte: »Mir nach!« und rannte auf das Gebäude zu.

Wie man es Frank versprochen hatte, war die Seitentür unverschlossen, und da im Haus auch eine Nachtbeleuchtung brannte, konnten sie sehen, wo Möbel standen, und ihnen rechtzeitig ausweichen. Mike bemerkte, daß an einigen Stellen Tische und Sessel, die er bei seinem ersten Besuch gesehen hatte, nicht mehr vorhanden waren.

Als sie sich an der Küche vorbeischleichen wollten, hörten sie dort Stimmen, obwohl Mitternacht schon vorbei war und alle Leute im Haus eigentlich schlafen sollten. Sie hielten den Atem an, gingen auf Zehenspitzen rasch an der Küchentür vorbei und dann die Treppe hinauf.

Eine der Stufen knarrte, als Samantha darauf trat. Keine zwei Sekunden später tauchte ein Wächter in der Halle auf und spähte die Treppe hinauf, aber Mikes Geistesgegenwart rettete sie beide; denn er hob Samantha blitzschnell über drei Stufen zum Treppenabsatz hinauf, wo sie sich rasch hinter eine Truhe duckte, während Mike sich in einer Türnische versteckte.

»Du wirst nervös, Junge«, hörten sie unten eine Stimme sagen. »Das macht das Alter.«

»Da tut sich was heute nacht«, sagte eine zweite Stimme, »das spüre ich in meinem kleinen Finger. Meinst du, der Boß könnte uns abkratzen?«

»Ich glaube, der wird uns noch alle überleben«, gab der andere in einem Ton zurück, der nicht gerade Sympathie für seinen Arbeitgeber verriet.

Als die beiden sich wieder entfernt hatten, ließ Samantha langsam ihren angehaltenen Atem entweichen und folgte Mike, der ihr ein Handzeichen gab, in einen Korridor hinein. Er schien den Gebäudeplan auswendig gelernt zu haben, denn er wußte genau, in welche Richtung er gehen und welche Tür er öffnen mußte.

Doc erwartete sie bereits. Er schlief nicht, er las auch nicht, er wartete nur. Voll bekleidet saß er auf der Decke seines Betts und zuckte mit keiner Wimper, als sie sein Zimmer betraten.

»Ich habe Sie schon auf der Treppe gehört«, sagte er zu Mike. »Als Einschleichdieb wären sie absolut ungeeignet.«

»Ich überlasse das Stehlen auch lieber Ihnen«, sagte Mike und deutete dann mit dem Kopf auf den alten Mann. »Sie kommen mit uns.«

»Das hatte ich auch vor. Ich habe vor, diese Party zu besuchen, die Sie für mich arrangiert haben. Es ist schon viele Jahre her, seit sich jemand meinetwegen so viel Mühe gemacht hat, und deswegen möchte ich diese Veranstaltung um keinen Preis der Welt versäumen.«

»Was wissen Sie denn über uns?« zischte Samantha.

Als Doc sich ihr einen Moment zudrehte, schien ihr das Blut in den Adern zu gefrieren, denn im schwachen Licht der Nachtbeleuchtung sah er gar nicht mehr aus wie ein bemitleidenswerter, verkrüppelter alter Mann, sondern wie ein junger, herzloser Gangster – ein Mann, der kein Erbarmen kannte und vor nichts zurückschreckte.

»Ich wäre nicht so alt geworden, wenn ich nicht wüßte, was um mich herum vorgeht. Ich weiß, daß Sie die meisten meiner Wächter bestochen haben, damit die Türen unversperrt und die Hunde im Zwinger bleiben sollten.« Er sah sie mit einem diabolischen Grinsen an. »Ich habe das Tor an der Einfahrt wieder verschließen lassen, weil ich es Ihnen nicht zu leicht machen wollte, und in sieben Minuten lassen meine Männer die Hunde los.«

Bei diesen Worten dachte Samantha, daß Mike und sie sich wieder verabschieden sollten, und zwar rasch, wenn sie nicht mit knurrenden, nach ihren Fersen schnappenden Hunden um die Wette laufen wollten, und Mike schien den gleichen Gedanken zu haben. Doch bevor er das Zimmer verließ, hob er Docs gebrechlichen Körper auf seine Arme und rannte mit ihm, immer zwei Stufen auf einmal nehmend, die Treppe hinunter. Samantha blieb immer eine Stufe hinter ihm, und als die beiden schläfrigen Wächter aus der Küche kamen, um nachzusehen, was das für ein Lärm auf der Treppe war, rannten die beiden Eindringlinge mit ihrer Beute schon durch die Seitentür ins Freie.

Mike lief jetzt so schnell, daß Samantha ihm kaum zu folgen vermochte, aber bei dem Gedanken, daß jeden Moment ein Rudel scharfer Hunde und bewaffneter Wächter hinter ihr auftauchen konnte, schienen ihr Flügel an den Füßen zu wachsen. Sie wußte nicht, wohin Mike eigentlich lief, aber sie folgte ihm, als hinge ihr Leben davon ab – was wohl auch tatsächlich der Fall war.

Als Mike abrupt stehenblieb, rannte sie in ihn hinein, aber das brachte ihn auch nicht einen Millimeter aus dem Gleichgewicht. Vor ihm befand sich eine kleine Pforte, und als Samantha sie öffnen wollte, sah sie, daß der Riegel mit einem Kombinationsschloß aus dickem Spezialstahl gesichert war.

»Wie lautet die Kombination?« fragte Mike den alten Mann auf seinen Armen.

Doc grinste nur.

»Wenn die Hunde kommen, werfe ich Sie ihnen zuerst zum Fraß vor.«

»Junger Mann«, erwiderte Doc, als säße er auf einem Thron statt auf den Armen eines Kidnappers, »Sie sind der Typ, der das Leben eines Mannes mit seinem eigenen schützen würde.«

Mochte Doc auch noch so gewissenlos und verachtungswürdig sein, so mußte Samantha dennoch seine überragende Menschenkenntnis bewundern, weil er nicht eine Sekunde daran zweifelte, daß Mike es niemals fertigbringen würde, einen alten hilflosen Mann scharfen Hunden zu überlassen.

»Was machen wir jetzt?« flüsterte sie, halb ohnmächtig vor Angst, weil sie daran denken mußte, was da jetzt auf sie zukam.

Mike starrte Doc einen Moment an, der sie beide ansah, als würde ihn das alles königlich amüsieren, und dann drehte sich Mike abrupt zu Sam um und sagte: »Versuche es mit 5–12–28.« Samantha brauchte einen Moment, ehe sie begriff, daß Mike ihr das Datum des Massakers genannt hatte – das Datum, an dem Maxie Doc weggelaufen war.

Mit bebenden Fingern stellte sie die Ziffern am Kombinationsschloß ein. Als es sich danach nicht öffnen ließ, sah sie Mike mit schreckgeweiteten Augen hilflos an.

»Versuch' es noch einmal«, sagte er, als hätten sie alle Zeit der Welt zur Verfügung, »diesmal in umgekehrter Reihenfolge.«

Und diesmal ging das Schloß tatsächlich auf, und sie schlüpften rasch durch die Pforte, worauf sich Sam noch die Zeit nahm, sie wieder hinter sich zu verriegeln in der Hoffnung, so die Hunde und die Wächter, die sie verfolgten, aufhalten zu können.

Dann rannten sie zu dem Jeep, der unter den Bäumen auf sie wartete.

Vor knapp einer Woche hatte Raine seinen älteren Bruder angerufen und Kit gebeten, ihm einen sehr schnellen Wagen zu empfehlen, der vier Leute aufnehmen konnte, wovon einer gehunfähig, hochbetagt und in einem schlechten Gesundheitszustand sei. Nach der übereinstimmenden Meinung der Montgomerys *und* der Taggerts kannte sich Kit mit Autos besser aus als irgend jemand sonst in der Welt – mit Ausnahme seiner Mutter.

Zum Erstaunen aller kam Kit dann in einem kleinen schwarzen GMC-Jeep, Cyclone genannt, aus Maine nach New York. Wie Kit ihnen erklärte, waren nur ein paar von diesen Vehikeln im Jahr 1990 hergestellt worden, ehe die Regierung sie vom Markt nahm, weil sie viel zu schnell waren (Beschleunigung von 0 auf 60 km/h in 1,6 Sekunden). Die einzigen, für den Straßenverkehr zugelassenen Kraftfahrzeuge auf der Welt, die schneller waren als ein Cyclone, waren ein Porsche 959 und ein vierhunderttausend Dollar teurer Ferrari, die beide bei Kit zu Hause in der Garage standen; doch das waren zweisitzige Sportwagen.

Kit war fasziniert gewesen von den Dingen, die sich da in New York taten, war in der Stadt geblieben und hatte ihnen seine Hilfe angeboten. Nach Blairs Anweisungen versah er den Jeep mit einem Kastenaufbau, baute einen Sauerstofftank ein und alles, was sonst noch so zu einer Ambulanz gehörte.

Nun erwartete Blair sie in dem zu einer Krankenstation umgebauten Aufbau, um dort Doc in Empfang zu nehmen und dafür zu sorgen, daß er die vermutlich nicht sehr sanfte Überführung nach New York lebend überstand. Während Mike hinten Doc auf dem Bett im Kastenaufbau festschnallte, schob sich Samantha vorn hinter das

Lenkrad. Dann kam Mike nach vorn zur Fahrerkabine gerannt und befahl Samantha, auf den Beifahrersitz hinüberzurücken.

»Ich fahre«, sagte sie.

»Einen Teufel wirst du«, antwortete Mike und versuchte sie mit Gewalt auf den rechten Schalensitz hinüberzubefördern, aber Samantha hatte sich bereits angeschnallt und war nicht so leicht von der Stelle zu bewegen.

»Mike, ich bin kein Anfänger. Ich bin vier Jahre lang mit dem Auto in Santa Fe gefahren, ohne auch nur einen Kotflügel zu verbeulen.« Sie sagte das in einem Ton, als habe sie drei Jahre lang hintereinander das Rennen von Indianapolis gewonnen – aber das war ja wohl kaum miteinander zu vergleichen.

Dann fielen die ersten Schüsse, und Mike mußte einsehen, daß keine Zeit mehr blieb, sich mit Samantha zu streiten, und so sprang er rasch auf ihrer Seite auf, zog die Tür, soweit er konnte zu, und befahl ihr, loszufahren.

Und wie sie fuhr! Da brausten drei Wagen direkt auf sie zu – große, schwere amerikanische Limousinen –, und Samantha kurvte so elegant und haarscharf um sie herum wie ein rasender Torero, den drei Stiere zugleich auf die Hörner nehmen wollten, ohne auch nur einen Kratzer in den Lack von Kits kostbarem, seltenen Jeep zu machen.

Als sie die drei schweren Limousinen ausmanövriert hatte, stieg sie auf die Bremse und rief Mike zu, er solle einsteigen. Ohne ein Wort des Protestes rollte er sich über die Motorhaube, schwang sich auf den Beifahrersitz und schnallte sich an.

Als Samantha dann wieder Gas gab, sah er sie mit Hochachtung von der Seite an. Samantha drehte ihm eine knappe Sekunde lang das Gesicht zu und grinste. »Wenn du meinst, das wäre etwas gewesen, solltest du mal nach Santa Fe kommen und versuchen, dich in einen Kreisverkehr einzufädeln. Da gelten keine Regeln. Da hat nur der Vorfahrt, der auch den Mumm dazu hat. Und ich habe gelernt, *niemals* im Verkehr nachzugeben.«

Für Mike wurde es eine Höllenfahrt. Verfolgt von den drei schweren Limousinen, schlängelte Sam sich mit Vollgas durch die Autokolonnen auf der vierspurigen Autobahn wie ein Weberschiffchen durch Kettenfäden. Der Jeep war nicht nur verflucht schnell, sondern auch überaus wendig. Zudem besaß er einen Allrad-Antrieb – einen *echten* Vierrad-Antrieb, bei dem alle vier Räder unabhängig voneinander angetrieben wurden, was bedeutete, daß man mit diesem Ding auch auf einen eingefetteten Telefonmast hätte hinauffahren können. Und als Samantha neben der Fahrbahn ein Loch im Zaun entdeckte, machte sie eine scharfe Wendung nach rechts, fuhr die sich dahinter befindende fast senkrecht aufragende Böschung hinauf und wechselte so unversehens die Autobahn. Bedauerlicherweise hatte der Jeep die Bodenfreiheit eines BMW – also praktisch keine –, so daß Samanthas Manöver von unangenehmen Schleifgeräuschen am Wagenboden begleitet wurde. Aber nachdem sie damit ihre Verfolger abgehängt hatte, mochte Mike sich darüber nicht aufregen.

Tatsächlich hatten sie keinen von Docs Männern mehr hinter sich, als sie vor Maxies Pflegeheim ankamen – dafür aber drei Einsatzwagen der Polizei. Als Mike aus dem Jeep stieg, stellte er fest, daß er sich kaum auf den Beinen halten konnte – so weich waren seine Knie. In seinem ganzen Leben hatte ihn nichts so erschreckt wie diese Rückfahrt von Docs Landsitz nach New York. Samantha schien sie aber nichts ausgemacht zu haben, denn sie lief leichtfüßig wie immer die Stufen zum Eingang des Pflegeheims hinauf und überließ es ihm und Blair, sich mit der Polizei auseinanderzusetzen, der man jetzt den inzwischen dank einer Injektion schlafenden Doc Barrett auf der Pritsche zeigen und erklären würde, daß es sich um einen Notfall handelte und man sich deshalb nicht an die Geschwindigkeitsbegrenzung habe halten können.

*

Als Samantha durch den Korridor zu Maxies Zimmer rannte, wußte sie, daß ihre Großmutter noch wach war und sie erwarten würde; denn Sam hatte ihr mitgeteilt, was Mike und sie in dieser Nacht vorhatten.

»Wir haben es geschafft«, sagte Samantha, als sie sich zu ihrer Großmutter aufs Bett setzte.

Maxie legte die Arme um ihre Enkelin. »Dann ist er jetzt also hier«, sagte sie leise.

»Ja«, flüsterte Samantha und war in der nächsten Sekunde eingeschlafen.

Er ist hier – wiederholte Maxie in Gedanken: Nach so vielen Jahren wohnte Doc mit ihr wieder unter dem gleichen Dach.

33

Nachdem Samantha den Morgen im Badezimmer verbracht und das Dinner vom Abend vorher herausgewürgt hatte, verbrachte sie den Rest des Tages vor der Vorstellung mit den anderen Frauen in einem Frisiersalon in den East Eighties, um sich eine Marcel-Welle legen zu lassen und sich mit den Schminkgewohnheiten der zwanziger Jahre vertraut zu machen. Vicky hatte das alles arrangiert. Die Frauen, die Zigarettenmädchen, Gangsterbräute und Kellnerinnen spielen sollten, kicherten und plapperten unentwegt miteinander. Nur Sam saß schweigsam und ein wenig bedrückt unter ihrer Trokkenhaube und blätterte in der neuesten Ausgabe eines Magazins.

Als sie in Mikes Haus zurückgekehrt war, hatte sie dort keine Minute Ruhe finden, sich nicht in einen stillen Winkel zurückziehen und ihre Gedanken sammeln können; denn das Haus war zu einem Hauptquartier für alles geworden, was nun oder noch getan werden mußte. Es hatte sich so ergeben, daß Pat Taggert die Leitung der Truppe übernommen hatte – der Teamboß war, wie sie sich nannte. »Zieh du mal ein Dutzend Kinder groß, und du weißt, daß es nichts mehr im Leben gibt, mit dem du nicht fertigwerden könntest«, hatte sie zu Sam gesagt.

Ein Schlafzimmer war zur Änderungsschneiderei geworden, ein anderes zum Schminkzimmer, wo Vicky mit Unterstützung zweier Experten den Damen beim Auftragen des Make-ups half. Zwei weitere Räume waren für die Einsatzleitung requiriert worden, und als Samantha dort in eine Besprechung hineinplatzte, die Mikes Vater mit seinen Gangstern abhielt, um ihnen an Hand einer Wandskizze zu erläutern, was sie heute abend zu tun hatten, schob Ian sie kurzerhand wieder auf den Korridor hinaus und warf die Tür hinter ihr zu.

Am späten Nachmittag flüchtete sich Samantha in einen entlegenen Winkel des Gartens, um dort ein wenig zu sich zu kommen. Sie konnte nicht erklären, wie sie sich fühlte: ruhig und dennoch aufgeregt; gelassen und doch innerlich angespannt. Sie wünschte, Mike wäre bei ihr aber er war nicht im Haus und machte irgend etwas, das er ihr nicht hatte sagen wollen.

Als Kanes Zwillinge plötzlich vor ihr auftauchten, jeder ein Buch mit Kindergeschichten in der Hand, blickte sie auf und lächelte Kane dankbar an. Sie zog die beiden Jungen auf ihren Schoß und las ihnen ein Märchen vor.

Es wurde schon dunkel, als Vicky zu ihr kam und sagte,

es wäre Zeit, in Jubilees Klub zu fahren und sich für die Vorstellung fertig zu machen. Sie gab beiden Zwillingen einen Gute-Nacht-Kuß, wünschte sich, sie könnte bei ihnen bleiben, ging hinaus zum wartenden Wagen und machte sich auf den Weg nach Harlem.

In den vergangenen Wochen, als sie alle an ihren Rollen gearbeitet hatten und sie mit Ornette probte, hatte man ihr nicht erlaubt, den inzwischen renovierten Nachtklub zu besichtigen. Als sie nun das Gebäude durch den Hintereingang betraten, trennte sich Samantha dort von Vicky und begab sich nach vorn, wo sie sich im Schatten eines Pfeilers verbarg, um unbemerkt von den anderen ungestört den Klubraum und das Treiben dort zu beobachten.

Jeanne hatte geradezu Atemberaubendes vollbracht. Der Klubraum war ein Traum aus Türkis und Silber, und ein wiedererstandenes Meisterwerk des Art Deco – des heißesten und modernsten Dekorationsstils der späten zwanziger Jahre. Die Tanzfläche sah aus wie eine Applikation aus Silberblättern, und dahinter standen, wie es schien, Hunderte von kleinen Tischen, bedeckt mit fast bis zum Boden reichenden türkisfarbenen Tüchern, jeder mit einer kleinen Lampe versehen.

Auf dem Podium war die Tanzkapelle bereits versammelt, und Ornette in seinem Frack, seine geliebte Trompete in der Hand, sah auf eine grimmige Weise hübsch aus, während er mit seinen Musikern redete und dann das Zeichen zum Einsatz gab, um sie mit einer kleinen Jazz-Nummer aufzuwärmen. Samantha mußte bei seinem Anblick lächeln; denn hinter seiner bärbeißigen Fassade verbarg sich ein weiches Gemüt, ein Perfektionist, der die Musik mehr liebte als das Leben. Bald würde er nun den ersten Blues spielen. 1928, in der noch sehr glücklichen, reichen Zeit vor der Weltwirtschaftskrise, war das Land verrückt gewesen nach Blues; doch nach dem Börsenkrach hatten die Leute nur noch solche heiteren Lieder wie *Happy Days Are Here Again* hören wollen, und solche berühmten Blues-Sängerinnen wie Bessie Smith waren in der Versenkung verschwunden.

Während Samantha im Schatten des Pfeilers dem Orchester lauschte, sah sie, wie sich der Klub mit lachenden und miteinander plaudernden Gästen füllte – die Frauen in exquisiten langen Abendkleidern. Die Mode der zwanziger Jahre mochte man zwar heute für formlos halten, aber wenn die Frauen sich darin bewegten und sich die fließenden Stoffe hauteng an den Körper schmiegten, brachten sie alles zur Geltung, was an ihnen reizvoll war.

Zwei hübsche junge Frauen betraten jetzt Arm in Arm den Klubraum, begleitet von ihren Gangster-Männern – rauhe, aber auch sehr zufrieden, wie vom Leben verwöhnt aussehende Typen.

Samantha zog sich noch tiefer in den Schatten zurück, während sie diese vier beobachtete, denn sie kam sich allmählich in ihren Jeans wie ein Anachronismus in diesem Raum vor.

Als Mike in den Klub kam, preßte sich Samantha mit dem Rücken gegen die Wand, während sie zusah, wie er sich durch den Raum bewegte, als wäre er hier zu Hause.

Vielleicht hätte sie eifersüchtig sein sollen, denn Mike flirtete mit jeder Frau, an der er vorbeikam, aber sie wurde nicht eifersüchtig; denn dieser Mann schien nicht *ihr* Mike, sondern Michael Ransome zu sein. Dieser Mike bewegte sich in seinem herrlichen, maßgeschneiderten Frack, als wollte er aus seinem guten Aussehen Kapital schlagen.

Samantha beobachtete, wie Mike nun auf eine Tussie zuging – eines dieser Party-Mädchen, das ihrem Namen hundertprozentig gerecht wurde: zuviel Make-up, zu törichte Bewegungen, so laut kichernd, daß man es bis nach Coney Island hören konnte, und mit einem für ihren Geschmack zu großen Busen. Mit einem kleinen entzückten Schrei stand die Frau auf – vielmehr schlängelte sie sich, ihre üppigen Brüste in Schwingungen versetzend, in die Höhe. Ehe Mike die Hand nahm, die sie ihm hinstreckte, blickte er den Mann, der an dem kleinen Tisch der Frau gegenübersaß, fragend an. Der Mann hatte einen in eine geschmacklos gelb-schwarz karierte Weste eingezwängten Schmerbauch, über den er nun mit angezogenem Kinn hinwegsah und gnädig nickte, als wäre er ein König, der seinem Untertan eine Gnade erwies. Samantha mußte sich jedesmal von neuem wundern, daß sich ein Mensch einem anderen überlegen fühlte, nur weil sie oder er ein Krimineller war – als habe er etwas Bedeutendes im Leben geleistet.

Die Frau auf die silberne Tanzfläche geleitend – die schummrige Beleuchtung sorgte dafür, daß selbst eine Hexe gut ausgesehen hätte –, nahm Mike die Frau in seine Arme und begann mit ihr einen Tango zu tanzen. Erschrocken hielt Samantha einen Moment den Atem an; Sie hatte Mike soeben wieder bei einer Lüge ertappt. Er hatte zu ihr gesagt, er wäre ein Stümper auf dem Parkett, wenn Figuren von ihm verlangt würden, bei denen er sich nicht an das Mädchen hängen und die Wange an ihrem Gesicht reiben dürfte, aber als sie ihn nun mit dieser Tussie über das Parkett hingleiten sah, wußte sie, daß er ein Traum von einem Tänzer war. Mit der Muskelkraft, die ihm zur Verfügung stand, konnte er seine Partnerin mühelos herumschwingen, wenn sie eine Drehung machen mußte. Mike brachte es sogar fertig, das Flittchen, das er in seinen Armen hielt, so aussehen zu lassen, als könnte es tanzen.

Als die Kapelle eine Pause machte, brachte Mike das

Mädchen zu seinem Gangster zurück, und nachdem er diesen wieder mit einem fragenden Blick um Erlaubnis gebeten hatte, küßte er der Schlampe sogar die Hand.

»He, Kid!« sagte der Gangster und forderte dann Mike mit einer großspurigen Handbewegung auf, zu ihm zu kommen.

Mike, der sich nicht anmerken ließ, wie sehr ihn das Benehmen des Gangsters erbittern mußte, ging nahe an den Mann heran, der ihm eine Zehn-Dollar-Note in die Jackentasche stopfte.

Samantha mußte sich gewaltig zusammennehmen, jetzt nicht in den Saal hinauszustürmen und diesen Typ zur Rede zu stellen, wie er, ein Nichts, ein Niemand, der sich mit illegalen Geschäften einen fragwürdigen Ruf verschafft hatte, es wagen konnte, ihren Mike so zu behandeln!

»Bist du soweit?«

Erschrocken drehte sich Samantha um und sah Vicky in einem herrlichen langen Kleid aus blauem Satin und weißen Federn, die sich über dem dreifachen Stirnband aus funkelnden und zweifellos echten Diamanten leise im Luftzug auf ihrem Hinterkopf bewegten, vor sich stehen.

»Ja, ich bin bereit«, sagte sie leise.

Sie folgte Vicky hinter die Bühne zu den Garderoberäumen, und mit jedem Schritt, den sie machte, wußte Samantha, daß sie nun den Kontakt mit der Wirklichkeit verlor. Als Vicky die Tür zur Garderobe öffnete, war Samantha überzeugt, sich nicht mehr in der Welt der neunziger Jahre zu befinden. Daphne und die anderen Frauen befanden sich in den verschiedensten Stadien des Aus- und Umkleidens. Kleider lagen auf dem Boden verstreut, und auf einem langen Tisch vor einem grell beleuchteten Wandspiegel standen unzählige kleine schmutzige Flaschen und Schminktöpfe.

»Lila?« flüsterte Samantha.

»Ja, Schatz?« sagte Daphne/Lila, drehte sich um und musterte Sam von Kopf bis Fuß. »Es wird Zeit, daß du dich umziehst. Sonst versäumst du noch deinen Auftritt.« Sich vorbeugend, flüsterte Lila ihr ins Ohr: »Du willst doch Mike nicht an deinem letzten Abend im Klub enttäuschen, nicht wahr, Schatz?«

Samantha atmete heftig die Luft ein, als hätte sie soeben einen Schlag in den Magen bekommen; denn Lila hätte eigentlich nicht wissen dürfen, daß Maxie heute zum letzten Mal in Jubilees Klub singen würde.

Über die Schulter zu den anderen Mädchen hinsehend, flüsterte Lila: »Mach dir keine Sorgen, Schatz. Keiner von ihnen wird es ihm verraten.«

Maxie – nein, Samantha – nickte.

»Dein Kleid«, sagte Vicky, und als Sam sich umdrehte, hatte Vicky Maxies Kostüm über dem Arm. Es war keine Kopie, wie es ursprünglich geplant war, sondern das Original. Mike hatte ihr erklärt, es wäre zu teuer gewesen, eine Kopie des Kleides anzufertigen, und deshalb hatte Jilly mit einem Fachmann Kontakt aufgenommen, der das Kleid fachmännisch reinigen konnte.

Samanthas Hände zitterten, als sie das Kleid von Vicky entgegennahm.

»Der Schmuck liegt auf dem Tisch, die Unterwäsche auf dem Stuhl hinter dir.«

»Hals- und Beinbruch! rief ihr Lila noch zu, als sie, gefolgt von Vicky, mit den anderen Mädchen aus der Garderobe marschierte.

Als Samantha nun ganz allein in dem langen, schmalen Umkleideraum stand, das rote, einst mit Blut besudelte Gewand auf den Armen, spürte sie, wie ihr ein Schauer über die Haut lief. Sich umdrehend, sah sie die Couch, die mit den abgelegten Sachen der anderen Frauen bedeckt war: mit zerrissenen Strümpfen, schmutzigen Blusen, Sandalen ohne Absätze. In einer Ecke lag noch so ein Berg von Kleidungsstücken, unter dem – das spürte sie – Maxies kleine Reisetasche versteckt sein mußte, in der sich ihre und Mikes Ersparnisse befanden – ungefähr fünftausend Dollar in Hundert-Dollar-Scheinen.

Immer noch am ganzen Körper zitternd, hängte Samantha Maxies Kleid über die Rückenlehne eines Stuhls, zog sich aus und dann Maxies Unterwäsche an. Und wie beim erstenmal spürte Samantha, daß sie in diesem Moment in die Haut eines anderen Wesens schlüpfte, so als besäßen diese Kleider magische Kräfte, die ihren Träger zwangen, eine andere Gestalt anzunehmen. Kein Wunder, dachte Sam, als sie das Seidenkleid über den Kopf streifte: Was damals in jener besagten Nacht geschah, mußte sich dem Stoff dieses Gewandes unauslöschlich eingeprägt haben.

Vor ein paar Tagen hatte ihre Großmutter ihr erzählt, was tatsächlich am Abend des 12. Mai 1928 passiert war, der das Leben so vieler Menschen verändert hatte. Maxie hatte Sam alles bis zu dem Augenblick berichtet, als sie mit ihrer Handtasche und Half Hands Tasche durch den Bühneneingang den Klub verlassen hatte.

Samantha hatte ihrer Großmutter schweigend zugehört, sogar etwas von dem nachempfunden, was sie ihr erzählte, aber zuweilen war es ihr so vorgekommen, als wäre sie innerlich abgestorben. Erst zwei Tage vorher hatte man ihr erzählt, daß ihre Mutter gefoltert worden war, ehe sie kaltblütig und auf grausamste Weise ermordet wurde. Gab es Grenzen für das, was ein Mensch empfinden konnte? Wieviel Leid konnte ein Mensch eigentlich ertragen?

Nachdem sie sich das Kleid übergestreift hatte, setzte sie sich an den Tisch vor den Spiegel und überprüfte noch einmal ihr Make-up.

»Noch zehn Minuten, Maxie«, rief eine Männerstimme draußen vor der Garderobentür.

In zehn Minuten würde sie vor diese Leute hintreten und für sie singen müssen. Sie würde das tun, was Maxie in jener Nacht getan hatte.

Sie drehte sich abrupt zur Garderobentür um und starrte sie an. Sie sah schmutzig aus, aber da waren keine Kratzspuren im Holz. Niemand hatte *diese* Garderobentür mit den Fingernägeln bearbeitet.

Sie zwang sich dazu, wieder in den Spiegel zu sehen. Sie mußte sich daran erinnern, daß dies lediglich ein Spiel war und sie die Rolle von Maxie übernommen hatte, weil sie Mike helfen wollte. Er sagte, er würde heute abend Fotos machen für sein Buch und . . .«

Sie senkte den Kopf und preßte die Finger gegen die Schläfen. Ornette blies draußen auf seiner Trompete, und sie hatte nun Mühe, sich darauf zu besinnen, daß das alles nur ein Spiel war. Es war so schwer, sich auf ihre Rolle zu konzentrieren, wenn sie immer wieder an ihre Mutter denken mußte und an Cals Einsamkeit, nachdem seine Frau ihn verlassen hatte. Alles, was sie wußte, was sie erfahren und miterlebt hatte, schien jetzt in ihrem Kopf zu schreien, statt sich still zu verhalten wie sonst.

Und das hatte alles in dieser Nacht begonnen – alles, was dann geschehen war, hatte seine Wurzeln in dieser langen, schauderhaften Nacht, die so viele Leben auslöschte, so viele Leben ruinierte und so viel Haß säte.

»Ich kann es nicht«, flüsterte Samantha und wollte aufstehen, aber da sah sie eine Puderschachtel, eine ganz gewöhnliche blau-weiße Puderschachtel mit einer großen Puderquaste aus Lammfell darin. Und die Schachtel war mit ganz gewöhnlichem staubfeinem Puder gefüllt.

Sie nahm die Quaste und betrachtet sie. Vielleicht fing alles mit dem Puder an, den Maxie Michael Ransome über den Kopf schüttete. Ein paar Sekunden lang legte Samantha den Kopf auf die Arme, die sie auf den Schminktisch stützte, und öffnete ihr Bewußtsein für all das, was man ihr erzählt hatte, versuchte es nicht mehr zu unterdrücken, nicht mehr dagegen anzukämpfen, sondern gab sich ganz diesen Erinnerungen hin.

»Du bist dran«, sagte Vicky.

Als Miss Samantha Elliot jetzt vom Schminktisch aufstand und noch einmal ihre Frisur im Spiegel kontrollierte, *war* sie Maxie und bereit für ihren Auftritt.

34

Mittelwesten
1921

Mary Abigail Dexter schoß, als sie vierzehn Jahre alt war, auf ihren vierten Stiefvater, der sie seit ihrem zwölften Lebensjahr vergewaltigt hatte. Sie bedauerte nur, daß die Kugel ihn nicht tötete. Sie hatte sich zwar vorgenommen, ihn umzubringen, aber sie hatte solche Schmerzen, war so wütend und weinte so heftig, daß ihre Hand zitterte und sie ihr Ziel verfehlte. Und statt die Pistole nun auf seinen enormen Bauch zu richten, hatte sie dummerweise auf seinen recht kleinen Kopf gezielt, und so streifte die Kugel nur seine dichtbehaarte Schulter, statt in seinem Mund zu landen, der sie wieder einmal auslachte.

Aber der Schuß und der Anblick seines eigenen Blutes erschreckte den Bastard doch lange genug, daß sie aus dieser Bretterbude, die sie als Haus bezeichneten, flüchten und davonrennen konnte, was sie in der Vergangenheit schon mehrmals vergeblich versucht hatte.

Zwei Tage war sie dann zu Fuß unterwegs, ohne etwas zu essen. Das war für Abby aber nichts Ungewöhnliches, weil ihre Mutter zumeist zu betrunken oder zu sehr mit Männern beschäftigt war, um ihrem einzigen Kind etwas kochen zu können. Und als sie nun weit genug von ihrer »Heimatstadt« – ein Ort, der fest daran glaubte, daß die Kinder für die Sünden ihrer Eltern zu büßen hatten – entfernt war, tauschte sie die Pistole für eine Busfahrkarte nach New York ein – eine Stadt, in der sie hoffte, anonym leben zu können.

Als sie in New York ankam, kaufte sie sich von dem bißchen Geld, das ihr noch geblieben war, ein billiges Kleid aus Kunstseide, ein Paar hochhackige Sandalen und einen Lippenstift, um sich damit ein möglichst erwachsenes Aussehen zu geben. Dann fand sie auf einer Parkbank eine einen Tag alte Zeitung und begann, sich einen Job zu suchen.

Das einzige Ziel, das Abby in diesem Moment vor Augen hatte, war, um keinen Preis so ein Dasein zu führen wie ihre Mutter, deren Lebensunterhalt von den sexuellen Bedürfnissen der Männer abhing. Die Männer betrachteten Abbys Mutter als gutherzige Hure, die immer für einen Lacher gut war und im Bett alles für sie machen würde. Aber Abby hatte die Verzweiflung ihrer Mutter gesehen; denn ihre Mutter hatte immer von einem Mann geträumt, der sie liebte und für sie sorgte. Doch Abby hatte schon als Halbwüchsige begriffen, daß eine Frau, die nicht für sich selbst sorgte, nicht erwarten durfte, daß ein anderer das für sie tat. Sie schwor sich, daß sie keine siebenundvierzig Jahr alt werden und noch in diesem Schmutz leben wollte wie ihre Mutter.

Es waren nicht viele hochbezahlte Stellen für Frauen in dieser New Yorker Zeitung ausgeschrieben, und schon gar nicht für unausgebildete, von zu Hause weggelaufene

Vierzehnjährige. An ihrem vierten Tag in New York nahm sie dann ihren ganzen Mut zusammen, ging zu einer Bar in Greenwich Village und verlangte den Inhaber zu sprechen, um sich als Cocktail-Serviererin zu bewerben. Der Mann warf nur einen Blick auf sie und sagte nein. Doch Abby, inzwischen der Verzweiflung nahe, denn sie hatte seit zwei Tagen nichts mehr gegessen, auf Parkbänken geschlafen und Blasen an den Füßen vom meilenweiten Laufen in diesen billigen hochhackigen Tretern, fing an zu betteln. Betteln war etwas, das sie noch nie zuvor getan hatte, nicht einmal bei den vielen Freunden und kurzlebigen Ehegatten ihrer Mutter – sie hatte sich oft verheiratet, sich jedoch nie darum bemüht, sich vorher scheiden zu lassen –, wenn sie sie mißbraucht oder mißhandelt hatten. Doch nun bettelte Abby diesen Mann um eine Stellung an.

»Wie alt bist du, Kleine?« fragte der Mann, der davon überzeugt war, daß er Kinder hatte, die älter waren als dieses Mädchen.

»Einundzwanzig«, antwortete Abby rasch.

»Ja, und ich bin Rudolf Valentino.« Willie wußte, daß er Schwierigkeiten bekam, wenn er dieses Kind einstellte, daß seiner Meinung nach noch keine fünfzehn Jahre alt war, aber er konnte unter ihrem schon seit langem nicht mehr gewaschenen Haar und unter der billigen Schminke erkennen, daß sie Klasse hatte – und einen Verstand. Sie hatte nicht diesen stumpfsinnigen Karnickelblick wie die meisten Mädchen, die sich mit sechzehn als Cocktail-Serviererinnen einstellen ließen und es mit sechzig immer noch sein würden, wenn sie nicht schon vorher an irgendeiner Geschlechtskrankheit gestorben waren.

»Okay, Kleine, du bekommst den Job«, sagte er. »Aber wenn sich einer beschwert, fliegst du, okay?«

Die Kleine sah ihn mit so dankbaren Augen an, daß

Willie nervös auf seinem Stuhl hin und her rutschte, in seine Tasche griff und eine Zwanzig-Dollar-Note hervorholte. »Hier hast du einen Vorschuß. Kauf dir was zu essen und etwas Vernünftiges zum Anziehen, okay?«

Was Abby in diesem Augenblick empfand, konnte sie nicht mit Worten ausdrücken und so sah sie den Mann nur stumm an und dann auf den Schein in ihrer Hand.

»Nun geh schon. Verschwinde. Und komm morgen abend um sieben wieder.«

Als Abby am nächsten Abend wiederkam, wußte Willie, daß er den besten Fang seines Lebens gemacht hatte; denn dieses Mädchen hatte Geschmack. Sie war so schlicht und elegant gekleidet wie eine junge Dame auf einem Foto in einem Frauenmagazin – und als er sie so vor sich stehen sah, wußte er, daß sein Leben sich verändern würde.

Binnen zweier Jahre verwandelte sich seine billige Bar und Absteige in ein Lokal, in dem sich auch achtbare junge Damen und Herren sehen lassen konnten, ohne ihrem Ruf zu schaden. Abby, die keinen sehnlicheren Wunsch gehabt hatte, als sich anständig durchs Leben zu bringen und Verantwortung zu übernehmen, war mit der Leitung der Geschäfte betraut worden, hatte die Bar neu dekoriert, die Servierinnen anders eingekleidet, einen Verhaltenskodex für die Angestellten eingeführt und Willies Buchführung übernommen. Am Ende des dritten Jahres trug Willie maßgeschneiderte Anzüge, und seine Krawatte wurde von einer goldenen Nadel mit einem dreikarätigen Diamanten zusammengehalten.

1924, mit siebzehn, lernte Abby dann in Willies Lokal diesen vielversprechenden jungen Gangster mit dem schlichten Namen Doc kennen und wußte auf den ersten Blick, daß ihr hier ein Mensch begegnet war, der genauso ehrgeizig war wie sie.

Doc war klein und auf eine Weise unterentwickelt, die

nur auf eine mangelhafte Ernährung in seinen Kinderjahren zurückgeführt werden konnte, hatte eine lange Messernarbe am Hals, die auf eine alte, lebensbedrohliche Verletzung hindeutete, und seine Augen standen keinen Moment still. Tatsächlich stand nichts an ihm auch nur eine Sekunde lang still, sondern er war ununterbrochen in Bewegung, schaute sich alle Augenblicke um, spielte dauernd mit einer Kugel, die an einer Kette an seiner Weste befestigt war, und wenn er ging, zog er ein Bein ein bißchen nach.

Und dieser kleine Mann war in Begleitung eines großen, sehr kräftigen, etwas dümmlich aussehenden Mannes, der ihm wie ein Schatten überallhin folgte – sogar aufs Klo – und immer erst von allem kostete, was man Doc vorsetzte, ehe dieser es trinken oder essen durfte.

Nach dem ersten Besuch von Doc in ihrem Klub beschloß Abby, jetzt für sich selbst zu sorgen. Das hatte sie nicht mehr getan, seit sie zur Gastgeberin/Managerin aufgerückt war. Denn da war etwas an diesem Mann mit diesem leicht hinkenden Gang und dem nervösen Blick, das ihr das Gefühl gab, daß sie verwandte Seelen wären. Sie hatten beide in ihrem kurzen Leben eine Menge durchgemacht und irgendwo auf diesem Weg die Fähigkeit verloren, so zu empfinden, wie das andere Menschen offensichtlich konnten.

Sechs Monate lang besuchte Doc nun den Klub, ohne in dieser Zeit auch nur ein Wort mit Abby zu wechseln, aber am Ende dieses halben Jahres kam dann Half Hand zu ihr und sagte, Doc wollte mit ihr in seinem Wagen reden.

Abby nahm sich ein paar Minuten Zeit, um sich zu überlegen, ob sie zu ihm hinausgehen sollte oder nicht, denn sie ahnte, was Doc von ihr wollte. Er würde sie fragen, ob sie seine Mätresse werden wollte. Einerseits gefiel ihr der Gedanke, von einem Gangster beschützt zu werden. Gangster machten in der Regel ihren Frauen teure Geschenke, die sie dann versilbern und dafür verwenden konnten, sich eines Tages ihre eigene Bar zu kaufen. Auch schienen Gangster keine hohe Lebenserwartung zu haben, was ihr, soweit es Männer betraf, ein großer Vorteil zu sein schien. Was sie nicht mochte, war der Gedanke an Sex mit einem Mann. Das Leben ihrer Mutter und das Leben mit ihren Ehemännern hatte in ihr den Wunsch geweckt, daß sie nie mehr etwas mit Sex zu tun haben wollte.

Nachdem sie ein paar Minuten überlegt hatte, beschloß sie, sich anzuhören, was Doc ihr zu sagen hatte, und ging hinaus zu seinem Wagen – eine lange schwarze Limousine. Nur Docs immer gegenwärtiger Schatten, Half Hand, saß noch mit im Wagen, als Doc ihr seinen erstaunlichen Antrag machte. Er wollte zwar, daß sie seine Mätresse wurde, aber nur zum Schein. Es würde keinen Sex zwischen ihnen geben und für sie keinen Sex mit irgendwelchen anderen Männern. Als Gegenleistung dafür, daß sie sich verpflichtete, seine Vorzeige-Mätresse zu werden, würde er finanziell für sie sorgen, auch wenn sie nicht mehr für Willie arbeiten und sich nur den ganzen Tag um sich kümmern wollte. Doch Abby empfand eine große Loyalität für Willie, und obwohl er sie schlecht bezahlte und sich nie für das bedankte, was sie für ihn getan hatte, wollte sie bei ihm bleiben: Er brauchte sie. Doc sagte, ihm wäre es egal, ob sie noch weiter für Willie arbeitete oder nicht, und Abby seufzte erleichtert. Zum Glück verlangte er nichts, was sie ihm nicht geben mochte.

Abby, die im Fond der Limousine saß, erklärte sich mit seinen Bedingungen einverstanden, und da machte er ihr sein erstes von vielen Geschenken: ein Diamanthalsband.

Im Verlauf eines Jahres bekam sie eine möblierte Wohnung mit der Besitzurkunde auf ihren Namen, Pelze, Juwelen und schöne Kleider. Und sie begleitete ihn, sofern sie nicht gerade arbeitete, überall hin, wenn es sein Wunsch war, daß sie ihn begleiten sollte, und zwar immer hübsch zurechtgemacht und in ihren schönsten Kleidern. Denn darauf kam es Doc ja an: Er wollte der Welt zeigen, daß er die tollsten Frauen haben konnte.

1926, als Abby neunzehn war, verließ sie Willies Bar. Sie hatte inzwischen auch ein Unterhaltungsprogramm eingeführt, und eines Abends, als die Sängerin Halsweh hatte und indisponiert war, hatte Abby niemanden, der die Gäste unterhalten konnte. Nachdem sie stundenlang versucht hatte, jemanden zu finden, der für die erkrankte Sängerin einspringen konnte, beschloß sie, sich selbst als Sängerin zu versuchen.

Von dem Moment an, als sie auf die Bühne kam, wußte sie, daß sie ihre wahre Bestimmung entdeckt hatte. Alle, Doc und Willie inbegriffen, hatten geglaubt, daß Abby so etwas wie eine Eisprinzessin sei – innerlich so kalt, wie sie sich nach außenhin gab. Keiner hatte eine Ahnung gehabt von den Leidenschaften, die in ihr brodelten; denn die kamen nur an die Oberfläche, wenn sie sang. Abby konnte den Leuten nicht sagen, was sie empfand, aber sie konnte ihre Gefühle im Gesang ausdrücken. Jedes Wort ihres Blutes war tiefempfundenes Leid.

Nach ihrem ersten Lied sprangen die Barbesucher von ihren Stühlen auf und klatschten begeistert und als Abby diesen Applaus hörte, wußte sie, was sie mit ihrem Leben machen wollte.

Der einzige, der nicht wünschte, daß sie sang, war Willie. Er dachte an die Zukunft und wußte, daß Abby ihn dann verlassen würde, während er darauf angewiesen war, daß sie ihm die Geschäfte führte. Und deshalb sagte er zu ihr, sie wäre nicht gut gewesen. Da er nur seinen Vorteil im Auge hatte, erklärte Willie, der Applaus habe ihrem Aussehen gegolten, nicht ihrer Stimme. Mit diesen Worten verscherzte er sich Abbys Loyalität. Abby war bereit gewesen, ihm zu verzeihen, daß er sie unterbezahlte und ausnützte; aber anlügen lassen wollte sie sich nicht von ihm.

Also ging sie zu Doc und sagte, daß sie Willies Bar verlassen und in einem besseren Lokal singen wollte. Doc brachte sie daraufhin zu Jubilees Bar in Harlem unter – ein Lokal, in dem die weiblichen Gäste mit Diamanten behängt und die Männer von der Aura der Macht umgeben waren. Und als sie bei Jubilee einen Zweijahresvertrag als Sängerin unterschrieb, kam es dann auch dazu, daß sie ihren Namen in Maxie änderte.

Maxie hatte jedoch an ihrem neuen Arbeitsplatz mit Schwierigkeiten zu kämpfen; denn die anderen Frauen lehnten sie ab. Bei Willie hatten die Frauen vor ihrem eigenen Schatten Angst gehabt und zu Maxie aufgesehen. In Jubilees Nachtklub waren die Mädchen vom Chor und vom Ballett jedoch auch die Mätressen von Gangstern. Einige davon arbeiteten für Scalpini, der weitaus mehr Macht besaß, als der hinkende kleine Doc.

Als hätte Maxie nicht schon genug Probleme gehabt mit den stundenlangen täglichen Proben den Kolleginnen, die bestenfalls kühl, doch zumeist feindselig waren, und daß sie für Doc trotz dieser Widrigkeiten immer gut aussehen und strahlender Laune sein mußte – da war noch dieser Michael Ransome. Jubilee hatte ihn dafür angeheuert, mit den Freundinnen der Gangster zu tanzen, wenn diese entweder zu dick oder zu faul oder einfach zu müde waren, um das selbst zu besorgen.

Michael Ransome war in der Tat ein Problem für Maxie; denn alle Mädchen im Klub waren in ihn verliebt.

Daran war nicht nur sein gutes Aussehen schuld oder die Tatsache, daß seine Augen, die die graublaue Farbe eines sturmgepeitschten Meeres hatten, immer nur halb geöffnet waren – Schlafzimmerblick, nannten das die andern Mädchen. Es war auch nicht das Grübchen in seinem Kinn, sein dichtes, gewelltes blondes Haar und seine vollen, sinnlichen Lippen – nein, es war sein Betragen, was die Mädchen am meisten verzauberte. Denn das war reinster Honig – heißer, zuckersüßer Honig. Michael brauchte eine Frau nur anzusehen, und schon spürte er, was sie brauchte – und dann gab er es ihr.

Er konnte sanft und verführerisch sein oder hart und fordernd. Er verkörperte alles, was Frauen sich von einem Mann erträumten, und er war dafür bekannt, daß er eine Frau verführen konnte, ohne auch nur ein Wort mit ihr zu wechseln. Er brauchte sie nur über ein Glas eisgekühlten Champagner mit seinen trägen, halbgeschlossenen Augen anzusehen, und schon wurde es ihr so heiß, daß sie das Bedürfnis hatte, sich einiger ihrer Kleidungsstücke zu entledigen. Zuweilen flüsterten die Frauen untereinander, daß sie, falls es einer von ihnen tatsächlich gelänge, seinem Blick zu widerstehen, spätestens bei seiner Stimme passen müßten. Es war eine tiefe, sanfte, einschmeichelnde Stimme, die hinunterging wie Öl. Er pflegte die Hand einer Frau zu berühren, sie mit den Fingerspitzen an seinen Mund zu heben, während er sie mit seinen halbgeschlossenen Augen ansah, dann ihre Handfläche an seine vollen, wie gemeißelt wirkenden Lippen zu drücken und dann zu flüstern: »Ich liebe dich.«

Noch nie hatte eine Frau sich ihm versagt. Er bekam von jeder Frau, was er sich wünschte, und hinterher sagten sie »danke« zu ihm.

Aber dann lernte Michael Ransome Maxie kennen.

Als Mike zum erstenmal in den Umkleideraum kam,

nachdem Maxie bei Jubilee als Sängerin angeheuert hatte – was machte es schon, daß er die Mädchen dort nackt sah, wenn sie bereits alle mit ihm ins Bett gegangen waren? –, probierte er es bei ihr nur mit seiner zweitbesten Verführungsmasche, dem Schlafzimmerblick. Warum sollte er auch seine Energie an jemanden verschwenden, der mit solcher Inbrunst singen konnte wie Maxie und deshalb eine heiße Nummer sein mußte?

Doch statt für ihn eine leichte Eroberung zu sein, wie er sich das vorgestellt hatte, nahm Maxie, ohne auch nur ein Wort zu sagen, eine bis zum Rand gefüllte Puderschachtel vom Schminktisch und kippte sie über seinem Kopf aus. Zunächst mochten Mike und die Mädchen ihren Augen nicht trauen. Niemand gab Mike einen Korb! Es gehörte gewissermaßen zum Einführungsritual des Klubs, daß ein neu eingestelltes Mädchen mit Mike ins Bett ging.

Als sie dann endlich begriffen, was Maxie soeben getan hatte, war es schwer, zu entscheiden, wer wütender war – Mike oder die Mädchen. Noch Monate nach diesem Puderzwischenfall mußte Maxie sich kleine gehässige Racheakte von den Mädchen gefallen lassen – ihr Make-up verschwand, ihre Schuhe waren nicht da, wo sie sie hingestellt hatte, oder ihr Kostüm hatte plötzlich einen Fleck. Aber Maxie ertrug das alles, ohne zu klagen. Sie beschwerte sich niemals bei den Mädchen, sondern behandelte sie mit immer gleichbleibender Höflichkeit oder sogar Herzlichkeit.

Nur waren die Boshaftigkeiten der Mädchen für Maxie leichter zu ertragen als die Repressalien von Michael Ransome. Er war ihr wirklich böse, daß sie ihn hatte abblitzen lassen, und das auch noch in aller Öffentlichkeit. Nachdem er es noch zweimal – diesmal mit seiner besten Masche – versucht hatte, sie zu verführen, ließ er im ganzen

Klub verlauten, daß sie eine frigide Zicke sei und erzählte den Gästen, daß sie glaube, sie wäre sich zu schade für einen Nachtklub. Er schikanierte sie ohne Ende.

Es war Lila, die Erste Corpstänzerin, die Mike sagte, daß er damit endlich aufhören sollte und sie es satt habe, sich seine ständigen Nörgeleien über Maxie anzuhören; denn sie begann, Maxies Standfestigkeit und Haltung mit der sie alle Gehässigkeiten ertrug, zu bewundern. Und es war auch Lila, die Maxie zum erstenmal bat, mit ihr und den Mädchen zum Einkaufen zu gehen und sie in der Wahl ihrer Kleider zu beraten, weil sie etwas Schlichtes, aber Elegantes haben wollten. Zwar war Maxie mißtrauisch, was die Mädchen nun wohl wieder mit ihr vorhaben könnten, aber sie ging mit ihnen, und es wurde für sie alle ein schöner Tag. Als die Frauen entdeckten, daß Maxie gar nicht so von sich eingenommen, sondern vielmehr schüchtern war, vermutete Lila, daß man dem armen Kind niemals die Chance gegeben hatte, zu lernen, wie man sich Freunde macht.

Danach begannen die Frauen, Maxie in ihre Gemeinschaft aufzunehmen, luden sie zu sich ein und nahmen ihre Einladungen an.

Aber Mike hörte nicht auf, sie zu drangsalieren. Er war noch immer so wütend auf sie, daß er seine Bemühungen, sie zu einer Reaktion herauszufordern, sogar noch verstärkte – jedoch ohne Erfolg. Als Lila ihm sagte, er sollte mit diesen Schikanen aufhören, warf er ihr die Garderobentür vor der Nase zu. Er war so zornig, daß er Maxie hätte erwürgen können.

Und dann kam der Abend, an dem Michael Ransomes Leben sich für immer verändern sollte. Er hatte den Klub bereits verlassen, als er eine Stunde später feststellte, daß er seine Geldbörse vergessen hatte, die vermutlich noch in seinem Frack steckte. Sich über sich selbst ärgernd, fuhr er zum Klub zurück, der aber bereits dunkel und abgeschlossen war. Da er wußte, daß der Fensterriegel in einem Badezimmer im ersten Stock zerbrochen war, stapelte er Mülltonnen übereinander, und es gelang ihm so, das besagte Fenster zu erreichen und in den Klub einzusteigen.

Nachdem er seine Geldbörse dort gefunden hatte, wo er sie vermutete, und den Klub wieder verlassen wollte, glaubte er ein Geräusch in der Nähe des Bühnenausgangs zu hören. Er ging den Korridor hinunter und bemerkte einen Lichtschimmer unter der Tür der Frauengarderobe. Als er diese leise öffnete, sah er Maxie weinend am Schminktisch sitzen – aber sie weinte auf diese Weise, wie er und die anderen Kinder im Waisenhaus geweint hatten: lautlos, als ob sie bestraft würde, wenn man sie beim Weinen ertappte.

Ohne lange zu überlegen, tat er etwas, das er sich schon immer von anderen – vergeblich – gewünscht hatte: Er ging zu ihr, kniete neben ihr nieder und nahm sie in seine Arme. Nachdem sie sich einen Moment lang gegen ihn gewehrt hatte, beruhigte sie sich und klammerte sich an ihn – und er klammerte sich an sie. Hätte ihm jemand erzählt, daß er nur mit allen Frauen ins Bett ging, weil er ihnen nahe sein wollte und sich wünschte, daß sie ihn lieben sollten, würde er ihn ausgelacht haben; denn er gefiel sich darin zu glauben, daß er sich selbst genügte und niemanden brauchte. Und er wußte, daß die Frauen auch so etwas von ihm dachten; denn niemand nahm einen zu gutaussehenden Berufstänzer in einer Bar jemals ernst.

Als Maxie offenbar nicht aufhören konnte, zu weinen, trug Mike sie zu der alten zerschlissenen Couch, die an der Seitenwand stand, räumte dort deinen Berg paillettenbestickter Kostüme und Netzstrümpfe beiseite, setzte sich dort mit ihr hin und hielt sie fest.

Es war die natürlichste Sache der Welt, daß sie sich nach einiger Zeit zu küssen begannen. Der monatelang aufgestaute Zorn aufeinander verwandelte sich rasch in Leidenschaft, als einer an den Kleidern des anderen zu ziehen begann und daran riß. Sie liebten sich nicht nur einmal, sondern zweimal, dreimal auf der Couch, ohne ein Wort miteinander zu sprechen – aus Angst, Worte könnten diesen Zauber brechen, und aus Angst, sie würden sich dann in das verwandeln, was sie nicht sein wollten. Mike fürchtete, Maxie würde so werden wie all die Frauen, die er bisher gehabt hatte, und sagen: »Mike, das war großartig, aber nun muß ich wieder zu meinem Alten zurück.« Und Maxie hatte Angst, daß sie nur wieder eins von Mikes Mädchen wäre.

Es war schon fast hell, als Maxie zuerst das Schweigen brach. Müde und satt lag sie in Mikes Armen und wußte, daß sie nie mehr diesen Platz verlassen wollte, wo sie sich zum ersten Mal in ihrem Leben sicher gefühlt hatte. »Wenn Doc das erfährt, bringt er uns beide um.«

Mike brauchte ein paar Sekunden, um sein rasendes Herz zu beruhigen; denn ihre Worte deuteten an, daß sie ihn wiedersehen wollte. »Wir werden es geheimhalten«, sagte er, und Maxie nickte, denn sie spürte, daß er um Geheimnisse wußte und sie genauso bewahren konnte wie sie selbst.

In den darauffolgenden Monaten pflegten Mike und sie sich heimlich in einer kleinen, heruntergekommenen Wohnung zu treffen, die eine Brutstätte für Küchenschaben und Ratten war. Sie liebten sich dort, ja – aber sie redeten auch miteinander und erzählten sich gegenseitig ihre Lebensgeschichte; denn zum erstenmal hatten sie beide einen Freund, dem sie sich anvertrauen konnten.

Im Klub bemühten sie sich nach Kräften, die immer stärkeren Gefühle füreinander geheimzuhalten. Mike fuhr fort, sie eine frigide Zicke zu nennen und die sonst üblichen hämischen Bemerkungen über sie zu machen und Maxie streckte noch immer die Nase in die Luft, wenn er in ihrer Nähe war.

Aber sie konnten die Frauen nicht täuschen. Zum einen hörte Mike auf, allem, was einen Rock anhatte, Avancen zu machen, und fing an, sich sogar auf der Tanzfläche zu benehmen; und zum anderen war da dieser Ausdruck in Mikes Augen. Hatte er früher Maxie mit vor Haß glitzernden Augen angesehen, so leuchtete nun die Liebe aus ihnen, wenn er sie anblickte. Nicht die Lust, sondern Liebe.

Als sie erkannte, daß die Frauen wußten, was da zwischen ihr und Mike vorging, wollte Maxie sie davon überzeugen, daß sie und Mike sich noch immer haßten, indem sie ihm ein Glas Champagner ins Gesicht warf, als er nach der Vorstellung in die Garderobe kam.

Doch Mike ruinierte in diesem Monat alles, indem er Maxie bei den Schultern packte und sie heftig auf den Mund küßte. Die Mädchen erkannten natürlich eine ihnen vertraute Reaktion. Nachdem Mike wieder aus der Garderobe gegangen war, herrschte dort Schweigen, bis Lila sagte: »Honey, bei einem Mann wie Doc mußt du verdammt vorsichtig sein.«

Da konnte Maxie nur nicken.

35

12. Mai 1928

Maxie war überzeugt, daß sie in ihrem Leben noch nie so glücklich gewesen war wie an diesem Abend. Alles an Jubilees Klub war heute schön: der glitzende, sich drehende Spiegelball an der Decke, der für einen Moment nicht nur Tische, Wände und Gesichter in ein buntes Licht tauchte, sondern auch die Gäste selbst. Heute abend schien der Klub voll zu sein mit Docs Männern, und selbst ihre groben Manieren konnten Maxies Glück nicht trüben.

Es war schwierig für sie, heute Blues zu singen. Es fiel ihr schwer, die Klage einer Frau wiederzugeben, die von ihrem Mann verlassen wurde, weil er sie nicht mehr liebte; denn sie wußte, daß sie heute mit Michael die Stadt verlassen würde. Ihre Taschen waren gepackt, standen bereit und warten nur darauf, daß die Show zu Ende war. Dann würden Mike und sie sich heimlich davonmachen und sich irgendwo im Mittleren Westen oder in Kalifornien eine neue Bleibe suchen – in einem Ort, der weit genug entfernt war von Doc und seinesgleichen.

Während sie sang, sah sie Mike mit einer strohblonden Frau über das Parkett walzen, die ihren Arm um seine breiten Schultern gelegt hatte und ihm etwas ins Ohr flüsterte. Als er an Maxie vorbeikam, blinzelte er ihr zu und verdrehte dann die Augen. Die traurige Ballade von der verlassenen Frau, die Maxie gerade sang, verwandelte sich nun in eine Liebeserklärung.

Als endlich der Zeitpunkt kam, an dem sie auf der Bühne von Lila und den Mädchen abgelöst werden sollte, war Maxie so aufgeregt, daß sie kaum noch abwarten konnte, bis der Conférencier die zur nächsten Nummer überleitenden Worte gesprochen hatte, um hinter die Bühne zu eilen.

Als sie zu ihrer Garderobe rannte, vertrat ihr Jubilee im dunklen Korridor den Weg: »Du solltest es dir nicht so sehr anmerken lassen, Kleines«, sagte er leise zu ihr, und sie wußte, daß er damit ihren Gesang meinte und die Weise, wie sie den ganzen Abend über Mike zugelächelt hatte.

Maxie war froh, daß es auf dem Gang so dunkel war und Jubilee nicht sehen konnte, wie heftig sie errötete. Sie hatte ein schlechtes Gewissen, weil sie Jubilee nichts davon gesagt hatte, daß sie heute abend seinen Klub für immer verließ, aber sie und Mike waren sich einig gewesen, daß das ein Geheimnis bleiben mußte. Das bedeutete, daß niemand es wissen durfte und sie sich von niemandem verabschieden konnten.

Als habe sie keine Ahnung, was Jubilee meinte, ging Maxie an ihm vorbei und strebte dem Garderobenraum zu. Doch da trat Mike aus dem Schatten einer Tür heraus, zog sie in eine Abstellkammer hinein und küßte sie, als hinge sein Leben davon ab.

»Mike«, sagte Maxie, bemüht, einen klaren Kopf zu behalten, denn seine Hände waren überall zugleich an ihr, »Mike, es darf uns keiner zusammen sehen!«

Zärtlich legte er die Hände auf ihre Wangen und küßte sie sacht. »Wie geht es dem Kleinen?«

»Sie ist gesund«, erwiderte sie«, sicher und glücklich – wie ihre Mutter.«

Er küßte sie abermals. »Wie sein alter Herr.«

Leise lachten sie beide darüber, daß sie bei dem Kind, das sie unter dem Herzen trug, von einem Mädchen sprach und er von einem Jungen.

Alle Kraft aufbietend, die sie noch besaß, drückte Maxie ihn von sich weg. »Noch drei Stunden«, sagte sie, »in exakt drei Stunden werden wir von hier fort sein.« Plötzlich hatte sie Angst, denn es schien ihr so, als habe bisher jeder in ihrem Leben sie verlassene. »Mike, du bist doch . . . ich meine . . .«

Mike legte ihr den Zeigefinger auf den Mund. »Ob ich mit deinen Gefühlen gespielt habe, meinst du? Ob ich dich geschwängert habe und dich nun verlassen möchte, damit du mein Kind allein aufziehen kannst? Die Antwort ist ja. Ich möchte den Rest meines Lebens damit verbringen, hirnlose Frauen auf dem Tanzparkett spazierenzuführen, mich mit Gangstern zu unterhalten und mit ihnen so interessante Gespräche zu führen wie: ›He, Big Nose, wieviel Leute hast du denn heute umgebracht? Nur drei? Ich habe vier umgelegt. Du schuldest mir zehn Piepen!‹«

Maxie kicherte. »Mike, du bist schrecklich. Nun verschwinde von hier, ehe uns jemand zusammen erwischt.«

Nach einem letzten langen Kuß ließ er sie auf dem Korridor zurück, um sich wieder auf die Tanzfläche zu begeben, während Maxie in die dunkle Garderobe hineinschlüpfte, um ihr Haar noch einmal zu richten und ihr Make-up nachzubessern, ehe sie wieder auftreten mußte.

Eine Lippenstifthülse in der Hand, blickte sie in den Spiegel und mochte zuerst gar nicht glauben, was sie da sah. Ein kleiner, ungefähr neun Jahre alter Junge, dem die Tränen über das Gesicht liefen, stand dort unter der Tür.

Maxie drehte sich zu ihm um. »Was hast du denn?« Da sprach nicht nur Anteilnahme aus ihrer Stimme, sondern auch Angst. An einem Ort, der von Männern wie Doc bevölkert war, hatte man immer Angst.

»Jemand hat meinen Vater erschossen«, sagte das Kind leise.

Mit weit aufgerissenen Augen, ohne ein Wort zu sagen, stand Maxie vom Schminktisch auf, ging zu dem Kind und streckte ihm ihre Hand hin. Der Junge nahm sie und führte sie in Jubilees Büro.

Zuerst sah Maxie den Mann gar nicht, der da auf dem Boden lag, denn er war teilweise vom Schreibtisch und einer halboffenen Schranktür verdeckt. Es war Half Hand Joe – der Mann, der Doc überallhin zu folgen pflegte. Als Maxie ihn dort entdeckte und mit Entsetzen den Einschuß an seiner Schläfe sah – ein fast blutloses, sauberes Loch am Rand der Stirn, die bereits eine Reihe von Narben aufwies –, hielt sie ihn für tot. Aber dann begannen Joes Lider zu flattern.

Sich neben ihn knieend, nahm sie vorsichtig seinen Kopf in ihren Schoß.

»Joe«, flüsterte sie, ihm behutsam die Haare aus der Stirn streichend. Sie spürte, wie das Blut aus der Wunde an seinem Hinterkopf sickerte.

Joe öffnete die Augen und sah sie an. Dann ging sein Blick zu seinem Sohn, der bei seinen Füßen stand und lautlos vor sich hin weinte. Maxie hätte niemals daran gedacht, daß Joe Kinder haben könnte. Aber schließlich hatte sie nie viel Gedanken an Joe verschwendet und nur von ihm gewußt, daß er Docs Schatten war, nie etwas sagte und zufrieden zu sein schien, wenn er in der Nähe seines Meisters war.

»Sorge ... du ... für ihn ... für mich«, flüsterte Joe, seinen Sohn ansehend.

»Sei still«, sagte Maxie, »ich hole einen Arzt.«

»Nein!« Dann schloß Joe einen Moment die Augen, und sie glaubte schon, er wäre tot, als er sie ein paar Sekunden später abermals öffnete. »Hör zu ...«, flüsterte er, »muß es sagen ...«

»Ja«, gab Maxie im Flüsterton zurück und beugte sich zu ihm. Selbst sie wußte, daß man mit so einer Wunde keinen Arzt mehr brauchte.

»Doc brachte mich um.«

Diese Erklärung konnte Maxie nicht glauben; denn wenn es jemanden gab, für den Doc wirklich etwas übrig hatte, dann für diesen Mann. »Nein, das kann er unmöglich getan haben.«

Joe versuchte, seine verstümmelte Hand hochzuheben. »Wertlos für ihn. Schlechter Schütze. Dumm.«

Seinen Kopf haltend, spürte Maxie, wie sein warmes Blut in ihr Kleid sickerte. Aber sie konnte noch immer nicht glauben, was Joe da sagte.

Da begann er an seinem Jackenaufschlag herumzutasten, und Maxie begriff, daß er etwas aus einer Brusttasche haben wollte. Sie griff hinein und holte eine mit einem Reißverschluß versehene kleine Segeltuchtasche heraus, wie man sie von Banken für einen Geldtransport bekam.

»Ich wußte ...«, sagte Joe, »ich wußte, was kommen würde. Ich nahm ... Geld. Markiertes Geld. Nichts ... davon ausgeben.«

Den Beutel entgegennehmend, nickte sie. »Natürlich werde ich es nicht ausgeben.«

»Hilf meinem Jungen.« Einen Moment lang versuchte Joe, sich auf seine Ellenbogen zu stemmen, und seine Augen sahen sie so eindringlich an, daß sie fast zu lodern schienen. »Schwöre es.«

»Ja«, sagte Maxie, und sie spürte, wie ihr nun die Tränen über das Gesicht liefen. »Ich schwöre, daß ich für ihn sorgen werde.«

Joe legte sich wieder auf den Boden zurück. Er war mit seiner Kraft fast am Ende. »Doc weiß nichts ... vom Jungen. Junge ist ... Geheimnis. Geld ist ... Geheimnis.«

»Ich werde deine Geheimnisse bewahren«, versprach Maxie. »Alle.« Und in der nächsten Sekunde wußte sie, daß Joe tot war.

Behutsam legte sie seinen Kopf auf den Boden zurück, drehte sich zu dem kleinen Jungen um und hielt ihn einen Moment an sich gedrückt, während er heulte: »Ich möchte meinen Daddy haben.«

Ihr Instinkt sagte Maxie, daß sie keine Zeit hatte, den Jungen zu trösten. Doc hatte zu ihr gesagt, daß er heute nicht in den Klub kommen könnte, weil er woanders aufgehalten würde und erst um Mitternacht wieder nach Hause kommen würde. Deshalb hatten Mike und Maxie diesen Abend für ihre Flucht gewählt. Aber nun sträubten sich ihr die Haare im Nacken, weil sie spürte, daß heute abend etwas Entsetzliches passieren würde. Etwas hatte Doc veranlaßt, sie zu belügen und einen Mann zu töten, der sein Freund und Leibwächter gewesen war.

Abrupt löste sie sich von dem Kind und stand auf. Sie mußte sich um diesen Jungen kümmern, dann zu Mike gehen und mit ihm den Klub verlassen. Wenn Mike und sie aus der Stadt flüchten wollten, durften sie nicht mehr bis zu ihrem letzten Auftritt warten. Sie mußten den Klub *jetzt* verlassen.

Das Kind hinter sich herziehend, Joes Segeltuchtasche in der Hand, ging Maxie zurück zum Umkleideraum. Dort, unter einem Berg von Kleidern versteckt, befand sich ihre dicke kleine Tasche, in die sie alle Sachen gepackt hatte, die sie für die bevorstehende Reise brauchte, und in deren Boden ein daumenbreites Bündel Hundert-Dollar-Noten versteckt war – das ganze Geld, das sie in den Jahren, in denen sie als Kellnerin und Sängerin gearbeitet hatte, hatte zurücklegen können. Sie zögerte nun keine Sekunde, diesen Packen Geldscheine wieder aus ihrer Tasche zu nehmen. Dann wickelte sie ihn in eine von Lilas kunstseidenen Blusen ein, die über einer Stuhllehne hing.

»Wie ist deine Mutter?« fragte sie den Jungen, bemüht,

die in ihr aufsteigende Panik zu unterdrücken, was ihr jedoch nicht gelang.

Das Kind begriff nicht, was sie meinte. Seine Mutter war seine Mutter und sonst niemand.

Maxie faßte das Kind unter das Kinn – vielleicht ein bißchen fester, als sie das beabsichtigt hatte. »Sage mir die Wahrheit: Ist deine Mutter eine gute Mutter?« Maxie hatte zu viel Erfahrung mit schlechten Müttern, um einer Frau zu trauen, nur weil sie den fast heiligen Titel ›Mutter‹ trug.

Wieder verstand das Kind sie nicht.

Da fragte sie fast wütend: »Schlägt sie dich? Ist eure Wohnung sauber? Verbringen eine Menge Männer die Nacht mit ihr im Bett?«

Da fing der Junge wieder an zu weinen. »Sie schlägt mich nicht, macht immer sauber, und nur mein Daddy schläft in ihrem Bett.«

Da bekam Maxie ein schlechtes Gewissen und wollte den Jungen trösten, was sie, wie sie wußte, nicht konnte. Sie wußte, daß die Zeit immer knapper wurde, wenn sie und Mike noch lebend den Klub verlassen wollten.

Sie schob dem Kind das in die Bluse eingewickelte Geld in die Hand. Es war alles, was Mike und sie besaßen, und sie hatte keine Ahnung, wo sie beide nun die Mittel hernehmen sollten für die Reise und den Hausstand, den sie gründen wollten. Doch daran konnte sie jetzt nicht denken. Im Augenblick wußte sie nur, daß das Wichtigste auf dieser Welt war, mit Mike hier lebend herauszukommen.

»Bring das deiner Mutter«, befahl Maxie dem Kind. »Und sag ihr, daß sie New York verlassen soll. Lauf jetzt so schnell du kannst zu ihr. Sag ihr, daß sie noch *heute* New York verlassen muß.«

Nachdem er sie ein paarmal mit seinen rotgeweinten Augen angeblinzelt hatte, huschte der Junge aus der Garderobe und rannte durch den Hinterausgang aus dem Klub. Einen Moment lang – nur einen winzigen Augenblick lang – stand Maxie da und sah ihm nach, bis er in der Dunkelheit verschwunden war, ehe sie wieder in den Umkleideraum zurückging.

Aber sie betrat ihn nicht, weil Doc dort stand, und Doc hielt eine Pistole mit einer sehr großen Öffnung in der Hand. Ohne ein Wort zu sagen, gab er ihr damit das Zeichen, ihm in die Garderobe vorauszugehen.

Es wäre schwierig gewesen, Maxies Gefühle in diesem Moment zu beschreiben. Sie empfand kein Entsetzen, wie sie das zunächst erwartet hatte, nur eine dumpfe, schwere Leere in sich, weil sie wußte, daß ihr Leben nun zu Ende war. Ein Mann wie Doc würde sich niemals Hörner aufsetzen lassen, ohne den Übeltäter zu bestrafen, und sie hatte keinen Zweifel, daß er über sie und Michael Bescheid wußte. Vielleicht verdiente sie das auch, was er nun mit ihr vorhatte, denn sie war mit seinen Bedingungen einverstanden gewesen und hatte nun seine Gesetze gebrochen.

Schweigend ging sie vor ihm her in die Garderobe, und Doc sperrte die Tür hinter sich mit einem großen Schlüssel ab, von dessen Existenz sie gar nichts gewußt hatte. Sie wollte tapfer sein, wollte dem Tod mit erhobenem Kopf ins Auge sehen, drehte sich zu ihm um, dem grell beleuchteten Schminktisch den Rücken zuwendend, und sah zu, wie er sich ihr gegenüber auf einen Stuhl setzte.

»Wie hast du es herausgefunden?«

Mit einem kleinen Lächeln, das Maxie einen kalten Schauer über den Rücken jagte, zuckte er mit den Achseln. Er hatte offensichtlich nicht vor, sie darüber aufzuklären.

Er genießt das, dachte sie, ihn ansehend. Mein Gott, er weidet sich daran! Nichts im Leben bereitet ihm ein solches Vergnügen und einen solchen Nervenkitzel – kein Sex, kein Essen, keine Leute, die ihn lieben – als das: dieses Wissen, daß er jemanden töten wird, dieses Bewußtsein, die Gewalt über Tod und Leben eines anderen Menschen zu haben.

Da sie wußte, daß sie nun nichts mehr zu verlieren hatte, fragte sie: »Warum hast du Joe getötet?«

Wieder zuckte Doc nur mit den Achseln. »Er war zu ungeschickt, und er war mir nicht mehr nützlich.«

»Und ich bin dir auch nicht mehr nützlich?«

»Genau.«

Tief Luft holend, stützte sie, ihre Hände auf dem Rükken verschränkt, ihren Körper auf den Rand des Schminktisches. Sie fühlte, wie Joes Blut, mit dem sich ihr Kleid vorn vollgesogen hatte, zu trocknen begann. Der Stoff wurde ekelerregend steif.

»Du solltest das jetzt besser hinter dich bringen. Die Nummer der Mädchen ist fast zu Ende, und sie werden in wenigen Sekunden hier sein.«

Docs Lächeln wurde breiter. »Nein, das werden sie nicht.«

Es war, als würde Maxie plötzlich alles Blut aus den Adern gesogen, und ihr erster Gedanke war Michael. Sie wußte nicht, was Doc geplant hatte, aber sie wußte, daß dieser Plan auch ihn einschloß.

Ohne zu überlegen, was sie tat, warf sie sich plötzlich auf ihn. Er war klein und schmächtig, aber er war auch kräftig, und er schlug ihr so hart mit dem Handrücken ins Gesicht, daß sie auf den Boden stürzte.

Langsam, mit schmerzendem Mund setzte sie sich auf. Das Blut floß ihr aus den Mundwinkeln. Sie sah ihn an. »Töte mich«, flüsterte sie. »Jetzt.«

Immer noch lächelnd, gab Doc mit sanfter Stimme zurück. »Noch nicht. Du wirst heute nacht mehr als einmal sterben.« Zuerst dachte Maxie, er meinte damit, daß er sie vorher foltern würde, aber im nächsten Moment hörte sie bereits die ersten Salven der Maschinenpistolen und die Schreie der Getroffenen. Von Panik ergriffen, da sie zuerst nicht begriff, was das zu bedeuten hatte, rannte sie zur Garderobentür in der Absicht, zu Michael zu eilen, doch die Tür war abgeschlossen. Sie riß einen Moment am Türknauf, zog verzweifelt daran, und drehte sich dann zu Doc um. »Gib mir den Schlüssel!« schrie sie ihn an und konnte ihre Worte kaum verstehen in dem Geknatter der Maschinenpistolen, das vom Klubraum herüberkam, und das begleitet war von den Schreien der getroffenen Frauen und Männer. »Wenn du auch nur einen Funken Mitleid in dir hast, gibst du mir den Schlüssel.«

Aber Doc blieb mit einem kleinen rätselhaften Lächeln still auf seinem Stuhl sitzen und beobachtete sie fasziniert, als wäre er ein Wissenschaftler, der ein interessantes Exemplar einer seltenen Tiergattung studierte.

Das Geknatter der Maschinenpistolen schien nicht enden zu wollen, während sie mit den Fingernägeln die Tür bearbeitete und dann mit einem lauten Schluchzen, das aus der Tiefe ihres Bauches zu kommen schien, zu Boden glitt. Sie lehnte sich mit dem Rücken gegen die versperrte Tür, und während sie so dasaß, weinte und dachte, der Schmerz in ihr würde nie mehr heilen, sah sie etwas, das sie zuerst für eine Sinnestäuschung hielt. Rechts neben ihr stand Lilas große bauchige Tragetasche, die sie mit Kleidern, Schuhen und allem möglichen Krimskrams vollgestopft hatte, und an einer Ecke lugte der Perlmuttgriff einer kleinen Pistole hervor. Lila hatte einmal in der Garderobe damit geprahlt, daß sie einen eigenen Leibwächter habe, den sie ständig mit sich herumschleppe, und als die anderen Mädchen sie auslachen wollten, hatte ihnen Lila ihre kleine zweischüssige Derringer gezeigt.

Maxie überlegte nicht lange. Mit einer blitzschnellen Bewegung, die einer Kobra Ehre gemacht hätte, packte sie die Derringer, drehte sich, immer noch auf dem Boden sitzend, herum und drückte beide Läufe der Pistole ab. Vor Jahren hatte sie den Fehler gemacht, auf den Kopf eines Mannes zu zielen, doch diesmal richtete sie die Pistole auf dessen Bauch und feuerte die beiden Kugeln genau in dessen Mitte.

Sie war kein Arzt und konnte sich dessen nicht sicher sein, aber an der Weise, wie Docs Beine unter ihm wegknickten, meinte sie zu erkennen, daß sie sein Rückgrat getroffen hatte. Einen hohen spitzen Schrei ausstoßend, rutschte Doc vom Stuhl herunter, und seine 38er Pistole fiel ihm aus der Hand.

Maxie dachte nicht daran, Docs Pistole aufzuheben. Sie hatte nur einen Gedanken: Sie mußte so schnell wie möglich zu Michael. Die Schüsse hatten inzwischen aufgehört, aber sie hörte noch immer die Schreie und das Wimmern der Verletzten und Sterbenden.

Während Doc sie, am Boden liegend, mit vor Haß und Schmerz brennenden Augen ansah, durchsuchte sie seine Taschen, bis sie den Türschlüssel fand, ihn mit bebenden Händen ins Schloß steckte und die Tür öffnete.

Da hielt sie Docs Stimme noch einmal auf, als sie schon den Korridor hinunterlaufen wollte. »Bitte«, flüsterte er, »bitte, hilf mir.«

Einen Moment lang zögerte sie, als sich das Mitgefühl in ihr regte, doch dann rannte sie, sich nicht mehr umdrehend, den Gang zum Klubraum hinunter.

Sie war nicht auf das vorbereitet, was sie dort erwartete. Überall Blut – der ganze Klubraum schwamm in Blut. Sie sah Frauen und Männer mit abgetrennten Gliedmaßen, und Lila, die in einer Lache ihres eigenen Blutes lag, die eine Hälfte ihres Gesichts tadellos geschminkt, die andere weggeschossen. Sie sah noch drei von den Mädchen, alle tot, am Fuß der Bühne liegen.

Der Klubraum füllte sich bereits mit Sanitätern und Rettungsmannschaften, und Maxie wußte, daß sie nur so rasch hatten hier sein können, weil jemand sie schon vor dem Massaker alarmiert haben mußte. Docs Vorstellung von Barmherzigkeit, dachte sie verbittert.

Über Tote und Verletzte hinwegsteigend, nicht darauf achtend, daß ihre Schuhe förmlich am Boden klebten, suchte sie auf der Tanzfläche nach Mike – und als sie ihn sah, zog ein Mann in einem weißen Kittel ihm gerade ein mit Blut getränktes Laken über sein geliebtes Gesicht. Als sie zu ihm hinrannte, hielt der Mann im weißen Kittel sie an den Schultern fest.

»Er ist tot, und ich denke nicht, daß Sie sich ihn jetzt noch anschauen sollten. Sie haben ihm den ganzen Unterkörper weggeschossen.«

Sie schrie hysterisch, versuchte, sich von dem Mann im weißen Kittel loszureißen – versuchte mit allen Mitteln, zu ihrem geliebten Mike zu gelangen.

»Entweder Sie beruhigen sich jetzt, oder ich gebe Ihnen eine Spritze, die Sie ein paar Stunden außer Gefecht setzt«, sagte der Mann zu ihr. »Wir haben hier schon genug zu tun und können uns nicht noch um hysterische unverletzte Leute kümmern.«

Einen Moment hörte Maxie damit auf, sich gegen den Griff des Mannes zu wehren, und starrte ihn an. Unverletzt? dachte sie. Wie kam dieser Mann dazu, so etwas zu behaupten? Sie war alles andere als unverletzt.

»So ist es schon besser«, sagte der Mann, als sie ihn nicht mehr mit Ellenbogen und Beinen wegzustoßen versuchte. »Warum gehen Sie jetzt nicht einfach nach Hause?«

Von hier weggehen. Ja, das war es, was sie jetzt tun

sollte. Denn wenn sie hierblieb, würde sie keine achtundvierzig Stunden mehr zu leben haben. Dafür würden schon Docs Leute sorgen. Es ging ihr jetzt nicht mehr um ihr Leben, sondern nur noch um das Leben von Michaels Kind, das sie unter ihrem Herzen trug.

Sie kehrte den Menschen, die sich da auf dem Boden wanden und krümmten, den Rücken zu, bewegte sich wie ein Automat zwischen den Sterbenden und Toten wieder auf den Korridor zum Hinterausgang zu und kehrte in die Garderobe zurück. Ohne auch nur einen Blick auf Doc zu werfen, der noch an der gleichen Stelle auf dem Boden lag, obwohl sie seine Augen spüren konnte, die sie überallhin verfolgten, holte sie ihre Tasche unter dem Kleiderhaufen in der Ecke hervor und die Tasche, die ihr Half Hand Joe anvertraut hatte. Irgendwo in ihrem Inneren war da etwas, das ihr sagte, sie sollte nun Docs Pistole aufheben und ihn erschießen, aber das konnte sie nicht. Sie wollte ihn nicht von seinem Leiden erlösen, wie man das bei einem geliebten Haustier machen würde. Sie wollte, daß er am Leben blieb und litt, wie sie nun leiden würde.

Die Augen streng geradeaus gerichtet, ging sie aus der Garderobe und dann durch den Hinterausgang aus dem Klub.

36

1991

Samantha kam zu sich, als erwachte sie aus einer Hypnose, und mit einemmal war sie nicht mehr Maxie, sondern sie selbst. Und sie befand sich auch nicht mehr im Jahr 1928, sondern im Jahr 1991. Sie hatte angenommen, Mike würde jemandem die Rolle von Doc Barrett anvertrauen, aber das hatte er nicht getan, sondern dieser kleine, verschrumpelte Mann mit dem kleinen wisssenden Lächeln auf dem Gesicht, der da vor ihr im Rollstuhl saß, war Doc selbst. Und alles, was seither passiert war, hatte noch immer Bestand. Daran hatte sich in der Zwischenzeit nichts geändert.

In der Nacht des 12. Mai 1928 hatte Maxie auf Doc geschossen, seine Wirbelsäule getroffen. Doch es war Doc gelungen, zwei Jahre lang die Tatsache zu verheimlichen, daß er ein querschnittsgelähmter Krüppel war, ehe er der Welt erzählte, er sei bei einem Autounfall verletzt worden. Maxie hatte ihn zum Krüppel gemacht und ihm das Geld weggenommen, das Half Hand, auf seine Anordnung hin, Scalpini gestohlen hatte. Doc, bereits von einem brennenden Haß auf sie erfüllt, weil sie es gewagt hatte, sich einen Liebhaber zu nehmen, machte es nun zu seiner Lebensaufgabe, sie aufzuspüren und töten zu lassen – und jeden, der etwas über sie wußte. Als er 1964 ein Foto von Maxie und ihrer Enkelin sah – von einer offensichtlich zufriedenen und glücklichen Maxie –, hätte er vor Wut fast einen Tobsuchtsanfall bekommen. Und deshalb hatte er den Fehler gemacht, sie anzurufen und ihr ihren Tod anzukündigen. Aber als der Killer, den er beauftragt hatte, sie umzubringen, in Louisville eintraf, hatte sie die Stadt bereits verlassen.

Und 1975, als seine Macht bereits im Schwinden begriffen war, hatte er noch einmal einen Mann nach Louisville geschickt, der herausfinden sollte, ob Maxies Familie etwas wußte von Half Hands verschwundenem Geld – dem Geld, das *ihm* gehörte.

Nun, wo ihr das alles bekannt war, befand sich Samantha dem Mann gegenüber, der dies alles auf seinem Gewissen hatte – und sie hielt eine Pistole in der Hand. Auf diese kurze Entfernung würde sie diesen Mann – ob die Waffe nun mit Platzpatronen oder scharfer Munition geladen war – unweigerlich töten, wenn sie abdrückte. Und hatte sie zuerst nur einen alten, gehunfähigen Mann in ihm gesehen, so sah sie nun den Verbrecher vor sich, der mit Maschinenpistolen unschuldige Frauen und Männer niedermähen ließ, nur um an einen einzigen Mann heranzukommen – ihn dafür zu ›erledigen‹, weil er es gewagt hatte, ›sein‹ Mädchen zu schwängern. Sie sah vor sich den Verbrecher, der, um die Kontrolle über den illegalen Handel mit Whisky in seine Hand zu bekommen, seine eigenen Männer hatte niederschießen lassen und die Schuld an diesen Morden einem anderen Gangsterboß in die Schuhe schob.

»Sie haben Half Hand getötet, der Sie mehr liebte als sein eigenes Leben«, flüsterte Samantha. »Sie haben jeden ermordet, der versuchte, Ihnen ein echtes Gefühl entgegenzubringen. War es das wert gewesen? Nun sitzen Sie vor mir, ein ungeliebter alter Mann, allein und einsam, und es gibt keinen Menschen auf der Welt, der Sie bedauern oder um Sie trauern würde. Sie haben sich mit Ihrer Habsucht selbst zum Krüppel gemacht. So viel Leid und Schmerzen des Geldes wegen – hat sich das gelohnt?«

Da lachte er, als wäre sie ein dummes, einfältiges Kind. »Wie naiv Sie doch sind! Sie glauben, jeder wäre so wie Sie. Ja, das ist es wert gewesen. Ich habe mich in meinem

Leben nicht eine Sekunde gelangweilt. Ich habe mir alles genommen, was ich haben wollte. Ich bin in jedem Spiel, das ich anfing, Sieger geblieben. Mehr kann das Leben einem Menschen nicht bieten. Ich habe gewonnen.«

»Meine Mutter . . .«, flüsterte sie.

»Sie war ein Nichts. Half Hand war ein Nichts. Maxie war ein Nichts – obwohl es ihr fast gelungen wäre, mich zu besiegen. Man hatte mich zwar davon informiert, daß sie sich einen Liebhaber genommen hatte - aber ich hatte nicht gewußt, daß der sie auch geschwängert hatte. Das erfuhr ich erst von diesem Muskelprotz, Ihrem Freund. Ich wußte, daß Sie nicht mit mir verwandt sein konnten. Ich hätte Sie niemals im meinem Haus empfangen, wenn es nicht um dieses Geld gegangen wäre.«

Es war nicht einfach für Samantha, seine Logik nachzuvollziehen. Vielleicht hatte er recht. Vielleicht glaubte sie wirklich, daß jeder so wäre wie sie. Sie hatte immer geglaubt, daß sich jeder Mensch auf dieser Welt wie sie nach Freundschaft und Liebe sehnte. Aber wenn das so wäre, gäbe es keine solchen Menschen auf der Welt, wie dieser Mann da vor ihr einer war.

»Ich hasse Sie«, flüsterte Samantha.

Er lächelte. Es war ein spöttisches, überlegenes, selbstgefälliges Lächeln, als könnte er jeden Gedanken in ihrem Kopf lesen wie in einem aufgeschlagenen Buch. In diesem Moment wußte sie, daß sie diesen Mann töten wollte. Doch sie bemühte sich, sich nicht verblenden zu lassen von ihrem Haß, sondern einen klaren Blick zu behalten für diesen Menschen, der da vor ihr saß. Und da sah sie wieder einen alten, gebrechlichen und – schlimmer noch – armen Mann im Rollstuhl. Mike hatte ihr gesagt, seine Nachforschungen hätten ergeben, daß Doc keinen Penny mehr besaß – daß der Aufwand, den er treiben mußte, um sein eigenes Leben zu schützen, sein Vermögen aufgezehrt hatte. Wer würde sich nun um ihn kümmern, wenn er kein Geld mehr hatte, um einen Pfleger bezahlen zu können? Würde er den Rest seines Lebens in einem Altersheim verbringen, wo er sich streng an die Hausordnung halten, um neun Uhr das Licht ausschalten mußte und von Schwestern herumkommandiert wurde, die ihn Tony nannten?

Ihn noch einmal ansehend, wußte sie, daß er mit der Genugtuung, die letzte Runde dieses Spiels gewonnen zu haben, von dieser Welt Abschied nehmen und zur Hölle fahren würde, wenn sie ihn jetzt erschoß. Denn er würde dafür gesorgt haben, daß sie viele Jahre im Gefängnis verbringen mußte, weil sie einen Mörder getötet hatte.

Sie drehte die Hand ein wenig nach rechts und schoß das Magazin leer – schoß sechsmal in die Wand hinter ihm.

*

Das nächste, was ihr dann wieder zu Bewußtsein kam, war Mike, der sich über sie beugte und ihr ein mit Kognak gefülltes Glas an die Lippen hielt. »Trink das«, befahl er, und sie gehorchte. Aber er mußte das Glas festhalten, denn sie konnte das nicht selbst tun. Ihre Hände zitterten zu sehr.

»Wie . . .?« fragte sie und mußte erneut ansetzen, weil ihr die Stimme versagte. »Wie hat Michael Ransome dieses Massaker überlebt?«

12. Mai 1928

Als der Sanitäter den Körper von Michael Ransome sah, bestand für ihn kein Zweifel, daß dieser Mann tot war. Niemand konnte so viel Blut verlieren und noch am Leben sein. Da waren mindestens zwanzig Einschüsse an seinem Unterkörper, und seine Beine sahen aus wie Hackfleisch.

Aber als sich der Sanitäter über diesen Mann beugte, schlug der die Augen auf, und der Sanitäter schrie sofort: »He, dieser da ist noch . . .«

Aber mit dem bißchen Kraft, das Michael noch geblieben war, faßte er nach dem Arm des Sanitäters und sagte: »Wenn Sie Erbarmen mit mir haben, lassen Sie es die anderen nicht wissen, daß ich noch lebe.«

Der Sanitäter war überzeugt, daß der Mann einen Schock erlitten hatte und nicht wußte, was er sagte. »Sie verbluten doch. Sie können unmöglich . . .«

»Wenn die wissen, daß ich noch lebe, werde ich noch mehr Blut verlieren.«

In diesem Moment kam ein Mann auf sie zu, ein großer, bulliger Typ mit einer Ausbuchtung unter der Achsel, die nur eine Waffe sein konnte, die er unter der Jacke trug. Er sah auf Mikes verstümmelten Körper hinunter. »Wie geht es ihm?«

Der Sanitäter wußte, daß hier ein Bandenmord stattgefunden hatte, aber diesmal waren auch eine Reihe von Frauen, waren alle Mädchen vom Ballett und Chor erschossen worden. Ein unverletzter, der alles mitangesehen hatte, hatte gesagt, die Frauen wären die ersten gewesen, die von den Gangstern niedergemäht worden waren, so als hätte man den Männern mit den Maschinenpistolen den Auftrag gegeben, diese als erste zu töten oder als hätten sie einen Zorn auf diese Mädchen gehabt. Der Mann hatte auch ausgesagt, daß drei Gangster gleichzeitig auf diesen Mann unter dem blutigen Laken geschossen hätten, der eigentlich hätte tot sein müssen, es aber nicht war, und aus irgendeinem seltsamen Grund hatten sie auch nicht auf seine Brust, sondern nur auf seinen Unterkörper gezielt.

Der Sanitäter zog das Laken über Michaels Gesicht. »Er ist tot.«

Da nickte der große bullige Mann und ging mit einem Gesicht davon, als wäre er sehr zufrieden mit der Auskunft, die ihm der Sanitäter gegeben hatte.

Als der Mann aus dem Saal gegangen war, beugte sich der Sanitäter wieder über Mike und flüsterte. »Ich werde tun, was ich kann, damit keiner erfährt, daß Sie noch am Leben sind.« Später tat es ihm zwar leid, daß er dieser Frau sagen mußte, Mike wäre tot, aber wenn er ihr die Wahrheit erzählt hätte, würde sie dieses Geheimnis preisgegeben haben. Sobald der Sanitäter eine Gelegenheit dazu fand, ging er hinter die Bühne und suchte dort nach ihr, aber er konnte sie nirgends finden. In einem Raum, der offensichtlich von den Frauen als Garderobe benutzt wurde, sah er eine Blutlache, aber keine Leiche.

Der Sanitäter mußte dann solange warten, bis alle Verletzten, die offiziell noch am Leben waren, weggeschafft worden waren, ehe er den Mann, der unter dem Laken lag, ins Krankenhaus bringen konnte. Dort wurde er in der Notaufnahme vom Arzt angeschrien, wie er dazu käme, einen Verblutenden bis zuletzt aufzuheben, und daß es nun keinen Sinn mehr habe, diesen Mann zusammenzuflicken, weil hier sowieso jede Hilfe zu spät käme und draußen Verletzte warteten, die ihn nötiger brauchten als der da. Aber der Sanitäter hatte ihn fast auf den Knien angefleht, und da hatte der Arzt mit einem Seufzer Mike in den Operationssaal geschickt.

Zwei Tage später war es wieder dieser Sanitäter, der in Mikes Zimmer kam und ihm sagte, er müsse von hier verschwinden. »Da sind ein paar Männer, die überall herumfragen, und ich glaube, die suchen Sie.«

Und Mike, der von den Schmerzen und den vielen Medikamenten, die er bekommen hatte, ganz benommen war, bat den Sanitäter, ihn zu einem Telefon zu bringen, weil er jemanden anrufen müsse.

Und Mike rief seinen Freund aus dem Krieg an, Frank Taggert – einen Mann, dem er das Leben gerettet und der später im Lazarett zu ihm gesagt hatte, er bräuchte ihn nur zu verständigen, wenn er einmal etwas für ihn tun könnte.

Nun bat Mike seinen Freund um Hilfe.

In der nächsten Stunde traf eine ganze Kolonne von Polizeiwagen im Krankenhaus ein und transportierte Mike unter Geleitschutz zu einem ihn bereits erwartenden Flugzeug, das ihn nach Chandler in Colorado brachte, in das Heim seines Freundes, wo er die beste medizinische Pflege erhielt. Und als er einigermaßen wieder hergestellt war, wurde die Familie seines Freundes zu seiner Familie.

In all den Jahren danach mußte Mike oft daran denken, was denn wohl aus Maxie geworden war, aber er wagte nicht, nach ihr zu suchen – aus Angst, Doc könnte einen von ihnen beiden entdecken. Mike hoffte nur, daß Maxie und ihr Kind irgendwo in Sicherheit waren, doch erst 1964, als er ihr Bild in der Zeitung sah, wußte er, daß die Frau, die er liebte, nicht nur überlebt hatte, sondern sogar glücklich war, wie er auf dem Foto sehen konnte, und ihre hübsche kleine Enkelin auf dem Arm hielt. *Unsere* Enkelin, dachte Mike, froh, daß er etwas von sich auf dieser Welt hinterlassen würde. Und nachdem er dieses Pressefoto in der Zeitung gesehen hatte, begann er an einem Buch zu arbeiten, das den Titel »Der Chirurg«, bekommen sollte.

»Ich denke, ihr solltet jetzt besser mitkommen«, sagte Blair leise zu Mike. Und ihre Augen sagten ihm noch, was sie nicht aussprechen wollte.

»Sammy«, sagte Mike behutsam.

Samantha brauchte ihn nur anzusehen, um Bescheid zu wissen. »Ich bin nicht zerbrechlich«, sagte sie, stand auf und zog Maxies rotes Kleid glatt. An der Vorderseite klebte Blut, aber es war kein echtes Blut, sondern dieses Kinoblut auf Glycerin-Basis, das immer frisch und rot aussieht. H. H. Walden hatte die Rolle von Half Hand gespielt. Sein Vater war der kleine Junge gewesen, der sich im Schrank versteckt und mitangesehen hatte, wie Doc seinen Vater umbrachte. Es war Maxie gewesen, die für H. H. 's Ausbildung und die seiner Halbgeschwister aufgekommen war, nachdem sie die Adresse seiner Familie ausfindig machen konnte. Und sie hatte lange Jahre dafür gesorgt, daß die Familie nicht hungern mußte.

»Meine Großmutter liegt im Sterben, nicht wahr?« fragte Samantha, zwischen Blair und Mike hin und her sehend.

»Ja«, sagte Blair. Sie wollte Samantha nicht die Wahrheit verschweigen.

»Weiß sie es?«

»Ja. Sie hat nach euch beiden gefragt. Ihr sollt zu ihr kommen. Sie möchte mit euch reden.«

»Ja«, sagte Samantha. »Ich muß die Wahrheit über Großvater Cal erfahren.« Es schien plötzlich wichtig für sie zu sein, zu wissen, ob der Mann, der sie so sehr geliebt hatte, auch von ihr geliebt worden war, oder ob Maxie nur Michael Ransome geliebt hatte.

Samantha mußte sich nicht erst zu einem Lächeln zwingen, als sie ihre Großmutter in diesen hübschen pinkfarbenen Laken sah. Blair hatte sie schon am Vormittag in Jubilees Klub gebracht, so daß sie alles mitverfolgen konnte. Aber nachdem Samantha als Maxie den Klub durch den Bühneneingang verlassen hatte, hatte Blair ihre Patientin in ein eigenes Zimmer gebracht – in das Zimmer, das einmal Michael Ransomes Garderobe gewesen war.

Wie immer, stieg Samantha zu ihrer Gromutter aufs Bett, aber nun war Maxie zu schwach dazu, sie so an sich zu drücken, wie das ihre Enkelin jetzt mit ihr tat.

»Erzähl mir, was geschehen ist«, sagte Samantha leise, ihrer Großmutter sacht das Haar aus der Stirn streichend. Schon spürte sie, wie der Körper ihrer Großmutter kälter wurde. Sie und Mike mußten sich über das Bett beugen, um Maxies Worte verstehen zu können.

»Ich verließ den Klub«, flüsterte Maxie – es war schon fast ein Röcheln. »Ich hatte kein Gepäck – nur die Sachen, die ich auf dem Leib trug, meine kleine Henkeltasche und die Segeltuchtasche, die Joe mir anvertraut hatte. Ich ging zum Bahnhof und kaufte mir mit dem Geld, das mir noch geblieben war, eine Fahrkarte. Ich konnte mir damit nur eine Fahrkarte bis Louisville in Kentucky kaufen für weiter reichte es nicht. Als ich in Louisville ausstieg, setzte ich mich im Bahnhof auf eine Bank. Ich war hungrig – ich hatte seit zwei Tagen nichts mehr gegessen –, und der Mann, den ich liebte, war tot. Ich hatte einen anderen Mann schwer, wenn nicht gar tödlich verletzt, der dafür an mir Rache nehmen würde. Ich war im dritten Monat schwanger, und ich hatte keine Unterkunft, keine Bleibe – nichts. Alles, was ich zu haben glaubte, waren zehntausend Dollar in einer Tasche aus Segeltuch – markiertes Geld, das mich mein Leben kosten würde, wenn ich auch nur einen Schein davon ausgab. Und ein paar Juwelen, die man bis zu meinem gegenwärtigen Aufenthaltsort zurückverfolgen konnte, wenn ich sie verpfändete.«

Während Maxie Luft holte, warteten Sam und Mike darauf, daß sie ihren Bericht fortsetzte; denn sie spürten, daß Maxie nicht eher sterben konnte, bis sie ihnen alles erzählt hatte.

»Es war in Louisville, wo ich dann, als ich in der Damentoilette das Blut auf meinem Kleid herauszuwaschen versuchte, in die Segeltuchtasche schaute und auf ihrem Boden einen kleinen Lederbeutel entdeckte. Der Beutel war mit großkarätigen Diamanten gefüllt – mit Diamanten im Wert von drei Millionen Dollar, und das war exakt die Summe, die Doc von Scalpini erbeutet hatte. Half Hand mußte die Banknoten in Diamanten umgetauscht haben, weil sich die Beute so leichter transportieren ließ. Als ich die Steine sah, wurde mir klar, daß mein Leben keinen Cent mehr wert war, wenn Doc oder seine Männer mich fanden. Ich kehrte daraufhin wieder in den Warteraum zurück und überlegte, ob ich meinem Leben nicht freiwillig ein Ende setzen sollte.«

Da huschte ein Lächeln über Maxies Gesicht. »Neben mir saß ein junger Mann und sagte: ›Sie sehen genauso aus, wie ich mich fühle. Möchten Sie nicht etwas essen und mit mir darüber reden?‹ Ich blickte in seine freundlichen braunen Augen und sagte ›Ja‹ Und so lernte ich Calvin Elliot kennen.

Er nahm mich mit in ein Café, wo wir Kaffee tranken, etwas aßen und wo ich ihm alles erzählte. Er hörte mir zu, ohne mich ein einziges Mal zu unterbrechen oder mich abschätzend anzusehen. Als ich mit meiner Geschichte zu Ende war, erzählte er mir von sich. Er war soeben aus der Armee entlassen worden, vor zwei Jahren waren seine Eltern an Herzversagen gestorben, und vor vier Monaten war das Mädchen, das er schon seit seiner Schulzeit liebte, mit einem Mann durchgebrannt, den sie erst sechs Tage vorher kennengelernt hatte. Und vor drei Tagen hatte ihm ein Militärarzt gesagt, daß er infolge von Mumps – er hatte sich vor zwei Jahren beim Militär angesteckt – steril geworden sei.«

Einen Moment lang mußte Maxie wieder nach Atem ringen, während Samantha den Impuls unterdrückte, sie zu bitten, jetzt still zu sein und sich auszuruhen; denn sie wußten beide, daß auch die längste Ruhepause Maxies Leben nicht mehr retten konnte.

Als sie fortfuhr, war ihre Stimme nur noch ein Hauch: »Cal und ich saßen dann da, und wir wußten beide nicht, was wir noch reden sollten, als Cal plötzlich sagte, daß wir heiraten sollten. Er meinte, das ergäbe einen Sinn, weil er keine eigenen Kinder haben könnte, und es eine Schande wäre, wenn mein Kind ohne Vater aufwachsen müßte. Er sagte, wir würden uns jetzt zwar nicht lieben und vielleicht würden wir das nie, aber wir würden das Kind lieben, und das wäre genug.«

»Und du hast ja gesagt«, flüsterte Samantha, Maxies nun rasch schwächer werdenden Körper stützend.

»Nicht sofort. Ich sagte ihm, wie gefährlich das für ihn wäre, wenn Docs Männer mich finden würden. Aber Cal sagte, wir würden eine neue Identität für mich erschaffen, und dann würden sie mich niemals finden. Ich versuchte ihm das auszureden. Ich sagte, daß nichts für ihn dabei zu gewinnen sei, aber Cal lachte und sagte, ich hätte wohl schon lange nicht mehr in einen Spiegel geschaut.«

»Und so hast du ihn geheiratet.«

»Drei Tage später«, sagte Maxie, die Augen einen Moment schließend. »Und Doc fand mich nicht, bis er dieses Foto in der Zeitung sah. Und deshalb ging ich fort, aber nicht einmal das konnte deine Mutter vor Doc retten.«

»Und du hast ihn geliebt«, Samanthas Stimme war ein wenig laut, als ob die geschlossenen Augen ihre Großmutter sie erschreckt hatten. Sie wollte zu Gott beten, daß er sie ihr nicht fortnehmen sollte, aber Samantha war nicht so selbstsüchtig. Maxie hatte nie ein Wort darüber verloren, doch Sam wußte, daß sie ständig unter Schmerzen gelitten hatte, die von Tag zu Tag größer wurden. Der Arzt hatte Mike erzählt, daß Maxie, seit sie ihre Enkelin wiedergefunden hatte, keine Schmerztabletten mehr hätte nehmen wollen, weil sie nicht betäubt sein wollte, sondern jede Sekunde, die sie mit ihrer Enkelin noch zusammensein konnte, bei klarem Verstand erleben wollte.

»Ja«, sagte Maxie, und ihre Lider öffneten sich noch einmal. »Cal zu lieben, war leicht. Er war nicht so aufregend wie Michael, und kein Mann der Überraschungen, aber er war immer da, wenn ich ihn brauchte.«

Sie sah ihre Enkelin mit Augen voller Liebe an. »Cal hat mich immer geliebt.«

Und so ist Maxie gestorben – mit Augen voller Liebe.

37

»Ich mache mir ihretwegen Sorgen«, sagte Blair zu Kane. Sie waren wieder in Mikes Haus, saßen sich auf Hockern an der kleinen Frühstückstheke in Mikes Küche gegenüber und lauschten den Geräuschen, die aus Samanthas Wohnung zu ihnen herunterdrangen. Sie hörten Samantha weinen – so jammervoll weinen, wie das Blair bisher noch bei keinem Menschen erlebt hatte –, und das nun schon, was Blair für viel bedenklicher hielt, seit mehreren Stunden. Maxie war gegen zwei Uhr morgens gestorben. Danach hatte Mike Samantha auf seinen Armen aus Maxies Sterbezimmer getragen und in sein Haus zurückgebracht, während Blair und Kane den beiden in einem anderen Wagen gefolgt waren. Mikes Eltern hatten sich der Zwillinge von Kane angenommen und verbrachten mit ihnen die Nacht in Blairs Apartment.

Mike hatte, sobald sie das Haus erreicht hatten, Samantha in ihre Wohnung hinaufgebracht. Und hinter der Tür von Sams Apartments hatten Blair und Kane Mike brüllen hören: »Weine! Weine, verdammt noch mal! Hat deine Großmutter es denn nicht verdient, daß du ihr wenigstens ein paar von deinen kostbaren Tränen opferst?«

»Da hört sich doch alles auf!« Blair war empört, entsetzt über das, was sie Mike soeben oben hatten sagen hören. Wie konnte er es wagen, jemanden, der so viel durchgemacht hatte wie Samantha, derart grob zu behandeln?

Aber Kane hatte sie am Arm festgehalten, als sie die Treppe hinaufeilen wollte, und sie dann nur stumm angesehen, als wollte er sie vor übereilten Schritten warnen. Als Kinder waren Mike und Kane mehr gewesen als nur eineiige Zwillingsgeschwister – sie waren gleichsam Klone gewesen, als wären sie auch in ihren Empfindungen und Gedanken identisch –, und sie bezweifelte, daß einer der beiden jemals etwas vor dem andern geheimhalten wollte oder konnte. Und Blair las nun in Kanes Augen, daß dort oben Dinge vor sich gingen, die ihr unbegreiflich waren, während er sie verstand und daß er sie nun bat, seinem Zwillingsbruder zu vertrauen.

Es fielen noch mehr von solchen barschen, harten Worten, mit denen Mike Samantha zusetzte. Und plötzlich begann Samantha zu weinen – so herzzerreißend zu schluchzen, daß es im ganzen Haus widerhallte.

Und Blair und Kane saßen sich im Erdgeschoß an der kleinen Frühstückstheke gegenüber und sprachen kein Wort. Was hätten sie schon zu diesem Kummer und dieser Verzweiflung sagen sollen, die sich Samantha dort oben offenbar von der Seele weinte?

Doch nachdem das zwei Stunden angedauert hatte,

sagte Blair, sie könne das nicht länger ertragen, öffnete ihre Arzttasche und holte eine Injektionsnadel heraus. »Ich werde ihr eine Spritze geben, damit sie zur Ruhe kommt«, sagte Blair.

Doch wieder legte ihr Kane die Hand auf den Arm. »Samantha muß die Tränen vieler Jahre vergießen, all die Tränen, die sich in ihr aufgestaut haben«, war seine geheimnisvolle Antwort, als sie ihn fragend ansah.

Widerstrebend legte Blair ihre Spritze wieder beiseite und füllte statt dessen einen Glaskrug mit Wasser. »Sie wird aber noch austrocknen, wenn sie so weitermacht«, sagte sie und ging mit dem Krug nach oben. Als sie zurückkam, blickte Kane sie fragend an.

»Mike hält sie in seinen Armen, und sie weint noch immer, als würde sie nie mehr aufhören.« Blair goß sich eine Tasse Kaffee aus der Wärmehaltekanne ein, und setzte sich damit wieder an die Frühstückstheke.

Als sie dann zum erstenmal Samanthas laute, zornige Stimme hörten, sprangen sie beide von ihren Hockern auf und schauten sich entgeistert an. So laut und so ausgiebig wie jetzt Samantha, hatte Kane noch niemanden fluchen hören, und er lauschte ihr geradezu andächtig.

Als dann oben der erste Teller gegen eine Wand flog, sprang Blair von ihrem Hocker herunter, um die Treppe hinaufzueilen und diesem Unsinn ein Ende zu bereiten, doch Kane wußte das zum drittenmal zu verhindern.

Eine gute Stunde hielt nun dieses Fluchen, Schimpfen und Zerbersten von Tellern an, wozu sich nach einiger Zeit noch ein weiteres Geräusch gesellte, das sich wie splitterndes Holz anhörte, und von lauten, empört hervorgestoßenen Worten wie *Vater, Richard, Sex* und *Doc* und *Half Hand* begleitet wurde.

Gerade, als Blair sich nicht mehr von Kane davon abhalten lassen wollte, nun doch die Treppe hinaufzustürmen, weil Samantha wohl nie mehr mit dieser Toberei aufhören würde und dringend eine Beruhigungsspritze benötigte, wurde es plötzlich und ohne jede Überleitung still über ihnen, so daß Blair und Kane sich wieder gegenseitig ansahen, sich fragend, was wohl jetzt da oben Schreckliches passiert sein mochte.

Ungefähr zehn Minuten später kam Mike die Treppe herunter, und Blair hatte ihn noch nie in einem so mitgenommenen und erschöpften Zustand gesehen. Aber trotz der dunklen Augenringe schien er irgendwie erleichtert, als sei ihm ein großer Stein vom Herzen gefallen, während er auf dem Hocker Platz nahm, den Kane für ihn freigemacht hatte. »Jetzt wird alles gut werden. Sie schläft jetzt«, sagte er, während Kane ihm die Hand auf die Schulter legte.

Als Mike die Skepsis in Blairs Gesicht sah, nahm er ihre Hand und drückte sie. »Glaube mir, sie ist jetzt okay. Bitte gieß mir jetzt ein großes Glas Brandy und ein großes Glas Milch für Sam ein, ja? Ich werde sie wieder wecken und ihr etwas sagen.«

Die beiden Zwillingsbrüder sahen sich verständnisinnig an. Es bedurfte keiner Worte, mit denen Mike seinem Bruder erst erklären mußte, was er denn Samantha mitteilen wollte.

Mit dem Brandy und der Milch auf einem Tablett, ging Mike wieder hinauf zu Sam, die erschöpft auf ihrem Bett lag. Die Küche glich einem Schlachtfeld, und im Wohnzimmer hatte Samantha viele Sachen zerschlagen, die einst ihr Vater angeschafft hatte. Endlich war es ihr gelungen, ihre Wut herauszuschreien – ihm zu zeigen, wie empört sie darüber war, daß er sie nach dem Tod ihrer Mutter im Stich gelassen und später praktisch dazu gezwungen hatte, so einen Mann wie Richard zu heiraten.

Mike stellte das Tablett mit den Gläsern auf den

Nachttisch, weckte sie auf, nahm sie in seine Arme und sagte ihr, daß Menschen sterben und Menschen geboren werden und dies der ganze Sinn des Lebens sei.

»Mike«, sagte Samantha müde, »wovon redest du überhaupt?«

»Von Babys«, erwiderte er. »Von neuem Leben, das altes ersetzt.« Als sie ihn immer noch verwirrt anblickte, legte er seine Hände auf ihren Bauch. »Du trägst ein neues Leben in dir – ein Leben, das dir Maxie und deine Mutter und deinen Vater und deinen Großvater Cal ersetzen wird.«

Samantha war so müde, daß sie ihn kaum verstehen konnte, aber als sie begriff, was er gesagt hatte, legte sie ihre Hände über die seinen auf ihren Bauch. »Glaubst du das wirklich?« fragte sie, darum bemüht, ruhig und beherrscht zu sein.

»Ich bin mir dessen sicher.« Mike ließ sich von ihrer scheinbaren Ruhe nicht täuschen, denn er spürte an seinem Arm, wie heftig ihr Herz pochte. »In meiner Familie habe ich reichlich Erfahrung mit dieser Morgenübelkeit sammeln können, die Frauen befällt, wenn sie ein Baby bekommen. Ich habe meinen schwangeren Schwestern, Kusinen, Tanten und sogar meiner Mutter den Kopf über das Becken gehalten, als sie mit Jilly schwanger war. Samantha, mein Schatz, du hast nun schon fast eine Woche lang morgens dein Abendessen in die Kloschüssel gespuckt.«

Sie streichelte seine Hände, die auf ihrem Bauch lagen. »Meinst du, ich könnte Zwillinge bekommen?«

Mike küßte sie aufs Ohr. »Kane machte seiner Frau schon beim erstenmal, als sie miteinander schliefen, Zwillinge, und ich will mich doch nicht vor meinem Zwillingsbruder verstecken müssen, oder? Und deshalb bin ich mir auch ziemlich sicher, daß du Zwillinge bekommen wirst.

Also trink deine Milch und halt mir meine Kinder gesund«, sagte er, ihr das Glas Milch reichend.

»Michael, ich lieb . . .«

Er legte ihr rasch den Finger auf die Lippen. »Ich weiß.« Er wollte diese Worte nicht hören – diese Worte, die in jedem Buch standen, die man täglich – mal im Radio hören konnte und im Fernsehen oder überall, wohin man auch blickte, bis dieser Satz zu einem Gemeinplatz geworden war – bedeutungslos.

»Nebenbei bemerkt«, sagte er dann munter, »hast du etwa vor, meine Kinder als Bastarde zur Welt zu bringen?«

Lächelnd schloß sie einen Moment die Augen. »Mike, kann ich eine große Hochzeit haben – eine wirklich große, *ganz* große Hochzeit?«

Mike war froh, daß sie die Augen geschlossen hatte und deshalb nicht sehen konnte, was für eine Grimasse er schnitt. »Eine von diesen Hochzeiten, wo viel gebetet und gepredigt wird und der Pfarrer sagt, daß er nun die Liebe dieser netten jungen Leute mit dem Ehebund segnen und ihre Hände zusammenfügen wird?«

Samantha öffnete die Augen und machte ein genauso entsetztes Gesicht wie er. »Du liebe Güte, nein! Ich möchte eine von diesen Cajun-Bands haben und mexikanische Gitarren, Enchiladas, gefüllte Krebse und Tequila, und ich möchte drei Tage lang durchtanzen. Ich möchte die Leute lachen und jauchzen hören und möchte . . . daß neun Monate später viele Kinder zur Welt kommen.«

Mike blickte mit leuchtenden Augen auf sie hinunter. »Als ich dich zum erstenmal sah, wußte ich schon, daß ich dich liebe - ich wußte nur nicht, wie sehr.«

»Mike«, sagte sie, als er ihr den Milchbart von der Oberlippe wegküßte. »Wie lange können wir – na, du weißt schon –, ehe es den Babys schadet?«

»Wir können es auch noch im Kreißsaal machen«, erwiderte er ernsthaft, während er mit der Hand an ihrem Bein entlangfuhr.

»Ist das wahr?« erwiderte Samantha, die Einfältige spielend.

Er legte sich neben sie aufs Bett. »Glaub mir, ich kenne mich in solchen Dingen aus.«

»Würde das nicht den – äh – Arzt in Verlegenheit bringen?«

Er schob sich nun über sie und streichelte ihre Hüften. »Nein, denn der Arzt wird einer von unseren Verwandten sein, der mit den Gepflogenheiten meiner Familie vertraut ist.«

»*Unserer* Familie, denn ich werde sie adoptieren.«

»Natürlich, mein Schatz, was immer du sagst.« Er fummelte an ihrem Rock. »Wo ist denn dieser verdammte Knopf an diesem Ding. Ah«, sagte er dann, als er das Geräusch von zerreißendem Stoff hörte. »Da ist ja dein Knopf.«

Epilog

Samantha folgte Mike aus dem Aufzug, ihren Bauch vorwölbend, der sie wie ein Schlepper an einer Trosse hinter sich herzog. Die Tests an diesem Morgen hatten ergeben, daß Samantha in der Tat Zwillinge unter dem Herzen trug, und während sie wie betäubt dagesessen hatte, während ihr die Freudentränen über das Gesicht liefen, hatte Blair Mike einen Vortrag gehalten, wie die Ernährung einer Frau in der Schwangerschaft aussehen müsse.

Danach kauften sie bei F. A. O. Schwarz Kinderspielzeug und anschließend Schwangerschaftskleider für Samantha. Sie war noch nicht dick genug, daß sie etwas anderes gebraucht hätte als lose sitzende Sachen, aber Samantha hatte darauf bestanden, sich schon ein Oberteil und einen Spezialbüstenhalter für die Stillzeit zu kaufen.

»Du Angeberin!« hatte Mike, sie angrinsend, gesagt, und sich im stillen gefragt, ob sie wohl, wenn sie in vierzehn Tagen in Colorado getraut wurden, ihre rund fünfhundert Gäste, die zu der Hochzeit erwartet wurden, in einem weißen Umstandskleid begrüßen würde. Sam war so stolz auf ihre werdende Mutterschaft, daß sie, wie er vermutete, genau das tun würde.

Der einzige Wermutstropfen an diesem Glückstag war der Eilbrief seines Bruders Frank gewesen, der einen Schlüssel enthalten hatte. Dieser Brief betraf Maxies Testament. Sie hatte es Frank anvertraut und ihm die Vollmacht erteilt, als Testamentsvollstrecker zu fungieren. Mike hatte Sam bisher noch nichts von diesem Brief und dem Schlüssel erzählt, weil sie bisher noch nicht genügend Zeit gehabt hatte, sich von Maxies Tod zu erholen und auch Docs Tod – wahrscheinlich ein Selbstmord –, sie, wie er wußte, nicht kalt gelassen hatte.

Maxie hatte auch einen Brief hinterlassen, in dem

stand, daß sie Half Hand Joes Juwelen mitgenommen hatte, als sie 1964 Louisville und ihre Familie verließ. Sie war damit nach Amsterdam gefahren und hatte sie dort verkauft. Sie hatte auch ein bißchen von dem Bargeld ausgegeben, das Half Hand ihr damals in jener Nacht gegeben hatte. Aber sie hatte nicht mehr als eine Hundert-Dollar-Note davon umwechseln lassen wollen aus Angst, daß Doc sonst die Spur des damals geraubten Geldes bis zu Cal und ihrer Familie zurückverfolgen konnte.

Frank, der unter anderem auch Anwalt war, hatte, als er das Testament für Maxie aufsetzte, sie mit dem für ihn typischen Taktgefühl gefragt, was sie denn mit den vielen Millionen gemacht habe, die sie für diese Diamanten bekommen haben mußte. Und Frank hatte Mike in dem Eilbrief geschrieben, daß Maxie gelacht und zu ihm gesagt hatte, sie habe jeden Penny davon ausgegeben. Mike konnte förmlich das mißbilligende Schnauben seines Bruders bei dieser Erklärung hören, denn Frank verurteilte jede Geldausgabe – es sei denn, sie wurde nötig, um Sachen zu erwerben, deren Wert sich im Lauf der Zeit verdreifachten.

Eines der Dinge, die sich Maxie von diesem Geld angeschafft hatte, war ein Apartment in New York, wo sie viele Jahre, nachdem sie ihren Ehemann und ihren Sohn verlassen hatte, wie eine Einsiedlerin gelebt hatte. Sie hatte damals beschlossen, in der Metropole unterzutauchen, wo sie Doc nahe genug sein konnte, um ein Auge auf seine Unternehmungen werfen zu können. Maxie hatte Frank erzählt, am meisten bereue sie, es damals zugelassen zu haben, daß man ein Foto von ihr und ihrer Enkelin als Baby machte, das dann in allen Zeitungen veröffentlicht worden war. Denn dieses Foto habe sie dazu gezwungen, ihre Familie zu verlassen und war letztendlich auch am Tod von Allison Elliot schuld gewesen. Doc hatte es zwar aufgegeben, nach Maxie zu suchen, nachdem er sie in Louisville aufgespürt und sie ihm trotzdem zum zweitenmal entwischt war, nachdem sie ihn 1928 zum Krüppel gemacht hatte. Aber Jahre danach hatte er dennoch einen Mann ausgeschickt, der ihre Familie befragen sollte, ob sie etwas über ihren Aufenthaltsort wisse. Unglücklicherweise war es Allison gewesen, die diesem Mann in die Hände gefallen war.

In ihrem Testament hatte Maxie nun das Apartment und dessen Einrichtung Samantha vermacht, und dorthin brachte Mike Sam jetzt, nachdem er so lange gewartet hatte, bis seiner Meinung nichts, aber auch gar nichts mehr, ihre gute Laune trüben konnte.

Noch immer vor Glück strahlend nach den Testergebnissen, die Blair ihr mitgeteilt hatte, schwebte Samantha gleichsam in das Apartment hinein – und blieb dort abrupt vor einem Foto stehen, das auf einem Tischchen im Foyer stand: ein Foto von ihr als Baby in einem silbernen Rahmen.

»Das ist also das Apartment meiner Großmutter gewesen«, sagte Samantha leise zu Mike, der stumm nickte.

Die Hände auf ihren Bauch gelegt, den sie sich schon viel größer wünschte, wanderte sie in der Wohnung umher. Es war eine sehr geräumige Wohnung – ein klassisches Sechs-Zimmer-Apartment in guter Lage, wie die Immobilienmakler so etwas nannten: ein geräumiges Penthouse mit drei Terrassen. Samantha fand, daß es eine sehr schöne Wohnung sei, nicht ein so gewaltsam auf Stil hingetrimmtes Schaustück – ein Fehler, den leider viel zu viele Innenarchitekten machten –, sondern das Heim einer schönen Frau, für die Geschmack etwas so Natürliches gewesen war wie das Atmen.

Als Samantha ins Wohnzimmer zurückkam, nachdem

sie alle anderen Zimmer besichtigt hatte, lehnte dort Mike mit einem seltsamen Gesichtsausdruck am Kaminsims.

»Fehlt dir etwas, Mike?«

»Ich glaube, ich weiß jetzt, was sich Maxie mit Half Hands Millionen gekauft hat.« Als Samantha ihn verständnislos ansah, fragte er: »Hast du dir die Bilder in der Wohnung angesehen?«

Die Wände waren wie in einem englischen Landhaus mit Gemälden geschmückt, und es gab kaum eine freie Fläche in diesem Apartment, die nicht mit Gemälden oder Bildern bedeckt war.

»Sie sind herrlich«, erwiderte Sam, »oder gefallen sie dir etwa nicht?«

Mike sah auf ein winziges Aquarell, das in einem Holzrahmen auf dem Kaminsims stand. »Im College hatte ich mir als Wahlfach Kunstgeschichte ausgesucht und nahm an einem Seminar teil, das sich mit ›Lost Art‹ beschäftigte. Unter ›Lost Art‹ versteht man Kunstwerke, die im Lauf der Jahrhunderte vernichtet wurden oder verschwanden. Eine Menge unersetzlicher Bauwerke sind im Verlauf mehrerer hundert Jahre niedergerissen wurden, goldene Statuen wurden eingeschmolzen, kostbares Geschmeide in Einzelteile zerlegt und so fort. Und in den letzten hundert Jahren sind besonders viele Gemälde verschwunden. Die Russische Revolution, die Entmachtung europäischer Adelshäuser nach dem Ersten Weltkrieg und die Wirren des Zweiten Weltkriegs haben dafür gesorgt. Ich war nicht ernsthaft an diesem Seminar interessiert, aber wenn mich mein Gedächtnis nicht trügt, dann bin ich sicher, daß die drei Gemälde, die hinter dir an der Wand hängen, zu den verschwundenen Kunstwerken der ›Lost Art‹ gehören.«

Er legte eine Pause ein und wartete, bis Samantha sich umgedreht hatte, um die Ölbilder zu betrachten – drei

Gemälde berühmter französischer Impressionisten. »Und sollte mich mein Gedächtnis für verschwundene Gemälde vielleicht hier und dort auch im Stich lassen – was den Meister betrifft, der sie gemalt hat – so gewiß nicht mein Gedächtnis für Zahlen«, fuhr Mike fort. »Sam, wenn diese Gemälde tatsächlich alle zu den verschollenen ›Lost Art‹-Meisterwerken gehören und du nachweisen kannst, daß du ihr rechtmäßiger Besitzer bist, dann denke ich, daß du eine sehr reiche junge Dame sein könntest.«

»*Sehr* reich?« fragte sie.

»Sehr, sehr, sehr reich.« Er zog eine Braue in die Höhe. »Und was gedenkst du nun mit deinem frisch entdeckten Reichtum zu tun?«

Lächelnd gab ihm Samantha sofort eine Antwort auf seine Frage. »Ich werde ein paar Pflegeheime eröffnen«, sagte sie, als hätte sie bereits gründlich darüber nachgedacht, was sie tun würde, wenn sie plötzlich zu Reichtum käme.

»*Nette, angenehme* Pflegeheime. Heime, in denen sich die Insassen wohl fühlen können, mit Respekt behandelt werden und wo das Deckenlicht nicht summt. Und ich werde sie *Maxies Pflegeheime* taufen.« Und dann setzte sie noch mit einem leisen, zufriedenen Lächeln hinzu – einem Lächeln, das ihren Sinn für Ironie verriet: »Und das erste Heim dieser Art werde ich auf Docs bisherigem Landsitz in Connecticut eröffnen.«

In diesem Moment griff sich Samantha verdutzt an den Bauch. »Mike, glaubst du nicht, daß es noch zu früh ist für die Zwillinge, sich bereits bemerkbar zu machen?«

»Doch«, erwiderte Mike leise. »Ich denke, das war Maxie, die dir soeben ihr Einverständnis mit deinem Vorhaben mitteilen wollte. Komm«, sagte er, den Arm nach ihr ausstreckend, »laß uns jetzt meine Babys füttern.« Er hielt einen Moment inne und betrachtete ihr Haar, das im Licht der späten Nachmittagssonne plötzlich leuchtete wie dunkles Gold. »Meine drei Babys.«